제4판 한국문학통사 5

근대문학 제1기, 1919~1944년

조 동 일

계명대학교, 영남대학교, 한국정신문화연구원,
서울대학교 교수, 계명대학교 석좌교수 역임.
현재 서울대학교 명예교수.
　　대한민국 학술원 회원.

《대등한 화합》,《서정시 동서고금 모두 하나 세트 1-6》,
《세계문학사의 전개》등 저서 50여 종.

제4판 한국문학통사 5

제4판　1쇄 발행 2005. 3. 1.
제4판 10쇄 발행 2022. 12. 20.

지은이　조 동 일
펴낸이　김 경 희
펴낸곳　(주)지식산업사
　　　　본사 ● 413-832, 경기도 파주시 교하읍 문발리 520-12
　　　　　　　전화 (031) 955-4226~7　팩스 (031)955-4228
　　　　서울사무소 ● 110-040, 서울시 종로구 통의동 35-18
　　　　　　　전화 (02)734-1978　팩스 (02)720-7900
　　　　한글문패 지식산업사
　　　　영문문패 www.jisik.co.kr
　　　　전자우편 jsp@jisik.co.kr
　　　　등록번호 1-363
　　　　등록날짜 1969. 5. 8.

책값은 뒤표지에 있습니다.

ISBN 89-423-4038-5　94810
ISBN 89-423-0047-2 (전6권)

저자에 대한 문의는
지식산업사로 연락해 주시길 바랍니다.

차   례

11. 근대문학 제1기 1919~1944년

4

6

11. 근대문학 제1기 1919~1944

11.1. 근대문학의 방향과 시련

11.1.1. 근대문학의 기본 성격

근대문학은 1919년 이후 오늘날까지의 문학이다. 그 이전 17세기에서 1918년까지의 문학은 중세문학에서 근대문학으로의 이행기문학이라고 하고, 1860년을 경계로 해서 제1기와 제2기로 나누어 고찰했다. 1860년에 동학이 창건되고 〈용담유사〉(龍潭遺詞)가 이루어지자, 중세문학에서 근대문학으로의 이행이 새로운 단계로 접어들었다. 1919년의 3·1운동이 일어난 것을 계기로 이행기가 끝나고 근대문학이 시작되었다.

근대문학에 이르면 세계문학과의 관련이 크게 확대되므로 광범위한 비교고찰이 요망된다. 근대문학은 기본 성격이 어디서나 공통되면서 이루어진 시기나 과정은 서로 달랐던 사실을 이해하면서 우리의 경우를 고찰해야 한다. 중세에서 근대로의 이행기문학과 견주어보면 근대문학은 다음과 같은 점이 다르다고 일반화해서 말할 수 있는 것이 논의의 출발점이 된다.

(가) 문학담당층에서는, 중세에서 근대로의 이행기의 귀족·시민·
　　민중의 생극 관계를 깨고, 귀족과 시민의 경쟁에서 귀족이 패배
　　하고 시민이 승리해 지배적인 위치를 차지하면서 시민과 민중 사

이의 싸움이 심각한 양상을 띠고 전개된 시기의 문학이 근대문학이다.

(나) 유통 방식에서는, 중세에서 근대로의 이행기까지 광범위하게 이용하던 구전, 필사본, 비영리적 출판물 등에 의해 문학작품이 유통되는 방식을 거의 다 버리고, 영리적 출판물에 의한 유통만 적극적으로 발전시킨 문학이 근대문학이다.

(다) 사고 형태에서는, 중세에서 근대로의 이행기에는 문명권 전체의 보편주의와 함께 공존하던 민족주의를 새 시대의 이념으로 삼아, 민족의 주체성을 근거로 한 민족국가의 독립을 이룩하고, 민족의 구성원은 누구나 자아의식을 가지고 평등한 삶을 누려야 한다고 하면서, 현실에 대한 구체적인 이해를 소중하게 여긴 문학이 근대문학이다.

(라) 언어 사용에서는, 중세에서 근대로의 이행기까지 이어지던 공동문어문학과 민족어문학의 공존을 청산하고, 민족어를 공용어 또는 국어로 삼고 민족어문학을 민족문학으로 발전시킨 문학이 근대문학이다.

(마) 문학갈래에서는, 중세에서 근대로의 이행기까지 큰 세력을 가졌던 교술문학을 현저하게 몰락시켜, 교술시는 버리고 시는 오로지 서정시라 하고, 교술산문은 문학의 범위 밖으로 밀어내거나 세력을 크게 약화시키고 소설이 산문을 지배하게 된 시대의 문학이 근대문학이다.

이 다섯 가지 특징은 서로 맞물려 연쇄적으로 나타났다. (가)의 사회변화가 일어나서 새 시대의 주인으로 등장한 시민이 (나)에서 말한 영리적 출판을 발전시키고, (다)의 사고방식을 가지면서 구현하고, 민족어문학이 독점적인 의의를 가지게 하는 (라)의 전환을 마련하고, (마)의 문학갈래를 선택했다. 중세보편주의를 공동문어문학을 통해 구현하는 데 커다란 구실을 한 교술문학은 물러나고, 자아의식을 발현하게 하는 서정시, 현실을 구체적으로 다루어 평등한 삶을 누리고 있는지 문제 삼는 소설이 주도적인 위치를 차지한 것이 당연한 귀결이다.

그러나 (가)와 (나)의 변화가 선행해 근대사회가 이루어진 결과 (다)의 전환이 이루어지고, (라)와 (마)를 특징으로 한 근대문학이 나타났다고 일반화해서 말할 수 있는 것은 아니다. (가)에서 (마)까지의 연쇄적 작용은 그 반대의 방향에서 추진될 수도 있었다. 사회는 변하지 않고 있을 때 의식의 각성이 선행해서 문학 자체를 혁신하는 (마)의 작업을 먼저 추진하고, (라)의 언어민족주의를 구현하고, (나)와 (가)로 나아갈 것을 촉구하기도 했다. 사회의 근대화가 선행했는가 아니면 의식의 근대화가 문학을 통해 구현되는 변화가 먼저 일어났는가는 경우에 따라 달랐다. 그 양상을 다음과 같이 구분할 수 있다.

(1) 유럽문명권의 중심부가 된 서유럽에서는 사회의 근대화가 선행했다. 영국과 독일 사이의 프랑스를 기준으로 삼아 말한다면 19세기 중엽 1848년에 시민혁명을 겪고, 산업혁명이 본격화된 시기에 근대사회로 들어서고 근대문학이 이루어졌다.

(2) 유럽의 주변부에서는 사회의 근대화가 지연되고 있을 때 문학에서 근대화를 먼저 일으키면서 각성과 변혁을 촉구했다. 북구·동구·남구의 여러 나라가 이에 해당한다. 그 좋은 본보기라고 할 수 있는 동구의 러시아는 19세기말에 근대문학이 일어났으면서 1917년 이후에 근대사회에 들어섰다.

(3) 유럽인이 다른 대륙으로 이주해서 세우거나 지배한 나라에서는 유럽문학의 분신인 근대문학을 유럽보다 뒤떨어지지 않은 시기에 이룩하다가 19세기말 이후에는 독자적인 노선을 찾았으며, 20세기에는 원주민이나 피지배이주민의 문학이 일어나 상황이 복잡해졌다. 미국, 캐나다, 오스트레일리아, 뉴질랜드, 남아프리카, 라틴 아메리카 등지가 그런 곳이다. 피지배이주민이란 흑인노예의 후손을 말한다. 백인이주민의 문학에 대해 반론을 일으키는 데 다른

곳에서는 원주민문학이, 미국에서는 흑인문학이 앞장선다.

(4) 유럽문명권의 간섭과 자극을 받고 주권은 상실하지 않은 채 근대화의 길에 들어선 터키, 페르시아, 일본, 타이, 에티오피아 등의 후발주자는 사회의 근대화를 추진하면서 문학의 근대화도 이룩하고자 했다. 19세기말부터 유럽의 전례에 따라 근대화를 추진하면서 근대문학도 받아들여 자기 것으로 만들었으며, 그 성과가 20세기초에 나타나기 시작했다.

(5) 주권을 잃고 반식민지 또는 식민지가 된 곳에서는 문학의 근대화를 먼저 추진했다. 중세에서 근대로의 이행기의 성장을 이룩하고 있다가 유럽문명권의 침략을 받은 이집트, 중국, 인도, 한국, 월남, 인도네시아 등지에서는 근대의식 각성이 바로 일어나 1919년 전후의 20세기초에 민족해방 투쟁 노선의 근대문학을 이룩하고, 사회의 근대화는 혁명이나 독립을 이룩한 20세기 중반 이후로 미루어야 했다.

(6) 중세에서 근대로의 이행기의 성장을 이룩하지 못하고 있을 때 식민지가 된 곳의 대표적인 예인 아프리카에서도 문학의 근대화를 먼저 추진하고 그 시기가 더 늦었다. 민족해방 투쟁 노선의 근대문학을 20세기 후반에 일으키면서 민족어로 문학을 하는 (라)의 요건은 충족시키지 못했다. 그런 상태에서 독립을 이룩하고 사회의 근대화를 급격하게 추진하고 있으나 성과가 부진하다.

(5)에 속하는 나라가 일반적으로 그렇듯이, 우리는 (가)의 전환을 철저하게 겪지 못했다. 자본주의사회를 스스로 이룩하고자 하는 노력이, 식민지가 된 탓에 중단되고 왜곡되어 시민의 성장이 순조롭게 이루어지지 못했다. 그러나 귀족에 속하던 지식인들이나 각성된 민중의 선두에 선 사람들이 시민의 과업을 함께 수행하면서 (다)의 과업을 추진해 해방 투쟁을 위한 민족주의로 의식의 근대화를 사회 변화보다 앞서서 이룩했다.

중세에서 근대로의 이행기까지 동아시아는 한 문명권이고, 많은 동질성과 상호관련을 가진 문학을 이룩해왔다. 그런데 근대로 들어설 때 서로 다른 길을 가게 되었다. (4)에 들어선 일본은 탈아입구(脫亞入歐)를 표방하더니 (1)을 본떠서 제국주의 침략을 일삼고 식민지 통치를 하는 대열에 가담했다. (5)에 함께 소속된 동아시아 나라들의 구체적인 처지는 서로 달랐다.

중국은 반식민지 상태에서 내전을 겪으면서 문학 창작에서도 노선투쟁을 심각하게 벌였다. 월남은 한국처럼 식민지가 되었으나 통치자가 프랑스였다. 한국은 멀리 있는 유럽문명권의 어느 나라가 아닌 동아시아문명권의 이웃 나라 일본의 식민지가 되었다.

우리는 그 때문에 식민지 통치를 함께 겪은 아시아와 아프리카의 다른 어느 민족보다 더욱 불행하게 되었다. 첫째, 서양의 근대문학을 일본을 통해 간접적으로 받아들여야 하는 탓에 이해가 깊을 수 없었다. 둘째, 일본은 식민지 통치를 합리화하는 정신적 우위를 확보하지 못하고 파시즘으로 기울어지는 무단통치를 강행해, 언론과 사상의 자유를 전면 부인하는 폭압을 일삼았다.

첫째 조건이 표면상으로는 회복하기 어려운 불행이었다. 비평적인 논의를 보면 근대문학의 간접적 이식 때문에 생긴 차질이 심각했다. 그러나 실제 창작에서는 작가들이 스스로 의식하지 못하기도 하면서, 민족문학의 전통을 계승하고 근대문학의 자생적인 원천을 활용하는 방법으로 문제를 해결해 제3세계에 널리 모범이 된다고 할 수 있는 민족문학을 이룩했다.

둘째 조건 또한 불행이어서, (5)나 (6)에 속하는 다른 여러 민족만큼 과감하게 해방 투쟁의 문학을 전개할 수 없었다. 식민지 통치자가 된 일본은 물론, 반식민지 상태에 머문 중국과도 다른 방식으로 문학을 해야 했다. 그런 이중의 특수성이 문학을 위축시키지 않고, 근대문학의 보편적 가치를 더욱 발현하게 하는 자극제가 되었다.

일본에서는 침략에 동조하는 것을 원하지 않으며 무산계급문학을 하다가 탄압을 받고 내심에서까지 전향한 작가들이, 감각을 추구하는 문학을 서양에서처럼 하고자 했다. 중국문학은 무산계급문학 운동의 정치노선을 둘러싼 논란을 심각하게 벌이면서 비평문을 쓰는 작가들이 주도했다. 우리는 일본에서보다 더욱 혹심하게 억압된 계급문학 노선을 안으로 간직해 민족문학과 깊이 연결시켰다. 투쟁의 구호는 거두고 창작에 힘써, 내실을 소중하게 여기면서 암시·상징·풍자 등의 방법으로 식민지 통치를 비판하고 민족 해방의 의지를 다지는 문학을 했다. 스스로 표방하지 않으면서 민족을 이끄는 사명을 맡아 깊은 신뢰를 얻어냈다.

시의 양상을 보면 표면의 혼란이 내면의 깊은 층위까지 이르지 않는다. 한쪽에서는 시조를 부흥하자고 하고, 다른 쪽에서는 일본의 전례에 따라 자유시를 써야 한다고 할 때, 그 어느 쪽에도 기울어지지 않은 시인들이 있어 전통적 율격을 변형시켜 계승하면서 일제에 항거하는 민족의 의지를 고도의 시적 표현을 갖추어 나타냈다. 그 선두에 선 이상화(李相和)·한용운(韓龍雲)·김소월(金素月)이 남긴 뛰어난 작품이 널리 애송되면서 민족문학의 자랑스러운 유산으로 평가되는 것은 일본이나 중국에서는 볼 수 없는 일이다.

일제 통치 말기에 옥사한 이육사(李陸史)와 윤동주(尹東柱)는 정치적인 시인이 되고자 하지 않았다. 민족주의 이념의 시를 써서 민족의 시인이 된 것도 아니다. 고결한 마음씨를 가지고 시대의 어둠에 휩쓸리지 않고 부끄러움 없이 진실하게 살고자 하는 염원을 소박한 서정시로 나타냈을 따름인데, 일제가 체포하고 감금해 죽게 해서 민족해방 투쟁을 위해 순교한 지사의 반열에 올려놓았다. 문학은 정치노선이니 민족의식이니 하는 명분보다 월등하게 높은 위치에 있다는 것을 입증하게 만들었다.

근대소설을 확립한 염상섭(廉想涉)은 〈삼대〉(三代)(1931)에서 시대 변화와 함께 나타난 사고방식의 차이와 노선 투쟁의 심각한 양상을 어느 한쪽에 서지 않으려고 하면서 다면적으로 그렸다. 강경애(姜敬愛)

는 〈인간문제〉(人間問題)(1934)에서 지주의 수탈에 견디다 못한 소작인이 도시로 나가 공장노동자가 되어 공장주를 상대로 더욱 거센 투쟁을 벌이지 않을 수 없게 되었다고 했다. 식민지하에서 전개된 무산계급 투쟁의 전형적인 과정을, 연약한 여성을 주인공으로 하고 섬세한 감수성을 보여주는 문체로 그려나갔다. 채만식(蔡萬植)은 〈탁류〉(濁流)(1937)에서 마음씨가 선량한 탓에 험악한 현실에 바로 대처하지 못하는 가련한 여인의 운명을 그리면서, 의식이 깨어날 것을 암시하는 작업을 판소리의 계승과 더불어 전개했다.

식민지 통치에서 해방된 뒤에는, 남북이 분단되고 양쪽의 작가들이 교류하지 못한 채 서로 다른 문학을 했다. 남쪽에서는 유럽문명권문학의 새로운 사조를 받아들여야 한다는 비평가들이 커다란 영향력을 행사하고, 북쪽에서는 사회주의적 사실주의를 창작의 지침으로 삼았다. 그러면서도 민족사의 전개를 서사시나 역사소설에다 담아 기념비적 작품을 이룩하고자 한 것은 서로 같다.

근대문학 일반론을 《세계문학사의 전개》(지식산업사, 2002)에서 옮겨왔다. 김윤식·김현, 《한국문학사》(민음사, 1974) ; 홍신선, 《한국근대문학이론의 연구》(문학아카데미사, 1991) ; 류만, 《조선문학사》9(과학백과사전출판사, 1995) ; 권영민, 《한국현대문학사》1(민음사, 2002)에서 각기 다른 견해를 제시했다. 근대문학사를 총괄하는 작업을 김병민, 《조선문학 근현대부분》(연변대학출판사, 1994) ; 신진·김진숙, 《20세기한국문학사》(동아대학교출판부, 1999) ; 김동식, 〈한국의 근대적 문학개념 형성과정 연구〉(서울대학교 박사논문, 1999) ; 신철하, 《한국근대문학의 이상과 현실》(한양대학교출판부, 2000) ; 하정일, 《20세기 한국문학과 근대성의 변증법》(소명출판, 2000) ; 문학사와 비평 연구회, 《한국 현대문학의 근대성 탐구》(새미, 2000) ; 김선학, 《한국현대문학사》(동국대학교출판부, 2001) ; 유임하, 《근대성과 한국문학 연구》(이회문화사, 2002) ; 홍문표, 《한국현대문학사》(창

조문학, 2003) ; 김상태 외, 《한·중·일 근대문학사의 반성과 모색》 (푸른사상, 2003) ; 신동욱 편저, 《한국현대문학사》(집문당, 2004) 등 에서도 했다.

11.1.2. 민족어문학 확립의 길

중세에서 근대로의 이행기까지 이어지던 공동문어문학과 민족어문 학의 공존을 청산하고, 민족어를 공용어 또는 국어로 삼아 민족어문학 을 민족문학으로 발전시킨 문학이 근대문학이라는 것은 어디서나 공통 된 과정이다. 그러면서 그 구체적인 양상은 경우에 따라 많이 달랐다. 다른 곳과 비교 고찰을 통해 우리의 특성을 확인할 필요가 있다.

중국은 공동문어문학의 위세가 너무 크고 민족어문학의 발달이 부진 하며 민족어가 여러 갈래여서 근대민족문학을 이룩하는 데 근본적인 어려움이 있었다. 백화(白話)를 사용하는 문학을 일으켜 언문일치를 일거에 이룩하자는 운동이 혁명의 성격을 띠고 나타나 찬반논쟁을 격 렬하게 벌여야 했다. 일본에서는 오랜 내력을 자랑하는 일본어 문어문 학을 구어문학으로 바꾸어놓는 것을 언문일치의 기본 과제로 삼았다. 유구어나 아이누어를 사용하는 이민족을 무시하고 근대일본을 단일체 로 만들어 대외적으로 확장하는 과정에서 많은 무리를 빚어냈다.

우리는 중국과 일본은 물론 지구상의 다른 어느 곳보다 민족어문학 을 근대문학으로 이룩하는 데 유리한 조건을 갖추었다. 소수민족의 문 제가 없는 거의 유일한 나라이고, 방언차가 특히 적은 것도 특징이다. 우리말로 써온 글에 구어와는 다른 문어가 따로 형성되어 있지 않았다. 그런 조건을 활용해 국문문학이 크게 발전해온 토대 위에서, 공동문어 를 청산하고 민족어를 공용어로 하는 조처가 1894년 갑오경장에서 이 루어져 아무 차질 없이 시행되었다.

구두어에서 방언차가 특히 적은 조건이 서사어의 통일을 쉽사리 가 능하게 했다. 인위적인 노력을 무리하게 해도 성과가 부진한 다른 많은 나라와 견주어보면 지나치다고 할 정도로 행복한 조건이어서 그런 줄 모르고 있다. 유럽에서 공용어가 형성된 세 가지 유형, 곧 수도가 된 곳의 군주가 전국을 통일하면서 자기네 언어를 강제로 쓰게 한 프랑스, 대학도시에서 학자들이 쓰던 말이 표준어가 된 영국, 성서 번역과 문학 창작에서 어느 한 지방의 말을 사용해 언어 통일에 기여한 독일의 유형에 견주어보자. 우리 경우에는 세 가지 유형이 합쳐져 있다고 할 수 있다. 수도의 언어로 학문을 하고 문학 창작을 해서 전국의 언어를 통일시켰다.

갑오경장 이전에 이미 국문소설이 서울 표준어를 널리 보급해, 전국 어디에 사는 사람이라도 읽고 이해할 수 있게 했다. 완판본 판소리계 소설에 전라도 방언이 약간 나타나 있을 뿐이고, 그 밖의 모든 소설은 단일한 언어 자료를 사용했다. 1890년대에 신문이나 잡지가 처음 나타났을 때 쓴 많은 글의 어법과 어휘가 서로 같아서 집필자들의 출신 지역을 가려낼 수 있는 징표가 없었다. 서사어의 통일이 이미 이루어진 것을 보여주었다.

'상·하·남·녀'가 서로 다른 글을 사용해온 관습을 청산한 과정을 보자. '상·남'이 한문을 사용하면서 중세가 시작되었다. 중세후기에는 '상·녀'가 국문을 자기 글로 삼았다. 중세에서 근대로의 이행기에는 '하·남'도 국문을 익혔다. 근대가 되자 '상·남'이 한문 대신 국문을 공용어로 삼고, '하·녀'도 국문 사용에 동참해 어문생활의 평등이 이루어졌다. '하·녀'도 국문을 배우도록 하는 마지막 과정이 1945년에 광복을 하고 의무교육이 시작되자 일반화되었으나, 식민지 시대에도 민간운동에 힘입어 상당한 정도로 진행되었다. 중세어문을 근대어문으로 바꾸어놓는 전형적인 과정을 우리가 보여주어 세계 전체의 일반론을 이룩하는 출발점으로 삼을 만하다.

그런데 일제는 다른 식민지 통치자들보다 더욱 적극적으로 민족어를 억누르고 자기네 말을 쓰도록 요구했다. 민족과 지역의 차이를 무시하고 단일체라고 강변하는 근대일본의 언어문화를 대외적으로 확장해 국력 신장의 징표로 삼는 횡포가 우리에게 심각하게 닥쳐왔다. 거기 맞서서 민족어문학이 완강한 저항력을 가지고 투쟁했다. 그것은 아시아·아프리카의 다른 곳에서는 찾아볼 수 없는 일이다.

일제는 1911년에 조선교육령이라는 것을 만들어, 일본어를 국어라고 하고 우리말은 '조선어급한문'(朝鮮語及漢文)이라는 부수적인 교과목에서 가르치게 했다. 1937년에 조선교육령을 개정하면서 '조선어급한문'을 선택과목으로 격하해 사실상 폐지했다. 1940년대에는 학교에서 조선어를 사용하는 학생을 처벌하고, 가정에서까지 일본어를 사용하라고 강요했다.

그런 상황에서 국어운동이 일어났다. 1921년에 조선어연구회라는 이름으로 창립된 조선어학회가 1929년부터 국어사전을 편찬하기 시작했다. 그런데 1942년에 학회 주요 인사들이 일제히 검거되어 완성을 보지 못했다. 문세영(文世榮)이 별도로 만든 〈조선어사전〉(朝鮮語辭典)이 1938년에 출판되어 공백을 메웠다.

조선어학회에서 '한글맞춤법통일안'을 1933년에, '조선어표준말사정'을 1936년에 내서 두 가지 방면의 지침을 제공했다. 문학을 창작하는 데 필요한 국어 규범화 사업이 어려운 상황에서도 일단 이루어졌다. 문법 분야는 주시경(周時經)이 1910년에 낸 〈국어문법〉을 위시한 여러 저술이 있다가, 최현배(崔鉉培)의 〈우리말본〉이 1929년에서 1937년까지 출판되어 한 차례 본격적인 정리가 이루어졌다.

문인들이 그런 성과에 의거해 우리말 공부를 다시 한 것은 아니다. 각자 자기 나름대로 알고 있는 말로 문학을 창작하는 작업이 언어 정리보다 앞서 나갔다. 그래서 혼란이 생기고 차질이 빚어진 것은 아니다. 국문문학 작품에서 우리말을 풍부하고 다채롭게 사용해온 전례를 의식하지 않은 가운데 풍부하게 이어, 문법의 지침이 마련되기를 기다리지 않고 민족어문학을 세차게 발전시켰다.

한글맞춤법통일안 이전에는 띄어쓰기를 작자가 좋은 대로 하면 되었다. 시에서는 띄어쓰기를 통해 율격의식을 나타냈다. 고전소설을 통해서 이룩된 문학의 표준어에다 각자 자기 방언을 보태 쓴 작품은, 표준말을 너무 협소하게 잡은 '조선어표준말사정'에 구애된 작품보다 언어 사용이 다채롭고 풍부했다. 염상섭의 서울, 김소월의 평안도, 김유정(金裕貞)의 강원도, 채만식의 전라도 방언이 이미 이룩되어 있던 표준어를 공통기반으로 하고 그 위에 특색 있는 언어표현을 구축한 좋은 예이다.

일본의 식민지 통치를 받는 동안 일본어로 창작한 작품이 있었고, 우리말을 사용하지 못하게 한 말기에는 많이 늘어났다. 대부분은 일제의 동화정책에 호응해 민족을 버린 것들이지만, 우리말을 사용해서 나타낼 수 없는 항일의 의지를 전하고자 한 것도 더러 있다. 그 어느 쪽이든지 서양의 식민지가 된 곳에서 통치자의 언어로 창작한 작품에 견주어 본다면 양과 질이 현저하게 뒤떨어진다. 상처가 깊지 않아 얻은 바가 적다고 할 수 있다.

나이지리아의 영어문학, 카메룬의 불어문학, 필리핀의 영어문학, 케냐의 영어문학, 알제리의 불어문학, 인도의 영어문학 같은 것들은 그 나라 문학의 긴요한 부분을 이루고 국제적인 관심거리가 된다. 나이지리아에서 필리핀까지는 민족어문학이 확립되지 않은 탓에 침략자의 언어를 이용해 항쟁의 문학을 해야 했다. 케냐에서 인도까지는 작품을 쓸 수 있는 자기네 언어가 어느 하나로 정해져 있지 않아, 누구나 읽을 수 있는 작품을 빌려온 언어로 쓸 필요가 있었다.

민족문학이 확립되어 있다가 일시적인 위기를 맞이한 우리는 그럴 필요가 없었다. 일본어로 쓰는 작품이 외국에 널리 알려질 수 있는 것도 아니었다. 일본어 작품은 우리 문학이 아니라고 해온 방침에 대해서는 재론이 필요하지 않다. 그러나 일본에서 자기네 문학으로 취급하지도 않으니, 소속 시비를 떠나 그 자체로 관심을 가지고 연구할 필요는 있다.

박병채, 〈일제하의 국어운동연구〉, 《일제하의 문화운동사》(민중서관, 1970) ; 이응호, 〈조선어학회의 창립과 그 업적〉, 《어문학》 40(한국

어문학회, 1980) ; 이현희, 〈민중운동으로서의 조선어학회〉, 《인문과
학연구》 2(성신여자대학교 인문과학연구소, 1982) 등의 연구가 있다.

11.1.3. 시민문학의 사명

중세는 신분사회였다. 근대는 사람의 등급이 신분과는 다른 계급으
로 구분되는 사회이다. 신분은 타고나기에 노력한다고 해서 바꿀 수 있
는 것이 아니지만, 계급은 경제적인 위치가 달라지면 바뀐다. 중세에서
근대로의 이행기는 중세의 신분이 존속되면서 근대의 계급이 나타나
둘이 얽힌 시대였다. 최상위 신분인 사대부가 위세를 누리고 있는데,
계급 관계에서 실력을 행사하는 시민이 대두해 서로 다투었다.

둘은 서로 다투면서 사대부가 시민화하고, 시민이 사대부화하는 복
잡한 양상을 빚어냈다. 시민의 사대부화가 대폭 진척되고 시민이 아닌
사람들까지 가담해 사대부 신분 소유자가 전 인구의 3분의 2를 넘다가
마침내 누구나 사대부라고 자처하는 시대에 이르렀다. 1894년의 갑오경
장에서 신분제를 철폐한 효과가 전 인구의 사대부화로 실현되었다.

사대부가 시민화하는 다른 한편의 변화는 사대부 신분을 가진 사람
들이 늘어나기 전부터 시작되었다. 사대부가 특권의식을 스스로 반성
하고 새로운 사회를 만드는 일에 가담하기도 했다. 새로운 생업을 찾아
시민이 하는 일을 맡는 사대부도 있었다. 사대부의 신분을 얻은 시민이
원래의 의식이나 생업을 버린 것은 아니었다.

그런 방식으로 신분제가 폐지된 것은 다른 어느 나라에서도 볼 수 없
는 우리 사회 특유의 변화이다. 상향 조정 덕분에 특권과 차별이 사라
진 것은 다행한 일이지만, 시민 의식이 표면화되어 그 나름대로의 주장
을 관철시킬 수 있는 기회가 없어졌다. 모든 사람이 높은 품격 높은 지
식을 얻어 사회에 진출하는 사대부의 길을 택하고자 해서 산업사회의
역군 양성에 차질이 생겼는데, 정보화사회에 들어서면서 사정이 달라
지기 시작했다.

중세에서 근대로의 이행기 동안의 근대 지향적인 문학은 사대부·시민·민중의 합작으로 이루어졌다. 지배자의 위치에 있는 사대부 일부가 중세의 지속이 불가능하다는 것을 인식하고 평등한 사회와 자주적인 문화를 지향하는 운동에 참여했다. 이행기문학의 사상적 수준을 높이는 데는 사대부 출신의 실학자들이 크게 이바지했다. 시민은 국문문학을 흥미롭게 만들고 상품화해 근대문학으로 자라나게 하는 주역이었다. 농민과 광대를 기본 구성원으로 한 민중은 생활 방도와 직결된 구비문학에서 현실 인식을 발랄하게 표출했다.

그 세 가지 성과는 서로 관련을 가지고 영향을 주고받으면서도 한데 합쳐지지는 못했다. 실학파의 문학은 한문학이어서 광범위한 독자를 확보할 수 없었다. 시민이나 민중의 구비문학은 기록에 오르기 어려웠으며, 개인작의 작가가 재창조를 할 수 있는 원천으로 적극 활용되지 못했다. 사대부와 민중 사이의 중간적 위치를 차지한 시민은 세 가지 문학을 자기네의 관점에서 통합할 만큼 성장하지 못했다.

시민문학은 오랫동안 독자적인 성격을 키우지 못하고 한편으로는 사대부에게 또 한편으로는 민중에게 이끌렸다. 장편 국문소설이 중국을 무대로 하고 귀족 가문 사이의 관계를 유교도덕과 관련시켜 다루는 관습을 청산하지 못한 이유의 일단이 시민의 사대부화에 있었다고 할 수 있다. 판소리계 소설에서는 사대부 취향의 표면적 주제와 민중의 현실 인식을 나타내는 이면적 주제가 공존했다. 시조나 가사에서도 사대부의식과 민중의식은 각기 두드러지게 나타나면서 시민의식의 표출은 상대적으로 미약한 편이고 가려내기 어렵다. 애국계몽운동이나 민중종교운동이 전개될 때도 시민이 깊이 관여했지만 교양이나 사상을 독자적으로 구축한 기반이 모자라 자취를 뚜렷하게 드러내지 못했다.

그런데 1919년에 3·1운동을 일으킬 때는 시민이 전면에 나서고, 사대부는 뒤로 물러났다. 운동의 중심지 서울에는 사대부정신을 내세우는 세력이 거의 없었다. 그 뒤에 지방 유림의 독립운동이 그 나름대로 치열하게 일어났으나 이미 주류에서 벗어났다. 거사를 계획하고 주동한 손병희(孫秉熙) 주위의 천도교 지도자들은 동학을 시민의 종교로 만들어 재력을 얻었으며, 시민의 정치적 각성을 입증해주었다.

다른 주동자들도 사대부가 아닌 시민이었다. 이승훈(李昇薰)은 평안도에서 성장한 시민의 능력과 의식을 대변했다. 불교유신론을 부르짖은 한용운은 불교가 시민의 종교로 재정립되어 근대민족주의와 깊은 관련을 가지기를 바랐다. 〈독립선언문〉을 맡아 쓴 최남선(崔南善)은 대대로 서울서 살아온 시민의 수준을 입증하는 교양과 학식을 갖추었다.

33인으로 대표되는 3·1운동 지도자들이 독립선언을 한 것은 민족사를 이끌어나가는 과업을 시민이 선도하는 단계에 이르렀음을 뜻한다. 그런데 그 임무를 바람직하게 수행했던가 의문이다. 비폭력의 평화적인 운동을 하려고 군중이 모이지 않은 장소에서 수식이 번다하고 분명한 내용이 없는 〈독립선언문〉을 낭독하고서 자진해 잡혀가, 적극적인 투쟁을 벌이려 하지 않았다.

시민의 역사적 과업에 대한 각성이 부족해, 역사 창조의 중대한 국면에서 확고한 신념을 가지지 못하고, 민족의 역량을 과소평가해 후퇴했다고 할 수 있다. 지도자들과 대면하지 못하고 만세를 부른 무명의 시민과 여러 생업에 종사하는 민중은 일제의 탄압 때문에도 시위가 평화적으로 진행될 수 없다는 것을 깨달았다. 탄압의 만행에 겁을 먹지 않고 투쟁을 확대해 나갔다.

이제 사대부를 대신해 시민이 민족을 이끄는 책무를 맡게 된 것은 되돌릴 수 없는 추세였다. 시민이 과연 그만한 능력을 가졌는지 문제였다. 사대부는 중대한 결단을 내릴 때 성리학에 입각해 대의명분을 분명하게 하고, 어떤 어려움이 있어도 목숨을 걸고서 절의를 지켰다. 성리학을 나무라고 물리치고 주도권을 차지한 처사가 정당하려면 설득력이 더 높은 사상을 대안으로 내놓아야 했는데, 그렇게 하지 못했다.

위대한 사대부는 아쉬움을 남긴 채 물러나고, 왜소한 시민이 다음의 주역으로 등장해 불안한 거동을 보였다. 전국 의병의 지도자 유인석(柳麟錫)의 위치를 3·1운동 때 민족을 대표한 손병희가 물려받은 이후에 지도 노선의 혼란이 일어났다. 의리를 명확하게 하고 반드시 지키는 기풍이 후퇴하고, 무엇을 어떻게 해야 하는지 불분명한 경우가 많았으며, 임기응변을 대책으로 삼아야 하는 사태가 벌어지기도 했다. 그 때문에 실망한 민중의 비난을 받았다. 33인 가운데 상당수가 나중에 일제에 협력한 것은 시민의 지도에 대한 민중의 불신이 정당했음을 입증한다.

3·1운동을 경험하고 민족사의 방향이 정해졌다. 망한 왕조를 다시 일으키자고 하는 복벽(復辟) 노선은 사라지고, 독립된 조국이 민국 또는 공화국이어야 한다는 생각이 합의의 절차를 거치지 않고서도 일반화되었다. 일제와의 싸움을 국외와 국내 양쪽에서, 무력투쟁과 문화투쟁의 두 방법을 써서 해야 한다는 것을 알고, 다수의 민중이 참여하도록 해야 성과가 크다는 것을 깨달았다. 그렇게 합의된 내용을 체계화된 사상으로 정립해 투쟁을 구체적으로 계획하고 지도할 능력을 가진 세력이 형성되지 않아 누구든지 선두에 나서야 할 형편이었다.

1860년 이후 민중종교운동의 특히 소중한 성과를 이은 천도교와 대종교가 한 동안 큰 활약을 했다. 천도교 혁신파에서 내는 잡지 〈개벽〉(開闢)이 국내에서 전개하는 문화투쟁의 중심체 노릇을 했다. 대종교는 국경을 넘어가서 계속하는 무력투쟁의 정신적 지주가 되었다.

그러나 그 둘이 새 시대를 이끌어나갈 수 있었던 것은 아니다. 천도교는 동학에서 물려받은 변혁의 의지를 약화시키고, 당대 사회에 관한 진단과 처방을 적극적으로 제공하지 못한 채 일제가 인정해주는 온건한 종교로 물러앉는 조짐을 보였다. 대종교는 항일투쟁의 노선과 방법을 가다듬고, 독립된 조국의 모습을 그리는 데 필요한 사회사상을 갖추지 못했다.

항일투쟁을 성과 있게 진행하면서, 민족문화를 바람직하게 발전시키고 근대사회를 제대로 이룩하는 데 지침이 될 만한 더욱 발전되고 새로운 사상이 절실하게 요망되었다. 민족 내부의 역량이 모자라 고민하고 있을 때 서양에서 수많은 주의·주장이 밀어닥쳤다. 낭만주의, 민족주의, 자유주의, 사회주의, 무정부주의, 공산주의 등 서양에서 이룩한 근대사상이 이것저것 가릴 겨를이 없이 들어와 문제의 해답을 제공한다고 했다.

3 · 1운동을 지도한 세대가 영향력을 잃자, 사상을 생산할 생각은 하지 못하고 수입하는 능력을 자랑하는 일본 유학생들이 나서서 민족의 진로를 각기 자기 나름대로 수입한 주의에 맞추어 논의하기 시작했다. 일제가 무단통치를 이른바 문화통치로 바꾸어 투지를 둔화하는 회유책을 쓰게 된 조건을 이용해 언론과 문필 활동을 벌이는 데 일본의 전례를 살피고 온 유학생들이 단연 앞섰다. 시민문화가 그런 모습으로 구체화되었다.

1920년 4월에 창간된 〈동아일보〉(東亞日報)의 창간사는 시대상황에 대한 새로운 인식을 잘 나타내준다. 최남선의 〈독립선언문〉보다 한 해 뒤에 나왔지만, 문체가 구어체에 가까워졌다. 수식어 열거를 배제하고, 정세 판단과 과업 수행의 방향을 뚜렷하게 밝혔다.

서두에서 "창천에 태양이 빛나고 대지에 청풍이 불도다"라고 해서 새로운 분위기를 느끼게 하는 말부터 했다. 이어서 "이천만 조선민중은 일대광명(一大光明)을 견(見)하도다"라고 했다. 러시아혁명이 일어나고 세계대전으로 독일제국이 무너져, 자본주의가 노동주의의 도전을 받고 침략주의와 제국주의가 평화주의와 인도주의로 바뀐다고 했다. 그런 정세 변화에서 광명을 본다고 하면서, 3 · 1운동이 민족 해방으로 발전될 가능성을 암시했다.

그런 일반론을 전개한 다음, 신문에서 내세울 세 가지 주장을 천명했다. 첫째는 사회적 정치적 경제적 소수 특권계급이 아닌 "단일적 전체로 본 이천만 민중"의 표현기관으로 자임한다고 했다. 둘째는 민주주의를 지지한다면서, 민주주의가 자유주의와 평등주의 그리고 노동 본위의 협조주의를 내포한다고 했다. 셋째는 문화주의를 제창해 문화의 발전으로 개인이나 사회의 생활 내용을 충실하고 풍부하게 하겠다고 했다.

그 글에 당대의 이상이 선명하게 요약되어 있다. 시민의 역량으로 만든 신문이 민족 전체의 표현기관이 되어야 한다면서, 민족을 민중과 동일시했다. 민주주의, 자유주의, 평등주의, 노동주의 등으로 열거한 서양 전래의 근대사상을 내부의 시비를 가리지 않고 함께 실현하고자 한다고 했다. 그 두 조항에서 상하단결과 좌우합작의 노선을 폈다고 할 수 있다.

시민의 언론이나 문필 활동이 실제로 그 방향으로 나아갔다면, 일제와의 투쟁이 대폭 유리하게 전개되고, 시민에 대한 민중의 불신으로 내부적인 대립이 심각해지지 않았을 것이다. 문학에서도 시민문학이 민중문학까지 받아들인 민족문학일 수 있었을 것이다. 그러나 명분과 실제는 상당한 거리가 있었다.

명분에 관한 진술은 모두 타당한 것 같지만 그렇지 않다. 문화주의를 제창한다고 한 세 번째 조항을 다시 보자. 앞의 두 조항에서 말한 바를 정치에서는 실현할 수 없으니 문화를 대안으로 내세웠다고 할 수 있다. 그렇다면 문화의 사명이 더 커지는데, 상하단결과 좌우합작의 노선을 문화에서 어떻게 실현해야 할 것인지 말하지 않고, 충실하고 풍부한 것을 바람직한 특징으로 삼은 문화를 이룩하겠다고 했다. 문화주의라고 한 것이 정치가 맡아야 할 사명까지 문화가 감당한다고 선언하는 주의여야 할 것인데, 현실과 유리된 문화를 숭상하는 주의가 되고 말았다. 그것은 시민이 지닌 문화의식의 한계를 스스로 고백한 처사이다.

당시까지의 문화는 사대부문화・시민문화・민중문화로 나누어져 있어, 그 총체인 민족문화를 이룩하는 과업을 사대부와 민중 사이에 자리잡은 시민이 담당해야 했다. 그 막중한 과업을 인식조차 하지 못하고, 빈곤과 풍부가 문화를 구분하는 척도라고 여기면서, 외래문화의 다양한 수입이 빈곤을 해결하는 최상의 방안이라 여겼다. 그렇기 때문에 민족문화에 대해 하는 말이 대부분 공허했다. 겉으로는 그 우수성을 강조하면서 사실은 열등의식을 내보이는 것이 상례였다.

그 시기 시민문화 담당자들은 한문의 폐해, 유교의 허식, 중국과의 사대 관계 등을 과장하거나 왜곡해 일컬으면서, 사대부문화를 배격하는 논설을 즐겨 펴고, 사대부문화를 제거해야 민족문화가 살아난다고 했다. 그 선두에 선 이광수(李光洙)는 〈부활의 서광〉에서, 이황(李滉)을 중심으로 한 주자학파가 이룩되고는 사상의 움직임이 전혀 없어 "조선인의 머리는 곰팡이 슬고, 심정은 냉회같이 싸늘하게 식었다"고 한 주장을 기회 있을 때마다 되풀이했다. 사대부문화에 대해서 제대로 아는 바가 없고, 중세에서 근대로의 이행기 동안의 사상 혁신에 대해서 짐작조차 하지 못하면서, 그렇게 주장했다.

사대부문화나 민중문화에 대해서는 공감하는 바 없고 알지 못하더라도 시민문화의 전통을 인식하고 계승하고자 했다면 비판을 자제할 필요가 있다. 이광수는 그 점에 관해서도 경청할 만한 견해를 제시한 바 없었으나, 최남선의 경우는 조금 달랐다. 〈풍기혁신론〉(風氣革新論)에서, 하는 일 없이 지내며 헛된 글이나 숭상하는 양반을 비판하는 데 그치지 않고, 땀 흘려 일하며 실제 사업에 힘쓰는 상한(常漢)을 찬양하면서 "상한 득의의 신세계가 출현하였도다"라고 선언했다. 상한이라는 말로 시민과 민중을 함께 지칭하고 옹호했다.

자기 자신이 시민으로 성장한 서울의 중인 출신인 점을 감추려고 하지 않아, 그런 자각을 가지고 또한 표방할 수 있었다. 그러나 상한의 문학을 이어서 발전시키는 데 힘을 기울인 것은 아니다. 일본문학을 본뜨는 데 열을 올려 새 시대 시민문학이 고아가 되게 했다. 국학으로 관심을 돌린 뒤에는 아득한 옛적 단군시대를 미화하는 한편, 잡다한 지식을 늘어놓아 흥밋거리로 삼았다.

아직 윤곽이나 특징이 뚜렷하지 않은 시민문화 또는 시민문학의 전통을 정리해서 이해하려는 노력은 누구도 하지 않았다. 그런 판국이니 사대부문학과 민중문학을 받아들여 민족문화를 통합하는 것은 더욱 기대하기 어려웠다. 그 이유는 시민이 역사 창조의 주역 노릇을 한 경험을 축적할 겨를이 없고, 그럴 수 있는 준비를 제대로 하지 못한 데 있다. 일제의 침략을 받아 민족자본의 성장이 억제되고 매판자본 또는 예속자본이 그 자리를 차지하면서, 시민이 지도적 사명을 수행하기 더욱 어려워졌다.

그러나 근대문학이 시민문학이 아닌 민중문학으로 바뀌어 주도권 교체가 곧 일어나는 것이 정당한 순서라고 주장할 수는 없다. 민중문학은 시민문학의 약점을 보완하는 구실을 하는 것이 마땅했으며, 그 과업을 시민 출신이면서 민중에게 가까이 가려고 노력한 지식인 작가들이 맡았다. 급진적 좌파는 프롤레타리아문학을 해야 한다고 역설했으나, 프롤레타리아문학이 곧 민중문학은 아니었다. 선두에 선 논객들이 민중문학의 전통과 저력을 이해하지 못하고 민족문학의 과업을 무시한 채 일본을 매개로 소련문학을 이식하고자 해서 차질을 빚어냈다. 프롤레타리아문학 운동이 탄압의 대상이 되고, 자체 반성을 거치고서 시민문학과 민중문학의 합작이 공동의 목표로 등장하였으나, 구체적인 방법이 문제가 되었다.

손진태(孫晋泰)는 〈신민〉(新民) 1928년 1월호에 발표한 〈기미전후(己未前後)의 문화상(文化相)〉에서 근대문화로의 전환 양상을 몇 가지로 정리했다. 중국문화를 숭상하다가 서양문화를 받아들이게 되고, 양반의 몰락과 함께 문화의 민중화가 이루어지고, 역사·언어·문자·문예운동이 일어났다고 했다. 전에는 천대받던 서북지방 사람들이 새 시대 문화 활동에서 큰 구실을 하게 된 것도 커다란 변화라고 했다.

그런 현상은 문학에서 뚜렷하게 나타났다. 이광수·김동인(金東仁)·주요한(朱耀翰)·김억(金億)·김소월 등이 서북인이었다. 그 다음으로 두드러진 비중을 가진 사람들은 서울의 중인 출신이었다. 최남선·나도향(羅稻香)·현진건(玄鎭健)·박종화(朴鍾和)·염상섭 등이 이에 해당한다. 이들 문인이 시민문학을 이룩하는 주역으로 등장해, 사대부문학을 비판하고 문화의 민중화를 국문문학을 통해 이룩하면서 서양문학의 영향을 받아들이는 데 앞섰다. 그 다음 단계에는 대구의 이상화, 홍성의 한용운을 비롯한 전국 각처에서 시민 출신의 작가들이 등장해 시민문학을 확대하고 발전시켰다.

시민문학의 노선은 단일하지 않았다. 시민문학 자체이고자 하는가, 사대부문학이나 민중문학과 제휴하고자 하는가에 따라서 성향이 달라졌다. 시민문학만이 아니고, 시민·사대부문학도 있고, 시민·민중문학도 있으며, 시민·사대부·민중문학도 있었다고 할 수 있다.

시민문학만인 것은 외래 사조가 아니고서는 내세울 만한 것이 없어, 할 말이 모자라고 형식이나 표현이 혼란된 폐단이 있었다. 김동인·김억·주요한의 경우가 그렇다고 할 수 있다. 그런 폐단을 바로잡기 위해서 시민·사대부문학으로 나아가 보수적인 전통을 이용하는 것이 내용을 충실하게 하고 위신을 높이는 대책일 수 있었다. 이광수나 최남선에게서도 찾을 수 있는 그런 경향을 박종화가 잘 보여주었다.

시민·민중문학으로 나아가 시민문학의 공허함을 청산하고 민중을 위해 봉사하는 작가의 사명을 수행하는 것이 마땅하다고 하는 경우에는 현실의식이 충만한 작품을 산출했다. 김소월·이상화·한용운·나도향·현진건·염상섭은 그 길로 나아가면서 민중문학에 기울어진 정도에서 상당한 차이가 있었다. 아산 출신의 이기영(李箕永), 함흥의 한설야(韓雪野)는 순수한 민중문학을 한다고 자처했으나, 시민의 대열에 들어섰기 때문에 교육을 받고 문학을 할 수 있었다. 시민·민중문학을 민중문학에다 중심을 두고 하고자 한 것이 작품의 실상인데, 민중문학의 전통을 깊이 있게 계승한 것은 아니었다.

시민·사대부·민중문학을 이룩하는 더욱 범위가 넓은 과업은 시민작가가 감당하기 어려웠다. 사대부 출신이면서 시민의 삶을 경험하고 민중의 고통에 동참하고자 하는 홍명희(洪命憙), 이육사 등이 맡아 나섰으나, 세 영역을 다 아울렀다고 하기는 어려웠다. 민중문학뿐만 아니라 사대부문학의 소중한 전통을 재창조한 성과도 그리 크지 않다.

백낙청, 〈시민문학론〉, 《민족문학과 세계문학》(창작과비평사, 1974) ; 윤영윤, 《서울 중인작가와 근대소설의 양식 연구》(박이정, 1998)에서 도움이 되는 논의를 전개했다. 귀족·시민·민중의 관계를 소설에서 고찰하는 작업을 《소설의 사회사 비교론》 1~3(지식산업사, 2001)에서 했다.

11.1.4. 시대상황과의 대결

문학에서 항일투쟁을 하는 것은 쉬운 일이 아니었다. 국권을 일부 상실한 1905년에서 1910년 사이에도 의병을 일으켜 무력항쟁을 하지 않고 언론을 통해 애국계몽운동을 하는 경우에는 항일을 용납하지 않는 법규 때문에 일본 대신 친일파를 공격의 대상으로 삼아야 했다. 1910년 이후에는 식민지 통치를 비판하는 것이 더욱 엄격하게 금지되었다. 검열에 걸린 글을 삭제, 압수하고 간행물을 정·폐간하는 데 그치지 않고 필자를 투옥하기도 했다.

그런 사정 때문에 문학을 한다는 젊은이들이 절망에 사로잡히는 경향이 있었다. 동인회를 만들고 잡지를 내면서, 영원하고 절대적인 것이 이루어지지 않아 모든 것이 허무하다고 탄식했다. 자기도취와 현실도피를 문학에서 찾았다.

망명지 상해에서 나온 〈독립신문〉(獨立新聞) 1920년 4월 27일자 〈유해무익(有害無益)의 문자〉라는 논설에서 국내 문단의 그릇된 경향을 비판했다. "근래 잡지열이 성행하면서 유해무익의 문자가 삼천리에 횡행하도다"라고 하고, "어느 책을 보아도 천박·유치·유약(柔弱)·퇴폐하고, 글조차 되지 못한 구역나는 연애소설뿐"이라고 했다. 일본 직수입의 예술론을 집어치우고, 소설을 쓰려거든 국민을 분발시키는 소설을 쓰라고 했다. "아아 청년 문사들아!" 하고 외치고서, "네가 앉은 땅이 어디며, 네가 선 때가 어느 때며, 네 동포가 무엇을 바라는가"를 생각해 가슴을 치고 통곡하라고 했다.

신채호는 망명지 중국에서 1923년에 쓴 〈조선혁명선언〉에서 그런 형편을 더욱 격렬하게 비판했다. "일본 강도 정치 하에서 문화운동을 부르짖는 자는 누구이냐?" 하고 나무라며 문화운동의 가능성을 부정했다. 강도 정치에 기생하려는 주의를 가진 문화운동자도 적으로 선언해야 한다고 극언했다.

그렇다면 망명지문학이나 지하문학이라야 민족문학의 사명을 제대로 수행할 것 같았다. 임시정부가 〈독립신문〉을 내서 망명지문학을 위한 발표 지면을 제공했다. 거기 실린 작품은 국내에서와 같은 제약이 없어 일제를 정면에서 규탄하고 항쟁을 주장할 수 있었다. 그 밖에 중국의 다른 곳, 노령, 미주 등지에서 전부터 있었거나 새로 창간된 여러 형태의 간행물이 항일문학을 진작시켰다. 만주에서 싸우던 독립군의 노래는 국내에까지 은밀히 전해져서 희망을 고취하고 용기를 북돋우었다.

그러나 망명지의 항일문학에는 그 나름대로의 제약 조건이 있었다. 문학 창작에 전념할 수 있는 여유가 없고, 역량 있는 작가가 나타나 지속적인 활동을 하지 못했다. 전달의 매체가 구전이 아니면 지면이 아주 제한된 간행물뿐이어서 긴 작품을 발표하는 것은 가능하지 않았다. 독자가 적어 출판이 성장할 수 없었다. 1910년 이전에 이미 나타난 그런 조건이 그 뒤에도 개선되지 않아, 쓰기 쉽고 많은 지면을 차지하지 않는 시가가 계속 망명지문학의 주류를 이루고, 소설의 발달은 기대하기 어려웠다.

국내에서라도 검열을 벗어난 문학활동을 비밀리에 전개하면 항일문학을 온전히 가꿀 수 있었겠으나, 그런 의미의 지하문학이 어느 정도 가능했던지 의문이다. 여러 형태의 지하운동 단체가 있어 줄기차게 활동해온 것은 사실이다. 그러나 문학 창작물을 은밀히 보급하는 활동은 하지 않았다. 문학이 항일운동의 긴요한 방법이라고 생각하지 않았다. 검열의 대상이 아닌 민요나 설화는 지하문학일 수 있는 조건을 원래부터 갖추고 있어 적극적인 항일문학을 은밀하게 만들어 퍼뜨리는 데 이용되었으나, 그렇게 하는 조직적인 움직임이 있었던 것은 아니다.

필사본은 출판물이 아니므로 검열의 대상이 아니었다. 필사본으로 기록해 작자가 보관하거나 기밀을 누설하지 않을 사람들끼리만 은밀하게 돌려본 작품에는 적극적인 항일을 한 것들이 있다. 의병 투쟁을 서술하고 회고한 한시문이나 가사가 그 좋은 예이다. 부녀자들을 독자로 한 규방가사에도 역사를 되돌아보며 애국심을 고취한 것들이 있었다.

출판할 수 없는 신문학의 작품을 유고로 남기거나 필사본으로 돌려 읽은 예는 찾기 어렵다. 신문학의 작가는 후대에 빛을 볼 작품을 은밀하게 전하려 하지 않았다. 미발표 원고로 남은 것은 거의 다 습작이거나 미완성이었다. 다만 윤동주만은 정성을 다해 완성한 시집을, 검열 통과가 불가능하다고 여기고 유고로 남겼다.

중세에서 근대로의 이행기까지 광범위하게 이용하던 구전, 필사본, 비영리적 출판물 등을 다 버리고, 영리적 출판물에 의한 유통만 적극적으로 발전시킨 문학이 근대문학이라는 요건이 1919년 이후의 문학에 분명하게 나타났다. 작가는 누구나 인쇄매체를 통해 발표될 것을 전제로 작품을 창작했다. 살아가는 동안의 심정을 술회하고 경험이나 주장을 알리기 위해 글을 쓰며 출판 여부에는 관심을 두지 않는 것은 가치를 인정할 수 없는 구시대의 관습이었다.

근대는 사람이 하는 활동을 전문적인 영역에 따라 나누어 분업을 제도화한 시대이다. 지체나 출신 지역을 대신해 직업이 어떤 인물에 대해서 알아야 할 가장 긴요한 요건으로 등장해, 문학 창작을 하는 작가도 직업의 하나로 공인되었다. 인쇄매체를 통해 작품을 발표하는 것이 작가가 되는 기본 요건이고 다른 길은 없었다. 그렇게 해도 누구나 공인된 자격을 가진 작가가 될 수 있는 것은 아니었다. 공인된 작가와 그렇지 못한 아마추어 작가를 구별했다.

작가가 되기 위해서 처음에는 동인지를 내서 작품을 싣기만 하면 되었다. 나중에는 신문의 현상문예나 문예지의 추천을 거쳐야 한다는 제도를 만들었다. 그래서 자격을 갖춘 기성 작가의 활동 무대를 '문단'이라고 하고, "문단에 등장한다"는 말이 생겼다. 한문학, 구시대의 국문학, 구비문학을 자기 영역으로 삼는 사람들은 문단 밖에 있어, 그런 작품은 작품이 아닌 것으로 취급되었다.

문학갈래의 축소조정이 그런 변화와 상응하는 관계를 가졌다. 서정시·소설·희곡만 근대문학의 갈래로 인정해, 전문적인 작가가 되는 데 필요한 특별한 수련을 강요했다. 오랜 전통이 있어 누구나 쉽게 지을 수 있는 한시나 가사는 문학의 범위 밖으로 밀어냈다. 산문도 거의 다 문학이 아니라고 하고, 수필이라고 하는 것 하나만 인정해 전문가와 비전문가가 공유할 수 있는 최소한의 영역을 마련했다.

그런 과정을 거쳐 근대문학을 이룩하려면 출판의 발전이 필수적인 요건이었다. 발전이란 두 가지 의미를 가진다. 출판 영업에서 발생하는 이윤 분배에 참여해 작가가 직업인으로 살아갈 수 있어야 한다. 출판에 대한 정치적 간섭을 배제하는 자유를 얻어야 한다. 일제의 식민지가 된 탓에 그 둘을 다 갖추지 못해 어려움을 겪었다. 앞의 사정에 관해서는 다음 항목에서 말하기로 하고, 여기서는 출판 검열에 대해 고찰하기로 한다.

인쇄매체를 통해 작품을 발표하는 것을 전문적 작가로서 활동하는 필수적인 요건으로 삼자, 모든 작가가 일제의 통제에서 벗어날 수 없었다. 한용운은 〈당신을 보았습니다〉라는 시에서, "나는 집도 없고, 다른 까닭도 겸하여 민적(民籍)이 없습니다"라고 하면서 일제통치를 인정하지 않고 살아가는 자세를 나타냈다. 그렇게 말한 작품도 검열을 거쳐 출판했다. 검열을 인정하지 않으려면 〈님의 침묵〉을 자기의 침묵으로 한정했어야 했다. 한용운은 그 길을 택하지 않고, 검열에 통과할 수 있는 표현을 사용하면서 많은 독자에게 전하고자 하는 말을 했다.

검열의 실상을 구체적으로 살펴보자. 민족의 처지를 문제 삼고 일제를 비판하는 작품은 가혹한 검열에 걸려 삭제되고 판매가 금지되었다. 검열에 적용하는 법규는 대한제국 말기에 일제의 강압에 의해 제정된 1907년의 광무신문지법(光武新聞紙法), 1909년의 출판법 및 거기 부수되는 규칙이었다. 거기다가 1936년의 불온문서임시취체법, 1938년의 국가동원법, 1941년의 국방보안법 등 탄압을 가중시키는 법을 여럿 보탰다.

〈동아일보〉는 1930년 4월 15일까지만 해도 292회에 걸쳐 압수되었다. 〈개벽〉은 1920년 6월의 창간호를 위시해 발매금지 34회, 정간 1회, 벌금 1회의 시련을 겪고, 1926년 8월의 제73호에 이르러 발행이 정지되었다. 1940년에는 〈동아일보〉와 〈조선일보〉(朝鮮日報)를, 1941년에는 〈문장〉(文章)과 〈인문평론〉(人文評論)을 폐간하고, 일제를 직접 찬양하지 않는 신문과 잡지의 존속을 불허했다.

일제가 작성한 〈조선출판경찰개요〉(朝鮮出版警察槪要)에 단행본 검열 상황 통계가 수록되어 있다. 1929년의 경우를 한 예로 들어보면, 검열 신청 927건 가운데 25종이 취하되고, 27종이 불허되었다고 했다. 취하를 한 것은 불허가 예상되었기 때문이다. 취하와 불허를 합치면 허가되지 않은 것이 52종이나 된다. 불허된 책을 그 책의 분류에 의거해서 말하면, 아동물 7종, 신소설 8종, 시가 3종, 동요 3종, 문집 4종, 유고 3종 등 28종의 문학서가 포함되어 있다. 문학서는 불허 판정 비율이 특히 높았다. 시가의 경우에는 13종 출원, 10종 허가, 3종 불허로 나타나 있다.

서적을 출판하려면 경찰서 도서과라는 곳에다가 원고를 제출해 검열을 받아야 했다. 검열에서 일부 삭제를 하고 출판을 허락하기도 하고 출판을 아예 불허하기도 했다. 1928년에 나온 조명희(趙明熙)의 단편집 〈낙동강〉(洛東江)을 보면, 검열에서 삭제된 대목이 너무 많아 앞뒤 말이 연결되지 않는다. 심훈(沈薰)은 1933년에 시집을 내려고 검열을 신청했다가 반 이상 삭제되어 출판을 포기했다.

출판허가를 하지 않는 데 그치지 않고 작가를 투옥하기까지 했다. 프롤레타리아문학 운동을 하던 카프 맹원들은 1931년에 1차로, 1934년에 2차로 대거 검거되었다. 검거한 뒤에 사법처리의 대상으로 삼는 데서 나아가, 사상 전향을 강요해 일제에 협력하는 문학을 한다는 약속을 하게 만들었다.

문학을 다루는 정책은 영역에 따라 다소 차이가 있었다. 비평보다는 소설, 소설보다는 연극이 대중에 끼치는 영향이 크기 때문에 한층 가혹하게 탄압했다. 프롤레타리아문학이 일어날 때 이론이나 비평에서는 과감한 주장이 있었어도 창작은 상대적으로 빈약했던 이유의 일단을 그런 사정으로 설명할 수 있다. 일제 검거가 시작된 직접적인 동기는 연극 운동을 막으려고 한 데 있다.

사정이 그렇기 때문에 검열에 통과되고, 탄압받지 않고 작품활동을 하려면 일제가 요구하는 조건을 받아들여야 했다. 그렇게 한 것이 잘못이라고 할 수는 없다. 어떤 형태로든지 일제에게 협력한 작가는 용납하지 못한다고 한다면, 문학의 본질을 왜곡한다. 문학은 주어진 상황과 대결하는 경험을 형상화해, 상황을 타개하는 노력에 동참하도록 하는 공감을 불러일으킨다. 일제 강점의 불만스러운 상황에 맞서서, 그 안에다 거점을 마련하고 대결하며 고통을 함께 겪는 광범위한 독자의 공감을 얻어 민족 해방으로 나아가는 길을 가능한 대로 찾는 것이 문학의 사명이었다.

슬기로운 작가는 자폭이나 자학을 능사로 삼지 말고, 가능한 작전을 마련해야 했다. 활동을 계속할 수 있는 보호책을 마련하고, 일제를 상대로 정면이 아닌 측면에서 대결하는 방법을 개척해야 했다. 그렇게 하는 것이 비겁하다고 생각하는 것은 전혀 부당하다. 유격전과 같은 투쟁을 어느 정도 효율적으로 수행했느냐 하는 것이 평가의 기준이 되어야 한다.

작가의 의도를 노출하고 일제와 정면으로 싸우겠다는 것은 어리석은 짓이었다. 투쟁의 구호나 나열하는 서투르고 조급한 자세를 피하고, 의도는 감추고 공격의 효과를 높이는 창작방법을 갖추어야 했다. 그 점에 관해 박지원(朴趾源)이 말한 바를 아무도 기억하지 못했으나, 실천하는 사람들은 있었다. 명분을 앞세워 선전을 일삼는 그릇된 태도를 버리고 성실한 자세로 현실과 대결하면 선인들의 뛰어난 지혜를 자기도 모르는 사이에 이어받을 수 있었다.

정공(正攻)의 위험과 비효율을 바로 알고, 측공(側攻)이나 역공(逆攻)을 대안으로 택해 자기 피해는 줄이고 상대방에게 주는 타격을 키운 작품들이 뛰어난 창조의 성과를 이룩했다. 한용운이 보여준 비유와 상징, 채만식이 개척한 반어와 풍자의 기법이 그 좋은 예이다. 불교문학의 전통을 외형에서는 많이 다르게 재창조하고, 판소리에서 쓰던 작전을 아유하면서 활용해, 악랄한 검열을 받으면서 전개하는 해방 투쟁의 문학이 나아가야 했던 길을, 문학의 가치를 더욱 심오하게 발현하면서 보여주었다.

누구나 그럴 수 있었던 것은 아니다. 전통이 소중하므로 미화하고 계승해야 한다고 하면서 원래의 가치를 훼손해 당대의 문제에서 도피하는 구실로 삼는 사람들이 적지 않았다. 시조가 독점적인 가치를 가진다 하고서, 생명은 짓밟고 형해만 잇고자 한 것이 그런 짓이다. 민요를 계승한다면서 단순하고 소박한 노래라는 개념의 틀에 가둔 것도 문제이다. '조선심'이라는 것이 어디 따로 있어서 그것만 되살리면 무슨 문제든지 해결할 수 있는 듯이 말해 민족문화의 폭넓은 계승을 방해한 것도 함께 지적해야 할 과오이다.

그 앞 시기의 이인직처럼 드러내놓고 친일문학을 하는 작가는 일단 없어졌다. 일본의 통속물 번안이 신소설이나 신파극에서 인기를 모으던 풍조도 시들해졌다. 민족을 생각하고 민족을 위한 문학을 한다고 자처하는 사람이 적지 않았다. 그러나 민족 허무주의를 마음속에다 감추어놓고 민족을 사랑한다는 공연한 말을 하는 것들이 있었다. 이광수의 〈민족개조론〉(民族改造論)이 그런 본보기이다.

일제는 1930년대 후반에 군국주의를 다그치고 1940년대에는 민족 말살 정책을 쓰면서, 작가들에게 친일을 유도하고 강요했다. 그때까지 활동하던 작가들 가운데 상당수가 일제를 옹호하고 침략전쟁을 찬양하는 언동을 하고 작품을 썼다. 일본어로 창작하면서, 일본인이 된 것이 자랑스럽다고 하기도 했다.

그렇게 된 이유를 일제의 강요 때문이라 하고 말 수는 없다. 민족 허무주의에 사로잡혀 있던 작가들은 쉽사리 노선을 바꾸고 적극적으로 친일을 했다. 민족개조를 부르짖던 이광수가 그 좋은 예이다. 민족문학에 대한 인식이 없이, 문학평론을 한다면서 서양문학의 새로운 사조를 이식하는 데 열을 올리던 최재서(崔載瑞)도 대표적으로 추가해야 할 인물이다.

이명재, 《식민지시대의 한국문학》(중앙대학교출판부, 1991) ; 한만수, 〈일제시대 문학검열 연구를 위하여〉, 《배달말》 27(배달말학회,

2000)에서 검열에 관해 고찰했다. 〈근대, 근대문학, 근대문학의 제도〉, 《한국문학평론》 2002년 봄호(국학자료원, 2002)에서 여러 나라의 경우를 비교해 고찰했다.

11.1.5. 문학활동의 여건

1920년대 초에는 소수의 문인이 몇몇 동인지를 중심으로 활동하다가, 〈조선문단〉(朝鮮文壇), 〈개벽〉 등의 잡지를 통해 신인이 등장하기 시작해 1930년에 들어서서는 문인의 수가 급격하게 늘어나고, 출신 지역이나 배경이 다양해졌다. 〈문예월간〉(文藝月刊) 1932년 1월호에 나와 있는 〈문예가명록〉(文藝家名錄)에 수록된 인원이 60명이나 된다. 출생연도, 출생지, 학력, 거주지 등이 밝혀져 있어 다각도의 검색이 가능하다.

44세의 윤백남(尹白南)과 홍명희가 가장 연장자이며, 40대가 3명이 더 있다. 30대가 20명이고, 과반수에 해당하는 나머지가 20대이다. 서울 출신이 16명, 경기도 3명, 충청도 7명, 경상도 7명, 전라도 7명, 강원도 3명, 황해도 3명, 평안도 8명, 함경도 6명이다. 중학교 국내 수학자가 26명이고, 일본 수학자가 10명이다. 대학 또는 전문학교 졸업생 22명, 중퇴자 11명은 거의 다 일본 유학생이다.

전반적인 특징을 몇 가지로 정리할 수 있다. 문학에 종사한 지 몇 해 되지 않는 사람들이 중견으로 활동할 만큼 신문학의 연륜이 얕았다. 서울 출신이 가장 많고, 그 다음이 평안도이다. 일본 유학을 최종학력으로 삼는 사람들이 큰 비중을 차지했다. 서울 출신이며 일본에서 대학을 졸업하고 돌아온 20대가 문단을 주도했다고 할 수 있다.

1939년과 1940년 두 해에 걸쳐 인문사(人文社)에서 〈조선문예연감〉(朝鮮文藝年鑑)을 펴내 문학·예술·출판 등에 관한 제반 사항을 정리했다. 1940년도 연감에 실린 문인은 모두 156명이다. 소설가 68명, 시인 60명, 문학평론가 25명, 극작가 3명, 아동문학가 1명이 전문작가라고 할 수 있고, 나머지 9명은 문학 주변의 인사들이다. 1932년에 비하면 문인 수가 3배 가까이 늘어났다.

그 연감에서 전년도인 1939년에 나온 문학서를 보면, 소설 35종, 시집 23종, 수필집 3종, 평론집 2종, 희곡집 1종이다. 그 밖의 연구서나 자료집까지 포함해 모두 80여 종에 이르렀다. 중요한 책을 들어보면, 소설에는 홍명희의 〈임거정〉(林巨正) 제1권, 현진건의 〈무영탑〉(無影塔), 김남천(金南天)의 〈대하〉(大河), 이효석(李孝石)의 〈화분〉(花粉) 등이 있다. 시집으로는 이병기(李秉岐)의 〈가람시조집〉(嘉藍時調集), 오장환(吳章煥)의 〈헌사〉(獻詞), 김광균(金光均)의 〈와사등〉(瓦斯燈) 등이 나왔다.

문학서 출판에서 그 해가 절정을 이루었다고 할 수 있다. 중일전쟁이 일어난 지 3년이나 되는 시기여서, 검열이 가혹해진 시기에 그동안의 노력이 결실을 보아 풍성한 성과를 거두었다. 1940년대로 들어서면 모든 문화 활동이 위축되고 창작의 자유가 더욱 제한되면서 출판도 침체되었다.

외형적인 성장이 그 정도 이루어져 근대문학의 성장이 본궤도에 들어선 것은 아니었다. 많은 어려움이 있어 작가의 삶을 위협하고, 창작의 의욕을 위축시켰다. 〈조선문단〉 1927년 1월호에서, 문단 침체의 원인과 그 대책의 물음에 관한 20명의 응답을 실었는데, 작가의 생활이 불안정하고 검열이 가혹한 것이 문제라고 하는 것이 거의 공통적인 응답이었다.

〈신동아〉(新東亞) 1932년 11월호 이고성(李高城)의 〈조선의 문단〉, 〈조광〉(朝光) 1936년 1월호 김한용(金翰容)의 〈조선문단진흥책소고〉에서 무엇이 문제인가 본격적인 고찰을 했다. 이고성은 검열이 심하고, 작가의 노력이 부족하고, 사회운동이 부진하며, 대중이 문학에 관심을 둘 여유가 없고, 글 쓰는 사람의 생활이 궁한 것이 장애 요인이라 했다. 김한용은 일본 출판물이 국내 출판물을 압도해 문인이 생활고를 겪는다고 했다.

일본 출판물이 국내 출판물을 압도한 것은 식민지 통치의 직접적인 결과이다. 일본어를 국어로 하는 교육을 받고 자라난 세대가 기꺼이 독자 노릇을 하는 일본어 서적이 다른 상품 못지않게 대량으로 침투해 들어와 국내 시장을 장악했다. 문학작품을 찍어 파는 국내 출판업은 일본 것과 직접 경쟁이 될 수 있는 종목에서는 계속 실패를 보면서 독자적인 영역을 겨우 유지했다.

〈조광〉 1938년 12월호의 〈출판업으로 대성한 제가의 포부〉에서 당시의 대표적인 출판사 박문서관(博文書館)·영창서관(永昌書館)·덕흥서림(德興書林)의 주인을 찾아 면담한 기사를 실었다. 그 선두주자인 박문서관의 노익형(盧益亨)은 1907년 창업을 하자 박은식의 〈서사건국지〉(瑞士建國誌), 신채호의 〈을지문덕〉(乙支文德) 같은 책을 내놓았다. 그런 것들이 금서가 되자 〈춘향전〉·〈심청전〉·〈유충렬전〉 등의 구소설을 내놓은 것이 팔려 영업이 번창해졌다고 했다.

신문학 작품은 그렇지 못해, 염상섭의 소설 같은 것은 평가가 높아도 잘 팔리지 않는다고 했다. 일반의 수준이 "문예소설"을 이해하지 못하는 것이 그 이유라고 했다. 이광수의 〈사랑〉을 첫 권으로 한 〈현대걸작 장편소설전집〉 전 10권을 기획해 출판하는 의욕을 보이는데, 수익은 기대할 수 없을 것이라고 기사 작성자가 예견했다.

구소설이 계속 잘 팔린다고 한 것은 다른 출판사의 경우도 마찬가지였다. 구소설에서 이미 확보하고 있는 독자층은 취향을 바꾸려고 하지 않고, 일본어를 익히지 못해 일본 작품을 사볼 수 없었다. 당대의 소설은 사정이 달라 일본 작품과 직접 비교가 되고 경쟁이 되었다. 일본 작품이나 일본어로 번역된 서양 작품을 읽어 새로운 문학에 관심을 가진 사람들이 뒤늦게 비슷한 것을 찾았다.

일본 작품과의 경쟁에서 이기기 위해 일본을 통한 서양문학 추종에서 벗어나 자각을 뚜렷하게 하며 민족의 처지를 적극 문제 삼는 작품도 시련을 겪었다. 많이 팔 것을 노리고 통속적인 취향을 갖추는 데 힘쓰는 소설가라도 글을 써서 생활하기는 아주 어려웠다. 어떤 경향의 작가이든 빈곤한 정도에서 큰 차이가 없었다.

〈신인문학〉(新人文學) 1934년 8월호에 신문과 잡지의 원고료, 잡지 발행 부수, 문인의 월수입에 관한 자료가 실려 있다. 원고료는 신문 연재소설의 하루치가 평균 2원 정도이고, 잡지는 〈신동아〉와 〈신가정〉(新家庭)에서만 4백자 원고지 한 장당 25전으로 하고 다른 잡지는 고정된 원고료가 없다고 했다. 〈신가정〉은 8천 5백 부, 〈신동아〉는 8천 부를 발행하고, 〈삼천리〉(三千里)는 1만 부였다가 6천 부로 줄어들어, 원고료를 거의 내지 않는다고 했다.

월수입이 전문학교 교수는 150원, 중학교 교사는 120원, 신문사 부장은 80원, 기자는 60원인데, 신문소설을 연재하면 60원이고, 그렇지 않으면 고정수입이 없다고 했다. 연재소설 없이 가장 많이 버는 김억은 유행가 작사료와 잡지 고료를 합쳐 월수 70원이라 했다. 채만식은 가명으로 탐정소설까지 써서 60원 벌이를 하는 것으로 밝혀졌다. 이하윤(異何潤)은 유행가 작사료가 30원, 박영희(朴英熙)와 함대훈(咸大勳)은 원고료가 20원인 것으로 나타났다. 그 정도 벌이를 하는 문인도 흔하지 않았던지 예를 더 들지 않았다.

근대는 분업의 원리에 따라 직업이 분화된 시대이다. 근대작가는 작품 창작에 전념하는 전업작가이기를 원한다. 근대문학의 가장 중요한 갈래인 장편소설은 통상적인 노동시간을 다 바쳐야 제대로 쓸 수 있다. 그런 조건을 확보하지 못하고 창작에 전념하는 것은 고통이었다. 근대작가라면 어디서나 겪는 시련이 식민지 현실 때문에 가중되었다.

인쇄 방법이 방각본에서 활자본으로 바뀌어 출판업 발전이 본궤도에 오르려고 할 때 식민지가 되어 시련이 닥쳐왔다. 가혹한 검열도 문제였지만, 일본 출판물과의 경쟁에서 밀려나 국내 저자의 작품이 시장을 확보하는 데 많은 어려움을 겪었다. 작품을 출판해도 수익이 생기지 않아 생계유지가 어려운 작가들이 열정과 의지로 버텨야 했다. 그런 악조건 때문에 민중이 겪는 더 큰 고난을 이해하고 현실 문제를 심각하게 다룰 수 있었다.

문학작품은 원래 말로 전달되기만 하다가 글로 전달되는 방식이 나타났으며, 그 두 가지 방식이 서로 넘나드는 관계를 가지고 오랫동안 함께 쓰였다. 구비문학이 아닌 글로 써야 하는 작품이라도, 노래하고, 읊고, 읽는 현장에서 전달되는 관습이 줄곧 이어져왔다. 필사본이나 인쇄본이 유통되었어도 그런 관습과 연결되어야 수용자를 널리 확보할 수 있었다.

목판과는 다른 활판으로 신속하게 인쇄해 다수의 독자에게 동시에 전달되는 신문·잡지·단행본이 나타나면서 사정이 달라지기 시작했다. 근대문학의 시기에 들어서서는 인쇄매체에 의한 전달이 거의 독점적인 구실을 하게 되었다. 작가가 자기 작품을 수용자와 직접 대면해 발표하며 함께 즐기는 기회가 아주 없어지지는 않고 시 낭독회 같은 것이 더러 열리기는 했어도, 인쇄된 작품이라야 정식으로 발표했다고 인정되었다.

그렇게 되자 문학작품 창작은 혼자서 글을 쓰는 고독한 작업이어야만 했고, 그 과정을 거쳐 어렵게 이룩한 작품을 인쇄매체에 발표해야 하는 또 한 가지 고민이 뒤따랐다. 신문·잡지·단행본은 작가가 스스로 관장하지 못하며, 발행인이 수지 타산을 가늠해 펴내고, 편집인이 정해진 방침에 따라 엮게 마련이다. 발행인과 편집인으로 이루어진 전문적인 전달자가 자기네 나름대로의 판단에 따라 받아들이는 작품이라야 비로소 빛을 보고 창작한 보람을 찾을 수 있어 작가는 그만큼 불리한 위치에 서게 되었다.

발표하는 작품에 대해 작가가 저작권을 가져 위치가 불리해진 데 대한 보상으로 삼을 수 있는 제도가 새롭게 확립되었다. 저작권이란 다른 사람이 표절할 수 없게 하고, 게재하거나 출판할 때 원고료 또는 인세 형태의 사용료를 받는 권리이다. 저작권이 인정되고 보호되면서 작가는 근대사회의 직업인으로서 살아갈 수 있는 방도를 얻었다. 그것은 이상일 따름이고 실상은 달라, 저작권이 상당한 기간 동안 실질적인 의의를 가지지 못했다.

신문·잡지·단행본 출판업이 제대로 정착되지 않아 저작권 사용료

는 기대할 수 없고, 작품 발표의 기회를 얻은 것만 다행스럽게 여겨야
할 형편이었다. 작가의 이름이 고정되어 있지 않고 가명, 필명, 호 등이
잡다하게 쓰인 것은 등록상표를 명시해도 소용이 없었기 때문이다. 원
고료나 인세는 소수의 인기 있는 작품이 아니면 기대할 수 없었고, 받
는다 해도 생활비가 되기 어려웠다.

그런 상황에서 팔리는 작품과 팔리지 않는 작품이 분화되었다. 팔리
는 작품은 영리적인 전달자가 맡아서 펴내고, 팔리지 않는 작품은 작가
스스로 발표할 지면을 마련해야 했다. 경영이 비교적 안정된 신문에서
는 장편소설만 받아들여 연재했다. 애국계몽기의 신문은 시가를 적극
활용하고 소설은 어쩌다가 실었는데, 일제가 낸 〈매일신보〉(每日申報)
에서 그런 관례가 뒤집어지더니, 〈동아일보〉·〈조선일보〉 이래의 모든
신문이 시는 버려두고 소설을 연재하는 관습을 정착시켰다.

신문시라는 말은 성립되지 않았으며, 신문소설이라 하면 개념과 특
성이 누구에게나 분명해졌다. 신문소설은 흥미 본위로 써야 하는 제약
조건이 있었지만 장편소설 발전에 결정적인 구실을 했다. 그런데 단편
소설은 신문에서 일정한 자리를 차지하지 못하고 원고료가 거의 없다
시피 한 잡지에서 발표해야 했다. 장편소설과 단편소설, 소설과 시가
그런 사정 때문에 성향이 아주 달라졌다.

소설가는 신문 외에 일반 잡지에도 작품을 발표할 수 있었으나, 시인
은 그럴 수 있는 기회가 적어 동인지를 내야만 했다. 다른 분야의 문인
들과 함께 내는 동인지에 대해서 시인들이 특별한 애착을 가졌다. 동인
지가 아니더라도 순수한 문예지가 있어 시를 대접해주기를 바라고, 시
전문지가 있어야 한다고 했다.

문예지나 시 전문지가 팔리지 않았음은 물론이다. 발간을 담당할 출
판업자를 찾고자 했으나 뜻을 이루기 어려워 작품을 발표하는 문인들
가운데 누가 돈을 대야 했다. 수입을 얻지 못할 뿐만 아니라 금전상의
희생까지 해가면서 작품을 발표해야 하는 것이 근대문학의 특징이다.
시 작품은 상품 가치가 없어 누군가 손해 보는 사람이 있어야 발표될 수

있었다. 시집은 대부분 자비로 출판해서 시인 자신이 손해를 보았다.

그런데도 시를 쓰는 사람들은 희생이나 손해를 기꺼이 받아들이고 순교자의 각오를 가지기까지 했다. 시집을 계속 많이 내서 시가 건재하다는 것을 알리고, 문학의 중심이 소설로 기울어지지 않게 하려고 했다. 상품경제의 논리를 거역하는 것이 문학의 존재 의의라고 시인들이 앞서서 주장했다. 시비(詩碑)라는 것을 세워 시인을 위로하는 관례에 소설가는 끼어들지 못하는 것이 당연하다.

1919년 1월에 창간되어 1921년 7월 제6호까지 나온 〈신청년〉이 첫 문예지이다. "문예지"라는 말을 제호 위에 적었다. 소설이나 다른 산문을 먼저 싣고, 시는 제6호에 이르러서 실었다. 경성청년구락부가 발행한다고 해서 동인지의 범위를 넘어섰다. 방정환(方定煥)이 중요한 구실을 한 것을 보아 천도교와 관련이 있는 것 같다. 나도향이 1921년 1월의 제4호에 소설을, 박영희가 제6호에 시를 발표해 장차 〈백조〉 동인이 될 사람들의 참여로 내용이 풍부해졌다.

첫 동인지는 1919년 2월에 창간된 〈창조〉(創造)이다. 평양 갑부의 아들인 김동인이 발의해 발간비를 대고, 평소부터 친하게 지내던 주요한·전영택(田榮澤)·김환(金煥)·최승만(崔承萬)과 함께 동인회를 구성했다. 그 뒤에 이일(李一), 오천석(吳天錫) 등이 추가로 참가했다. 이들 동인은 기독교를 믿는 평안도 시민 가문에서 자라나 일본에 유학하고 있었던 공통점을 지녔다. 지난 시기의 전통은 무시하고 새로운 자극을 받아 문학을 혁신하겠다는 데서 자기만족을 찾았다. 어떤 노선을 표방하지 않고 동인들이 쓴 작품을 무엇이든지 실었다. 김동인의 소설과 함께 주요한의 시를 발표한 것이 가장 주목할 만한 성과이다.

제7호까지는 자비로 일본 동경에서 냈다. 1921년 5월의 제9호까지 이어지는 동안 주식회사를 만들기도 했으나 재정적인 안정을 얻지 못했다. 마지막 두 호는 서울에 있는 출판사 광익서관(廣益書館)의 주인 고경상(高敬相)이 맡아주어 가까스로 나왔다. 〈영대〉(靈臺)라는 후속 동인지가 1924년 8월에 시작해 1925년 1월까지 다섯 번 출간되었다.

두 번째의 동인지 〈폐허〉(廢墟)는 1920년 7월에 창간되어 1921년 1월의 제2호까지 나왔으며, 〈폐허이후〉(廢墟以後)로 속간된 것은 1924년 1월의 한 호로 끝났다. 광익서관의 고경상이 창간호만 맡고 손을 뗴었고, 동인들 가운데 재력 있는 사람이 없어 지속되지 못했으나, 국내에서 출간되고, 주장한 바가 뚜렷한 점에서 〈창조〉보다 더 큰 의의를 가진다.

창간호 서두에 염상섭의 〈폐허에서〉를 싣고, 황량한 폐허가 펼쳐져 있는데 부활의 봄이 오게 해야 한다고 했다. 오상순(吳相淳)은 〈시대고(時代苦)와 희생〉에서, 비통한 시대의 고뇌를 감당하면서 영원한 생명을 희구해야 한다고 했다. 황석우(黃錫禹)·남궁벽(南宮璧)·김억·변영로(卞榮魯) 등 다른 주요 동인들의 시에서도 자기 시대의 고민을 다양하게 나타냈다. 그런 점을 들어 퇴폐주의를 보여주는 잡지라고 하는 견해가 있으나 적절하지 않다. 퇴폐를 넘어서고자 하는 의지를 보였다.

1921년 5월에 나온 〈장미촌〉(薔薇村)은 최초의 시 전문 동인지이다. 황석우가 편집을 하고 변영로·노자영(盧子泳)·박영희·박종화 등이 동인으로 가담했다. 황석우와 변영로는 〈폐허〉 동인으로 참여했다가 그 잡지가 중단되자 시 동인지를 따로 마련했다. 노자영·박영희·박종화는 다음해에 〈백조〉 동인으로 참여했다.

〈장미촌〉은 한 호만 나오고 말았으며 얼마 되지 않은 분량이지만 의욕이 대단했다. "자유시의 선구"라는 부제를 달고, 영원한 평화와 안식을 장미로 상징된 시 세계에서 찾겠다고 한 짤막한 선언문을 실었다. 본문 서두의 〈장미촌〉에서 변영로는 "시는 유한한 물질계를 떠나 영원한 정신계로 들어가는 길을 연다"고 했다. 시 잡지를 따로 마련해서 시를 미화하고 이상화하는 주장을 마음껏 폈는데, 수록한 작품에는 그만한 설득력이 없었다.

1921년 1월에 창간되어 1923년 9월의 제3호까지 나온 〈백조〉(白潮)는 표방한 노선에서나 참가한 문인들의 역량에서나, 초창기 동인지 가운데 가장 중요한 위치를 차지했다. 홍사용(洪思容)이 자금을 대고 편집을 주도했으며, 시인은 이상화・노자영・박영희・박종화가, 소설가는 현진건과 나도향이 동인으로 참여했다. 일본 유학은 하지 않고 서울의 사립학교에서 공부하고 3・1운동에 적극 가담한 세대의 문학청년들이 모여 사회운동에 상응하는 문학 운동을 하려는 의욕을 보였다.

"흰 물결"을 뜻하는 "백조"라는 말을 표제로 내세워 보여주고자 한 사조를 자생적 낭만주의라고 할 수 있다. 새로운 문학 운동을 일으켜 민족의 울분을 토로하고 시대와 대결하는 자세를 문학에서 보여주면서 희망을 찾으려고 했다. 그렇게 하려고 하니 검열의 어려움이 예상되어, 잡지 발행인을 외국인으로 했다. 문학 잡지 〈백조〉와 사상 잡지 〈흑조〉(黑潮)를 함께 내려고 했는데 뜻을 이루지 못했다.

창간호 서두에 실은 홍사용의 〈백조는 흐르는데 별 하나 나 하나〉에서, 잡지 이름이 무엇을 뜻하는지 시로써 암시했다. 달빛이 안개에 젖은 하늘에서 밀려오는 흰 물결에 가슴이 뛰고 기뻐서 노래하게 된다고 했다. 폐허의 고뇌를 되풀이해 강조하는 데 머무르지 않고, 자학을 이겨내는 적극적인 자세를 찾는 내면의 각성을 그렇게 나타냈다고 할 수 있다. 〈백조〉가 폐간된 후 동인들 가운데 몇 사람이 현실 인식을 절실하게 다진 문학을 이룩하는 데 앞장섰는데, 고민과 모색을 깊이 해서 그럴 수 있었다.

1923년 11월에 창간되어 1924년 5월까지 모두 3호가 나온 〈금성〉(金星)은 양주동(梁柱東)이 일본 유학중에 동창생 유춘섭(柳春燮, 일명 葉), 백기만(白基萬) 등과 함께 낸 시 중심의 동인지이다. 양주동은 서양시 번역을 하고 시론을 전개하면서, 창작에서 지식과 재능을 발휘하려 했다. 제3호에서 이장희(李章熙)를 동인으로 받아들이고, 김동환(金東煥)의 작품을 추천시로 채택해 새로운 활력을 얻었다.

1920년대에 나온 시 잡지는 그 밖에도 몇 가지 더 찾을 수 있다. 1928년 8월호뿐인 〈신시단〉(新詩壇)은 경남 진주에서 만들었으며, 검열에 걸려 삭제된 대목이 많다. 편집후기에서 창간호가 발행금지 되어 원고를 다시 모아 임시호를 낸다고 했다. 내용은 잡다하다고 하겠으나, 주목할 만한 작품이 더러 보인다. 홍섭이라는 이의 〈시집〉(詩集)은 "달밤의 진양성(晉陽城)은/ 커다란 시집"이라 하고서, 갖가지 광경에 서려 있는 사연이 모두 값진 시가 된다고 했다. 진주지방에 시에 뜻을 둔 사람이 여럿 있어 잡지를 냈는데, 나중까지 활동해 널리 알려진 이름은 찾기 어렵다.

진주뿐만 아니라 전국 도처에 시인 지망자들이 있었던 사정을 〈조선시단〉(朝鮮詩壇)에서 확인할 수 있다. 황석우가 편집해 1928년 11월부터 1934년 9월까지 모두 8호가 나온 그 잡지에 거주지가 밝혀져 있는 수많은 신인이 다양한 작품을 발표했다. 1929년 4월의 제5호는 〈청년시인백인집〉(靑年詩人百人集)으로 꾸미고 작품을 수록한 사람들의 장래를 크게 촉망한다는 황석우의 서문을 붙였다. 주목할 만한 작품이 이따금씩 있어 그 말이 헛되지 않다. 그렇지만 계속 활동해서 시인이 된 사람은 극소수에 지나지 않았다.

시를 쓰는 사람은 그때나 지금이나 아주 많아, 이 나라는 시의 나라라고 할 수 있다. 한시를 소중하게 여긴 전통이 이어지다가, 쉬운 말을 써도 시가 되고 자격을 묻지 않고 누구나 시인이 될 수 있는 시대가 되자, 시 창작의 열의가 크게 확대되었다. 그런데 문단이라는 것이 생겨 공식적으로 등단한 사람만 시인이라고 인정하는 새로운 관례가 나타났다.

수많은 시인 가운데 일부만 시인이라고 공인한 것은 두 가지 이유가 있었다. 하나는 경쟁자를 배제하고자 한 것이다. 넉넉하지 않은 발표지면을 나누어 가질 생각이 없었기 때문이다. 잡지에 신인들의 작품을 계속 받아들일 만한 지면이 없어 등단을 제한했다고 보면 두 가지 이유가 겹쳤다. 자비로 출판하는 시집은 발표지면 다툼을 일으키지 않았으나 경쟁자 배제의 원리 때문에 푸대접했다. 등단의 절차를 거치지 않고 시집부터 출판하는 사람은 시인으로 인정하지 않아 평가의 대상에서 제외했다.

1923년에 나온 김억의 〈해파리의 노래〉, 1924년에 나온 박종화의 〈흑방비곡〉(黑房秘曲)과 변영로의 〈조선의 마음〉은 잡지를 통해 충분히 인

정받은 시인이 대부분 이미 발표한 작품을 모은 성과여서 줄곧 중요시
되어왔다. 1924년에 정독보(鄭獨步)의 〈혈염곡〉(血焰曲), 1925년에는
이학인(李學仁)의 〈무궁화〉(無窮花)와 정운향(鄭雲鄕)의 〈봄과 사랑〉
이 나왔는데, 공인된 절차를 거치지 않았다는 이유에서 당대에 관심을
끌지 못하고 후대에는 잊혀졌다. 문예지에서 활동한 경력이 없는 한용
운이 1926년에 낸 〈님의 침묵〉이 시집으로 인정된 것은 예외이다.

전광용, 〈한국 작가의 사회적 지위〉, 《한국현대문학논고》(민음사,
1986)에서 작가생활의 여러 면을 거론하고 원고료의 유래와 액수를
고찰했다. 동인지에 관해서 조연현, 《한국현대문학사》(성문각, 1969)
에서 고찰하고 ; 김용직, 《한국근대시사 제1부》(새문사, 1983)에서 시
를 중심으로 재검토했다. 최수일, 〈1920년대 문학과 '개벽'의 위상〉(성
균관대학교 박사논문, 2002) ; 김춘식, 〈1920년대 동인지 문단의 미적
근대성〉(동국대학교 박사논문, 2003) ; 김행숙, 〈1920년대 동인지 문
학의 근대성 연구〉(고려대학교 박사논문, 2003)에서 자세한 연구를 심
화했다.

11.2. 서양문학에서 받은 충격

11.2.1. 관계의 기본 양상

근대문학이 시작되면서 여러 문명권의 독자적인 영역이 무너지고, 유럽문명권문학이 세계의 중심을 차지하는 변화가 일어났다. 그쪽과의 관계를 살피면서 자국문학사를 서술하는 것이 피할 수 없는 과제가 되었다. 관계의 양상은 각기 다양해 구체적인 고찰이 필요하다. 우리가 맺은 관계에 우리문학사의 특징이 나타나 있다.

19세기 후반에서 20세기 전반까지 변화가 일어나 영문학·불문학·독문학·노문학 등이 세계문학에서 지배적인 위치를 차지했다. 이들 문학은 유럽문명권문학이라고 통칭해야 마땅하지만, 말이 너무 번다하다. 그쪽을 서양문학이라고 하고 다른 모든 문명권의 문학은 있는 곳이 어디든 동양문학이라고 통칭하는데, 잘못 구분되고 명명된 사실 자체가 시대상황의 반영이다. 새로운 용어로 대치하지 않고 무엇을 서양문학이라고 하는지 따져보기로 한다.

서양에서 이루어진 문학을 모두 서양문학이라고 하지는 않았다. 제국주의 침략자가 되어 열강으로 일컬어지던 몇몇 나라가 문학에서도 세계를 제패하려 할 때 그 범위 안에 드는 문학을 서양문학이라고 일컬었다. 그런 뜻을 지닌 서양문학은 동양문학이라고 범칭된 동아시아문학, 아시아의 다른 지역, 아프리카나 중남미의 문학보다 우월하다고 했다. 다른 여러 곳에서도 그 사실을 인정해 서양문학을 따르고자 하면서 정신적 식민지가 되기까지 했다.

20세기 전반까지 그런 상태가 계속되다가 후반에 이르러서는 사정이 달라졌다. 제3세계 민족문학이라는 새로운 개념의 문학이 광범위하게 대두해 세계문학의 판도를 다시 바꾸어놓고 있다. 제1세계문학이라고 다시 규정된 서양문학이 근대문학의 모형을 제공한 공적이 부정되지는 않지만, 침략과 지배를 옹호해온 과오 때문에 비판의 대상이 되고, 세계 도처에서 일어나는 민족해방 투쟁 노선의 근대문학으로부터 도전을 받게 되었다.

서양문학의 세계 제패에 우리가 말려든 내력은 다른 여러 나라의 경우와 상당히 차이가 있다. 1860년 이래의 중세에서 근대로의 이행기 제2기에는 서양문학의 작용을 멀리서 의식하면서 대응책을 세우다가, 1919년 이후 근대문학이 시작되면서 거리가 좁혀졌다. 그런데 그것도 서양이 아닌 일본의 식민지가 되어 일본을 매개로 해서 간접적으로 가진 관계이다. 아시아 · 아프리카 다른 많은 곳에서 중세에서 근대로의 이행기 제2기가 서양의 식민지가 되어 시작된 것과 많이 다르다.

남들보다 늦게 서양문학이라는 중심에서 가장 멀리 자리를 잡은 것은 불운이라고 할 수 있다. 서양문학을 제대로 알아 충실하게 받아들이지 못하고, 신뢰하기 어려운 매개자 일본을 통해 대강 안 바를 지표로 삼으니 복제한 결과가 원본보다 많이 모자랄 수밖에 없었다. 그러면서 일본의 추종자들이 서양문학을 멀리서 동경하는 풍조를 받아들이고 더 보태, 잘 모르는 것일수록 더욱 위대하다고 여겼다.

영국의 통치를 받고 있는 자기 나라 대학에서 영문학을 공부한 아프리카 작가는 그 실력으로 영어소설을 써서 영국에서도 크게 평가받는데, 일본 식민지 조선에서는 그런 일이 있을 수 없었다. 동경제국대학의 분점인 경성제국대학 영문과를 졸업해 선민이라고 자부하는 이효석(李孝石) 같은 작가는 영어소설을 쓸 생각도 하지 못하고, 서양인을 동경하고 숭앙하는 심정을 우리말로 쓰는 작품에 나타낼 따름이었다.

영문과의 서열은 명백하다. 자기네 문학을 전공하는 영미의 학과가 누리는 우월성을 다른 곳에서는 따를 수 없다. 영국의 식민지여서 영문학을 대학은 물론 중등학교에서도 영어로 강의를 하는 아프리카 여러 곳은 중심에 다가갔다고 자랑할 만하다. 경성제국대학이나 그 후신이라고 하는 서울대학교의 영문과는 까마득하게 뒤떨어져 있다. 세계의 영문과 가운데 꼴찌라도 영문학을 하니 대단하다고 하면서 국문과를 깔보는 것은 가치관이 전도된 시대의 전형적인 사고방식이다.

서양문학과 일찍부터 직접적인 관계를 맺고 서양문학에 대한 이해가 깊었다면 우리 근대문학이 정상적으로 발전했으리라고 여기는 사람들이 적지 않다. 그러나 서양문학과의 관계가 늦게 간접적으로, 피상적으로 이루어진 것은 오히려 다행이었다. 그 때문에 중세에서 근대로의 이행기 동안 이루어진 민족문학의 성장이 침해를 덜 받고 근대문학으로 발전해 민족해방 투쟁을 주체적으로 전개할 수 있었다.

식민지 통치를 받는 동안 민족문학사를 정리해 이해하고 그 성과를 독립 후의 자국어문학과에서 더욱 발전시키는 데 우리는 널리 모범이 되는 사례를 이룩했다. 국문과는 영문과와 반대가 되는 위치에 서서 제1세계의 문학연구의 편견과 과오를 비판하고 시정하는 작업을 선두에 서서 수행한다. 아직도 민족어문학이 이룩되지 못하고 있는 아프리카 여러 나라는 동참하기 어려울 만큼 앞서 나가고 있다.

서양의 침략을 일찍 겪은 민족은 중세에서 근대로의 이행기 동안의 창조를 축적할 겨를을 빼앗기고 식민지적이고 기형적인 근대화를 급격하게 강요당했다. 근대민족국가를 형성하면서 민족어를 마련해야 하는 과업에 착수하지 못한 채 침략을 받은 경우에는 서양말을 빌려 근대문학을 시작해야 하는 비운을 맞이했다. 우리는 그렇지 않아 민족어문학을 일찍 확립하고 근대민족문학을 지향하는 움직임을 구체화한 다음, 독자적인 전통을 기반으로 제국주의와 맞서서 민족문화를 수호하는 문학을 형성했다.

우리가 제국주의 침략을 받지 않고 식민지가 되지 않았다면 제3세계의 수난에서 제외된 외톨이가 되어 세계사의 진행에 대해 발언권을 가지지 못했을 것이다. 다른 어느 나라의 경우보다 짧은 동안이나마 식민지가 되어 고난의 동지를 많이 얻고, 민족해방 투쟁의 모범 사례를 보여줄 수 있었던 것은 매우 다행스러운 일이다. 주권을 유지한 대가로 역사 진행 방향이 혼미해진 타이를 부러워하지 않고, 가해자 일본의 작가들이 지향할 바를 잃고 있는 처지를 가련하게 여긴다.

소설의 경우를 들어 무엇이 문제인지 좀더 구체적으로 논의해보자.

아프리카는 물론 인도 · 월남 · 타이 등을 포함한 아시아의 대부분 지역에서도 산문으로 된 소설을 미처 형성하지 못했을 때 서양 근대소설이 들어와 모방작을 산출해야 했다. 식민지가 되지 않은 타이에서는 근대문학 초창기 작가들이 서양에 가서 오랫동안 공부하고 소설을 쓰기 시작했으나 자국 소설의 전통이 없었던 탓에 한참 동안 서양소설을 흉내내다가, 1929년에 이르러서야 태국인 서양 유학생을 주인공으로 하는 작품을 이룩할 수 있었다.

동아시아의 중국 · 한국 · 일본에서는 서양문학과 관련을 가지기 전에 소설을 이미 크게 발전시켰으므로, 서양소설의 자극을 받고 근대소설을 이룩하는 과정이 순조롭게 이루어졌다. 세 나라 가운데 우리만 식민지가 되는 불행을 겪었으나 이행기소설을 근대소설로 전환시키는 데 어려움이 없었다. 근대소설을 제국주의에 반대하는 민족문학으로 키우는 과업을 성과 있게 수행했다.

《세계문학사의 전개》(지식산업사, 2002)에서 유럽문명권 근대문학에 대한 다른 여러 곳의 대응을 다각도로 서술했다.

11.2.2. 서양문학 수용 방식

서양문학과 얽힌 내력은 두 가지 측면에서 살필 수 있다. 당대의 문인, 특히 비평적 발언을 앞세우는 이들이 스스로 술회한 바를 보면, 서양문학의 먼 변방에 뒤늦게 편입되어 이식을 제대로 못하는 실패가 연속되었다고 해야 할 것 같다. 창작한 작품을 깊이 있게 살피면, 서양문학의 영향에 교란되지 않고 거기서 필요한 자극은 찾으면서 근대민족문학을 이룩하는 과업을 제3세계 여러 나라의 모범이 되게 수행한 성과가 나타난다. 그 둘 가운데 앞의 것은 지금 다루고, 뒤의 것은 작품을 논하는 많은 작업을 하면서 두고두고 논의할 작정이다.

서양문학을 소개할 때면 으레 문예사조란 것을 거론해왔다. 문예사조는 서양문학과의 관련을 말하는 데 필수적인 듯한 개념으로 채택되어 오늘날까지 널리 통용되고 있다. 그렇게 된 연유는 물론 서양문학 자체에서 찾을 수 있다. 서양에서는 문학 운동을 일으키거나 문학에 관한 논의를 새롭게 할 때 무슨 '이즘'을 내세우는 관례가 있다. 그런데 일본에서 그 말을 '주의'라 번역하고, 문학에 나타난 주의를 총칭하는 문예사조라는 용어를 만들어냈다.

서양문학의 실상을 자세히 알려고 하니 힘이 부치므로 수많은 작가와 작품을 문예사조로 묶어 이해하는 방식을 일본에서 특별히 애용했다. 본바닥에서는 나라에 따라서 또는 작가마다 편차가 있고 상반되기조차도 한 낭만주의·상징주의·자연주의 등을 규격에 맞게 잘 포장해 가져온 것이 일본인 특유의 재간이다. 서양과 관계를 가지지 않은 자기네 문학은 문예사조로 정리하지 않아, 문예사조는 수입품일 수밖에 없다는 인식을 심었다.

일본에서 돌아와 서양문학에 관해 아는 척하는 글을 쓰는 문인들은 배운 지식을 활용하려고 문예사조를 즐겨 들먹였는데, 그리 심각한 내용은 아니다. 극웅(極熊)이라는 필명을 쓴 최승만(崔承萬)이 1920년 4월 〈창조〉(創造) 제4호에서 〈문예에 대한 잡감(雜感)〉이라는 표제를 걸고 서양 문예사조를 이것저것 소개한 글이 일찍 나타난 예이다. 그 비슷하게 서양 문예사조를 개관하고 설명한 글이 여러 잡지에서 보이는데, 몇 가지 견해를 추출할 수 있다.

서양문학사는 몇 가지 문예사조가 일정한 순서에 따라 교체되면서 줄곧 발전하기만 했다면서, 사조사 구성에 긴요하지 않은 사례는 논외로 했다. 문예사조의 교체는 문학사의 보편적인 방향이므로 잘 알고 따라야 한다고 했다. 그런 줄 모르는 무식한 사람들이 많아 수고스럽게 설명한다고 했다. 서양문학에 관해 아는 것이 유식이라고 하는 시대가 시작되어 많은 차질을 빚어냈다.

자기는 잘 알아서 썼다는 글이 사실은 엉성하고 부정확했다. 일본에서 수입한 지 얼마 되지 않아 특히 인기가 있던 상징주의와 자연주의를 중요시했는데, 상징이니 자연이니 하는 말부터 제대로 풀이하기 어려워 혼란을 겪었다. 상징주의 시의 원문은 읽지 못해 번역과 소개에 의거해 정체를 잡으려 하니 뜻대로 되지 않았다. 자연주의에서 사용한 자연은 이미 알고 있는 단어와 다른 개념이어서 찍어내 설명하기 어려웠다. 잘 모르는 작가나 작품을 열거하고 어색하게 번역된 문구나 인용하고 마는 것이 예사였다. 알아서 설명하니 배우고 따르라는 것은 애초에 무리한 요구였다.

상징주의는 1918년도의 〈태서문예신보〉(泰西文藝新報)에서 백대진(白大鎭)과 김억(金億)이 이미 소개했다. 그 뒤에 김억은 상징주의에 대한 설명을 몇 번이나 다시 하고, 시를 번역했다. 황석우(黃錫禹)가 다시 그 일을 맡아, 1920년 7월 〈폐허〉(廢墟) 창간호에 〈일본시단의 이대경향(二大傾向)〉에서 상징주의에 관한 논의를 장황하게 폈다. 김억은 상징주의 시의 실상을 어느 정도 느낄 수 있었으나 설명하는 데 어려움을 겪었다고 하겠고, 황석우는 소개를 잘한 것 같은데 그 요지가 상징주의에 적중하지 않았다.

황석우는 그 글에서 '협의의 상징주의'라는 것의 특징을 들었다. 상징주의 시는 (1) 상상의 소산이고, (2) 관념·사상·정서·기분과 형식이 같은 가치를 가지고, (3) 형식과 내용이 분리되지 않고, (4) 구상성이 풍부해야 하고, (5) 감상할 때 심미적 활동을 방해하는 지적이거나 의지적인 활동이 필요하지 않고, (6) "사물의 순일(純一)·적확(的確)한 본질적 표현"인 것이 특징이라고 했다. 그런 시라야 상징주의 시인가 검토해볼 필요가 있다.

교술시가 아닌 서정시는 오래 전부터 황석우가 열거한 여섯 가지 특징을 지니고 있었다. 한시나 시조에서 그 좋은 본보기를 쉽게 찾을 수 있다. 한시나 시조는 교술시와 공존했으며 그 자체로도 어느 정도 교술성을 지니고 있었는데, 근대시는 주제를 설명하는 전래된 관념을 청산하고 서정시의 본령을 충실하게 구현하는 방향으로 나아갔다.

황석우는 의도한 바와 달리 상징주의 시만이 아닌 근대 서정시 일반의 지향점을 들었다. 상징주의가 무엇인지 모르고 쓴 시에서도 발견될 수 있는 특징을 상징주의라는 증거로 삼았다. 상징주의 시가 상징의 수법으로 미지 또는 절대의 세계를 찾고 오묘한 느낌을 주는 음악을 창조하고자 한 것은 언급하지 않았다. 일본에서 얻은 부정확한 견문에 의거해 힘겨운 글을 쉽게 쓰다가 실수를 했다고 할 수 있다.

자연주의를 소개하는 데는 염상섭(廉想涉)이 앞섰다. 1922년 〈개벽〉 4월호에 〈개성과 예술〉이라는 글을 발표해 자연주의는 자아 각성에 의해 권위를 부정하며 우상을 타파하고, 그래서 생긴 환멸과 비애를 나타내는 문학이라고 했다. 자연주의가 "인생의 암흑추악한 일반면(一反面)을 여실히 묘사함으로써 인생의 진상이 이러하다는 것을 표현"하는 의도는 이상주의 또는 낭만주의 문학에 대한 반발로 택한 수단에 지나지 않는다고 했다.

그런 것을 자연주의라고 하기는 어렵다. 자아의 각성으로 인한 권위 부정과, 거기 따르는 환멸은 낭만주의에서부터 나타나기 시작하는 근대문학 일반의 두드러진 특징이다. 이상주의 또는 낭만주의에 대한 반발로 인생의 실상을 찾자는 것은 사실주의의 기본적인 성향이다. 자연주의는 사실주의를 극단화해 사회 현상을 결정론적 관점에서 묘사하고 해부하자는 것이라는 점은 지적해 거론하지 않았다.

황석우나 염상섭은 부정확하게 알고 있는 문예사조를 도입해 창작에다 적용하려 했으니 작품에서는 착오가 더욱 확대되게 마련이었다. 그러나 황석우의 시를 상징주의로, 염상섭의 소설을 자연주의로 이해하고 원천과의 일치 여부에 따라 평가하는 것은 적절하지 못하다. 두 사람 다 자기가 상징주의나 자연주의를 이식하겠다고는 하지 않았다.

근대문학이 어떤 방향으로 나아가야 할 것인가 생각하다가 상징주의나 자연주의에 관심을 가졌고, 스스로 생각한 바를 거기다 투영시켜 설명해보는 데 그쳤다. 정보 부족이 오히려 다행이었다. 상징주의를 낭만주의에 가깝게 이해하고 자연주의를 사실주의인 듯이 풀이해, 근대문학 형성을 위해 자각적 성향의 낭만주의와 사실주의가 더욱 긴요하다는 것을 보여주었다.

시집 〈자연송〉(自然頌)에 수록한 황석우의 시를 보면 어떤 사조를 따랐다고 지적해 말하기 어렵다. 전래된 관념이나 거기 따르는 교훈적인 의미를 버리고 자연의 모습을 신선하게 그리면서 감수성을 새롭게 한 점에서는 낭만주의적인 성향을 띠었다 하겠으나, 상징과 비유를 기발하게 사용한 솜씨는 상징주의라고 할 수 있는 것보다 더욱 참신한 경지에 이르렀다. 상징주의의 특징이라고 잘못 열거한 (1)에서 (6)까지의 요건을 제대로 구현하고 있으며, 그 어느 요건에도 해당하지 않는 충격적인 심상의 묘미를 더 갖추고 있다.

염상섭의 〈표본실의 청개구리〉는 개구리를 해부하는 장면이 있어 작가가 자연주의의 창작방법을 택한 증거라고 하기 일쑤이나, 주인공의 낭만적 번민을 나타내는 연상이 거기까지 이르렀을 따름이다. 작품 전체의 특징은 심리소설이라고 하는 편이 타당하다. 〈만세전〉(萬歲前)에서 〈삼대〉(三代)에 이르기까지 염상섭의 소설은 낭만적 번민에서 벗어나 현실 인식의 사실주의적인 관점을 확보해나가면서, 있는 것들을 그대로를 보여주고 문제 해결의 방향을 찾으려고 하지 않은 점에서는 자연주의적인 성향을 지녔다고 할 수 있다.

그래서 문예사조를 함부로 뒤섞은 잘못을 저지른 것은 아니다. 반성할 것은 대상의 특징이 아닌 논자의 관점이다. 스스로 만들어낸 염상섭 특유의 소설을 문예사조의 기존 개념에 비추어 재단하는 것이 잘못이다. 〈개성과 예술〉을 자연주의 소개가 아닌 자기 소설에 대한 해명으로 읽는 것이 마땅하다. 수입해온 용어를 이용한 설명보다 모호하게 뒤얽힌 말로 엮어낸 독자적인 논의를 더욱 주목해야 한다.

옛 사람들이 한시의 작풍을 새롭게 하려고 할 때, 송시(宋詩)를 따르지 않고 당시(唐詩)를 본받겠다고 표방한 일이 이따금 있었다. 송시든 당시든 다 버리고 고시(古詩)로 되돌아가야 한다고 주장하기도 했다. 그렇게 해서 중국시를 더욱 충실하게 재현했는가 하면 그런 것은 아니다. 본받겠다는 시와 창작해 내놓은 시는 사뭇 딴판이다. 문학 창작의 방향을 새롭게 하려고 할 때 새로움을 그 자체로 설명하려고 하니 부담스럽고 반발이 예상되기도 해서 기존의 개념을 원용했다. 중세보편주의가 널리 통용되는 동안에는 고전의 규범의 어느 한 유파를 내세워 새로운 창조의 기치로 삼는 것이 마땅한 태도였다.

서양 문예사조를 가져다가 쓰겠다는 것도 그런 경우와 상통한다. 중세보편주의를 거부하고 민족문학의 노선을 분명하게 해야 할 단계에 멀리 서양문학에서 창작의 모형을 찾는 것은 부당하다고 할 것은 아니다. 세계 전체가 함께 겪은 불행이 그런 사고방식을 가져왔다. 너무 개탄할 것은 아니다. 세우는 주장에 매이지 않고 작품의 실상을 충실하게 이해하면 그 부작용이 그리 크지 않았음을 알 수 있다. 실제로 창작하는 작품에 바탕을 둔 이론을 스스로 마련하는 작업에 지금이라도 힘써서 문학사 이해의 허상을 시정해야 한다.

김학동, 《한국문학의 비교문학적 연구》(일조각, 1972) ; 《한국근대시의 비교문학적 연구》(일조각, 1981) ; 김은전, 《한국상징주의시 연구》(한샘출판, 1991) ; Kevin O'Rouke, 《한국근대시의 영시 영향 연구》(새문사, 1984) ; 강우식, 《한국 상징주의시 연구》(문학아카데미, 1999) ; 김효중, 《한국 현대시의 비교문학적 연구》(푸른사상, 2000) ; 문충성, 《프랑스의 상징주의 시와 한국의 현대시》(제주대학교출판부, 2000) 등의 연구가 있다.

11.2.3. 작품 번역

서양 문학작품 번역은 앞 시대에 이미 시작되었다. 처음에는 세계에 대한 지식을 넓히고 일본의 침략에 맞서는 민족의식을 각성하는 데 도움이 되는 것을 우선적으로 선택해 중국어본에서 중역했다. 국권을 상실한 시기에는 흥미 본위의 모험소설이나 애정소설의 일본어 번역을 다시 번역하면서 축약하고 개작했다. 그 둘은 원문과는 거리가 먼 번안이었다.

1918년 9월 26일에 창간되어 1919년 2월 17일까지 주간으로 간행된 〈태서문예신보〉에서는 번역하는 태도가 달라졌다. 시를 번역의 대상으로 삼아 원문을 충실하게 옮기면서 작품답게 다듬으려고 했다. 서양문학을 애국계몽이나 통속적 흥미를 위해 이용하겠다는 생각을 버리고 문학 창작의 모범이라고 평가해 본받으려고 하는 생각이 나타났다.

그런 생각을 가지고 1920년에는 서양문학 번역을 더욱 열심히 했다. 그러나 이루어진 성과가 그리 크지 않다. 서양문학 번역 단행본이 1923년에 22종, 1924년에는 23종이었다가, 1925년에는 10종이었고, 그 뒤에는 한 해 평균 2종 정도에 지나지 않게 되었다.

서양말을 제대로 아는 사람들이 모자라서 번역서가 줄어든 것은 아니다. 일역본과의 관계가 문제의 핵심이다. 일본어를 공부한 젊은 세대가 이미 나와 있는 일역본을 읽고 있어 우리말 번역을 다시 할 필요가 없었다. 소설을 진지하게 번역하려고 하지는 않았다. 일본어를 모르는 독자를 위해서 앞 시대와 같은 방식을 사용한 번안본만 이따금 나타났다. 우리말로 공연해야 할 필요가 있는 희곡은 계속 번역해야만 했지만, 번역서가 출간되어 읽히지는 않았다.

그러나 시 번역은 계속 시도했다. 시는 우리말로 번역해야 말의 아름다움을 재인식하고 창작과 연결시킬 수 있었다. 시 번역 출판은 비용이 적게 들어 일본 것과의 상품 경쟁을 어느 정도 견뎌낼 수 있었다. 시 번역에서도 일역의 도움을 받았지만, 무책임한 중역은 피해야 한다는 생각이 일반화되었다. 원문에서 직접 번역해 번역이 제대로 된 작품이게 하자는 번역의 이상을 시에서 실현하고자 했다. 그 때문에 많은 논란이 일어났다.

시 번역의 가장 중요한 업적은 1921년에 나온 김억의 〈오뇌(懊惱)의 무도(舞蹈)〉였다. 김억은 〈태서문예신보〉를 비롯한 여러 잡지에 발표한 번역시를 모으고 새 것을 보태 최초의 서양시 번역시집을 엮고, 제목을 특이하게 붙여 관심을 끌고자 했다. 프랑스 상징주의 시인 몇 사람을 특히 중요시해 많은 비중을 두고, 그 밖의 여러 나라 많은 시인의 시는 뒤에다 몰아놓았다. 무기력하고 슬프고 고민스러운 심정을 노래하듯이 나타낸 시를 즐겨 선택했다. 〈가을의 노래〉가 모두 여덟 편이나 된다. 서양시에 대해서 학문적 소개를 하고자 한 것은 아니고, 애송시를 들어 독자와 공감을 나누고자 했다.

김억은 시의 원문인 프랑스어와 영어를 어느 정도 해득하고, 에스페란토어 및 일본어 번역도 참고했다. 그런 능력을 갖춘 시인이니 번역의 가장 적임자였다고 할 수 있다. 그러나 시 번역의 난점을 쉽사리 해결할 수 있었던 것은 아니다. 직역보다는 의역에 힘쓰고 "창작적 무드"를 살리려 했다고 서문에서 밝혔는데, 그렇게 하는 것도 쉬운 일이 아니었다.

소재와 분위기는 어느 정도 재현할 수 있었으나 원시의 음악성은 옮기기 어려웠다. 율격에 대해서 계속 깊은 관심을 가지고 필요한 지식을 어느 정도 갖추었지만, 우리 시가 율격을 정리해서 이해하는 데까지 나아가지는 못하고 직감에 의존해, 음악성의 창조적 의역을 한 성과가 뚜렷하지 않았다. 상징주의 시가 지닌 또 한 가지 기본 특징인 상징의 번역도 적절하게 이루어지지 못했다. 어감이 풍부하고 환기하는 뜻이 많은 시어를 옮길 때 생소하고 난잡한 한자어를 쓴 경우가 많아 상징이 유지되지 않았다.

원작은 말을 아름답게 쓴 정형시인데 생경한 어구를 산만하게 늘어놓으면서 번역해, 새로운 시는 그렇게 써야 한다는 오판을 낳을 수 있었다. 역자 김억은 주저하고 조심하는 태도를 보이면서 시의 방향을 그르친다는 비난을 받을까 염려했다. 그런데 김유방(金惟邦)·장도빈(張道斌)·염상섭·변영로(卞榮魯)가 거듭 쓴 서문에서는 그 책이 지니는 의의를 주저하지 않고 확대했다.

김유방은 삶이 오뇌와 고통으로 차 있으니 춤이라도 추어 찰나의 열락을 구하는 가락을 "향기로운 남국"이라 한 서양에서 구하는 것이 마땅하다고 했다. 장도빈은 우리시가 중국의 영향에서 벗어나 자유로워지기 위해서 서양시를 응용할 필요가 있다고 했다. 염상섭은 번민을 안

고 춤추는 것이 근대인의 운명이라고 했다. 변영로는 근대인이 육체적
으로는 모순·환멸·갈등·분노에 시달리면서 정신적으로는 그 모든
질곡에서 벗어나 향기·색채·리듬의 별세계에서 소요한다고 했다.

　서양 근대인이 진취성을 버리고 정신적 좌표를 잃은 증후를 그 자체
의 특성에 따라 이해하려고 하지 않았다. 우리 근대가 지향해야 할 방
향이 거기 있다 하고, 퇴폐적인 시가 힘써 따라야 할 선구적인 의의를
가진다고 했다. 표현조차 생경한 번역시를 그렇게 추켜올리니 역자가
염려한 폐해가 확대되지 않을 수 없었다.

　서양 상징주의 시가 관심을 끌고 있는 다른 한편에서 인도 시인 타고
르(Tagore)의 작품도 적극적으로 소개되고 번역된 사실을 주목할 필
요가 있다. 타고르가 인도의 전통을 깊이 있게 계승한 시 세계를 보여
주어 서양에서 높이 평가된 점이 커다란 충격을 주었다. 그 점이 우리
문학이 나아갈 길을 제시한다고 이해되었다. 서양의 어느 작가보다도
작품이 더 많이 거듭 번역되고, 광범위한 영향을 끼쳤다.

　1918년에 한용운이 낸 〈유심〉(惟心)에 이미 타고르 시 번역이 실렸
다. 1920년 〈창조〉 제7호, 1921년 〈창조〉 제8호에서 오천석(吳天錫)이
타고르의 대표작 〈기탄잘리〉(Gitanjali)를 1번에서 18번까지 번역했다.
김억은 타고르 시를 번역하는 데도 열의를 보여 1922년 〈개벽〉 제22호
에서 아홉 편을 번역하고, 1923년에는 〈기탄잘리〉를, 1925년에는 〈신
월〉(新月)과 〈원정〉(園丁)을 완역해 출간했다.

　타고르의 시는 우리와 비슷한 처지에서 이루어져 친근감을 가질 수
있었으나, 번역의 난점을 지닌 것은 서양시와 다르지 않았다. 영어 번
역을 대본으로 삼아 벵골어 원문에서 더욱 멀어지는 것이 어쩔 수 없는
일이었다. 김억은 〈기탄잘리〉 서문에서, 너무 직역을 하면 뜻이 분명하
지 못하고 지나치게 서양식으로 되기 때문에 의역을 한 곳이 적지 않다
고 했다. 현실을 떠나 힌두교의 절대자를 기린 사상은 의역을 하는 것
도 쉽지 않았다.

　타고르를 그 자체로 이해하려고 하는 거의 불가능한 노력은 하지 않

왔다. 번역해놓은 시에서 자기가 원하는 것을 찾고자 했다. 한용운은 〈타골의 시를 읽고〉라는 시에서 "그대는 옛무덤을 깨치고 하늘까지 사무치는 백골(白骨)의 향기입니다"라고 했다. 그렇게 일컬은 타고르는 한용운 자신이다. 타고르의 나라에서는 누구나 힌두교 방식으로 화장을 하기 때문에 무덤도 백골도 없다.

김억은 1924년에 영국 상징주의 시인 아더 시몬스(Arthur Symons)의 시를 번역해 〈잃어진 진주(眞珠)〉라는 역시집을 냈다. 길게 쓴 서문에서 그 사람의 시론을 소개한다면서, 자기가 생각하는 상징주의 시의 특징을 밝혀 논했다. 앞에서 다룬 황석우의 논설 같은 데서 전개한 범박한 논의를 바로잡아 시비를 가리고, 〈오뇌의 무도〉에 내놓은 시를 번역하면서 자기도 잘못한 바 있어 생긴 오해를 바로잡고자 했다.

시는 "찰나찰나의 전아(全我)를 불사(不死)의 경역(境域)으로 이끌"고, "유한을 무한화"한다고 했다. 그럴 수 있게 하는 것이 관념이 아니고 "모호한 정조(情調)"라고 했다. 다시 시는 "정조의 음악적 표현"이므로 "이지(理智)의 분자"를 용납할 수 없다고 하면서 상징주의 시를 난삽한 관념의 시로 받아들이는 경향을 나무랐다. "만지면 깨어질 듯한 우모(羽毛)와 같은 문자가 아니고는 음악적 울림이 없"는데, 일본을 거쳐 전해지는 과정에서 변질이 생겨 음악성은 돌보지 않고 벽자벽음(僻字僻音)을 쓰고 어렵기만 한 사상시를 찾는 경향이 생겼다고 개탄했다.

음악성을 살리려면 형식을 정리해야 한다는 것을 절감하고 필요한 논의를 한참 전개했다. 시에는 종래의 전통적 시형을 밟은 '민요시'도 있고, 그런 것은 없고 내재율만 중요시하는 '자유시'도 있다고 했다. '정형시' 대신 '민요시'라는 말을 쓴 것을 주목할 필요가 있다. 민요를 정형시의 원천으로 삼고자 했기 때문이다. '민요시'는 버려야 할 것이 아니고, '자유시'와 상치되지도 않는다고 생각했다. '민요시'이면서 '자유시'인 시도 있다 하고, 김소월의 〈금잔디〉와 〈진달래꽃〉을 본보기로 들었다.

서양시 번역으로 시를 가다듬고자 하는 것은 이루어질 수 없는 희망이었다. 이번에는 번역은 창작이어야 한다는 지론을 강조해서 말하고,

원시에 대해서는 관심을 가지지 않아도 그만일 자기 작품을 내놓고자 했으나, 그래도 생각과 표현이 자유로울 수 없었다. 헛수고를 하고 있는 갑갑한 느낌을 떨치고자 했는지, 원시는 원문으로만 싣고 번역시 대신에 자기 창작시를 제시한 것이 여섯 편 있다. 제목을 따로 붙이지 않고, 그 시를 누구에게 보낸다는 말을 본문 가운데 넣었다. 한 예를 들면 다음과 같다.

> 흐르는 대동강의
> 끊임없는 응시(凝視)로,
> 내 세상을 잊으라는
> 울부짖는 가슴의 노래를,
> 여러 동무에게
> 고이고이 모아서 드리노라.

　두 토막이 한 줄인 기저형식을 사용하면서 제4·6행은 세 토막으로 늘였다. 1918년 〈태서문예신보〉 제5호에 발표한 〈믿으라〉에서와 같은 원리로 만든 '민요시'이면서 '자유시', 또는 정형시이면서 자유시이다. 시에서 말하고자 한 것은 무엇인가? 이 의문을 풀고자 하면 분석하는 절차가 필요하다.

　(가) 강의 흐름이 울부짖는 노래이다. (나) 강이 끊임없이 나를 응시하면서 내 세상, 또는 내가 살고 있는 세상을 잊으라고 한다. (다) 내 가슴에 간직한 노래를 여러 동무에게 고이고이 모아서 보내드린다. 이 셋을 차례대로 말하면 예사 시가 된다. 셋이 긴밀한 관계를 가지고 서로 얽히게 해서 상징주의 시를 만들었다. 말은 최소한으로 줄여 환기하는 바를 최대한 늘였다.

　예사 시에서는 (가) 강 자체에서 나의 느낌으로의 전환, (나) 강에 대한 느낌에서 내 자신에 대한 성찰로의 전환, (다) 나의 내면에서 다른 사람들과의 관계로 전환이 순서대로 각기 존재한다. 상징주의 시에서는 그 셋이 서로 표리 관계와 인과 관계를 가져 하나이다. 상징주의 시를 번역하면 예사 시가 되고 말기 때문에 상징주의 시가 어떤 것인지 알려주는 창작을 했다.

양주동(梁柱東)은 1924년에 창간된 잡지 〈금성〉(金星)을 무대로, 김억의 번역 태도를 비난하고 프랑스 상징주의 시를 다시 번역해 보였다. 그래서 김억과 양주동 사이에 논쟁이 일어났다. 김억이 자기 번역을 옹호하자, 양주동은 직역이 아니면 번역이 아니라고 반박하고, 김억은 창조적인 의역의 의의를 다시 주장했다. 원시 이해에서는 양주동이 앞섰으나, 번역은 직역이어야 한다는 것이 문제이다. 번역시를 시답게 하려고 한 김억의 노력이 그 나름대로 소중한 의의가 있다.

1930년대 이후에 김억은 서양시가 아닌 한시 번역에 힘썼다. 1934년의 〈망우초〉(忘憂草)에서는 중국과 한국의 한시를, 1942년의 〈꽃다발〉에서는 역대 여류 한시를 번역했다. 번역은 창작이라는 지론을 살려 번역시 또한 정형시가 되게 하느라고, 〈망우초〉에서는 7·5조 4행시를 택하고 〈꽃다발〉에서는 같은 작품을 그 형식과 시조 두 가지로 번역했다.

그러는 동안에 서양시 번역은 서양문학을 전공한 문인들이 맡았다. 이하윤(異河潤)은 1933년에 〈실향(失鄕)의 화원(花園)〉에서 영시와 프랑스시를 번역해 내면서, 원래의 뜻에 충실하려 했으나 불후의 명편을 훼손시켜 놓거나 해서 원작자에게 지은 죄가 크다고 말했다. 1938년에 최재서가 엮은 〈해외서정시선〉(海外抒情詩選)에서는 서양 각국의 낭만주의 시를 여럿이 나누어 번역했다. 서양 낭만주의 시를 새삼스럽게 찬양하느라고, 사람이 하는 활동에서는 예술이, 예술에서는 시가, 시에서는 거기 번역해 실은 것들이 가장 가치가 있다는 말을 앞세웠다.

그런 역시집을 낼 때 번역 방법에 대해서는 심각하게 생각하지 않았다. 역시는 철저하게 원시에 종속된다고 여겼다. 원시의 가치가 역시를 통해 미흡하게나마 알려지는 것이 다행이라 하고, 김억이 하던 고민을 다시 하지 않았다.

　　김병철, 《한국근대문학번역사연구》(을유문화사, 1975) ; 《한국근
대서양문학이입사연구 (상·하)》(을유문화사, 1980·1982)에서 많은
자료를 자세하게 고찰했다. 신동욱, 〈근대시의 서구적 근원 연구〉,
《한국현대문학론》(박영사, 1972) ; Kevin O'Rouke, 《한국근대시의
영시 영향 연구》; 김용직, 〈Rabindranath Tagore의 수용〉, 《한국현
대시연구》(일지사, 1974) 등의 연구가 더 있다.

11.2.4. 해외문학파

　　일본에서 유학해 서양의 말과 문학을 공부하던 학생들 몇이서 1926
년에 외국문학연구회라는 모임을 만들고, 1927년에는 〈해외문학〉(海外
文學)이라는 이름의 잡지를 두 호 냈다. 사정을 알고 보면 대수로운 일
이 아닌데, 당사자들은 대단한 자부심을 가졌다. 그 사람들을 해외문학
파라고 일컫고, 서양문학 수용에 크게 이바지했다고 평가하는 견해가
널리 퍼져 있다.

　　자부심을 가지는 근거가 영문학·불문학·독문학·노문학 등 서양
각국 문학을 원문으로 이해하는 전공자들이 소개와 번역을 맡았다는
데 있었는데, 대다수가 갓 입문한 예과 학생들이어서 서양문학에 대한
이해가 깊을 수 없었다. 독해 능력을 제대로 갖추었는지 의심스러우며,
일본에서 내놓은 논저에 의존했을 가능성이 크다.

　　해외문학파 구성원 다수가 광복 후에 대학교수가 되었는데, 외국문
학과가 아닌 국문과 소속이었다. 국문학을 잘 알아서 그런 것은 아니
고, 자기네가 전공했다는 외국어문학에 대한 이해가 모자랐기 때문이
라고 보아 마땅하다. 그런데 서양문학을 직접 맛보아 문학에 관해서 알
것은 다 알았다고 자부하면서 말을 함부로 했다. 서양문학은 모든 것을
알게 하는 위대한 문학이라고 믿도록 했다.

　　창간호 권두언에서 "신문학 건설은 외국문학 수입"에서 비롯한다고

했다. 서양 몇 나라의 문학이 곧 '외국문학'이고 '해외문학'이라 하면서, 그 밖의 다른 나라 문학은 존재 의의를 인정하지 않았다. 외국문학을 그 자체로 연구하는 과정은 거치지 않고, "황량한 문단에 외국문학을 받아들이는 바이다"라고 선언했다. 온갖 찬사를 받아 마땅한 서양문학을 소개하고 번역하기만 하면 문학을 이끌 수 있다고 믿었다. 비평은 하지 않으면서 비평가로 행세하고, 창작과는 더욱 거리가 먼 구경꾼이면서 문단을 주도하려고 했다.

잡지를 편집하는 방침이 정해져 있지 않았던 같다. 각자 읽고 생각한 바를 거침없이 발표해 지면을 메웠다. 서양문학 강의를 수강하면서 숙제로 낸 글을 우리말로 옮겨놓은 듯한 것이 대부분이다. 소개와 번역은 엉성하고 서툴러 수준 미달이라고 하지 않을 수 없다. 찬사의 연속이고, 분석과 비판은 없었다. 대단한 이야기를 한다면서 독자의 무지를 나무라는 거드름을 피웠다.

본바닥에서 이름이 나고 일본에까지 알려진 서양 작가는 문학의 최고 경지에 이르렀으니, 존경하고 이해하는 데 힘써야 마땅하고 비판적인 거리를 가지고 시비를 차리는 불경스러운 짓은 삼가야 한다고 거듭 경고했다. 위대한 작가의 가르침이 받아들여지지 않는다면 우리 쪽에 잘못이 있다고 믿었다. 각자 자기 나름대로 숭앙하는 교리를 펴기만 하고 의견을 모으지는 않아 어떤 것을 따라야 할지 갈피를 잡을 수 없게 되었어도, 그런 데는 관심을 두지 않았다

창간호 권두에 실은 김진섭(金晋燮)의 〈표현주의예술론〉을 보자. 독일의 표현주의를 소개하면서, 표현주의야말로 인간 의지를 표현하는 최상의 방법이므로 20세기 예술은 마땅히 표현주의를 따라야 한다고 했다. 당위론 정립을 결론으로 삼았다. 유럽의 다른 나라가 일제히 그 길로 나아갔는지 말하지 않고, 우리는 표현주의를 지침으로 삼아야만 한다고 했다.

정인섭(鄭寅燮)도 창간호의 필진으로 참여했다. 화장산인(花藏山人)이라는 가명을 써서, 〈포오를 논하며 외국문학 연구의 필요에 급(及)하

고 해외문학의 창간을 축(祝)함〉이라는 제목을 길게 내건 글에서, 유럽 각국이 "선진문화인 희랍 · 로마문학을 가장 경건한 태도"로 받아들여 문예부흥을 이룬 것을 본받아 우리도 선진문화를 따라야 한다고 했다. 자기네들이 역설하는 대로 서양문학을 받아들이면 우리 문학에서 "제2 기 르네쌍스"가 이루어진다는 주장을 폈다.

정인섭은 다시 제2호에 〈쇼오 극의 작품과 사상〉을 내면서, 더욱 위압적인 자세를 보여주었다. 자기네가 소개하는 작가를 힘써 받아들이지 않는다고 한참 개탄했다. 극장 · 배우 · 관중이 다 없어 연극이 제대로 발전하지 못하는 나라에서 마련된 모자라는 소견으로 천재의 걸작을 우물쭈물 이해하려 하지 말라고 했다. 항상 역설하는 "진실한 감상"을 하도록 힘써야 한다고 독자를 꾸짖는 웅변을 토로했다. 제2호의 좌담회에서 같은 주장을 다시 펴고, 서양에서 자기네 고전을 계승한 것이 우리가 서양문학을 이식하는 것과 같아, 우리 사회에 희망이 넘치게 한다고 했다.

서양의 문예부흥은 동시대에 다른 곳에 있는 선진문화 수용과는 전혀 달랐으며, 고대를 재인식하고 계승해 중세 극복의 방법으로 삼자는 운동이었다. 중세를 넘어서기 위해서 중세의 고대 부정을 다시 부정하는 것이 어디서든지 함께 나타난 보편적인 과정이었다. 우리도 그런 시도를 거듭했다. 정약용은 선진(先秦) 시대의 사상을 주자학을 넘어서는 발판으로 삼고자 했다. 신채호는 우리 고대사의 진취적인 기상을 계승해 중국을 숭앙해온 잘못을 시정해야 한다고 역설했다.

그런 작업이 충분한 성과를 거두지 못하고 있을 때 다른 문명권의 근대가 밀어닥쳐 역사 창조를 위한 주체적인 노력에 심각한 타격을 가한 것이 우리의 불행이었다. 그 소용돌이에 휘말려 의식 도착이 심각한 지경에 이른 환자들이 의사라고 자처하면서 문학을 이끌어 나간다고 자부했다. 우리가 물려받은 전통에서 무엇을 부흥시켜야 하는가 생각하지 못하고, 서양문학 수입으로 문예부흥을 해야 한다고 하는 것은 착각임을 쉽사리 알아차리지 못한 것이 기이하다고 할 것은 아니다.

해외문학파 여러 사람이 서양문학을 공부하다가 아일랜드문학을 발견하고, 아일랜드 문예부흥에 관심을 가진 경우에는 얼마 동안의 혼란을 더 겪고 정신을 차리기 시작했다. 아일랜드문학은 영문학으로서 높이 평가되므로 배우고 따라야 한다고 예찬하다가, 식민지가 된 처지의 고통을 다루고 자기네 문학의 전통을 재인식하고 계승하려고 애쓰는 다른 측면에서 우리와의 동질성을 발견했다.

그런 작업을 지칭하는 아일랜드 문예부흥이 민족문화운동임을 알아차리자 문예부흥에 대한 견해가 흔들리고, 서양문학을 따르는 것이 문학 발전의 길이라는 주장을 재고하지 않을 수 없었다. 아일랜드 작가들이 영어로 작품을 창작해, 세계문학이라고 행세하는 영문학에서 커다란 위치를 차지해온 영광을 버리고자 하는 것은 충격이었다. 사라질 위기를 겪고 있는 자기네 말 게일어(Gaelic)를 구비전승에서 찾아 되살리는 힘든 노력을 하는 것을 보고, 우리문학이 지향해야 할 바를 다시 생각해야 했다.

그러나 문제를 전면적으로 재검토해 그릇된 생각을 바로잡고 정당한 논의를 다시 펴려고 하지는 않았다. 이미 상당한 기득권을 얻은 해외문학파의 위세를 스스로 파괴할 수는 없었다. 아일랜드의 영어문학을 소개하면서 문예부흥의 동향에 대해서 언급하기나 했다. 게일어를 공부해 아일랜드문학의 진면목을 이해하는 것은 생각할 수도 없는 일이었다. 그 점은 오늘날까지도 달라지지 않았다.

해외문학파는 서양문학을 이식하는 데 우리말이 장애가 된다고 거듭 지적했다. 우리말이 외국어에 비해 빈약하고 정돈되지 못했다고 나무랐다. 그 때문에 번역을 제대로 할 수 없다고 했다. 그렇게 말할 때의 외국어는 영어나 프랑스어를 대표적인 예로 하는 서양어이다. 서양어에는 으레 있는 삼인칭 대명사, 남성형과 여성형이 우리말에 없다고 탈잡았다. 삼인칭 대명사 남성형은 "그", 여성형은 "그내"를 쓰자고 주장하고, "그내"를 실제로 사용하기도 했다. 한글의 우수성을 말하는 국수주의적 편견을 개탄하면서, 부족하기 이를 데 없는 어문을 기워서라도 쓰기 위해 서양말의 발음을 그대로 적을 수 있는 글자를 만들자고 주장하기도 했다.

그런 견해는 언어에 대한 무지를 반영한다. 언어마다 그 나름대로 고유한 문법체계가 있다는 사실을 무시하고, 영어는 우수하고 우리말은 열등한 증거라고 했다. 외래어와 외국어를 혼동해 밖에서 들어온 말은 원래의 발음대로 적자고 했다.

〈해외문학〉 잡지가 나오자 몇 차례 비판이 있었으나 문제의 핵심은 거론되지 않았다. 좌파에서는 프롤레타리아문학은 소개하지 않고 소부르주아의 문학 운동이라고 나무랐다. 서양문학을 공부하고 비평가로 나섰으면서 그 잡지의 동인으로는 가담하지 않은 사람들은 소개와 번역의 세부적인 사항을 시비했다. 기존 작업에 대해 사소한 불만을 말한 그 두 부류는 넓은 의미의 해외문학파에 포함된다고 할 수 있다.

그런 비판으로 해외문학파의 위세가 줄어들지 않았다. 〈해외문학〉 동인의 일원이었던 이헌구(李軒求)는 〈해외문학인(海外文學人)의 임무와 장래〉라는 글을 1931년 1월에 〈조선일보〉에 발표하고, 전후의 맥락을 갖춘 논의를 전개했다. 서양문학과 관계를 맺은 내력을 세 시기로 나누어 고찰하면서, 과거보다 한 걸음 더 나아가 지금 자기네가 하고 있는 작업을 자랑했다.

제1기 최남선과 이광수 시대에는 주로 서양 낭만주의 작품을 초역하는 데 그치고, 제2기에는 자연주의의 영향을 받은 소설가들이 배출되는 한편 〈오뇌의 무도〉가 신시 운동에 충격을 주고, 제3기는 〈해외문학〉과 함께 시작되어 서양문학에 대한 본격적인 소개를 다양하게 하게 되었다고 했다. 그렇게 해서 문예운동이 국내의 성장에만 그치지 말고 "세계적 문학조류"와 보조를 맞추어 "국제적 진출"을 해야 하는 것이 당면 과제 해결에 크게 기여한다고 했다.

보조를 맞춘다고 한 것은 영향의 수용이다. "세계적 문학조류"라고 한 것을 수용하면 국제적인 진출을 할 수 있다는 것은 서양문학의 아류를 만들어내면 그쪽에서 평가해준다는 뜻이다. 우리가 독자적으로 이론 문학은 왜 평가받지 못하는지 말하지 않았다. 어떻게 진출을 할 것인가 하는 문제도 거론하지 않았다. 서양문학 전공자의 능력을 살려 우리문학을 서양어로 번역하겠다는 생각은 없었으며, 그럴 능력을 갖춘 것도 아니다.

내부적인 의견 차이가 있기는 했지만, 좌파까지 포함한 넓은 의미의 해외문학파가 1930년대 동안에 문단에 커다란 영향을 행사하고 특히 평론계를 거의 지배했다. 1938년에 조선일보사에서 내놓은 〈현대조선 문학전집 평론집〉을 보면 거기 글이 실린 사람은 대부분 해외문학파이다. 문학론의 근거를 으레 서양에서 구했음은 물론이고, 서양문학 소개를 평론이라고 여겼다. 당시에 우리문학의 고전에 대한 연구 논문이 상당히 이루어졌으나 평론으로 인정하지 않고, 문단 밖의 작업이라고 했다.

해외문학파가 줄곧 득세한 것은 그 허점을 파헤치고 대응논리를 마련하는 과업이 제대로 이루어지지 않은 탓이다. 고전문학을 연구하는 국학파나 국문학자들은 문학 일반론은 소관사가 아니라고 여기고, 문학 창작의 당면 과제는 관심 밖에 두었다. 서양문학의 세계 제패에 맞서는 민족문학의 사명과 과제를 밝혀 논할 안목과 능력을 갖추지 못해 열세를 자초했다. 그런 폐단이 오늘날까지 시정되지 않아 해외문학파 소동이 계속된다.

김윤식, 《한국근대문예비평사연구 개정신판》(일지사, 1978)에서 도움이 되는 논의를 하고, 조영식, 《해외문학파와 시문학파의 비교 연구》(경희대학교 박사논문, 2002)에서 해외문학파의 특징을 살폈다.

11.3. 근대시 형성의 기본 과제

11.3.1. 근대시의 특징과 위상

1919년을 계기로 문학의 달라진 양상이 시에서 특히 두드러지게 나타난다. 그 전에는 여러 형태의 시가가 공존하면서 각기 그 나름대로의 구실을 했다. 논의의 범위를 멀리까지 확대하지 않고 초창기의 신문이나 잡지만 보아도, 한시·가사·시조·사설시조·국문풍월·창가·신체시가 공존했다. 그런데 3·1운동 이후에는 그런 것들이 새롭게 설정된 문학의 범위 밖으로 밀려나 생기를 잃거나 자취를 감추고, 단일화된 개념의 서정시만 시라고 일컬어지면서 소설·희곡과 함께 문학의 기본 영역을 삼분했다.

그런 변화가 왜 일어났으며 무엇을 뜻하는지 깊이 살필 필요가 있다. 그렇게 하기 위해서 앞뒤 시기 비교론이 필요하다. 바로 앞 시기의 시가가 과거 어느 때보다도 다양했던 것은 오랜 갈래와 새로운 갈래가 뒤섞였기 때문이다. 중세문학이 시작된 이래로 존속한 한시, 중세후기문학에서 등장한 시조와 가사, 중세에서 근대로의 이행기문학의 주요 갈래인 사설시조, 이행기문학의 마지막 시기에 비로소 인정받은 국문풍월, 같은 시기에 외부의 자극을 받아 만들어낸 창가와 신체시가 공존하면서 경쟁했다.

오랜 갈래가 기득권을 지키려고 했던 것만은 아니며, 새로운 시험이 반드시 진취적인 의의를 가졌다고 할 수도 없었다. 일제와 맞서 국권을 수호하면서 의식의 근대화를 이룩하는 과업에 각기 그 나름대로의 장기를 가지고 참여하면서, 서로 대조적인 성과와 파탄을 보여주었다. 그러다가 형식에서나 내용에서나 근대문학인 시, 그런 의미에서 근대시라고 불러 마땅한 시가 이루어지는 역사적인 결말에 이르렀다.

한시라고 해서 중세적인 가치관을 고집하는 사대부문학에 머무르기만 했던 것은 아니다. 민요의 수법을 받아들여 생동하는 현실을 표현하려고 애쓴 작품이 이루어지고 중인들이 작자로 참여한 데 이어서, 항일투쟁과 깊이 연결된 애국시가 대거 나타났다. 그러나 한시는 힘든 수련을 해서 한문을 제대로 익히고 이미 정해진 격식을 따라야만 지을 수 있으며, 공감을 나눌 독자가 제한되었다. 한문을 소중하게 여기지 않게 되자 한시의 작자도 독자도 차차 대가 끊어지지 않을 수 없었다.

3·1운동 이후의 시인들은 한문을 배운 세대였으나 한시를 짓는 데 매력을 느끼지 않았다. 문학 운동을 새롭게 전개하면서 내놓은 잡지나 작품집에 실린 한시는 찾을 수 없다. 시대 변화를 달갑게 여기지 않는 쪽에서는 한시를 지키고자 했으나, 이미 현실감각을 잃은 구시대 문학의 잔존형태에 애착을 가지고 인습을 되풀이하는 것이 대부분이었다. 근대시에서는 가능하지 않은 항일의 주제를 나타낸 한시는 드물기 때문에 더욱 가치가 있었다.

한시는 중세에서 근대로의 이행기에 이르러서 상당한 변모를 보이기는 했어도 본질적으로 중세문학이었다. 한시의 정착과 더불어 중세문학이 시작되고 한시가 물러나자 근대문학의 시대에 접어들게 되었다. 이행기 동안의 변모는 높이 평가해야 마땅하지만, 따지고 보면 국문시에서 더 잘 표현할 수 있는 새로운 체험을 중세적인 형식에다 가두려고 했다. 그렇게 하는 것도 한문 구사력이 뛰어나야 가능했다. 지체를 인정받고 행세하는 데 쓰일 정도의 한시를 뒤늦게 지어서는 창조적인 표현이 더욱 옹색해지지 않을 수 없었다.

마침내 과감한 결단을 내려 근대시가 한시를 배제한 데 잘못이 없다. 근대시는 한시가 국문시가 아니었기 때문에 겪었던 진통을 해결하고, 한시에서 얻은 성과를 새롭게 계승해야 하는 과제를 짊어졌다. 그 과제를 오늘날까지 미완으로 둔 탓에 사상이 빈곤하다는 이유를 들어 출발이 잘못되었다고 나무랄 수는 없다.

가사는 오랫동안 시조와 공존하면서, 교술시와 서정시가 상보적인 관계를 갖는 중세후기 시가의 기본 양상을 보여주었다. 그 시기 문학의 주인인 사대부는 두 가지 국문시가로 사물과 심성에 대한 관심을 균형 있게 나타냈는데, 중세에서 근대로의 이행기문학에 이르자 가사가 시조보다 더 큰 구실을 했다. 심성에 대한 탐구는 제자리에 머무르고 있었지만 사물에 대한 경험은 역사 발전과 더불어 줄곧 풍부해져 시조와 가사의 균형이 깨어지고, 새로운 문학담당층을 받아들이는 데서도 가사가 시조보다 앞섰다.

동학가사의 성립과 더불어 시작된 중세에서 근대로의 이행기 제2기에는 민족이 당면한 처지를 알리고 분발을 촉구하느라고 가사를 적극적으로 활용했다. 산문에서도 역사, 전기, 시사토론문 등의 교술문학이 위세를 떨쳤다. 그런 풍조에 휩쓸려 서정시나 소설마저 교술적인 성향을 적지 않게 지니게 되었다. 그런데 근대시는 가사를 버리고 교술적인 성향마저 배제해, 서정시의 본령을 충실하게 구현했다. 자아를 세계화하는 교술시는 가고, 세계를 자아화하는 서정시만 남은 것이 근대시의 기본 양상이다.

근대로의 이행기까지의 문학에서는 교술시와 서정시가 공존하면서 그 둘의 비중이 경우에 따라서 달라지는 변화만 보이다가, 근대문학에서는 교술시가 물러나고 서정시만 남은 것이 문학사의 커다란 변화이다. 그래서 무엇을 얻었다는 말인가? 애국계몽의 주제를 설득력 있게 구현한 가사와 공허한 영탄을 일삼은 근대시를 바로 견주어보면 발전이 역행된 것 같다. 그러나 문제를 좀더 거시적인 관점에서 검토할 필요가 있다.

가사는 세상의 잘못을 시비하고 척결하는 규범이 불신되지 않아야만, 충실한 내용을 균형 잡힌 형식으로 나타낼 수 있었다. 신세 한탄을 늘어놓는 작품이라도 의거해야 할 규범이 격식화되어 있어서 일정한 궤도를 이탈하지 않았다. 그것이 바로 가사가 지닌 중세적인 성격이었다. 그러므로 인식과 표현의 규범을 벗어나 삶의 의의에 대해 자유롭고 개성적인 탐구를 하고자 한 근대시는 가사와 결별해야 했다. 근대시의 탄식은 운명을 스스로 개척하기 위한 고독한 몸부림이다. 가사의 유산을 버려 잘 된 것 없다고 나무라지 말고, 자립을 축하해야 한다.

가사에서 키워온 현실 인식과 세태 묘사는 어느 한쪽에서 계승할 것이 아니다. 근대시라도 관심을 밖으로 돌릴 때에는 재회를 시도해, 세상 돌아가는 형편에 관여하면서 세계를 자아화하는 내용을 풍부하게 할 필요가 있었다. 소설이 미리 설정된 사건 전개의 틀을 벗어나 당대의 세태를 구체적으로 다루면서 그런 성향의 가사가 수행한 과업을 가로맡았다. 실용적인 목적은 지니지 않고 개인적 경험을 자유롭게 서술하는 데 힘쓰는 산문 교술문학인 수필이 등장해, 가사가 하던 구실의 상당한 부분을 이어받았다.

가사가 근대문학에서 제외되어 사라진 것은 아니다. 규방가사는 창작이 계속되고, 일제가 장악한 신교육에서는 얻을 수 없는 조상 전래의 교양을 제공하는 구실을 했다. 그러나 이미 관습화된 내용과 표현을 충실하게 지켰으며, 잘못 돌아가는 세상에 대한 불만을 구태의연하게 나타냈다. 더러는 국사에 대한 지식을 제공하고 민족의식을 고취하기도 했지만, 왕조 중심, 유학 위주의 사고방식을 재검토하지 않았다. 이행기문학에서 보인 창조력을 더욱 발전시키지 못했으며, 근대문학으로 다시 태어나지 않았다.

시조·사설시조·국문풍월은 서정시여서 가사와 함께 퇴장해야 하는 운명을 지니지는 않았다. 그 점에서 근대 서정시로 발전할 수 있는 일차적인 조건을 갖추었으나, 오랜 관습을 혁신하지 못해 새 시대 시문학의 주역이 될 수 없었다. 국문풍월은 한때 대단하게 여기는 풍조가 있다가, 곧 잊혀지고 말았다. 사설시조도 적극적으로 받아들여지지 않아 새로운 작품을 찾기 어렵게 되었다. 시조는 다시 살리자는 운동이 일어나 넓은 의미의 근대시로 인정되고, 좁은 의미의 근대시와 상보적인 관계를 가지고 공존하게 되었다.

국문풍월은 한시의 글자 수를 따르고 압운까지 갖추어 국문으로 지은 시이다. 오래 전에 생겼으리라고 짐작되는데, 한시를 버리고 국문시를 정통의 위치로 올려놓고자 할 때 비로소 평가되어 시조와 함께 국풍(國風)이라고 일컬어지면서 우열을 겨루었다. 국풍이란 누구나 짓고 숭상해야 하는 온 나라의 노래를 뜻하는 말이다. 그 자리를 차지하는 경쟁에서 국문풍월이 지고, 시조가 이겼다. 국문풍월은 한시 대용품 노릇을 하고, 글자 수가 너무 제한되어 시상을 변변히 갖추지 못하고 말장난으로 기울어지게 되는 것이 불리한 조건이었다. 시조와의 경쟁에서 밀려난 국문풍월이 근대시의 주역이 되는 것은 불가능했다.

사설시조는 시조의 폐쇄성을 극복하고 자유로운 형식과 현실의 생동한 표현을 개척했으므로 근대시에 근접했다고 할 수 있는데, 시조보다 못한 대우를 받았다. 1919년 이전의 잡지에는 흔히 보이지만, 그 뒤에 창작된 것은 겨우 몇 편에 지나지 않는다. 1945년 이후의 국문학연구에서 발견하고 평가할 때까지 사설시조는 거의 잊혀졌다.

중세에서 근대로의 이행기문학으로 큰 구실을 하던 사설시조가 근대문학이 되지 못한 것은 무슨 까닭인가? 그 이유를 두 가지 측면에서 지적할 수 있다. 시조에 의존한 일면은 시조가 위세를 잃자 무색해졌다. 시조에서 벗어나 자유롭고자 한 특징은 근대시가 아무런 제한 없이 구현할 수 있어 새삼스러운 가치를 가지지 않았다.

그렇다고 해서 사설시조를 버리기만 할 것은 아니었다. 사설시조의 외형은 일단 거부하고 그 유산을 내면에서 계승하는 것이 근대시가 할 일이었다. 그런데 문학사 인식이 미비하고 밑으로부터의 변혁은 이해하지 못하면서, 외래 풍조에 들뜬 사람들이 근대시 건설을 맡아 사설시조를 고려 밖에 두었다. 사설시조를 거부한다고 선언하지 않고, 내면에서 계승하는 작업을 제대로 하지 않았다.

시조는 시가 자유시만일 수 없다는 생각 때문에 마땅히 계승해야 할 민족 고유의 정형시로 평가되어, 넓은 의미의 근대시로 받아들여졌다. 그것은 시조를 위해 다행한 일이라고 하고 말 수는 없다. 일본인이 자기네 정형시를 자랑하는 데 큰 자극을 받아, 시조를 소중하게 돌보면서 고정된 자수에 매이도록 해서 생명을 손상했다. 시조와 자유시 사이의 중간 영역인 사설시조를 없애버리고 그 둘을 각기 극단화했다. 자유시는 시조와 상통하는 율격의 원리를 변형시켜 갖추지도 않아야 한다는 것이 지배적인 견해였다.

시조·사설시조·국문풍월에서 근대시로 넘어오지 않고 그 중간에 창가와 신체시가 끼어든 것은 문학사의 내재적인 발전으로 이해하기 어렵다. 창가는 가사를 짧게 끊은 것과 같은 교술시이고, 신체시는 사설시조와 상통하는 일면이 있는 서정시이지만, 둘 다 내용이 단순하고 표현의 묘미가 없으며, 서양문학의 충격을 받고 급조한 공통점이 있다. 출생 연도가 근대로 들어서려는 시기이기만, 근대시가 될 수 없는 약점을 지녔다.

창가는 개화를 하자는 주장을 단조롭게 나타내는 데 그쳐, 교술시는 시에서 제외해야 한다는 주장을 뒷받침하기 알맞았다. 신체시는 시조나 가사의 구속에서 벗어나고 창가의 결함을 시정한 서정시여서 장래가 촉망되는 것 같았지만, 내면의 진실이 따르지 않는 생경한 관념을 어색한 문구로 나타냈다. 더러는 정형시를 새로 만들고 대다수는 자유시를 택해 전통적 율격이 자연스럽게 변형될 수 있는 가능성을 이중으로 파괴했다.

신체시는 근대시 형성에 도움이 되는 구실을 하지 못했으며, 치유되지 못하고 남은 상처에 지나지 않았다. 시 짓는 수련을 하지 못한 초심자들이 어울리지 않게 선구자로, 지도자로 자처하면서 책임 없는 발언을 함부로 하는 것이 신체시의 유산이다. 근대시인은 그런 잘못과 결별하려고 시의 기능을 축소했다. 알려진 사실과 공인된 주장을 배격하고 자아의 내면의식에 충실하고자 했다. 그래서 세상을 등진 것은 아니다. 비탄을 나타내면서 시대의 고민을 토로하다가 마음속 깊은 곳에서 민족의 각성을 찾고, 허용될 수 있는 표현의 형태를 갖추어 희망과 투지를 암시하고자 했다.

중세에서 근대로의 이행기까지 늘어나기만 하던 시가 갈래가 일거에 퇴장하고 근대시 한 가지만 남았으니 근대문학은 폭이 좁아졌다고 할 수 있을 것 같다. 그러나 근대시는 앞 시대 시가 가운데 어느 하나에 대응되는 특정한 갈래가 아니고, 서정시 일반의 창조력을 특별한 제한 없이 풍부하고 다채롭게 구현하는 보편적인 갈래이다. 신교육을 받은 시민적 성향의 지식인이 만들고 키웠지만, 수용자와 창조자의 범위가 줄곧 확대되어 사회적 처지나 사고방식이 다른 사람들을 통합시키는 구실을 했다.

정한모, 《한국현대시문학사》(일지사, 1974) ; 이숭원, 《근대시의 내면구조》(새문사, 1988) ; 김명인, 《한국근대시의 구조 연구》(한샘, 1988) ; 최동호, 《한국현대시의 의식현상학적 연구》(고려대학교 민족문화연구소, 1989) ; 김영철, 《한국근대시논고》(형설출판사, 1989) ; 박민수, 《현대시의 사회시학적 연구》(느티나무, 1989) ; 이숭원, 《현대시와 현실인식》(한신문화사, 1990) ; 이승훈, 《한국현대시론사 1910~1980》(고려원, 1993) ; 김용직, 《한국근대시사 (상·하)》(학연사, 1998) ; 김재홍, 《한국현대시의 사적 탐구》(일지사, 1999) 등에서 근대시 총괄론을 시도했다.

11.3.2. 시인의 자세 정립

시인은 무엇을 하며, 다른 사람들과 어떤 관계를 가지는가? 이 문제가 심각하게 제기되었다. 시인은 시를 쓰는 사람이라는 동어반복은 해답이 될 수 없었다. 누구나 하는 시작(詩作)에서 뛰어난 능력을 보이는 사람을 시인이라고 하던 시대는 지나갔다. 예사 사람들과는 다른 시인이 따로 있어 특별한 일을 한다고 하는 시대가 근대이다.

근대로 들어서자 소설이 크게 행세하고 있어 시는 밀렸다. 그런데 새로운 척도로 등장한 교환가치에서는 왜소하기만 한 시인이 시대의 고통을 맡아 나서는 위대한 과업을 수행한다고 했다. 그것이 가능한가, 자세와 방법은 무엇인가? 이에 대한 해답을 여러 시인이 각기 다르게 제시했으므로 대표적인 예를 들어 고찰할 필요가 있다.

조선을 버리자,

내 힘으론 못 구할 것을.

아아, 차라리

버리고 갈까?

못한다!

네 힘껏은 해보렴.

죽기까지는 네 의무인 것을.

그러나 여보,

이 백성을 어이 한단 말이요?

헛것만 좇는 것을.

갈거나, 갈까?

조선이 안 보이는 곳에 가서,

울고 잊고 세상을 마칠거나.

　　이광수의 시 〈조선을 버리자〉의 전문을 들면 이와 같다. 1929년에 주요한·김동환과 함께 낸 〈삼인시가집〉(三人詩歌集)에 실은 작품이다. 이광수는 신체시를 만드는 데 한몫 단단히 하더니, 근대시가 이루어진 다음에도 신체시 시절의 의식을 버리지 않았다. 자기는 현실 밖의 허공에 자리를 잡은 지도자로 자처하고, 조선을 구하는 성스러운 임무를 완수할 수 없으니 차라리 조선을 버리자고 했다. 조선을 버리면 마음이 가볍겠는데 힘든 과업 때문에 고민이라고 했다.

　　이처럼 현실 위의 지도자로 자처하는 시인은 무엇이든지 할 수 있다지만 실제로는 전혀 무력하다. 내려다보이는 백성들을 상대로 개화를 역설하고, 민족개조를 한다면서 장황한 논설을 편 것이 우월감을 확인하는 발언에 지나지 않는다. 실제로는 아무 소용이 없어 공허한 말이 되고 마는 책임을 교화의 대상에게 전가하면 우월감이 더 커진다. 신념을 잃은 식민지 소년으로 자라나다가 일본 유학을 잠시 하면서 더욱 깊이 지닌 열등의식을 미개한 민족에 대한 우월감으로 바꾸어놓았다. 자

기는 개화를 해서 일본인과 같은 위치에 있어, 민족을 지도해야 할 사
명을 지닌다고 착각했다.

시는 자탄의 노래이기만 하고, 내려다보이는 사람들과 함께 공감을
나누기 위해 필요한 것이 아니었다. 〈노래〉라는 시에서는 "천지가 모두
고요한/ 한밤중에 내 홀로 깨어 있어/ 목을 놓아 끝없는 노래를 부르
네"라고 했다. 서정으로 위장된 교술이어서 그 어느 쪽의 장점도 발현
하지 못했다. 시를 시답게 지을 능력이 없는 신체시 세대의 한계를 거
듭 보여주었다.

> 저녁의 피 묻은 동굴 속으로,
> 아 — 밑 없는 그 동굴 속으로,
> 끝도 모르고,
> 끝도 모르고,
> 나는 꺼꾸러지련다.
> 나는 파묻히련다.
>
> 가을의 병든 미풍의 품에다.
> 아 — 꿈꾸는 미풍의 품에다.
> 낮도 모르고,
> 밤도 모르고,
> 나는 술 취한 집을 세우련다.
> 나는 속 아픈 웃음을 빚으련다.

이상화가 1922년 1월 〈백조〉 창간호에 발표한 〈말세(末世)의 희탄(欷
嘆)〉 전문이다. 앞에서 든 이광수의 시와는 정반대로, 시인이 자기의
위치를 낮출 대로 낮추었다. 일어나서 살아가는 자세를 유지할 수 없어
피 묻은 동굴이라고 한 낮고 좁고 험악한 곳으로 꺼꾸러진다 하고, 가
을의 병든 미풍에다 실어 취한 노래를 부르고, 속 아픈 웃음을 웃는다

고 했다. 비탄하고 자학하는 자세를 나타내 적대적인 세계와의 대립에
서 패배할 수밖에 없다는 것을 암시하고, 시가 고민을 하소연하는 위안
물이라는 지론을 내보였다.

그러면서 시를 아무렇게나 쓰지 않았다. 시가 시다워야 한다고 생각
해 술 취한 마음속 아픈 웃음이라도 함부로 흩어지지 않게 했다. 이광
수의 지도자 타령은 줄 바꾼 산문이지만, 이상화는 비탄에 잠겨 하소연
한 말이 앞뒤가 대응되고, 길고 짧은 줄이 적절하게 배열된 시가 되게
했다. 세상을 바로잡으려고 나서기보다 자기가 할 일을 제대로 하는 데
더욱 힘써야 한다는 자세를 보였다.

시인이 지도자이기를 그만두고 자학을 일삼으면 건전한 기풍이 사라
진다고 생각될 수 있다. 이광수는 이상화 세대의 문인들이 퇴폐에 젖어
삶을 포기한 것이 잘못이라고 여러 조목을 들어 지적하고 인격 수양에
힘쓰라고 나무랐다. 그러나 건전하게 살아야 한다면 시인 노릇을 그만
두어야 한다. 위선을 배격하고 위악을 택해 진실을 찾는 것이 시인이
해야 할 일이다.

교환가치에 따른 평가에서 소외되어 좌절을 겪으면서, 일제의 식민
지 통치 때문에 빚어진 고통을 다른 누구보다도 민감하게 느끼면서 괴
로워한 사람이 시인이다. 헛된 희망을 버리고 신음 소리를 내는 것이
자기 임무를 외면하지 않고 받아들이는 바람직한 자세이다. 문제를 덮
어두지 않고 비탄·절망·허무의 노래를 불러야 자아 인식의 거점을
찾고 감각을 잃은 사람들을 일깨울 수 있다.

누—런 떡갈나무 우거진 산길로, 허물어진 봉화(烽火) 뚝 앞으
로, 쫓긴 이의 노래를 부르며 어슬렁거릴 때에 바위 밑의 돌부처는
모른 체하며 감중련하고 앉았더이다.
아—뒷동산 장군바위에서 자고 가는 뜬구름은 얼마나 많이 왕의
눈물을 싣고 갔는지요?

　　나는 왕이로소이다. 어머니의 외아들 나는 이렇게 왕이로소이다.
　　그러나, 그러나, 눈물의 왕! 이 세상 어느 곳에든지 설움 있는 땅
　은 모두 왕의 나라로소이다.

　홍사용이 1923년 9월 〈백조〉 제3호에 발표한 〈나는 왕이로소이다〉의
마지막 두 연이다. 같은 어투로 길게 이어지는 시 전편에서 자기가 눈
물의 왕이라는 말을 되풀이하면서, 어머니의 품을 떠나 자연을 보고 감
흥을 느끼기만 하면 슬픔이 앞을 가린다고 거듭 일렀다. 동시대 시인들
이 거의 공통적으로 느낀 비탄의 심정을 어려서부터의 체험과 연결시
켜 나타낸 점이 특이하다. 무심코 볼 수 있는 산, 길, 바위, 돌부처, 구
름 등이 모두 눈물을 자아낸다고 받아들여 자기는 눈물의 왕이라고 했
다. 설움 있는 땅은 모두 다스리는 눈물의 왕이라고 한 것이 시인의 사
명에 대한 새로운 자각이다.
　산수에 묻혀 근심을 잊는 것은 이제 있을 수 없는 일이다. 어머니의
품안을 떠나 세상에 나와 돌아다니며 의식의 성장을 경험하고 쫓긴 이
의 노래를 부르며 되돌아오자 자연은 무심한 모습만 나타내고 있어 시
인을 더욱 고독하게 하고 슬픔이 깊어지게 한다. 돌부처는 "감중련"만
하고 앉았다고 한 것은 한자로 적으면 "坎中連"이며, 〈주역〉 감괘(坎卦)
의 모습인 ☵을 뜻한다. 의미심장한 것 같으면서도 무표정한 돌부처의
모습을 그런 말을 써서 나타냈다. 장군바위에서 장군이 나타나지 않고
구름에 실어 보내는 눈물만 흘렸다는 것도 오랜 전승에다 빗대어 기대
가 무력해진 절망감을 나타낸다.
　그렇다고 해서 시인이 왜소하게 움츠러들기만 할 수 없어 스스로 눈
물의 왕이라고 선언했다. 자연과 마음이 통하지 않고 전통과 유리된 좌
절을 일거에 회복해 왜소한 자아에서 위대한 자아로 비약할 것을 염원
하는 뜻이 왕이라는 말에 집약되어 있다. 아무 전례가 없는 착상을 새
로운 표현을 갖추어 나타낸 결과가 그 정도에 이른 것은 대단한 일이
다. 그러나 기대의 지평이라고 할 것이 마련되어 있지 않아 차질이 생

긴다. 공감을 얻기 어려운 자기만의 느낌이 앞서나가 뜻하는 바가 모호
해진 것처럼 보인다. 함께 비약할 준비가 갖추어지지 않은 독자는 따라
가기 어려워 불만을 가질 수 있다.

> 그리운 우리 님의 맑은 노래는
> 언제나 제 가슴에 젖어 있어요.
> 긴 날을 문 밖에서 서서 들어도,
> 그리운 우리 님의 고운 노래는
> 해지고 저물도록 귀에 들려요.
> 밤들고 잠들도록 귀에 들려요.

김소월(金素月)이 1925년에 낸 시집 〈진달래꽃〉에 실은 〈님의 노래〉
전반부이다. 다른 여러 시에서도 슬픔에 젖어 있는 무기력한 느낌을 나
타내면서 님을 잃어 그렇다고 한다. 홍사용은 어머니에게서 떠나고, 자
연과의 공감을 잃고, 전통과 유리되었다면서 무엇을 잃었는지 정리하
기 어렵도록 여러 가지로 들었는데, 김소월은 그 모든 것을 '님'으로 집
약했다.

님은 맑고 밝고 보람찬 모든 것을 가능하게 하는 대상이다. 님이 없
으나 아주 없지 않고 님과의 관계가 노래로 이어지고 있다고 했다. 시
인이 자기 노래를 함부로 지어내지 않고 님의 노래를 마음에 간직하는
것이 시를 짓는 마땅한 태도라고 했다. 시인이 어떤 자세를 가져야 하
며, 시가 무엇인가 하는 논란에 대해 명확한 해답을 제시했다. 시인은
위대하다고 할 것인가 왜소하다고 할 것인가 하는 선택의 고민을 둘 다
배제하지 않고 해결했다. 시인이 지도자의 자세를 지니겠다는 것은 터
무니없는 말이지만, 그렇다고 해서 절망에 사로잡혀 자포자기하고 말
수는 없다고 생각했다. 위선과 위악을 둘 다 배격했다. 자기가 왕이라
고 선언하지도 않았다.

님은 높고 시인은 낮다. 시인이 자기 자세를 낮추면 님의 노래를 더

잘 들을 수 있다. 님의 노래를 마음에 간직하고 있어 다른 사람들도 들을 수 있게 하는 것이 시인의 사명이다. 시인은 자기를 가장 많이 낮추기 때문에 님에게 관해 알려줄 수 있다. 그런데 님과 시인의 거리는 좁혀지지 않고 멀어지기만 한다. 님은 가고 없고 다시 오지 않는다. 아직은 들리고 마음속에 남아 있는 님의 노래가 점점 여려지다가 마침내 사라질 수도 있다. 그렇게 되면 비장한 울부짖음을 들려주는 〈초혼〉(招魂)을 지어야 한다.

님과 시인, 과거와 현재, 이상과 현실이 이원론적 관계를 가지고 있다. 과거의 님이 말해주는 이상은 모습이 뚜렷하지 않고, 시인이 현재 겪고 있는 현실은 구체적인 관심의 대상이 아니다. 그런 사고구조가 고착화되어 시 형식이 단조로워졌다. 7·5조를 되풀이하면서 나른한 느낌을 주기만 한다. 시인의 위치를 명확하게 정립해 현실에 대한 적극적인 대응을 할 수 있는 길을 막았다.

> 우리는 만날 때에 떠날 것을 염려하는 것과 같이 떠날 때에 다시 만날 것을 믿습니다.
> 아아 님은 갔지마는, 나는 님을 보내지 아니하였습니다.
> 제 곡조를 못 이기는 사랑의 노래는 님의 침묵을 휩싸고 돕니다.

한용운이 1926년에 낸 시집 〈님의 침묵〉 서두에 내놓은 같은 제목의 시에서 마지막 석 줄을 들면 이와 같다. 한용운도 김소월처럼 님의 부재를 노래하면서 높고 거룩한 님을 그리워하는 것이 시인의 임무라고 생각했다. 시인의 위치를 낮추려고 여성 화자를 등장시키는 수법을 자주 사용했다.

그러나 한용운의 님은 가고 없는 과거의 님이 아니다. 만나면 떠나고 떠나면 만나게 된다는 이치가 님의 부재로 인한 불행이 영속될 수 없다는 확고한 보장이 된다. 더구나 님은 갔어도 자기는 님을 보내지 않았다고 했다. 보내지 않았으니 가지 않았다. 사랑의 노래가 님의 침묵을 휩싸고 돈다고 했다. 님은 가지 않고 침묵하고 있을 따름이다. 있으면서 없고 없으면서 있다는 것을 침묵이라는 말로 나타냈다.

님은 과거의 님이기만 하지 않고, 현재의 님이기도 하고 또한 미래의 님이기도 하다. 님과 나를 연결시키는 노래가 김소월의 시에서처럼 님의 노래가 아닌 나의 노래이다. 자기가 부르는 사랑의 노래가 님을 침묵에서 깨울 수 있다고 믿는다. 님과 내가 따로 있으면서 가까스로 연결되어 있다는 이원론을 거부하고 둘이 하나라고 하는 일원론을 마련하려고 했다. 현실에 대처하는 자세를 어떻게 가지는가에 따라서 님의 침묵을 깰 수 있다. 방향 선택이 님의 소관이 아니고 나의 몫이다.

그렇게 하기 위해 필요한 힘든 노력을 여러 방면에서 해야 하므로, 시형이 단순하지 않고 말을 많이 했다. 가사 한 줄을 이루던 네 토막을 갑절로 늘인 다음 줄을 바꾸어 쓰는 것이 예사이다. 한 줄 한 줄 긴 호흡으로 천천히 읽으면서 시인이 겪은 인내와 모색을 독자도 경험해야 한다. 그러다가 "아아 님은……" 하는 대목에 이르면 사뇌가에서 시조까지 계속 사용해오던 결말 정리 방식으로 비약을 얻는다.

> 죽는 날까지 하늘을 우러러
> 한점 부끄럼이 없기를.
> 잎새에 이는 바람에도
> 나는 괴로워했다.
> 별을 노래하는 마음으로
> 모든 죽어가는 것을 사랑해야지.
> 그리고 나한테 주어진 길을
> 걸어가야겠다.
> 오늘밤에도 별이 바람에 스치운다.

윤동주가 유고로 남긴 〈서시〉(序詩)는 시인의 자세를 다시 가다듬고자 한 노력을 보여준 소중한 성과이다. 말이 쉬워 시인은 별개의 언어를 사용하는 사람이 아님을 확인했다. 그러나 쉬운 말을 예사롭지 않게 연결시켜 땅과 하늘을 연결시켜주는 것이 시인이 하는 일임을 알려주 었다.

잎사귀에 이는 바람에도 괴로워하는 여린 마음으로 하늘을 우러르고 별을 노래한다고 했다. 님을 찾는다는 것과 하늘을 우러른다는 것은 상 당한 차이가 있다. 이상이 현실이고 현실이 이상이라는 것을, 위대한 것은 사소하고 사소한 것은 위대하다는 것으로 바꾸어 나타냈다. 높은 이상을 추구하는 고결한 정신이 발밑에서 밟히는 것들에 대한 사랑에 서 실질적인 의미를 가진다고 명확하게 말했다.

이상과 현실을 동일시하는 것이 결론일 수는 없다. 현실이 암담하기 때문에 이상을 찾아야 한다. 죽는 날까지 한점 부끄럼이 없기를 바란다 고 한 말이 모든 죽어가는 것을 사랑하겠다고 한 말과 연결되어 억압에 굴복하지 않겠다고 다짐하는 자세를 보여주었다. 별이 바람에 스친다 고 하는 데서는 이상이 손상되고 있는 시련을 암시했다. 일제의 식민지 통치가 막바지에 이르러 만행이 더 심해질 때 타협을 거부하고 순교자 가 될 것을 다짐했다.

님의 문제를 〈김소월·이상화·한용운의 님〉, 《우리문학과의 만 남》(홍성사, 1978)에서 다루었다. 신상철, 《현대시와 님의 연구》(시문 학사, 1983) ; 박민수, 《현대시의 사회시학적 연구》(느티나무, 1989) 에서 시인의 자세에 관해 고찰했다.

11.3.3. 율격 창조의 방향

앞 시기까지의 모든 시가 갈래는 각기 고유한 율격이 있어 서로 구별 되었는데, 근대시에 이르러서 그런 관례가 사라졌다. 근대시는 율격이 다양한 시이다. 어떤 율격을 갖출 것인가 시인이 결정해서 작품마다 다 르게 나타낼 수 있다. 시작(詩作)의 기본 과제의 하나가 율격 창조이다.

율격을 이해하고 창조하는 행위는 두 층위에서 이루어졌다. 하나는 설명 가능한 형태로 정리해서 간직한 지식의 층위이다. 그것을 정립된 의식이라고 일컬어도 좋다. 다른 하나는 설명할 수 있는 지식보다 더 깊은, 정립되지 않은 의식의 층위이다. 정립된 의식에서는 율격에 관해 지식으로 아는 바를 창작에서 활용할 수 있다. 정립되지 않은 의식의 층위에서는 시인 자신이 지닌 지식으로 설명하지 못하는 율격을 갖춘 시를 쓸 수 있다.

정립된 의식을 검토하려면 율격에 대한 지식을 확인해보아야 한다. 앞 시기까지의 시가 가운데 한시의 율격은 지식으로 정리되었다. 학습해서 아는 율격의 규칙에 맞추어 시를 지었다. 그러나 우리말 노래는 민요는 물론 시조나 가사까지도 율격에 관한 설명은 없었다. 정립되지 않은 의식의 층위에서 체득해 전수받은 율격에 따라 새로운 작품을 창작했다.

율격에 관한 이해를 정립된 의식의 층위에 축적해 놓지 않은 상태에서 새로운 시를 지으려고 하니 외부의 지식을 이용해야 했다. 일본에서 받아들여 재정리한 서양시의 율격론에 의거해 시에는 정형시와 자유시가 있다는 것을 알았다. 한편으로 정형시를, 다른 한편으로는 자유시를 만드는 이중의 작업을 했다.

정형시는 글자 수가 일정한 시라고 했다. 시조를 우리 정형시의 본보기로 들고, 글자 수를 헤아리는 방법을 써서 어떤 규칙이 있는지 알아보고, 3·4·3·4/ 3·4·3·4/ 3·5·4·3이라고 했다. 고시조는 글자 수가 아닌 토막을 규칙으로 하고 한 토막을 이루는 글자 수가 일정한 범위 안에서 가변적이라는 사실을 무시하고, 글자 수를 고정시켰다. 최남선(崔南善)이 1926년에 낸 신작 시조집 〈백팔번뇌〉(百八煩惱)에 수록한 작품이 모두 그렇다. 조윤제(趙潤濟)가 1931년에 발표한 논문 〈시조자수고〉에서 제시한 결과도 다르지 않다.

글자 수가 일정한 시라야 정형시라고 한다면, 글자 수가 가변적인 것은 시조가 온전한 정형시일 수 없게 하는 결격사유이다. 글자 수를 위

에서 말한 것과 같이 고정시켜도 다른 나라의 정형시와 견주면 뒤떨어
졌다고 할 수 있다. 그렇기 때문에 시조 대신에 국문풍월을 정형시 내
표로 삼으려고 진지하게 생각해보았다. 그러나 국문풍월은 완벽한 정
형률을 가진 장점이 있으나 한시를 그대로 본뜬 결함이 있어 내세우기
어려웠다.

정형시를 새로 만드는 것이 최상의 방안이라고 여기고, 민요에 근거
를 두고 4·4조를, 일본에서 7·5조를 받아들이고, 그 둘처럼 글자 수
를 일정하게 하는 3·4조, 6·4조 등도 시험했다. 민요에 4·4조라고
할 것이 더러 있기는 하지만, 두 토막을 이루는 글자 수가 그렇게 고정
되어 있지 않고 변하는 것이 규칙이다. 일본의 7·5조를 가져와 그대로
쓴 것은 아니다. 일본에서는 7이기만 한 것을 둘로 나누어 4·3이 되게
해서 4·3·5로 율독되는 우리 나름대로의 7·5조를 만들어 세 토막 형
식과 이어지게 했다. 글자 수가 가변적인 세 토막을 4·3·5로 고정시
켰다고 할 수도 있다.

그러나 4·4조이든 4·3·5이든 글자 수를 고정시킨 것은 일본에서
받아들인 율격의 원리이다. 일본 시가 율격론을 알고 거기 맞추어 우리
정형시를 만들었다. 정형시는 글자 수가 고정된 시라고 하고, 자유시는
일정한 율격이 없는 시라고 했다. 자유시에도 내재율이 있다고 하면서,
내재율은 마음으로 느끼거나 하는 것으로 여기고 분석해서 제시할 수
없다고 했다. 정형시와 자유시는 명백히 구분되고 겹치는 영역이 없다
고 하는 것이 일본 전래의 율격론이다.

근대시는 자유시라는 것이 일본에서 한 말이다. 어째서 그런가 하고
묻는다면 서양 근대시를 보라고 했다. 서양 근대시는 자유시이므로 형
식의 구속에서 벗어나 자유로운 표현을 한다고 했다. 서양에서 잘 하는
일은 마땅히 따라야 하므로 일본 근대시도 자유시여야 한다고 했다. 일
본 근대시가 자유시이면 조선의 근대시도 자유시여야 한다고 했다. 그
처럼 명백하게 연결되어 의문의 여지가 없는 듯한 등식이 사실은 허위
이다.

서양 근대시가 자유시라는 전제는 사실이 아니다. 서양 근대시를 대표한다고 일본과 조선에서 숭앙된 프랑스 상징주의 시는 대부분 정형시이고, 자유시라고 할 것은 그리 중요하지 않은 시인이 더러 시험했을 따름이다. 그런데 정형시라도 번역을 해놓으면 자유시가 된다. 번역을 보고 사실을 그릇 판단했을 수 있다. 원문을 보지 못하는 사람들은 오판을 하고 있는 줄 깨닫지 못한다.

번역한 사람은 서양 근대시는 자유시라는 명제가 그릇된 줄 알았지만, 그렇게 말해야 일본 근대시를 만들 수 있어 사실을 왜곡했다. 서양에는 정형시 형식이 다양하고 많은 것을 담을 수 있는 용량이 있어 그대로 두고 근대시를 이룩할 수 있었지만, 일본 시가 율격은 5 · 7 · 5 · 7 · 7 또는 5 · 7 · 5뿐이어서 근대시는 자유시여야 했다. 자유시를 만드는 것이 일본에서 해야 할 일이라고 하면 공신력이 없으므로 서양을 따르자고 했다.

서양 근대시의 충격에 대응한 양상을 비교해보면 일본의 특성이 잘 나타난다. 아랍문학에서는 서양 근대시에 맞서기 위해 전성기 아랍고전시를 재현하려고 신고전주의라고 일컫는 운동을 일으켰다. 프랑스어 시를 번역하지 않고 원문 그대로 이해하는 월남의 시인들은 이미 있는 정형시를 가다듬고 새로운 정형시를 만들어 보태 정형시 경쟁에서 뒤지지 않으려고 했다. 월남과 일본의 대응 방식이 반대가 되는 것은 전통적인 율격이 풍성하고 단조로운 것이 기본적인 이유이고, 서양시를 원문으로 읽고 번역으로 읽은 것이 부차적인 이유이다.

우리의 경우는 어떤가? 전통적 율격이 풍성한 것은 월남과 같고, 서양시를 번역으로 읽은 것은 일본과 같다. 거기다가 일본의 전례를 따르게 된 조건이 하나 더 추가되었다. 전통적 율격이 풍성한 것은 인식하지 못하고, 서양시를 번역으로 읽으면서 일본의 전례를 바로 받아들이지 않을 수 없어 근대시는 자유시라는 등식을 믿어 의심하지 않았다. 자유시를 어떻게 지어야 하는지 스스로 생각하고 모색하지 않은 것은 아니지만 문제 해결을 가능하게 하는 율격론이 정립되어 있지 않아 외부의 준거를 따라야 했다.

자유시는 신체시에도 있었으나, 근대시에 이르러 더 많아지고 시의 주류를 이루었다. 그렇게 하는 데 앞장 선 사람은 주요한(朱耀翰)이었다. 1919년 2월 〈창조〉 창간호에 발표한 자기 작품 네 편을 본보기로 삼아 신체시에서 한 걸음 더 나아간 자유시를 이룩했다고 자부했다. 1924년 8월에 〈노래를 지으시려는 이에게〉를 〈조선문단〉 창간호에 싣고, 자유시 문제를 여러모로 검토했다.

일본 시가의 형식인 7·5조를 시험해보았으나 우리 시로서는 적합하지 못하고, 민요의 4·4조를 따르기만 하면 단조로움을 면할 수 없다고 했다. 정형시에 대한 미련을 버리고, '신시'는 자유시여야 한다는 생각으로 작품을 창작한 것이 올바른 방향이지만 이룬 성과가 아직 미흡하다고 지적했다. 프랑스 및 일본 시인의 영향을 받아 외래적인 기풍이 두드러진 결함이 있고, 재래의 격식을 깨뜨리기나 하고 우리말의 특성을 자연스럽게 살리지는 못했다고 했다. 민요에서 우리말을 활용한 방식에 따라 자유시를 마련하는 것이 새로운 방향이라는 데까지 생각이 미쳤으나, 구체적인 방법은 찾지 못했다.

김억은 1918년 12월에 이미 〈시형의 음율과 호흡〉을 〈태서문예신보〉에 발표하고, 자유시는 율격이 없는 시가 아니며 시인의 개성과 작품의 특성에 맞는 율격을 개척해 간직해야 한다고 했다. 창작을 할 때에는 전통적인 시형을 계승하면서 변형시키는 방법을 써서 자기 개성과 작품의 특성에 맞는 율격을 마련하려고 했다. 1924년에 낸 역시집 〈잃어진 진주〉 서문에서는 민요시이면서 자유시인 것도 있다고 하고, 김소월의 시를 예로 들었다.

민요에서 유래한 자유시, 또는 민요시이기도 한 자유시가 어떤 것인지 두 사람 다 밝혀 논하지 못했다. 주요한은 막연한 희망을 말하는 데 그쳤다. 김억은 한 걸음 진전된 착상을 가지고 작품을 쓰고 비평도 했으나, 전통적 율격의 특성과 변형의 규칙을 총괄해서 파악하지는 못해 소규모의 실험을 소극적으로 하다가 신판 정형시 7·5조나 4·4조로 되돌아갔다.

문제 해결에 필요한 우리 시가 율격론은 최근에 마련되었으며, 아직 모르고 있으면서 율격을 논하는 사람들이 적지 않다. 그렇기 때문에 시를 잘못 쓴 것이 어쩔 수 없는 일이라고 할 것은 아니다. 학문의 영역인 율격론이 혼미를 거듭하는 동안에도 정립되지 않은 의식의 율격은 제대로 살아 있어 창작에서 발현될 수 있었다.

문법론이 그릇되어도 말을 하면서 자연스럽게 활용하는 원리인 문법 자체는 손상되지 않듯이, 헛된 논의가 미치지 못하는 층위에서는 우리 시가 율격의 원리를 적절하게 계승하고 변형한 새로운 창조가 이루어질 수 있었던 것을 작품이 증명한다. 서양이나 일본의 전례를 들먹이며 율격이 없는 자유시를 옹호하려 하지 않고, 내면의 각성에 충실하면서 무어라고 설명할 수 없는 깊은 의식을 통해 독자와 공감을 다지려는 시인은 뛰어난 작품을 남겼다. 얼핏 보아도 짜임새가 제대로 되어 있고 말이 자연스러운 작품, 줄곧 애독되고 거듭 연구되는 명편은 전통적 율격을 창조적으로 변형시켰다.

김소월의 시는 민요시이면서 자유시인 것이 있다고 김억이 말했다. 전통적 율격을 변형시켜 간직한 자유시를 지었다고 고쳐 말할 수 있다. 〈산유화〉(山有花)를 한 예로 들어보자. 세 토막 두 줄 형식을 사용하면서, 세 토막을 두 토막과 한 토막, 또는 한 토막씩 분단시키는 변형을 했다. 토막을 보여주는 띄어쓰기를 하고, 세 토막이 끝나는 곳에 / 표시를 한다.

산에는 꽃피네
꽃이피네/
갈봄 여름없이
꽃이피네/

산에

산에
피는꽃은/
저만치 혼자서 피어있네/

산에서 우는 작은새요/
꽃이좋아
산에서
사노라네/

산에는 꽃지네
꽃이지네/
갈봄 여름없이
꽃이지네/

토막 수를 정리하면, 제1연 2·1/ 2·1, 제2연 1·1·1/ 3, 제3연 3/ 1·1·1, 제4연 2·1/ 2·1이다. 제1연을 제4연에서 되풀이하고, 제2연 을 뒤집어놓은 것이 제3연이다. 반복과 변화가 최대한의 질서를 가지고 있어 아주 잘 다듬어진 정형시라고 할 수 있다. 그러나 같은 짜임새를 가진 작품이 둘이 없어, 단 한 번만 창조한 자유시이다.

그렇게 한 이유는 작품이 말해준다. 산에서 꽃이 피고 지는 것은 반 복이면서 변화이고 변화이면서 반복이다. 제1연에서 꽃이 핀다고 하는 생성과 제4연에서 꽃이 진다고 하는 소멸은 동일현상의 측면이어서 같 은 방식으로 나타냈다. 제2연에서 꽃이 혼자서 피어 있다는 고독이 제3 연에서 작은 새가 꽃이 좋아서 산에서 산다는 동반과 포개지게 했다. 한용운의 〈복종〉(服從)에서도 세 토막 형식을 변형시켜 이용했다. 그런 데 변형의 원리가 이번에는 분단이 아니고 중첩이다. 한 토막을 이루는 글자 수도 적기도 하고 많기도 한 진폭이 크다. 위의 작품과 같은 방식 을 써서 제시해보자.

남들은 자유를 사랑한다지마는/ 나는 복종을 좋아하여요.
　자유를 모르는것은 아니지만/ 당신에게는 복종만 하고싶어요.
　복종하고 싶은데 복종하는것은/ 아름다운 자유보다도 달콤합니
다./ 그것이 나의 행복입니다.

　그러나 당신이 나더러/ 다른 사람을 복종하라면/ 그것만은 복종
할수가 없습니다.
　다른 사람을 복종하려면/ 당신에게 복종할수없는 까닭입니다.

세 토막 한 줄이 둘 중첩된 곳도 있고 셋 중첩된 곳도 있다. 숫자로
표시하면, 제1연에서는 2·2·3이고, 제2연에서는 3·2이다. 제1연의
처음 두 줄과 제2연의 마지막 줄이, 제1연의 마지막 줄과 제2의 첫 줄
은 같다. 되풀이되기도 하고 포개지기도 한다.
　세 토막 형식을 함께 택해, 김소월은 분단을, 한용운은 중첩을 변형의
원리로 삼았다. 뿌리가 같고 지향점이 달랐다. 네 토막 형식을 갖추어
규범화되어 있는 의식 형태를 거부하고 새로운 탐구를 하는 방법을 주류
에서 밀려나 있던 세 토막에서 찾으면서, 김소월은 순간의 발견을, 한용
운은 끈기 있는 추구를 소중하게 여겼다. 산에서 깨닫는 것보다 님과의
관계를 두고 하는 생각에는 나타내야 할 사연이 훨씬 더 많아 길게 휘어
잡아야 했다. "자유"와 "복종"이라는 두 말로 님과의 헤어짐과 만남의 의
미를 집약하면서, "자유"에서 시작해 "복종"으로 끝나는 전환 과정을 두
말이 나타나는 순서와 위치가 달라지게 하면서 보여주었다.
　김영랑(金永郞) 또한 세 토막 형식을 택해, 분단과 중첩을 함께 하고
그 둘을 복합시키기도 했다. 김소월이나 한용운과 같은 데서 출발해 더
많은 것을 이루려고 했다. 〈시문학〉(詩文學) 창간호에 〈동백잎에 빛나
는 마음〉이라는 제목으로 발표하고 〈영랑시집〉(永郞詩集)에 수록할 때
는 제목 없이 1번이라는 번호만 붙인 작품이 바로 그런 예이다. 변형을
더 많이 한 뒤의 것을 들고, 원문에서 율격 단위의 띄어쓰기를 한 것을

살리면서, 세 토막이 끝난 곳을 표시한다.

> 내마음의 어딘듯 한편에/ 끝없는
> 강물이 흐르네./
> 도처오르는 아침 날빛이/ 빤질한
> 은결을 돋우네./
> 가슴엔듯 눈엔듯 또핏줄엔듯/
> 마음이 도른도른 숨어있는곳/
> 내마음 어딘듯 한편에/ 끝없는
> 강물이 흐르네./

무언가 분명하지 않은 느낌이 계속될 때에는 3·3 토막을 자르고 보태 4·2 토막인 것처럼 보이게 하다가, 감흥이 고조되어 같은 말을 되풀이하는 노래가 나올 때에는 3·3 토막 본래의 모습으로 되돌아갔다. 그래서 무엇을 말했는가? 개념화하고 설명할 수 없는 마음의 움직임을 운율과 어감에다 실어 흐름과 매듭을 선명하게 보여주고자 했다. 김억이 한 시도를 드러내 말하지 않으면서 더욱 진행시켜, 프랑스 상징주의가 시를 음악으로 만들었다고 자랑하는 것 이상의 오묘한 경지에 이르렀다.

세 토막 형식이 계속 존중되고 다양하게 활용되었다고 해서 네 토막 형식이 잊혀진 것은 아니다. 그 가치를 새롭게 발견해 전과 다른 방법으로 이용할 수 있었다. 이상화의 〈빼앗긴 들에도 봄은 오는가〉를 보자. 토막 단위로 띄어쓰기를 해서 제2·3연을 든다.

> 나는 온몸에 햇살을 받고
> 푸른하늘 푸른들이 맞붙은 곳으로,
> 가르마같은 논길을따라 꿈속을가듯 걸어만간다.

입술을 다문 하늘아 들아,
내맘에는 내혼자온것 같지를 않구나.
네가끌었느냐 누가부르더냐 답답워라 말을해다오.

한 토막을 이루는 자수는 원래 넷을 기준으로 하고, 셋에서 다섯까지
인 것이 예사이다.

둘째 줄은 그 원칙을 그대로 지키고 있다. 첫째 줄에서는 한 토막을
이루는 글자 수가 줄어들어 둘이나 셋이다. 셋째 줄의 경우에는 늘어나
넷에서 여섯까지이다. 네 토막 형식을 이으면서 토막을 이루는 글자 수
를 첫 줄에서는 줄이고, 둘째 줄에서는 그대로 두고, 셋째 줄에서는 늘
이는 변형을 했다. 허용될 수 있는 범위 안의 변형을 무리하지 않게 갖
추면서 전에 볼 수 없는 독특한 형을 창조했다.

네 토막을 택한 것은 걸어간다고 했기 때문이다. 계속 걸어가는 보행
의 율격은 네 토막이다. 세 토막은 무용의 율격일 수는 있어도 보행의
율격은 아니다. 네 토막을 있어온 그대로 되풀이하지 않고, 말하고자
하는 바와 일치되는 새로운 형식으로 만드는 창조적 변형을 이룩했다.
지금은 남의 땅이 된 들판을 걸어가면서 느끼는 울분을 처음에는 절제
하다가 나중에는 마구 터뜨려 한 토막을 이루는 글자 수가 줄어들었다
가 늘어났다.

네 토막과 세 토막은 택일해야 하는 관계에 있는 것은 아니다. 서로
다른 토막 수를 결합하는 시도를 여러 시인이 했다. 그 가운데 특히 주
목해야 할 것이 이육사(李陸史)의 〈광야〉(曠野)이다. 첫 연과 마지막
연을 든다.

까마득한 날에
하늘이 처음 열리고
어디 닭우는 소리 들렸으랴.
다시 천고의뒤에

　백마를 타고오는 초인이있어,

　이광야에서 목놓아 부르게 하리라.

　한 연씩 따로 보면 토막 구분을 하기 어렵다. 그러나 앞뒤의 연을 견주어보면, 한 토막을 이루는 글자 수가 허용될 수 있는 범위를 많이 넓혀 줄어들기도 하고 늘어나기도 한 것을 알 수 있다. 첫 줄은 두 토막, 둘째 줄은 세 토막, 넷째 줄은 네 토막으로 이루어져 있다.

　허용 가능한 변형을 전에 볼 수 없던 방법으로 이룩해 독특한 작품을 만들어냈다. 형식 실험에 관심이 있어 그랬던 것은 아니다. 말하고자 하는 바와 일치되는 율격을 갖추고자 했다. 시간이 과거에서 현재로, 현재에서 미래로 흐르면서, 미약하다고 생각되던 가능성이 차차 확대되어 엄청나게 큰 결실을 이루리라고 하는 확신이 단계적으로 나타나 있다. 그런 큰 질서가 한 연을 구성하는 작은 질서에서도 구현되어, 줄어들었다가 늘어나는 변화를 두 토막, 세 토막, 네 토막으로 보여주었다.

　지금까지 거론한 것과 같은 수준에 이른 작품이 흔하지 않다. 그러나 다른 작품은 모두 율격의 전통과 무관하다고 할 수는 없다. 근대시는 자유시여야 한다는 구호에 현혹되지 않고, 서양시의 번역 같은 것을 새롭다고 자랑하는 시인이 아니라면, 자연스러운 호흡에 맞게 말을 다듬다가 의식하지 않은 가운데 전통적 율격의 어떤 양상을 부분적으로 활용해 시를 시답게 했다. 그런 작품은 잠재되어 있는 규칙에서 더욱 멀어졌을 따름이고, 아무런 질서가 없는 산문은 아니다.

　《동아시아문학사비교론》(서울대학교출판부, 1993) ; 《한국민요의 전통과 시가 율격》(지식산업사, 1996)에서 다룬 내용을 옮겼다. 성기옥, 《한국시가율격의 이론》(새문사, 1986) ; 조창환, 《한국현대시의 운율론적 연구》(일지사, 1986) ; 장정준, 《조선현대시와 운율 문제》(평양 : 문예출판사, 1989) ; 강홍기, 《현대시운율구조론》(태학사, 1999) 등에서 전개한 견해와는 상당한 거리가 있다.

11.4. 근대소설을 이룩하는 과정

11.4.1. 신소설의 지속과 변모

1920년대에 소설이 존재하는 양상은 한편으로 앞 시대와 비슷하면서 다른 한편으로는 뚜렷한 변화를 나타냈다. 활자본의 보급이 크게 확대되면서 필사본이나 목판본은 인기를 잃고 밀려나게 되었으며 신작이 추가되지 않았다. 활자화된 작품이라야 널리 읽히고, 평가 받을 기회를 얻었다.

그런데 활자가 두 가지여서 구활자본과 신활자본이 서로 달랐다. 구활자본 소설은 본문 활자가 굵고 띄어쓰기는 가끔 보이며 울긋불긋한 그림으로 표지를 꾸민 것이며, 딱지본이라고 일컬어졌다. 신활자본은 활자가 잘고 띄어쓰기를 하고 표지 만드는 방식이 다양해졌다. 구활자본은 1910년대에 나타나고, 신활자본은 1920년대에 보급되기 시작했다.

구활자본 소설이 신활자본의 등장과 더불어 자취를 감춘 것은 아니다. 많은 독자에게 친숙해 있고, 불 어두운 밤에도 읽을 수 있어 구활자본이라야 더 잘 팔렸다. 구활자본의 인기는 시골로 갈수록 더 컸다. 구활자본 소설이 새로 조판되어 출간되는 것이 1930년대까지 성행하고, 1950년대까지 이어졌다.

구활자본 소설 가운데 구소설도 있고 신소설도 있다. 그 둘을 창작 시기를 보고 구분할 수는 없다. 지나간 시기를 취급하며 구식의 작풍을 택했으면 신작이라도 구소설이고, 당대의 사건을 새롭게 다루었으면 신소설이다. 1920년대 이후에 활자본으로 처음 출판된 구작구소설이 적지 않고, 신작구소설도 더러 있었다. 신작은 구소설을 더 읽었으면 하는 독자들에게 팔기 위해 창작되어 필사본이나 목판본을 거치지 않고 바로 활자본으로 출판되었다. 구소설을 팔아 출판사를 유지하면서 신소설도 내고, 근대소설에도 손을 댄다고 하는 판국이었다.

1920년대 이후에 처음 출판된 구활자본 구소설 가운데 어느 것이 신작인지 선뜻 판가름하기 어렵지만 몇 가지 예를 들 수 있다. 광동서국 1921년판 〈불가살이전〉(不可殺爾傳), 대성서림 1923년판 〈십생구사〉(十生九死), 영창서관 1924년판 〈무릉도원〉(武陵桃源) 같은 것들이 그럴 가능성이 있다. 덕흥서림 1925년판 〈남이장군실기〉(南怡將軍實記), 영창서관 1926년판 〈김유신실기〉(金庾信實記), 박문서관 1929년판 〈을지문덕실기〉(乙支文德實記) 등 역사상 위인의 실기라고 한 일련의 작품은 구소설에 없던 것들이어서 신작이라고 보아 마땅하다.

그런데 신작구소설의 전성시대는 갔다. 작품 수가 많지 않고 성격이 모호해졌다. 앞에서 든 것들은 표현이 신소설과 비슷하게 어색해지고, 뒤에 든 것들은 야사나 전설에 치우쳐 소설로서의 형상화가 미흡하다. 구소설을 새로운 취향에 맞게 짓고 소재를 확장하려다가 이미 이룩한 수준을 무너뜨렸다고 할 수 있다.

신소설은 당대의 일을 새롭게 다루었지만, 다음 단계의 소설인 근대소설과 구별된다. 신소설과 근대소설의 차이점은 앞으로 자세하게 살피기로 하고, 여기서는 겉으로 보아서도 쉽사리 드러나는 징표만 들어보기로 한다. 작품 이름에 "신소설"이라는 말을 얹었는가 하는 것이 한 가지 기준이다. 근대소설에는 그런 말이 없다. 그보다 적용 범위가 더 넓은 구분법은 신소설은 구활자본이고, 근대소설은 신활자본이라는 것이다. 표지에 그림이 있고 굵은 활자를 쓴 구활자본이면 신소설이다. 표지를 만드는 데 일정한 격식이 없고 활자가 줄어들었으면 근대소설이다.

1920년대 이후에 새로 창작해 출판한 신소설은 작품이 아주 많다. 신소설의 대표적인 작가 이해조(李海朝, 1869~1927)가 작품활동을 멈추지 않았다. 1922년에 덕흥서림에서 낸 〈구미호〉(九尾狐)는 친일 귀족 집안 첩들의 싸움을 다룬 내용이다. 1925년 회동서관판 〈강명화실기〉(康明花實記)에서는 부호의 아들이 기생과 함께 정사한, 당시에 떠들썩했던 실화에서 취재했다. 둘 다 통속적인 인기를 노리고 썼는데 성공하지 못했다.

최찬식(崔瓚植, 1881~1951)은 작품 창작에 계속 열중하면서 신소설의 몰락을 지연시키려 했다. 1919년 유일서관판 〈능라도〉(綾羅島)에서는 계모의 흉계, 사랑하는 남녀의 이별 등으로 벌어지는 사건이 복잡하게 얽히게 하고, 무대를 남양군도로까지 넓혀 흥미를 증폭하려 했다. 1924년 박문서관판 〈춘몽〉(春夢)은 양녀로 기른 고아가 모해를 일삼는 악인 노릇을 해서 파란이 일어났다면서 배은망덕을 나무란 내용인데, 항일의병을 폭도라고 하고 일본말을 본문에 노출시키는 등의 친일적 성향을 보였다.

1926년에는 〈자작부인〉(子爵夫人), 〈용정촌〉(龍井村), 〈백련화〉(白蓮花) 세 편을 냈다. 그 가운데 〈백련화〉를 보자. 1925년 대홍수 때에 한강이 범람한 참사를 다루면서 소작인 김길배가 가족을 잃고 가까스로 살아나 지주를 때려눕히고 만주로 갔다고 한 데까지는 긴장이 넘친다. 문체에서도 그 당시에 새롭게 이루어지고 있던 사실적인 근대소설에 어느 정도 접근했다.

그런데 만주에서 다시 고난을 겪고 구출되고 하다가 가족을 찾아 금의환향하기까지 이르렀다는 후반부는 이미 익힌 공식을 되풀이했다. 전반부에서 보여준 변모를 계속 밀고 나갈 역량을 갖추지는 못하고, 낡은 수법을 되풀이했다. 그것이 신소설의 한계였다. 최찬식은 오래 살았으나 그 뒤에 작품활동을 계속하지 않았다. 신소설의 몰락을 지연시킬 수 없어 침묵을 택했다고 할 수 있다.

1920년대에 새로 등장한 신소설 작가도 더러 있었으나, 이해조나 최찬식만한 위치를 차지하지는 못했다. 신소설을 출판할 때는 작가를 중요시하지 않는 관행이 정착되어, 작가가 성장하기 어려웠다. 신소설은 표지에 작가 이름이 없는 점이 근대소설과 달랐다. 책 뒤의 판권란에서 "저작 겸 발행자"라고 한 사람은 저작자는 아니고 발행자이다. 책 뒤의 판권란에 저작권자를 명시하도록 하는 법률이 시행되어 발행자가 저작권을 소유하고 있다는 뜻으로 자기가 저작 겸 발행자라고 했다.

작가가 원고를 팔아넘겨 저작권을 상실했으므로 출판할 때 이름을 밝혀 적을 법률상의 이유가 없었다. 그런데도 본문 서두에 작자 이름이

나와 있는 작품도 있으며, 박철혼(朴哲魂)·정경석(鄭敬晳)·백남신(白南信)·박루월 등이 발견된다. 어느 정도 알려진 인기 작가여서 이름을 밝히는 것이 판매에 유리하다고 발행자가 판단했기에 예외가 되는 조처를 했다. 본문 서두에도 작자의 이름이 없는 작품이 더 많다. 무명작가는 이름을 밝힐 필요가 없었다.

그렇게 하는 것이 작가 이름을 모두 표지에 내놓은 근대소설과는 많이 다른 관행이다. 근대소설은 작자가 저작권을 가진 경우가 많았으며, 저작권을 넘긴 경우에도 누구의 작품인가 밝혀야 알고 찾는 독자와 만나도록 하는 데 유리했다. 신소설은 기명의 작품이 아닌 익명의 상품으로 간주되어 그럴 필요가 없었다.

익명의 상품인 것은 근대소설 이전 소설의 특징이라고 할 수 없고, 근대소설로 평가되는 작품과 병행해서 존재한 통속소설의 기본 성향이다. 후기 신소설이라고 일컬을 수 있는 1920년대 이후의 작품은 새로운 시대의 소설이라는 자부심을 잃고 저질 상품이 되어 근대문학의 저변에 자리 잡았다. 문제작을 쓰는 선구자이고자 한 작가들도 창조력을 금전과 바꾸지 않을 수 없는 형편이 되면 그쪽으로 자리를 옮겼다.

통속화된 후기 신소설의 내용을 보면 구소설과 직결되는 것도 있다. 표지에 '가정소설'이라고 밝힌 신명서림 1924년판 〈망월루〉(望月樓)나 동광서국 1926년판 〈경포대〉(鏡浦臺)는 둘 다 작가가 밝혀져 있지 않고, 처첩의 갈등을 다룬 점이 서로 같다. 젊은 부인이 첩의 모해 때문에 남편에게서 버림받았다가 행복을 되찾았다고 하면서, 첩의 악행을 검사가 조사하고 판사가 판결해 징치했으니 일제가 운용하는 사법제도가 공정하다고 칭송했다. 구소설의 독자를 끌어들여 신소설까지 읽으라고 하고, 신소설과 등가의 관계를 가진 신시대를 미화하면서 일제의 식민지 통치를 옹호했다.

사랑하는 사람에게 버림받은 기생이 비탄에 잠긴 사연을 다룬 일련의 작품은 신소설에서 새롭게 마련한 인기 유형이다. 기생을 내세운 전대의 문제작에서처럼 세태를 묘사하면서 풍자하지는 않고, 주인공이 가련한 처지이기에 피해자가 된 점을 과장해 자학적인 비탄에 독자도 젖어들게 했다. 처첩 갈등의 소설에서는 본처가 피해자이고 선인인 것과 달리, 기생이어서 본처가 될 수 없는 여인이 일방적인 동정을 받도록 했다. 진실된 사랑을 한다는 것을 반론의 여지가 없는 절대적인 이유로 삼았다.

1928년에 대성서림에서 나온 정경석의 〈짝사랑〉이 그런 작품의 좋은 예이다. 표제 앞에 "연애애화"(戀愛哀話)라는 말을 달고, 기생이기에 사랑하는 남성을 차지할 수 없는 여인의 가련한 운명을 눈물이 흥건하게 그렸다. 가까스로 혼인을 하고 버림받자 경성지방법원에 "부부동거 청구소송"을 냈다가, 화류계에 종사한 경력이 널리 알려져 있으니 돈을 받고 물러나라는 판결을 받았다고 했다. 기생을 처로 삼을 수는 없다는 통념을 법원 판결로 확인하도록 해서, 사건을 신식으로 꾸민 이면에 도사리고 있는 보수적인 사고방식을 드러냈다.

기생의 사랑은 실패로 돌아가는 것이 상례이지만 결말은 갖가지였다. 위에서 든 작품은 주인공이 정신이상이 되자, 버렸던 남성이 다시 데려가는 것을 결말로 삼아 최후의 파탄은 면했다. 1936년에 임선규(林仙圭)가 신파극으로 꾸며 흥행에 성공해서 널리 알려진 〈사랑에 속고 돈에 울고〉, 일명 〈홍도야 울지 마라〉는 파탄을 해결할 길이 없어 주인공 홍도가 살인을 하고 다른 사람이 아닌 자기 오빠 손에 잡혀가는 것으로 끝났다.

기생소설의 일차 독자는 기생이므로 눈물을 흘리게 하는 것을 능사로 삼지 말아야 한다는 생각에서 상례에 벗어난 변형을 만들어내기도 했다. 1937년에 나온 박루월의 〈그 여자의 눈물〉이나 작가 미상의 〈금전의 눈물〉에서는 주인공 기생이 겪는 좌절이 결정적인 단계에 이르기 전에 구원자가 되어주는 남성이 나타나 모든 고난을 벗어나고 행복에 이르렀다고 했다. 자학에 빠지게 하는 비탄을 공허한 환상으로 바꾸어놓았다.

주인공이 기생이 아닌 경우에도 남녀의 처지나 생각이 맞지 않아 생기는 사랑의 파탄이 되풀이되어 나타났다. 1928년에 나온 박철혼의 〈월미도〉(月尾島)에서는 원하지 않은 혼인을 반대하고 가출해 시련을 겪는 여주인공이 생사를 모르던 약혼자에게 구출되었다고 해서, 기이한 인연에 관심을 가지게 했다. 1926년 작품인 백남신의 〈열정〉(熱情)은 신교육을 받은 청춘 남녀들 사이의 사랑 다툼을 설익은 수법으로 그렸다. 그 비슷한 작품 가운데 신소설인지 근대소설의 통속물인지 가리기 어려운 것이 적지 않다.

1934년 신구서림판 〈청춘(青春)의 화몽(花夢)〉은 작은 활자로 찍어 3백 면이 넘는 분량이어서 근대소설이라고 해야 하겠는데, 표지에 그림이 있고 작자 이름은 없다. 본문 서두에서 작가가 월파(月坡)라고 했는데, 문단 활동을 한 사람은 아니다. 수단을 가리지 않고 겁박하는 악한 때문에 가련하고 청순한 처녀가 수난을 당하는 사건을 신소설과 근대소설 가운데 어느 쪽에 속한다고 말할 수 없는 방식으로 다루었다.

1930년 박문서관판 박철혼의 〈애루몽〉(哀淚夢)은 '애정소설'(哀情小說)이라는 말을 표제 앞에 얹고 표지에 그림을 그려놓았다. 틀림없는 신소설이고, 사랑의 좌절을 다룬 상투적인 작품으로 보이지만, 외형과 내질이 다르다. 상투적인 사건 전개에서 벗어나 있으며, 일인칭으로 전개된 점이 더욱 특이하다.

어머니가 세상을 떠난 뒤에 여러 형제들이 사방으로 흩어졌다고 한 사연을 침통하게 서술했다. 어디 가도 보람 있는 일을 찾지 못하고 번민에 허덕인다고 했다. 어머니의 죽음으로 조국 상실을 암시하고, 그 뒤에 벌어진 수난을 내면의식 표출의 수법으로 나타냈다고 할 수 있다. 잡지나 신문에 발표되었으면 문제작이라고 평가되었을 터인데 신소설의 모습으로 출판되어 그럴 수 없었다.

1920년대 이후의 신소설은 이재수, 《한국소설연구》(선명문화사, 1969)에서 '누자소설'(淚字小說)의 개념을 설정해 한 차례 다루었다. 최원식, 《한국근대소설사론》(창작사, 1986)에서 신소설의 몰락상을 논했다.

11.4.2. 근대소설 시험작

새로운 소설을 바람직하게 이룩하기 위해서는 문학을 하는 자세를 반성하는 것이 선결 과제였다. 문학이란 금전에 따른 이해관계를 떠나 삶의 진실을 찾으려는 내심의 소리를 전해야 한다는 자각이 나타나 소설의 양상이 달라지기 시작했다. 일제의 강점으로 빚어진 참상을 인식하고 민족의 각성을 촉구하는 방식을 다시 모색하려고 고민했다. 그렇게 해서 이루어진 소중한 작품이 당대에도 널리 알려지지 않고, 작가가 소설가로서 지속적인 활동을 하지 않았다는 이유에서 대부분 잊혀졌다.

그런 작품이 일찍 이루어진 예를 극작가로 알려진 김우진(金祐鎭, 1897~1926)의 유고에서 찾을 수 있다. 〈공상문학〉(空想文學)이라고 한 소설을 16세 때인 1913년에 지었다고 하는데, 문학이 무엇인가 하는 문제를 진지하게 다룬 내용이다. 근대소설이 나아갈 방향을 제시하는 의의가 있다고 할 만한 작품이다. 그런데 발표하지 않고 원고로 간직해 세상에 알려지지 않았다.

여학교를 수석으로 졸업한 주인공은 문학에 뜻을 두고 신문기자가 되려고 했으나 뜻을 이루지 못했다. 은행원인 남편을 따라 착실하고 타산적인 생활을 해야만 했다. 존경하는 소설가가 이웃에 이사 오자 발매 금지된 작품을 빌려보고, 남편 몰래 소설을 썼다. 소설가에게는 없는 건강·학벌·신용·직장·재산을 모두 다 갖춘 은행가의 유복한 아내가 남편을 배신한 것과 다름없는 짓을 했다. 그 소설가는 속리산에 들어가 자살했다고 신문에 보도되고, 여주인공 또한 해산을 하고 죽었다는 것이 결말이다.

또 한 본보기는 멀리서 가져올 수 있다. 상해에서 발행된 〈독립신문〉 1919년 8월 21일자 창간호에서 제14호까지 연재된 〈피눈물〉은 3·1운동 때 애국학생들이 독립만세를 부르는 데 앞장서서 투쟁한 내력을 다룬 내용이다. 태극기를 들고 일어선 군중의 열기를 그리고, 일제의 잔혹한 탄압을 고발하고, 그래도 꺾이지 않는 독립의 의지를 나타냈다.

공월(共月)이라는 가명을 쓴 작자가 체험한 바를 전한 것 같다. 항일투쟁의 열의가 뒤에 나온 다른 어떤 소설보다 강렬하지만, 전개가 어색하고 부적절하고 문장이 서투르다. 〈독립신문〉에 소설은 이것 한 편만 실려 있다. 망명지에서는 일제의 언론 검열에서 벗어나 표현의 자유를 누렸지만, 소설을 키울 작가도 독자도 없어 그랬다고 생각된다.

단행본으로 발표된 작품에도 부당하게 잊혀진 문제작이 있다. 정마부(鄭馬夫)의 〈혼〉(魂)이 바로 그런 작품이다. 저자의 본명은 정연규(鄭然圭)라고 밝혀졌으나 생애는 미상이다. 작품 말미에서 1919년 6월 16일 탈고했다고 하고, 한성도서에서 출판했다. 1920년 7월 5일자 초판은 모두 압수되고, 1924년 10월 26일의 재판이 더러 남아 있다.

표지에 그림은 없으며 "魂"자만 한자로 크게 써놓고 그 밑에다 작자 이름과 발간연도를 밝혔다. 본문에 검열로 삭제된 대목이 이따금 있다. 본문 서두에서 "장편소설"이라고 했다. 작은 활자로 225면이나 되는 분량이다. 한자어는 한자로 표기했다.

판소리 광대가 아니리를 하듯이 작자가 개입하는 해설을 자주 넣는 방식으로 작품을 전개했다. 서두에서 기생들이 놀이판에서 농부가를 부른다 하고서, "이 소설 작가도 춤추고 소리 한다"고 했다. 인생은 표면으로만 이해할 수 없다고 한 데 이어서, "소설가는 소설을 지어 깊고 깊은 뜻을 이면에 감추어 하고 싶은 말을 다 한다"고 했다. 마지막 대목에서도 "노래를 부르며 날은 춥고 반도의 겨울은 점점 깊어간다", "우리는 무엇을 구하고 누구를 찾는가?"라고 했다. 민족의 처지를 되돌아보고 숨겨져 있는 진실을 알아차리도록 암시적인 노래와 빈정대는 해설을 써서 유도했다.

이왜간(李矮奸)이라고 이름 지은 돈 많고 악독한 노파의 흉계로 한 가족이 파멸했다는 것이 사건의 개요이다. 아버지 왕건(王建)이 견디다 못해 죽고, 딸은 마수에 걸려 도화라고 부르는 기생이 되었다. 일제의 국권 강탈을 생각하면서 읽도록 만드는 인물과 사건이다. 헌병보조원이 거만을 떨면서 등장해 도화의 정조를 유린하려 하자 남동생 기성이 달려들어 실신시키고 자취를 감추었다. 도화와 함께 고난을 겪던 다른 기생 셋이서 고향으로, 다시 상해로 도망치다가 잡히게 되었을 때 자취를 감추었던 기성이 기이한 모습을 하고 나타났다고 해서 국권 회복의 희망을 암시했다.

우언의 수법을 사용해 일제의 침략을 그리고 항거의 의지를 나타낸 점이 필사본으로만 남아 있는 〈산촌미녀〉와 같다. 사회 현실을 사실적으로 그리는 과업은 맡지 않고 무엇이 잘못되었는지 크게 생각하게 하고, 납득하기 어려운 생략이나 비약을 만들어 더 숨은 뜻을 알아차리게 했다. 낡은 수법으로 새로운 주제를 나타냈다고 나무랄 것은 아니다. 근대소설의 개념을 너무 협소하게 잡아 놓치게 된 소중한 유산을 적절하게 활용한 공적이 있다고 평가해 마땅하다.

음악인으로 더 잘 알려진 홍난파(洪蘭坡, 1897~1941)가 소설을 위해 바친 노력도 재인식해야 한다. 1920년대 전반기에 다른 어느 사람보다도 소설 창작과 번역을 많이 했는데, 작품을 신문에 연재하거나 단행본으로 출간하고 문예지를 활동 무대로 삼지 않아 잊혀졌다. 외형을 보면 신소설류의 통속물 같으나 주제의식이 뚜렷하다. 사랑의 갈등과 번민을 다루면서 문제의 인물을 인공으로 설정해 생각이 바르지 못한 점을 시비한 것을 주목할 만하다.

〈최후의 악수〉는 〈매일신보〉 1921년 4월 30일자부터 6월 7일자까지 연재하고, 작자가 희곡으로 각색해 그 해 7월 동경 유학생들의 극예술협회 귀국 공연 무대에 올린 작품이다. 주인공은 사랑을 하면서도 정열이 없고 의심이 많은 위인이다. 친구의 충고를 듣지 않고 애인의 사랑을 시험하다가 파탄을 자초했다. 인습과 싸워 사랑을 성취해야 할 젊은 이가 그래서야 되겠는가 하고 개탄하게 한다. 사랑이야기를 벌여놓고서 독자의 몰입이 아닌 비판을 요구하는, 전에 볼 수 없던 소설이다.

'연애소설'이라는 말을 표제 앞에다 붙인 〈허영〉(虛榮)은 1922년에 박문서관의 단행본으로 출간했다. 표지의 그림이나 책을 만든 솜씨가 신소설 같다. 출판업자가 작품의 특성을 무시하고 그런 꼴로 내놓아 신소설 투의 연애소설로 알고 사서 보도록 했다. 그러나 주인공으로 등장한 처녀가 가련하지도 순진하지도 않고 허영에 들떠 모함과 책동을 일삼는 악역이다. 갖은 술책을 부리는 악행을 추리소설처럼 전개하고, 심리 묘사를 하는 데 힘썼다. 대중의 흥미를 끄는 소설을 새롭게 만들고자 했다고 하겠는데, 마땅한 독자를 만나지 못해 인기가 없었던 것 같다.

〈향일초〉(向日草)는 그 한 달 뒤에 같은 출판사에서 냈는데, 외형이 아주 다르다. 표지 그림이 없어지고 본문에 한자를 노출했다. 신소설 독자와는 다른, 지식인들에게 제공하는 새로운 읽을거리임을 알렸다. 사건의 전개는 단순한 편이다. 의사, 학생, 소설가, 부호 자식, 부랑자, 시인, 우국지사 등이 밤마다 모여 한담을 하고 에스페란토어를 배우는 데 참여하던 주인공 음악가가 기생한테서 사랑을 찾다가 실망하고 외국으로 떠났다고 했다.

그 책에 함께 수록되어 있는 〈사랑하는 벗에게〉, 〈물거품〉 등의 단편소설에서도 예술가의 좌절을 다루었다. 〈물거품〉에 등장하는 화가는 금강산에 들어가 그림을 그리다가 폭포에 투신해 자살했는데, 프랑스 공사가 사간 그 그림이 파리의 세계적인 전람회에서 일등을 했다고 했다. 심각한 문제를 다루다 말고, 결말을 안이하게 처리했다. 단행본이라는 발표 매체가 지식인소설 또는 예술가소설에는 적합하지 않아 차질을 빚어냈다고 할 수 있다.

〈향일초〉이든 함께 수록된 단편이든 세상에 적응하지 못하는 예술가를 일방적으로 옹호하는 데 그치고, 고뇌를 깊이 있게 다루지는 못했다. 대중의 흥미를 끌고자 한 사건소설과는 다른 성격소설을 따로 만들어 지식인들의 공감을 얻어내려고 한 것도 기대하는 성과를 거두었다고 하기 어렵다. 두 방향을 각기 선택하지 말고 합치는 것이 바람직하다고 생각하지 못했다.

노자영(盧子泳, 1898~1940)의 소설도 버려두고 말 것은 아니다. 시, 소설, 수필, 일반 산문 등 여러 영역에서 다양한 작품을 활발하게 창작한 노자영은 당대에는 많은 독자를 얻었다. 신소설의 문체보다는 무척 세련되고, 상당한 고급 지식이 뒷받침된 듯한 감상과 영탄이 어린 미문

으로 어설픈 수준의 신교육을 받은 청춘 남녀를 사로잡았다. 그 명성이
곧 잊혀져 인기가 허망함을 말해준다.

1923년에 신민공론사라는 데서 낸 첫 소설집 〈반항〉(反抗)을 보자.
서두의 머리말에서 "청춘은 눈물도 많고 피도 많다"고 하고, 작품에서
다룬 내용이 자기의 눈물이고 피라고 했다. 한자를 섞어 유식하게 보이
는 문장으로 대단한 주장을 펴는 듯이 들려준 이야기가, 간부와 공모해
본남편을 쏘아 죽이고 거액의 돈을 훔쳐 달아난 여자가 먼 외국에 가서
잘살게 되었다는 내용이다. 간부와 그 여인이 둘 다 예술가이기 때문에
간통·살인·절도 등의 탈선이 정당화된다고 반문의 여유를 주지도 않
고 주장했다.

예술가를 옹호하고 몰이해와 박해를 공박하는 소설이, 주장의 타당
성을 입증할 만한 예술적 형상력을 갖추지 못한 채 예술지상주의의 지
론을 엉성하게 늘어놓고 마는 것이 문제였다. 예술은 본래 절대적 가치
가 있으므로 비판의 대상이 될 수 없다고 주장하는 동경 유학생이 더러
있었다. 그런 생각을 가지고 예술을 한다면서, 작품 창작을 위해 애쓰
는 것마저 무의미하다고 착각했다.

유춘섭(柳春燮)이 〈신민〉(新民) 1927년 6월호에서 9월호까지 연재한
〈꿈은 아니언만〉은 예술에 도취된 동경 유학생들을 등장시켜 냉혹한
현실 때문에 이상이 허망하게 깨어져버린다고 개탄한 자서전적인 소설
이다. 그런데 이상이란 아무 조건 없는 예술지상주의에 지나지 않으며
현실에 대한 고려는 없다. 그 작품에서 중요한 몫을 하는 당시의 여성
예술가들은 무책임하게 처신해 작품 대신에 말썽을 남기는 경우가 적
지 않았다.

그 시기 여성문인으로 널리 알려진 김명순(金明淳)이 1925년에 한성
도서에서 〈생명의 과실〉이라는 작품집을 냈다. 시·수필과 함께 소설
두 편이 실려 있다. 〈돌아다볼 때〉라고 한 소설을 보면, 사랑의 번민을
다룬 듯한데 어떻게 돌아가는 판국인지 갈피를 잡기 어렵다. 성숙된 작
품을 쓰지 못하게 하는 주위의 여건과 바로 부딪혀 파탄에 이르렀다고

할 수 있다.

〈조선문단〉 1926년 4월호에서 여성소설가 특집호를 꾸미고 나혜석 (羅蕙錫)·김명순·김원주(金元周)·전유덕(田有德)의 작품을 실었는 데 모두 습작 수준을 넘어서지 못했다. '여류'라는 접두어가 붙으면 미숙하더라도 단행본으로 출간되고 지면에 발표되었다. 남성 독자들의 호기심을 자극하자는 계산이 있었기 때문이다.

나혜석(1896~1948)은 일본에 가서 미술을 공부하고 귀국할 무렵 1918년 〈여자계〉(女子界) 2월호에 〈경희〉라는 단편소설을 발표했다. 구시대의 인습에 반발하고 여성에게 부과되는 제약에서 벗어나 주체적인 의지를 가지고 자유롭게 살아가겠다고 다짐한 내용인데, 그대로 되지 않았다. 일본 외교관으로 입신한 사람의 아내가 되고, 유럽까지 가서 그림을 그리다가 남성 관계 때문에 이혼당했다. 의지할 곳 없이 헤매다가 비참하게 세상을 떠났다고 했다.

신소설과는 다른 근대소설을 이룩하려는 시도가 이처럼 여러 방향에서 나타났다. 출판업자들도 모험을 해 단행본으로 출간된 작품이 허다하다. 1924년 한성도서에서 낸 이인하(李仁夏)의 〈스러지는 그림자〉를 비롯해 미처 거론하지 못하고 문학사의 주류와 연결시키기 어려운 작품이 또한 적지 않다. 그런데 주제와 수법 양면에서 근대소설다운 기반을 다진 성과는 찾기 어렵다.

〈공상문학〉은 서연호·홍창수 편, 《김우진전집》(연극과인간, 2000)에 ; 〈최후의 악수〉와 〈허영〉은 김종욱 편, 《홍난파 작품집 : 최후의 악수》(춘추각, 1985)에 있다. 〈피눈물〉은 민현기, 〈일제강점기 한국소설에 나타난 독립운동가상 연구〉(서울대학교 박사논문, 1988)에서 다루었다. 정마부의 《혼》은 다시 출판되거나 어디 수록되지 않았으며 논의될 기회가 없었고, 하동호, 《한국근대문학의 서지 연구》(깊은샘, 1981)의 목록에 올라 있다. 거기서 정마부의 본명은 정연규라고 했다. 정마부의 단편집 《이상촌》(理想村)도 있다고 하는데, 작품을 보지 못했

다. 정영자, 《한국현대여성문학론》(지평, 1988) ; 최혜실, 《신여성들
은 무엇을 꿈꾸었는가》(생각의 나무, 2001)에서 여성 작가들을 고찰했
다. 이상경 편, 《나혜석전집》(태학사, 2000) ; 서정자 편, 《정월(晶月)
나혜석전집》(국학자료원, 2001)이 출간되었다. 강인숙 편, 《한국근대
소설 정착과정 연구》(박이정, 1999) ; 권보드래, 《한국근대소설의 기
원》(소명출판, 2000) ; 김윤재, 《한국 근대초기 문학론과 소설 창작의
관련 양상》(보고사, 2002) ; 곽순애, 〈1920년대 전반기 소설의 현실인
식 방법 연구〉(명지대학교 박사논문, 2002)에서 전반적인 논의를 폈다.

11.4.3. 이광수의 신문소설

1917년에 장편소설 〈무정〉을 발표해 큰 반응을 얻고 이어서 〈개척자〉
까지 발표한 이광수(李光洙, 1892~1951)는 한동안 작품활동을 제대로
할 수 없었다. 3·1운동 직후에 상해로 가서 임시정부 기관지 〈독립신
문〉의 주필이 되었다가 1921년 3월에 귀국을 한 것이 독립운동을 배신
하고 일제에 귀순한 짓이라는 비난을 받아 나서기 어려웠다. 새로운 문
학을 일으키는 운동에 동참할 수 없었다.

〈개벽〉 1922년 5월호에 발표한 〈민족개조론〉에서 열악한 민족성을
개조하지 않고서는 희망이 없다는 민족허무주의의 지론을 폈다. 독립
을 하려면 거의 불가능한 준비가 선행되어야 한다고 해서 일제에 대한
투쟁을 혼란시키고 약화시켰다. 그 때문에 더욱 심한 규탄을 받아 자기
이름으로 작품을 발표할 수 없었고, 창작을 제대로 할 여건을 마련하지
못했다.

작품 발표를 힘들게 재개했으나 주목할 만한 성과는 없었다. 〈동아
일보〉 1923년 2월 12일자부터 23일자까지 연재한 〈가실〉(嘉實)은 〈삼국
사기〉에 있는 소재를 이용했다. 〈개벽〉 1923년 3·4월호의 〈거룩한 죽
음〉은 최제우의 최후를 성스럽게 그렸다. 알아두어야 할 내용임을 앞세
워 글 쓰는 사람에 대한 반발을 누그러뜨리는 작전을 썼다.

사랑을 위해 고난의 길을 자청한 가실이나 신념을 위해 죽음을 택한 최제우한테서 희생정신의 가치를 느끼도록 하려고 한 것 같은데, 형상화가 모자라고 설득력이 부족하다. 궁지에 몰린 자기 자신도 민족을 사랑하다가 희생을 겪는다고 변명하는 뜻을 은근히 보태 작품의 진실성을 더욱 약화시켰다. 삶의 양상을 실상 그대로 치열하게 그리려 하지 않고 설익은 주장을 전달하는 데 소설을 이용하는 교술적 작품이 행세할 수 없다는 것을 고려하지 않고 독자를 낮추어 보았다.

그러고 있을 때 이광수에게 좋은 기회가 닥쳐왔다. 동아일보사는 독자의 흥미를 끌고 자기네 주장을 전달하는 데 도움이 되는 소설을 찾다가, 나도향(羅稻香)의 〈환희〉(幻戲)를 1922년 11월 21일자부터 1923년 3월 21일자까지 연재했다. 흥미롭지도 못하고 말하고자 하는 바가 분명하지도 않은 그런 소설은 소용이 없다고 판단했음인지, 나도향에게는 소설 집필을 다시 청탁하지 않고 이광수를 전속작가로 받아들였다.

귀국 후 실의에 빠져 있던 이광수는 동아일보사에 입사해 1923년 3월 27일자부터 〈선도자〉(先導者)를 연재해 평가 회복의 기회를 잡았다. 민족의 선도자라고 칭송한 이항목에다 자기가 이해한 안창호의 모습을 투영시켰다. 일제에 대한 항쟁을 멈추고 교육사업으로 실력을 기르며 장차 독립을 준비해야 한다는 것이 주인공의 언동을 통해 제시된 작자의 주장이다.

이항목은 평안감사와 맞서다가 투옥되고, 예수를 믿으면 석방되도록 해준다는 서양 선교사의 말을 듣고 그대로 따랐다. 나라가 망할 위기에 이르렀을 때 공부를 하고 와야 일을 할 수 있다고 하면서 미국으로 떠났다. 귀국 후에 일본 통감을 만나 침략의 뜻이 없다는 것을 확인했다. 그 말이 허위임이 드러나자 국권 상실은 기정사실이니 실력 향상을 위한 교육사업에 힘써야 소생할 수 있다고 했다.

그런 지도자가 동포의 손에 암살되었다는 말을 작품 서두에 내세우고 민족성에 대한 비난으로 아귀를 맞출 작정이었는데, 작품이 중단되고 말았다. 일제가 허용하는 범위 안에서 온건 노선의 준비론을 펴면서 민족에 대한 자해행위를 하는 것도 일제는 너그럽게 보지 못해 7월 17일자까지 지어진 연재를 중단시켰다. 준비론자 또는 개량주의자의 온건 노선을 선포해 자기 자신에 대한 변명을 삼고 신문사에 보답하려는 계산이 지나쳐 바람직하지 않은 결과를 초래했다.

그렇다고 해서 좌절할 것은 아니었다. 전속작가의 임무를 계속 수행하기 위해서 새로운 작품을 내놓아야 했다. 현실 문제에서는 한 걸음 물러서서 박해를 피하기로 하고, 고전 개작인 〈허생전〉(許生傳)을 1923년 11월 1일자부터 1924년 3월 21일자까지 연재했다. 그 뒤를 이어 천주교의 전래를 다룬 〈금십자가〉(金十字架)를 연재하다가 중단했다. 그런 정도의 노력으로는 이광수가 한물갔다는 평가를 시정할 수 없었다.

그래서 온갖 힘을 기울여 야심작을 내놓아야 했다. 그것이 바로 1924년 11월 9일자부터 1925년 9월 28일까지 연재한 〈재생〉(再生)이다. 〈무정〉과 〈개척자〉에 이어서 자기가 살아온 시대의 문제를 세 번째로 취급한 본격적인 장편소설을 그런 이름을 내걸고 써서 작가 자신이 재생하려고 했다.

3·1운동에 참가했다가 감옥살이를 하고 나온 청춘 남녀의 삶을 보여주면서 세태가 어떻게 달라졌는지 살피는 것을 기본 구상으로 했다. 독립투쟁의 정열은 식고 사랑의 다툼이 관심사가 되어 갖가지 추태가 벌어졌다. 신봉구라는 청년이 전에 동지였던 김순영을 사랑했는데, 김순영은 전문학교까지 졸업했으면서 허영 때문에 부자의 첩이 되었다. 신봉구는 〈장한몽〉의 주인공처럼 돈을 벌어 복수를 하겠다고 다짐했다. 미두 중개인의 점원이 되고 사윗감이 되어 거액을 손에 넣었다. 김순영이 자기와의 사이에서 낳은 자식을 데리고 와서 용서해달라고 해도 응낙하지 않고, 미두 중개인의 딸과 가정을 이루어 영업을 잇지도 않고, 신봉구는 농촌에 들어가 농촌운동으로 마음의 위안을 삼았다는 것이 결말이다.

이제 누구나 변절자가 되어 사랑이냐 금전이냐 하는 선택을 놓고 번민할 따름이라고 말하려고 한 것 같다. 문제의 세태를 진지하게 그리려고 하지 않고 과장하고 희화해서 자기 자신의 타락을 묻어버리는 구실로 삼으려고 했다. 민족을 근심하는 척하던 태도를 겉으로는 줄곧 표방하면서 흥밋거리 통속소설을 만들어 신문사의 상업주의에 호응하고 자기 수입을 늘리려 했다.

통속소설을 쓴 것은 아니라는 변명을 스스로 마련했다. 윤리적 동기를 포함하지 않은 흥미 본위의 소설이라야 통속소설이라고 주장했는데, 사실은 통속소설일수록 윤리도덕의 설교를 열심히 내세워 비난에 대한 방어책으로 삼는 것이 상례이다. 김동인은 〈동아일보〉가 신문소설은 통속소설이어야 한다는 관례를 만들고 이광수가 통속소설로 독자를 타락시킨 것이 큰 불행이었다고 개탄했는데, 이 말을 경청할 필요가 있다.

그 뒤에 이광수는 역사소설에서 탈출구를 찾았다. 역사소설은 이광수가 당면하고 있는 어려움을 헤쳐나가는 데 몇 가지 점에서 아주 유리했다. 역사의 교훈을 제공해준다는 명분이 있어 비난의 대상이 되지 않으면서, 독자의 호기심을 자극하는 흥미로운 사건을 쉽사리 꾸며댈 수 있었다. 일제와의 대결을 회피하는 점진주의·개량주의의 사고방식을 과거의 사건과 결부시켜 표 나지 않게 나타낼 수 있었다.

1926년부터 1927년까지 〈마의태자〉(麻衣太子), 1928년부터 1929년까지 〈단종애사〉(端宗哀史)를 연재해 전속작가 근무를 착실하게 했다. 그 두 작품에서 흥미로운 사건을 다루어 독자를 끌면서 자기가 생각하는 정신주의 윤리관을 펼쳐 보였다. 1931년부터 1932년까지는 〈이순신〉(李舜臣)을 연재해, 이순신의 고결한 정신을 따르지 않고 손상시키기나 한 다른 모든 사람을 나무라면서 민족개조론을 다시 펼 기회를 마련했다. 역사소설에 관해서는 다시 고찰하기로 한다.

역사소설 집필을 잠시 중단하고 당대에 일어난 일을 다루어, 〈혁명가의 아내〉·〈사랑의 다각형〉·〈삼봉이네 집〉의 3부작으로 이루어진 〈군상〉(群像)을 발표했다. 첫 작품을 1930년 1월 1일에 연재하기 시작해서, 중간에 약간 간격을 두고 셋째 작품을 1931년 4월 24일에 끝냈다.

세 작품은 서로 다른 내용이면서 사회사상에 대한 발언을 서둘러 하느라고 완성도는 돌보지 않았다고 할 수 있는 공통점이 있다.

〈혁명가의 아내〉에서는 아내에게조차 버림받은 좌익 혁명운동가의 무력하고 비참한 최후를 빈정대는 투로 그렸다. 〈사랑의 다각형〉은 간호원을 주인공으로 해서 젊은 세대의 생활태도를 문제 삼으려고 했는데 초점이 불분명하다. 〈삼봉이네 집〉에서는 농촌 청년이 살 길을 잃고 항거하다가 국내에서 시련을 겪고 간도에 가서 다시 투옥된 다음 투쟁하려고 나섰다고 했다. 사회주의운동과는 다른 노선을 택했다고 하는데, 구체적인 내용이 갖추어져 있지 않고 짜임새가 엉성하다.

〈이순신〉을 끝낸 뒤에는 당대의 문제를 다루면서 자기 사상을 펴고자 했다. 1932년에서 1933년까지 연재한 〈흙〉은 농촌계몽운동을 위해 헌신하는 작품의 주인공 못지않은 각오를 가지고 쓴 야심작이며, 민족운동의 노선을 둘러싼 논란에 깊이 참여했다. 〈유정〉(有情)과 〈애욕(愛慾)의 피안(彼岸)〉을 거쳐, 1938년에 전작으로 간행한 〈사랑〉에 이르러서 남녀 사이의 사랑이 그릇된 욕구 때문에 더럽혀지지 않고 육신을 초월한 순수성을 가질 수 있다는 주장을 나타냈다. 이상주의가 고양될수록 현실과의 괴리가 더욱 확대되는 것을 보여주었다.

이광수의 작품은 자아와 세계의 대결을 구현하는 소설의 역사에서 일정한 위치를 차지했다. 전대 소설과의 비교에서 그 점을 확인할 수 있다. 영웅소설에서 자아가 세계와의 대결에서 승리할 수 있게 하던 도덕적 당위성이, 신소설에서는 그 근거인 천상계를 잃더니, 이광수 소설에 이르러서는 자아의 내면적 신념이 되고 말았다. 그 자체로 고결하기 이를 데 없다고 하는 신념이 실제로는 무력하기만 해서, 세계의 횡포가 걷잡을 수 없이 닥쳐와 자아를 고립시키는 것을 막을 수 없었으나 패배를 인정하지 않았다. 자아가 세계를 지배할 수 있다는 환상을 지니고 세계에 대한 도덕적 비난을 멈추지 않았다.

그 때문에 자아와 세계의 상호 우위에 입각한 대결이 그 자체로서 치열하게 전개되는 근대소설을 이룩하는 데까지 나아가지 못했다. 미완의 과제를 성실하게 추구하려고 하지 않고 옆길로 들어섰다. 사상소설처럼 보이는 작품이 통속소설이게 하는 술책을 부리고, 심각하게 고민하는 것 같은 태도를 보이면서 안이한 자세로 붓을 달렸다. 자아의 신념과 세계의 횡포가 따로 노는 틈서리에다 우연하고 갑작스럽게 전개되는 사건을 집어넣어 흥미를 끌었으며, 작품 구조가 유기적인 양상을 띠고 긴장되게 하려고 애쓰지 않았다.

이광수는 어울리지 않게 민족의 지도자로 자처하고 인기를 과신해 작품 창작을 함부로 했다. 오랫동안 〈동아일보〉의 전속작가 노릇을 하면서 그 신문이 요구하는 이념 선전과 영리 타산을 한꺼번에 충족시켜야 하는 처지였다. 그런데 자기 자신을 스스로 높여 민족의 현재와 장래를 짊어지고 있다고 착각한 탓에 수습할 수 없는 파탄을 보였다. 일제가 허용하는 범위 안에서 점진적인 민족운동을 정신수양 위주로 하겠다고 하다가 그런 온건 노선마저 탄압받게 되자 일제의 군국주의를 위해 적극 협력하고 민족을 배신했다.

구인환, 《이광수소설연구》(삼영사, 1983) ; 한승옥, 《이광수연구》(선일문화사, 1984) ; 김윤식, 《이광수와 그의 시대》(한길사, 1986) ; 동국대학교 한국문학연구소 편, 《이광수연구》(태학사, 1984) ; 서정주, 〈이광수론의 전개 양상에 대한 연구〉(영남대학교 박사논문, 1987) ; 윤홍로, 《이광수의 문학과 삶》(한국연구원, 1992) ; 이동하, 《이광수》(동아일보사, 1992) ; 이경훈, 《이광수의 친일문학 연구》(태학사, 1998) 등의 연구가 있다. 송하춘, 《1920년대 한국소설연구》(고려대학교 민족문화연구소, 1985)에서는 이광수, 김동인 등 8인의 작품을 고찰했다.

11.4.4. 김동인과 전영택의 잡지소설

김동인(金東仁, 1900~1951)은 이광수에 대해서 심한 반발을 보이면서 성향이 다른 소설을 개척했다. 문학에서 도덕의 가치와 교훈을 구현하려는 것이 작가의 분수를 망각한 위선 행위라 하고, 문학은 오직 미를 추구할 따름이라고 했다. 미의 반대가 되는 추까지 미의 범위 안으로 끌어들여야 한다고 했다. 인생의 추악한 면을 그 자체로 탐구하는 것을 관심의 대상으로 삼았다.

소설 작품에서 자아의 내면적 신념이 지닌 정신적 가치를 부정하고, 세계의 횡포가 마구 다가와 무력하게 된 자아를 걷잡을 수 없게 유린하는 양상을 보여주었다. 삶의 실상이 비참하다는 것을 냉소하는 자세로 알려주고 헛된 기대를 걸고 있는 독자를 오만하게 내려다보고자 했다. 작가는 작품 속에서 헤매며 고민하는 미숙한 짓을 하지 말고, 작중인물을 인형인 듯 조종하는 기술을 익혀야 한다고 했다.

그러면서 문체를 가다듬는 데 세심한 배려를 하면서 어법도 손질하려고 했다. "하더라"를 버리고 과거형을 "했다"로 통일해야 한다고 했다. 삼인칭 대명사로 "그"를 쓰자고 했다. 그런데 완료되지 않은 과거에 대한 회상인 "하더라"는 완료된 과거를 나타내는 "했다"와 다른 말이다. "그 사람" 등의 용례에서 볼 수 있듯이 관형사이기만 한 "그"를 인칭대명사로 쓰자는 것도 잘못이다. 한때의 실수가 오늘날까지 되풀이되고 있어, 지적하고 시정하지 않을 수 없다.

김동인이 언문일치를 이룩했다고 하는 자기선전이 널리 통용되고 어문생활을 근대화했다는 평가를 얻기까지 하는데, 사실은 정반대이다. 구어에서는 받아들여지지 않는 새로운 문어를 만들어 이미 이루어지고 있는 언문일치를 훼손시키기나 했다. 어린 나이에 일본에 가서 공부하는 동안 문학에 입문하고 일본어로 구상한 작품을 우리말로 옮기다가 그렇게 되었다. 일본에서 일본어의 문어체를 구어체로 바꾸어 근대소설을 이룩하는 데 자극을 받아, 우리말에는 문어체가 따로 없다는 사실을 무시하고 같은 작업을 하려고 하다가 차질을 빚어냈다.

처음 쓴 소설은 자기가 사재를 털어서 내는 동인지 〈창조〉에만 실었다. 동인지를 내서 돈을 버리기만 하고 문학을 그 자체로 옹호하는 것 외에 다른 목표를 내세우지 않았다. 독자의 환심을 살 필요가 없고, 당대의 사상적인 논쟁에 참여하지 않는다는 두 가지 의미에서 순수한 소설의 가치를 한껏 높이며, 그렇지 않은 소설을 멸시했다.

동인지소설은 신문소설과 대조가 되는 특징을 지녔다. 단편이기만 하고, 한자를 노출시키고, 말이 난삽해도 그만이었다. 쓰고 싶은 대로 쓰면 되고, 누구의 눈치도 볼 필요가 없었다. 김동인은 〈창조〉에 자금을 대는 물주였으므로 그런 자유를 마음껏 누린 점이 〈동아일보〉에 매여 지내던 이광수와 아주 달랐다. 자유로운 처지에서 순수문학을 한다고 자부하는 것이 그래서 가능했다.

1919년 2월 〈창조〉 창간호에 〈약한 자의 슬픔〉을 보란 듯이 내놓았는데, 자부하는 것만큼 대단한 작품이 아니다. 가정교사를 하는 여학생이 자기 침실에 들어온 주인 남자를 물리치지 못해 임신을 한 탓에 그 집에서 나와 낙태를 했다는 사건을 설정하고, 당사자가 자기 처지를 되돌아보면서 "논문 비슷이 소설 비슷이 하나 지어보고 싶은 생각이 났다"고 했다. 주인공의 처지가 객관화되어 있지 않고, 소설다운 전개를 갖추지 못했다.

〈마음이 옅은 자여〉를 1919년 12월의 〈창조〉 제3호에서 1920년의 제6호까지 연재하면서, 윤리적 파탄을 진지하다고 하기 어려운 자세로 다루었다. 서울 유학을 하고 평양으로 돌아간 교사가 아내와 아들을 고향으로 보내놓고 동료 여교사와 정을 통했다. 그런데 그 여교사는 어렸을 때 아버지가 빚에 몰려 정했던 혼약을 거부하지 않고 받아들이고 주인공을 버려 파탄에 빠뜨렸다. 납득할 수 없는 무책임한 행위가 겹치게 하고서, 도덕에서 해방되는 것이 순수한 문학을 하는 보람이라고 자부했다.

그런 작품에 편지·일기·유서 등을 넣어 서술의 시점을 다각화했다. 1921년 1월의 〈창조〉 제8호에 발표한 〈목숨〉은 의사의 오진으로 죽음을 선고받은 인물이 수술 뒤에 살아났다는 단순한 내용인데, 편지와 일기를 섞어 별나게 꾸몄다. 소설이 형식을 잘 갖추어 예술성을 자랑하려면 시점의 변화가 무엇보다도 소중하다고 여겼다.

〈배따라기〉는 1921년 5월 〈창조〉 제9호에 발표한 작품인데, 주인공이 술회하는 사연을 듣고 옮겼다고 하면서 액자소설의 구조를 이중으로 갖춘 점이 특이하다. 술회하는 사연 자체는, 사소한 오해 탓에 아내를 자살하게 한 주인공이 운명의 기구함을 한탄하면서 떠돌아다니게 되었다는 것이다. 감상적인 분위기에 젖어들도록 하는 가벼운 내용인데, 세심하게 배려한 형식을 갖추어 뛰어난 작품처럼 보이게 했다.

〈동명〉(東明) 1922년 12월호에서 1923년 4월호까지에 발표한 〈태형〉(笞刑)은 독립만세를 부르다가 감옥에 갇힌 사람들이 겪는 고통을 다루었다. 일제에 항거하는 자세를 보인 것은 아니고, 40여 명씩이나 들어앉아 있는 감방에서는 누구나 왜소해지는 것을 보여주었다. 먼저 공판을 받은 노인더러 다른 사람들이 말하기를 공소를 해서 자리를 차지하지 말고 태형을 받고 나가라고 했다. 노인이 매를 맞으면 죽는 것은 고려하지 않고, 노인이 나가서 생기는 공간에나 관심을 가지는 얄팍하고 어리석은 타산을 인간 불신의 증거로 삼았다. 인간은 무력하고 왜소하다는 것을 역설하려고 했다.

〈감자〉를 〈조선문단〉 1925년 1월호에 발표하고, 불리한 환경으로 특징지워지는 세계의 도전 앞에서 자아는 무력할 수밖에 없다는 것을 더욱 냉혹하게 살폈다. 농가에서 얌전하게 자란 복녀가 돈에 팔려 게으름뱅이 홀아비에게 시집가서 빈민굴 생활을 하는 동안, 일본인 감독에게 정조를 내놓고 중국인 농장주 왕서방을 상대로 매음을 했다. 왕서방이 장가드는 날 낫을 들고 대들다가 피살되고, 남편과 왕서방 사이에 합의가 이루어져 공동묘지로 실려갔다.

그 과정을 수식이라고는 없는 짧은 문장으로 비정하게 묘사했다. 복녀가 왕서방에게 대들다 죽은 것은 예기치 않던 질투심의 발로이고, 자아가 수동적이기만 할 수는 없다는 최후의 증거라 하겠는데 대수롭지 않게 취급했다. 세상은 그만큼 냉혹하니 헛된 기대를 걸지 말라고 했다. 그런 특징 때문에 김동인의 소설은 사실주의와 구별되는 자연주의에 속한다고 할 수 있다.

1929년 1월 1일부터 12일까지 〈중외일보〉(中外日報)에 게재한 〈광염
(狂炎)소나타〉에서는 광포하고 방탕한 음악가의 유복자로 태어난 주인
공이 어머니 치료비를 구하려고 돈을 훔치다 감옥에 들어갔다가 출옥한
다음 갖가지 범죄를 저지르면서 피아노를 미친 듯 두드려 놀라운 작곡
을 했다고 했다. 원한을 품게 하는 환경에 대해 그렇게 반항하는 것이
예술 창조의 길이므로 행위 자체도 비난의 대상이 될 수 없다고 했다.

〈붉은 산〉은 〈삼천리〉 1932년 4월호에 발표한 작품이며, 환경에 굴복
하지 않으려는 반격에 심각한 의미를 부여한 내용이다. 만주에 이주한
동포들이 그곳 지주에게 수탈되고 피살되기조차 하자, 삵이라는 별명
을 가진 불량배가 복수를 맡아 나섰다. 삵이 상해를 입고 죽어가면서
애국가가 듣고 싶다고 했다. 환경이 불리하면 선인이 악인으로 바뀌듯
이, 세계의 횡포에 대한 반발이 극도에 이르면 악인이 선인으로 바뀌는
변화를 보여주었다.

〈광염소나타〉와 〈붉은 산〉은 세계의 도전에 대한 자아의 응전이 의
도한 바와는 다르게 긍정적 가치를 창출한다는 것을 보여준 특이한 작
품이다. 그래서 생각이 바뀐 것은 아니다. 예외적인 인물이 특이한 상
황에서 보인 예기치 않은 반응에 평가할 만한 것이 있다 하고, 예사 사
람들이 나날이 살아가면서 생각하고 행동하는 것이야 모두 무가치하다
고 했다.

자기가 하는 문필 활동도 그런 관점에서 평가했다. 아무런 대가를 바
라지 않고 책임을 느낄 이유도 없으므로 일상생활에서 벗어난 순수한
경지에서, 수법이 특이해 예술성이 입증되는 창작품을 만든다고 했다.
평양 갑부의 아들로서 물려받은 재산이 있을 때에는 그런 태도로 인생
을 낭비하고 조소하는 자유를 누렸다.

그러다가 재산을 탕진하고 글을 써서 먹고살아야 하는 처지가 되어,
멸시해 마지않던 신문 연재 장편소설에 손댔다. 첫 작품 〈젊은 그들〉을
1930년 9월에 〈동아일보〉에 연재하기 시작할 때부터 자부심이 손상되
는 좌절감을 깊이 느꼈다. 1939년 〈조광〉(朝光) 12월호의 〈젊은 그들'의

회고)에서 술회했듯이, 신문소설은 "신문을 팔기 위해서 연재하는 것이니까 작자의 양심 자존심은 죄 쓰레기통에 집어넣고" 흥미 본위로 쓰라는 요구를 자학하면서 받아들였다.

어차피 돈벌이를 위한 상품이니 소재를 쉽게 구할 수 있는 역사소설을 만들면 그만이고, 구태여 당대의 문제를 다룰 필요가 없다고 했다. 역사소설이라도 함부로 쓸 수는 없었다. 인기를 확보하는 경쟁을 벌여야 했다. 이광수가 이미 확보하고 있는 독자를 끌어들이려면 파격적인 내용과 특이한 수법을 갖추어야 했다.

장편소설을 신문에 연재하는 동안에도 단편소설 창작을 계속했다. 장편소설로 생계의 수단을 삼고 단편소설에서 예술 창조의 보람을 누린 것은 아니었다. 단편소설을 가리지 않고 실을 수 있고, 팔리지 않는 것을 예술성 입증의 증거로 삼는 잡지는 없어졌다. 영리 목적으로 간행하는 잡지에서 읽힐 만한 흥미가 있는 작품을 찾는 데 호응해 원고료 수입을 늘리려는 목적으로 단편소설을 써냈다.

그래서 나온 후기의 단편소설은 너절한 사건을 긴장된 매듭 없이 펼쳐 보이기만 했다. 〈여성〉(女性) 1938년 10월호와 11월호의 〈대탕지(大湯地)의 아주머니〉가 그 좋은 예이다. 못생긴 여자가 온천장에 몸을 팔러 갔다가 허드렛일이나 하면서 연명하는 형편을 멸시하는 시선으로 그렸다. 순수문학을 한다고 대단한 자부심을 가지다가 아무 원고나 팔아서 살아야 하는 자기 처지와 부합되는 면이 있는 내용이다.

그 무렵의 작품인 〈문장〉(文章) 1939년 3월호의 〈김연실전〉(金妍實傳)에서는 선각자로 자처하는 여자가 무책임하게 처신하다가 돌이킬 수 없게 타락한 내막을 드러낸 내용을 흥미롭게 그렸다. 그럴듯하게 내세우는 명분은 무엇이든지 헛되다고 빈정댄 점에서는 초기 작품의 기풍을 이었다 하겠으나, 무절제한 성행위를 장황하게 그려 관심을 끌었다. 같은 잡지 1941년 2월호의 〈집주름〉이 그 속편이라 했는데 훨씬 산만하다.

〈춘추〉(春秋) 1941년 4월호의 〈어머니〉에서는 게으름뱅이에게 팔려

서 시집간 〈감자〉의 복녀와 같은 여인이 자식에 대한 애착으로 살아가
는 모습을 소개했다. 초기 단편에서처럼 세계의 도전이 예기치 않게 닥
쳐와 생기는 파국이 없으므로 중편 분량으로 늘어났다. 특이한 시점으
로 긴장을 조성한다든가 하는 수법도 쓰이지 않았다. 단편소설 예찬의
근거를 무너뜨린 대가로 원고료 수입을 늘리고자 했다.

전영택(田榮澤, 1894~1967)은 김동인과 어려서부터 가까운 사이이
고, 〈창조〉의 동인으로 참여해 단편소설 발전을 위해 함께 노력했다.
그런데 김동인과는 달리 집안에서 받아들인 기독교 신앙을 존중해 목
사가 되었으며 소설 창작에 전념하지는 않았다. 소설 때문에 고심하다
가 파탄에 빠지고 타락할 수 있는 위기에서 가볍게 빠져나갔다.

1919년 3월 〈창조〉 제2호에 발표한 〈천치? 천재?〉에서 비상한 재능
을 가졌지만 천치 취급을 받다가 가출해서 얼어 죽은 소년의 이야기를
다루었다. 그런데 작가는 그런 파멸의 당사자가 아니었다. 소년을 동정
하면서도 구제하지 못한 교사의 위치에 선다고 생각했다. 방관자는 심
각한 타격을 받지 않아 안정된 삶을 누릴 수 있었다.

1919년 12월 〈창조〉 제3호의 〈운명〉에서 보여준 작중인물의 고민은
자기 문제인 듯했다. 조혼한 아내를 버려두고 일본에 가서 공부하던 청
년이 여학생과 사랑에 빠져 동거하다가 귀국해 감옥에 갇혔다. 애타게
기다려도 면회를 오지 않는 연인은 출옥 뒤에 알아보니 이미 다른 사람
에게로 갔다. 그런 사연을 일인칭으로 서술하고 연인의 편지까지 보탰
다. 그런 혼란에 빠지지 않도록 경계한 것이 창작 의도라고 할 수 있다.

〈조선문단〉 1925년 1월호에 발표한 〈화수분〉은 시골에서 나와 서술
자의 집에서 행랑살이를 하던 한 가족이 귀향 도중에 얼어 죽은 참사를
다루었다. 그 당시에 흔히 볼 수 있던 빈곤문학의 취향을 따랐다고 할
수 있으나, 가난하게 된 이유를 우연으로 돌리고 사회 현실과의 복잡한
연관 관계를 문제 삼으려고 하지 않았다. 자기 문제는 아닌 가난을 바
라보는 자세로 동정했다.

기독교를 믿어 일찍 개명하고 재산이 넉넉한 집안의 아들은 으레 일

본 유학을 해서 신교육을 받았다. 돌아와 생업을 당장 걱정하지 않고 자유롭게 활동하는 보람을 누리고자 해서 작가가 되거나 목사가 되었다. 작가와 목사를 겸하고자 한 사람은 전영택만이 아니고 임영빈(任英彬, 1900~?)도 있었다.

임영빈의 작품은 많지 않으나 풍자의 수법을 사용해 사회문제를 다룬 점이 특이하다. 〈조선문단〉 1925년 1월호에서 3월호까지에 발표한 〈난륜〉(亂倫)에서는 조혼, 축첩, 민간신앙, 양반의식 등으로 나타나는 전통사회의 인습을 실감을 돋우는 문장으로 풍자했다. 같은 잡지 1925년 5월호의 〈서문학자〉(序文學者)는 아무런 내실이 없으면서 학자인 척하는 인물의 헛된 자부심을 웃음거리로 삼으면서, 서푼짜리도 못 되는 저술로 연애를 논하고 외국 책을 표절해 고심한 창작인 듯이 내놓는 풍조를 비판했다.

김동인처럼 부정으로 치닫거나 전영택처럼 동정을 해결책으로 삼지 않고, 임영빈은 자기 시대를 시비하는 적절한 관점을 마련했다고 할 수 있으나, 이룬 바가 얼마 되지 않는다. 〈조선문단〉 1935년 6월호의 〈준광인행전〉(準狂人行傳)에서는 인간 세상의 모든 것을 매도하려 했다. 작품 창작을 지속하고자 하는 의욕이 결여되어 거기서 더 나아가지 못했다. 직업적인 작가로 나서지 않고서는 소설 창작의 방향을 개척하는 그 험난한 작업을 제대로 감당하기 어렵다는 것을 보여주었다.

이강언, 《한국근대소설논고》(형설출판사, 1983) ; 김춘미, 《김동인연구》(고려대학교 민족문화연구소, 1985) ; 김윤식, 《김동인연구》(민음사, 1987) ; 장백일, 《김동인문학연구》(문예출판사, 1989) ; 유기룡, 《한국현대소설작품연구》(삼영사, 1989) ; 전혜자, 《김동인과 오스커리즘》(국학자료원, 2003) 등의 연구가 있다. 이오덕, 〈우리소설에 나타난 남의 나라 말과 말법〉, 《국어생활》 1990년 겨울호(국어연구소) ; 권영민, 《서사양식과 담론의 근대화》(서울대학교출판부, 1999) ; 이홍식, 〈한국어 어미 '~더라'와 소설의 발달〉, 《텍스트언어학》 14(한국텍

스트언어학회, 2003)에서 김동인 소설의 문체를 검토했다. 이인복,
《한국문학과 기독교사상》(우신사, 1997)에서 전영택을 ; 홍경표, 〈석
계 임영빈 소설고〉, 《수우재최정석박사회갑기념논총》(효성여자대학
교출판부, 1984)에서 임영빈을 고찰했다.

11.4.5. 시인이 쓴 소설

김소월(金素月, 1902~1934)은 〈함박눈〉이라는 단편소설 한 편을 〈개
벽〉 1922년 10월호에 발표했다. 시로 노래하고 암시하는 것으로는 할
말을 다 하지 못해 소설을 택했다고 할 수 있다. 중국으로 가서 북경과
상해 사이를 왕래하고 있는 민족지사의 아내가 남편을 도우려고 함박
눈이 내리는 밤에 압록강을 건너는 기차를 타고 떠났다 하면서, 민족해
방 투쟁의 의지를 나타냈다.

갓난아기를 유모에게 맡기고 가면서 남동생과의 이별을 서러워했다.
아기를 키워 공부시켜달라고 당부했다. 함박눈이 내리는 밤의 분위기
와 이별의 서러움이 비장한 결단을 돋보이도록 했으나, 갓난아기를 떼
치고 떠난다고 한 설정에는 합리성이 결여되어 있다. 시인의 상상력으
로 필요한 절차를 건너뛰어, 주제와 상황은 훌륭해도 소설로서 결격사
유가 있다.

홍사용(洪思容, 1900~1947) 또한 시로 나타내기 어려운 사연을 소설
에다 옮겨 실었다. 1923년 9월 〈백조〉 제3호에 실은 〈저승길〉에서는 죽
어가는 사람의 의식을 그리 절실하지 않은 낭만적 해석을 하면서 추적
했다. 죽음의 문제를 지속적인 관심사로 삼아 〈개벽〉 1925년 7월호의
〈봉화가 켜질 때〉에서 다시 다루면서 일제에 대한 민족의 항쟁과 관련
시켰다. 백정의 딸로 태어난 주인공이 갖은 수모를 겪고 서울서 공부를
하다가 만세운동 뒤에 함께 감옥에 간 청년과 가정을 이루었으나 출신
이 밝혀지자 버림받았다. 그래도 굽히지 않고 상해에 가서 열사단이라
는 단체에 가입해 싸우다가 폐결핵을 얻고 귀향해 세상을 떠났다.

그런 과정이 내면의식의 흐름을 통해 구현되었다. 주인공이 죽어도 마음의 불꽃은 꺼지지 않고 곳곳에서 난리를 알리는 봉화가 되었다고 한 결말은 오직 시에서나 허용되는 표현으로 이루어져 있다. 내면의식 위주의 서정적 소설이면서 사회개조의 의지를 나타낸 항일문학으로서 동시대 다른 작품에서는 찾기 어려운 적극성을 띠었다. 소설 작법의 정석을 따르지 않고 뜻하는 바를 명확하게 잡아내기 어렵도록 해서 검열을 넘어섰다.

〈귀향〉(歸鄕)은 〈불교〉(佛敎)라는 잡지 1928년 11월호에 발표했는데, 소설이 되기에는 결격사유가 더 많아 수필처럼 보이지만, 자세히 살피면 현실 인식을 뚜렷하게 하고 투지를 누그러뜨리지 않았음을 알 수 있다. 멀리 떠나가 노동을 하며 가는 곳마다 "주모자"나 "선동자"라고 지목된 서술자가 여비 한 푼 지니지 못하고 청량리역에 내려 걸어서 고향으로 돌아갔다. 누이에게 맡기고 간 약간의 재산에 의지하며 피곤한 몸을 쉬려고 했던 것이다. 그러나 고향도 옛날의 고향은 아니었다. 누이는 어린아이와 "왜말"을 하고, 매부는 술을 먹고 와 주정을 했다. 고향에 대한 기대와 환상을 버리고 떠나야만 했다.

김소월뿐만 아니라 홍사용도 소설은 어떻게 써야 하는가를 두고 깊이 고심하지 않고 내심의 욕구를 거침없이 작품화했다. 기존의 어느 모형에도 의거하지 않은 아주 특이한 소설을 이룩했다. 내면의식을 지나치게 중시하고 세계의 자아화를 마련하는 데 그쳐 긴장된 상황에서 후퇴를 한 것은 아니다. 사건 설정을 납득할 수 있게 하는 절차는 생략한 덕분에 검열을 피하면서 항일의 주제를 강렬하게 암시할 수 있었다.

그런데 〈매일신보〉 1938년 12월 2일자의 〈뺑덕이네〉에서는 상황과 인물을 객관화하면서 작풍이 달라졌다. 서울 근교 자하문 밖에 농사짓고 사는 사람들의 마을이 있어 이야깃거리가 많다고 했다. 신작로를 내느라고 고개를 뚫어, 옛날 어느 이인이 말했듯이 동네에 망조가 들고 음란한 행실이 흔해지는 판국을 다각도로 그렸다. 솜씨가 뛰어난 세태소설을 만든 대신에 내면의식의 치열한 대결을 버렸다.

착하고 우둔하기만 한 석용이의 아내는 품팔이마저 하기 어렵게 되자 근처 절의 승려와 살림을 차리고 딸을 팔아먹어 뺑덕어미 같은 짓을 했다고 빈정대는 소리를 들었다. 그런데 딸은 팔려가기만 하고 심청이처럼 효도를 하지는 못해 아무런 해결책이 없었다. 그런 사정을 중간에다 넣고 그 주위에서 나날이 일어나는 일을 입심 좋게 다루며 풍자했다.

한용운(韓龍雲, 1897∼1944)은 소설을 쓰는 데 더욱 힘쓴 시인이었다. 소설 작법의 기본 요건을 무시하고 주제 전달에 힘쓴 것도 다르지 않다. 모두 단편이 아니고 장편인 점이 위에서 든 두 사람과 달랐다. 장편을 신문에 연재해 생계 대책을 삼기까지 했다.

첫 작품 〈죽음〉은 1924년 10월 24일에 탈고했다는 원고로만 남아 있고 어디 발표하지는 않았다. 1923년 이른바 한일합방 기념일에 경성신문사라는 신문사에 폭탄을 던진 사람이 경찰에 자수를 했다는 사건으로 서두를 장식했다. 항일투쟁의 폭발인가 하면 그렇지는 않고, 남녀 관계가 복잡하게 얽혀 그런 일이 벌어졌다.

김종철이란 청년이 자기 연인 영옥을 탐내 모함하는 기사를 낸 그 신문사 편집국장 정성열이라는 자에 대한 분노를 터뜨린 것이다. 영옥은 어머니를 일찍 여의었으며, 아버지는 상해의 조선혁명당과 연락이 있다는 혐의로 갇혔다가 유치장에서 자결하고, 계모가 정성열에게 첩으로 넘기려고 하는 시련을 겪었다. 유일한 구원자인 김종철이 집행유예로 풀려나오자 혼인을 하고 행복하게 살았다. 정성열은 이상훈이라는 하수인을 시켜 김종철을 미국으로 유인해 죽이고 돈을 가로챘다. 이상훈은 강간을 하다가 피살되고, 정성열은 김종철과 영옥 사이에서 난 아들 만수에게 살해되었다.

작품 제목처럼 죽음이 연속되는데, 그렇게 되어야 할 이유를 납득하기 어렵다. 악인의 악행을 문제 삼았다 하더라도 보복이 지나치고 결과가 너무 끔찍하다. 뭇 중생이 허덕이며 살아가기만 하는 사바세계에 헛된 기대를 걸지 말라고 그런 작품을 썼다고 한다면 무리한 해석이다. 영옥의 아버지가 남긴 뜻을 김종철이 받들어 친일파 악인과 대결하는 싸움을 몇 단계에 걸쳐 벌이도록 하려 했는데 검열을 의식해 뜻대로 쓰지 못했다고 하는 것은 지나치게 호의적인 추정이다.

어느 모로 보든지 수준 미달의 습작이어서 발표하지 않은 것 같다. 민족의 처지에 대한 자각이 모자라지 않고 깊은 사색을 하는 자세를 갖추었으나, 그렇다고 해서 소설을 잘 쓸 수 있는 것은 아니었다. 자기 시대의 거시적이고 궁극적인 문제를 개인의 운명을 통해 구체화하는 적절한 방법을 찾지 못해 모처럼 시도한 소설이 실패로 끝났다.

시 창작으로 방향을 돌려 〈님의 침묵〉을 이룩했다가, 1930년대 후반에 신문소설을 몇 편 썼다. 환속을 하고 가정을 이루어 수입이 필요해진 시기였기 때문이다. 그런데 신문소설의 요건을 갖추면서 시에서 얻은 평가를 훼손시키지 않는 것은 쉬운 일이 아니었다. 소설 창작을 위해 필요한 수련을 제대로 하지 않아 성공 가능성이 더욱 적었다.

1935년 4월 9일부터 1936년 2월 4일까지 〈조선일보〉에 연재한 〈흑풍〉(黑風)에서는 청나라 말기 중국에서 일어난 사건을 다루어, 혁명의 의지를 고취하는 내용과 흥미를 자극하는 수법을 결합시키려고 했다. 소작인의 아들 왕한이 지주의 수탈에 견디다 못해 상해로 나가 온갖 천한 일에 종사하다가, 강도가 되어 보복을 하고 미국 유학을 한 다음 혁명에 진력한다고 했다. 그 과정에서 탐정소설이나 모험소설에 어울리는 격변이 거듭되고, 해적에게 붙들려가는 여자를 구출해 아내로 맞이하기까지 했다. 작품의 결말에서는 왕한이 혁명을 잊고 사랑에 몰두하자, 혁명을 사랑하라고 하면서 아내가 자결했다.

예사롭지 않게 전개되는 별난 소설이다. 엄청난 각오와 커다란 사건을 충격적인 방법으로 전달하면서 일상생활의 진실성을 돌보지 않았다. 범속한 사람들의 고민은 망상으로 돌리고, 크게 깨달은 바에 따라 거침없이 비약하는 거인들의 세계를 펼쳐 보이고자 했다. 다른 작품에서 전례를 찾기 어려운 독자적인 작풍을 일단 이룩했다.

후속작품도 순조롭게 이루어진 것은 아니다. 1936년에 〈조선중앙일보〉(朝鮮中央日報)에 연재한 〈후회〉(後悔)와 1937년 〈불교〉에 연재한

〈철혈미인〉(鐵血美人)은 곧 중단되고 말았다. 소설을 쓰기 어려웠던 사정을 엿볼 수 있게 한다. 그러나 마지막 작품 〈박명〉(薄命)은 중난아시 않고 〈조선일보〉 1938년 5월 18일자에서 1939년 3월 12일자까지 실었으며, 작품다운 짜임새를 갖추었다.

산골에서 계모에게 구박받던 소녀가 서울로 유인되어 술집 작부로 시달리다가 물에 빠져 죽게 되었다. 그때 자기를 구해준 생명의 은인의 아내가 되어, 아들 수복을 낳아 기르면서 삯바느질로 생활비를 마련해 행복하게 살기를 바랐다. 그런데 남편 대철은 하는 일 없이 지내다가 전에 하던 금광을 다시 한다고 하면서 가진 돈을 다 털어가더니 행방을 감추었다. 아편중독자가 되고 병이 들어 초라하기 이를 데 없는 행색을 한 대철을 찾아낸 아내 순영은 남편을 치료하고 간호하는 데 온갖 정성을 쏟았다. 길거리에 나앉아 걸식을 하게 된 처지가 되었어도 남편을 극진하게 보살폈다.

남편은 병이 심해져서 죽으면서 자기가 어떤 사람인가 하는 내막을 털어놓았다. 고향도 성도 속이고 산 사람이라고 했다. 물에 빠진 순영을 구해준 것은 스스로 한 일이 아니라고 했다. 같은 배를 타고 있던 여승이 돈을 주고 부탁해서 한 일이라고 했다. 금광을 한다는 것은 돈을 가져가기 위한 구실에 지나지 않았다고 했다. 어디 가서든지 사기행각을 일삼으면서 살아왔다고 했다. 그 전말을 듣고, 분노가 치밀어온다든가, 속아 산 것이 원통하다든가 하는 생각은 하지 않고, 다만 견디기 어려운 충격을 받고 "순영의 지식으로는 세상 사람이 어떠한 것인지를 도저히 추측할 수도 없었다"고 했다. 그 뒤에 순영은 자기가 물에 빠졌을 때 구해주도록 주선한 여승을 찾아가 절에서 수도하는 사람이 되었다는 것이 작품의 결말이다.

순영은 구제불능이어서 동정의 여지가 없는 노예이거나, 아니면 이해관계나 자존심 같은 것을 모두 버린 보살이다. 불교의 관점을 받아들여 생각하면, 그런 남편을 만난 것은 악업 탓이다. 언제 어떻게 지었는지 몰라도 커다란 악업을 지어서 엄청난 시련을 겪게 되었으니 피하지 말고 받아들여야 한다. 악업을 소멸시킬 수 있는 것은 선업밖에 없다. 악업을 소멸시키는 선업을 할 때는 이유를 묻지 말고 이해관계를 초월해야 한다. 상대방이 어떻게 나오는가 하는 데 따라 태도를 바꾸지 말아야 한다. 그렇게 하는 것이 보살행이다.

예사 사람이 보살행을 할 수 있는가? 이 질문에 대해서 저자 한용운은 지나치게 낙관적인 대답을 했다고 할 수 있다. 그것이 작품의 가장 큰 결함이다. 그러나 이 작품에서 예사 사람의 평범한 이야기를 하고자 했던 것은 아니므로, 거기서 멈추지 말고 생각을 더 해볼 필요가 있다. 보살행은 최악의 역경에 처해서 더 물러설 수 없으면 할 수 있다. 자포자기하고 마는 남자로서는 불가능하지만, 그 길마저 없는 여자에게는 가능하다. 독자의 생각이 거기까지 미치게 하려는 것임을 깨닫게 되면 작품에 대한 평가가 달라질 수 있다.

김소월의 소설은 전광용, 《한국현대문학논고》(민음사, 1986) ; 민현기, 〈김소월의 소설〉, 《백영정병욱선생환갑기념논총》(신구문화사, 1982)에서, 한용운의 소설은 이명재, 〈만해소설고〉, 《국어국문학》 70(국어국문학회, 1976) ; 김상선, 〈만해소설에 나타난 죽음의 문제〉, 《현대한국작가연구》(민음사, 1976) ; 김우창, 《궁핍한 시대의 시인》(민음사, 1977) 등에서 다루었다. 〈박명〉을 《소설의 사회사 비교론》 2(지식산업사, 2001)에서 외국의 유사작품과 비교해 논했다.

11.5. 시의 방황과 모색

11.5.1. 주요한 · 김억 · 황석우

주요한(朱耀翰, 1900~1979)은 평양의 부유한 시민 집안에서 태어나 목사인 아버지를 따라 12세에 일본에 가서 공부하고 문학 수업을 했다. 동향의 김동인과 가까운 관계를 맺고 〈창조〉 동인으로 함께 활동했다. 김동인이 소설에서 시도한 작업을 시에서 이루면서, 퇴폐에 빠지지 않고 건강한 목소리로 이상을 추구하는 자세를 견지하면서 여유 있는 삶을 누렸다.

시인으로 나서서 작품 창작을 활발하게 했다. 1919년 1월에 〈학우〉(學友) 창간호, 2월에 〈창조〉 창간호에 많은 작품을 발표해 근대시의 선구자로 평가되었다. 1924년에는 시집 〈아름다운 새벽〉을 엮어 그때까지의 작품을 정리했다. 1929년에는 이광수 · 김동환과 함께 〈삼인시가집〉(三人詩歌集)을 냈다.

일본에 수용된 서양 상징주의 시에서 자극을 받고, 일본의 전례를 참고하면서 갖가지 시형을 적극 시험했다. 산문시를 먼저 쓰고, 자유시를 만드는 방법을 찾고, 민요에 가까운 단순한 형식을 마련하기도 했다. 시조에 손을 대기도 했다. 형식에 관한 탐구에 특히 많은 관심을 가진 시인이다.

〈학우〉 창간호에 싣고, 다시 〈아름다운 새벽〉에 수록할 때 1918년에 지었다고 밝힌 〈눈〉은 산문시이다. 서울 장안에 새벽을 알리는 인경이 운다 하고서, 인경소리와 눈 내리는 모습이 엇갈리자 슬프고, 한탄스럽고, 가슴 막힐 일이 겹겹으로 떠오른다고 했다. 피리소리 · 까치소리까지 보태서 마음속의 격동을 표출했다. 풍경 묘사에 드러내놓고 말하기 어려운 내밀한 의미가 깃들게 했다.

〈창조〉 창간호에 발표한 〈불놀이〉는 그 다음 작품이고 비슷한 성격의 산문시인데, 널리 알려져 근대시의 시작을 알린 의의가 평가되었다.

대동강에서 사월 초파일에 벌이는 불놀이 광경을 보고 "아아 춤을 춘다, 춤을 춘다, 시뻘건 불덩이가 춤을 춘다"고 하면서 외로운 심정을 태우고 싶은 충동에 사로잡힌다고 했다. 소재를 보면 풍물시라고 하겠는데, 내심의 격동을 나타낸 점이 새로워 충격을 준다.

풍물을 그리면서 정신의 방황을 나타내는 작품을 자유시 형태로도 썼다. 〈옛날의 거리〉에서는 다정스러웠던 거리가 몰라보게 변했다고 하면서 지난날의 모습을 힘써 되살렸다. 새벽 물장수, 저녁 주정꾼, 밤중 엿장수가 다니던 복잡하고 질며, 찬바람이 불고 한숨소리가 들리던 거리가 그립다고 했다. 〈외로움〉에서는 자기 홀로 모진 시련을 견디며 불꽃의 사랑을 찾는다고 하고, 삶과 죽음을 두고서 들뜬 언사를 늘어놓았다.

거리를 거닐기만 하지는 않고, 자연을 찾아가 예술의 이상을 추구하자는 생각을 일찍부터 나타냈다. 〈학우〉 창간호에 발표한 자유시 〈이야기〉에서 자기가 바라는 예술이 무엇인가 말하려고 했다. 산으로 꽃을 꺾으러 간 네 처녀 이야기를 하면서 현실을 떠나 이상을 추구하기 어렵다고 했다. 셋은 고난을 견디지 못해 산에서 미끄러지고, 끝까지 견디려고 한 마지막 처녀도 행방을 알 수 없다고 했다. 예술의 이상적인 경지에는 이르기 어렵다는 생각을 그렇게 나타냈다.

그런 비유를 들어 말하면, 자기가 실제로 하는 작업은 산 아래에서 위를 쳐다보는 것이었다. 〈아름다운 새벽〉 발문에서, 퇴폐적인 경향을 멀리하고 "오직 건강한 생명이 가득한, 온갖 초목이 자라나는 속에 있는 조용하고도 큰 힘 같은 예술"을 추구하겠다고 했다. 그렇게 하다가 내용이 공허해지고 표현의 긴장을 놓쳤다고 할 수 있는 작품이 적지 않다.

〈샘물이 혼자서〉, 〈빗소리〉, 〈고향 생각〉 등 일련의 전원시가 득의한 작품이고 널리 알려져 있다. 말을 헤프게 쓰지 않고 간결하면서도 인상 깊은 표현을 얻었으나, 건강한 생명을 찾는 데 어떤 장애가 있는가 하는 문제는 깊이 의식하지 않았다. 〈샘물이 혼자서〉 전문을 들어보면 다음과 같다.

샘물이 혼자서
춤추며 간다.
산골짜기 돌 틈으로.

샘물이 혼자서
웃으며 간다.
험한 산길 끝 사이로.

하늘은 맑은데,
즐거운 그 노래
산과 들에 울리운다.

두 토막 되풀이를 거의 그대로 이어 민요에 가까운 형식이다. 맑고
깨끗한 느낌을 주기만 하고, 산문시를 쓸 때 들려주던 고민이나 한탄
같은 것은 찾을 수 없다. 정신적인 방황을 그만두고 번잡한 도시를 떠
나 고향에 돌아가 안착한 즐거움을 일찍 보여주었다.

상당한 재능이 있고 안목이 넓기는 하지만, 갈등을 피하고 아름다움
을 추구하려고 하다가 내실이 부족한 시를 쓰게 되었다. 간결한 형식의
장점도 차차 무너지고 공허한 말이 많아졌다. 〈삼인시가집〉에 수록한
시편에 그런 결함이 두드러지게 나타나 있다. 〈전원송〉(田園頌)이라고
한 것을 보면, 설명과 영탄이 장황할 따름이고 맺힌 맛이 없다. 〈사랑〉,
〈영혼〉 같은 것들도 산만하고 지루하다. 시조도 실었는데 외형이 시조
일 따름이며, 고시조의 품격과 연결되지 않고 새로운 작풍을 개척한 의
의가 있는 것도 아니다.

김억(金億, 1895~?)은 평북 정주에서 자라나 오산학교(五山學校)를
거쳐 일본 유학을 하고 서양시를 익혔으며, 모교에 재직하면서 김소월
을 발견하고 지도했다. 향토의 체험이 주요한보다 훨씬 깊었다 하겠으
며, 서양시를 부지런히 소개하면서도 그 영향에 휘말리지 않고 자기 나

름대로의 길을 다지기 위해 지속적인 노력을 했다.

1918년에 〈태서문예신보〉에 서양시 번역과 함께 창작시를 발표해 근대시로의 전환에 큰 구실을 했으며, 1921년에 역시집 〈오뇌의 무도〉를 낸 이래 서양시의 번역과 소개에 계속 적극적인 관심을 보였다. 〈폐허〉와 〈창조〉의 동인으로 활동하면서 시작에 힘쓰고, 1923년의 〈해파리의 노래〉, 1925년의 〈봄의 노래〉를 비롯해 시집을 모두 일곱 권이나 냈다.

김억은 주요한과 달리 다양한 경향과 형식을 찾아 나서지 않고, 한 곳에 머물러 줄곧 같은 방식으로 작업을 했다. 첫 시집을 〈해파리의 노래〉라고 이름 지은 까닭을 밝힌 서두의 글에서, 자기 몸이 자유롭지 못해 물결 따라 떴다 잠겼다 하며 노래다운 노래를 부르지도 못하는 해파리 같다고 했다. 밖에서 오는 자극에 적극적인 반응을 보이지 않고 내실을 다지는 데 힘쓰겠다고 한 말이다.

그 시집에 1915년의 작품이라고 한 것들이 몇 편 부록으로 실려 있어 자기 세계를 일찍 찾았음을 알게 한다. 새로운 시를 개척한다면서 어색하고 말로 이어지는 산문을 끌어들이지 않았다. 시는 언제든지 노래여야 하므로 음악적 요건을 갖추어야 한다는 생각을 일관되게 지니면서, 읽고 외기 좋은 작품을 이룩하려고 고심했다. 1921년 6월 〈창조〉 제9호에 발표하고 〈해파리의 노래〉에 수록한 〈악성〉(樂聲)이라는 작품에서 그런 생각을 집약해 나타냈다. 전반부를 들어본다.

울리어 나는 악성의
느리고도 짧은
애달픈 곡조에,
나의 스러진 옛 꿈은
그윽하게 살아
내 가슴 아파라.

애수 가득한 악성의

빠르고도 더딘
애달픈 곡조에,
뒤숭숭한 그 생각은
고요하게 뜨며
내 눈물 흘러라.

　서양의 상징주의에서 시는 무엇보다도 먼저 음악이 되어야 한다고
한 데 자극받아 우리 시의 음악을 마련하려고 애썼다. 번역을 해서는
원시의 뜻을 전하는 데 치우칠 수밖에 없으므로 상징주의 시와 대등한
수준의 창작시를 마련해, 시상이 떠오르는 악곡을 들려주려고 했다.
"느리고도 짧은", "빠르고도 더딘", 인용하지 않은 대목에서는, "넓고도
좁다란", "썩 높고도 낮은"이라고 한 변화를 갖추어 갖가지 상념을 교체
해 나타낼 수 있기를 바랐다. 그러나 그것은 지나친 바람이다. 실제 작
품은 시 형식을 단조롭게 해서 가벼운 슬픔을 나타내는 데 머물러 기대
하는 성과를 얻지 못했다.
　율격에 대해 깊은 관심을 가지고 세부적인 변화를 다채롭게 하려고
애쓴 점은 인정할 수 있다. 7·5조를 더러 사용하기도 했으나, 정형시
에 가까우면서 다소 변화가 있는 형식에 더욱 애착을 가지고 여러 가지
시험을 했다. 한 줄이 네 토막씩인 4행 2연시 또는 4행 4연시를 기저율
격으로 삼고, 토막·행·연을 줄이기도 하고 늘이기도 하는 방법을 즐
겨 사용했다. 그렇지만 변형의 폭이 너무 좁았고, 형식에 대한 관심이
앞서서 내용을 형식에다 맞추려고 했다.
　시상 또한 범속한 편이어서 짧은 작품이라도 긴장이 부족하다. 고향
을 그리워하고, 떠돌아다니는 심정을 하소연하고, 계절이 바뀌는 감상
을 전하면서 깊은 고민은 하지 않았다. 세상과 절실하게 부딪치지는 않
는 고독한 예외자가 되어, 심각한 문제는 비켜나가고 이것저것 느낀 바
를 가볍게 노래하기만 해서 작품이 단조로워졌다.
　〈표박〉(漂泊)이라고 한 연작시 여섯 편이 그런 특징을 잘 나타내준

다. 낙엽처럼, 구름처럼 떠도는 신세를 노래한다 했는데, 분위기를 그렇게 잡았을 따름이어서 깊이 간직한 절실한 사연은 찾기 어렵다. 생각을 펴기만 하고 모으지는 않으며, 말을 매끈하게 다듬기만 해서 충격을 줄 만큼 맺힌 사연이 없다.

〈저락(低落)된 눈물〉이라는 데다 모아놓은 몇 작품은 세태를 시비해서 이채롭다. 〈탈춤〉에서는 도덕이니 법률이니 하는 탈을 쓰고 자기만 위해 춤을 추는 무리를 풍자하려 했는데, 착상이 단순하고 표현의 묘미가 모자란다. 가볍고 연약한 작품 세계에서 벗어나려는 시도를 다른 방식으로도 더러 해보았으나 뜻을 이루지 못했다.

황석우(黃錫禹, 1895~1959)는 일본에 유학해 정치경제학을 공부하는 한편 그곳 시단에 참여해 일본어로 시를 발표하기도 했다. 귀국해서는 무정부주의 단체에 가담하는 정치적 관심을 보이고, 시론을 전개하며 시를 쓰는 데 또한 대단한 열의를 보였다. 〈태서문예신보〉에 시를 발표하기 시작해 〈폐허〉, 〈장미촌〉, 〈조선시단〉 등의 잡지 편집을 주도하고, 1929년에는 〈자연송〉(自然頌)이라는 시집을 냈다.

초기의 시는 일체의 가치를 부정하는 허무주의적인 경향이 짙으며, 서양시의 번역을 어색하게 흉내 내서 생경하고 난삽한 한자어나 늘어놓아 잘못 들어선 근대시의 본보기라고 할 수 있다. 그러나 혼돈을 싸고 고심하다가 차차 주목할 만한 변모를 보여, 〈자연송〉에 수록된 시는 초기 작품과 사뭇 달라졌다. 어느 쪽의 작품을 중요시하는가에 따라서 평가에서 큰 차이가 있다.

〈폐허〉 창간호에 발표한 시 열 편은 설익은 관념을 어색하게 나타내 읽기 거북하다. 〈단곡〉(短曲)편 첫머리에 있는 〈벽모(碧毛)의 묘(猫)〉는 우리말답지 않은 제목을 내걸고, 서양 상징주의 투의 기이한 상상을 훈독을 병기하는 일본식 한자어 표기로 나타냈다. 〈석양은 꺼지다〉라는 장시에서는 "애인아 밤 안으로 홈빽 웃어다오"라는 구절을 되풀이하면서 무엇인지 이해하기 어려운 말을 장황하게 늘어놓았다.

〈장미촌〉에 발표한 〈장미촌의 향연〉 두 편은 한자를 사용하는 관념어를 즐겨 쓴 점이 전작과 같지만, "실로 고독은 신(神)과 인(人)과의 애(愛)의 경계(境界)"라고 한 것과 같은 기발한 발상으로 자기 세계를 구축하려는 조짐을 보였다. 〈조선시단〉을 주재할 때 제1호와 제2호에 '자연시'라고 하면서 발표한 일련의 작품에서는 더욱 진전된 변모가 나타났다. 계절의 변화를 알려주는 특정 자연물을 소재로 택해, 비유나 의인화의 수법으로 그 특징을 그리면서 자못 기발한 착상을 갖추었다. 그 가운데 제대로 된 작품만 가려 시집 〈자연송〉에 실었다.

〈자연송〉은 그동안 발표했던 작품을 있는 대로 모은 시집이 아니고, 초기의 혼란과 파탄을 극복하고 독자적인 작품 세계를 이룩한 성과를 집약해 보여주었다. 자연을 사랑해야 사람도 사랑하는 참된 길을 안다는 말을 권두에 내세우고, 자연을 노래한 시만으로 시집을 엮는다고 했다. 맨 뒤에 실은 초기 작품 및 일본어 시를 제외하면 전편이 일관된 구성을 갖추고 있다.

천문·기상·생물에 관한 시를 순서대로 실어 자연계를 일주했다. 어느 작품이든지 자연현상을 사람의 일에다 견주어 풀이하고 비유하면서 인생에 관한 발언을 했다. 삶의 번민을 해소하려고 자연을 찾는 시와 크게 다르며, 내심의 파탄을 자연에다 전가시킨 것도 아니다. 우주적인 질서에서 생명의 비밀까지 살피는 일관된 관점을 가지고 인생의 문제를 새롭게 고찰하는 지혜를 보여주었다.

> 태양은 남편, 달은 아내.
> 둘은 생이별의 부부.
> 그 둘의 생업은 배달부.
> 태양은 용맹스러운 정력을 배달하고,
> 달은 평화로운 잠을 배달한다.

〈두 배달부〉의 전문이다. 해와 달을 노래한 시는 수없이 많지만, 이만큼 간결하고 뜻이 깊은 것은 더 없을 것이다. 해와 달을 함께 등장시켜 압축의 묘미와 기발한 비유를 잘 갖추었다. 음양의 작용이 서로 연결되면서 상반된다는 이치를 새삼스럽게 깨닫고, 삶의 두 가지 양상을 깊이 있게 생각하도록 한다.

〈혜성〉(彗星)이라는 작품에서는 혜성을 불길한 것으로 다루어 융천사(融天師)가 지은 신라 향가 〈혜성가〉(彗星歌)의 뒤를 이었다. "혜성은 곧 태양계의 내란혐의의 그 가장 큰 요시찰인이랍니다"라고 했다. 〈달밤의 구름떼〉에서는 구름을 두고 "또 동리 동리에서마다 천상의 여류명사를 전송하는/ 촌유지 마누라떼와도 같고"라고 했다. 자연물과 사람을 기발하게 연결시켰다.

자연물을 주어로 한 문장에 사람의 일에 관한 서술어를 붙여 말뜻 정의를 내리는 명제를 즐겨 만들었는데, 어법이 시답지 않고 하는 말이 이치에 닿지 않아 표현 효과를 오히려 가중시켰다. 영탄과 과장을 피하고 말을 되도록 아끼면서 상식에 가려져 있던 진실을 드러내는 충격을 주었다. 전혀 새로운 심상을 탁월한 기법으로 만들어낸다고 자부한 다음 시대 시인들의 작업을 앞질러 이룩하고 자기선전의 허세를 부리지 않았다.

낙엽은
풀과
나무들의
그 산후의 몸 씻어 내리는 것.

낙엽은
풀과
나무들이 그 즐거운 노동의 자서전을
싸우며 기록하는 말, 그 굵은 글자.

〈낙엽〉을 한 편 더 들면, 전문이 이것뿐이지만 많은 뜻을 압축하고 있어 긴장이 넘친다. 수많은 시인이 거듭 다룬 진부한 소재 낙엽을 가져와 지저분하게 흩어져 있는 모습을 다시 그리면서 초목과 인간의 공통점을 깊이 생각하게 했다. 자식을 낳고 노농을 하는 부 가시 기본 과업이 보람되고 자랑스러워 시련이 따른다는 것을 말해주었다.

이처럼 황석우는 주요한이나 김억이 따를 수 없는 경지에 이르러 말은 쉬우면서도 뜻이 깊은 근대시의 정수를 보여주었다. 그런데 새롭게 개척한 방향에서 작품활동을 더 계속하지 않고 물러나고 말았다. 동인지만 소중하게 여기고 시집은 돌보지 않는 관습이 청산되지 않아, 오늘날까지도 황석우는 〈폐허〉 시절에 어설픈 퇴폐주의로 시를 망쳤다는 비난이나 들을 뿐이고, 그런 과오를 극복한 성과는 널리 인식되지 않고 있다.

위의 세 시인을 정한모, 《한국현대시문학사》(일지사, 1974) ; 양왕용, 《한국근대시연구》(삼영사, 1982) ; 김용직, 《한국근대시사 제1부》(새문사, 1982) ; 유시욱, 《1920년대 한국시 연구》(이화문화출판사, 1995) ; 이미순, 《한국현대시와 언어의 순수성》(국학자료원, 1997) ; 송영목, 《한국 20년대시 연구》(북랜드, 2002) 등의 연구서에서 거듭 고찰했다. 김대행, 〈시인과 비시인의 갈림길 : 황석우〉, 《노래와 시의 세계》(역락, 1999)에서 새로운 고찰을 했다.

11.5.2. 〈폐허〉와 〈백조〉의 시인들

초창기 동인지 가운데 〈창조〉에는 주요한 외에 뚜렷한 활동을 한 시인이 없었으며, 김억은 종간호에만 참여했다. 〈폐허〉와 〈백조〉는 그렇지 않아, 많은 시인의 활동 무대였다. 두 동인지에서 활동한 시인들을 폐허파니 백조파니 하고 지칭하는 것은 나중에 적극적인 변모를 보이지 않는 경우에 타당성을 가진다. 그 경우는 여기서 다루고, 독자적인 세계를 이룩한 시인들은 별도로 고찰한다.

남궁벽(南宮璧, 1894～1921)은 1818년 6월 〈청춘〉(靑春) 제14호에 일

본어와 영어로 쓴 시를 발표했다. 1920년 7월에 〈폐허〉를 낼 때 적극 참여해 편집후기를 썼으며, 1921년 1월의 제2호에 시 네 편을 실었다. 그러고는 바로 세상을 떠나 〈폐허〉와 운명을 같이했다. 우리말로 쓴 작품이 얼마 되지 않지만, 그 나름대로 뚜렷한 특징이 있다.

〈폐허〉에 발표한 〈풀〉에서는 대지의 생명이 자기 마음과 바로 이어져 있다고 했다. 〈신생활〉에 실린 〈별의 아픔〉은 님이라고 한 생명의 주재자에게 어린아이가 뒹굴면 "감응적으로 깜짝 놀라신 일이 없으십니까?"라고 하고, 지상의 꽃이 꺾일 때 천상의 별이 아파하지 않겠느냐고 물었다. 같은 곳에 전하는 〈마〉(馬)에서는 체념하는 표정만 짓고서 웃음이 없는 말을 동정해 사람이 말이 될 때도 있어야 한다고 했다. 어떤 생명이라도 자기 몸처럼 사랑하겠다는 이채로운 발상을 키워서 성숙된 형태로 표현하는 데까지 이르지 못하고 요절했다.

오상순(吳相淳, 1894~1963)은 〈폐허〉 창간호에 선언문이라 할 수 있는 논설을 싣고, 제2호에 시를 17편이나 발표해 다른 어떤 동인보다도 왕성한 창작 의욕을 보였다. 그런데 그 뒤에는 작품활동을 활발하게 하지 않았으며 세상에 적응하지 못하고 독신인 채 방랑하기만 했다. 여유 있는 집안에서 태어나 일본에 가서 대학을 졸업하고서는 다른 일은 버려두고 시인 노릇만 하면서, 고독과 우수에 시달리느라고 뚜렷하게 이룬 것이 없다.

기독교 전도를 하다가 불교에 기울어져 절간을 전전했지만, 종교시를 쓴 것도 아니다. 세상을 떠난 해인 1963년에야 나온 〈공초오상순시선〉(空超吳相淳詩選)에 실려 있는 시가 얼마 되지 않아 관심을 가지고 지켜보던 독자들을 실망시켰다. 진지하게 살아가는 자세 없이, 설익은 관념에 머물러 시답지 않은 시를 긁적이며 일생을 헛되이 보내지 않았던가 하는 의문을 가지게 한다.

〈폐허〉에 발표한 시는 거창한 문제를 힘겹게 처리했다. 〈힘의 숭배〉에서 〈혁명〉까지 몇 작품에서 들려준 열변은 공허한 느낌을 준다. 돌이 말을 자유롭게 할 날이 있으리라고 한 〈돌아〉는 표현이 미흡해 설득력이 부족하다. 그 뒤에는 말이 많아지거나 호흡이 길어지는 시를 쓰면서 한 가지 발상을 거듭 매만졌다. 〈동명〉 1923년 1월호에 발표한 〈방랑의 마음〉에서는 어디 안주할 곳을 찾지 못하고 헤매는 혼이 바다의 소리나 냄새를 그리워한다는 말을 되풀이했다.

그 무렵의 작품이면서 유작 시집에 실린 〈아시아의 마지막 밤 풍경〉 은 "아시아"와 "밤"을 계속 들먹이면서 그 사이에다 사람의 신체에 빗대 어 관념적인 사고를 나타낸 말을 이것저것 넣어 길게 이었다. "밤은 아시아의 눈이다", "아시아는 밤을 통해서 일체상(一切相)을 뚜렷이 본다", "밤은 아시아의 감각이요 성욕이다"라는 말이 거듭 보인다. 그럴 듯한 말인 것 같기는 한데, 무엇을 뜻하는지 알아내기 어렵다.

변영로(卞榮魯, 1898~1961)는 〈폐허〉에 서양문학을 소개하는 논설 을 싣고, 〈장미촌〉의 권두언을 썼으며, 〈폐허이후〉에 시 두 편을 발표 했다. 집안에서 한학을 제대로 익히고, 영어를 속성으로 배워 영어교사 노릇을 하다가 나중에 미국 유학을 하고 영문학 교수가 되었다. 재주가 많고 관심이 넓어 시에 전념하지 않았으나, 1924년에 〈조선의 마음〉이 라는 시집을 냈다.

시집에 부록으로 실은 글에서는 서양의 문학이며 철학이며 닥치는 대로 논하며 지식을 자랑했지만, 시를 쓰는 자세는 진지했다. 다른 시 인들처럼 거추장스러운 문제를 놓고 번민하지 않고 잃어버린 조선의 마음을 되살리는 데 정성을 모았다. 여린 마음씨를 단조로운 반복으로 나타내는 방법을 즐겨 사용했다.

〈폐허이후〉에 발표한 〈생시에 못 뵈올 님을〉에서부터 말을 잘 다듬어 미묘한 느낌을 주는 표현을 개척했다. "꿈조차 흔들리우고 흔들리어/ 그립던 그대 가까울 듯 멀어라"라는 대목에서 볼 수 있듯이 생경한 한자 어에 의존하던 시풍을 극복하고 전통적인 율격을 받아들여 형식의 안정 을 꾀한 것이 김억의 경우와 상통한다. 그러면서 율격의 변형을 적게 하 고 단조로운 반복을 즐겼으며 시상의 폭을 좁힌 결함을 함께 지녔다.

〈조선의 마음〉에 실린 시가 대부분 그런 경향에 머물러 울림이 크지 못하다. 그러나 〈논개〉(論介)에서는 느낌을 조절하는 범위를 넘어서서 논개를 기리는 애국의 정열을 유려한 가락에 실어 인상 깊게 나타냈다. 진주 남강의 푸른 물결과 논개의 붉은 마음을 거듭 대조시킨 수법이 단순하기는 하지만 적절한 효과를 거두었다. 마지막의 셋째 연을 들면 다음과 같다.

　　흐르는 강물은
　　길이길이 푸르리니,
　　그대의 꽃다운 혼
　　어이 아니 붉으랴.
　　　　아, 강낭콩 꽃보다도 더 푸른
　　　　그 물결 위에
　　　　양귀비꽃보다도 더 붉은
　　　　그 마음 흘러라.

　노자영(盧子泳, 1898~1940)은 〈백조〉에 처음에는 소설을 발표하다가, 1925년 3월의 제3호에 시를 두 편 보여주면서 낭만주의적인 기풍을 뚜렷하게 나타냈다. 〈외로운 밤〉에서는 연인을 그리워하면서 "영원히 빛나는 미지의 나라로" 가겠다고 했다. 〈불사르자〉에서는 모든 인습·설움·아픔을 없애자고 했다.
　그 뒤에는 열정적인 투지를 버리고 감미로운 슬픔과 동경을 심각한 고민 없이 나타내는 데 머물렀다. 1924년에 〈처녀의 화환〉, 1928년에 〈내 혼이 불탈 때〉라는 시집을 거푸 내고, 이어서 소설과 잡문을 많이 써서 커다란 인기를 얻었다. 신파조의 눈물을 세련되게 다듬은 감상 어린 미문으로 사랑의 동경을 나타내 청춘 남녀를 사로잡았다.
　〈처녀의 화환〉 서두의 〈봄밤〉을 보자. "껴안고 싶도록/ 부드러운 봄밤!/ 혼자 보기는 너무도 아까운/ 눈물 나오는 애타는 봄밤!"이라는 말로 시작해 사랑의 정감을 일깨웠다. 시집 표제로 삼은 시도 함께 들 만하다. "동산 머리에 오르는 흰 달을/ 두 팔로 껴안는 나 어린 처녀"가 가슴에 품은 꽃다발은 "사랑의 실비에 처음으로 핀/ 천사의 혼의 흰 꽃이러라"라고 했다.

〈내 혼이 불탈 때〉에는 멀리 떠나서 고향을 그리워한 시가 여러 편 있다. 〈망향〉(望鄉), 〈상사〉(相思) 등의 시제를 심각한 듯이 붙이고서, 보이는 것이 새로우면 묵은 감회가 떠오른다는 투의 상식적인 말을 쉽게 풀어 적고, 과장과 영탄을 섞어 시가 되게 했다. 낭만주의 기풍의 비탄을 가볍게 하고 통속화해서 대중가요와 상통하는 시를 마련했다.

박종화(朴鍾和, 1901~1981)는 〈백조〉 제2호에 싣고 시집 표제로 삼은 작품에서 "인생의 시절이란 길고긴 추루(醜陋)!/ 미지의 그 나라란 성결(聖潔)의 동산!"이라고 해서 무엇을 추구하는가 말했다. 어둡고 추하고 죽음의 냄새가 나는 현실에서 벗어나기 위해 흑방, 밀실 등의 외진 곳에서 탈출구를 찾아야 한다고 했는데, 말이 어둔하고 생각의 매듭이 분명하지 않으며 시다운 압축을 이루지 못했다. 시집 권말에 '시극'(詩劇)이라고 일컬은 〈죽음보다 아프다〉를 50여 면에 걸쳐 실었는데, 지루하게 이어지는 장시를 배역을 나누어 적기나 했다.

그 밖에도 많은 시를 〈백조〉에 발표하고, 1924년에 이미 〈흑방비곡〉(黑房秘曲)이라는 시집을 냈다. 대단한 의욕으로 적극적인 활동을 했으나 성과는 그리 크지 않았다. 어느 작품을 보더라도 시인다운 재능을 지녔다고 하기 어렵다. 〈백조〉 제3호에 소설을 발표한 것을 출발점으로 삼아 소설가로 나서서 역사소설을 쓰는 데 정력을 기울인 것이 적절한 선택이었다.

박영희(朴英熙, 1901~?) 또한 〈백조〉 동인 가운데 두드러진 활동을 한 시인이었다. 〈백조〉 제1호에서 제3호까지에 〈유령의 나라〉, 〈월광으로 짠 병실〉, 〈미소(微笑)의 허화시(虛華詩)〉 등을 비롯한 시 10편을 발표했다. 막연하고 몽롱한 허무·탄식·동경을 영탄 어린 말로 하소연하는 시풍을 다른 사람들과 함께 보여주어 새삼스럽지 않다고 하겠지만, 문맥이 비교적 순조롭게 연결되고 표현에 대한 배려가 나타나 있다. 〈월광으로 짠 병실〉의 첫대목을 들어본다.

밤은 깊이도 모르는 어둠 속으로
끊임없이 구르고 또 빠져갈 때,
어둠 속에 낯을 가린 미풍의 한숨은
갈 바를 몰라서, 애꿎은 사람의 마음만
부질없이도, 미치게 흔들어놓도다.

섬세한 시어를 미묘하게 구사해 시는 관념이 아닌 느낌임을 입증했
다. 그런데 힘써 이룬 바를 버리고 비평과 소설로 활동 영역을 옮겨 프
롤레타리아문학을 주창하는 변신을 보였다. 그 노선마저 스스로 부정
하고, 1937년에 〈회월시초〉(懷月詩抄)를 펴내 버려두었던 작품을 정리
했다.

홍사용(洪思容, 1900~1947)은 〈백조〉를 내는 데 주동적인 구실을 하
면서 1922년 1월에 낸 창간호의 권두시를 쓰고, 〈꿈이면은?〉을 비롯한
시 네 편을 발표했다. 제2호에는 〈봄은 가더이다〉 외 한 편, 제3호에는
〈묘장〉(墓場) 두 편과 〈그것은 모두 꿈이었지마는〉, 〈나는 왕이로소이
다〉 외 한 편을 실었는데, 모두 상당한 분량이다. 허무·비탄·동경 등
을 과장되게 나타낸 점에서 〈백조〉에 참여한 시인들의 일반적인 경향
과 다르지 않지만, 외래적인 영향에 의존하지 않았으며 막연한 관념에
들뜨는 태도를 거부하고 전통 체험과 연결된 작품 세계를 이룩했다.

경기도 화성군 시골 마을에서 자라나면서 보고 느낀 자연의 모습을
마음에 깊이 간직해 시로 표현하는 심상의 원천으로 삼고, 유학과 불교
양쪽에 걸쳐 다진 전통 학문의 지식을 적절하게 활용했다. 시가 너무
길어지고 형식이 산만한 듯하면서도, 그런 기반을 갖추었기 때문에 뜻
하는 바가 단순하지 않고 면밀하게 음미할 만하다. 무어라고 이름 짓기
어려운 내면의 깨달음을 자연과 인정에 관한 새로운 인식을 갖추어 나
타냈다. 낭만주의적 발상의 자생적 원천을 가장 잘 보여주는 시인이라

고 할 수 있다.

> 온 동리가 환한 듯하지요? 어머니의 켜 드신 햇불이 밝음이로소이
> 다. 연자맷돌이 봉하고 게을리 돌아갈 때에 온종일 고달픈 꺼먹 암소는
> 귀찮은 걸음을 느리어 옮기어놉니다. 젊은이 머슴은 하기 싫은 일이
> 손이 서툴러? 아니지요! 첫사랑에 게을러서 조을고 있던 게지요. 그런
> 데 마음 좋으신 어머니께서는 너털거리는 웃음만 웃으십니다. 아마
> 집 지키는 나의 노래가 끝없이 기꺼웁게 들리시던 게지요.

〈별, 달, 또 나, 나는 노래만 합니다〉의 전반부이다. 〈동명〉 1922년
12월호에 발표한 이 작품은 홍사용 시의 진면목을 보여준다. 어머니의
사랑을 환한 불빛으로 삼아 바라보니 모든 것이 즐거워 노래를 부른다
고 하면서 주위에서 볼 수 있는 갖가지 대상을 정겹게 그렸다. 현실이
아무리 불만스러워도 이 작품에서 제시한 것과 같은 정신세계를 잃지
않으면 비참하지 않을 수 있어, 시인은 추억의 수호자가 되고자 했다.
"나만 아는 군소리를 노래로 삼아서" 불러도 외롭지 않다고 했다.

그러다가 외로움이 심해지면 〈나는 왕이로소이다〉에서처럼 울음을
터뜨리는 파탄을 보였다. 자기는 슬픔이란 슬픔은 도맡아 "눈물의 왕"
이 되겠다고 하면서, "나무꾼의 산타령", "상두꾼의 구슬픈 노래"를 함
께 불렀다. 언제까지나 그 상태에 머무르지 않고, 그런 민요를 되살려
민요시를 짓는 데 대단한 열의를 가지면서 울음을 거두고 다시 조화를
찾으려 했다.

시를 짓는 것으로 만족하지 않고, 극단 토월회(土月會)에 참여하고,
산유화회(山有花會)를 조직해 연극에 열의를 가져 희곡 창작에 힘썼다.
〈백조〉에 돈을 쓰고, 산유화회를 운영하다가 가산을 탕진하고, 작품에
서도 뜻을 펴지 못해 실의에 빠져 한동안 방랑했다. 일제 말기에는 협
력을 거부해 집필을 거부하다가 주거 제한 조처를 받았다. 살아 있을
때 내 작품집이 없으며, 최근에야 전집이 마련되어 전모를 알 수 있게

되었다.

김용성, 《한국현대문학사탐방》(국민서관, 1973) ; 김학동, 《한국근대시인연구》 1(일조각, 1974) ; 오세영, 《한국낭만주의시연구》(일지사, 1980)에서 여러 시인을 고찰했다. 최원식, 〈홍사용의 문학과 주체의 각성〉, 《민족문학의 논리》(창작과비평사, 1982) ; 이미순, 〈자서전적 글쓰기의 사실과 허구 : 홍사용〉, 《한국 현대시와 언어의 수사성》(국학자료원, 1997)에서 새로운 논의를 폈다. 김학동 편, 《홍사용전집》(새문사, 1985)에서 자료를 집성했다.

11.5.3. 〈금성〉 이후의 변모

양주동(梁柱東, 1903~1977)은 한문 공부를 착실하게 하고, 일본에 가서 영문학을 공부해 대학을 졸업하고 평양 숭실전문학교 교수가 되었다. 공연히 번민하고 방황하지 않으며 착실한 노력을 쌓아 동서고금의 문학에 정통하다고 자부하면서 다방면에 걸친 활동을 했다. 향가 해독에 진력하면서 변신해 광복 후에는 국어국문학 교수로 나섰다.

문학활동은 대학 예과 시절에 동인지 〈금성〉을 내면서 시작했다. 그 잡지에다 프랑스 상징주의 시를 다시 번역하고, 시론을 전개했으며, 본보기가 될 만하다고 여긴 창작시를 발표했다. 프롤레타리아문학을 둘러싼 찬반 논쟁이 벌어질 때는 양쪽 주장을 아우르는 절충론을 펴면서 비평가로서 큰 활약을 했다. 1932년에는 시집 〈조선의 맥박〉을 내서 시를 두고 노력한 성과를 정리했다.

그런 경력을 보면 양주동은 모든 조건을 잘 갖추어 그 이상의 시인이나 비평가가 더 없을 것 같지만, 작품의 실상을 보면 그렇다고 하기 어렵다. 발상이 그리 풍부하지 않고, 주장하는 바가 막연한 원칙론에 머물렀다. 고민하고 모색하는 수고는 적게 하고 지식과 재능을 너무 믿은 탓에 무슨 문제든지 가볍게 다루어 안이한 결론을 얻었다고 하지 않을 수 없다.

〈조선의 맥박〉에 수록한 작품은 세 계열로 나눌 수 있다. 가냘프고 감미로운 말을 즐겨 사용하면서 애처로움과 그리움을 노래하고, 조국을 사랑하고 근심하는 마음을 보란 듯이 나타냈으며, 인생의 의미를 찾는다면서 난삽한 관념을 얽어내기도 했다. 근대시가 시작된 지 십여 년 동안 나타난 세 가지 중요한 경향을 거의 같은 비중으로 갖추었다.

시를 내면의 충동에다 내맡기지 않고 비평가다운 안목으로 선택하고 조정해 누구보다도 폭이 넓은 작업을 한다고 자부하려고 했다. 행을 모아 연을 구성하는 방식에 일정한 규칙이 있게 해서, 내용과 형식을 아울러 소중하게 여긴다고 한 문학관과 합치되게 했다. 그러나 외형을 훌륭하게 하면 내질이 따르는 것은 아니었다.

꿈같은 산길에
화톳불 하나

(길 없는 산길은 언제나 끝나리.
캄캄한 밤은 언제나 새리.)

바위 위에
화톳불 하나.

애처로움과 그리움을 노래한 계열의 시에서 이런 것을 찾을 수 있다. 〈산길〉세 편 가운데 셋째 것이다. 얼마 되지 않는 말로 인상 깊은 그림을 그렸다. 밤길로 민족의 시련을 나타내고 화톳불로 시련을 견뎌내는 뜨거운 마음을 암시했다고 보면 되짚어야 할 뜻이 있다. 이처럼 알찬 작품이 흔하지 않았다.

조국의 현실을 인식하려 한 노력이 적절한 표현을 얻지 못하고, 난삽한 관념으로 얽은 시는 거의 다 공감하기 어려운 푸념에 그쳤다. 〈불면야〉(不眠夜)와 같은 작품에서 현실 문제에 관심을 보일 때에는 말을 거칠게 하고 직설법을 썼다. 〈정사〉(靜思)라고 한 데 수록되어 있는 시 다섯 편에서, 지도자라는 사람들이 사실은 허망하니 대중이 스스로 각성해야 한다고 한 것은 적절한 지적이지만, 시가 될 수 있을 만큼 형상화되지는 못했다.

양주동은 〈금성〉이 시 잡지로서 대단한 구실을 한다고 자부했으나, 참여한 동인들의 능력이 모자라 그럴 수 없었다. 양주동과 함께 주동자 노릇을 한 유춘섭(柳春燮)이 발표한 시는 가벼운 감상을 들먹이는 데 그쳤다. 손진태(孫晋泰)와 이상백(李相伯)도 동인으로 참여해 시를 발표했으나, 대학 졸업 후에는 문학 창작을 그만두고 학문의 길로 나아갔다.

또 한 사람 주요 동인인 백기만(白基萬, 1902~1967)은 다른 일은 하지 않아 끝까지 시인이었다. 제2호에 발표한 〈거화〉(炬火)에서 "모든 꼴 사나운 놈들을 한주먹에 치우자/ 온갖 불평의 것들은 유황불에 사르자"라고 할 때에는 대단한 기염을 토했으나, 다른 시에서는 단조롭고 부드러운 느낌을 찾았다. 동시까지 시도하면서 여러 가지 가능성을 탐색하다가 말고 시 창작에 열의를 가지지 않게 되었다.

〈금성〉을 빛낸 시인은 뒤늦게 동인으로 참여한 이장희(李章熙, 1900~1929)였다. 1924년 5월의 제3호에 처음 선보인 〈실바람이 지나간 뒤〉 이하 다섯 편에서, 감정을 절제한 짧은 형식으로 전에 볼 수 없던 신선하고 알찬 표현이 충격을 주었다. 그 가운데 한 편을 들어보자.

날마다 밤마다
내 가슴에 품겨서,
"아프다, 아프다"고 발버둥치는
가엾은 새 한 마리.

나는 자장가를 부르며
잠재우려 하지만,
그저 "아프다, 아프다"고

울기만 합니다.

어느덧 자장가도
눈물에 떨고요.

〈새 한 마리〉의 전문이다. 동시대 여러 시인이 함께 지니고 갖가지
방법으로 나타내려고 한 번민을 설명을 완전히 배제하고 이렇게까지
형상화한 것은 놀라운 일이다. 비탄을 그린 솜씨가 뛰어나다고 할 것만
은 아니다. 울고 있는 새로 나타낸 아픔을 잠재우려고 하는 자장가가
눈물에 떨고 있다고 한 데서 불가능한 노력에 대한 자기 성찰이 높은
경지에 이르렀다.
  속마음을 함부로 토로하지 않고 독백체의 영탄을 피했다. 쓸쓸하고
애달픈 느낌을 주는 흔하지 않은 대상을 찾아 말 한마디 허비하지 않고
긴장되게 그리는 데 힘썼다. 작품 세계를 좁히기만 해서 갑갑하다고 하
겠으나, 동시대의 어느 시인보다 뛰어난 언어 감각으로 짧게 끝나는 작
품에 많은 것을 함축했다. 〈연〉을 하나 더 들면, 전문이 다음과 같다.

애닯다.
헐벗은 버들가지에
어느 때부터인지,
연 하나 걸려 있어,
낡고 지쳐 가늘었나니,
그는 가을바람에 우는
옛 생각의 그림자 ― ㄹ러라.

이 시에서처럼 옛날 생각만 하고 지쳐 있기만 하지는 않았다. 〈봄은
고양이로다〉에서는 고양이의 모습에 어린 봄의 기운을 예리하게 묘사
했다. 마지막 대목에서 "날카롭게 쭉 뻗은 고양이의 수염에 푸른 봄의

생기가 뛰놀아라"고 한 데서는 생명의 약동을 느끼게 했다. 그래서 자기를 일으켜 세울 수 있었던 것은 아니다.

세상 사람을 모두 속물이라고 여겨 배격하는 결벽증에 사로잡혀 외부와의 교섭을 끊은 채 시를 가꾸고 다듬는 것만 보람으로 삼다가 자결했다. 시집 한 권 내지 않아 널리 알려질 수 없었다. 〈금성〉 외의 다른 몇 몇 잡지에 발표된 것과 유고까지 모아 백기만이 후일 〈상화(尙火)와 고월(古月)〉에 수록한 시가 30여 편에 지나지 않는다.

김동환(金東煥, 1901~?)은 〈금성〉 제3호에 작품을 발표할 기회를 얻어 등장한 또 한 사람의 시인이다. 외향적인 성격을 지녀 작품활동을 활발하게 하고 의욕에 찬 실험을 한 점에서 이장희와 좋은 대조를 이루었다. 국토의 맨 북쪽 함경북도 경성에서 자라나면서 험준한 산천을 보고 기른 기백, 어려운 생활을 이끌어온 강인한 정신을 이어받아 웅대한 구상을 힘찬 말로 나타냈다.

　　북국에는 날마다 밤마다 눈이 오느니.
　　회색 하늘 속으로 눈이 퍼부을 때마다,
　　눈 속에 파묻히는 하 — 얀 북조선이 보이느니.

　　가끔 가다가도, 당나귀 울리는 눈보라가
　　막북강(漠北江) 건너로 굵은 모래를 쥐어다가
　　추움에 얼어 떠는 백의인(白衣人)의 귓볼을 때리느니.

　　오, 저 눈이 또 내리느니, 보—얀 눈이.
　　북한(北寒)으로 가는 이사꾼 짐 위에
　　말없이 함박 같은 눈이 잘도 내리느니.

〈금성〉 제3호에 추천시로 채택된 〈적성(赤星)을 손가락질하며〉 여섯 연 가운데 제1·2·6연을 들면 이와 같다. 높은 데서 멀리까지 내려다

보는 자세로 눈 내리는 북쪽 땅의 모습을 그려 민족의 시련을 나타냈다. 인용하지 않은 제3·4연에서는 남국을 그리워하고 남쪽의 별을 손가락질한다 해서 북쪽의 고난이 더욱 무겁게 느껴지도록 했다. 그런데 그 대목 앞뒤에 멀리서 온 손님, 눈알이 파란 이방인, 강을 건너는 밀수꾼 등을 등장시켜 잡다한 내용의 풍물시가 되게 했으며 주제의 통일을 약화시켰다.

규모를 크게 잡아 도도한 흐름을 이루는 작품이 김동환의 장기였다. 그렇지 않으면 〈역천자(逆天者)의 노래〉에서처럼 말이 헤프고 구성이 산만해졌다. 자기 고장과 관련된 내용을 인상 깊은 단시로 다듬으면 그런 폐단에서 벗어나 〈북청(北靑) 물장수〉 같은 것을 이룰 수 있었다. 1929년에 이광수·주요한과 함께 〈삼인시가집〉을 마련할 때에는 '소곡'·'민요'·'속요'라고 하는 것들을 포함해 다양한 형태의 시를 보여주었다.

서정시로 만족하지 못하고 서사시 창작에 힘써 〈국경의 밤〉을 1925년 3월에 출간했다. 두만강 가 국경 마을에서 벌어진 하룻밤의 일을 다룬 내용이다. 남편이 소금을 밀수출하러 강을 건너가고, 마음 졸이고 있는 아내에게 피폐한 모습을 한 옛적 연인이 찾아와 밤새 사랑을 하소연하더니, 새벽이 되자 남편은 시체가 되어 돌아왔다. 밀수꾼의 아내가 된 여인은 특수 천민 재가승(在家僧) 출신이어서 연인과 헤어져야만 했고, 연인은 도시에 나가 타락한 생활을 하다가 잃어버린 사랑이 그리워 귀향했다는 것이다.

소설에 담을 만한 내용을 시로 다루었으니 서사시라고 하기에 부족함이 없으나, 서사무가나 판소리 같은 전통적인 서사시와 제대로 접맥되지 않아 표현이 어색하기만 하다. "옛날의 두만강 가가 그리워서/ 당신의 노래가 듣고 싶어서" 도시를 버리고 고향의 여인을 찾아왔다는 청년의 말에 소설이 아닌 서사시를 지어야 했던 작자의 감흥까지 함께 나타나 있다고 하겠으나, 고향의 노래에 귀를 기울이지 않고 서양시 번역투의 수사법을 써서 파탄을 가져왔다.

같은 해 12월에 다시 낸 또 다른 서사시 〈승천하는 청춘〉은 더욱 주목할 만한 사연을 갖추었다. 1923년 일본의 관동대지진 때 병영에 강제로 수용된 동포 가운데 남녀 주인공이 있어 뜨거운 사랑을 나누다가 헤어졌다. 남주인공은 어디론가 실려 가고, 여주인공은 귀향해 교사가 되고 동료 교사의 구혼을 받아들여 가정을 이루었다. 남주인공은 죽을 고비를 넘기고 탈출해 걸인 악사의 모습을 하고 여주인공을 찾다가 비밀결사에 몸을 바치고, 여주인공은 혼인한 지 석 달 만에 전에 잉태했던 아이를 낳고 집을 나가 여직공으로, 행랑어멈으로 전전하는 신세가 되었다.

아이가 죽어 공동묘지에 가 몰래 묻는 날 마침내 두 사람이 재회해, 이 세상의 모든 구속을 떨치고 승천했다는 것이 결말이다. 거기까지 이르는 사건 연결에 납득하기 어려운 점이 많고, 처참하고 을씨년스러운 분위기를 무리하게 조성하느라고 과장된 영탄을 일삼았다. 체험에 근거를 둔 현실 인식이 절실하게 나타나 있고, 적절하게 다듬은 인상 깊은 대목이 이따금 보인다.

"미인도 행랑어멈도 공자도 도척도 다 같이 먹어야 한다" 하고, "연해 털보 된 어떤 서양 노인 이야기를 한다"고 너스레를 떨면서 사상 강연회를 소개했다. 이 말 저 말 비슷한 말을 익살맞게 둘러대는 엮음의 수법을 판소리에서처럼 써서 시대 변화를 그렸다. 여주인공이 고향에 돌아가자 "들 앞 창포 밭에는 길게 끄는 신작로가" 나 있고, "실개천에도 궁궐 같은 수리조합문/ 논머리에 섰는 사또 송덕비는 다 깨져 머리만 뒹구는" 광경을 보았다고 했다. 다음 대목에서 당대의 서울을 묘사하면서 탄식한 명편의 하나를 만들어냈다.

새벽이 장안만호를 가로 타고 있다.
북 백악에서 앞 남산까지 창녀같이 네 가닥 쭉 벌린 서울이
가을밤 깊은 새벽에 목마를 타고 눕고 있다.
총독부 청년회관 대한문 경복궁 대궐 안 종각 모퉁이 남대문 교회당 진고개 배오개,

울룩불룩 올려 맨 돌집 기와집 양납집 초가집,
콘크리트길 돌다리길 오솔길,
길게 짜각짜각 가위질하는 밤엿장수 삿갓 위에도
달 보낸 초승 새벽이 도깨비떼 같이 우두커니 서 있다.
서울은 잠들었다. 부처님 같이 곱다랗게도 잠들었다.
이 속에 어찌 고리대금업자 아편쟁이, 또 하룻밤에 사내를 열도
더 적셔내는 색주가잡년이 있을 줄 알랴.
강하고 약하고 울고 웃고 그런 소린들 있으랴.
아, 도금칠한 서울이여.
몇 천 년을 이 달빛에 잠겼고, 또 이대로 몇 만 년을 잠기려는가?

지난 시기 서울 노래 〈한양가〉의 자랑스러움, 〈맹꽁이타령〉의 익살
이 사라진 것은 당연하다. 식민지 통치를 당하고 있는 수난의 모습을
함께 그리면서 신태식(申泰植)의 〈신의관창의가〉(申議官倡義歌)에서와
같은 기개, 김중건(金中建)이 〈백팔절〉(百八節)에서 보인 꾸짖음도 제
대로 갖추지 못하고 무엇이든지 마구잡이로 헐뜯었다. 어떻게 싸워 해
방을 이룩해야 하는지 알지 못해 비탄에 사로잡히고 자학에 빠졌다.

김동환은 기대할 만한 가능성을 충분히 발현하지 못한 시인이었다.
시를 많이 쓰고 길게 이으며 관념과 과장에 들뜬 설익은 문구를 늘어놓
으면서, 시대상황을 판소리와 상통하는 수법으로 그려내는 능력을 보
여주기도 했다. 그런 능력을 일관되게 살리고 적절하게 변형시켰으면
뿌리가 든든한 서사시를 이룩할 수 있었을 터인데, 외국에서 들어온 부
적절한 모형을 의식하다가 서투른 짓을 하고 말았다.

다양한 시도를 한 것은 큰 장점이지만 이룬 성과가 문제이다. 민요시
를 쓰겠다고 할 때는 정신을 가다듬는 것 같았으나, 겉보기를 꾸미는
데 힘쓰고 민요의 현실 인식 방법에는 깊이 유의하지 않았다. 잡지를
내고 문단을 주도하는 것을 자랑으로 삼다가 일제를 찬양하는 문학을
하는 것을 거절하지 못했다.

동국대학교 한국문학연구소 편, 《양주동연구》(민음사, 1991)에서 다각적인 연구를 갖추었다. 이장희 작품과 관계 자료를 김재홍 편저, 《봄은 고양이로다》(문학세계사, 1986)에서 집성했다. 이기철, 《작가연구의 실천》(영남대학교출판부, 1986) ; 이강언·조두섭, 《대구·경북지역 근대문인 연구》(태학사, 1999)에서 이상화·이장희·백기만 등 대구 출신 문인들에 관해 힘써 고찰했다. 김은철, 〈이장희의 시사적 위상〉, 《어문학》 53(한국어문학회, 1992)에서 이장희를 ; 김재홍, 《한국현대시인연구》(일지사, 1986)에서 김동환을 연구했다.

11.5.4. 김소월과 한용운

김소월(金素月, 1902~1934)은 1920년에 시를 처음 발표할 때 평안북도 정주에서 오산학교를 다니는 학생이었다. 그 학교 교사이던 김억의 지도와 천거로 시인이 되는 준비를 하고 있었다. 〈영대〉의 동인으로 참여했으나, 그 잡지가 지속되지 않았다. 주류에서 벗어나 있는 미숙한 시인처럼 취급되면서 지면을 얻을 수 있으면 어디에든지 작품을 실었다.

일본 유학을 해서 일본에 소개된 서양시를 본뜬다면서 수선을 떨지 않고, 어느 시인 못지않게 열의에 찬 창작을 하면서도 문단을 주도하겠다고 나서지 않았다. 남들과 어울리지 않는 고독한 자세로 자기 작품세계를 착실히 다져, 1925년에 시집 〈진달래꽃〉을 내서 그 성과를 집약해 보여주었다. 거기 실린 시편이 두고두고 애독되고 높이 평가되어 민족의 시인으로 숭앙되고 있다.

시집을 내기에 앞서서 〈시혼〉(詩魂)이라는 이름의 시론을 내고, 영원불변한 시혼의 음영(陰影)이 어둡고 가냘프고 애잔하게 투영되는 시가 소중하다는 주장을 펴서 자기가 무엇을 하려고 하는가 말했다. 작품 창작에서 실제로 이룬 성과는 그 이론을 넘어섰으며, 오늘날의 연구자들도 지적해서 말하기 어렵다. 사는 보람을 잃고 비탄에 사로잡혀 상실·

고독·허무를 노래한 점에서 동시대의 여러 시인과 공유하는 영역이 컸으나, 그런 경향을 작품화하는 방식이 남달랐다.

영탄하고 설명하는 말을 과장되게 늘어놓는 풍조에 휩쓸리지 않고 상실의 아픔을 마음속에 깊이 간직했으며, 잊으려 해도 잊을 수 없는 절실한 사연만 조심스럽게 다져 표출했다. 산문을 줄 바꾸어 적은 것 같은 자유시를 멀리하며, 가지런하게 다듬은 형식을 찾고 말을 아꼈다. 7·5조를 받아들이고 고정된 반복에 치우친 민요 형식에 애착을 가진 자세가 안이하다 하겠으나, 단조로움을 깨서 미묘한 충격을 주는 작품에서는 전통적 율격을 변형시켜 재창조하는 본보기를 보여주었다.

나보기가 역겨워
가실 때에는
말없이 고이 보내드리우리다.

영변(寧邊)에 약산(藥山)
진달래꽃
아름 따다 가실 길에 뿌리우리다.

가시는 걸음걸음
놓인 그 꽃을
사뿐히 즈려 밟고 가시옵소서.

나 보기가 역겨워
가실 때에는
죽어도 아니 눈물 흘리우리다.

시집의 표제로 삼은 작품 〈진달래꽃〉 전문이 이와 같다. 님과의 이별을 다룬 노래는 천 년 가까운 기간 동안 이어져왔으며, 동시대의 여러 시인이 유행인 듯이 다시 지어 보람이 상실된 시대의 고민을 나타내는 데 썼다. 이 작품은 그런 좌표를 확인할 수 있게 하는 것 이상의 묘미와 충격을 갖추고 있다.

세 토막 두 줄이 네 번 되풀이되는 것을 기저율격으로 삼았다. 그것은 〈가시리〉에서 사용하던 율격이고, 김억도 즐겨 택했다. 스승이 선례를 보인 작업을 매개로 오랜 전통과 접맥되었다. 이별의 노래는 네 토막의 안정을 버린 세 토막이어야 하고, 말을 줄이면서 전후의 전개를 갖추려면 두 줄을 네 연에서 되풀이하는 것이 적절하다. 그런 원리를 지식보다 깊은 층위에서 찾아내, 각 연의 처음 세 토막을 두 토막 한 줄과 한 토막 한 줄로 갈라지게 변화시켰다. 다른 길이 있는가 생각하면서 머뭇거리다가 이별의 오랜 이치를 받아들인다고 알려주는 형식을 마련했다.

"영변(寧邊)에 약산(藥山) 진달래꽃"에서 막연하기 쉬운 정감을 구체화하고 아름다운 강토에 대한 애착을 환기시켰다. 소년 시절에 유행한 자기 고장을 배경으로 한 잡가 〈영변가〉, 그것을 소설화한 〈약산동대〉(藥山東臺)에서 얻은 감흥을 시로 나타냈다. 〈영변가〉에서 설움을 받고 떠나가는 사람이 "인정의 팔세"를 하지 말라고 하고, 〈약산동대〉에서 지체가 달라 떠나가는 님을 애절하게 보내는 기생의 처지를 애절하게 그린 사연을 이어, 새 시대에 겪는 이별을 아주 다른 말로 다시 노래했다.

이별을 해야 할 사정은 말하지 않고, "나보기가 역겨워/ 가실 때에는"이라고 한 데서 아직 닥쳐오지 않은 이별을 피할 수 없다고 전제했다. 님의 모습은 얼굴도 표정도 없으며, "가시는 걸음걸음"뿐이다. 그런 님이니 떠나가는 것을 막지 못한다. 놓인 꽃을 밟고 가라고 하면서 님의 출발을 축복하는 것처럼 말하고, "죽어도 아니 눈물 흘리우리다"라고 다짐하는 것이 반어로 느껴져 이별의 괴로움을 절감하게 했다.

이 비슷한 마음가짐이 여러 작품에서 되풀이해 나타나고, 이별의 상처 때문에 줄곧 번민했다. 피할 수 없이 다가온 이별이 모든 보람을 통째로 앗아갔다고 하는 것이 동시대 여러 시인과 함께 노래한 절실한 사연이다. 그렇게 해서 삶의 조건 자체가 된 이별은, 일제의 침략으로 조국을 상실한 고통을 환기시킬 수 있어 뜻하는 바가 확대된다. 그런데 상황의 역전은 가능하지 않다고 여기고, 이별의 고통에서 벗어나기 위해서 과거는 물론 미래의 가능성마저 망각해야 한다는 자학에 사로잡혔다.

〈님에게〉에서는 "캄캄한 어두운 밤 들에 헤매도 당신은 잊어버린 설움이외다"라고 했다. 고통스러운 나날을 견디려면 님을 그리워해야 하지만, 그래서는 서러움이 더 커지기만 하니 차라리 잊고 말자고 다짐하기까지 거듭 생각하며 머뭇거린 과정을 나타냈다. 님이 남긴 노래가 가슴에 남아 있어 포근히 잠드는 위안마저 버리게 된다고 〈님의 노래〉에서 말했다. 〈먼 후일〉에서는 님이 자기를 찾으면 "오늘도 어제도 아니 잊고/ 먼 훗날 그때에 잊었노라"고 말하겠다고 했다. 망각이 아닌 다른 해결책은 있을 수 없다. 그래서 문제로부터 도피하고 의식을 죽이자는 데까지 이르렀는데, 아무리 고통이 크더라도 그러고 말 수 있겠는가 하는 의문이 생긴다.

〈초혼〉(招魂)에서는 망각을 거부했다. "산산히 부서진 이름", "허공중에 헤어진 이름", "불러도 주인 없는 이름", "부르다가 내가 죽을 이름"을 애타게 불렀다. 원통하게 죽은 사람이 있으면 초혼굿을 하는 전례를 따랐으나, 끝내 한마디 대답도 듣지 못해 초혼이 이루어지지 않았다. "선채로 이 자리에 돌이 되어도" 부르다가 죽을 이름을 부른다는 대목은 망부석 전설을 생각하게 하는데, 불러도 대답이 없는 님의 죽음이 특정 사유 탓에 생긴 사고가 아니어서 절망에 찬 절규의 울림이 더 커진다. 자기에게 남아 있는 모든 것을 내던져 한 시대의 총체적인 절망에 대한 가장 격렬한 증언을 남겼다.

안정을 찾으려고 하는 작품이 없는 것은 아니다. 산에는 "꽃 피네"에서 시작해서 "꽃이 지네"로 끝나는 〈산유화〉(山有花)에서는 관심의 대상을 자연으로 돌렸다. '산유화'라는 말은 '메나리'를 한자로 적은 것이며, 구슬픈 가락의 민요를 지칭한다. 그런데 원래의 말뜻으로 되돌아가

산에서 피는 꽃을 노래했다. 세 토막 두 줄 네 연의 기저율격을 다양하게 분단시켜 앞뒤가 대칭이 되게 하고, 생성과 소멸, 고독과 화합이 둘이 아닌 이치를 구현해 상실의 아픔에서 벗어나고자 했다.

마음의 상처를 더욱 적극적으로 썻고자 하는 작품도 있다. 〈금잔디〉에서는 "가신님 무덤가에 금잔디"가 "심심산천에 붙는 불"이라고 하면서 희망찬 봄을 노래해, 죽음에서 삶으로, 어둠에서 밝음으로 나아가고자 했다. 처음에는 세 토막을 한 토막씩 갈라 적고 그 다음부터는 두 토막과 세 토막이 엇갈리게 하는 전에 없던 율격을 개척해, 희망을 찾는 노력과 서로 호응되게 했다. 〈엄마야 누나야〉와 같은 단순한 작품에서는 아름다운 자연을 맑고 밝게 노래하기만 했다.

일하는 터전으로서의 자연을 다룬 〈바라건대는 우리에게 우리의 보섭 대일 땅이 있었다면〉에서는 떠돌이 신세가 되었어도 땅이 있어 농사를 짓는다고 생각하니 가슴과 팔다리에 희망이 넘친다고 했다. 그런데 일을 찾아 좌절에서 벗어나겠다는 생각은 오래 다듬지 않아 산만하다. 개인으로서의 좌절과 희망을 노래하는 데 그치지 않고 민족의 처지를 살핀 작품은 그렇지 않다. 〈나무리벌 노래〉라고 한 것을 보자.

신재령(新載寧)에도 나무리벌,
물도 많고,
땅 좋은 곳.
만주(滿洲)나 봉천(奉天)은 못살 고장.

왜 왔느냐?
왜 왔더냐?
자국 자국이 피땀이라.
고향산천이 어드메냐?
황해도
신재령

나무리벌
두 몸이 김매며 살았지요.

올벼논에 닿은 물은
치렁치렁
벼 자란다.
신재령에도 나무리벌.

　이 작품은 〈동아일보〉 1924년 11월 24일자에 발표하고 시집에는 수록
하지 않아 눈에 뜨이지 않는데, 일제 치하에서 겪은 민족의 고난을 선
명하게 나타냈다. 시련에 굴복하지 않고 꿋꿋하게 살아가는 자세를 나
타냈으므로 비탄의 노래와는 다른 율격을 택했다. 두 토막 세 줄을 기
저율격으로 삼아 네 번 되풀이하면서 토막을 잘라 줄을 바꾸는 변형을
하고, 토막을 이루는 글자 수를 늘이기도 했다.
　황해도 신재령 나무리벌은 땅이 비옥하고 물이 넉넉하기로 이름난
곳이어서 일제가 직접 장악하고 김매며 살던 농민을 내쫓았다. "자국
자국이 피땀이라"고 한 고난을 겪고 고향 떠나 만주 봉천 못살 곳으로
밀려나야 했다. 살 길이 없어 유랑의 고통을 겪어야 하는 민족의 처지
를 노래한 작품 가운데 특히 기억할 만한 명편이다.
　한용운(韓龍雲, 1879~1944)은 나약한 시인이 아니고 민족의 지도자
이다. 전통사상을 스스로 혁신한 데 근거를 두고 민족운동과 관련이 깊
은 문학을 했다. 승려가 되어 불교를 혁신하고 대중화하는 운동을 전개
하고 3・1운동을 주도했다. 독립의 근거와 이유를 밝히는 논설을 옥중
에서 작성해 일제의 억압을 논박하고 민족의 각성을 고취했다. 일제와
타협하지 않고 끝까지 항거하는 민족지사로서 누구보다도 고결한 자세
를 지켰다.
　1918년에 〈유심〉(惟心)이라는 잡지를 내면서 시를 몇 편 발표한 적이
있으나 시인으로 자처하지 않았다. 불교잡지에 시조나 더러 발표하는

정도로만 문학에 관심을 보이다가, 1926년에 처음이자 마지막인 시집 〈님의 침묵〉을 모두 신작으로 엮어냈다. 그 뒤에는 신문에 소설을 더러 연재했을 따름이고 문인으로 계속 활동하지 않았다. 문단의 국외자여서 어느 유파에도 속하지 않았다.

〈님의 침묵〉은 처음에 관심을 끌지 못하다가 해가 갈수록 높이 평가되었다. 얼핏 보면 대단치 않은 작품 같다. 님을 노래하는 작품은 흔히 보던 바이고, 긴 말을 엉성하게 늘어놓아 덜 다듬은 결함이 있다고 해야 할 듯하다. 그러나 거듭 읽으면 짜임새가 견고하고 뜻하는 바가 만만치 않다. 수록한 작품 88편은 각기 독립되어 있으면서 이별하고 없는 님을 그리워하고 님과 다시 만날 것을 기약하는 주제를 일관성 있게 다루었다.

〈님의 침묵〉은 함께 저술해 나란히 출판한 〈십현담주해〉(十玄談註解)와 밀접한 관련을 가졌다. 중국 고승 상찰(常察)이 지은 불교 교리서 〈십현담〉을 김시습(金時習)이 풀이한 것을 보고 감명을 받아 다시 풀이하고서 〈십현담주해〉라고 했다. 그 한 대목에서 "博地凡夫 本自具足 一切賢聖 道破不得"(넓은 땅에 사는 범부는 본디 스스로 만족함을 갖추고 있으며, 일체의 성현이 도리를 모두 설파할 수 없다)이라고 했다.

낮은 자리에 있는 예사 사람들인 '범부'는 삶을 누리기나 하고, 높은 위치에 오른 스승인 '현성'이 그 이치를 밝혀 논한다고 하지만, 일체의 '현성'이 다 모여도 넓은 땅의 '범부'만큼 넓은 식견을 갖출 수 없고, 한정된 능력으로 무한한 진실을 모두 설파할 수는 없다고 했다. 그처럼 가능하지 않은 일을 자기가 맡아 나서서 〈님의 침묵〉을 내놓았다. 본래 갖추어져 있는 님을 잃고 헤매는 중생을 깨우쳐주려고 모자랄 수밖에 없는 말을 이리저리 얽어 시라고 했다.

〈군말〉이라고 한 서문에서 그리운 것은 다 님이라고 하고서, 님을 찾다가 님의 그림자에 구속되지 말아야 한다고 일렀다. 무엇을 그리워하든 자유이나 헛것을 님이라 여겨 자유를 상실하지 않도록 경계했다. 시에서 노래한 님은 당면한 불행을 씻어줄 희망의 상징이며, 조국이라는 의미를 그 속에 내포하고 있다.

> 독자여, 나는 시인으로 여러분의 앞에 보이는 것을 부끄러워합니다.
> 여러분이 나의 시를 읽을 때에 나를 슬퍼하고 스스로 슬퍼할 줄 압니다.
> 나는 나의 시를 독자의 자손에게까지 읽히고 싶은 마음은 없습니다.

〈독자에게〉라는 발문에서 이런 말을 적어, 자기가 하는 일의 한계를 밝혔다. 시는 영원한 진리를 말하는 것과는 거리가 멀고 당대의 시대 상황과 대결하는 한정된 의미만 지니고 있다고 일깨웠다. 끝으로 "새벽 종을 기다리면서 붓을 던집니다"라는 말로 민족 해방을 기원하는 마음을 나타냈다.

시집 표제로 쓰고 또한 서두에 실은 가장 중요한 작품 〈님의 침묵〉은 님이 가고 지금은 없다는 안타까움을 10행에 걸쳐 노래하면서 이별의 의미가 차차 달라지게 했다. 님이 떠나가던 모습을 주위의 경치를 통해 그리다가 자기 내면으로 시점을 옮기고, 서술의 시제를 과거형에서 현재형으로 바꾸었다. 슬픔이 절정에 이른 제6행을 거쳐 가장 길게 이어지는 제7행에 이르러서는 "걷잡을 수 없는 슬픔의 힘을 옮겨서 새 희망의 정수배기에 들어부었습니다"라고 했다. 절망이 곧 희망이라고 했다.

제9행에서는 사뇌가나 시조에서처럼 감탄구를 사용해 결말을 준비하고, 님은 갔지마는 보내지 않았다고 했다. 마지막의 제10행에서는 "제 곡조를 못이기는 사랑의 노래는 님의 침묵을 휩싸고 돕니다"라는 결말을 맺었다. 님과의 이별을 다룬 시는 으레 절망으로 끝나는 관습을 깨고, 님은 없는 님이 아니고 침묵하는 님이라고 하면서 미래에 대한 기대를 가지게 했다. 노래를 불러 님이 침묵에서 깨어나게 하는 시인의 사명을 자각했다.

〈알 수 없어요〉에서는 신이로운 자연의 모습을 다채롭게 그리면서 그것이 누구의 자태인가 묻고, "타고 남은 재가 다시 기름이 됩니다"라고 하고, "그칠 줄을 모르고 타는 나의 가슴은 누구의 밤을 지키는 약한 등불입니까?"라는 말로 끝맺었다. 우주에 가득한 생명을 자기가 그리워하는 대상과 동일시하면서, 절망이 희망이라는 논리로 바람직한 미래를 기대하고 준비하는 마음을 나타냈다. 무엇을 말했는지 구체적으로 지적할 수는 없어 뜻이 모호하다고 하겠지만, 절망으로 가득한 시대에 희망을 가질 수 있는 근거를 찾은 데 커다란 의의가 있다.

님을 노래해서 님을 믿고 의지하자고 한 것은 아니다. 스스로 깨닫도록 하는 데 필요한 방편으로 님을 말했다. 〈잠 없는 꿈〉에서는 말이 되지 않을 듯한 제목을 내걸고 역설과 반어를 지나치다 싶을 정도로 거듭 사용해 님에 대한 집착을 버려야 한다고 했다. 그렇게 한 것이 잘 된 시인가는 그 자체로 판별할 수 없고 독자가 어떻게 받아들이는가에 따라 달라진다.

뜻하는 바를 모자라지도 않고 지나치지도 않게 알아차리기는 무척 어렵다. 소박하게 받아들이면 말마다 어긋나 당황하게 된다. 암시하고 상징하는 바를 확대해서 생각하다보면 억측을 하게 된다. 그것은 불교의 논법이다. 구태여 시를 택한 것은 공감을 확대하기 위해서였는데, 아무리 쉽게 써도 깨달음을 널리 나누어줄 수는 없었다.

나는 갈고 심을 땅이 없으므로 추수가 없습니다.
나는 집도 없고 다른 까닭을 겸하여 민적이 없습니다.

〈당신을 보았습니다〉에서 이렇게 말할 때에는 민족의 시련을 그 자체로 다루었다. 아무 것도 가지지 못한 채 횡포한 지배자에게 능욕당하고 있는 데 대한 분노를 직접 나타냈다. 거기서 한 걸음 더 나아가, 온갖 윤리·도덕·법률이 "칼과 황금을 제사 지내는 연기인 줄을 알았습니다"라고 해서 무엇이 근본적으로 잘못 되었는지 깨우쳤다. 자포자기에 빠지려 할 때 님을 보았다고 하면서 희망으로의 전환을 다시 말했다.

당신은 나의 죽음 속으로 오셔요. 죽음은 당신을 위하여의 준비가 언제든지 되어 있습니다.

만일 당신을 좇아오는 사람이 있으면 당신은 나의 죽음의 뒤에 서 십시오.

죽음은 허무와 만능이 하나입니다.

죽음의 사랑은 무한인 동시에 무궁입니다.

죽음의 앞에는 군함과 포대가 티끌이 됩니다.

죽음의 앞에는 강자와 약자가 벗이 됩니다.

그러면 좇아오는 사람이 당신을 잡을 수는 없습니다.

오셔요, 당신은 오실 때가 되었습니다. 어서 오셔요.

〈오셔요〉에서 이렇게 노래한 뜻은 죽음을 각오하고 조국의 해방이 오게 하겠다는 것으로 요약해도 무리가 없다. 죽음은 군함과 포대가 티끌이 되게 하는 큰 힘을 가질 수 있고, 그것은 허무와 만능이 하나이기 때문이라고 했다. 불교의 깨달음을 얻으면 그 경지에 갈 수 있는지 알기 어렵다. 한용운은 세간에서 떠난 자리로 되돌아와 다시 떠났다 하겠는데, 예사 독자는 어느 자리에서 이 시를 받아들여야 할 것인지 판가름하기 어렵다.

혼란된 시기에 정신을 차리고 님을 노래하면서 절망을 희망으로 바꾸어 놓으려고 한 점에서 김소월과 한용운은 주목할 만한 공통점이 있다. 그런데 김소월은 희망을 찾지 못해 비탄에 잠겼으나, 한용운은 절망이 곧 희망임을 일깨워주려 했다. 김소월의 움츠러드는 목소리는 갑갑하고 청승맞다 하겠으며, 한용운은 쉽사리 범접할 수 없는 고매한 구상을 펼쳐 잘 모르면서 우러러보게 했다.

둘 다 양극단을 택했다. 그 중간에 자리를 잡고 누구나 축적한 체험을 슬기롭게 집약하면서 님에 의거하지 않고 절망을 희망으로 바꾸어 놓기 위해 분투하는 시인의 출현이 요망되었다. 다음에 드는 몇몇 시인은 그렇게 하려고 노력했다.

　　김소월에 관한 연구서는 엄호석,《김소월론》(조선작가동맹출판사,
1958) ; 오세영,《김소월》(문학세계사, 1993) ;《김소월, 그 삶과 문
학》(서울대학교출판부, 2000) ; 김영철,《김소월》(건국대학교출판부,
1994) ; 송희복,《김소월연구》(태학사, 1994) ; 오하근,《김소월 시 어
법 연구》(집문당, 1995) ; 박진환,《소월시연구》(조선문학사, 1997) ;
윤주은,《시혼과 음영》(울산대학교출판부, 1998) ; 이유식,《소월시
연구 : 공간구조를 중심으로》(풍남, 1988) ; 전정구,《김소월시의 언
어시학적 특성 연구》(신아, 1990) 등이 있다. 자료 집성 작업도 김종욱
편,《원본소월전집》(홍성사, 1982) ; 윤주은 편,《김소월시전집》(학문
사, 1994) ; 김용직 편,《김소월전집》(서울대학교출판부, 1996) 등이
거듭 이루어졌다. 한용운 연구는 박노준 · 인권환,《한용운연구》(통문
관, 1960) ; 송욱,《'님의 침묵' 전편 해설》(일조각, 1980) ; 김재홍,
《한용운문학연구》(일지사, 1982) ; 이선이,《만해시의 생명사상 연
구》(월인, 2001) ; 김인환,《한용운 '님의 침묵'을 읽는다》(열림원,
2003) 등에서 이루어졌다.

11.5.5. 조명희 · 김형원 · 이상화

　　조명희(趙明熙, 1894~1938)는 〈폐허이후〉, 〈개벽〉 등에서 시를 몇
편 보여주다가 1924년에 시집 〈봄 잔디밭에서〉를 냈다. 시집 서두에다
긴 서문을 싣고 당당한 시론을 전개했다. 남의 시를 본뜨지 말고 우리
시를 찾아, 지게 목발 두드리는 나무꾼의 노래에 귀를 기울이자고 했
다. 잘못 써 타락된 말을 바로잡기 위해서도 위대한 시인이 나와야 하
는데, 마음의 아픔을 조용히 앓을 자리도 얻을 수 없이 떠도는 처지여
서 고민이라고 했다.
　　〈봄 잔디밭에서〉라는 작품에서는, 시인이 부르는 소리에 땅이 울리
고 하늘이 울리니 "어느 것이 나의 어머니인지 알 수 없어라"고 했다.

그렇게 해서 자연의 생명을 어머니라고 여겨 희망을 찾으려고 하다가 짙은 불만과 반감을 격한 어조로 나타낸 작품이 더 많다. 일제에 억압되어 절망에 빠진 삶을 저주하며 괴로워했다. 천연스러운 말을 끌어대지 못하고 현실감각이 분명하지 않은 낭만적 관념에 갇힌 채 분투했다.

> 동무여,
> 우리가 만일 개이거든
> 개인 체하자.
> 속이지 말고 개인 체하자.
> 그리고 땅에 엎드려 땅을 핥자.
> 혀의 피가
> 땅 속으로 흐르도록,
> 땅의 말이 나올 때까지. ……
>
> 동무여, 불쌍한 동무여.
> 그러고는 마음이 만일 우리를 속이거든,
> 해를 향하여
> 외쳐 물으라.
> "이 마음의 씨를 영원히 태울 수 있더냐"고.
> 발을 옮기지 말자, 석상이 될 때까지.

〈동무여〉라고 한 것에서 이렇게 말했다. 굴종할 수밖에 없다는 반어로 항거의 의지를 나타냈다. 그래도 견딜 수 없어 1928년 8월에 망명길에 올라 러시아 땅으로 갔다. 〈문예월간〉 1932년 1월호의 〈문예가명록〉을 보면 "현재 노령 해삼위 부근 조선인 소학교 교원"이라고 소개했다.

〈조선문학〉 1933년 10월호에 〈무제〉(無題)라는 시를 발표했는데, 작품 말미에서 1926년 작품이라고 했다. 어둠 속에서 밝음을 동경한다면서 "아아, 우리는 이 바다와 이 푸른 하늘을 잊을 날이 있을까" 하고 노래했다. 제4연에 이르면 밝음을 희구하는 절규를 이렇게 토로했다.

> 어둠에 사는 인간일수록
> 밝음이 더 그립다, 자연이 더 그립다.
> 산 생명의 펄펄 뛰노는 생활이 몹시 그립다.
> 그러나 우리는 한 마디 말을 더하여두자.
> "어둠에 사는 자는 희미한 빛을 바라지 않는다."
> 차라리 큰 어둠을 바란다.
> 어둠을 지쳐가지, 어둠을 지쳐가.
> 그리운 햇빛을 보기 위하여, 그리운 그를 만나기 위하여,
> 이 기나긴 어둠을 전사같이 지쳐가자.

　밝음을 찾아 망명지로 갔다. 망명을 하던 1928년에 〈짓밟힌 고려〉라는 시를 써서 불행을 마음껏 노래했다. 시 창작에 만족하지 않고 소설에서 더 큰 포부를 펴고자 해서 그 해에 〈붉은 깃발 아래에서〉라는 장편소설을 탈고했다고 하는데, 소련 당국에서 요구하는 경향에서 벗어나 있어 발표하지 못한 채 원고가 분실되고 말았다. 1937년에 다시 〈두 얼굴의 조각 그림〉이라는 작품집을 출판하려고 했으나 뜻을 이루지 못했다. 자유 천지라고 동경해 마지않던 곳에서 마음껏 쓰겠다고 다짐한 작품을 엄격한 사전 심사 때문에 발표할 수 없는 전혀 예기치 않던 좌절을 겪어야만 했다.

　작가생활은 뜻대로 하지 못하고 교원 노릇이나 하면서 평범하게 살아갔는데, 스탈린의 명령으로 연해주의 동포들을 중앙아시아로 강제 이주시키던 1937년 9월에, 민족주의자이고 친일파이며 반혁명분자라는 죄목으로 체포되었다. 공개재판도 받지 못한 채 이듬해 1938년 5월에 비밀리에 총살되었다. 그런 사실이 소련이 해체되고 체제가 바뀐 최근에야 알려졌다.

　김형원(金炯元, 1900~?)은 〈폐허이후〉에 시를 발표하기만 하고 어

느 잡지의 동인으로 가담하지 않았으며, 주장하는 바나 작품의 경향이
남들과 달랐다. 〈동아일보〉 1920년 4월 20일자에서 문학과 생활의 관계
를 논해 신문학 건설의 급선무를 제창한다고 하고, 문학이 언어유희에
떨어지지 않고 광범위한 독자의 공감을 얻기 위해서는 생활의 문제를
절실하게 다루어야 한다고 했다. 〈생장〉(生長) 1925년 5월호의 〈민주문
예소론〉(民主文藝小論)에서는, 문학이 귀족의 취향에 맞게 제재를 한정
하고 외면치레에나 힘쓴 지난날의 잘못을 과감하게 청산하고 자유와
평등을 지향하는 민주주의 노선으로 나아가야 한다고 했다.

〈개벽〉 1922년 3월호에 발표한 〈숨쉬는 목내이(木乃伊)〉는 목숨은 붙
어 있으면서도 자유롭지는 못해 미이라처럼 된 처지를 조상한다는 시
이다. 현대라는 옷을 입고 제도라는 약을 발라 생활이라는 관에 든 미
이라가 자기 자신의 모습이기도 하다고 했다. 그릇된 구속에서 벗어나
기 위해 반항하고, 생활의 갖가지 양상을 긍정하는 자세로 받아들여 관
념이 아닌 실제의 자유를 추구해야 한다고 주장했다.

그렇게 시를 혁신하는 방향을 제시했다고 해서 창작의 방법이 마련
될 수 있는 것은 아니었다. 자기 자세를 되돌아본다면서 "나는 저주한
다", "나는 벌거숭이다", "나는 무산자이다"라는 말을 되풀이하고 있어서
는 형상화 이전의 출발점에서 맴돌 따름이었다. 그 단계를 거쳐 관심을
생활의 현실로 돌려도 표현을 다듬는 계책은 없어 소재 위주의 내용주
의를 벗어나기 어려웠다.

> 앓고 난 님의 얼굴 같은 하현(下弦) 달은
> 흩어진 옛 성터에 말없이 비치이고,
> 하느님의 숨결 같은 새벽바람은
> 해묵은 나뭇가지에 고요히 춤을 출 제.
>
> 아, 지금은 새벽 네 시!

나의 부모형제는 모두 자고,
나의 친구, 나의 원수,
청년, 노년, 남자, 여자,
나와 꼴이 같은 모든 사람은
비단 이불에나, 거적자리에나,
제각각 달고 쓴 꿈을 꿀 제.

아, 지금은 새벽 네 시!

〈아 지금은 새벽 네 시〉의 앞대목이다. 〈개벽〉 1924년 11월호에 발표한 이 작품에서 자기 주장에 상응하는 내실 있는 창작을 보여주려고 했다. 빈부귀천을 가리지 않고 모든 사람이 잠들어 제각기 꿈을 꾸는 새벽 네 시의 광경을 그렸다. 인용하지 않은 뒷 부분에서는 "어디선가 갓난아이의 울음소리가 들린다"고 하고, "새 생명의 춤 터가 열리려 하는/ 거룩한 새벽 네 시"라고 했다. 어구 선택이 진부하고 열거하는 사항이 유기적인 관계를 가지지는 않았으나, 평등한 관계에서 새로운 역사가 시작된다고 말한 것은 이해할 수 있다.

〈조선지광〉 1929년 8월호에 발표한 〈하야독소〉(夏夜獨嘯)에서는 특이한 시도를 했다. "여름밤 찌푸린 하늘 밑에서" 왕거미가 춤을 추고, "그 밑에 하얀 요 위에는 나의 그대들이 신음하지 않느냐" 하는 것이 1번이다. 5번에 이르기까지 그 비슷한 구상이 이어졌다. 왕거미는 그 자체가 무엇을 뜻하는지 모호하나, 밑에 누워 있는 사람들이 가엾은 희생자라 한 것을 보아 일제의 억압을 특이한 방식으로 나타냈다고 짐작된다. 3번을 들면 이렇게 말했다.

어린이,
늙은이,
젊은이,

이 집안 식구가 모두
하얀 요 위에 누워서,
핏기 없는 이 터전에 누워서,
앓는다,
신음한다,
한숨짓는다.

4번에서는 "그대들의 병을 낫게 하기 위하여 나의 할 일을 준비하고 있다"고 했다. 5번에서는 "내가 무엇을 하여야 할 것은 그대들이 묻지 말아"라고 했다. 검열에 저촉되지 않으면서 민족의 처지를 나타내는 우의적인 수법을 개척한 것은 주목할 일이라 하겠으나, 장난하듯 말을 이으면서 자기 혼자 무슨 항거의 방도를 차리고 있는 듯이 보이게 했다.

이상화(李相和, 1901~1943)는 조명희나 김형원과 마찬가지로 분노를 항거로 터뜨리려는 문학을 하면서 한층 진지한 자세를 보였다. 자기 작품 세계를 혁신하려는 노력을 더욱 철저하게 해서, 생활에 근거를 둔 시가 뛰어난 표현을 갖추어 절실한 감동을 줄 수 있다는 것을 입증했다. 완성도나 깊이에서 김소월이나 한용운과 견주어 살펴야 할 경지에 이르렀다.

처음에는 〈백조〉 동인으로 참가해 비탄어린 시를 쓰고 이루어질 수 없는 환상을 추구했다. 1922년에 〈백조〉 창간호에 발표한 〈말세의 희탄〉에서 피 묻은 동굴 속으로 끝도 모르고 꺼꾸러진다는 절망을 토로했다. 1923년에 〈백조〉 제3호의 〈나의 침실로〉는 마돈나라고 일컬은 님더러 오라고 하면서 불안과 초조를 숨 가쁘게 하소연했다. "내 침실이 부활의 동굴"이며, "아름답고 오랜" 곳으로 향하는 통로라고 하고, 사랑과 죽음을 함께 이루어 모든 고뇌에서 벗어나고자 하는 희망을 제시했다.

〈백조〉 시절의 시는 다른 것들도 허무와 비탄을 토로했지만 긴장된 짜임새는 갖추어, 다음 단계로의 전환이 어렵지 않게 했다. 그 뒤에는 관념의 틀을 깨고 관심을 생활로 돌려 현실을 인식하는 진통을 겪었다.

〈선구자의 노래〉는 〈개벽〉 1925년 5월호에 발표한 작품인데, 참되게 살려고 하니 남들이 미친 사람이라 한다 하고, "나는 미친 흥에 겨워 죽음도 보여줄 터이다"라고 했다. 미쳤다는 것이 일제 강점하의 숨 막히는 현실 탓임을 같은 잡지 1926년 1월호의 〈조선병〉(朝鮮病)에서 거듭 말하고, "저 하늘에다 동창이나 뚫으랴, 숨이 막힌다"고 했다.

시인의 자세를 다시 정립하는 과정을 거치면서 자기의 울분만 노래하는 데서 벗어나 일제에게 억압받고 짓밟히며 사는 사람들의 비탄을 온몸으로 받아들이게 되었다. 〈개벽〉 1925년 1월호에 발표한 〈조소〉(嘲笑)에서는 겨울밤에 언 길을 가는 장돌림 봇짐장수가 자기를 보고 비웃으며 지나간다고 했다. 살아가기 위해 애쓰는 사람들이 보기에는 시인의 거동이 비웃음거리였다.

자기 혼자만의 고독한 절규를 멈추고, 힘들게 살아가는 하층민의 모습을 간결하면서도 실감 나게 그리는 일련의 작품을 내놓았다. 〈구루마꾼〉·〈엿장수〉·〈거러지〉로 이루어진, 같은 잡지 1925년 6월호의 〈가상〉(街相)이 그 좋은 예여서, 소재를 열거하는 폐단에 빠지지 않고 생활의 실상을 적절하게 묘사해 짜임새를 잘 갖추었다. 그러나 아직 다루는 대상과 자기 자신이 분리되어 있었다. 민중의 고난과 시인의 울분을 하나로 합치시켜 민족 항쟁을 지향하는 시를 이룩하기 위해서는 관찰하고 묘사하는 태도를 버려야 했다.

> 아, 가도다, 가도다, 쫓겨 가도다.
> 잊음 속에 있는 간도와 요동 벌로
> 주린 목숨 움켜쥐고, 쫓겨 가도다.
> 진흙을 밥으로 해채를 마셔도,
> 마구나 가졌더면 단잠은 얽맬 것을 ─
> 사람을 만든 검아, 하루 일찍
> 차라리 죽은 목숨 뺏어가거라!

아, 사노라, 사노라, 취해 사노라.
자폭 속에 있는 서울과 시골로
멍든 목숨 행여 갈까, 취해 사노라.
어둔 밤 말없는 돌을 안고서
피울음을 울더면 설움은 풀릴 것을 —
사람을 만든 검아, 하루 일찍
차라리 취한 목숨 죽여버려라!

제목을 〈가장 비통한 기욕(祈慾)〉이라고 했다. "기욕"은 "기원"(祈願)으로 바꾸어 적는 것이 옳을 듯하다. "간도이민(間島移民)을 보고"라는 부제를 붙여서 〈개벽〉 1925년 1월호에 발표한 작품이다. 살길을 잃고 간도로 쫓겨 가는 동포의 참상을 다룬 시 가운데 항변의 어조가 특히 격렬하다. 지금까지 시에서 사용하지 않던 말을 등장시켜 현실 인식을 절실하게 했다. "해채"는 시궁창이라는 말이다.

떠나는 사람들의 모습을 보고 무슨 생각을 했다는 것이 아니고, 스스로 그런 처지가 되어 비통하게 신음했다. 둘째 연에서는 그래도 남은 울분을 국내에서 방황하는 자기 심정에다 걸어 토로했다. 앞뒤 연의 형식이나 구성이 거의 같게 해서 고통의 동질성을 분명하게 나타냈다. 아무런 해결책을 찾지 못하고 "검"이라고 일컬은 신령에게 차라리 생명을 빼앗아가라고 한 자학으로 끝맺어도 극단적인 언사가 과장은 아니다.

서울로 시골로 방황하던 발걸음을 돌려 자기 고장으로 향하니 나라를 빼앗긴 분노가 다시 절감되었다. 그래서 지은 시 〈빼앗긴 들에도 봄은 오는가〉를 검열에 걸리지 않고 〈개벽〉 1926년 6월호에 발표할 수 있었던 것이 큰 다행이다. 탈 잡을 구절은 넣지 않고 할 말을 했기에 그럴 수 있었다고 생각된다. 일부는 율격을 논할 때 인용하기도 했지만, 전문을 들기로 한다.

지금은 남의 땅 — 빼앗긴 들에도 봄은 오는가?

나는 온몸에 햇살을 받고
푸른 하늘 푸른 들이 맞붙은 곳으로,
가르마 같은 논길을 따라 꿈속을 가듯 걸어만 간다.

입술을 다문 하늘아, 들아,
내 맘에는 내 혼자 온 것 같지를 않구나.
네가 끌었느냐, 누가 부르더냐? 답답워라, 말을 해다오.

바람은 내 귀에 속삭이며,
한 자욱도 섯지 마라 옷자락을 흔들고,
종다리는 울타리 너머 아씨같이 구름 뒤에서 반갑다 웃네.

고맙게 잘 자란 보리밭아.
간밤 자정이 넘어 내리던 고운 비로,
너는 삼단 같은 머리를 감았구나, 내 머리조차 가뿐하다.

혼자라도 가쁘게나 가자.
마른 논을 안고 도는 착한 도랑이
젖먹이 달래는 노래를 하고, 제 혼자 어깨춤만 추고 가네.

나비 제비야 깝치지 마라.
맨드라미 들마꽃에도 인사를 해야지.
아주까리 기름을 바른 이가 지심 매던 그 들이라 다 보고 싶다.

내 손에 호미를 쥐어 다오.
살진 젖가슴과 같은 부드러운 이 흙을
발목이 시도록 밟아도 보고, 좋은 땀조차 흘리고 싶다.

강가에 나온 아이와 같이,
짬도 모르고 끝도 없이 닫는 내 혼아.
무엇을 찾느냐, 어디로 가느냐? 우습다, 답을 하려무나.

나는 온몸에 풋내를 띠고
푸른 웃음, 푸른 설움이 어우러진 사이로
다리를 절며 하루를 걷는다. 아마도 봄신령이 지폈나보다.

그러나, 지금은— 들을 빼앗겨 봄조차 빼앗기겠네.

이미 분석해 보인 바와 같이, 제2행에서 제10행까지는 네 토막 세 줄을 되풀이해서, 글자 수를 표준보다 첫 줄에서는 줄이고, 셋째 줄에서는 늘이는 변형을 했다. 보행의 율격을 택해서 더욱 더 뻗어나는 느낌을 주었다. 신명나게 뻗어나도 갑갑하기만 한 상황을 개념화된 단어를 배격하고 한자는 한 자도 쓰지 않고 누구나 이해할 수 있는 쉬운 말로 절실하게 나타냈다.

들에 나가 땅을 밟으며 봄날 하루 걷는다면서, 농사지으며 사는 사람들의 감격을 누리고 땅을 빼앗긴 울분을 토로했다. 중간 대목에서는 첫째 의미가 두드러지게 하고, 앞뒤를 둘째 의미로 감쌌다. 기쁨이 절정에 이른 가운데의 제6연을 중심축으로 삼아 제2·10연, 제3·9연, 제4·8연, 제5·7연이 포개지도록 했다. 첫 줄에서는 빼앗긴 들에도 자연의 봄은 온다고 하고, 마지막 줄에서는 땅을 빼앗겨 희망의 봄마저 빼앗기겠다고 해서 봄이 또한 두 가지 의미를 지니게 했다.

형식과 내용을 절묘하게 합치시키는 이상적인 경지에 이르러, 그 비결을 겉으로 드러내지 않아 자연스럽게 읽히면서 절실한 감동을 준다. 시를 가지런하고 아름답게 다듬으려고 되도록 목소리를 낮추고 단조로운 애조나 희롱하고 마는 태도가 합리화될 수 없다는 것을 훌륭하게 입증했다. 시로써 현실 문제를 파헤쳐 부당한 억압과 맞서자면 말이 거칠어지고 짜임새가 산만해지게 마련이라는 주장도 견뎌내지 못하게 했다.

이상화는 그 뒤에 작품활동을 세차게 하지 않았다. 탄압이 더욱 심해지는 데 맞서는 새로운 시풍을 개척하지 못하고, 그렇다고 해서 문제가 되지 않을 작품만 쓰는 쪽으로 후퇴하려 하지도 않아 창작을 계속할 수 없었다. 어쩌다가 발표한 시 가운데 1935년 〈시원〉(詩苑) 제2호에 낸 〈역천〉(逆天)이 있다. 아름다운 가을밤을 바라보면서 걸림 많은 세상에서 벙어리같이 살아 서럽다 하고, 하늘과 사람이 서로 배반한다고 했다.

그런 범위 안에서는 끓어오르는 마음을 토로하고 말 수 없어 차라리 침묵을 택했다. 발표한 작품은 모두 60편 정도에 지나지 않으며, 시집 한 권 남기지 못하고 세상을 떠났다. 백기만이 〈상화와 고월〉을 엮어 처음으로 작품을 한데 모았는데, 빠진 것이 적지 않다.

조명희는 이강옥, 〈조명희의 작품세계와 그 변모 과정〉, 김윤식·정호웅 편, 《한국근대리얼리즘작가연구》(문학과지성사, 1988)에서 작가론을 하고 ; 노상래, 〈조명희연구〉, 《어문학》 53(한국어문학회, 1992)에서 생애에 관한 최근 자료를 정리했다. 김형원은 오세영, 〈민중시와 파토스의 논리 : 석송(石松) 김형원론〉, 《관악어문논집》 3(서울대학교 국어국문학과, 1979) ; 장부일, 〈1920년대 전반기 시의 현실지향성 : 김석송의 경우〉, 《울산어문논집》 1(울산대학교 국어국문학과, 1984) ; 주근옥, 《석송 김형원 연구》(월인, 2001) 등에서 연구했다. 신동욱 편, 〈이상화의 서정시와 그 아름다움〉(새문사, 1981)에 다양한 연구가 집성되어 있다. 이기철 편, 《이상화전집》(문장사, 1982)에서 자료를 집성했다.

11.5.6. 망명지에서 발표된 시가

새로운 문학을 하려는 노력은 해외 망명지에서도 있었다. 해외 망명지문학의 가장 적합한 형태가 시였다. 시는 소설과 달라 전문가가 아니

라도 쓸 수 있고 인쇄해 전달하기 간편하며 노래를 부르기 위해서도 반
드시 필요했다.

1919년 8월 21일 중국 상해에서 임시정부 기관지로 창간되어, 처음에
는 〈독립〉(獨立)이라고 하고 그 해 10월 15일자부터는 〈독립신문〉(獨立
新聞)이라 한 신문을 보자. 기사·논설·실기·전기 외에 소설이라 한
것이 몇 편 실렸고, 시가 훨씬 많았다. 소설에서는 항일의 주제를 제대
로 처리하지 못해 국내에서 발표된 것들보다 많이 뒤떨어졌다. 시도 표
현이 모자라기는 하지만 민족의 각성을 고취하기 위해 거듭 노력한 자
취를 인정할 수 있다.

일제의 검열과 탄압에서 벗어난 언론의 자유는 항일문학을 제대로
일으키도록 하는 필요조건이기는 해도 충분조건은 아니었다. 능력 있
는 문인이 있어야 항일운동과 문학 창작을 결합시킬 수 있었다. 임시정
부에서 신문을 창간하면서 이광수를 데려가서 주필을 맡긴 것은 그런
사정이 있었기 때문이었다.

그렇지만 이광수가 춘원(春園)이라는 호를 내세우고 발표한 시 몇
편은 다른 사람들의 작품보다 표현이 뛰어나다고 하기 어렵고 주제의
식은 뒤떨어진 편이다. 이광수는 항일의 언론과 문학에 헌신할 뜻이 없
었다. 1921년 4월 21일자에 몇 달 전 신문사를 사임했다고 알리는 말이
있다. 임시정부를 배신하고 귀국해 일제에 투항했다는 비판을 국내외
에서 호되게 받았다.

당시에 상해에 유학하고 있던 주요한도 집필에 참여한 듯하다. 송아
지라는 필명으로 쓴 시는 주요한의 작품으로 생각되는데, 다른 사람들
보다 솜씨가 나은 것은 아니다. 투쟁에 참가한 경력이 부족해 울분과
감격을 아직 깊이 체험하지 못하고 절실한 공감을 불러일으키는 시가
되게 휘어잡을 수 없었다.

〈독립신문〉에 실린 시는 거의 다 국내의 문단과는 무관한 현지 독립
운동가들의 작품이다. 1919년 8월 26일자 제2호에 실린 해일(海日)이라
는 이의 〈독립일〉(獨立日)을 보자. 시를 써서 시인으로 평가받으려는

의도 없이 외치고 싶은 말을 외쳤다.

　　노래하라, 노래하라, 성대가 터지도록.
　　춤추어라, 춤추어라, 사지가 다하도록.
　　오늘에 자유가 왔나니.
　　오늘에 정의의 해 빛나나니.
　　배달의 자손들아.
　　배달의 자손들아.

　제1연을 들면 이렇다. 비슷한 말이 제3연까지 이어진다. 독립하는 날
이 왔다고 생각할 때의 감격을 단순한 형식에 맞추어 거듭 말하기만 했
다. 형식에서는 변이가 있어도 수법은 이와 상통해, 감탄사와 수식어를
자주 써서 느낌을 고조시키는 교술적인 서정시가 대부분이었다.
　모든 작품이 들떠 있었던 것은 아니다. 목소리를 일단 낮추고 몇 마
디 구호가 아닌 구체적인 체험으로 국내의 현실을 비판하고 해외에서
의 투지를 고취하는 적절한 표현을 마련한 작품도 있다. 1922년 8월 1
일자에 발표된 〈웬일이냐〉를 보자. 작자 이름이 밝혀져 있지 않지만,
국내에서는 볼 수 없던 새로운 시이다.

　　웬일이냐?
　　저 아이는 왜 울어?
　　감옥에 있는 아버지 생각
　　간절해서 운다 해요.

　　웬일이냐?
　　저 집의 소동이.
　　독립운동에 관계있다고,
　　왜놈이 와서 가택수색,

그래서 소동이래요.

웬일이냐?
저 부인은
어디를 급작히.
철창 속에 있는 남편에게
의복 차입하려고
그래 급작히 간대요.

웬일이냐?
개화 몽둥이 든 자가 내 집에.
고문 치사된 사람 위해
말 한 마디 못하는 변호사 놈
착수금이나 내라고 왔대요.

막연한 감흥을 돋우는 수식을 늘어놓지 않고, 간결하고 급박한 전개를 보여주었다. 일제에 대한 원한을 직접 토로하는 방법을 버리고, 감옥에 갇힌 투사의 가족이 겪는 고난을 몇 장면에 걸쳐 선명하게 그려 한 시대의 모습을 집약했다. 서술자가 앞서서 설명하지 않고, 무슨 소동인지 몰라 궁금하다고 시치미 떼는 민요풍의 풍자 수법을 써서 표현 효과를 높였다.

바람은 분다, 비는 온다.
오던 비, 부는 바람 끝나기 전에,
또 일어난다, 또 일어난다.
내 가슴 속에 타는 불이!

이곳이 어디라뇨?

시베리아 찬 벌판인가요?
남북 만주 풀밭 속인가요?
그것도 아니면 강남의 거친 들인가요?
괴롭다 말 마라, 울지 말아라.

1922년 9월 11일자 〈표랑〉(漂浪) 전반부이다. 작자 이름은 밝히지 않았다. 떠도는 곳이 어딘지 거듭 묻는 말로 망국인의 처지를 절실하게 나타냈다. 나라를 되찾기 위해 떠돌아다니는 괴로움을 말의 낭비 없이 절실하게 나타냈다. 바람과 비는 자연이 가져다주는 시련일 뿐만 아니라 가슴 속에서 타는 불과 연결되어 내심의 고난을 뜻하기도 한다.

혼자 느끼는 비애는 접어두고 함께 나서서 싸우자고 소리 높이 외치는 노래는 형식을 가다듬고 말을 단호하게 했다. 그 좋은 본보기인 1920년 2월 17일자의 〈독립군가〉(獨立軍歌)는 작곡을 해서 부른 공식 군가이다. 이것 또한 작자는 밝혀져 있지 않다. 첫대목을 들어본다.

나아가세, 독립군아 어서 나가세.
기다리던 독립전쟁 돌아왔다네.
이 때를 기다리고 십년 동안에
갈았던 날랜 칼을 시험할 날이.
나아가세, 대한민국 독립군사야.
자유 독립 광복할 날 오늘이로다.
정의의 태극 깃발 날리는 곳에,
적의 군세 낙엽 같이 스러지리라.

여덟 줄로 된 연이 여섯이나 되어 길게 이어진다. 그렇다면 가사에서 사용하던 네 토막을 이어야 할 것인데, 한 줄이 세 토막이게 하는 형식을 마련해 움직임이 힘차게 했다. 독립전쟁에 나아가면서 생각하고 기억해야 할 것들을 모두 갖추어 노래를 부르면서 되새기게 했다.

제2연에서는 "보느냐, 반만년 피로 지킨 땅"이라는 말을 앞세우고 역사를 회고하면서, 양만춘·을지문덕·이순신·임경업 등 호국영웅의 위업을 잇는 후손이 되자고 했다. 제3연에서는 "최후의 네 살점이 떨어지는 날/ 네 그리던 조상 나라 다시 살리라"고 했다. 제4연에서는 독립전쟁이 일어나는 광경을 이렇게 상상했다.

독립군의 백만 용사 달리는 곳에
압록강 어별(魚鼈)들이 다리를 놓고,
독립군의 붉은 피가 내뿜는 때에
백두산 굳은 바위 길을 열리라.
독립군의 날랜 칼이 비끼는 날에
현해탄(玄海灘) 푸른 물이 핏빛이 되고
독립군의 벽력같은 고함 소리에
부사산(富士山) 솟은 봉(峰)이 무너지누나.

압록강 어별들이 다리를 놓는다고 한 말은 고구려 건국신화와 연결된다. 압록강과 백두산으로 우리 민족의 역사와 저력을 상징하고, 현해탄과 부사산을 들어 어디까지 나아가 싸워야 할 것인가 말했다. 제6연의 맨 끝 구절에서 "우레같이 몰려오는 만세 소리는 한양성 대승리의 개선가로다"라고 해서 조국의 수도를 해방시키는 승전을 염원했다.

1922년 10월 21일자의 〈독립군〉(獨立軍)은 싸우면서 부르는 노래가 아니고 독립군의 투쟁을 두고 지은 시이다. 간결하면서 절실한 말로 고난과 각오를 나타냈다. "서백리(西伯里)와 만주뜰 험산난수(險山難水)에/ 결심 품고 다니는 우리 독립군", "삼림 속에 눈 깔고 누워 잘 때에/ 끓는 피가 더욱이 뜨거워진다"고 했다.

간도로 이주해간 동포들도 몇 가지 신문을 발행했다. 관준언(關俊彦)이 중심이 되어 1928년에 용정(龍井)에서 창간했다가 1931년에 일제의 억압으로 폐간된 〈민성보〉(民聲報)가 그 가운데 특히 중요한 구실을 했다. 거기 발표된 시가 망명지문학으로서 큰 비중을 차지했다.

1928년 5월 27일자에 보이는 백악산인(白岳山人)의 〈조선심〉(朝鮮心)에서는 "동무야 아느냐 조선의 마음"이라는 말을 되풀이하면서, 민족정신을 소중하게 간직하고 어떤 역경이라도 이겨내고 희망에 찬 앞날을 개척하자고 했다. 1928년 6월 10일자에 발표된, 근파라는 이의 〈님을 찾으며〉에서는 님을 찾아 먼 곳까지 간 사연을 서럽게 나타냈다. 서두의 두 연을 들어본다.

> 내 그대를 따라 이 땅을 찾아옴은
> 반생에 그립던 정을 행여 풀까 하여,
> 북관 — 천리 길에 노수도 한 푼 없이
> 한 줄 글만 믿고 내 홀로 왔소.
>
> 고개마다 넘는 고개, 님의 기척 살피나
> 적적한 세상이라 소식 듣기 어려우니,
> 넘어가는 초승달에 눈물만 스치고서
> 한 고비 뭉친 한을 또 다시 태우고 있소.

목소리를 낮추어 자기 내심을 노래한 데 많은 사연이 함축되어 있다. 네 토막 네 줄 형식을 사용해 최대한의 안정을 얻으려고 해도 억누를 수 없는 설움이 복받쳐 올랐다. 고향과 북관 사이의 아득한 거리, 님과 자기를 갈라놓은 시련이 개인의 수난이면서 나라 잃은 민족의 비애이기도 하다.

미국에서 발행하던 신문 〈신한민보〉에도 항일투쟁을 외치는 노래가 적지 않게 실렸다. 1940년 4월 25일자 "뉴욕 쇠주먹"의 〈총검을 든 이 팔뚝〉을 보자. "총검 든 이 팔뚝이니/ 원수를 무섭다 하오리/ 뿌려라 적은 피망정/ 반도강산 붉힐까 한다"는 것과 같은 말을 다음 두 절에서 더 했다. 작자를 밝히지 않은 1940년 10월 24일자의 〈광복군가〉는 다음과 같

이 시작되었다. 한 칸 들여 적은 후렴부분은 이미 있던 군가를 그대로
쓴다고 했다.

무쇠 골격 돌 근육 대한 남아야
애국의 정신을 분발하여라.
다다랐네 다다랐네 오늘 우리에게
혈전의 분투 시대 다다랐네.
철천대적 격파하라.
독립전쟁 나가세.
건국영웅 대사업이
우리 목전 아닌가.

망명지에서 지어 부른 노래가 구전되는 것도 적지 않다. 윤해영이
1932년에 작사하고, 조두남이 작곡한 〈선구자〉, 일명 〈용정의 노래〉는
지금도 애창된다. 첫대목을 들면 이렇다.

일송정 푸른 솔은 늙어 늙어갔어도,
한 줄기 해란강은 천년 두고 흐른다.
지난날 강가에서 말 달리던 선구자
지금은 어느 곳에서 거친 꿈이 깊었나.

이 노래에서는 지난날 선구자가 자취를 감추고 다시 나타나지 않는
다고 한탄한 것과 달리, 전투부대에서 부른 독립군가에서는 절망에 사
로잡히지 말고 나서서 싸워 조국을 되찾자고 했다. 다음에 드는 〈의병
대가〉가 그 좋은 예이다. 홍범도(洪範圖)라고 생각되는 홍대장 뒤를 따
라나서서 싸우는 부대에게는 승리가 있다고 하는 어조가 명랑하고, 민
요에서처럼 여음을 달아 부르기 좋게 되어 있다.

홍대장 가는 길에는 일월이 명랑한데
왜적 군대 가는 길에는 눈과 비가 내린다.
  에헹아 에헹아 에헹아 에헹아

오련발 탄환에는 군불이 돌고
화승대 구심에는 내굴이 돈다.
  에헹아 에헹아 에헹아 에헹아

다음과 같은 말로 시작되는 〈용진가〉는 더 많이 불러 널리 알려져 있다. 선인들의 용기와 전법을 물려받으면 독립전쟁의 승리가 보장된다고 하려고 지난 시기에 있었던 일을 들고, 어떤 어려움이라도 무릅쓰고 진격하자고 극단적인 비유를 썼다. 노래 부르면 흥겨워 힘이 솟는다.

요동반도 넓은 뜰을 쳐서 파하고,
여진국을 토멸하고 개국하옵신
동명왕과 이지란의 용진법대로,
우리들도 그와 같이 원수 쳐보세.
나가세 전쟁장으로, 나가세 전쟁장으로
검수도산 무릅쓰고 나아갈 때에,
독립군아 용감력을 더욱 분발해
삼천만 번 죽더라도 나아갑시다.

기백과 투지를 강조하는 데 치우쳐 이치가 분명하지 않은 대목이 있다. 동명왕이 개국할 때 여진국을 토멸하지는 않았다. 이지란(李之蘭)은 조선의 태조를 돕다가 귀화한 여진인 장수이다. 제2절 이하에서도 싸우러 나선 기쁨을 격앙된 말로 나타냈다. 제4절에서 "우리 군대 사격 돌격 앞만 향하면/ 원수 머리 낙엽같이 떨어지리라"고 한 말은 표현이 지나쳤다고 할 수 있다.

여기저기서 부르던 이와 비슷한 독립군가가 여럿 전한다. 〈독립군가〉
는 "신대한국 독립군의 백만용사야/ 조국의 부르심을 네가 아느냐"라는
말로 시작되었다. 〈항일전선가〉는 "착취받고 억압받는 배달민족아/ 항
일의 전선에 달려 나오라"고 했다. 그런 노래의 작사자와 작곡자는 외부
의 전문가가 아니고 독립군 대원 가운데서 나왔으며, 거의 다 이름을 남
기지 않았다.

작사자와 작곡자가 기억되는 노래도 있다. "우리는 한국 독립군 조국
을 찾는 용사로다/ 나가! 나가! 압록강 건너 백두산 넘어가자"로 시작
되는 〈압록강행진곡〉은 박영만 작사, 한유한 작곡이다. 신영태 작사,
한유한 작곡의 〈조국행진곡〉은 "팔도강산 울리며 태극기 펄펄 날려서/
조국 독립 찾는 날 눈앞에 멀지 않았다"로 시작되었다. 김학규가 가사
를 손질한 〈광복군아리랑〉과 〈광복군석탄가〉는 민요 개작이며, 민요의
곡조에 맞추어 불렀다.

독립군이 기백이 높아 싸워 이길 수 있었던 것은 아니다. 쓰라린 패
배가 거듭되는 것이 실제 상황이었다. 승리의 노래와 함께 〈고난의 노
래〉도 있는 것이 당연했다. 다음과 같은 사연으로 독립군이 겪고 있는
처참한 시련을 나타내면서 투지를 다짐했다.

이내 몸이 압록강을 건너올 때에
가슴에 뭉친 뜻 굳고 또 굳어
만주들에 북풍한설 몰아부쳐도
타오르는 분한 마음 꺼질 바 없고,
오로라의 얼음산의 등에 묻혀도
우리 반항 우리 싸움 막지를 못하리라.
피에 주린 왜놈들은 뒤에 따르고
괘씸할사 마적떼는 앞길을 막구나.
황야에는 해가 지고 날이 저문데,
아픈 다리 주린 창자 쉴 곳을 찾고,

　　저녁 이슬 흩어져 앞 길 적시니
　　쫓기는 우리의 신세가 처량하구나.

　네 토막 가사 형식을 그대로 사용했다. 행진곡으로 쓰이는 군가와 달라 곡조보다 말이 더욱 중요하고, 부푼 희망에 의한 상상이 아닌 실제로 겪는 고난을 토로하는 데 그런 형식이 더욱 적합하기 때문이다. 앞뒤에 적이 있어 생명이 위태롭고, 아픈 다리 주린 창자를 쉴 곳이 없는 사정을 차분한 마음으로 보았다. 윤희순(尹熙順)의 가사 〈신세타령〉에서도 만주 땅에서 시련을 당하는 독립군의 처지를 전했으므로 함께 기억할 필요가 있다.

　망명지의 항일시는 국내에서 창작한 시와 여러모로 비교가 된다. 국내에서 발표된 시는 표현을 쇄신하는 데 커다란 진전을 보였으나, 일제에 항거하는 민족문학으로서의 사명을 제대로 수행하지 못해 결격사유가 있었다. 망명지에서 부른 노래는 민족의 염원을 적극적으로 표현할 수 있었지만, 시 작품으로서는 부족한 점이 있었다. 국내의 시와 망명지의 노래는 근대민족문학의 두 가지 기본 요건인 근대와 민족을 각기 한 가지씩만 충실하게 갖추었으므로 한데 합쳐야 했다. 그럴 수 있는 여건이 마련되지 않았으며, 그래야 한다는 방향 제시도 불분명했다.

　임시정부 〈독립신문〉의 시가는 임형택, 〈항일민족시〉, 《대동문화연구》 14(성균관대학교 대동문화연구원, 1981)에서 정리한 것을 이용하고 ; 이동순, 《민족시의 정신사》(창작과비평사, 1996)에서 한 연구를 참고했다. 《독립군가곡집 : 광복의 메아리》(독립군가보존회, 1982) ; 조성일 외, 《중국조선족문학사》(연변인문출판사, 1990) ; 이중연, 《신대한 독립군의 백만용사야》(혜안, 1998) 등에 독립군가가 있다. 오양호, 《일제강점기 만주 조선인 문학 연구》(문예출판사, 1996)에서 자료를 확대해 작품론을 전개했다.

11.6. 소설의 작품 세계와 문제의식

11.6.1. 나도향

근대소설은 낭만주의의 성향을 지니고 출현했다. 낭만주의는 전통사회에서 근대사회로 넘어올 때 반드시 거쳐야 할 사고 형태여서 외래 사조로만 이해할 것은 아니다. 사람의 마음에서 고요한 바탕인 성(性)이 아닌 움직이는 정(情)을 긍정해야 한다는 주장에서 낭만주의로의 전환이 자생적으로 준비되었다.

불합리한 사회제도의 구속에서 벗어나 서로 대등하고 순수한 사랑을 이룩해야 한다고 한 소설, 특별한 원인이 없는 이별과 고독을 심각하게 노래한 가사나 잡가가 낭만주의 문학의 직접적인 선행 형태였다. 신채호가 민족의 영웅을 예찬하고, 최남선에 이르기까지 여러 사람이 양명학(陽明學)의 자아 인식에 근거를 둔 순수한 마음을 소중하게 여긴 데서도 낭만주의를 지향하는 움직임이 구체화되었다. 그런 유산이 1920년대 낭만주의 문학을 일으키는 데 긴요한 구실을 했다.

그러나 1920년대의 낭만주의는 정상적으로 뻗어나지 못했다. 일제의 강점에 따른 간섭으로 사회개혁이 뜻하던 대로 이루어지지 않아 개인의 자유가 확보되지 못하고, 식민지 지배에 억눌려 민족의 의지가 유린된 상황이 장애 요인을 만들었다. 장애를 돌파하지 못하고 문제의 상황을 진단할 능력마저 결핍된 지식인들이 자기만족을 쉽게 얻으려 한 탓에 진취적인 낭만주의를 거치지 않고 퇴폐적인 낭만주의로 바로 들어섰다.

현실을 개조하는 투쟁은 하지 않고, 실현 가능하지 않은 환상이 이상이라고 하면서 그쪽으로 나아가 현실에서 도피하다가 좌절을 겪었다. 몽롱한 환상을 어색한 번역 투에다 실어 나타낸 탓에 무슨 말을 하는지 알기 어려운 작품이 적지 않았다. 그런 풍조가 질병처럼 번져 회복되려면 심각한 진통을 겪어야만 했다.

　나도향(羅稻香, 일명 彬, 1902～1926)의 작품이 질병의 증후와 회복의 진통, 낭만주의의 폐해와 의의 양면을 구체적으로 확인할 수 있게 하는 좋은 본보기이다. 〈백조〉 동인이 되어 1922년 1월 그 잡지 창간호에 낸 〈젊은이의 시절〉에서는 예술이라는 환상에 들떠서 변덕스럽고 경박하게 처신하는 무리를 예찬했다. 걸핏하면 울기 잘하고, 사랑하다가 곧 헤어지고, 영원을 찾다가 바로 절망하는 것을 대단한 의미나 있는 듯이 자랑했다. 1922년 5월 〈백조〉 제2호의 〈별을 안거든 울지나 말걸〉에서는 서간체 형식을 써서 예술이라는 이름의 환상을 다시금 장황하게 들먹었다.

　〈옛날 꿈은 창백하더이다〉를 〈개벽〉 1922년 12월호에 발표한 것을 보면, 환상이 고독의 산물임을 알 수 있다. 어린 시절의 기억을 더듬어 할머니, 아버지, 어머니 등의 여섯 식구가 서로 등을 돌리고 있는 딴 세계에 살아 고독을 되씹을 수밖에 없었다고 했다. 환상으로 도피하지 않고 고독을 해소하는 방도를 찾는 것이 커다란 과제로 제기되었다. 그렇게 해야만 질병에서 회복될 수 있었다.

　나도향은 대대로 의원을 하는 집안에서 태어나, 시대가 바뀌었으니 양의가 되라는 당부를 저버리고 소설을 썼다. 소설을 써서는 의업에 상응하는 수입을 얻을 수 없음은 물론이고, 재산 낭비나 하게 마련이었다. 그런데 창간된 지 얼마 되지 않은 〈동아일보〉에서 다른 작가보다 먼저 나도향에게 장편소설을 청탁해, 1922년 11월 21일부터 1923년 3월 21일까지 〈환희〉(幻戲)를 연재했다. 원고료를 지불하는 거의 유일한 지면을 얻어 직업적인 작가로 나설 수 있게 되었다.

　그러나 〈환희〉를 쓰면서 신문소설이 요구하는 평이한 문체와 흥미로운 구성을 받아들이지 않았다. 남녀의 삼각관계를 이중으로 설정하고 비열한 호색과 순수한 사랑의 다툼을 문제 삼은 것은 통속소설의 취향을 따랐다고 하겠으나, 이해하기 쉬운 사건보다 모호하기만 한 내면의식을 더욱 중요시하면서 초기 단편에서 보인 환상으로의 도피를 더욱 극단화시켰다. 〈동아일보〉에서 비슷한 작품은 두 번 다시 싣지 않았다.

세 청년 백우영·이영철·김선용이 서로 대조적인 성향을 지니도록 한 뜻은 쉽게 알 수 있다. 백우영은 부호의 아들이며 양락을 일삼는 익역이다. 이영철도 부호의 아들이나 아버지와 결별하고 자립해 진실한 생활을 하려 했다. 김선용은 친척의 양자가 되어 안정을 얻는 길을 버리고 방랑을 일삼는 고학생이어서 선망의 대상이 되었다.

혜숙과 설화라는 두 젊은 여성이 그 사이에 끼어들어 관계를 복잡하게 했다. 혜숙은 이영철의 누이이다. 아버지가 향락을 위해 얻은 첩의 딸인데, 이영철이 성심껏 돌보았다. 혜숙은 김선용을 사랑하면서도 백우영에게 끌리고, 백우영에게 겁탈당하고 아내가 되었다. 이름처럼 깨끗한 기생 설화는 백우영의 끈질긴 유혹을 물리치고 이영철한테서 진실한 사랑을 찾았다. 그런 인간관계에는 물질과 정신, 육욕과 순정의 상투적인 대립이 나타나 있어 통속적인 흥미를 끌 만했다.

그런데 물질과 육욕을 부정하고 정신과 순정을 긍정하는 방식이 특이하다. 물질과 육욕의 도전에 맞서서 싸울 수 있는 의지는 아무에게도 없었다. 긍정적 인물은 누구나 절대적인 정신주의의 영역을 마음속에다 설정해놓고 거기서 위안을 얻기만 하는 것이 피해 보상의 방법이었다. 실제 형편은 돌보지 않고, 오직 순수하기만 하고 아무런 결함도 없는 완전한 사랑의 환상을 간직하다가 상대방한테서 사소한 실망이라도 하면 큰 충격을 받았다. 절대가 아니면 허무이고 완전이 아니면 파멸이라고 생각해, 기대가 어그러지자 죽음을 택했다. 설화가 자살하고 이어서 혜숙이 그 뒤를 따라 작품이 암담하게 끝났다. 죽음을 미화해 죽음을 통해 영원에 이른다고 했다.

사건을 객관화해서 비판적인 거리를 두고 다루려고 하지 않고, 피해자가 되는 작중인물의 의식 속에 들어갔다. 서술자의 지문과 그런 인물의 독백을 뒤섞으면서, 수식이 화려하고 초점이 불분명한 문체로 영탄을 일삼았다. 서투른 번역 투의 문장구조이고 어법이어서 이해하기 어렵고 생활 경험과 호응되지 않았으며, 애써 미화한 의식이 허공에 뜨게 했다. 허공에서는 어떤 극단론도 쉽게 펼 수 있는 이점을 마구 발휘하면서 자기도취에 빠져 공감을 차단했다.

〈여이발사〉(女理髮師)는 1923년 9월 〈백조〉 제3호에 발표한 작품인데, 환상을 거부하는 냉철한 시선을 보였다. 일본 동경에서 하숙비를 석 달이나 내지 못한 녀석이 잠옷을 저당 잡혀 50전을 마련했다. 20전을 주고 이발이나 하겠다고 이발소에 들어갔다가 여자 이발사가 면도를 하자 기분이 좋아 돈 꾸러 갈 차비인 나머지 30전까지 다 주고 나와서 씁쓸한 후회를 했다는 내용이다. 사소한 사건을 예리하게 관찰해 허공에 뜬 환상이랄 것까지도 없는 조그마한 허위의식마저 용납하지 않았다.

〈개벽〉 1924년 12월호의 〈전차 차장의 일기 몇 절〉에서는 무임승차를 해야 할 만큼 형편이 딱한 시골 처녀가 매춘부로 전락하는 과정을 우연히 관심을 가진 전차 차장의 눈으로 살폈다. 객관적 관찰을 철저하게 하려고 그런 관점을 설정했다. 낭만주의와 결별하고 자연주의라고나 할 수 있는 냉철한 시각을 마련했다.

그처럼 급격한 전환이 지속되지는 않았다. 객관적 관찰의 시각을 택해 헛된 환상을 진정시키는 작업을 얼마쯤 하고서 낭만주의의 사고방식으로 현실을 인식하고 비판하는 길을 찾았다. 1925년 7월에 〈여명〉(黎明)이라는 잡지에 발표한 〈벙어리 삼룡(三龍)〉은 그렇게 이해할 수 있는 작품이다.

벙어리인 삼룡이는 종노릇을 하는 처지이면서 주인아씨한테서 끝없는 아름다움을 느끼고 분수에 어긋난 환상에 사로잡혔다. 아씨의 남편인 주인집 서방님은 양반이고 삼대독자 귀한 몸이니 끔찍이 받들어야 한다는 데 대해 회의와 반발이 생겼다. 서방님이 아씨를 괴롭히고 자기를 못살게 구는 성미임을 알아차리고 분노를 느꼈다. 학대에 견디지 못해 불을 질러 항거하고 아씨를 구하지 못해 함께 타죽었다는 결말에는 낭만주의 특유의 과장이 보인다고 하겠지만, 거기까지 전개된 자아와 세계의 치열한 대결이 진실성을 가진다.

〈조선문단〉 1925년 9월호의 〈물레방아〉도 비슷한 성향을 지닌 작품

이다. 소작인이 주인에게 아내를 빼앗기고 항거하다가 징역살이를 했
다. 출옥한 뒤에 찾아가 마음을 돌리라고 해도 듣지 않아 아내를 죽이
고 자기도 죽었다. 그런 사연에 잘못된 사회제도에 대한 분노가 서려
있다. 그런데 아내가 원래 요부여서 전남편을 버리고 주인을 택했다고
하고, 문어체이고 번역체인 언사를 동원해 처음 설정한 상황에서 이탈
했다. 제기한 문제에 대한 논란보다 화려한 수식을 독자의 기억에 더
많이 남기려고 했다.

그 두 작품은 처지나 성격이 특이한 인물을 등장시켜 그 나름대로 긴
장을 유지할 수 있었다. 그런 성과를 근거로 삼아 다음 단계에는 인물
탐구를 인간형 정립으로까지 발전시키는 작업을 시도했다. 사건 전개
를 극단화시키지 않고 비약의 충동을 누그러뜨리면서, 냉철한 관찰로
일관한 작품에서보다는 여유 있는 필치로 문제가 되는 인간형을 인상
깊게 그리고 평가는 독자에게 맡겼다.

그런 작품의 좋은 본보기가 〈개벽〉 1925년 12월호의 〈뽕〉과 〈조선문
단〉 1926년 3월호에서 5월호까지의 〈지형근〉(池亨根)이다. 두 작품의
주인공은 가난에 허덕이는 공통점이 있으면서, 하층 출신의 여자와 상
층 출신의 남자인 점이 서로 다르다. 가난에 대처하는 태도가 흥미로운
대조를 이루고 있다.

〈뽕〉에 등장하는 빈농 부인네 안협집은 노름꾼인 남편이 집을 비우
고 없는 동안에 몸을 헤프게 돌리며 벌이를 한다. 뽕을 훔치러 갔다가
들켜서 뽕 값을 몸으로 때웠다. 행실이 말이 아니지만, 우격다짐으로는
굴복시킬 수 없고 생활력이 누구보다도 강하다. 하층 부녀자들의 저력
을 특이한 방법으로 형상화했다고 할 수 있다.

〈지형근〉의 주인공은 집을 떠나 공사판에서 노동을 하는 처지이면서
도 양반 퇴물이라 체면을 가리고, 뒤로 딴 짓을 하다가 낭패를 보았다.
술집 작부 노릇을 하는 여자를 멸시하면서도 은근히 마음에 두고 구출
하고 싶어 가까운 친구의 돈을 훔쳤다. 생각을 복잡하게 하다가 신세를
망치고 절도죄로 구속되었다.

나도향은 단명한 작가이다. 1921년에서 1926년까지 6년에 지나지 않는 기간 동안 작품활동을 했으면서 몇 세대에 걸친 문학사의 전개를 집약한 것 같은 변신을 보였다. 어떻게 할 것인가 부지런히 탐구하고 일단 이룩한 작품 세계가 불만스러우면 주저하지 않고 방향을 바꾸었다.

문예사조의 개념을 들어서 정리하면, 공상적인 낭만주의에서 시작한 다음 급격하게 전환해 냉혹한 관찰 위주의 자연주의를 잠시 시험하더니, 사회문제를 맡아 나서는 낭만주의로 방향을 돌리고, 인간형에 관한 사실주의적인 진단을 하는 데 이르렀다. 그래서 문예사조의 혼미를 보여주었다고 할 것은 아니다. 서양문학의 사조를 잘 모르는 채 받아들였다고 하면 더욱 빗나간 진단이다. 안주할 곳을 정하지 않고 의욕에 찬 탐구를 하면서 여러 가능성을 실험했기에 실패마저 소중하다고 할 수 있다.

현길언, 〈나도향 소설의 일고찰〉, 《제주대학 논문집》 13(제주대학, 1981) ; 한점돌, 〈나도향 소설과 그 배경 연구〉(서울대학교 석사논문, 1981) ; 정한숙, 〈도향문학의 전개와 그 의의〉, 《인문논집》 30(고려대학교 문과대학, 1985) 등의 연구가 있다. 이동수, 《우리나라 비판적 사실주의 문학 연구》(과학백과사전출판사, 1988)에서 나도향·현진건·최서해를 주요 작가로 고찰했다. 주종연 외 공편, 《나도향전집(상·하)》(집문당, 1988)에서 자료를 집성했다.

11.6.2. 현진건

현진건(玄鎭健, 1900~1943) 또한 낭만주의의 환상과 비애를 안고 작품활동을 시작했다. 시대의 병을 앓은 자취가 뚜렷하게 남아 있다. 〈개벽〉 1920년 11월호에 발표한 첫 작품 〈희생화〉(犧牲花)는 서술자의 누나가 낡은 관습 때문에 사랑을 이루지 못한 상처를 안고 세상을 떠난 것을 애통하게 여긴 내용이다.

그 뒤의 작품에서도 순수하고 아름다운 사랑을 정교한 문체로 그리는 데 계속 힘썼다. 하층민에 대한 신뢰를 나타낼 때에도 사랑에서 우러나는 따뜻한 마음씨를 소중하게 여겼다. 〈문예공론〉(文藝公論) 1929년 7월호의 〈신문지와 철창〉이나, 〈신소설〉(新小說) 1929년 12월호의 〈정조(貞操)와 약가(藥價)〉는 그런 성향이 지나쳐 환상에 기대를 걸게 하는 낭만주의의 특성을 다시 나타냈다는 지적을 받는다.

다른 한편으로는 환상과 정열에 도취되는 성향을 스스로 제어하고 현실을 실상대로 인식하려고 줄곧 애썼다. 둘째 작품 〈빈처〉(貧妻)를 〈개벽〉 1921년 1월호에 발표하면서 문학하는 자세를 가다듬어 사실주의로 나아갔다. 아무 벌이도 하지 못하고 독서와 창작을 일삼고 있는 서술자의 아내는 저고리까지 전당포에 잡혀 끼니를 이어야 한다고 했다. 그래서 자학을 한 것은 아니다. 구식 여성인 아내가 순종하고 헌신하는 태도를 아름답게 그렸다.

〈술 권하는 사회〉를 〈개벽〉 1921년 11월호에 발표하면서 더욱 심각한 문제를 제기했다. 아내는 남편이 유학을 마치고 돌아와 홀로 기다리며 고생한 보람을 찾게 해줄 줄 알았는데, 매일 술에 취해 들어오면서 이해할 수 없는 말을 했다. 정신이 바로 박힌 놈은 피를 토하고 죽을 수밖에 없는 사회가 술을 권한다고 했다. 선량하기 이를 데 없는 아내가 남편을 전혀 이해할 수 없는 사정을 들어 민중과 지식인의 거리를 나타냈다. 그런 작품을 쓰면서 문학을 한다고 뽐내면서 현실과 동떨어진 환상에 빠지는 것을 허용하지 않았다. 문학을 하는 것이 모든 시비를 넘어서서 그 자체로 정당하다고 하는 허위의식을 배격했다.

제시한 문제는 당장 해결되지 않지만, 두 가지 점에서 희망을 가질 수 있다. 아내로 표상된 민중은 무엇이 어떻게 돌아가는지 몰라도 남편을 신뢰하고 희생을 감수하는 착한 마음씨를 지니고 있다. 남편의 모습을 하고 나타나 있는 지식인은 민중에 대해서, 또한 사회에 대해서 강한 책임감을 느끼고 있다. 둘 사이에 깊은 유대가 있어 큰 힘을 발휘하리라는 기대를 가지고 장래를 낙관할 수 있게 한다.

현진건은 나도향과 마찬가지로 구시대 신분에서 중인이었다. 가계를 들어 말하면, 나도향은 의원이고 현진건은 역관이었다. 그런 배경이 있어 일찍 개화하고 국내외의 정세와 밀착되어 움직인 현진건의 집안에는 친일파 거두도 있고 순국한 항일투사도 있었다. 현진건은 일본으로 상해로 나다니다 귀국해 작가가 되었다.

역관은 경제력에서나 의식의 각성에서나 조선후기 시민의 선두에 선 내력이 있어 사고방식이 옹졸하지 않았다. 세상을 넓게 보면서 담당한 업무를 충실하게 수행하는 양면의 지혜를 갖추었다. 그런 기품을 이어 현진건은 외래 사조에 대한 열등의식과 함께 문학을 한다는 우월감을 버리고 당당하게 나서서 자기 관점에서 세상을 보고 시비했다. 그릇되어가는 사회의 복잡한 사연을 구성과 표현이 뛰어난 단편소설에다 집약해서 나타내는 방법을 창안했다.

1923년 9월 〈백조〉 제3호에 낸 〈할머니의 죽음〉을 보자. 할머니의 임종이 임박했다고 시골집에 모여든 가족들이 어서 끝장이 났으면 하고 기다리면서, 서로 마음이 어긋나고 말썽을 일으키고 하는 모습을 치밀하게 살폈다. 효도의 명분과 어긋나는 삶의 실상을 예리하게 파헤쳤다. 길게 다루면 장편이 될 수 있는 내용을 최대한 집약해 나타냈다.

〈개벽〉 1925년 1월호의 〈불〉은 열다섯에 시집간 소녀가 농사일에 혹사당하고 성적으로 성숙되지 않은 채 남편에게 시달리다가 견디지 못해 집에 불을 질렀다는 것이다. 사건은 단순하지만 심리 묘사가 치밀하고 긴박하다. 〈할머니의 죽음〉에서와 같이 설명을 전혀 개재하지 않는 기법으로 구시대 인간관계의 비정상을 파헤쳤다. 작가는 목소리를 낮추고 판단을 독자에게 맡긴 점이 이광수류의 인습 비판과 아주 다르다. 〈불〉에서와 같은 비정상은 미개한 탓이니 개화로 해결해야 한다는 치유법이 유행했지만, 현진건은 그렇게 생각하지 않았다.

〈조선문단〉 1925년 2월호의 〈비사감(B舍監)과 러브레터〉에서는 〈불〉과는 반대되는 상황에서 빚어지는 남녀 관계의 비정상을 문제 삼았다. 신교육을 하는 여학교 기숙사 노처녀 사감이 곰팡이 슨 굴비 같은 몰골을 하고서 학생들에게 연애편지가 오면 질겁하고 나무랐는데, 한밤중에 뜻밖의 일이 목격되었다. 마귀의 소리라고 하던 연애편지를 쓸어안고 열애의 장면을 혼자서 연출하고 있었다. 작가가 나서서 설명하지 않고 묘사로 일관하는 방법을 쓰면서 구시대의 인습을 철저하게 척결한다고 자부하는 신교육·기독교·독신주의의 허위를 폭로했다.

〈운수 좋은 날〉을 〈개벽〉 1924년 6월호에 발표하면서 한 걸음 더 나아간 경지를 보여주었다. 하층민 인력거꾼의 생활을 대수롭지 않게 다룬 것 같지만, 자아와 세계의 대결을 외부에서 본 묘사와는 다른 방식으로 구현한 점을 주목할 만하다. 인력거꾼 김첨지는 삼인칭으로 취급되는 묘사의 대상이면서 또한 의식의 중심이다. 인력거를 끌어 고생스럽게 연명하고, 아내가 앓아도 돌보아주지 못하는 사정이 사실로서 객관화되어 있으면서, 그 압박과 울분을 작자가 자기의 일로 전하고 독자가 공감하면서 받아들이게 했다.

제목이 말해주듯이 벌이가 잘되어 운수가 좋은 하루 일을 취급했다. 돌아가는 길에 술집에 들러 돈이 있다고 우쭐대다가 "이 원수엣 돈! 육시를 할 돈!"이라고 원망했다. 숨 돌릴 여유가 생기자 돈에 매여 뛰어다니는 삶이 저주스럽고 행운이 헛되다고 생각했다. 집에 앓아누워 있는 아내가 생각나서 마음이 편치 않았다.

설렁탕을 사가지고 집에 들어가니 불안이 적중해 아내는 죽어 있었다. 설렁탕을 왜 못 먹느냐고 얼굴을 비비며 외쳤다. 운수 좋은 날이라는 것이 사실은 운수 나쁜 날이었다. 그 대목을 인용해보자.

　"으응, 또 대답이 없네, 정말 죽었나보이."

　이러다가 누운 이의 흰 창이 검은 창을 덮은, 위로 치뜬 눈을 알아보자마자,

　"이 눈깔! 이 눈깔! 왜 나를 바로 보지 못하고 천정만 바라보느냐, 응?"

　하는 말끝엔 목이 메었다. 그러자 산 사람의 눈에서 떨어진 닭똥

같은 눈물이 죽은 이의 뻣뻣한 얼굴을 어룽어룽 적시었다. 문득 김 첨지는 미친 듯이 제 얼굴을 죽은 이의 얼굴에 한데 비벼대며 중얼거렸다.

　"설렁탕을 사다 놓았는데 왜 먹지를 못하니, 왜 먹지를 못하니…… 괴상하게도 오늘은 운수가 좋더니만……."

　헛된 기대 때문에 가려져 있던 운수가 아닌 현실이 드러났다. 그렇지만 김첨지는 좌절하고 만 것은 아니었다. 아내의 죽음을 수긍하지 않고, 잘못된 현실을 용납하지 않았다. 세계의 도전에 굴복하지 않는 자아의 의지를 나타냈다.

　여기서 소설사의 전개를 크게 살필 필요가 있다. 자아와 세계가 상호우위에 입각한 대결을 벌이는 것이 소설의 기본 특징이지만, 그렇게 하는 데 오랫동안 장애 요인이나 결격사유가 있었다. 천상계에 근거를 두었다고 하던 도덕적 당위성의 잔재가 남아 있어, 이광수는 자아의 내면적 신념이 세계까지 좌우해야 한다는 불가능한 요구를 하는 소설을 만들어 미완으로 끝나게 했다. 김동인은 자아의 능력을 공허하게 만들어 세계의 횡포에 말려드는 불행한 결말을 보여주었다. 나도향의 소설에서는 자아가 세계의 횡포를 무시한 환상을 가지다가 어처구니없는 차질을 빚어내 걷잡을 수 없는 파멸이 닥쳐왔다.

　현진건은 자아와 세계의 대결에 아무런 전제조건이 없게 하고, 자아의 투지와 세계의 횡포가 정면으로 대결하는 작품구조를 이룩했다. 자아가 패배하면서도 세계의 지배를 용납지 않는 비극적 결말을 마련해, 중세에서 근대로의 이행기 동안 여러 작품이 갖가지로 보여주던 소설의 기본 특징을 집약시켜 근대소설을 확립했다. 자아와 세계의 대결이 사회 모순의 전형적인 양상을 집약하면서 전개되도록 해서 근대소설이 사실주의 소설이게 했다.

　당시 사회의 가장 심각한 모순은 일제의 식민지 통치 때문에 빚어진 민족의 수난이었다. 현진건이 제시한 소설 유형은 그 점을 다루는 데 최상의 기여를 할 수 있었다. 〈운수 좋은 날〉 수준의 비극을 넘어서서 민족의 문제를 취급하면서 진가를 발휘해야 했다. 그러나 검열을 장악하고 있는 일제가 허용하지 않아 앞으로 나아갈 수 없었다. 시야를 확대하려면 우회전술을 써야 했다.

〈조선일보〉 1926년 1월 3일자에 〈그의 얼굴〉이라는 제목으로 발표하고, 그 해에 낸 단편집 〈조선의 얼굴〉에 수록할 때에는 〈고향〉이라고 제목을 바꾼 작품을 보자. 기차를 타고 가는 도중에 한·중·일의 의복을 한 몸에 걸친 동포가 뱉는 참담한 신세타령을 듣는다고 했다. 대대로 경작하던 역둔토를 동양척식회사에 빼앗기고 그 회사 소작인이 얻은 땅을 다시 소작하다가 소출의 3할도 얻어먹지 못해 고향을 떠나 방황한다고 했다.

말을 다하지 못하고 "가슴이 터지더마, 가슴이 터져"라고 하는 그 사람에게서 "조선의 얼굴"을 보았다고 하고, 쓰라린 민요 사설을 들려주면서 민족의 비극을 더욱 절감하게 했다. 그런데 지난 일을 들어 상황을 서술할 따름이고 사건의 전개가 없다. 이미 알려져 있는 비극을 확인하는 데 그치고 새로운 결말을 제시하지 않았다. 소설을 소설답게 쓰지 못한 그런 결격사유가 우회전술이다. 그런 우회전술을 쓸 수 있는 폭마저 아주 제한되어 있어 작품 창작을 계속 하는 것이 거의 불가능했다.

작품에서 설정한 자아와 세계의 대결로 민족의 처지를 포괄적으로 나타내고 해방 투쟁의 의지를 폭넓게 고취하기 위해서는 장편소설을 쓰는 것이 필수적인 과제였다. 장편소설에서 근대 사실주의 소설의 바람직한 모형을 확립해야 소설 발전을 완결시킬 수 있었다. 그런데 현진건은 그 과업을 선뜻 맡아 나서지 않았다.

그 이유는 두 가지 어려움이 있었기 때문이다. 신문을 이용하지 않으면 장편소설을 발표할 수 없고, 신문소설은 신문사의 요구를 받아들여 통속적인 취향을 지녀야 했다. 자아와 세계의 대결을 민족해방 투쟁의 의미를 지니게 작품화하는 것은 일제가 허용하지 않았다. 그렇다고 해서 그만둘 수는 없었다. 신문사의 요구를 받아들이고 일제의 박해를 피하는 두 가지 어려움을 감수하고, 할 말을 하는 작품을 쓰는 방법을 찾았다.

1933년 12월 2일부터 1934년 6월 16일까지 〈동아일보〉에 연재한 〈적도〉(赤道)가 바로 그런 작품이다. 일거에 쓴 것은 아니고 오랜 준비과정을 거쳤으며, 일부는 이미 발표했다. 1925년 11월 〈개벽〉에 발표한 〈새빨간 웃음〉이란 것이 제5장에 삽입되었다. 1927년 1월에서 3월까지 〈조선문단〉에 연재한 〈해뜨는 지평선〉도 제7장과 제1장으로 다시 이용되었다.

〈적도〉는 앞으로 다시 상론할 작품이지만 기본 특징은 지금 지적할 필요가 있다. 앞에 나서서 활동하는 주인공이 지나친 정열을 가지고 예상할 수 없는 행동을 일삼아 낭만주의 소설인 것처럼 보인다. 남녀 등장인물들의 삼각관계가 겹겹이 얽힌 양상을 추리소설과 같은 수법으로 펼쳐 보여 통속적인 흥미를 노리고 쓴 작품이라고 할 수 있다. 그러나 인관관계가 복잡하게 얽히게 하는 이면에 민족해방 투쟁의 의지를 관철하기 위해 줄기차게 투쟁하는 진정한 주인공이 숨어 있다. 설명을 배제하고 묘사로만 일관하는 수법을 사용해 숨는 내막이 좀처럼 드러나지 않다가, 추리의 결과가 거기까지 가서 비극을 넘어선 결말을 맺었다.

일제의 억압이 가중되면서 그런 소설도 더 쓸 수 없어 역사소설로 방향을 돌렸다. 1938년 7월 20일부터 1939년 2월 7일까지 〈동아일보〉에 연재한 〈무영탑〉(無影塔)에서는 당대의 문제를 과거로 옮겨 다루는 방법을 썼다. 그래서 동시대 다른 사람들의 역사소설보다는 더욱 긴장되어 있지만 근대소설의 바람직한 모형을 보여주었다고 하기는 어렵다.

현길언, 《현진건소설연구》(이우출판사, 1988) ; 《문학과 사랑과 이데올로기, 현진건연구》(태학사, 2000)가 대표적인 업적이다. 신동욱 편, 《현진건의 소설과 그 시대 인식》(새문사, 1981) ; 이재선 외 공편, 《한국현대소설작품론》(도서출판 문장, 1981) ; 전광용 외, 《한국현대소설사연구》(민음사, 1984)에 작품론이 있다. 《현진건전집》(탑출판

사, 1987)에서 자료를 집성했다. 조진기, 《한국근대리얼리즘소설연
구》(새문사, 1989)에서 현진건, 염상섭 등 1920년대 소설가의 작품을
광범위하게 고찰했다.

11.6.3. 염상섭

염상섭(廉想涉, 1897~1963)은 첫 작품 〈표본실의 청개구리〉를 〈개
벽〉 1921년 8월호에서 10월호까지 발표하고, 우수에 찬 고뇌를 무겁게
토로했다. 일인칭 서술자는 무어라고 형언할 수 없는 번민에 사로잡혀
무기력하게 지내며 목적을 잃고 헤맸다. 청개구리가 해부당하면서 버
둥거리던 기억을 지우지 못하면서 불면증에 시달렸다.

그러다가 김창억이라는 광인에게 관심을 가졌다. 김창억은 교원 노
릇을 하던 착실한 사람이었는데, 감옥에 들어간 사이에 아내가 가출을
하자 자칭 철인이 되어 동서친목회 회장이라 일컫고 세계평화와 같은
거창한 문제를 즐겨 논했다. 나중에 들으니 집을 불태우고 자취를 감추
었다고 했다. 서술자 자신의 번민에다 김창억의 경우까지 보태 아무 해
결책도 없다는 것을 더욱 강조해서 말했다. 당시 지식인의 번민을 실상
대로 나타냈다고 보면 의의가 있다 하겠으나, 장황하게 이어지는 서술
에서 자의식 과잉의 증후를 보이고 현실 인식이 결여되어 있다. 자아와
세계의 대결을 제대로 작품화하지 못했다.

다음 작품 〈암야〉(闇夜)를 〈개벽〉 1922년 1월호에 발표할 때는 주인
공의 성격은 그리 달라지지 않았으나 내면의식과 바깥의 상황을 구별
해서 다루려고 했다. "진리의 탐구자여"라는 제목의 글을 쓰다가 그만
두곤 하는 주인공이, 사촌형의 혼인이 있으니 가서 인사를 하라는 어머
니의 당부를 저버리고 서울 거리를 지향 없이 걸으면서 "무덤이다"라고
중얼거린다고 했다. 늘어서 있는 전등이 무덤 앞의 도깨비처럼 느껴지
고, 몸부림치며 울고 싶은 충동에 사로잡혔다.

인습에 매여 무의미하게 되풀이되는 일상생활을 초극하고 싶은 충동

을 해결할 마땅한 방법을 찾지 못하는 것이 번민의 정체임을 어렴풋하
게 알아차릴 수 있다. 초극의 충동에다 비중을 두면 낭만주의로 기울어
지게 되는데, 그렇게 볼 만한 자기도취의 논설을 갖추지 않았다. 일상
생활의 구속을 근저까지 파헤쳐 해명하면 자연주의나 사실주의로 나아
가게 되는데, 아직 그렇게 하지는 않았다.

〈개벽〉 1922년 2월호부터 6월호까지에 발표한 〈제야〉(除夜) 또한 방
황과 진통을 보여주었다. 일본 유학 기간은 물론 귀국한 뒤에도 인습
투성이인 혼인제도를 매도하고 자유연애를 역설하던 신여성이 남성편
력 결과 임신을 하고 혼인을 했다가 쫓겨났다. 출산을 기다리고 있다가
신앙심으로 용서하겠다는 남편의 편지를 받고 자살했다. 그렇게 처리
한 의도가 확실하지 않아 몇 가지로 추정해볼 수 있다.

1924년에 낸 단편집 〈견우화〉(牽牛花) 서문에서 말했듯이, 자살로 자
기를 정화하려는 생각을 나타냈다고 하면 낭만주의의 성향이 짙고, 서
간체로 쓴 것이 적절한 선택이었다고 할 수 있다. 신여성의 허위의식
때문에 인습과의 싸움이 빗나가고, 신앙심이라는 처방이 사태를 더욱
악화시킨 비극을 문제 삼으려는 의도였다면 사실주의에 근접했다. 주
인공의 방종한 생활이 혈통과 환경에서 연유했다고 해명하려 한 데서
는 자연주의의 관점이 엿보인다. 그 세 가지 경향을 한꺼번에 지니고
작자 자신이 갈피를 잡지 못했다고 하는 것이 정확한 진단이다.

여기서 서양 문예사조 도입의 혼란상이라는 것에 관해 고찰할 필요
가 있다. 그 작품을 연재하는 기간에 같은 잡지 1922년 4월호에 〈개성
과 예술〉이라는 논설을 내고, 개성 존중을 역설하면서 자연주의를 이룩
하자고 했다. 그것은 앞뒤가 어긋난 말이다. 개성 존중은 낭만주의가
선두에 서서 주장한 근대문학 일반의 기본 요건이고, 자연주의의 특징
은 아니다. 그래서 서양 문예사조를 그릇되게 도입했다고 지적할 수 있
으나, 작품의 실상이 바로 그렇다고 할 것은 아니다.

〈표본실의 청개구리〉에서 〈제야〉까지 이어지는 일련의 작품에는 여러
문예사조의 요소가 다 들어있어 혼란을 일으켰다고 할 수 있지만, 어느

한 가지 사조를 충실하게 따르는 것이 해결책일 수는 없었다. 여러 사조를 관심이 가는 대로 섭취하면서 자기 작품 세계를 녹자석으로 영성하는 것이 바람직한 방향이다. 〈만세전〉(萬歲前)에 이르러 그렇게 했다.

〈만세전〉은 유래가 복잡한 작품이다. 1922년 〈신생활〉(新生活)이라는 잡지 7월호에서 9월호까지에 〈묘지〉(墓地)라는 이름으로 연재하다가 3회분은 삭제되고, 잡지 폐간으로 중단되었다. 〈만세전〉이라고 제목을 바꾸어 〈시대일보〉(時代日報) 1924년 4월 6일자부터 6월 7일자까지 다시 연재했다. 그 해에 같은 제목의 단행본을 내면서 한 차례 고치고, 1948년판 단행본에서 다시 손보았다. 발표 지면을 확보하기 어려운 여건에서 일제의 검열에 시달리면서 끈질긴 의지로 작품을 완성하고 가다듬었다. 여기서는 첫 번째 단행본을 자료로 삼는다.

작품의 줄거리는 이인화라는 동경 유학생이 서울에서 아내가 위독하다는 기별을 받고 학기말시험 도중에 귀국했으나 아내는 소생하지 못했으며, 장례를 마치고 동경으로 되돌아갈 차비를 차렸다는 것이다. 그런데 주인공이 작품 진행과 더불어 생각하지 못하던 사실에 부딪혀 커다란 충격을 받았다. 주인공에 이끌려가던 독자도 사소한 관심사에 매몰되어 있는 의식의 껍질을 깨고 눈을 크게 떠서 일제 치하 민족의 현실과 대면하게 했다. 아내의 죽음과 관련해서 매장을 금하려는 일제의 정책 때문에 거론되던 묘지가 일제 치하 현실의 전체적인 모습을 상징하는 말이 되었다.

이인화는 문과대학생이며, 문학에 뜻을 두어 자기 나름대로의 정신 세계를 가꾸고 일본에서는 일본인과 다름없는 자유를 누렸다. 전보를 받고서 공연히 이발소에 들르고, 카페에서 단골 여급을 만나 시간을 보내고, 고국에서부터 익히 알던 여자 유학생을 특별한 용건 없이 만났다. 다른 어느 여자를 특별히 사랑해 아내에게 냉담한 것은 아니면서 귀국을 늦추었다. 일제와의 관계에서 빚어지는 현실 문제를 외면하는 그런 알량한 여유가 현실에 제대로 부딪히자 남아나지 않았다.

귀국하는 과정에서 뜻하지 않게 일제의 억압과 수탈을 받아 욕되게 사는 동포들의 모습을 확인하고 분노를 느껴야 했다. 연락선을 타고서 대중목욕탕에 들어갔다가 일본인 거간꾼들이 음흉한 술책으로 조선인 노무자를 유인했다는 이야기를 들었다. 그 대목을 들어본다. "요보"란 "여보"라는 호칭을 사용하는 조선인을 일컫는 말이다.

> "실상은 누워 떡 먹기지. 나두 이번에 가서 해 오면 세 번째나 되우마는, 내지의 각 회사와 연락해 가지고 요보들을 붙들어 오는 것인데 …… 즉 조선 쿠리말씀요. 촌 노동자를 빼내오는 것이죠. 그런데 그것은 대개 경상남북도나, 그렇지 않으면 함경 강원, 그 다음에는 평안도에서 모집을 해오는 것인데 그 중에도 경상남도가 제일 쉽습네다. 하하하."
>
> 그 자는 여기 와서 말을 끊고 교활한 웃음을 웃어 버렸다.
>
> 나는 여기까지 듣고 깜짝 놀랐다. 그 불쌍한 조선 노동자들이 속아서 지상의 지옥 같은 일본 각지의 공장과 광산으로 몸이 팔리어가는 것이 모두 이런 도적놈 같은 협잡 부랑배의 술중(術中)에 빠져서 속아 넘어가는구나 하는 생각을 하며, 나는 다시 한번 그 자의 상판대기를 치어다보지 않을 수 없었다.

아침에 배에서 내리자 부산이 일본인 도시로 바뀐 모습을 보았다. 변두리 술집의 작부가 일본인 아버지에게서 버림받고 조선인 어머니 손에서 자랐으면서 조선인 남자는 "돈 아니라 금을 주어도 싫어요" 하고 멸시했다. 기차를 타고 서울로 가는 길에 만난 동포들은 아무도 떳떳하게 살아가지 못하고, 일본인 행세를 하거나 아니면 모욕을 감수하는 데 익숙했다. 희망은 어디서도 찾을 수 없어 "공동묘지다! 구더기가 우글우글 하는 공동묘지다!"라고 외치지 않을 수 없었다. 주인공 주위의 사람들이 더욱 문제였다. 칼을 차고 보통학교 훈도 노릇을 하는 형은 일본 사람들 때문에 땅값이 올라 치부에 보탬이 되는데나 관심을 가졌다. 주인공더러 "너같이 극단으로 나가면 이 세상에 살아갈 수 있겠니?"라고 했다. 아버지는 유종(乳腫)을 한약으로 다스리려하다가 며느리를 죽게 할 만큼 완고하면서, 총독부 중추원 부찬의를 하지 못해 안달이었다.

그런데 주인공은 아버지에게 반발하면서도 가족의 일원으로서 재산의 혜택을 누렸다. 일제의 억압과 수탈을 방관자로서 살피면서 마음이 암울해진 것 이상의 피해를 받지 않았으며, 투지가 없을 뿐만 아니라 정열을 쏟을 대상을 발견하지 못했다. 일본인 여급에게 보낸 긴 편지에서 묘지를 벗어나 동경으로 되돌아가고 싶다고 한 것이 작품의 결말이다.

일제 통치 아래서 민족이 겪는 고통을 이처럼 대담하고 선명하게 그린 작품을 더 찾기 어렵다. 그러나 기행문이나 보고문학처럼 실상을 정태적으로 전하는 데 치중했다. 세계의 도전으로 운명의 시련을 겪지는 않는 방관적 관찰자를 자아로 설정해서 싸움을 회피했다. 긴박하게 부딪히지 않은 탓에 많은 것을 관찰하고 보고할 수 있었지만, 자아와 세계의 대결을 이완시키면서 작품외적 세계의 모습에 대한 관심 때문에 작품이 읽히도록 하는 교술문학에 근접했다.

1923년 7월 18일자부터 8월 26일자까지 〈동아일보〉에 〈신혼기〉(新婚記)라는 이름으로 연재하고, 1924년에 단행본으로 내면서 〈해바라기〉라고 제목을 바꾼 그 다음 작품은 자아와 세계의 대결을 적절하게 설정해 한층 성숙한 수법을 갖추었다. 신혼의 남녀가 서울을 떠나 남해의 먼 섬으로까지 가는 설정이어서 〈만세전〉과 상통하는 여행기이다. 작품의 성격이나 분량이 중편소설이라고 할 만한 공통점도 있다.

그런데 많은 한자를 노출한 〈만세전〉과는 달리, 〈해바라기〉에서는 드물게 보이는 한자어를 괄호 안에 넣어 처리했고, 이 점은 같은 해에 나온 단행본에서도 달라지지 않았다. 그것은 염상섭이 〈해바라기〉는 많이 팔리는 소설이기를 희망한 증거이다. 그래서 비난받아야 할 이유는 없다. 객쩍은 사설이나 군더더기를 떼어내고, 자아와 세계의 대결을 긴장되게 펼쳐 보이는 작품을 만들어 독자의 관심을 끌고자 한 것이 평가할 만한 진전이다.

자아와 세계의 대결 양상이 단계적으로 달라지면서 숨은 내막이 차차 밝혀지는 흥미로운 구조를 갖추고 있다. 서두에서는 신랑·신부가 신식 혼인을 하는 데 신랑 아버지가 가까스로 동의했다가 첫날밤을 호텔에서 보내겠다고 하자 폐백을 받는 것을 거부했다. 그 소동을 겨우 넘기고 신혼여행을 떠나게 되어서는, 신부가 주도권을 쥐고 영문을 몰라 불만인 신랑을 이끌고 남해의 궁벽한 섬까지 갔다.

거기서 신부가 계획한 대로 신랑의 친구이고 신부의 연인이었던 사람의 묘비를 세웠다. 예술가인 신부는 연인이 죽자 커다란 희망을 잃었지만 안정된 생활터전을 마련할 필요가 있어, 대학에서 공학을 전공한 공학사이고 총독부 촉탁으로 발탁되어 장래가 촉망되는 신랑을 택해 혼인을 하고 신혼여행길을 그렇게 잡았다. 신식 며느리를 얻어 불만인 시부모, 미모와 재능을 갖춘 아내를 맞이해 만족하는 신랑, 양쪽 다 신부가 선택한 대결의 상대역이다.

시부모가 지닌 낡은 가치관을 넘어선 것이 일차적인 승리이다. 거기까지는 세태소설이다. 남편과의 관계는 그렇게 단순하지 않다. 남편은 남들이 부러워하는 아내를 소유하는 데서 만족을 얻고 아내는 소유당해 주는 것으로 생활의 방도를 마련하고 아무에게도 밝힐 수 없는 내심을 따로 간직했다. 교환가치가 지배하는 시대의 불리해진 여건을 견뎌나가면서 예술을 하는 작전을 그렇게 마련했다. 그 점에서 예술가소설이다. 염상섭이 신문소설을 쓰는 것은 작품에서 아내가 혼인을 생업으로 삼은 대책과 상통한다. 신문사의 요구를 따르고 독자를 즐겁게 하겠다는 계약을 하고서, 자기 나름대로의 문제의식과 창작방법을 견지해 내심으로는 타협을 거부했다. 공개할 수 없는 속셈을 넌지시 일러주었다.

염상섭은 작품을 집약해서 쓰려고 하지 않고 길게 늘어놓아야 할 말이 많아 단편보다는 중편을, 중편보다는 장편을 더욱 선호하지 않을 수 없는 작가였다. 신문소설을 써야 하는지 고민할 처지가 아니었다. 신문사를 위해 봉사하면서 희망하는 작품을 쓰는 것이 선택의 여지가 없는 길이었다. 그러나 작전은 잘 세웠지만 실행이 어려웠다. 신문소설의 작가로 안착하기까지 상당한 진통을 겪어야 했다.

1923년 8월 27일자부터 1924년 2월 5일자까지 〈동아일보〉에 연재한 〈너희들은 무엇을 얻었느냐〉는 산만하고 지루하다. 창작을 하면서 잡지 편집도 하는 여주인공이 안정된 후원자를 찾아 불구자인 것도 가리지 않고 돈 많은 노인의 후처가 되었다면서 이미 마련한 착상을 다시 활용했다. 그런데 앞으로 벌어질 사태에 대한 긴장된 의문이 일어나게 하지 못하고, 무엇을 말하고자 하는지 불분명하다. 그 여자 주위에 여러 사람이 잡다하게 드나든다고 하다가 자유로운 남녀 관계를 그리는 쪽으로 나아갔다. 흥미롭지도 못하고 문제의식을 지닌 것도 아니어서, 어느 모로 보거나 차질을 빚어냈다.

신문소설 작가로 나섰다가 실패하고 한동안 단편소설을 써서 잡지에 발표해야 했다. 장단편이 분화되지 않은 중편 정도의 작품을 쓰던 관습을 청산하고 단편다운 분량과 내용을 갖춘 작품을 쓰려고 했다. 초기 작품에서 보인 번민과 방황을 청산하고 서술을 간결하게 하면서 어느 한 사건만 집중해서 다루었다. 현진건 단편소설에서 사회 전반의 심각한 갈등을 축약해 보여준 것과 많이 다른 작풍이다.

〈전화〉를 〈조선문단〉 1925년 2월호에 내면서 그런 변모를 알렸다. 전화를 설치하자 남편의 기생 외도가 드러나 수습하느라고 고생을 하는데, 아내가 심하게 따지지 않고 적당한 선에서 물러났다는 내용이다. 시민층의 일상생활을 몰가치론의 객관성을 가지고 묘사해, 있는 그대로를 시인했다. 단편소설의 요건은 잘 갖추었지만 평가할 만한 의의는 없다.

〈개벽〉 1925년 2월호에 낸 〈검사국대합실〉(檢事局待合室)은 제목이 거창하고 기자로 설정된 서술자가 신문사 편집 겸 발행인을 대리해 불려갔다 해서 긴장을 돋우더니, 기대 이하의 사건 하나를 이야기했다. 학원의 교원 노릇을 하며 가장 정숙한 체하는 여자가 돈푼이나 있는 남자를 상습적으로 유인해 깝대기를 벗긴다고 했다. 그런 일을 신문에 냈다고 고소를 당해 불려간 것이다. 가벼운 내용을 정색을 하고 다루어

문제의식을 둔화시켰다.

그런가 하면 간단하나 심각한 사건을 정밀하게 그려, 대작에서는 오히려 가능하지 않은 충격을 준 것도 있다. 〈조그만 일〉은 〈문예시대〉(文藝時代) 1926년 11월호에 발표한 작품인데, 심각한 사건을 심각하게 다루었다. 작가의 아내가 자살을 기도했다. 돈이 한 푼 없으면서 의사를 불렀다. 잡지사에서 받을 원고료를 독촉하려고 하니 전화를 빌릴 데가 없었다. 의사가 올 것인지도 확실하지 않은 채 작품이 끝났다. 작가의 삶이 얼마나 어려운지 알려주었다.

〈조선문단〉 1927년 2월호의 〈밥〉도 단순한 설정을 통해 심각한 문제를 제기했다. 신문에 이름이 나고 경찰의 감시가 따르는 주인집에서 식비를 내고 기식하는 순진한 시골 청년이 품은 의문을 나타냈다. 집 주인은 동생이 일본인 집에서 일하여 번 돈으로 연명하는 형편이면서, 사유재산을 부인한다는 동지가 아무 때나 불청객으로 와서 밥을 축냈다. "밥이 없거든 태어나지나 말 걸" 하고 서술자가 탄식하는 말이 결론일수 없어서, 깊이 생각해보게 한다.

그런 단편을 쓰면서 장편에 대한 생각을 가다듬고 신문소설 작가로다시 나섰다. 1927년 8월 15일자부터 1928년 4월 30일까지 〈동아일보〉에 〈사랑의 죄〉를 연재해 이번에는 어느 정도 성공을 거두었다. 돈과 성욕에 따라서 인간관계가 맺어지는 판국에 과연 사랑이 있는가 하는문제를 다루면서, 많은 인물을 등장시켜 복잡한 사건을 만들었다.

아버지 유산으로 살아가는 청년 귀족이 사회주의운동가를 동정하면서 화가 노릇을 했다. 자기 아버지의 첩이 청지기와 간통해 낳은 딸을모델로 삼다가 사랑하게 되었다. 배신과 음모, 심지어는 살인까지 서슴지 않고 저질러지는 추악한 사회의 기득권자들이 구제받을 수 있는지의문을 제기하면서 자기의 사회사상을 제시하고자 했다. 엽기적인 흥미를 찾아 통속소설을 읽으려고 하는 독자들에게 "민주주의와 사회주의의 중간을 타고 나가는 것이 오늘날 조선 청년으로서는 옳은 길"이라는 주장에 동의하도록 설득하려 했다.

1928년 10월 22일자부터 1929년 4월 24일까지 〈매일신보〉에 연재한 〈이심〉(二心)은 사건이 덜 복잡하고 문장이 한층 순탄해 쉽게 읽힌다. 대중에게 환영을 받는 소설을 쓰는 데 어느 정도 성공했다고 할 수 있지만, 다룬 내용이 끔찍해 편안한 마음으로 구경할 수는 없다. 남편이 이태 동안 감옥살이를 하고 나와 아내가 타락한 내막을 알게 되었다. 생활의 궁핍을 타개하러 나섰다가 일본인 호텔 지배인과 관계를 맺고 첩이 되었다.

악당이라고 해야 할 남편 친구의 협박을 받고 정을 통했다. 자살을 하려다가 뚜쟁이에게 구출되었다. 그 세 사람이 공모해 그 여자를 순진한 미국 청년을 유혹하는 미끼로 써서 거액을 갈취했다. 용납하지 못할 사회악이 끔찍한 희생을 빚어냈다고 하면서 동정과 울분을 자아내지 않고, 한 발 물러서서 사태를 관망하면서 당사자가 창녀 기질인 책임이 크다고 했다. 남편은 비정하게도 아내가 구제불능이라고 판단해 창녀로 팔았다. 팔려간 아내의 자살로 작품이 끝났다.

일제 치하에서 겪은 수난으로 다룰 수도 있는 사건에 그런 의미는 전연 부여하지 않았다. 남편이 왜 감옥에 들어갔는지 말이 없고, 아내의 죽음이 불행이기는 해도 비극은 아닌 것으로 만들었다. 현진건 작품에서 계속 보이는 따뜻한 마음씨에 대한 신뢰 같은 것은 찾을 수 없다. 돈과 성욕의 지옥도가 납득할 만한 의미를 가지려면 역사적인 진단과 사회적인 해명을 갖추어야 했는데 그럴 수 있는 거리를 확보하지 못했다.

1929년 10월 3일자부터 1930년 8월 2일까지 〈조선일보〉에 연재한 〈광분〉(狂奔)은 부호의 외동딸이 자유분방한 생활을 하다가 서모의 증오로 살해되기에 이르는 복잡한 사건을 다루었다. 광주학생운동과 관련된 거사, 연극 운동, 박람회 등 당대의 관심사를 많이 넣어 소재를 다채롭게 했으나, '광분'이라고 부른 소동에 작자가 휘말려들어 거리를 두고 비판하는 자세를 가지지 못했다. 성격이 다른 인물을 여럿 등장시키고 당대의 세태를 인식하는 데 필요한 다양한 사건을 갖추어도 그것들이 평면적 누적에 머무르지 않게 하려면 작자가 역사의식을 가져야 한다는 것을 새삼스럽게 확인하게 했다.

그러다가 1931년 1월 1일자부터 9월 17일자까지 〈조선일보〉에 연재한 〈삼대〉(三代)에 이르러서 사건의 누적으로 빚어지는 혼란을 청산하고 짜임새와 깊이를 잘 갖춘 작품을 마련했다. 흥미롭게 전개되는 소설에서 할 말을 하는 작전의 성공을 알렸다. 할아버지·아버지·주인공의 삼대기를 전개해 동시대 사회상의 역사적 층위를 밝히고 가치관 논쟁을 벌였다. 그 실상을 다음 기회에 상론할 예정이다.

염상섭은 무엇이든지 의심하고 거부하는 시각에서 바라보면서 부정을 일삼았다. 단편에서 먼저 보인 그런 성향을 장편에서 마음껏 펼쳤다. 돈과 성욕 때문에 빚어지는 지옥의 풍속도를 그리고, 이념 대립에 개재된 허위의식을 파헤쳐 당대 사회를 진단하고 긍정적 가치에 대한 환상을 깼다. 일제와의 투쟁은 다루지 않는 대신에 자본주의의 문제점을 심도 있게 검토하면서, 현실 추수와 혁명의 양극단을 넘어서는 중도의 길을 찾는 작업을 했으나 가시적인 성과를 얻지 못했다.

세계의 우위를 전제로 자아와 세계의 대결을 진행시켜 세계의 도전때문에 자아가 무너지는 과정을 보여 염상섭은 김동인과 상통하는 작업을 했다. 그러나 자아와 세계의 관계를 다면화시킨 점에서 상당한 차이가 있다. 세계인 쪽이 또한 자아임을 알려주어 자아의 우위에 있는 반대의 상황에도 관심을 가지게 했다. 어떤 사태라도 다른 것들과 연관되어 계속 확장되는 것을 보여주어 분명한 끝맺음이 있을 수 없다.

염상섭은 자기 노선을 찾은 자연주의라고 할 수 있다. 〈개성과 예술〉에서 그릇되게 소개한 혐의가 있는 자연주의를 작품 창작에서 자기 방식대로 구현한 성과를 뚜렷하게 갖추어 비평과 연구의 대상이 되게 했다. 문예사조는 도입하려면 정확한 지식을 갖추어야 한다는 주장을 무력하게 하고, 삶의 태도가 사조 정립의 근거임을 입증했다. 현진건의 사실주의와 염상섭의 자연주의는 어려운 시대와 맞서는 서로 다른 삶의 태도가 세계관으로 정립되어 나타난 표현물로서 각기 소중한 의의가 있다.

김종균, 《염상섭연구》(고려대학교출판부, 1974) ; 《염상섭의 생애와 문학》(박영사, 1991) ; 신동욱 편, 《염상섭문학의 사회적 가치》(새문사, 1982) ; 유병석, 《염상섭 전반기소설 연구》(아세아문화사, 1985) ; 김윤식, 《염상섭연구》(서울대학교출판부, 1986) ; 권영민 편, 《염상섭문학연구》(민음사, 1987) ; 이보영, 《난세의 문학 : 염상섭론》(예지각, 1991) ; 김경수, 《염상섭 장편소설 연구》(일조각, 1999) ; 박상준, 《1920년대문학과 염상섭》(역락, 2000) 등의 연구서가 있다.

11.6.4. 주요섭과 최서해

빈곤을 다루는 것은 하층의 삶을 해명하는 핵심 과제이다. 일제의 식민지 통치 때문에 겪은 민족의 수난은 정신적인 좌절로 특징지을 수 있는 것이기 이전에 민족 구성원 대다수에게 처참한 빈곤을 가져다주는 착취였다. 그 점에 대해서 발언하지 않고 관심을 다른 데로 돌리도록 하는 것은 또 하나의 억압이었다. 빈곤의 문제를 파헤쳐 현실 인식을 심화하고 일제에 항거하는 소설을 쓰는 것은 당연히 요청되는 과업이었으나 실행하기 어려웠다.

빈곤을 다루는 데 앞선 작가는 주요섭(朱耀燮, 1902~1972)이지만 시각이 문제이다. 〈개벽〉 1921년 4월호에 발표한 첫 작품 〈추운 밤〉을 보자. 먹지 못하고 병에 시달리다 죽은 어머니를 돌보지 않았다고 아들이 아버지를 증오했다. 아버지를 망치게 한 술과 도박이 세상에서 모두 없어져야 한다고 했다. 빈곤이 정신적 타락에서 유래했다고 하는 견해를 그렇게 나타냈다.

다음 작품 〈인력거꾼〉을 〈개벽〉 1925년 4월호에 발표할 때에는 빈곤의 원인은 제쳐두고, 나타난 현상을 집중해서 다루었다. 현진건의 〈운수 좋은 날〉에서처럼 인력거꾼이 하루 동안 겪은 일을 다루었는데, 무대를 중국 상해로 하고 생활 조건을 차분한 자세로 자세하게 살핀 두 가지 점에서 차이가 있다. 사실 보고 이상도 이하도 아니다.

주인공은 가족이라고는 없고, 인력거도 자기 소유가 아니며, 부지런히 뛰어도 먹을 것과 잠자리를 해결하기 어려웠다. 몸을 가눌 수 없어 무료진료소를 찾았으나 의사는 만나지 못하고, 전도사가 나타나 예수 믿고 천당 가라고 하는 말만 들어야 했다. 인력거를 끌며 살아온 8년 동안의 고난을 되새기면서 쓰러져 죽었다. 경찰에서 검시를 한 다음, 통계에 의하면 인력거꾼 노릇 9년을 하면 죽으니 1년 먼저 죽었을 따름이라고 했다.

〈개벽〉 1925년 6월호의 〈살인〉 또한 상해를 무대로 삼아 창녀의 처지를 다루었다. 보리 서 말에 도로공사 십장인 서양인에게 팔리고 그 부하 노동자를 거쳐서 상해의 창녀가 되는 데까지 이른 주인공은, 거듭된 고통을 견디며 끈덕지게 생명을 잇고 무엇 때문에 불행한지 생각하지도 않았다. 그러다가 어느 젊은이를 남 몰래 사랑하는 환상을 품고서는 자기 삶을 한탄하고 반항심을 가져 포주를 살해했다. 자기 몸을 연명의 수단으로 삼아야 하는 밑바닥 인생이 처참한 파멸에 이르는 불행을 좀 더 진지하게 다루었다.

두 작품에서 빈곤이 극심한 양상을 보여주었다. 빈곤이 사람다움을 모두 앗아가고 생명마저 부지하지 못하게 한다고 했다. 그래서 작가가 할 일을 다한 것은 아니다. 빈곤의 원인과 해결책이 무엇인가 묻지 않고, 빈곤에서 벗어나기 위한 싸움을 생각 밖에 두었다. 상해는 지옥과 같은 곳이어서 그런 끔찍한 일이 벌어진다고 이해하면 풍물지를 제공하고 만 셈이다.

주요섭은 평양 유지인 목사의 아들이고 주요한의 아우이며, 빈곤을 모르고 자랐다. 다른 사람은 누리기 어려운 혜택을 얻어 상해에 유학해 대학을 다니는 동안에 견문한 바를 소설에다 담았다. 자기와는 처지가 전혀 다른 외국의 하층민에게 관심을 가진 것은 평가할 일이지만, 관찰하면서 동정하기까지만 하고 빈곤의 고통 속에 자기를 투입시키지는 않았다. 사실주의로 나아가려고 하지 않고 초보적인 자연주의에 머물렸다.

진전을 보일 때는 정신적 가치를 다시 찾았다. 〈신여성〉 1925년 10월 호에 발표한 〈영원히 사는 사람〉도 중국을 무대로 했다. 마적떼가 역을 습격해 역원들을 묶고 곧 도착할 급행열차를 탈선하게 해두었는데, 죽음을 각오한 신호수가 선로에 뛰어내려 열차를 멈추게 하고서 집중사격을 받았다고 했다. 빈곤 문제에서 관심을 돌려 희생정신의 의의를 말했다.

주요섭은 그 뒤에 당시로서는 아주 희귀한 미국 유학을 하고 돌아와 중국 북경에서 교수 노릇을 했다. 동시대의 다른 어느 작가보다 유족한 생활을 하면서 외로운 여인의 애정 결핍을 다루는 것을 새로운 주제로 삼았다. 〈신가정〉 1935년 4월호의 〈대서〉(代書)는 북간도에 가서 죽은 아들의 편지를 기다리는 어머니의 심정을, 〈조광〉 1935년 11월호의 〈사랑손님과 어머니〉는 사랑을 잊어야 하는 홀어머니의 번민을 애절하게 다루었다.

최서해(崔曙海, 본명 鶴松, 1901~1932)는 주요섭과 처지가 전혀 달랐다. 함경북도 시골에서 궁핍하게 살다가, 어려서 이별해 독립군이 된 아버지를 찾아 만주로 가서 최하층의 고난을 겪을 대로 겪었다. 귀국해서 살길을 찾다가 소설가가 되었으나 생활의 안정을 얻지 못하고, 오랜 고생으로 건강이 상한 탓에 일찍 세상을 떠났다.

첫 작품 〈토혈〉(吐血)을 〈동아일보〉 1924년 1월 28일자에서 2월 4일자까지 연재했다. 자기 체험이 짙게 나타나 있는 사연을 일인칭으로 자서전처럼 써서, 굶주림에 시달리는 가족에게 닥쳐온 재앙을 다루었다. 아내가 해산 후 병이 들었으나 돈이 없어 약을 쓸 수 없고, 어머니는 쌀을 얻으러 갔다가 개에게 물린 참사를 술회했다.

그 작품을 삼인칭으로 개작한 〈기아(饑餓)와 살육〉을 〈조선문단〉 1925년 6월호에 발표하면서 빈곤의 참상을 확대하고 결말을 항쟁으로 바꾸었다. 아내를 살려달라는 청을 의원이 네 번이나 거절하고, 어머니는 머리카락을 잘라 팔려고 갔다가 개에게 물렸다고 했다. 마지막 대목을 피를 토하며 쓰러졌다고 맺지 않고, 가족을 몰살하고 뛰어나가 사람을 닥치는 대로 해치고 경찰서를 습격했다고 고쳤다.

주요섭보다 최서해가 빈곤 자체를 더 심하게 그려 충격을 확대한 것은 아니다. 최서해가 내세운 주인공은 살아가는 의지와 계획을 갖추고, 따르는 가족이 있으며, 자기도 모르게 죽어가지는 않았다. 단순한 피해자가 아니고 자각의 주체여서 세계의 횡포에 적극적으로 맞섰다. 가족이 겪는 고난 때문에 마음 아파하며, 죽지 않고 연명하기 위해 끈덕진 생명력을 발휘할 뿐만 아니라, 자기에게 강요되는 빈곤을 사회구조의 문제로 인식해 분노하고 투쟁했다.

세계의 횡포에 맞서는 자아의 투쟁을 격렬하게 전개하면서 독자 또는 중립적인 제삼자의 위치에 설 수 없게 했다. 현진건이 이룩한 객관적 사실주의와는 다른 비판적 사실주의 또는 투쟁적 사실주의를 보여주면서, 비판과 투쟁의 타당성을 두고 논란이 벌어지게 했다. 투쟁의 강도와 타당성 논란에서 소설사 전개의 새로운 국면을 만들어냈다.

〈탈출기〉(脫出記)는 〈조선문단〉 1925년 3월호에 실은 작품이다. 벗에게 무슨 말이든지 다 하겠다고 하면서 쓴 편지여서, 가족을 데리고 만주에 가서 수탈과 모욕을 겪은 쓰라린 사연을 밑바닥까지 털어놓을 수 있었다. 독자가 편지를 받은 듯이 느끼도록 해서 공감을 확보하고, 포악하고 거짓되고 요사한 무리를 옹호하는 세상을 믿고 산 것이 잘못임을 깨닫는다고 했다. 험악한 제도를 쳐부수려고 가족과 이별하고 투쟁을 하러 나선 것이 정당하다는 데 대해 독자의 동의를 구했다. "이 시대, 이 민중의 의무를 이행하기 위해 XX단에 가입해서 X선에 섰다"고 했다. 검열 때문에 지워진 글자가 시선을 끈다.

가족을 위한 의무는 희생시키고 "민중의 의무"를 위해 나선 투쟁이 정당한지 의문의 여지가 있다. 필요한 논리를 다 갖추지는 않았으니 작품의 문면을 면밀하게 살펴 시비를 가릴 일은 아니다. 일제의 검열 때문에 가입한 단체 이름마저 바로 내지 못했다. 그러나 주어진 조건 안에서 벌이는 투쟁은 패배할 수밖에 없으니 사회구조 자체를 개조해야 한다는 선언이 특정 작품 주제 이상의 의미를 가졌다는 것만은 분명하게 알 수 있다.

소설은 투쟁의 선언문일 수 없다. 최서해는 선언문을 조리 있게 쓸 능력이 없었다. 무엇인지 모르고 부딪혀온 체험을 강도 높게 술회하면서 일반화하는 방법을 강구하는 데 그쳤다. 만주에서 벌어진 사태를 다루는 작품을 계속 쓰면서, 자기와 같은 처지에 있는 많은 사람이 동지가 되어 더욱 거센 반발을 하고 투쟁의 길에 나서도록 촉구했다.

주요섭의 상해와 최서해의 만주는 작품에서 지니는 의미가 아주 달랐다. 만주는 다른 나라가 아니고 동포들의 생활터전이다. 국내에서도 당면하는 문제를 한층 강도 높게 제기하고 투쟁을 선도할 수 있는 곳이다. 그 점은 항일투쟁의 실제 양상과 부합했다.

〈해돋이〉를 〈신민〉(新民) 1926년 3월호에 발표할 때는 빈곤에 대한 항변을 넘어서서 일제와 맞서는 민족 항쟁을 폭넓게 보여주려고 했다. 3·1운동에 참가했다가 옥고를 치른 만수는 어머니와 함께 간도로 가서 새로운 삶을 개척하려다가, 그곳 생활이 고국에서와 다름없이 처참한 데 충격을 받고 집을 떠나 독립군에 투신했다. 그 대목에서 독립군이 일제와 싸우는 전투를 과감하게 그렸다. 검열 때문에 중요한 단어가 더러 삭제되었지만, 독립군의 활약이 놀랍다는 것을 동시대 다른 어느 작품에서보다 분명하게 보여주었다.

만수는 싸우다가 체포되어 국내로 압송되고 감옥살이를 하게 되었으나 투지를 굽히지 않았다. 작품의 후반부에 등장하는 경석이라는 인물은, 어머니를 설득해야 하고 아내와 자식 때문에 마음 아파하는 만수와는 달랐다. 가족이 없으며 어떻게 살아가야 하는지 고민하지 않고, "감옥에 가면 공부하고, 나오면 또 주의선전한다"고 했다. 그래서 더 큰 희망을 가져다준다고 암시했으나 그 모습이 만수만큼 생동하게 그려지지는 않았다.

최서해는 조선프롤레타리아예술가동맹, 일명 카프에 가입하기는 했으나 그 단체의 공식화된 지침을 받아들이지 않았다. 그래서 자연발생적인 투쟁을 보이는 데 그친다는 비판을 받았지만, 하층의 체험을 진실하게 나타낸 거의 유일한 작가였다. 표현 효과는 돌보지 않고 검열에 걸릴 공식용어나 열거해 어쭙잖은 이념을 과장해 나타내는 작품에서는 기대할 수 없는 공감을 확보했다. 당시에 유행하던 이론이 아닌 오랜 내력을 가진 민간전승에 바탕을 두고 변혁의 기대를 나타내 더욱 주목된다.

〈신민〉 1926년 10월호의 〈저류〉(底流)가 바로 그런 작품이다. 여름밤에 시골 노인들이 가뭄 걱정을 하다가, 아기장수가 태어나 자취를 감추고 부모를 잡아 가둔 원님이 피를 토해 죽게 했다고 했다. 땅에 혈을 질러서 나오지 못하게 된 아기장수, 태어나자 피살된 아기장수의 단계를 넘어서서, 세상을 뒤집어엎을 진인이 되어 나타날 장수에 대한 기대를 표출해 설화의 변이에 대한 깊은 이해를 입증했다. 그러나 소설은 신화도 전설도 아니므로, 기대하는 바가 어떻게 현실에서 현실 자체의 움직임을 원인으로 해서 실현될 수 있는가 말해야만 했는데, 그럴 만한 대책은 세우지 못했다.

〈조선문단〉 1927년 1월호의 〈홍염〉(紅焰)은 다시 만주를 무대로 했다. 서간도의 가난한 마을에 눈보라가 치는 광경을 그리고, 빚을 갚지 못해 중국인 지주에게 딸을 빼앗긴 사정을 말했다. 아내가 딸을 애타게 부르다가 죽자, 남편은 보릿짚 더미에 불을 지르고 지주를 죽인 후 딸을 데리고 나섰다. 그렇게 하는 것은 〈탈출기〉에서 제시한 투쟁이 아니고 그 앞 단계의 반항일 따름이다. 투쟁의 발전은 작가의 체험과 밀착되지 않아 납득할 만큼 구체화하기 어려웠다.

소설가는 자기 자신을 비극적 투쟁의 주인공으로 내맡기지는 못하는 한계가 있다. 소설을 쓰는 행위는 어느 정도 여유를 얻어야 가능하고 많지 않아도 수입을 수반한다. 수입은 확대되기를 바라는 속성이 있다. 최서해는 소설가로 인정받아 가정을 꾸리고 잡지와 신문사의 기자로 직장을 얻어 본격적인 창작생활을 할 수 있는 기반을 다졌다. 그러자 작품에서 다룬 고난과 투쟁이 약화되는 변화를 보였다.

〈신민〉1928년 1월호에 발표한 〈갈등〉(葛藤)은 바로 한 해 전의 〈홍염〉과 아주 달리, 서울 시민층의 일상생활을 다루는 쪽으로 방향을 돌렸다. 회사원 부부가 부엌일을 하는 어멈 때문에 겪게 된 사소한 사건을 섬세한 필치로 그렸다. 상하 관계가 부정되어야 한다면서 어멈이 상전 노릇을 해서 새로운 갈등이 생긴다고 했다.

그 뒤에 최서해는 조선총독부 기관지를 내는 매일신보사에 입사해 학예부장이 되고 장편소설을 연재하다가 카프에서 제명당했다. 비난을 각오하고 안정을 택했으나 작품을 제대로 쓰지 못했다. 1930년 9월 12일부터 1931년 8월 1일까지 〈매일신보〉에 연재한 유일한 장편이자 마지막 작품인 〈호외시대〉(號外時代)는 타락의 징표로 취급되어온 실패작이다.

고아로 자라 온갖 천한 일을 하고서 기업가로 성공한 인물이 학교를 경영하고 신문사에 돈을 대다가 망하게 된 사정을 다루어, 돈의 부정적인 구실과 긍정적인 구실을 함께 문제 삼으려 했다. 돈의 생리는 제대로 체험해보지 못해 철저하게 파헤치기 어려웠다. 긍정적 구실을 유익한 사업을 원조하는 수준에서만 생각하고 생산 증대의 의의는 이해하지 못했다.

변절을 나무라고 말 것은 아니다. 한창 시절의 단편에서 보인 투지를 장편소설에다 받아들여 사회상의 총체적 움직임을 치열하게 작품화하는 것은 참으로 힘겨운 과제였다. 그렇게 하는 데 힘을 기울이지 못한 채, 오랜 고난 때문에 상한 건강이 악화되어 곧 세상을 떠났다.

은종섭, 《조선 근대 및 해방전 현대소설사 연구》(김일성종합대학출판사, 1986) ; 조남현, 《한국소설과 갈등》(문학과비평사, 1990) ; 조진기, 《한국현대작가작품론》(홍익출판사, 1995) ; 박상준, 〈신경향파문학의 특성 연구〉(서울대학교 박사논문, 2000)에서 최서해를 중요하게 다루었다. 《최서해전집》(문학과지성사, 1987)에서 자료를 집성했다.

11.7. 희곡 정착을 위한 진통

11.7.1. 민속극 · 창극 · 신파극의 위치

탈춤, 꼭두각시놀음 등의 민속극은 일제의 탄압을 받고 새로운 구경거리에 관중을 빼앗기기도 하는 시련을 겪으면서 1930년대까지 공연이 지속되었으나 연극으로 인식되지 못했다. 극은 무엇이고 어떻게 해야 할 것인가 시비하는 논설에서 민속극을 언급하지 않았다. 소설론에서는 구소설에 대한 불만을 말하고, 시론에서는 민요나 시조를 이어야 한다고 했던 것과 달리, 연극론 또는 희곡론에서는 민속극을 부정하거나 극복해야 할 대상으로 거론하지도 않았다.

민속극은 상층의 관여 없이 민중문화로 자라나 존재 자체가 제대로 인식되지 않은 탓에 정당한 평가를 기대할 수 없었다. 이 나라에는 연극이 없다고 생각하는 개화지식인들이 일본을 통해 서양연극을 받아들여 문화구조의 오랜 결함을 해결하고 근대문화 발전을 위한 필수적인 과업을 수행하고자 했다. 연극이라고는 없던 곳이어서 서양연극 이식이 제대로 되지 않는다고 개탄했다. 1970년대에 와서야 그런 미몽에서 깨어나기 시작했다.

전통의 단절이 나타난 양상은 문학의 영역에 따라서 달랐다. 소설 작가는 서양의 전례를 따른다고 하면서도 자기도 모르는 사이에 깊은 영향을 받고 또한 독자의 기대를 형성하고 있는 구소설을 의식의 저층에서 불러내 경쟁 대상으로 삼았다. 소설의 개념을 다시 규정할 필요가 없었으며 이미 이루어진 자산을 적절하게 이용해야 진전을 이룩할 수 있었다. 시의 경우에는 자유시를 수입해 구속에서 해방된 것이 획기적인 의의를 가진다고 하면서도 주체의식을 재정립하려고 고심했다. 민요시를 짓고 시조를 부흥한다고 나서기도 하고 전통적인 율격을 다양한 방식으로 재창조하기도 했다.

그런데 전통의 단절이 희곡에서는 이면으로 보거나 표면으로 보거나 의심할 나위 없이 분명하게 나타났다. 민속극은 기록 이전의 구비문학이라는 점에서 민요와 같은 조건을 갖추고 전승의 위기를 함께 겪었다. 그런데 민요는 근대시가 잃어버린 고향이라고 평가되고, 민속극은 그냥 버림받았다. 농민의 노래인 민요는 농본사회 애민사상의 명분에 근거를 두고 줄곧 평가되었으나, 무뢰배가 공연하는 민속극은 순응이 아닌 반항의 산물이어서 식자층이 외면했던 전례가 후대까지 이어졌다.

3·1운동 이후 시대의 주역으로 등장한 시민이 민중문화의 저력은 외면하고 사대부문화가 전통의 전 영역에 해당한다고 오해한 탓에 민속극을 이어받아 발전시키려는 생각은 하지 못했다. 연극은 서양에서 수입해오는 것 외에 다른 방도가 없다고 여겨, 민속극과는 전혀 이질적인 근대극을 만들어냈다. 시민문학을 매도하고 무산계급의 문학을 일으켜야 한다고 역설하는 좌파는 수입품 교체에 열을 올리면서 단절의 폭을 확대했다. 오랜 내력을 가진 민중의 연극을 계승하고 발전시켜 무산계급의 연극을 만들어야 한다고 생각하지 않았다.

민요를 기리는 논설은 많아도 민속극을 함께 거론하지는 않았다. 홍사용(洪思容)이 1928년에 쓴 〈조선은 메나리의 나라〉에서 민속극이 민요와 다름없다고 한두 마디 언급한 것이 아주 드문 예이다. 민요와 함께 민속극도 조사하고 연구하고자 한 극소수 전문가의 노력에 관해 창작을 하면서 문학 운동을 일으키는 사람들은 전혀 관심을 보이지 않았다. 민속극과 새로운 연극 사이에는 아무 통로도 없었다.

1932년에 조선민속학회를 창립한 송석하(宋錫夏)는 〈오광대소고〉(五廣大小考)를 1933년에 〈조선민속〉(朝鮮民俗) 제1집에 발표한 것을 비롯해 여러 논문에서 각 지역을 답사해 민속극의 전승 양상을 살피고 그 유래를 고찰했다. 1936년의 봉산탈춤 재흥 공연을 위해 애쓰고 대본을 채록해 발표했다. 정인섭(鄭寅燮)도 〈진주오광대〉(晋州五廣大)를 〈조선민속〉 제1집에 내고 탈놀이 대본을 제시했다. 그런데 사라져가는 민속에 대한 애착 때문에 그런 작업을 했으며, 민속극이 연극으로서 어떤 의의가 있는가 하는 문제는 제기하지 않았다.

김재철(金在喆)이 1933년에 내놓은 〈조선연극사〉(朝鮮演劇史)는 연극의 기원에서 당대까지의 연극사를 통괄해서 서술해 획기적인 의의를 가진다고 할 수 있지만, 연극의 전통에 대한 이해를 그릇되게 한 일면도 있다. 탈춤과 꼭두각시놀음은 연출 시간이 지루하고 극장이 고정되어 있지 않으며 대사가 잘 들리지 않는 결함이 있다고 했다. "구주의 신문명이 조선에 들어오자 민족은 새 것을 요구해 신극이 형성되고 케케묵은 탈바가지를 쓰고 혹은 끄나풀을 잡아당기는 연극은 자연도태가 되는 것을 면치 못할 운명이다"라고 했다.

그러는 동안에 일제의 탄압이 가중되어 민속극은 공연이 중단되었다. 송석하가 주동자가 되어 〈봉산탈춤〉 서울 공연을 유치하고, 〈조광〉 1937년 7월호에서 〈봉산탈춤좌담회〉를 하면서 전승을 크게 걱정한 것이 거의 마지막 소식이다. 그래서 위기가 조성되었으나 개탄하는 여론은 없었다. 그런 시련을 겪는 동안에 새로운 창작은 이루어지지 못하고 전래된 대사가 이지러졌다. 재생이 불가능하게 된 것이 적지 않다. 1970년대 와서는 무형문화재로 지정해 보호했으나, 명맥이 비교적 잘 유지된 것들도 한창 시절의 모습은 아니다.

탈춤과 맞서는 의의를 가지고 서로 대조가 되는 구실을 하던 판소리는 그 자체로 계속 인기를 누렸으며 새로운 방식으로 공연되었다. 김창환(金昌煥)·송만갑(宋萬甲)·이동백(李東伯) 등의 명창이 앞장서서 만들어낸 창극이 대단한 인기를 얻어 많은 관객을 모아들였다. 민속극이 근대극으로 발전하지 못해서 생긴 공백을 일부 메우면서 신파극과 경쟁했다.

1908년에서 1909년까지의 원각사(圓覺社) 시절이 창극의 전성기였다. 그때는 명창들의 기량과 시민층 관객의 호응이 제대로 맞아 들어가 창극 공연이 크게 성공했으며 경쟁이 될 만한 다른 연극이 없었다. 그러자 이미 국권을 장악한 일제가 간섭하고 들어왔다. 친일연극을 하라고 요구하는 데 정면으로 대항하지는 못하고 판소리 또는 고전소설을 개작해 공연하는 소극적인 전술을 썼다.

창극을 변화시키지 못한 일제는 1911년 이후에 신파극이 일본에서 들어오자 적극 지원해 식민지 문화통치의 가장 긴요한 수단으로 삼았다. 그러나 창극은 공연이 중단되지 않고 계속되었다. 1920년부터 광무대(光武臺), 단성사(團成社) 등의 무대에서 재기의 기회를 잡았다. 1933년에는 명창들의 역량을 집결해 조선성악연구회(朝鮮聲樂硏究會)를 결성했다. 1940년에는 일제가 조선성악연구회를 해산하고 창극 극단을 총독부 경무국 관장 아래 두어 통제했다.

창극은 성공의 이면에 약점도 있었다. 창의 역량을 자랑하기나 하고 대사는 이미 있는 것을 다소 손질해 이용하는 데 그쳐, 희곡 작품을 남기지 못하고, 독자적인 연극으로 자라날 수 없었다. 신극에서 연극을 하는 방식과 판소리 특유의 공연 방식을 적당하게 섞어 쓰기만 해서 부조화가 생겼다. 서양 전래의 신극보다 탈춤을 본받아 연극을 만드는 것이 유리하다고 생각하지 못했다.

신파극은 1920년대 이후에도 계속 공연되었다. 임성구(林聖九)의 혁신단(革新團), 김도산(金陶山)의 신극좌(新劇座), 김소랑(金小浪)의 취성좌(聚星座) 등이 활동했다. 전과 다름없이 일본 신파극을 번안하거나 신소설을 각색해 줄거리를 만들고 실제 대사는 즉흥적으로 꾸려대면서 격한 음성과 과장된 어조로 신파극을 공연했다. 관객을 많이 모아 갈채를 받고 돈을 벌려고 했는데, 호응이 기대에 미치지 못했다. 조선총독부 기관지 〈매일신보〉가 일본문화 이식과 친일의식의 확산을 노리고 부지런히 부추겨도 도움이 되지 않았다.

이기세(李基世)·윤백남(尹白南)·변기종(卞基鐘) 등은 신파극이 저질을 자초해서 망한다고 하고 격을 높이는 것이 난관을 타개하는 방법이라고 했다. 이기세는 1919년 10월에 만든 극단을 조선문예단(朝鮮文藝團)이라고 하더니, 1921년 10월에는 예술협회(藝術協會)라는 것을 결성했다. 윤백남은 1922년 1월에 민중극단(民衆劇團)을, 변기종은 1926년 1월에 민립극단(民立劇團)을 창립했다. 신파극을 가지고 격조 높은 예술을 하면서 인기를 얻는 것은 가능하지 않아, 그런 극단은 모두 단명했다.

취성좌를 운영하던 김소랑이 변기종의 협력을 얻어, 1929년 12월에 다시 만들어 조선연극사(朝鮮硏劇舍)라고 한 극단은 1935년까지 공연을 계속해 수명이 긴 편이었다. 자본과 경영의 분리가 성공의 비결이었다. 박영호(朴英鎬), 임선규(林仙圭) 등의 전속작가가 작품을 대도록 하고 홍해성(洪海星)에게 오랫동안 연출을 맡겨 신파극을 순화해 정착시킬 수 있었다. 1935년 11월에 생긴 동양극장(東洋劇場)을 무대로 전속극단 청춘좌(靑春座)와 호화선(豪華船)이 고등신파라고 표방하는 연극을 공연해, 상업성과 예술성을 결합시켰다.

신파극은 심각한 상처를 남기고 비판의 대상이 되었다. 근대문학을 스스로 이룩한 성과가 뚜렷하게 나타나면서, 일본 신파극을 이식해 풍속을 개량한다는 주장은 통하지 않게 되었다. 그대로 두어서는 인기가 없어 납득할 수 있는 내용을 갖추고 차분하게 전개되는 쪽으로 변모해야 했으며 창작극의 비중이 커졌다. 신파조를 깊이 주입시켜 조선인의 의식을 왜곡하려고 한 일제의 책동에 파탄이 생겼다.

신파극의 인기를 키우는 데 영화를 만드는 기술을 이용하기도 했다. 연극과 영화를 섞어서 하는 연쇄극(連鎖劇)이라는 것을 신파조로 공연해 관객을 사로잡으려고 했다. 1919년 11월 신극좌에서 〈의리적 구투〉(義理的 仇鬪) 외 2편을, 1920년 4월 조선문예단에서 〈지기〉(知己), 혁신단에서 〈학생절의〉(學生節義) 등을 연쇄극으로 공연할 때, 〈매일신보〉가 크게 보도해 고무하고 선전했다. 그러나 연쇄극 덕분에 강도가 더 높아진 신파조가 위세를 부린 것은 일시적인 일이었다.

연쇄극을 버리고 영화를 제대로 만드는 것이 당연히 요망되는 다음 과업이었다. 일본 영화를 가져다 보여주는 데 맞서야 하는 또 하나의 시련과 투쟁이 시작되었다. 1926년 10월에 나운규(羅雲奎)의 〈아리랑〉이 개봉된 것을 계기로 우리 영화가 민족의 현실을 수준 높게 다루는 예술의 대열에 참여했다.

이두현, 《한국신극사연구》(서울대학교출판부, 1966) ; 유민영, 《한국현대희곡사》(홍성사, 1982) ; 《한국근대연극사》(단국대학교출판부, 1996) ; 서연호, 《한국근대희곡사연구》(고려대학교 민족문화연구소, 1982) ; 《한국근대희곡사》(고려대학교출판부, 1994) ; 《한국근대극작가론》(고려대학교출판부, 1998) ; 권순종, 《한국희곡의 지속과 변화》(중문, 1991) ; 이미원, 《한국근대극연구》(현대미학사, 1994) ; 김원중, 《한국근대희곡문학연구》(정음사, 1986) ; 김방옥, 《한국사실주의희곡연구》(가나, 1988) ; 김미도, 《한국근대극의 재조명》(현대미학사, 1995) ; 김상선, 《한국현대희곡론》(집문당, 1985) ; 민병욱·최정일 편, 《한국 극작가·극작품론》(삼지원, 1996) ; 김성희, 《한국현대희곡연구》(태학사, 1998) ; 양승국, 《한국신연극연구》(연극과인간, 2001) ; 이광록, 《일제강점기시대 비극 연구》(월인, 2001) ; 김용관, 《근대희곡의 새 지평》(푸른사상, 2002) 등의 연구가 이루어졌다.

11.7.2. 희곡 작품의 출현 양상

신파극이 위기를 극복하기 위해서는 연쇄극 따위에 미련을 가지지 않고 일본풍을 따르는 통속 취향을 버리고 근대 민족예술의 수립에 동참해야만 되었다. 신파극이 연극으로 지속되기 위해서는 자기 부정이 불가피했다. 제대로 된 희곡 작품을 갖추는 것이 긴요한 과제였다.

기존의 신파극이 지나치게 저질이라고 비판하던 윤백남(1888~1954)은 전환의 필요성을 절감하고, 1920년 5월 4일자부터 16일자까지 〈동아일보〉에 〈연극과 사회〉라는 장문의 논설을 발표해 신파극이 민중극이 되어야 한다고 역설했다. 민중극은 "국민의 원기를 고무하고", "오늘날 우리 조선의 혼돈불통일·무주의·무정견"을 바로잡으며 정화하는 연극이라고 했다. 민중극을 일으키기 위해 시정해야 할 폐단을 여러 가지로 열거하고, 무대 기교를 갖춘 각본의 부족이 그 가운데 하나라고 했다.

말은 그럴듯하지만 실행하기는 어려웠다. 일본에서 배운 서양식 연극론의 막연한 원칙을 열거하는 데 머무르고 구체적인 방안을 갖추지 못했다. 각본을 누구에게 주문하지 않고 자기가 마련해야 했는데, 마땅한 대책이 없어 일본 것이 아닌 서양 작품 개작을 자랑으로 삼고, 창작극 몇 편을 가까스로 선보였으나 신파조의 과장으로 주제를 무리하게 이끌어내는 폐단을 시정하지 못했다.

1924년에 낸 희곡집 〈운명〉(運命)에 수록한 작품 네 편 가운데 두 편은 서양 것의 개작이며, 창작극인 〈운명〉과 〈국경〉은 1918년 이전에 쓴 것들이다. 민중극단에서 1922년 2월에 〈등대직〉(燈臺直), 〈기연〉(奇緣), 1923년 2월에 〈제야(除夜)의 종소리〉 등의 창작극을 공연한 것으로 알려졌는데, 희곡집에 수록하지 않았다. 자랑할 만한 것이 아니었기 때문에 그랬다고 짐작된다.

〈암귀〉(暗鬼)라는 것을 〈별건곤〉 1928년 7월호에 발표했는데, 공연하기에 적합하지 않은 단막극이며 작자 자신의 무력을 고백한 듯한 별난 내용이다. 대한제국의 군대 장교였던 주인공이 눈이 멀어 친구가 무슨 운동을 하려는 데 동조하지 못했다고 했다. 전처소생인 딸이 어머니를 찾고, 후처가 생업을 구하다가 자살했다는 사건을 곁들여 절망을 가중시켰다.

〈조선지광〉 1929년 1월호에 〈이가만보〉(梨家漫步)라는 제목의 글을 싣고, "오늘의 사상에 살고 내일의 사상을 암시하는 극작가가 나오라"고 했다. 힘든 임무를 다른 사람에게 미루고 자기는 몸을 뺐다. 소설가로 변신해 〈대도전〉(大盜傳) 등의 신문 연재소설을 써서 밥벌이를 삼았다. 그러면서 신파조의 과장을 소설에다 끌어들여 피해를 확대했다.

새로운 극단은 줄거리만 꾸려 공연을 하지는 않고 확실한 각본을 필요로 했으며 창작극을 요구했다. 그래서 극작가가 나타나기 시작했다. 극단 예술협회에서는 1921년 10월의 제1회 공연에서 윤백남의 〈운명〉, 이기세의 〈희망의 눈물〉, 김영보(金泳俌)의 〈정치삼매〉(情痴三昧)를, 그 해 12월 제2회 공연에서는 조대호(趙大鎬)의 〈무한의 자본〉, 이기세의 〈눈 오는 밤〉, 김영보의 〈시인의 가정〉을 무대에 올렸다. 윤백남과 이기세는 연출과 연기를 하면서 극작도 아울러 했다. 조대호는 예술협회의 자금을 대면서 작품을 쓰다가 곧 세상을 떠났다. 김영보는 극작에 전념했다.

1922년에 나온 희곡집 〈황야(荒野)에서〉가 있어 김영보(1900~1962)의 작품을 집성했다. 이것이 최초의 희곡집이다. 수록된 작품은 다섯 편이다. 〈구리 십자가〉 한 편만 서양 작품의 번안이라고 했다. 창작극 〈나의 세계로〉, 〈시인의 가정〉, 〈연(戀)의 물결〉, 〈정치삼매〉 네 편은 상류사회의 가정극이라는 뚜렷한 공통점이 있다. 응접실을 차려놓고 가족들이 번갈아 등장하는 장면을 보여주면서, 숨겨져 있던 내막, 특히 남녀 관계의 부정 같은 것이 드러나 수습하기 어려운 사태에 이르는 것을 공식으로 삼아 오늘날의 연속방송극으로까지 이어지는 관습을 마련했다.

〈나의 세계로〉에서는 일제에게 작위를 받은 남작의 딸이 불륜의 관계로 사생아를 낳고서, 아버지의 만류를 뿌리치고 자기 세계를 찾아 가출한 사건을 다루었다. 〈연의 물결〉은 실업가와 귀족 두 가문에 얽힌 불륜의 관계를 다루었다. 실업가의 약점을 잡고 협박하는 악인이 정당하다고 밝혀진다 했다. 그런 설정은 당시 우리 사회의 풍속과 맞지 않아 외국의 소재를 빌려오지 않았던가 하는 의문을 자아낸다.

〈시인의 가정〉 또한 상류사회의 가정극이지만, 숨은 내막이라고 할 것이 없고 가볍고 흥겨운 내용이어서 이채롭다. 시인인 남편과 피아노를 치는 아내가 사치스러운 신혼생활을 즐기는데, 부엌일을 하는 할멈이 욕을 잔뜩 하고 도망쳐, 아내가 밥을 짓는 천한 일을 하지 않을 수 없게 되었다. 시인은 시에서 귀천이 있을 수 없다고 하면서도 예사 사람들과는 유리된 별세계에 머무르다가 표리가 어긋났다는 것을 비로소 깨달았다. 시를 지을 때 쓰는 고상한 표현에서 하층의 상소리에 이르기까지 말이 얼마나 다르게 쓰이는지 거듭 들추어낸 수법을 평가할 만하다.

동인지를 내면서 신문학을 개척한다는 작가들은 시나 소설뿐만 아니라 희곡까지 갖추어야 한다고 생각했다. 갈래 삼분법을 작품 창작에서 구현해야 했다. 그래서 내놓은 작품은 공연되기에 적합하지 않은 읽을 거리여서 극단에서 받아들이지 않았으나, 희곡의 역사에서는 일정한 위치를 차지했다.

〈창조〉에는 창작 희곡이 모두 세 편 발표되었다. 최승만(崔承萬)의 〈황혼〉이 1919년 2월의 창간호에 실린 첫 작품이다. 사랑하는 여학생 때문에 아내와 이혼한 청년이 아버지와 다툰 다음 부자 관계마저 끊고 집을 뛰쳐나오더니 신경쇠약에 걸려 자살한 사건을 4막에 걸쳐 다루었다. 자기 일도 주체하지 못하면서 "지금 조선 사람으로서는 여자나 남자나 새 사람이 되어야지요"라고 하는 것이 가관이고, 죽음에 이르는 과정이 납득하기 어렵게 처리되었다.

1920년 3월 제5호에 실린 송당생(松堂生)의 〈살기 위하여〉는 외도를 일삼던 주인공이 아편쟁이가 되어 돈을 내놓으라고 아내를 죽인 사건을 다루고, 동생은 착실하게 살아 출세를 한다고 했다. 선악을 대조시켜 안이한 교훈을 주려고 했으며 흥미를 끌 수 있는 요소를 갖추지 못했다. 1921년 1월의 제8호에 실린 김환(金煥)의 〈참회〉(懺悔)는 무대를 중국 상해로 설정하고, 자기를 버리고 떠난 아내를 용서하고 받아들인 주인공이 병이 깊어 죽게 되었다는 내용이다. 이것 또한 제대로 짜이지 않은 미숙한 작품이다.

〈백조〉와 〈폐허〉에는 그만한 희곡도 없었다. 〈백조〉는 서양 희곡 번역 한 편 외에 시극(詩劇)이라고 한 박종화의 〈죽음보다 아프다〉를 실어 희곡은 도외시했다는 비난은 면했다. 그 작품은 인물의 배역을 나누어 적었지만 희곡다운 긴장은 없는 장편 서정시에 지나지 않는다. 〈폐허〉에는 희곡이 한 편도 없다.

문학이라면 무엇이든지 뜻대로 하겠다고 장담하면서 동인지를 다투어 낸 젊은이들이 이처럼 희곡에는 손을 대기 어려웠던 것은 희곡 창작에 필요한 수련을 미처 쌓지 못했기 때문이라고 하고 말 수 없다. 의지할 만한 전례가 없어 새로운 시도를 자신 있게 할 수 없었던 것이 더 큰 이유이다. 신파극에 대해서 불만을 가지면서도 대안을 마련하지 못한 채 문학활동을 사실상 시와 소설로 국한시켰다.

다른 잡지에 실린 희곡도 많지 않으나 주목할 만한 것들이 더러 있다. 〈개벽〉 1923년 9월호에 실린 김유방(金惟邦)의 〈배교자〉(背敎者)가 그 가운데 하나이다. 기독교 목사의 아들이 자취를 감추었다가 총과 폭탄을 가진 비밀행동단체를 이끌고 외국에서 잠입해 와서 "이성의 도살장"이라고 규정한 교회를 파괴한다는 내용이다. 목사인 아버지는 누이와 함께 정신이상을 일으켜 자살을 하고, 주인공은 경찰에 체포된 것이 결말이다. 교회가 일제를 상징하는 의미를 지닌다고 한다면 그처럼 과격한 행동을 왜 설정했는지 이해할 수 있다.

김유방은 다시 〈삼천육백냥〉을 1924년 9월의 〈영대〉 제2호에 내고, 돈 때문에 창녀로 팔려가게 된 처녀를 구하려고 연인인 청년이 분투한 내력을 다루었다. 청년은 박봉에 시달리는 노동자이고, 병이 나서 결근하다가 해고당한 처지였다. 사장을 찾아가 애걸하다가, 사장을 죽이고 돈을 탈취했다. 연인에게로 달려가다가 뒤따르는 형사에게 체포되고 말았다. 신파극의 통속적 순응주의를 배격하고 참담한 현실에 관심을 돌린 것을 주목할 만한데, 아직 미숙한 작품이고 연극으로 공연되지 않았다.

연극 공연과 작품으로 발표된 희곡이 따로 노는 현상은 그 뒤에도 오랫동안 지속되었다. 공연용 대본은 지면에 발표하지 않아 전하는 것이 아주 적다. 잡지에 발표된 희곡은 심각한 문제를 다룬 것이 적지 않은데, 공연하기에 적합하지 않게 창작되고 잡지 검열보다 더욱 가혹한 공연 검열을 통과하기 어려웠다.

그 때문에 연극은 신파극에서 멀리 벗어나지 않으면서 내용 빈곤에 시달리고, 희곡은 관중과 극장에서 만나지 못해 주제를 효과적으로 전달하는 적절한 짜임새를 가꾸지 못했다. 둘 다 허약해진 연극과 희곡을 한꺼번에 살리기 위해서는 연극 운동을 하면서 희곡 창작에 진력하는 극작가가 나와야만 했다. 신파극을 대신하는 새로운 연극을 일으키는 길이 그것밖에 없었다.

앞에서 든 여러 책에서 희곡의 등장에 관해서도 고찰했다. 김원중의 해설과 함께 《김영보희곡집》(형설출판사, 1986)이 간행되었다.

11.7.3. 학생극 운동과 김우진

1920년 봄 일본 동경에 유학하고 있던 조명희(趙明熙), 김우진(金祐鎭), 고한승(高漢承), 조춘광(趙春光), 홍해성 등 20여 명이 새로운 연극을 하겠다고 나섰다. 극예술협회(劇藝術協會)를 만들고 연극 운동의 방향에 대해 매주 토론회를 열었다. 이듬해에는 고학생과 노동자의 모임인 동우회(同友會)을 만들어 활동했다. 회관건립기금 모금을 해달라는 요청을 받고, 연극에 대한 포부를 실현해보고 싶은 의욕도 있어 7월 9일부터 8월 18까지 전국 각처에서 순회공연을 했다.

김우진이 경비 조달과 연출을 맡았다. 공연한 작품은 조명희의 〈김영일(金英一)의 사(死)〉, 홍난파(洪蘭波)의 소설을 각색한 〈최후의 악수〉, 김우진이 아일랜드의 희곡을 번역한 〈찬란한 문〉이었다. 연극 공연 외에 홍난파, 윤심덕(尹心悳) 등의 음악도 곁들였다. 가는 곳마다 열광적인 환영을 받고 일제 경찰의 제재를 당했다.

개성 출신 유학생 모임인 송경학우회(松京學友會)에서도 고한승이 주동이 되어 1921년 7월 27 · 28일에 귀향 공연을 했다. 임영빈(任英彬)이 쓴 〈백파(白波)의 울음〉 외 창작극 몇 편과 고한승이 각색한 작품을 택했다. 1923년 11월 24 · 25일에 조춘광의 〈개성이 눈뜬 뒤〉 외 몇 가지를 가지고 다시 고향을 찾았다. 이밖에도 유학생의 귀국 공연이 많았다. 형설회(螢雪會)가 1923년 7월 6일부터 8월 1일까지 전국을 순회하면서 조춘광의 〈개성이 눈뜬 뒤〉와 고한승의 〈장구한 밤〉, 〈사인남매〉(四人男妹)를 공연했다.

그런 작품은 지상에 발표되지 않아 거의 다 없어지고 말았다. 간접 자료를 통해 알아보면, 조춘광의 〈개성이 눈뜬 뒤〉는 어머니의 강권으로 애인을 버리고 다른 사람과 혼인한 여자가 불행해지는 사건을 다루어 구식 혼인을 비판한 내용이라고 한다. 고한승의 〈장구안 맘〉은 인습의 질곡에서 해방되려는 개성의 자각을 나타낸 것으로 짐작된다. 〈사인남매〉는 혁명가·인도주의자·사회주의자·연애지상주의자로 나누어진 형제들 사이의 사상적 갈등을 다루었다 한다.

대단한 의욕을 가지고 쓴 작품이지만, 희곡다운 짜임새를 어느 정도 지니고 주제를 무리하지 않게 형상화할 수 있었는지는 의문이다. 공연을 할 때는 신파조와 그리 다르지 않은 웅변 투의 대사를 하면서 연극이 주는 감동이 아닌 직접 호소로 관중을 사로잡고자 했을 듯하다. 지면에 발표되지 않은 것은 그런 약점 때문이었다고 할 수 있다.

조명희의 〈김영일의 사〉는 1923년에 단행본으로 나와 작품을 직접 볼 수 있다. 시골에서 소작인 노릇을 하다가 병든 어머니와 어린 누이를 떼치고 일본에 가서 고학을 하던 주인공 김영일이 어머니가 위독하다는 기별을 받고 귀국 여비조차 구하지 못해 애태웠다. 여유 있는 유학생과 충돌하고 감방에 갇혀서 미쳐서 죽었다는 것이 결말이다.

사건은 당시 고학생들이 겪은 고난과 밀착되게 설정했으나 희곡에 어울리지 않게 구성이 산만하다. 관념적인 주장을 열거하는 연설을 길게 늘어놓아 문제의 소재를 불분명하게 했다. 끔찍한 희생을 하며 일본에 가 공부하는 것이 무슨 의미가 있는지 되돌아볼 여유를 가지게 하지 않고 주인공의 착각이나 환상에 동조하도록 했다.

조명희는 다음 작품 〈파사〉(婆娑)를 〈개벽〉 1923년 11·12월호에 발표했다. 이번에는 무대를 중국 고대의 은(殷)나라로 잡고 부당한 통치에 대한 항거를 그렸다. 폭군 주(紂)가 달기(妲己)에게 혹해서 분별을 잃고 살육을 일삼는데, 비간(比干)과 미자(微子)가 잘못을 간하다가 처형당하고, 마침내 민중봉기가 일어나 왕과 달기가 살해되었다고 했다. 일제의 지배체제를 직접 비판하는 모험을 하지 않고 우회전술을 썼어도, 검열에서 삭제된 대목이 많아 읽기 힘들다.

전작과 견주면 극작술에 현저한 진전이 있었음을 인정할 수 있으나,

알기 어려운 소재를 가져와 당대의 투쟁과 연결시키려고 한 작업이 잘
이루어지지 않았다. 도화(道化)라는 이름의 초탈자 둘이 이따금 등장
해 사람들의 다툼과 살육을 근심하는데, 왜 필요한지 불분명하다. 임금
과 신하 사이에 서양식 웅변을 하는 대사가 오고 가 어색한 느낌을 준
다. 서양 고전극에서 사용하다 만 방백(傍白)의 수법을 쓴 것도 적절한
선택이라고 하기 어렵다.

　동시대의 다른 희곡에서처럼 서양 사실주의 근대극을 따르지 않고,
암시하고자 하는 주제에 맞는 독자적인 수법을 개척하려고 한 것은 주
목할 만한 일이지만, 성과가 의욕을 따르지 못했다. 이 작품은 공연되
지 않았으며, 다른 사람들의 극작에 영향을 끼치지 못했다. 작자가 극
작은 더 하지 않고 소설을 쓰다가 외국으로 망명을 했기 때문에 오랫동
안 잊혀졌다.

　김우진(1897~1926)은 극작가 수업을 힘써 하고, 신파극을 넘어선
근대극의 확고한 기반을 다지려고 분투하다가 일찍 세상을 떠났다. 다
행히 유고가 다수 남아 있어 무엇을 이루었던가 알려준다. 16세 때인
1913년에 지은 소설 〈공상문학〉(空想文學)은 창작 당시에 발표했더라면
소설사에서 획기적인 위치를 차지했을 문제작이다. 1915년부터 쓴 시
48편 또한 미발표로 전하는데, 고독하게 방황하는 심정을 그다지 생경
하지 않게 나타냈다. 일본에 가서 대학 영문학과에서 희곡을 전공해 비
평을 하고 극작을 하는 데 필요한 기초를 다졌다.

　극예술협회의 귀국 공연을 주도하던 1921년 6월 〈학지광〉(學之光)에
〈소위 근대극에 대하여〉를 게재하고, 근대극은 자유와 평등을 추구해
인류의 영혼을 해방시키는 위대한 예술의 오랜 과업을 실현하며 민족문
화의 통합을 이룩한다고 했다. 번역으로 만족하지 않고 그런 작품을 어
떻게 창작할까 고심하다가 말에 대해서 심각하게 생각해, 〈조선말 없는
조선문단에 일언함〉을 써서 1922년 4월에 〈중외일보〉에 발표했다. 어색
한 번역 투를 떠나 국어다운 국어를 찾고 속어나 방언도 적절하게 살려
야 한다 하고, 문법 정리, 사전 편찬, 구비전승 조사 등이 필요하다고

역설했다.

기성의 문학에 대해서 불만이 많았다. 1925년에 〈개벽〉지에서 벌어진 계급문학 찬반론을 보고 쓴 〈아관(我觀) 계급문학과 비평가〉에서는, 계급문학은 존재할 수 없다는 주장은 허황되다 하고, 계급문학을 한다면서 설익은 개념이나 수입하면서 민중생활을 제대로 다루지 못하는 것도 용납할 수 없다고 했다. 〈이광수류의 문학을 매장하라〉를 〈조선지광〉 1926년 5월호에 싣고, 상식적이고 평범한 문학으로 항구불변의 가치를 추구하겠다는 이광수의 지론을 허위라고 비판하고, 생명력과 반발력을 갖춘 "통곡하는 부르짖음"을 들려주어야 한다고 했다.

그런 주장을 자기 작품에서 실현하는 것은 쉬운 일이 아니었다. 남긴 희곡이 모두 다섯 편인데, 공연된 것은 없고 발표된 것은 두 편뿐이며, 나머지는 유고로 전한다. 어느 작품이든 여러 방향으로 실험하고 부딪쳐 본 자취라고 하는 편이 타당하고, 무엇을 말하는지 제대로 전달되는 완성품은 아니다. 대단한 의욕과 가능성을 보이다가 사라진 작가이다.

첫 시도로 생각되는 〈정오〉(正午)는 공원에서 서성거리는 학생, 일본인, 순사 등을 등장시켜 그 시대의 긴장된 상황을 집약해 나타내려고 한 것 같지만, 모호한 느낌을 주는 미완성품이다. 〈학조〉(學潮) 1926년 6호에 발표한 〈두더기 시인의 환멸〉에서는 헛된 환상이 무너지는 것을 보여주면서 현실과 동떨어진 시인을 풍자하려 했다고 하겠는데, 기대하는 성과에 이르지 못했다. 1926년 5월에 썼다고 하고, 발표하지는 않은 〈난파〉(難破)는 "삼막으로 된 표현주의 희곡"이라는 부제를 독일어로 달고, 있을 법한 사건 설정을 무시하는 수법으로 가족제도의 구속에 반발하는 듯한 대화를 이해하기 어렵게 엮어냈다.

〈이영녀〉(李永女)는 1925년 9월에 창작했다고 하나 발표하지 않은 작품이다. 당대 현실의 일단을 구체적으로 다룬 내용이 있고, 무리 없이 완결되었다. 자식을 셋 둔 여인이 다른 생활 수단이 없어 매음을 하면서 살아가는 처지를 선명하게 나타낸 것이 동시대의 다른 작품에서 다시 찾을 수 없는 성과이다. 그러나 여러 가지로 제시하는 상황에 뚜렷한 구심

점이 없고, 불운의 원인과 책임이 무엇인지 찾으려고 하지 않았다.

〈산돼지〉는 1926년 7월에 쓴 마지막 작품이며, 그 해 8월 자살한 다음에 〈조선지광〉 11월호에 발표되었다. 작품에서 "산돼지"는 "집돼지"와 대조가 되는 의미를 지녔다. 농민전쟁에 가담했다가 처형된 동학군의 아들이 양부모를 부모로 믿고 집돼지처럼 양육되다가, 청년기에 이르러 숨은 내막을 알고서 산돼지가 되어 뛰쳐나가려고 한 진통을 다루었다.

양부도 동학군이었으나 신원을 위장해 일제의 관리, 주사 노릇을 하다가 세상을 떠나면서 주인공을 자기 딸과 짝 지워주라고 했다. 양모는 내막이 알려지는 것을 두렵게 여겨 주인공의 반발을 샀다. 주인공의 반항은 소극적이고 당착되어 있으며 객관적인 상황과 밀착되지 못했다. 산돼지가 되어 아버지의 뒤를 잇는 사명을 분명하게 알아차리지 못하고, 사소한 일로 다투거나 세상에 대해 막연한 불만이나 토로하고 헛된 공상에 들떠 있었다. 내심의 번민에서 벗어나지 못해 끝내 아무 결단도 내리지 못했다.

동학농민혁명 주역의 다음 세대가 일제의 술책으로 순화되고 일상생활의 사소한 번민에 감금된 채 허황한 낭만주의에 감염되어 자아 상실에서 헤어나지 못하고 있는 것을 말했다고 보면 깊은 의미를 지닌 작품이다. 그러나 주인공의 나약한 자세를 비판하지 못하고, 번민과 환상을 토로하는 길고 어색한 대사를 즐겨 쓰는 주인공에 작자 자신의 모습을 투영했다. 의사가 되지 못하고 환자인 상태에 머물러, 당대 현실에서 제기되는 문제를 적절하게 나타내는 방식을 찾지 못하고 일생을 마쳤다.

《문학연구방법》(지식산업사, 1980)에서 〈산돼지〉를 분석했다. 송재일, 〈조명희의 '파사'고〉, 《한국언어문학》 27(한국언어문학회, 1989) ; 권순종, 〈김우진의 연극관과 희곡 '이영녀'〉, 《영남어문학》 17(영남어문학회, 1986) ; 양승국, 《김우진, 그 삶과 문학》(태학사, 1998) ; 배봉기, 《김우진과 채만식의 희곡 연구》(태학사, 1997) ; 손필영, 〈김우진연구〉(국민대학교 박사논문, 1999) 등의 연구가 있다. 《김

우진전집》(전예원, 1983)에서 자료를 집성했다.

11.7.4. 토월회 시기의 작품

일본 유학생들이 방학 동안에 귀국해서 하는 연극은 지속될 수 없었다. 그런 계기를 거쳐 극작가로 나섰던 조명희와 김우진도 오래 활동하지 못했다. 신파극단이 아닌 전문 극단을 국내에 만들어 의욕에 찬 지식인이 전문적인 수련을 거치고 연출·연기·극작을 담당해야 근대극을 제대로 이룰 수 있었다.

그렇게 하는 데 많은 난관이 있었다. 전용 극장이 없고, 재정이 궁핍하고, 관중의 수준이 낮아 호응이 부족하다는 것을 흔히 드는데, 창작극 개척에 힘쓰지 않은 것이 더 큰 문제였다. 서양 근대극의 작품을 번역해서 공연하면 대단한 일을 한다고 여기고, 시나 소설의 변모에 상응하는 창작 희곡을 무대에 올려야 각성된 관중을 모을 수 있다고 생각지 않았다.

새로운 연극 운동의 선두에 서고자 한 현철(玄哲, 1891~1965)은 인재 양성이 급선무라고 했다. 1920년 2월에 예술학원을, 1924년 12월에는 조선배우학교를 창설해 연기를 위시해 다방면에 걸친 연극 교육을 실시하고 실습 공연을 했다. 일본과 중국에 가서 얻은 견문을 살려 서양 근대극의 수입·정착에 기본이 되는 과업을 수행하려고 했으며 그 취지를 알리는 논설을 여러 차례 발표했다.

〈희곡의 개요〉를 〈개벽〉 1920년 11월호부터 이듬해 2월호까지 게재하고, 소설과 희곡의 차이점, 희곡의 인물·구성 등을 체계적으로 소개했다. 같은 잡지 1921년 4월호의 〈문화사업의 급선무로 민중극을 제창함〉에서 〈동광〉 1927년 1월호의 〈극계(劇界)로 본 우리의 민족운동〉에 이르기까지 여러 글에서 민중을 교화하는 민족의 연극을 일으켜야 한다고 거듭 역설했다.

그러나 나중에 스스로 한탄하면서 술회했듯이, 실제로 이룬 것은 없다. 남들이 이미 한 일을 들어 훈계하는 말이나 하고 요구하는 조건에 맞는 작품을 내놓지 못했다. 자기 작품은 〈견〉(犬)이라는 것 하나만 전하는데 창작이 아니고 번안이다. 서양연극에 의존해 고담준론을 펴는 것을 연극 운동으로 여기는 착각의 허망함을 일찍 보여주었다.

박승희(朴勝喜, 1901~1964)가 중심이 된 토월회(土月會)는 근대극의 전문 극단으로서 꽤 오랫동안 활동하고 많은 공연을 했다. 그런 이름을 가진 모임의 시초는 1922년에 일본 동경에서 처음 결성된 문학·예술의 동호회였다. 1923년 7월에는 회원들이 여름방학 동안 귀국해 연극을 공연했다. 2회 공연을 마치자 김복진(金復鎭)·김기진(金基鎭)·이서구(李瑞求) 등의 다른 동인들은 이탈하고, 박승희만 남아 1924년 1월에 토월회를 자기가 맡아 운영하는 전문 극단으로 개편하고 1931년 말까지 활동을 계속했다.

박승희는 초대 주미공사를 지낸 박정양(朴定陽)의 아들이고, 일본에서 영문학을 공부했다. 토월회를 위해 가산을 기울이면서 연출과 극본을 맡아 온갖 정력을 바쳤다. 1932년부터 1940년까지는 태양극장(太陽劇場)을 운영했다. 그런데 거듭된 시도가 모두 실패로 돌아가, "정신과 육체를 줄기차게 짜내었으나 나의 일생사업인 연극은 아무 성공 없이 흐지부지 흘러가고 말았다"고 만년에 한탄했다.

토월회는 신파극과는 다른 문학적 가치가 있는 희곡 작품을 사실주의 수법으로 공연하면서 무대장치·의상·조명 등을 제대로 갖추어 근대극을 정착시킨 공적이 있다고 평가된다. 그러나 서양 근대극의 번역 작품을 상연하면서 서양인으로 분장한 배우가 서양 말투의 대사를 하는 것이 상례였다. 원작의 가치가 곧 자기네 공연의 가치를 입증해준다고 믿고, 관객이 낯설게 여겨 적극적인 호응을 하지 않는 것은 수준이 낮은 탓으로 돌렸다.

작품 번역은 일본어를 통한 중역이 대부분이었다. 연출과 연기도 일본에서 받아들인 방식을 따랐으며 서양연극을 현지에 가서 익히고 온 것은 아니었다. 그렇게 하면서 대단한 예술 활동을 한다고 자부하고 근대극을 민족극으로 만들기 위해 고심하지는 않았다. 서양 것이 아닌 작

품은 각본 부족을 메우기나 하고, 관객의 관심을 끄는 데 소용되는 일
시적인 대용품 정도로 생각했다. 신구 소설의 각색, 신파극의 개작 등
으로 인기 만회를 노리다가 표방한 바와 다르게 저질 연극을 한다는 비
난을 들었다.

박승희가 토월회 공연을 위해 쓴 작품이 2백여 편이나 된다고 하는
데, 거의 다 번역이나 번안이고 창작은 얼마 되지 않았던 것 같다. 공연
에 관한 기사나 회고를 근거로 내용을 짐작할 수 있는 작품이 몇 편 더
있으나, 오늘날까지 전해진 작품은 넷뿐이다. 두 편만 잡지에 발표되고
두 편은 공연 대본으로 남았다. 그 가운데 한 편은 태양극장 시절의 작
품이다. 극단의 책임을 맡은 연극인으로서 큰 부담을 지고 공연용 대본
을 꾸려대기 위해 애썼을 따름이고, 희곡을 문학작품으로 다듬어 따로
발표하는 열의가 없었다.

창작극은 자기가 쓴 것이라도 격이 낮다고 생각해, 토월회에서 배격
한다고 하는 신파조를 서슴지 않고 넣었다. 1928년 5월에 공연하고 그
달에 〈불교〉라는 잡지에 발표한 〈홀아비 형제〉라는 것을 보자. 시대의
참상을 다루는 것 같이 시작되다가 여우가 여자의 모습을 하고 나타나
홀아비 형제를 유혹하는 소동으로 넘어갔다.

1928년 10월에 무대에 올린 〈이 대감 망할 대감〉은 대감에게 청탁해
벼슬을 얻으려던 시골 사람이 〈배비장전〉에서 방자가 쓴 술책으로 대
감을 궁지에 몰아넣어 목적을 달성하고 들인 밑천까지 찾아냈다는 것
이다. 대감의 소행을 보면 시원한 결말에 이르렀지만, 그렇게 해서 벼
슬을 얻은 것이 무슨 의미가 있는가 생각하면 말하고자 하는 바가 공허
하다. 그런 작품을 관객의 호기심을 자극하기 위해 깊이 생각하지 않고
지어냈다.

〈혈육〉은 〈별건곤〉 1926년 6월호에 실린 작품인데, 진지한 자세로 썼
다고 할 수 있다. 곧 철거당할 강변 움막에 살고 있는 가난한 사람들이
돈을 받고 자식을 팔기까지 하는 참상을 그려 당대의 현실을 자못 진지
하게 다루었다. 그러나 왜 그렇게 되었는가 하는 문제는 제기하지 않고

"우리 팔자 탓이다"라는 숙명론으로 흘렀다.

태양극장 시절인 1933년 12월의 검열 대본이 남아 있는 〈고향〉은 외할아버지와 함께 어머니를 찾아 산골 주막에 들른 가여운 처녀가 주막의 안주인이 어머니인 것을 알고 반가워하다가, 의붓아버지가 자기를 팔아버리려는 음모를 알고 되돌아 나온 내용이다. 외할아버지가 "이 자식을 데리고 다시 내 고향 토막집으로 찾아갑니다"라고 한 마지막 대사가 슬픔을 가중시켰다. 고향 상실이 왜 생겼는지를 진단하려 하지 않고 안이한 슬픔에 빠졌다고 할 수 있으나, 그 나름대로 설득력 있는 내용과 짜임새를 갖추었다.

1929년 11월에 공연하고 희곡은 전하지 않는 〈아리랑 고개〉는 일본인에게 땅을 빼앗기고 북간도로 쫓겨 가야 하는 한 가족의 처지를 처절하게 그렸다고 하는 내용이다. 사랑하는 사람을 떠나보내는 처녀가 "나를 두고 가는 님은 가고 싶어 가나"라는 말이 든 〈아리랑〉을 부를 때 연기자들과 관중이 함께 울었다고 한다. 울음을 자아낸 수법은 신파조라고 하겠지만 현실 인식에 근거를 둔 진실성이 있었다고 인정된다.

시인으로 더 잘 알려진 홍사용(1900~1947)도 토월회에 가담해 연극을 했다. 1927년 5월에는 박진(朴珍)과 함께 산유화회(山有花會)라는 극단을 따로 조직해 활동했다. 시를 쓴 것으로 만족하지 않고 희곡을 쓰고 연극을 하면서 더 큰 것을 이루려고 했다. 바람직한 삶을 추구하는 작품을 무대에 올려 관중에게 현장에서 전달하려고 했다.

토월회 시절에 창작한 〈산유화〉(山有花)는 1924년경에 공연된 사실만 알려지고 작품이 전하지 않는다. 〈향토심〉(鄕土心)이라는 작품은 이름만 전한다. 〈벙어리굿〉은 인쇄 도중에 검열에서 압수되고 작가가 경찰에 연행되게 한 작품이라 한다. 지금까지 전하는 작품은 네 편인데, 검열에 통과된 것들이어서 문제의식이 덜 치열하다고 하겠으나 범속한 작품은 아니다.

〈할미꽃〉은 〈여시〉(如是) 1928년 6월호에 발표했다. 기독교 병원의 의사와 간호사들이 연극 경연에 참가하려고 작품을 구상한 소동을 다론 내용이다. 연극 구상에 몰두하고 있는 주일날 반갑지 않은 환자가 들이닥쳐 충돌이 일어났다. 공사판에서 부상당한 노인을 떠메고 온 노동자들이 난동을 부리더니, 노인은 수술 도중에 천당 가서 가족을 만난다는 헛소리를 하며 숨을 거두었다. 그러자 의사와 간호사들은 노인의 헛소리에서 좋은 착상을 얻었다고 하면서 극중극을 연습하느라 야단이었다. 현실 인식과 밀착되지 않은 종교나 예술을 비판했다고 알아차릴 수 있다.

〈제석〉(除夕)은 〈불교〉 1929년 2월호에 전한다. 섣달 그믐날 삯바느질을 하는 여인과 주인댁 옷을 찾으러 온 행랑어멈이 나누는 대수롭지 않은 듯한 수작을 들어 생활의 이면을 드러내고 민족의 수난을 진단하려고 했다. 그 여인의 남편은 "왜채"(倭債)를 쓰다가 처량한 신세가 되어, 뜻에 맞는 취직자리를 얻지 못하고 이따금 몸을 피한다고 했다. 행랑어멈의 남편은 죽지 않으려고 굴을 뚫는 "남포질꾼"은 마다하니 처지가 비슷하다며 입을 모아 어려움을 토로했다. 일제의 횡포로 지식인과 노동자 양쪽이 다 생존의 위협을 받게 된 상황을, 긴박한 전개 없이 희곡이라기보다는 소설에 가까운 방식으로 보여주었다.

〈불교〉 1928년 9월호에 실려 있는 〈흰 젖〉은 신라의 이차돈(異次頓)이 불교를 위해 순교한 사건을 소재로 삼았다. 〈출가〉(出家)는 1938년에 나온 〈현대조선문학전집 희곡집〉에 실렸는데, 석가가 궁중생활을 버리고 수도하기 위해 출가한 내력을 다루었다. 둘 다 불교 쪽의 요청으로 썼으리라 생각되는데, 희곡다운 긴장과 묘미가 부족하다.

시인 김동환(金東煥, 1901~?)도 연극에 관심을 가지고 희곡을 창작했다. 〈조선문단〉 1926년 3월호에 발표한 〈불부귀〉(不復歸)에서 무산계급운동을 하는 단체의 자금 조달을 위해 부호와 혼인한 여회원이 임무를 저버려 벌어진 소동을 다루었다. 〈문예시대〉 1927년 1월호의 〈바지저고리〉에서는 하느님을 윽박질러, 먹지 않고도 살고 사랑은 하면서 자식은 낳지 않게 해달라고 하는 기발한 착상을 하는 위인의 허위와 약점을 능숙하고 익살맞은 솜씨로 풍자했다. 그런 재능을 살려 희곡 창작을 계속할 만했는데, 시작하다가 말았다.

민병욱, 〈홍사용 희곡문학 갈래 선택에 대하여〉, 《어문교육논집》 9(부산대학교 국어교육학과, 1986) ; 송재일, 〈노작(露雀) 홍사용의 희곡에 관한 고찰〉, 《한국언어문학》 26(한국언어문학회, 1988) 등의 연구가 있다.

11.7.5. 김정진과 김영팔

1920년대에 이르러서 시·소설·희곡이 근대문학의 기본 영역으로서 대등한 비중을 지닌다는 인식이 공인되었으나, 희곡은 작품이 모자라 실제로는 그렇지 못했다. 극단 운영자들은 번역극 위주의 공연이 잘못되었다고 여기지 않았다. 서양 근대극을 소개하고 평가하는 논설로 창작극을 융성하게 할 수 있는 것은 아니었다. 열의와 능력을 제대로 갖추고 지속적인 활동을 하는 전문 극작가가 나와야만 시나 소설에 대한 희곡의 열세를 시정하고 번역극보다 창작극이 앞서게 할 수 있었다.

신문이나 잡지에 발표된 희곡이 적지 않다. 다룬 내용이나 주제가 소설보다 뒤떨어지지 않았으며, 그릇된 인습을 타파하고 사람답게 살자는 주장을 더욱 과감하게 주장했다. 〈동아일보〉 1923년 5월 26일자에 보이는 진종혁(秦宗爀)의 〈개혁〉에서 문학청년인 주인공이 부모가 정한 혼인을 거부하고 자기 집 종을 사랑해 함께 집을 떠난 항거를 다룬 것이 그 좋은 예이다.

진우촌(秦雨村)이 〈조선문단〉 1925년 2월호에 낸 〈구가정의 끝날〉은 남존여비의 관습을 뒤집어놓았다. 첩을 둔 남편이 아내를 억압하다가 집을 나가겠다고 하자, 아내가 먼저 집을 나가면서 자식을 자기가 맡아서 기르겠다고 선언했다. 석천(石泉)이라는 이의 〈유린〉(蹂躪)이 〈현대평론〉 1927년 9월호에 실려 있는데, 기생으로 팔렸다가 건달에게 매여 술장수를 하는 여인의 인권 회복을 역설했다.

일제의 수탈과 억압 때문에 빚어진 참상을 다룬 작품도 있다. 〈동아 일보〉 1923년 5월 23일자에 발표된 인두표(印斗杓)의 〈부녕〉(無名)은 경부선 어느 역에서 기차를 기다리는 시골 사람들을 등장시켜 농토를 빼앗겨 살길을 잃고 빚에 시달리는 참상이 파국에 이르렀다고 했다. 임 영빈(任英彬)은 〈복어 알〉을 〈조선문단〉 1926년 7월호에 싣고, 거지 일 가족이 일본인의 쓰레기통에서 주운 복어 알을 끓여먹고 죽은 참상을 그렸다.

그런 작품들은 주제가 앞서 나가고 수법이 따르지 못한 것이 문제였 다. 가족 관계를 다룰 때는 작자의 주장을 바로 전하는 대화를 무리하 게 넣어 사건 진행에 지장을 초래했다. 사회상의 이면을 파헤치는 경우 에는 신문기사 비슷한 소재를 있는 그대로 소개하는 결함이 있었다. 극 작술을 제대로 연마하지 않아 현실 인식과 작품구조가 맞아 들어가지 못했다. 작품 창작을 계속하지 않아 향상의 기회를 마련할 수 없었다.

김정진(金井鎭, 1886~1936)이 등장하면서 사정이 달라졌다. 김정진 은 일본에서 연극을 익히고 돌아와 윤백남의 민중극단에 잠시 관여하 기만 하고, 그 뒤에는 극단에 소속되지 않고 언론인으로 활동하면서 희 곡 창작에 몰두했다. 자기 나름대로 모색을 거듭하면서 상당한 포부를 다양한 방식으로 나타낸 문제작을 남겼다.

첫 작품 〈사인(四人)의 심리〉는 자기가 기자로 근무하던 〈동아일보〉 1920년 6월 7일자에서 15일자까지에 발표했는데, 세계대전 후에 서양 열강의 대표들이 파리에서 강화회의를 개최하면서 토론한 내용을 다루 었다. 창작은 아니어서 역술(譯述)이라고 했다. 1924년 1월에는 〈기적 불 때〉를 〈폐허이후〉에, 〈십오분간〉을 〈개벽〉에 발표하고, 본격적인 희 곡 창작을 서로 다른 방법으로 시험했다.

〈기적 불 때〉는 노동자 가정의 비참한 형편을 다루면서 기대와 불안, 예감과 반전을 갖추어 충격을 준다. 전에는 살기 어렵다고 해도 밥은 먹었는데, 산더미같이 많이 만들어내는 물건이 다 어디를 가고 살 수 없게 되었다고 한탄하는 노인이 공장에서 일하다 몸져누웠다. 아들과 며느리가 일하러 나가고 손녀는 집에서 궐련을 발라도 끼니거리가 없었다. 학교를 그만두고 할아버지 약값이라도 벌겠다고 공장에 다니던 손자가 눈이 많이 오는 어느 날 기계에 말려들어 심하게 다쳐 들것에 실려 왔다. 노인은 충격을 견디지 못해 자결하고 말았다.

〈십오분간〉은 기이한 사건을 교묘한 수법으로 전개한 희극이다. 석사란(石似卵)이라는 실업가에게 김진언(金眞言)이라는 비평가가 찾아가 허위에 찬 생활을 공박하다가 언쟁이 일어났다. 허위가 실제로 발견되면 석사란이 전재산을 내놓고, 그렇지 못하면 김진언이 자기가 한 비평을 전부 취소하기로 하는 계약서를 썼다. 김진언의 제안으로 제한시간을 15분간으로 정했다. 석사란이 당연히 이길 것 같았는데, 여자 둘이 찾아오고 빚쟁이가 닥쳐 숨겨져 있던 허위가 여지없이 폭로되고 말았다. 낭비가 없는 효과적인 구성을 갖추어 부자라고 거들먹거리는 위인의 허위를 통렬하게 풍자했다.

그 뒤에 발표한 몇 작품에서도 심각한 주제를 취급하면서 〈기적 불 때〉에서보다는 긴장을 어느 정도 완화시켰다. 1925년 1월에 〈생장〉에 발표한 〈전변〉(轉變)에서는, 사당패를 따라 아내와 자식을 버리고 떠나갔던 사람이 돌아와 먹고 살기 위해 개가한 아내를 보고 자살을 했다는 것이다. 극적 갈등은 두드러지게 하지 않고 번민하는 심정을 나타내는 데 치중했다.

〈그 사람들〉은 고향을 버리고 간도로 떠나가야 하는 일가족의 처지를 다룬 내용이며, 1927년 4월 〈개벽〉에 게재했다. 아버지는 떠나자고 서두르고 아들은 연인을 두고 갈 수 없어 주저하는데, 눈먼 할머니는 "이 동리의 온갖 것이 다 그대로 내 눈앞에 놓여 있다"고 하면서, "나는 차마 이 동네를 떠날 수 없다"고 하더니 우물에 빠져 죽었다. 심각한 사태를 어느 정도 거리를 두고 다루었다.

1938년에 나온 〈현대조선문학전집 희곡집〉에서 볼 수 있는 〈약수풍경〉(藥水風景)은 세태 변화를 그린 풍물지이다. 50년 전의 일이라고 한 제1장에서는 양반 넷이서 약수터에 놀러 나갔다가 망신을 당했다. 품위를 떨어뜨리는 짓을 스스로 하고, 하인을 무리하게 호령하고, 소나기를 만나 생쥐 꼴이 되었다. 당대로 설정된 제2장에서는, 같은 약수터에 온갖 장사들이 소란을 피우고, 많은 사람이 모여들어 밀리는 틈에 신여성 몇이 나타나 소견 없고 가소로운 언동을 하다가 부랑자에게 희롱당했다.

전개 방식은 〈십오분간〉과 많이 다르지만 풍자희극을 마련한 공통점이 있다. 앞뒤 시대를 연결시켜 공통점과 차이점을 함께 보여준 점이 흥미롭다. 탈춤에서 쓰던 방식을 재현해 잘난 체하는 무리를 풍자하면서 지난 시기의 양반과 당대의 신여성을 한데 묶어세우는 별난 짓을 했다. 심각한 문제의식은 배제하고 장난하듯이 쓴 가벼운 작품이다.

김영팔(金永八, 1902～1950)은 조명희・김우진과 함께 극예술협회를 만들어 연극을 시작했다. 처음에는 배우로 활약하다가, 1924년 10월에 〈미쳐가는 처녀〉를 〈개벽〉에 발표한 것을 계기로 극작가로 나섰다. 그 뒤에 대단한 열의를 가지고 희곡을 창작해 10여 편의 작품을 남겼다.

작품의 경향은 둘로 나누어볼 수 있다. 〈미쳐가는 처녀〉를 비롯한 몇 작품은 가족간의 문제를 다루어 구습을 타파하고 새로운 윤리를 찾자는 것이며 신파극과 상통하는 면이 있다. 또 한 계열은 식민지 사회의 모순을 파헤치고 억압에 항거하는 자세를 보이면서 무산계급문학의 노선을 따르고자 했다.

〈미쳐가는 처녀〉는 처가의 돈으로 공부를 한 청년이 연인 때문에 괴로워하는 상황을 제시했다. 어머니가 와서 시골로 가자고 해도 듣지 않고, 친구의 권고를 받아들여 모든 구속을 떨쳐버리고 연인과 함께 북간도에 가겠다고 했다. 어머니가 호통을 치며 처가와의 관계를 말하자, 연인은 배신당한 충격 때문에 미치고 말았다. 연인뿐만 아니라 주인공도 자기 행위에 대해 책임을 지지 못하는 철부지라고 할 수 있는데, 긍정하고 동정하기나 하는 관점에서 다루었다.

〈여성〉을 〈조선문단〉 1927년 1월호에 발표할 때도 비슷한 성향을 보였다. 고아가 되어 어려서부터 삼촌에게 양육된 처녀가 오빠의 말을 듣고, 삼촌의 빚쟁이에게 첩으로 팔려가게 된 위기에서 벗어났다는 것이다. 당연한 결말에 이르렀으면서도 진실성이 다소 모자란다. 삼촌의 사람됨과 빚에 얽힌 사연을 파헤쳐 문제를 심화하려 하지 않고 오빠가 누이를 설득하면서 자유니 권리니 하는 것을 역설한 데 지나친 의미를 부여했다.

〈개벽〉 1926년 3월호의 〈싸움〉에서도 그런 특징이 발견된다. 등장인물들이 생활을 통해 맺고 있는 관계를 밀도 있게 다루어 주제를 구현하려고 하지 않고 연설을 늘어놓아 주장을 전달하려고 했다. 조선 민중을 위해 투쟁하겠다는 근로자가 자기 아내를 허영기 있는 신여성의 표본이라고 규탄하는 열변을 토했다. 두 사람이 부부 사이라고 해서 대면해 다투기 쉽게 만들기나 하고 상황 설정의 타당성은 고려하지 않았다.

〈마작〉(麻雀)은 〈삼천리〉 1931년 10월호에 발표한 작품인데, 부부 관계가 반대로 설정되었다. 아내는 몇 십 전을 벌자고 빈대떡을 구워 파는데, 부르주아 근성을 가졌다고 아내를 나무라던 남편은 한 판에 몇 원씩 걸고 마작에 몰두한다고 하고서, 아내가 남편을 힐책하게 했다. 이 작품에서도 생활 자체에서 갈등이 조성되도록 하는 과정을 거치지 않고, 훈계조의 대사로 독자를 감화시키려고 했다.

〈문예시대〉 1927년 1월호에 발표한 〈부음〉(訃音)에서는 항일투쟁의 주제를 다루었다. 일제 경찰에 쫓기는 청년이 어머니 장례를 치르지 못한 채 뒷일은 연인인 동지에게 부탁하고 북간도로 떠났다. 숨기고 있던 사랑을 고백하고 마음으로 부부가 되었을 때 이별을 감수해야 했다. "우리들의 일을 위하여 세계를 집을 삼고 동서남북으로 방랑"하겠다고 했다. 큰 사랑을 위해 작은 사랑을 희생시킨다는 데 초점을 두고 모든 언동을 이상화했으며, 그런 선택이 현실 체험과 어떻게 맞물리는지 충분히 해명하지 않았다.

〈곱창칼〉을 〈조선지광〉 1929년 1월호에서 발표하면서 투쟁의 주제를 다시 다루었다. 동학혁명의 한 사건을 들어 사랑을 매개로 삼아 투지가 고조된다는 것을 강조하고, 생활 자체에서 나타나는 갈등을 깊이 주시하지는 않았다. 사실적인 작품을 만드는 투시력이 모자라 상투화된 인물의 낭만적 정열을 앞세웠다.

〈조선문단〉 1929년 5월호의 〈대학생〉, 〈혜성〉(彗星) 1931년 9월호의 〈그 후의 대학생〉 두 편은 주인공으로 등장한 대학생이 자기 자신을 우스꽝스럽게 만드는 일인극이라 이채롭다. 〈대학생〉에서는 노동이 신성하다고 주장하면서, 학교에서 식목하러 갔을 때 자기도 땅을 파보고 노동할 자신을 얻었다고 했다. 〈그 후의 대학생〉은 실직을 하고 헤매다가 월급을 받지 못하는 유령회사에 취직을 했다 한다. 그런 반어로 지식인을 풍자한 것은 연설에 의존한 공격보다 효과가 크고 흥미롭다. 경직된 태도를 버리고 긴장을 늦추어 전환을 마련하고서 더 나아가지는 못했다.

신문·잡지에 발표된 무명작가의 희곡을 김상선, 《한국근대희곡론》에서 널리 찾아 소개했다. 김정진과 김영팔은 앞에서 든 서연호·이미원·민병욱의 저서에서 특히 자세하게 다루었다. 민병욱·최정일 편, 《한국 극작가·극작품론》(삼지원, 1996)에 하창길, 〈김정진의 '기적 불 때' 연구〉 ; 정봉석, 〈김영팔의 '대학생' 연구〉가 있다. 정봉석, 《일제강점기 선전극 연구》(월인, 1998)에서 김영팔을 주요 작가로 다루었다.

11.8. 비평과 논쟁의 시대

11.8.1. 작가의 발언

문학비평은 1920년대 이후에 아주 많아지고 위상이 더욱 높아졌다. 그래서 이룩된 비평의 발전을 자랑스럽게 여겨야 할 것은 아니다. 대부분의 비평은 창작을 오도하고 왜곡하는 역기능이나 수행했다. 비평과 논쟁의 시대가 화려하게 펼쳐진 것이 식민지적 근대문학의 자기 상실을 보여주는 가장 심각한 증후였다.

문학은 무엇이고 어떻게 해야 하는가 정리해서 논한 지식을 밖에서 가져와 힘들이지 않고 전달하면서 문학을 지도하고 사회를 교화하겠다고 나서는 사람들이 적지 않았다. 비평은 창작 위에 있다고 인정되어 말을 아무렇게나 하고 함부로 목청을 높이는 재량권을 행사했다. 작가도 비평을 하면 자기 방어를 하고 경쟁자를 공격할 수 있어 처신이 유리해졌다.

이광수(李光洙, 1892~1951)는 그렇게 하는 데서도 남들보다 앞섰다. 1916년에 〈문학이란 하(何)오〉를 쓸 때에는 서양문학을 받아들여 신문학을 이룩한다고 자부하더니, 후진이 대거 출현하는 상황을 보고 논지를 바꾸었다. 개척과 모험을 피하는 보수적인 교화론으로 돌아섰다. 1921년 1월 〈창조〉 제8호에 〈문사와 수양〉을 발표하고, 문사가 되려는 사람은 퇴폐적인 기풍에서 벗어나 덕성 · 예의 · 지식을 고루 함양하는 수양에 힘써야 한다고 했다.

〈개벽〉 1922년 1월호의 〈예술과 인생〉에서는 "정신생활이 없는" 조선인을 예술로 살려내자고 하는 그럴듯한 목표를 제시해, 그 해 5월 같은 잡지에 발표할 〈민족개조론〉에서의 열등한 민족성을 힘써 개조하지 않고서는 희망이 없다는 지론을 예고했다. 1924년 10월부터 이듬해 2월까지 〈조선문단〉에 〈문학강화〉(文學講話)를 연재해 문학 총론을 장황하게 전개했다. 제대로 검증되지 않은 산만한 지식을 열거하면서 자기는 잘 알아 남들을 가르친다고 자부하는 거드름을 보였다.

현철(玄哲, 1891~1965)은 다방면에 걸쳐 활동한 인물이지만 〈개벽〉 학예부장이 본직이니 편집인이라고 할 수 있다. 그 잡지에 자기 글을 많이 실었는데, 문학 일반론 연작이 큰 비중을 차지했다. 1920년 6월의 창간호에서 1921년 3월호까지에 〈소설개요〉 2회, 〈소설연구법〉 2회, 〈희곡의 개요〉 3회, 〈문학에 표현되는 감정〉 2회 등을 연재했다. 일본에서 배워온 서양 전래의 지식을 소개하면서 자기 생각을 약간 곁들이기나 했다.

소설의 구성을 "마련"이라고 한 것처럼, 용어 선택에 다소 흥미로운 것이 있다. 〈희곡의 개요〉 서두에서는 연극을 하는 사람들이 희곡 창작은 하지 않는다고 개탄해 일반론을 당면 과제와 연결시켰다. 〈문학에 표현된 감정〉에서는 시조를 몇 수 인용했다. 서양 전래의 문학론은 절대적인 가치를 지니므로 다소 윤색해 전달하기만 해도 크게 행세할 수 있다는 사실을 이광수에 이어서 다시 확인했다.

근대문학을 이룩하는 방향을 찾는 당면 과제를 문학에 대한 개론적인 지식의 설명으로 해결할 수 없었음은 물론이다. 서양의 전례를 그대로 따르는 것은 가능하지 않고 자생적 사고를 약화시키는 구실이나 했다. 중요한 문제에 대해 스스로 생각한 바를 과감하게 주장하면서, 근대문학의 기본 요건이라고 강조해 마지않는 개성과 자유를 실제로 구현해야 했다.

김동인(金東仁, 1900~1951)이 그렇게 하는 데 앞서서, 〈학지광〉 1919년 1월의 제17호와 8월의 제18호에 〈소설에 대한 조선 사람의 사상〉을 써냈다. 소설관의 변혁을 주장하는 단호한 어조로 근대문학 수립의 열의를 나타낸 내용이 조잡하고 논리의 비약이 있지만 자기 목소리여서 소중하다. 당시 사람들이 '가정소설'·'통속소설'·'흥미중심소설'은 좋아하면서 "참 예술적 작품, 문학적 소설"은 읽으려 하지 않는다고 개탄하고, 소설가를 타락자나 부랑자로 여기는 것이 불만이라고 했다. 비열하고 유치한 통속소설을 격조 높은 사상과 진정한 예술성을 갖춘 건전한 문학적 소설로 바꾸어놓아 소설에 대한 그릇된 선입견을 고치자고 역설했다.

당시 사람들이 좋아한다는 소설은 중세에서 근대로의 이행기소설이다. 그런 소설에서는 의식하지 않았던 예술이니 문학이니 하는 것을 적극 표방해 아직 출현하지 않은 근대소설의 징표로 삼겠다고 한 말이다. 소설가를 타락자나 부랑자로 여기는 사람들은 근대사회의 지도층이다. 그런 반응은 미처 구체화되지 않았지만, 일본의 전례로 보아 충분히 예견되므로 미리 방어했다.

소설을 쓰는 작가는 수양을 해 덕성을 높이기보다는 작중인물의 사고와 행동을 완전하게 장악하는 능력을 가져야 한다고 했다. 김환(金煥)의 작품에 대한 염상섭(廉想涉)의 혹평을 반박한 1920년 5월 〈창조〉 제6호의 〈제월씨(霽月氏)의 평자적(評者的) 가치〉, 1921년 5월 〈창조〉 제9호의 〈비평에 대하여〉 등에서, 그런 주장을 거듭 폈다. 작가는 그런 인형조종술을 발휘해야 하지만, 비평가는 활동사진의 변사와 같이 독자를 상대로 작품을 해설하기만 해야 한다고 했다.

염상섭(1897~1963)은 〈동아일보〉 1920년 5월 31일자에서 6월 2일자까지의 〈여(余)의 평자적(評者的) 가치를 논함에 답함〉, 1921년 1월 〈폐허〉 제2호의 〈저수하(樗樹下)에서〉 등에서, 김동인의 주장에 반론을 제기하면서 자기의 소설관을 펴고 작가와 비평과의 관계를 말했다. 작가는 작중인물을 조종하려 하지 말고 자기의 내부적인 진실을 드러내는 데 힘써야 한다고 했다. 비평가는 작품에 대해서 선고권을 가진 판사의 위치에 선다고 했다.

그 둘 다 수입된 이론이 아닌 자기 체험에 근거를 둔 지론이다. 김동인 소설이 사건의 명쾌한 전개를 능숙하게 갖춘 것과 달리, 염상섭은 내심의 고백에다 사태의 관찰을 섞어 소설을 장황하게 이어나가는 경향을 보인 것이 그런 견해차와 밀접한 관련이 있다. 그런데 논쟁의 의의가 김유방(金惟邦)이 1921년 5월 〈창조〉 제9호에 〈작품에 대한 평자적 가치〉에서 심판을 자처하고 나설 때부터 줄곧 과소평가되었다. 두 사람의 견해차를 서양 비평사의 맥락에서 설명하고 시비하려고 시도한 김유방의 전례를 오늘날의 연구자들도 잇고 있다.

염상섭은 그 뒤에 창작에 전념했는데, 김동인은 비평 작업을 꾸준히 했다. 1929년 4월부터 7월까지 〈조선문단〉에 〈소설작법〉을, 1929년 7월 28일자부터 8월 16일자까지 〈조선일보〉에 〈근대소설고〉를, 1934년 7월 15일자부터 24일자까지 〈조선중앙일보〉에 〈근대소설의 승리〉를 연재해 근대소설의 특징과 내력을 거듭 고찰했다. 1935년 1월부터 1936년 4월까지 〈삼천리〉에, 1938년 1월과 4월에는 〈삼천리문학〉(三千里文學)에 〈춘원연구〉(春園硏究)를 싣고 이광수를 자세하게 고찰했다.

동시대의 문학을 정리하는 작업을 오랜 기간에 걸쳐 거듭한 것은 평가할 일이다. 다른 누구도 하지 못하는 일을 홀로 해서, 김동인은 소설보다 비평에서 더 큰 업적을 남겼다고 할 수 있을 것 같다. 그러나 비평가가 할 일을 제대로 했다고 하기는 어렵다. 오만과 독단을 버리지 않으면서 경쟁자를 폄하하고 자기를 높이는 데 힘썼다. 자기가 소설 창작에서 이룬 바를 스스로 평가하는 것을 논의의 도달점으로 삼았다.

〈근대소설고〉의 서두에서 "조선의 소설은 역사라는 것을 온전히 가지지 못하고 발생했다"고 해서, 고전소설의 역사는 논의를 거치지도 않고 부정했다. '진실성'을 뜻하는 리얼리즘을 갖춘 근대소설이라야 제대로 된 소설이라고 서양의 전례에 근거를 두고 규정하고, 국내에서는 이인직(李人稙)이 냉철한 묘사와 다양한 인물 성격을 갖출 줄 알아 그 첫 작품을 내놓았다고 했다. 그 뒤의 작가들이 생계를 위해 원치 않는 대중소설을 쓰느라고 본업인 근대소설 창작을 중단한 것이 불만이라고 했다.

대중소설로 기울어지기 쉬운 장편은 불신하고 그렇지 않은 단편은 옹호해, 장편은 차차 낡은 문학이 되고 단편은 세계 어디서나 전성기를 이루고 있다고 했다. 동시대 여러 작가의 단편을 기교를 중심으로 검토하고 모두 폄하해 자기 작품만 돋보이게 했다. 자기가 "하더라"를 없애고 "했다"만 쓰고, 삼인칭 대명사를 "그"로 고정시킨 것이 큰 공적이라고 했는데, 그것은 새로운 문어체이다.

〈춘원연구〉에서 이광수의 작품을 철저하게 검토하고 신랄하게 비판한 것은 평가할 만한 일이다. 이광수가 소설을 설교 수단으로 삼으면서 신문소설 특유의 통속적인 흥미를 적당하게 갖추려고 한 이중의 태도를 지적하면서 작품마다 결함을 찾아낸 데서 두 사람의 문학관 차이가 선명하게 드러난다. 이광수가 작중인물이 되어 번민하는 태도에 반감을 가진 것은 자기가 창조한 인물을 밖에서 조종하는 것이 작가가 할 일이라고 여겼기 때문이다. 이광수가 잘못했다고 해서 김동인이 잘한 것은 아니다.

비평에 참가한 시인이나 작가는 그 밖에도 여러 사람이 있었다. 황석우(黃錫禹)는 〈개벽〉 1920년 11월호의 〈최근의 시단〉에서 비평이 따르지 않는 창작은 독신 남녀만큼이나 고독하다고 하고, 몇 달 사이 여러 잡지에 발표된 시를 비평하면서 시인을 나무라고 가르치고 비꼬기를 거리낌 없이 했다. 주요한의 시는 깊은 고뇌가 없이 "바람에 날리는 가벼운 재기"가 보인다고 했다. 이광수의 시가 치졸하다는 것을 여러 면으로 비꼬다가 어려서 병정놀이할 때를 회고하면서 쓴 "초심(初心)의 명작"이라고 했다.

현철은 〈개벽〉 1921년 2월호의 〈소위 신시형과 몽롱체(朦朧體)〉에서 황석우더러 서양시를 본떠서 상식적 어투나 늘어놓으면서 "우리 조선 사람의 정신을 어지럽게 하지 말고", 착실한 시인이 되라고 했다. 타당한 지적이지만 시 창작의 바람직한 방향을 모색하겠다는 것은 아니고 상대방을 눌러 말문을 막으려고 한 발언이다. 상대방을 "군"이라 부르고 무람없이 굴면서 사석에서 입씨름하는 듯한 말을 글로 써서 비평으로 내놓는 풍조가 널리 퍼졌다.

그런 가운데에도 월평이나 단평 형식의 글에서 주목할 만한 발언이 이따금 이루어졌다. 입씨름 위주의 논쟁을 벌여 문단의 주도권을 장악하는 데는 관심을 가지지 않고 자기 창작의 깊은 고민과 경험을 근거로 문학의 방향을 찾으려는 작가는 더러 결단 어린 육성을 토로했다. 이상화(李相和)는 〈개벽〉 1925년 11월호에 발표한 〈방백〉(傍白)에서 문학이 민족적인 자각을 해야 한다고 이르고, 조선의 생녕를 표현"아는 찍사가 나올 때가 되었다고 했다.

현진건(玄鎭健, 1900~1943)은 비평을 하겠다고 나서지 않고 창작 경험을 이따금 말하면서 소중한 발언을 남겼다. 〈개벽〉 1924년 2월호의 〈이러쿵 저러쿵〉에서 예술이 인생에서 어떤 의의가 있는가는 "작품의 내용적 가치, 생활적 가치"에 따라 결정되니 기교주의를 벗어나야 한다고 했다. 〈조선문단〉 1925년 10월호의 〈초추문단소설평〉(初秋文壇小說評)에서는 잘 썼다는 것보다는 감동을 준다는 것이 소중하다고 하고, 생활의 총체적 표현에서 감동이 생긴다고 했다.

〈조선혼과 시대정신의 파악〉이라는 제목으로 〈개벽〉 1926년 1월호에 낸 설문 응답은 짧은 글이지만, 근대민족문학이 나아갈 길을 제시한 데 그 의의가 있다. 수고로운 모방을 그만두고 자기 심장의 고동을 들으라고 하는 말로 진실성을 찾으라고 했다. "조선의 땅을 든든히 디디고" 서고, "현대의 정신을 힘 있게 호흡"하는 것이 함께 절실하게 요망된다고 했다.

김윤식, 《한국근대문예비평사연구》(일지사, 1978) ; 홍문표, 《한국현대문학논쟁의 비평사적 연구》(양문각, 1980) ; 윤병로, 《한국현대비평문학론》(청록출판사, 1981) ; 김시태, 《식민지시대의 비평문학》(이우출판사, 1982) ; 김영민, 《한국문학비평논쟁사》(한길사, 1992) ; 《한국근대문예비평사》(소명출판, 1999) ; 신재기, 《한국근대문학비평가론》(월인, 1999) ; 임영봉, 《한국현대문학비평사론》(역락, 2000) ; 정희모, 《한국근대비평의 담론》(새미, 2001) ; 이병헌, 《한국현대비평의 문체》(고려대학교 민족문화연구원, 2001) ; 민현기, 《한국현대문학비평》(새문사, 2002) ; 손정수, 《한국근대비평사》(역락, 2002) ; 김혜니, 《한국근대문예비평사연구》(월인, 2003) ; 이상갑, 《근대민족문학비평사론》(소명출판, 2003) 등에서 비평사를 정리했다.

11.8.2. 계급문학 논쟁

1917년 러시아에서 일어난 사회주의 혁명을 자국에서도 일으키고자 하는 운동이 식민지 조선에까지 닥쳐와, 문학하는 노선을 혁명의 주역인 무산계급의 문학으로 바꾸어야 한다고 주장하는 사람들이 나타났다. 1922년에 심훈(沈薰)·김영팔(金永八)·송영(宋影) 등이 염군사(焰群社)라는 모임을 만들었다. 1923년에는 박영희(朴英熙)·김형원(金炯元)·이익상(李益相)·김기진(金基鎭) 등이 별도로 모여 자기네들의 성명 첫 자를 따서 만든 "PASKYULA"라는 명칭을 내걸었다.

두 모임이 뚜렷한 활동을 하지 못하고 있다가 1925년 8월에 이루어진 조선프롤레타리아예술가동맹에 통합되었다. 그 단체는 에스페란토어 약칭을 따서 "KAPF"라고 일컬어지고, "카프"라고도 표기되었다. 근간이 된 두 모임에서 온 사람들 외에 이상화(李相和)·조명희(趙明熙)·이기영(李箕永)·박팔양(朴八陽) 등이 회원으로 가입했다. 1931에 안막(安漠)·김남천(金南天)·임화(林和)·권환(權煥) 등의 소장파가 일본 동경에서 돌아와 가담하고서 주도권을 장악했다.

김기진(1903~1985)이 계급문학을 처음 주장할 때 두드러진 활약을 했다. 〈지배계급 교화(教化)와 피지배계급 교화〉를 〈개벽〉 1923년 11월호에 발표하고, "반만년 역사라고 떠드는 우리네의 전통"이 모두 지배계급의 문화이며 "부르주아 컬트"라고 매도했다. 같은 잡지 1924년 2월호의 〈금일의 문학, 명일의 문학〉에서는 무산자문학을 해야 한다고 더욱 적극적으로 주장했다. 조선에도 유산자와 무산자가 나누어져 있으나, 유산자도 무산자와 다름없게 될 지경이니 문학은 모름지기 무산자문학이어야 한다고 했다. 예술을 장식품으로 여기는 폐단에서 벗어나 현실 개조의 실제적인 목적을 달성해야 한다고 했다.

사대부문화를 극복하는 시민문화가 아직 확립되지 못한 것을 고려하지 않고 그 둘을 동일시하고 일거에 부정해야 한다고 했다. 문학은 오직 무산자문학이어야 한다 하고, 무산자문학은 전혀 새로운 문학이라 했다. 과거의 문학과 단절되는 것이 불가피하게 되어, 무산자문학을 밖에서 이식할 수밖에 없었다. 러시아의 계급문학을 일본을 거쳐 수입하는 운동 방향이 제시되었다.

박영희(1901~?)도 선두에 나서서 작품의 실상을 들어 한층 구체적인 논의를 전개했다. 〈개벽〉 1925년 12월호의 〈신경향파 문학과 그 문단적 지위〉에서, 문학이 도피, 비애, 애상적 인도주의 등의 그릇된 경향에 빠진 결함에서 벗어나 "무산적(無産的) 조선을 해방"하는 새로운 문학을 하자는 주장을 실현하는 작품이 이어서 나온 것을 평가하고, 더욱 전진하자고 했다. 형식보다는 절규에, 묘사보다는 사실 표현에, 미(美)보다는 역(力)에, 타협보다는 불만에 노력을 기울이는 단결된 활동을 하자고 했다.

〈신경향파문학과 무산파문학〉을 〈조선지광〉 1927년 2월호에 내고, 자연발생적인 변화의 단계를 넘어서서 목적의식이 뚜렷한 무산계급문학을 하고자 했다. 신경향파라는 작가들이 자주 보여준 살인과 방화는 목적의식이 없는 개인적인 행동이라고 비판하고, 무산계급의 생활을 묘사하는 데 그치지 않고 투쟁의 방향을 제시하는 문학을 해야 한다고 주장했다. 방향을 그처럼 분명하게 제시하자 본보기가 되는 작품이 필요해져 자기가 그 일을 맡아 나서야 했다.

박영희의 작품 〈철야〉(徹夜)가 비판의 대상이 되어 논쟁이 일어났다. 김기진이 〈조선지광〉 1926년 2월호의 〈문예시평〉(文藝時評)에서 "소설은 아니고, 계급의식과 계급투쟁의 개념에 대한 추상적 설명으로 시종하고 말았다"고 나무랐다. 소설이란 건축인데 "기둥도 없고, 서까래도 없이 붉은 지붕만 입혀놓은 건축이 있는가?" 하는 반문을 던졌다. 박영희는 〈투쟁기에 있는 문예비평가의 태도〉라는 반론을 〈조선지광〉 1927년 1월호에 내고 "예술적 소설의 건축물"을 만들자고 하는 사람은 무산계급문학의 작가가 아니라고 했다. 독자에게 미치는 효과보다는 작가가 작품의 문면에서 역설하는 목적의식이 더 소중하다는 것이 박영희의 지론이어서 두고두고 문제가 되었다.

분열을 피하려고 일단 물러났던 김기진이 다른 여러 작품에서 나타난 결함을 함께 거론한 〈통속소설소고〉를 써서 〈조선일보〉 1928년 11월 9일자부터 20일자까지에 실었다. 무산계급문학의 작품은 딱딱하기가 나뭇조각을 씹는 것 같고 걸핏하면 연설이나 이론이 나온다고 했다. 그런 폐단을 시정하기 위해서는 통속소설을 본떠야 한다는 대책을 제시했다. 〈문예공론〉 1929년 6월호에 발표한 〈프로 시가의 대중화〉에서도 그 비슷한 견해를 보여 "프로 시가"라는 것이 대중이 이해하기 어렵고 흥미도 느끼지 않게 되어 있는 잘못을 반성하고, 쉬운 말로 써서 느끼고 외기 좋도록 해야 한다고 했다.

그런 논쟁을 하면서 민중 또는 대중이 스스로 가꾸어온 문학의 전통이나 표현 방식이 있다는 것은 인정하지 않았다. 시가를 말할 때는 민요에 대해 언급하면서, 비관적이고 애상적인 기풍으로 현실의 고뇌를 망각하게 하는 과오를 비판하는 데 그쳤다. 민족의 전통에 볼 것이 없으며, 민중이 스스로 이룬 문학은 아무 가치도 없다는 허무주의에 사로잡혀 생각이 빗나갔다. 매도해 마지않은 시민문화의 가장 저질품이며 천박한 상업주의의 산물인 통속문학을 이용해 무산계급을 이끈다는 사상이나 전하려고 했다.

박영희와 김기진은 계급문학 운동을 앞서서 제창했을 따름이고 계속 이끌어나갈 만한 역량을 갖추지 못했다. 갖가지 문제점을 맡아 해결하면서 노선을 정립하고 여러 방향에서 제기되는 반론과 맞서기 위해서 새로운 논객이 등장해야 했다. 카프 결성을 주도한 윤기정(尹基鼎, 1903~1955)이 전면에 나서서 조직을 장악하고 이론 전개를 주도했다.

윤기정은 〈계급예술론의 신전개〉를 〈조선일보〉 1927년 3월 25일자에서 30일자까지에, 〈상호비판과 이론 확립〉을 같은 신문 6월 15일자에서 20일자까지에 발표하고, 여건이 미비하더라도 무산계급문학 운동은 목적의식을 분명히 해야 한다고 주장했다. 무산계급 해방의 임무를 수행하고 사회를 변혁하는 의지로 작품활동을 하고 노동자와 농민을 상대로 작품을 제작해야 한다고 했다. 창작에서 개성을 존중하고 예술성을 갖추어야 한다는 반론에 맞서서, 역사적인 필연으로 전개되는 사회혁

명 자체가 예술성을 보장한다 하고, 내용에 오류가 있으면 아무리 명문
장이라도 감명을 주지 못한다고 했다.

카프의 공식 노선을 그렇게 정했다고 해서 혼란이 시정된 것은 아니
다. 이론에 맞는 작품을 창작하는 것은 아주 어려운 일이었다. 노선 설
정에서도 문제가 생겼다. 좌우 합작을 위한 신간회(新幹會)가 1927년에
결성되자 계급문학 운동의 독자 노선을 견지할 것인가 아니면 민족문
학 운동과 제휴할 것인가 하는 문제를 두고 논쟁이 다시 일어났다.

이북만(李北滿)은 〈방향전환론〉을 〈예술운동〉 1927년 11월호에 발표
하고, 문학 운동에서도 좌우 합작을 추구해야 한다고 했다. 한설야(韓
雪野)는 〈문예운동의 실천적 근거〉를 〈조선지광〉 1928년 2월호부터 3·
4월 합병호까지에 싣고, 계급문학은 독자적인 방법을 견지해야 한다고
주장했다. 이북만은 〈조선지광〉 1928년 7월호의 〈사이비 변증론의 배
격〉이라는 반론에서 문예운동을 그 자체로만 보는 편협한 시각에서 벗
어나 객관적 정세에 근거를 둔 실천적 과제를 바로 파악하자고 했다.
그런데 한설야는 물론이고 이북만도 생소한 용어를 남용하고 치밀하지
않은 논의를 고압적인 자세로 전개하면서 지도적 비평을 한다고 자부
했다.

1931년에 좌익의 주장에 따라 신간회가 해산된 시기에는 일본에서
돌아온 소장파 논객들의 중심인물 임화(1808~1953)가 카프의 서기장
이 되어 지도적인 위치를 차지하고, 프롤레타리아문학 운동을 '볼셰비
키화'해야 한다고 강력하게 주장했다. 그 말은 여러 형태의 좌익운동과
획연하게 구별되는 공산주의 이념을 명시하고 당파성을 분명하게 해야
한다는 노선을 뜻했다. 〈당면 정세의 특질과 예술운동의 일반적 성향〉
을 〈조선일보〉 1932년 1월 1일자에서 2월 10일자까지에, 〈1932년을 당
하여 조선문학 운동의 신단계〉를 〈조선중앙일보〉 1932년 1월 1일자에
서 28일자까지에 발표하고 그런 주장을 구체화했다.

좌우 합작이 오류임을 선언하고, 계급문학 운동은 독자 노선을 견지
하면서 일체의 타협을 거부해야 한다고 했다. 근거는 공산주의운동의

사령탑인 코민테른에서 발표한 새로운 강령에 그 노선이 명시되어 있어 반론의 여지가 없었다. 민족문학을 주장하는 쪽에서는 비판을 계속했으나, 이론의 치밀함이나 주장의 당당함에서는 당할 수 없었다. 그런데 일제의 탄압이 격심해져 계급문학의 볼셰비키화가 이루어질 수 없었다. 모스크바에서 내놓은 지도 노선이 식민지 조선에서는 실현될 수 없다는 것이 부인할 수 없는 현실로 입증되었다.

계급문학의 볼셰비키화라는 것은 혁명을 이룩한 러시아 공산당의 새로운 선택이었다. 경쟁 관계에 있기도 하고 합작의 상대로 삼기도 한 다른 여러 좌파를 제거하고 단독으로 권력을 장악하기로 한 결정을 문학에도 적용한 것이다. 공산당의 힘이 약해 합작이 필요하고 활동이 불법화된 곳에서는 전혀 적용될 수 없는 노선이었다. 변증법, 과학성, 역사적 필연 등을 들어 합리화한다고 해서 현실의 차이를 넘어설 수 없었다.

군국주의의 길을 가면서 자국의 프롤레타리아문학을 극심하게 탄압해 존립이 불가능하게 한 일본이 식민지 조선에서는 관대한 시책을 펴리라고 기대하는 것은 현실을 전혀 고려하지 않은 상상이었다. 예상하던 사태가 닥쳐왔다. 조선총독부는 1934년에 카프 구성원을 일제히 검거하고 1935년에 카프를 해산하게 했다. 그런 단체를 다시 만들지 못하게 더욱 엄중하게 감시하고 탄압했다.

일본에서도 조선에서도 프롤레타리아문학을 하겠다던 사람들은 사상 전향을 공식으로 발표하고 새로운 선택을 해야 했다. 정치적으로 전혀 문제가 되지 않는 문학을 하거나, 아니면 뜻한 바를 은밀하게 나타내는 방법을 찾아야 했다. 일본에서 많이 보여준 앞의 전례를 식민지 조선의 작가들이 뒤따를 수는 없었다. 프롤레타리아문학을 할 때의 선후배 관계를 청산하고 계급의 현실을 민족의 수난과 함께 다루면서 광범위한 독자의 공감을 얻는 독자적인 방법을 찾아 나서야 했다.

그것은 일본뿐만 아니라 중국에도 없던 일이어서 비교고찰이 필요하다. 일본에서는 탄압을 받고 사라진 계급문학이, 중국에서는 적대 세력과의 오랜 투쟁을 거쳐 공산당이 권력을 장악하면서 공식 노선으로 등장했다. 그런 차이가 있어 일본에서는 감각의 영역에 머무르는 문학이 성행할 때, 중국에서는 정치와 문학을 함께 밀접하게 연결시키는 성론 (政論) 성향의 문학론이 창작을 압도했다. 우리는 정치적인 관심을 버리고 문학만 한다고 하면서, 무산계급의 처지로 떨어진 민족의 수난을 절감하고 외국에는 전례가 없는 측공이나 역공의 전술을 써서 나타냈다.

계급문학론이 이렇게 제기되는 동안에 반대론도 많이 나타났다. 대부분은 단순 논리에 의한 거부반응이었으며, 계급문학론보다 이론 수준이 낮고 진지함이 부족했다. 계급문학이 잘못되었으므로 반대하는 말은 어떻게 하든지 옳다고 하는 것을 흔히 볼 수 있었다. 〈개벽〉 1925년 2월호에 〈계급문학시비론〉에서 김동인(金東仁)은 계급 공기(空氣)가 없듯이 계급문학이란 있을 수 없다고 했다. 이광수(李光洙)는 문학은 계급을 초월해야 가치가 있다고 했다.

〈동아일보〉 1926년 1월 1일자에서 3일자까지에 나란히 실려 있는 김억(金億)의 〈예술의 독립적 가치〉와 이광수의 〈중용(中庸)과 철저(徹底)〉에서 계급문학 반대론이 더욱 구체적으로 표명되었다. 김억은 어떤 존재든지 그 자체의 독립성을 잃으면 의미가 없다고 하고, 예술의 특징을 이루는 "미적 쾌감"은 이해득실을 벗어난 "무관심의 심정"이므로 계급문학 같은 것은 부정되어야 한다고 했다. 이광수는 조선은 원기가 부족하고 허약하므로 혁명적인 문학을 배격하고 일상생활을 평범하게 나타낸 문학을 필요로 한다고 했다.

문학이 문학 그 자체이기만 해야 한다면 민족문학도 부정해야 했다. 투지를 가질 수 없다는 이유에서 일제와의 대결을 그만두어야 했다. 계급문학을 부정하는 논리를 궁색하게 전개하다가 문학을 무력하게 만들고 말았다. 그러나 이 경우에도 반론이 틀렸다는 이유에서 원래의 주장이 타당하다고 할 수는 없었다.

계급문학에 대한 반론은 민족문학론을 재정립해야 설득력 있게 이루어질 수 있었다. 중국에 망명해 항일투쟁을 하던 신채호(申采浩, 1880~1936)가 그 점을 밝혀 논하는 데 앞섰다. 원고를 국내에 보내 〈동아일보〉

1925년 1월 2일자에 실은 〈낭객(浪客)의 신년 만필〉에서, 계급문학의 지론을 민족문학 안에 받아들여 투쟁의 대상이 우리 민족 유산계급이 아니고 일본 제국주의임을 명확하게 해야 한다는 주장을 전개했다.

무슨 주의가 들어오면 "조선의 주의"가 되지 않고 "주의의 조선"이 되는 폐단을 지적하면서 무산계급문학론의 몰주체적 성향을 나무랐다. 만국의 무산자가 모두 형제라는 주장을 비판하고, 일본인 무산자는 배후에 일본제국이 있으며 "조선인 생활을 위협하는 식민의 선봉"이라고 했다. 문학에서 도피처를 찾지 말고 조선을 구하는 혁명적 문학을 해야 한다고 하면서, 구체적인 방안이 무산계급문학의 편향성을 시정하고 일제에 항거하는 민중 주체의 민족문학을 하는 것이라고 했다.

무정부주의 쪽에서 전개한 반론도 만만치 않았다. 김화산(金華山, 1905~?)은 〈조선문단〉 1927년 3월호에 발표한 〈계급예술론의 신전개〉에서 공산주의를 지향하는 무산계급문학론이 문학의 형식과 표현을 무시하는 잘못을 저지른다고 하고, 무정부주의가 원하는 무산계급문학은 "새로운 예술 조건을 구비한 표현형식을 요구한다"고 했다. 기존의 문학에서는 그런 것을 찾을 수 없어 "율동적·역학적·기하학적 문장의 건설"이 긴요한 과제라고 했다.

〈뇌동성문학론(雷同性文學論)의 극복〉을 〈현대평론〉 1927년 6월호에 내고, 계급문학의 그릇된 방향에 대한 비판을 더욱 진전시켰다. 무산계급문학을 한다면서 집단을 이유로 개인을 무시하고 조직의 명령에 따라 창작을 하는 것이 잘못이라고 나무랐다. 무산계급 내부에서 생겨난 투쟁 사상을 어떤 강제나 명령이 없는 자유로운 조건에서 표현해야 한다고 했다.

김동환(金東煥, 1901~?)은 〈조선일보〉 1928년 1월 1일자의 〈문학상 긴급문제〉 등 여러 논설에서, 옛 시조를 부흥하고 조선주의를 내세우면서 국민문학을 하자는 주장을 배격하고, 계급문학의 의의를 재확인하면서 실천 방안을 다시 검토했다. 아일랜드·폴란드·인도 등에서 볼 수 있는 바와 같이, 정치상의 해방운동을 일으키면서 '애국문학'이라 일컫는 민족문학의 기치를 드는 것이 마땅하다고 했다. 소작인과 노동자의 처지를 스스로 다루면서 무산대중의 손에서 이루어지는 민족문학이 가장 소중하다고 하고, 계급문학과 민족문학이 합치되어 마땅하다고 추구했다.

그런 주장은 각기 그것대로의 미비점이 있었다. 신채호는 민족운동의 방향을 적절하게 제시하기는 했어도 문학 창작에 관해서는 원칙론 이상의 발언을 하지 못했다. 김화산이 농민이나 노동자가 실제로 지닌 예술적 역량을 인식하고 그런 주장을 편 것은 아니다. 김동환은 식민지 상태에서 벗어나 해방을 얻으려는 민족문학의 세계적인 동향에 대해 어느 정도 아는 바를 소개했다.

계급문학론에 말려들지 않고 반대를 위한 반대도 하지 않으면서 계급문학을 민족문학에다 받아들이려는 중도론자들이 양쪽 극단에 선 사람들보다 훨씬 많았다. 그러나 작당을 하지 않아 세력이 모자라고, 의지할 만한 기존의 이론이 없기 때문에 생각하는 바를 조리를 갖추어 말하지 못해 설득력을 얻기 어려웠다. 민족문학의 실상과 가능성에 대한 인식을 갖추지 못한 것도 문제이다.

〈개벽〉 1925년 2월호의 〈계급문학시비론〉을 보자. 김형원(金炯元, 1900~?)은 인류에게 원래 계급이 없어야 하지만 계급이 생겨나고 계급문학이 불가피하게 되었으니 싸울 수밖에 없는데, "계급을 위해 싸우느냐 문예를 위해 싸우느냐"가 문제이고, 자기는 해답을 얻지 못해 고민이라고 했다. 나도향(羅稻香)은 문학이 인생을 전부 내어놓을 수는 없으니 계급문학이 일어나는 것은 당연한 일이지만, 작가가 반드시 계급문학을 한다고 소속을 밝혀야 하는지는 의문이라고 했다. 그런 문제점을 더욱 깊이 검토하려면 문학에 관한 자생적인 이론이 일어나야 했다.

염상섭(廉想涉, 1897~1963)은 자기는 취향이 달라 계급문학을 하지 않겠다고 하고서, 그 글에서는 계급문학에 적합한 소질을 가진 작가는 계급문학을 하는 것이 자연스럽다고 했다. 〈조선일보〉 1927년 1월 1일자에서 16일자까지의 〈민족·사회운동의 유심적(唯心的) 고찰〉에서는,

자기는 유심론자이고 사회운동이 아닌 민족운동의 노선에 서지만 두 운동은 대립되지 않아야 한다고 했다. 우익의 민족운동은 시민의 역량이 미약해 사회운동과 제휴해야 하고, 좌익의 사회운동은 제국주의에 맞서 민족을 옹호하는 과업을 망각하지 말아야 하므로 둘이 협동해야 한다고 했다.

양주동(梁柱東, 1903~1977)은 좌우 어느 쪽에도 치우치지 않은 중도론을 표방하고 적극적으로 주장했다. 1928년 1월 1일자부터 18일자까지 〈동아일보〉에 연재한 〈정묘평론단총관(丁卯評論壇總觀) : 국민문학과 무산문학의 제문제를 비판·검토함〉에서, '국민문학'이라고 일컬은 민족문학과 무산계급문학은 표리 관계에 있어야 하는데, 무산계급문학에서 민족문학을 부당하게 비난하고, 민족문학 쪽은 이론도 없고 작품도 없다고 했다. 〈문예상의 내용과 형식 문제〉를 〈문예공론〉 1929년 6월호에 발표하고, 두 노선 합작의 필연성을 내용과 형식이 따로 놀 수 없고 통일되어야 한다는 데서 찾았다.

극좌의 내용 편중과 예술지상주의의 형식 편중이 둘 다 부당하다 하고, 내용과 형식의 조화를 찾는 노력이 소중하다고 했다. 그러면서 내용과 형식의 관계를 살피는 이론적인 논의를 장황하게 펼쳤는데, 형식은 그 자체만으로 예술을 성립시킬 수는 없지만 예술이 예술이게 하는 "제일의적 요건"이라는 것이 핵심을 이루었다. 그래서 형식 위주의 통합론에 치우치고 민족문학론의 관점이 결여되어 민족적 형식 문제는 전혀 거론하지 않았다.

정노풍(鄭蘆風)은 〈조선문학 건설의 이론적 기초〉를 1929년 10월 23일자부터 11월 30일자까지 〈조선일보〉에 발표해 논의의 진전을 이룩했다. 민족의식과 계급의식을 배타적인 관계에서 파악하지 말고 "계급적 민족의식"의 문학을 일으켜야 한다는 주장의 타당성을 다각도로 입증했다. 먼저 민족의 개념, 조선민족의 유래를 살피고, 조선민족은 세계 도처의 많은 민족과 함께 피압박 민족의 처지에 있으면서 민족의 특성을 자유로이 발휘하려는 민족의식을 지녔다고 했다.

민족의식은 역사의 오랜 시간에 걸쳐 형성되어, 안으로 사회구조가 변혁되고 밖으로 민족들 사이에 억압과 충돌이 없어지더라도 남아 있으리라고 했다. 그런 근거에서 좌파의 민족소멸론, 피압박민족의 계급적 처지를 망각한 우파의 민족주의는 둘 다 부당하다고 비판했다. 계급적 민족의식을 발현하는 문학은 억압된 생활을 표현하면서, 민족 소생의 지표가 되는 의식을 가지고 창작 역량을 발휘하고 내용과 형식의 통합에 힘써야 한다고 했다.

이념 논쟁이나 노선 투쟁 때문에 문학론이 왜곡되는 것을 시정하고 진정으로 중요한 것이 무엇인지 밝히는 데 여성 평론가 임순득(任淳得, 1915년경~?)이 크게 이바지했다. 〈여류작가의 지위〉를 〈조선일보〉 1937년 6월 30일자에서 7월 4일자까지 싣고, 여성문학에 대한 정당한 인식을 촉구했다. '여류작가'라는 말이 지닌 여성에 대한 편견을 바로잡기 위해서 '부인작가'라는 말을 사용하자고 했다. 부인이 차별받지 않고 인간으로 복귀해야 진정한 인간의 해방이 이루어진다고 하고, 그렇게 하기 위해 분투하는 것이 부인작가의 사명이라고 했다.

〈여류작가 재인식론〉을 〈조선일보〉 1938년 1월 28일자에서 2월 5일자까지 발표할 때는 강경애·박화성·이선희를 들어 여성 작가가 남성 작가를 능가하는 창작을 한다고 했다. 강경애의 〈어둠〉을 특히 높이 평가했다. "이 땅의 작가들은 '어둠'의 배후사건"을 "외국처럼 여겼다"면서 일제의 억압에 대해 침묵한 것을 나무라고, 오직 강경애만 모든 어려움을 감수하고 "악착같은 어둠을 문학화"했다고 했다. 그런 작품이 여성이 지었다는 이유에서 무시되고 마는 것은 용납할 수 없다고 강력하게 항변했다.

김윤식, 《근대한국문학연구》(일지사, 1973) ; 김시태, 《한국 프로문학비평 연구》(아세아문화사, 1978) ; 김하명 외, 《조선문학사 1926~1945년》(과학백과사전출판사, 1981) ; 이강언, 〈절충주의 문학론의 형성과 전개〉, 《어문학》 44·45(한국어문학회, 1984) ; 장사선, 《리얼리

즘 문학론》(새문사, 1988) ; 권영민, 《한국민족문학론연구》(민음사, 1989) ; 《한국계급문학운동사》(문예출판사,1998) ; 박경수,〈정노풍의 계급적 민족의식의 문학론〉,《한국문학논총》11(한국문학회, 1990) ; 문학사연구모임 편, 《카프문학운동연구》(역사비평사, 1994) ; 조진 기, 《한일프로문학의 비교연구》(푸른사상, 2000) ; 박상준, 《한국 근 대문학의 형성과 신경향파》(소명출판, 2000) 등의 연구가 있다. 임순득 은 서정자,〈최초의 여성문학평론가 임순득론〉,《청파문학》16(청파문 학회, 1996) ; 이상경, 《한국근대여성문학사론》(소명출판, 2002)에서 고찰했다.

11.8.3. 전환기의 논란

1934년 2월에 카프의 구성원들이 검거되고, 1935년 5월에 카프가 해 산되기 직전에 계급문학 운동은 세력 확대가 최고조에 이르렀으나 문 단을 온통 뒤흔들 정도는 아니었다. 김기진이 〈신동아〉 1934년 1월호에 발표한 〈조선문학의 현재의 수준〉에서 당시의 작가들을 성향에 따라 분류한 데서 실상을 파악할 수 있다. 무산계급 작가는 '동반자' 17명까 지 포함해도 29명에 지나지 않아 민족주의 작가 각 유파 총원 49명보다 열세이므로 더욱 분발해야 한다고 다짐했다.

그럴 때 내부의 동요가 일어났다. 김기진과 함께 계급문학 운동을 창 도했던 박영희는 1934년 1월 2일자부터 2월 11일자까지 〈최근 문예이론 의 신전개와 그 경향〉을 〈동아일보〉에 발표하고 운동 포기를 선언했다. 자기는 1929년부터 회의를 느껴 1932년에 간부를 사임하고 1933년 10월 에는 카프를 탈퇴했다 하고, 그 이유를 해명한 글을 장황하게 썼다. "얻 은 것은 이데올로기며, 상실한 것은 예술"이라고 한 것이 핵심이다.

그래서 결론이 난 것은 아니다. 이데올로기를 얻었다고 하기 어렵고 상실할 만한 예술이 있었던지 의문이다. 카프의 그릇된 지도 때문에 침 해된 창작의 자유를 살리자는 결론은 그럴듯하지만, 논자 자신이 창작

방향을 제시할 만한 사고능력을 잃어 평론가로 행세하기 어렵게 된 한계를 보여주었다.

김기진이 이에 대한 반론을 맡아, 과오를 일부 인정하고 시정하면서 새로운 방향을 찾자고 했다. 〈동아일보〉 1934년 1월 27일자부터 2월 6일까지의 〈문예시감〉(文藝時感)에서, 이데올로기를 주입하려는 도식주의의 과오가 있었음을 인정하면서도, 그 때문에 예술 상실에 이르지는 않았다 하고, 카프의 지도를 그르친 책임은 바로 박영희 자신에게 있다고 했다. 그러면서 무산계급문학의 새로운 창작방법인 사회주의적 사실주의에 기대를 걸자고 했다.

〈신동아〉 1934년 2월호에 발표한 〈프로문학의 현재 수준〉에서는 지난 10년 동안의 과오를 세밀하게 검토해, 종파적으로 분립(分立)하고 기계적으로 주입하려고 한 잘못에서 벗어나야 하고 "과거의 민족문학을 보다 더 진실하게 연구"해 섭취할 것을 정당하게 섭취해 세계적인 수준의 사회주의적 사실주의에 이르러야 한다고 했다. 같은 잡지 1935년 1월호의 〈조선문학의 현단계〉에서 "민족적·통일적 문학"을 하지 못하고 "조선사회의 계급적 분화과정을 반영"하는 데 머무르다가 세계적인 반동기를 만나 암흑과 공포의 시련을 겪는다고 했다. 그렇더라도 계급문학의 진영에서 고조해야 할 것이 이데올로기인 줄 알고 문학을 정당하게 이끌어나가는 신념을 키워야 한다고 했다.

내부에서 일어난 동요와 반성론이 일제가 강요한 전향과 맞물려 방향을 다시 잡지 않을 수 없게 되었다. 임화는 〈낭만적 정신의 현실적 구조〉를 〈조선일보〉 1934년 4월 19일자부터 25일자까지 발표하고, 낭만주의를 끌어들여 역동적인 작품 세계를 이룩하는 것이 새로운 창작방법인 듯이 말해 전향의 구실을 찾았다. 안함광(安含光)은 〈예술〉(藝術) 1935년 4월호의 〈조선 프로문학의 현단계적 위기와 그의 전망〉에서 적절한 타개책을 찾지 못하는 고민을 보여주었다.

신남철(申南澈)이 〈신동아〉 1935년 9월호에 발표한 〈최근 조선문학 사조의 변천〉은 무산계급문학의 결함을 반성하고 쇄신을 꾀하자는 논

의를 논리적인 문장으로 전개하고 있어 주목할 만하다. 그러나 추상적
이론을 생경하게 전하면서 예술적 형상화를 배제하는 도식주의를 나무
라는 데 치중하고 말았다. 과학적 방법이라고 거듭 일컬은 것이 실제로
무엇이며 어떤 의의를 가지는지 설득력 있게 제시하지 못했다.

임화는 〈조선신문학사론서설 : 이인직으로부터 최서해까지〉를 1939
년 10월 9일자부터 11월 3일자까지 〈조선중앙일보〉에 연재하고 문학사
정리 작업에 착수했다. 그런데 논리의 일관성을 돌보지 않고 단편적인
사고를 열거하는 습성 때문에 논지가 불분명하다. 무산계급문학을 옹
호하는 데서 이탈하지 않은 듯한 인상을 주면서 서양 취향의 문학관을
자랑하고, 야단스러운 수식으로 독자의 시선을 현란하게 해서 주장하
는 바가 무엇인지 모호하다.

1940년에 나온 평론집 〈문학의 논리〉에서 볼 수 있는 〈신문학사의 방
법〉에 이르러서는 서양문학을 추종하는 의식을 뚜렷하게 드러냈다. "우
리 조선과 같이 이식문화 · 모방문화의 길을 걷는 경우에는, 유산은 부
정될 객체로 화하고 외래문화가 주체적인 의미를 띠지 않을까?"라고 하
는 데까지 이르렀다. 〈개설신문학사〉를 실제로 써서 〈조선일보〉 1939년
12월 5일자에서 27일자까지 연재하고, 〈인문평론〉 1940년 11월호에다
〈조선신문학사〉를 내서 그 뒤를 이으면서 그런 견해를 구체화했다.

신문학 자체에 대한 정리보다 그 출발점을 논하는 데 더 많은 노력을
기울이면서 납득하기 어려운 주장을 당당하게 폈다. 이른바 아시아적
정체성 때문에 조선의 중세사회는 스스로 근대화하는 것이 불가능하고
서양의 근대를 이식해야 할 운명을 지녔다고 주장해 중세에서 근대로
의 이행기 동안에 이루어진 축적과 성장을 일거에 부정했다. 실학시대
에 근대를 지향하는 움직임이 있었다는 사실을 인정하면서도, 그것은
서양 영향을 중국에서 받아들여 이루어진 중국 근대화의 한 연장일 따
름이라고 했다.

마르크스주의 역사관에 의거해 반론의 여지가 없는 지론을 전개한다
고 했다. 서양에서 이룬 것은 무엇이든지 최대한 미화해 예찬했다. 우

리 역사의 발전 가능성을 부인하는 일제의 식민사관을 답습했다. 사실은 상당히 이질적인 그 세 가지 견해를 하나로 모아 우리 근대문학이 이식문학일 수밖에 없다고 입증하려고 했다. 그렇게 하는 것이 일본을 통해 서양을 추종하는 발전을 이룩하는 데 반론이나 장애가 없도록 하는 진보적인 자세라고 여겼다.

무산계급문학의 이론은 노동자의 생활을 다루는 것을 핵심 과제로 삼고 농민은 상대적으로 경시했는데, 실제 창작은 그렇지 않고 오히려 반대가 되었다. 농민문학에서만 볼 만한 작품이 있었다. 이론과 실제의 거리가 무산계급문학의 해체기에 비로소 문제가 되어 논란이 벌어졌다. 그 내역을 이해하려면 여러 해 전에 있었던 일부터 살펴보아야 한다.

농촌을 배경으로 해서 농민생활을 다루는 문학을 일으키자는 주장은 그 전에도 있어, 〈조선문단〉 1925년 1월호의 〈신년 문단을 향하여 농민문학을 일으키라〉에서 이성환(李晟煥)은 관심을 농촌으로 돌리자고 했다. 〈조선농민〉(朝鮮農民) 1929년 3월호의 농민문학 특집에도, 도시와 대립되는 농촌을 예찬하는 문학을 하자고 주장하는 논설이 여러 편 실렸다. 백민(白民)이라는 이가 〈농민〉(農民) 1932년 8월호에 발표한 〈농민문학을 건설하자〉에서는, 농민이 스스로 이룩하는 문학을 가장 소중하게 여겨야 한다고 했다. 그런 주장을 무산계급문학 진영에서는 줄곧 외면하다가, 전환기에 이르자 부분적으로 인정하기 시작했다.

안함광(1910~1982)이 〈농민문학 문제에 대한 일고찰〉을 〈조선일보〉 1931년 8월 12일자에서 13일자까지에 발표할 때 변화의 조짐이 나타났다. 무산계급문학은 노동자문학이지만, 빈농계급에게 프롤레타리아 이데올로기를 적극적으로 주입하는 데 관심을 가져 농민문학도 함께 하는 것이 마땅하다고 했다. 백철(白鐵, 1908~1985)은 이에 대한 장문의 반론 〈농민문학 문제〉를 같은 신문 1931년 10월 1일자에서 20일자까지에 싣고, "혁명적 농민의 문학"이 노동자문학에 종속되지 않고 독자적인 의의를 지니도록 용인해야 한다고 했다.

안함광은 〈비판〉(批判) 1931년 12월호의 〈농민문학의 규정문제〉에서 백철의 주장을 일축하고, 농민문학은 무산계급문학의 본령일 수 없고 외곽이라고 했다. 러시아에서 제조되고 일본에서 가공된 그런 수입 이론에 대해 반론을 제기하는 과업을 홍효민(洪曉民, 1904~1976)이 맡아 나섰다. 〈신동아〉 1935년 7월호에 〈조선 농민문학의 근본문제〉를 발표하고, "농민 자신의 이데올로기를 기조로 한 농민문학"의 필요성을 역설하면서, 그런 농민문학이 독자적으로 형성된 다음에 노동자문학과 제휴하는 것이 바람직하다고 했다.

그러자 계급문학 운동을 주도한다는 사람들도 백철과 홍효민의 주장에 동의하는 쪽으로 기울어졌다. 권환(權煥, 1903~1954)은 〈조광〉 1940년 9월호의 〈농민문학의 제문제〉에서 "조선 사람의 전통성, 인습, 풍속 기타 모든 전형적 생활"을 농민을 통해 알아야 하므로 농민문학이 소중하다고 했다. 그 무렵 농민문학에 관한 논의가 풍성하게 이루어졌다. 그러나 농민이 스스로 이룩해온 문학을 어떻게 이어받아 발전시킬 것인가 하는 문제는 거론하지 않았다.

무산계급문학론에서 내세운 주장을 어느 정도 살리면서 방향 전환을 하고 새로운 사조를 도입한다고 자랑하는 데 휴머니즘이 아주 적합했다. 그 당시 유럽에서 파시즘에 대항하기 위해 좌파세력이 광범위하게 연합해 휴머니즘이라는 기치를 내걸었다. 백철이 〈웰컴! 휴머니즘〉을 〈조광〉 1937년 1월호에 발표해 그 동향을 소개한 것은 적절한 대응책이었다. 그런데 무엇을 말하는지 분명하게 밝히지 않았다. 현실에 적극적으로 대처하고 주위의 압력에 항거하는 주체적인 자세를 가지자는 주장을 막연하게 펴기나 했다.

휴머니즘을 계급문학 운동의 새로운 전략으로 러시아에서 승인할 것을 알고 동조자가 여럿 나타났다. 김오성(金午星, 1906~?)은 〈조광〉 1937년 6월호에 〈휴머니즘 문학의 정상적 발전을 위하여〉를 내고 문예부흥기 이래의 휴머니즘을 장황하게 설명하면서, 객관을 초극할 수 있는 주체적 인간을 그리는 것이 앞으로의 과제라고 했다. 임화는 〈휴머니즘 논쟁의 총결산〉을 〈조광〉 1938년 4월호에 냈고, 휴머니즘은 사실주의여야 한다고 했다.

그런 비평문은 거의 다 내용이 산만하고 주장이 모호해, 좋지 못한 글쓰기의 좋은 본보기를 보여주었다. 계급문학의 공식 노선에서 벗어나 새로운 대응책을 찾으려고 하니 막막해진 탓이라고 할 수 있다. 일제는 알아차리지 못하고 우리 독자에게는 전달되는 발언을 하려고 하다가 그렇게 되었다고 이해하는 것도 가능하다. 우리가 나아갈 길을 진지하게 탐구하지 않고 최신 사조를 서양에서 가져와서 우리 문학의 치료제로 삼으려고 하니 차질이 생기지 않을 수 없었던 데 더욱 중요한 이유가 있었다.

이원조(李源朝, 1909~1955)가 발표한 일련의 비평을 그런 본보기로 들 수 있다. 〈조선일보〉 1934년 11월 6일자에서 11일자까지의 〈비평의 잠식(潛息) : 우리의 문학은 어디로 가나〉에서는 비평이 '태도'를 중요시하지 않을 수 없는 상황에 이르렀다고 했다. 패배의식에 사로잡히지 않고 진실을 직시하자는 주장을 그렇게 나타냈다. 같은 신문 1936년 7월 11일자에서 17일자까지 발표한 〈현단계의 문학과 우리의 포즈에 대한 성찰〉에서 편 논의는 더욱 모호해 무엇을 말하고자 했는지 알아차리기 어렵다.

김남천(金南天, 1911~1953)은 상황 타개의 방책을 더욱 적극적으로 모색하고, 〈고발의 정신과 작가 : 신창작 이론의 구체화를 위하여〉를 〈조선일보〉 1937년 6월 1일자에서 5일자까지 발표했다. 무산계급의 사회주의적 사실주의를 계속 밀고나갈 것이 아니라 시민문학의 사실주의를 되찾아야 한다는 것이 요지다. 그렇게 해서 탄압을 면하는 한편 계급문학의 편협성을 시정하고 시민문학 수립의 미진한 과업에 적극 참여하겠다고 했다.

시민문학의 사실주의로 사회를 고발하는 데 소설이 중추적인 구실을 한다는 점을, 〈조선일보〉 1938년 9월 10일자에서 18일자까지의 〈현대 조선소설의 이념〉 등의 논설에서 거듭 논의했다. 그런데 소설이 우리 문학사에서 시민문학으로 성장해온 내력은 알려고 하지 않고, 서양소설의 이식의 내력과 방향만 긴요한 관심사로 삼았다. 소설에서 사회 모순을 비판할 의도는 없었으며, 세태소설을 쓰는 것을 고발이라고 여겼다.

세태소설의 결함을 지적하는 임화의 주장에 대해서 반론을 제기한 〈동아일보〉 1938년 10월 14일자에서 25일자까지의 〈세태의 풍속〉 등에서 자기의 소설론을 거듭 전개했다. 이념을 상실하고 소설이 나아갈 길도 분명하지 않게 된 전환기에 이르렀으므로 본격적인 사실주의 소설로 되돌아갈 수는 없다고 했다. 개인과 집단의 분리를 넘어서서 고대서사시에 접근해야 전환기의 진통을 해결할 수 있으므로 세태소설을 가족사·연대기소설로 발전시켜야 한다고 했다.

대단한 이론을 스스로 마련한 것 같지만 그렇지 않다. 일제와 대결하는 방식을 새롭게 모색하지 못하고, 나타난 현상을 있는 그대로 비판 없이 수긍하면서 외면을 묘사하는 데 그치는 창작방법을 변호하는 논리를 그렇게 전개했다. 가족사·연대기소설이라는 것이 유행하도록 하면서 일제 침략의 역사를 시초에서부터 긍정하는 작품이 나타났다.

송현호, 〈이원조 문학론 연구〉, 《국어국문학》 93(국어국문학회, 1985) ; 박종홍, 〈박영희의 지적 방황〉, 《어문학》 48(한국어문학회, 1986) ; 윤세평, 〈우리의 민족문학 유산에 대한 관념론적 허무주의를 반대하여 : 임화의 반인민적 '조선문학'과 그 사상적 잔재를 분쇄하자〉, 《조선문학》 1956년 제4호(과학원 언어문학연구소) ; 김윤식, 《임화연구》(문학사상사, 1989) ; 유병석, 〈임화의 '신문학사' 연구〉, 《한국학논집》 21·22(한양대학교 한국학연구소, 1992) ; 김현정, 〈백철의 휴머니즘문학 연구〉(대전대학교 박사논문, 2000) ; 김기한, 〈백철문학론연구〉(건국대학교 박사논문, 2001) ; 진영백, 〈백철의 비평담론 연구〉(부산대학교 박사논문, 2002) 등을 참고할 수 있다.

11.8.4. 해외문학파의 관여

무산계급문학이 퇴조하고 해체되기 시작하자 문학비평에 공백이 생긴다고 판단해 여러 사람이 많은 주의나 방법을 들고 나왔다. 그래서 비평이 크게 활기를 띤 것 같지만, 자기 스스로 고민하고 모색한 결과가 아닌 외래의 기존 처방에 의거한 공통점이 있다. 계급문학에 반대하는 주장을 일제히 펴면서 계급문학을 민족문학 안으로 끌어들여 극복하려던 미완의 작업에는 관심을 보이지 않았다. 계급문학과 함께 민족문학마저 무의미한 것처럼 만들고 서양문학을 일본을 통해 이식하는 대리점 노릇을 하는 것을 자랑스럽게 여겼다.

그런 비평가들을 해외문학파라고 부를 수 있다. 1926년에 외국문학연구회라는 모임을 만들고 1927년에 〈해외문학〉이라는 잡지를 내는 데 직접 가담하지는 않았어도, 서양문학 가운데 하나를 공부한 것을 밑천으로 삼아 비평을 하는 사람들을 해외문학파라 불러도 무방하다. 해외문학파는 계급문학론이 흔들리기 시작하자 때가 왔다고 환영하면서 서양문학에 관한 지식을 이용해 수습 방안이나 대안을 들고 나왔다.

프랑스문학을 전공한 이원조와 영문학을 전공한 백철은 계급문학론을 철회하지 않고 전환의 논리를 마련하는 데 서양문학의 원천을 이용하려 했으며, 다른 사람들은 대부분 계급문학론을 거부한 비평 방법이나 문예사조를 도입하는 데 열을 올렸다. 일제와 맞서는 민족문학을 다지고 현실 타개의 당면 과제를 해결하는 과업을 떠나, 서양을 새로운 모범으로 삼아야 한다고 주장하는 비평이 대단한 위세를 가지고 신문과 잡지를 장악하고 작가들에게 큰 영향을 끼쳐 창작의 방향을 오도했다.

박용철(朴龍喆, 1904~1938)은 독문학을 원천으로 하는 시론을 전개하면서 문학론을 전개하는 한편, 〈문예월간〉 1931년 11월호에 〈효과주의적 비평론강(批評論綱)〉을 발표하고, 비평의 방향 전환을 주장했다. 재래의 비평을 보면 인상주의는 개인의 미적 경험을 기술하는 데 그치고, 계급문학을 주장하는 유물사관의 예술사회학은 물질적 조건과 정치적 영향을 살피기 급해서 예술의 독자적인 성격을 이해하지 못했다고 했다. 새로운 비평은 그 두 가지 결함을 한꺼번에 바로잡아 예술이 독자에게 미치는 효과를 측정하고 기술하는 방법을 강구해야 한다면서 여러 조항에 걸친 작업 계획을 제시했다. 그런 주장을 펴서 관심을 끌고자 했을 뿐이고, 자기가 말한 작업을 실제로 시도한 것은 아니다.

김환태(金煥泰, 1909~1944)는 창작은 하지 않고 비평가로만 활동하는 것을 자랑으로 삼았다. 일본에서 영문학을 공부하고 귀국한 다음 〈문예비평가의 태도에 대하여〉를 〈조선일보〉 1934년 4월 21일자에서 22일자까지에, 다시 〈비평문학의 확립을 위하여〉를 〈조선중앙일보〉 1936년 4월 15일자에서 23일자까지에 발표했다. 그런 글에서 방향 전환을 적극 주장하면서 비평 원론을 전개했다.

정치이론을 내세운 사회비평이 문학비평을 대신해온 잘못을 시정해야 하며, 문학비평은 다른 무엇이 아닌 문학 자체를 대상으로 삼아 작품 고유의 특성을 살펴야 한다고 주장했다. 비평가는 입법자나 재판관이 될 수 없고 작가의 좋은 협력자가 되어야 한다고 했다. 작품에서 얻은 인상을 재구성하는 창조적 예술가여야 한다면서, 자기가 영문학에서 공부한 인상비평을 재현하려고 했다.

문학은 자유의 표현이고 사회나 정치나 시대를 초월한다고 해서, 민족문학의 방향, 현실에 대응하는 창작방법 등의 문제는 논의할 자리가 없게 했다. 실제 비평에서는 이태준(李泰俊)이나 박태원(朴泰遠)의 소설, 정지용(鄭芝溶)의 시를 들어 기교가 훌륭하다고 말하기나 하고 심도 있는 분석을 한 것은 아니다. 안이한 상식론으로 비평을 대신했다.

최재서(崔載瑞, 1908~1964) 또한 영문학을 지식의 원천으로 삼은 전문 비평가였다. 김환태가 내세운 인상비평보다 영문학에서 더욱 새롭게 부각된 주지주의를 들고 나와 비평의 방향을 다시 제시하고자 했으며, 비평 활동을 부지런히 해 커다란 영향력을 행사했다. 여러 해 동안 발표한 글을 모아 1938년에 비평집 〈문학과 지성〉을 냈다. 1939년 10월부터는 〈인문평론〉이라는 문예지의 편집과 발행을 맡아 문단에서 차지하는 위치를 한껏 높였다.

〈조선일보〉 1934년 8월 7일자에서 12일자까지 발표한 〈현대 주지주의 문학이론의 건설〉 등의 논설을 선언문으로 삼았다. 서양에서는 낭만주의와 휴머니즘이 개성을 지나치게 존중한 폐단을 시정하고 전통 복귀의 몰개성적 지성으로 현대문명의 병상을 진단하는 비평이 성행하고 있으니 배우고 따라야 한다고 주장했다. 동시대의 다른 비평가들은 휴머니즘을 받아들여 인간성을 옹호하자고 한 데 대해 아무런 논의도 하지 않고, 자기 나름대로 공부해 소개하는 사조에 충실해 전통과 지성에 구속되는 것이 마땅하다는 지론을 폈다. 우리의 전통은 탐구하고자 하는 의도조차 없이 일거에 부정하고, 서양 전통의 이식이 너무나도 당연하다고 했다.

〈풍자문학론〉을 〈조선일보〉 1935년 7월 14일자에서 29일자까지에 발표할 때에 문학 창작의 구체적인 문제를 다루었다. 주지주의에서 강조하는 전통이나 신념이 없는 시대의 혼돈을 수용하거나 거부하기만 할 수는 없어 자기 풍자의 비판적 태도가 요망된다고 했다. 풍자를 그릇된 현실과 대결하는 방식으로 생각하지 않고, 패배와 회의에 사로잡힌 지식인이 자기 자신을 냉소하는 태도로 변질시켜, 실제 창작에서 이루어지는 항일 풍자문학에 찬물을 끼얹었다.

그렇게 하다가 친일문학의 길을 택했다. 1939년 10월 〈인문평론〉 창간호의 권두언 〈건설과 문학〉에서 "위대한 건설 행동"에 참여하겠다는 말로 일본 군국주의의 추종자임을 고백했다. 그런 생각에 따라 잡지를 편집하면서 일제의 환심을 사고자 했다. 1943년에는 또 하나의 평론집을 일본어로 내고 친일의 언동을 한층 적극 표명했다.

김문집(金文輯, 1909~?)도 평론가로서 한때 대단한 활약을 했다. 비평집 〈비평문학〉을 1938년에 최재서의 〈문학과 지성〉과 함께 냈는데, 분량이 더 많고 체제가 한층 번듯하다. 최재서는 남들이 이미 한 말을 충실하게 정리해 옮기려고 애썼지만, 김문집은 누구든지 무식하고 식견이 모자란다고 나무라는 오만한 자세로 상대방을 함부로 폄하하는 야유나 독설을 늘어놓았다.

〈동아일보〉 1936년 1월 16일자에서 24일자까지에 발표한 〈전통과 기교 문제〉에서는 전통에서 우러나는 기교가 소중하다고 하고 김유정(金裕貞)의 작품을 높이 평가할 때는 경청할 만한 견해가 있는 것 같았다. 그런데 같은 신문 1937년 12월 7일자에서 12일자까지의 〈비평예술론〉을 보면, 비평이 제2의 창작이라는 주장을 현란한 인용과 비유를 써서 펼치고서, 당시의 주요 작가들을 닥치는 대로 폄하하고 우롱하는 재치를 자랑했다. 1939년 9월에는 〈조선민족의 발전적 해소론 서설〉이라는 것을 〈조광〉에 발표하고 일제의 추종자로 나서더니, 1941년에 일본으로 가서 일본에 귀화하고서 행방을 감추었다.

《한국문학사상사시론》(지식산업사, 1978) ; 김윤식, 《한국근대문학사상연구 : 도남과 최재서》(일지사, 1984)에서 최재서를 조윤제와 견주어 살폈다. 김흥규, 《문학과 역사적 인간》(창작과비평사, 1980)에 최재서론이 있고 ; 이은애, 〈최재서 문학론 연구〉(서울대학교 박사논문, 1995)가 나왔다. 그 밖의 다른 비평가에 관한 논의는 앞에서 이미 든 여러 비평사에 있다.

11.8.5. 국문학연구의 사명

당대의 문학에 대한 비평이 활기를 띠고 있는 동안에 신문학 이전의 문학에 대한 관심은 아주 감퇴되었다. 고려시대나 조선시대에 어떤 문학이 있었는지 몰라도 작가가 되고 비평가가 되는 데 아무런 지장이 없다고 생각했다. 국문학 고전에 대한 교육은 초등교육에서 고등교육까지 어디서도 하지 않아 공부를 할 기회가 없었다. 그 실체를 알지 못한 채 폄하의 대상으로나 언급하는 것이 유행이 되었다.

1926년에 국내 유일한 대학인 경성제국대학이 생기고 조선문학 전공이 개설되었으나 전문적인 식견이 없는 일본인 교수가 관장해 식민지학의 한 영역으로 삼았을 따름이다. 신문이나 잡지에 문학에 관한 논설이 많이도 실렸지만, 그 가운데 국문학의 고전을 논하고 국문학사의 문제를 검토하는 것은 찾아보기 아주 어려웠다. 그럴 만한 사람이 없고, 발표할 만한 연구가 축적되지 않았다. 문학 일반론이나 문학의 당면 과제에 대한 비평이 전통과 연결되지 않고 빗나가는 것은 어쩔 수 없는 일이었다.

지난 시기 한문학 시대의 문학론은 다시 발표되어도 관심을 끌 수 없었다. 여규형(呂圭亨)이나 정만조(鄭萬朝)는 강단에 서서 정통 학문학을 가르쳤다. 경성제국대학 강사를 하면서 정만조가 한문으로 저술한 교재 〈과거급과문〉(科擧及科文), 〈조선시문변천〉(朝鮮詩文變遷) 등이 유인본으로 남아 있어 한문학 이해를 전수하려고 애쓴 자취를 확인할 수 있으나, 강의에 출석하는 학생이나 경청했을 따름이다.

한문학 시대의 시화를 국문을 섞어서 풀어 적고 잡지에 발표한 것도 있다. 김원근(金瑗根)은 〈조선고금시화〉(朝鮮古今詩話)를 〈청년〉(靑年) 1922년 5월호에서 7월호까지에, 〈조선시사〉(朝鮮詩史)를 〈신생〉(新生) 1930년 2월호에서 1934년 1월호까지에 연재했다. 그런데 기존의 자료를 소개하기나 하고 새로운 해석을 하거나 체계화를 시도하지는 않았다. 재래의 시화에 이미 익숙해 있지 않으면 관심을 가질 수 없게 했다. 한시나 시화는 난해하기만 해서 문학으로서의 의의를 인정하기 어렵고 신문학을 이룩하는 데 장애가 될 따름이라는 반감을 불러일으키기나 했다고 할 수 있다.

안확(安廓, 1886~1946)이 그런 형편을 타개하려고 홀로 분투했다. 전통문화에 대한 이해를 애국계몽기의 주체의식으로 정리하고, 일본에서 들어온 서양학문의 지식에 빠지지 않고 대응 논리를 마련하려고 애썼다. 민족문화의 거의 모든 영역을 연구 대상으로 하는 광범위한 국학을 개척하면서 문학에 대해서 일찍부터 깊은 관심을 가졌다.

〈학지광〉 1915년 7월호에 〈조선의 문학〉을 발표해 문학의 정의, 조선문학의 유래와 변천 등에 대한 견해를 한 차례 정리했으며, 〈아성〉(我

聲) 1921년 3월호와 5월호에 〈조선문학사〉를 실었다. 1922년에는 마침 내 〈조선문학사〉를 단행본으로 내놓았다. 이 책은 최초의 우리 문학사 라는 점에서 획기적인 의의를 가진다. 독립된 나라에서는 학문의 중심 이 되는 대학의 지도적인 위치의 교수가 국민의 성원을 받으면서 맡아 서술하는 자국문학사를 민간학자가 아무런 지원도 받지 못하고 이룩해 거듭 재평가할 만한 의의를 지닌 저작을 남겼다.

한문학은 오랫동안 거듭 논의의 대상이 되었으나, 국문문학은 그때 까지 자료 정리를 해보지 못하고 개괄적인 논의도 없었으므로 얼마 동 안의 작업을 해서는 자세하게 다룰 수 없었다. 내용이 소략해 문학사라 고 하기에는 손색이 있는 것이 어쩔 수 없는 일이었다. 아직 연구되지 도 않고 발견되지도 못한 작품이 적지 않아 여러모로 미비하다.

그러나 국문문학과 한문학을 함께 포괄하고 구비문학에도 관심을 가 지면서 그 세 가지 문학의 상관관계를 밝혀 논했다. 문학의 기원에서 당대의 문학까지 두루 다루어 취급 범위를 적절하게 설정했다. 사실의 열거에 머무르지 않고, 대종교(大倧敎)와 관련이 있는 민족 주체사관 을 갖추어 문학사의 전개를 일관되게 이해하는 원리를 마련하려고 했 다. 상고시대에 형성된 민족정신이 외래 사상을 섭취해 발전한 과정을 밝히면서, 신문학이 퇴폐주의에 감염되어 자각을 상실한 폐단을 시정 하는 데 문학사 서술의 최종적인 목표를 두었다.

문일평(文一平, 1888~1938)도 많은 일을 했다. 체계적인 저술은 하 지 않았지만, 주로 신문에 발표한 글을 1939년에 모아 낸 〈호암전서〉 (湖岩全書)가 네 권이다. 그 가운데 〈사안(史眼)으로 본 조선〉 말미에 〈조선학의 의의〉란 대목이 있다. 넓은 의미의 조선학은 조선에 관한 모 든 사항을 대상으로 하지만 유불학(儒佛學)과는 대립된다고 하고, 더 욱 소중한 의의를 가진 좁은 의미의 조선학은 언어, 역사 그리고 "조선 말로 씌어진 조선문학" 연구에 주력한다고 했다. 동아시아문명의 보편 적 양상보다 민족문화의 독자성을 강조하는 관점을 확인할 수 있다.

〈사상(史上)에 나타난 예술의 성직(聖職)〉에서는 예술 전반에서 뛰어난 자취를 남긴 사람들을 기리면서 문학에 많은 비중을 두었다. 국문 시가의 작자들을 먼저 들고, 최치원에서 김택영까지 한문학 작가도 두루 고찰했다. 〈예술과 로맨스〉, 〈전쟁문학〉 등에서도 문학 이해에 필요한 흥미로운 사례를 풍부하게 보여주었다. 민족문화에 대해 긍지를 느끼고, 하층 민중의 역량을 평가하도록 하는 작업을 계속 전개했다.

이병기(李秉岐, 1892~1968) 또한 전통문화에 대한 체험적인 이해를 근거로 삼아 국학을 한 세대에 속했다. 〈신생〉(新生) 1930년 1월호에 실은 〈조선문학 연구에 대하여〉에서 광범위한 관심을 보였으나, 시조 창작의 원리와 방법을 찾고자 해서 시조 연구를 가장 긴요한 작업으로 삼았다. 〈시조와 그 연구〉를 〈학생〉(學生) 1930년 1월호에서 10월호까지 연재해, 시조에 대해 다각도의 고찰을 한 내용이 오랫동안 교과서적인 의의를 가졌다.

그 뒤에는 국문학에 대한 학문적인 연구를 경성제국대학 졸업생이 담당했다. 일본인 교수의 지도를 받은 전력은 부끄러울 수 있으나 대학에서 학문하는 방법을 익힌 것을 자랑스럽게 여기는 몇몇 신진학자가, 어려운 여건에서도 부지런히 일해 국문학연구가 학문으로 자리 잡을 수 있게 하는 초석을 놓고자 했다. 이룬 바를 평가하면서 모자라는 점도 지적해야 한다. 일본을 거쳐 받아들인 유럽 근대학문의 학풍을 혁신해 민족해방 운동의 학문을 이룩하는 데 많은 어려움이 있었다. 역사적 유래를 정리하는 작업에 치중해, 당대의 문학 창작에서 제기되는 문제를 해결하는 방안을 제시하지는 못했다.

김태준(金台俊, 1905~1950)이 그 선두에 서서 1931년에 〈조선한문학사〉(朝鮮漢文學史)를 내놓았다. 한문학이 가장 중요해 먼저 다룬 것은 아니고, 기존의 작업을 쉽게 이용할 수 있었기 때문이다. 결론에서 "낡은 것을 정리하고 새로운 것을 배워서 신문학의 건설에 힘쓰자"고 했는데, 본문 서술에서는 새로운 견해를 찾기 어렵다. 한문학에서 무엇을 어떻게 계승해서 신문학 건설을 위해 이용할 것인가 고심하지 않고 한문학은 되돌아볼 가치가 없다고 여기는 선입견을 조장했다.

1933년에 처음 내고 1939년에 증보한 〈조선소설사〉(朝鮮小說史)는 신문학과 더욱 밀접한 관련이 있었다. 한문학이라야 올바른 문학이라고 하던 오랜 기간 동안 유학자들이 배격해 마지않던 소설, 그 가운데서도 국문소설이야말로 신문학의 직접적인 원천으로 평가될 수 있다고 했다. 그러나 자료를 조사해서 열거하는 데 치중하고 소설사의 맥락을 제대로 찾지 못했다. 영·정조시대에 '근대소설'이 나타났다고 한 것은 논증이 결여된 발언이다. 19세기에는 재래의 소설이 일단 쇠퇴했다가 신소설 이후의 새로운 소설이 일어났다고 해서 문학사에 단절이 있었다 하고, 신문학이 이식문학일 수밖에 없게 했다.

계급문학 운동에 동조하는 진보주의자라고 자처하면서 낙후한 유산을 나무라기나 하고 진보의 내재적 원천을 찾는 데도 소홀했다. 〈조선문학〉(朝鮮文學) 1937년 6월호에서 9월호까지에 발표한 〈조선의 문학적 전통〉에서 문학의 전통 또는 특질은 앞으로 연구해야 하겠으나 "거의 운명적 성격이라고나 할" 환경의 소산이어서 평가할 것이 없다고 했다. 문화의 위기에 닥칠수록 "국제적 문화의 연락을 희구"하는 데 힘써야 하지, "복고적인 문화정신에서 혼미한다면 그 소득이 무엇인가?" 하고 반문했다.

그런 작업은 기여하는 바보다 폐해가 더 컸다. 전통에 관심을 가지면 복고주의자가 되고 만다고 하면서 문학사 연구의 의의를 스스로 부인했다. 문화의 수입이 위기 해결의 방도라고 하는 대외 의존의 견해를 나타냈다. 우리 고전에 대해서 깊은 연구를 한 듯한 선각자가 민족허무주의를 부추기는 발언을 일삼아 파급 효과를 키웠다.

김재철(金在喆, 1907~1933)이 1933년에 〈조선연극사〉(朝鮮演劇史)를 내서 전혀 평가되지 못하고 한번도 정리될 기회가 없었던 분야에 대한 이해를 촉구한 것은 획기적인 일이다. 그러나 탈춤이나 꼭두각시놀음을 간접적인 기록을 들어 문헌고증을 하는 대상으로 삼는 데 치중했다. 꼭두각시놀음의 자료는 조사해 보고하면서도, 당시까지 전승되고 공연되는 양상에는 진지한 관심을 가지지 않았다. 그 둘에다 창극까지 보탠 재래의 연극은 많은 결함이 있어 도태되지 않을 수 없고, 서양의 신문명이 들어오면서 신극이 대두한 것이 당연한 일이라고 했다.

신극의 여러 양상까지 취급해 연극사가 둘로 갈라지게 하지 않았으니 다행이지만, 신극의 모형인 서양 근대극이 연극의 교과서라는 생각은 조금도 반성하지 않았다. 전통극이 어떤 원리를 갖추었는지 생각하지 못하고 전통극을 계승하고 재창조해 신극의 혼란을 시정하는 민족극으로 발전시킬 수 있는 가능성을 전혀 고려하지 않았다. 수고스럽게 쓴 책이 전통극에 대한 불신을 부추기기 알맞았다.

조윤제(趙潤濟, 1904~1976)는 진보주의자가 되어야 한다는 초조감이 없어 신중한 태도를 가지고 차분하게 작업했다. 〈조선소설발달개관〉을 〈신생〉 1929년 7 · 9 · 10월호에, 〈시조자수고〉(時調字數考)를 〈신흥〉(新興) 1931년 1월호에 내는 등 기초적인 연구 업적 몇 가지를 보이고, 본격적인 저작 〈조선시가사강〉(朝鮮詩歌史綱)을 1937년에 내놓았다. 소설사나 연극사보다는 몇 해 늦었지만, 분량과 체제만 보아도 현저한 발전이 있음을 알 수 있고, 자료를 철저하게 수집해 치밀한 고증을 한 점에서 모범이 되는 성과를 이룩했다. 그 내용이 대부분 오늘날까지 통용된다.

작업의 기본 특징이 자료 정리에 있어 기여하는 바가 한정되었다. '시가'라는 기본 용어의 해명을 직접적인 관련이 없는 서양인 몇 사람의 시론으로 미룬 책 서두에서부터 이론적인 문제에는 계속 둔감해, 고시가 연구로 시론을 혁신할 수 있는 가능성을 배제했다. 소설사나 연극사와는 달리 신시 성립 초기의 사정까지만 언급하고 당대의 시는 취급하지 않아, 고전문학을 현대문학과 분리해서 그 자체로 연구하는 학풍을 마련했다.

국학 연구의 일환으로서 또는 독립된 학문으로 국문학연구가 자리잡고 그 나름대로 많은 성과를 이룩했으나 널리 알려지지 않고, 영향력이 크지 못했다. 해외문학파가 비평을 장악해 서양문학을 문학의 제반 문제를 논하는 기준으로 삼고 창작의 지표로 받드는 풍조를 시정하기

에는 역부족이었다. 애국적 정열을 자랑으로 삼아, 우리 것을 돌본다고
하면서 자료 연구에 치중하고 이론을 이룩하지는 못해 문학론 전개를
선도할 수 없었다.

연구와 비평이, 연구 안에서도 고전문학과 현대문학이 분리되어 통
괄적인 관점 수립을 어렵게 해왔다. 한편으로는 문학이론 없는 실증주
의가, 또 한편에서는 우리 문학의 실상을 무시한 서양사조 도입론이 시
정되지 않고 지속되었다. 그런 형편은 오늘날에도 거의 그대로 남아 힘
써 타개하지 않을 수 없다. 그렇게 하는 데 이 책을 비롯한 나의 작업이
도움이 되기를 간절하게 바란다.

최원식, 〈안자산(安自山)의 국학〉,《한국민족문학의 논리》(창작과
비평사, 1982) ; 김헌선, 〈안확의 조선문학사에 나타난 자각적 통일사
관 소고〉,《청파서남춘교수화갑기념논총》(창문사, 1985) ; 유준필,
〈자산 안확의 국학사상과 문학사관〉(서울대학교 석사논문, 1991) ;
〈형성기 국문학연구의 전개양상과 특성 : 조윤제·김태준·이병기를
중심으로〉(서울대학교 박사논문, 1998) ; 김중렬, 〈김태준의 국문학연
구 검토〉,《국어국문학》100(국어국문학회, 1988) ; 김창규, 〈자산의
국문학연구에 대한 선행적 성과고〉,《대구교육대학논문집》27(대구
교대, 1992) ; 박희병, 〈천태산인(天台山人)의 국문학연구〉,《민족문
학사연구》3(민족문학사연구소, 1993) ; 김창규,《안자산의 국문학연
구》(국학자료원, 2000) 등의 연구가 있다.

11.9. 민요시 운동의 방향과 성과

11.9.1. 민요의 전승과 기능

민요는 일제 강점기 동안에도 계속 전승되고 재창조되었다. 일하고 놀이하는 생활과 밀착되어 있는 민요는 생활방식에서 결정적인 변화가 없으면 이어지게 마련이었으며, 통제의 대상이 될 수 없었다. 고정된 기능이 없는 유동민요 또는 유행민요는 교통로가 확장되고 내왕이 빈번해지면서 더욱 늘어나 일제 강점으로 빚어진 세태를 시비하고 억압에 항거하는 의지를 나타냈다. 민요야말로 일제 강점기의 항일문학으로서 다른 무엇보다도 적극성을 띠며 민족의 지하방송 같은 구실을 했다.

일제는 많은 사람이 모이는 대규모의 민속놀이를 금하고 무당의 굿을 배격해 구비전승에 갖가지 타격을 주었지만, 민요는 건드리기 어려웠다. 민요 부르는 행위를 규제할 수 없었고 민요의 내용을 검열할 방도를 차리지 못했다. 민요는 설화보다도 뿌리가 깊고 잎이 무성했다고 할 수 있다. 실화가 아닌 설화는 전래된 유형을 유지하면서 새로운 내용 또는 의미를 부분적으로 보태야만 했다.

민요는 가락이나 수사법이 사설을 직접 통어하지 않으면서 전승이 안정되게 하므로, 사설이 달라질 수 있는 진폭이 크고 시대 변화에 대한 반응을 바로 나타내기에 유리했다. 기록문학과 관련을 가지는 데서도 설화보다는 민요가 더욱 적극성을 띠었다. 설화를 소설에 수용하는 작업은 드러나지 않은 가운데 조금씩 이루어졌지만, 민요를 시에서 재창조해 민요시를 쓰고자 하는 운동은 이론과 실천 양면에서 커다란 파문을 일으켰다.

산문의 영역에서는 세태 변화에 따르는 문제를 소설이 설화를 앞질러 다루었으므로 설화를 되살려 검열을 받지 않는 조건을 이용해야 할 필요가 그리 크지 않았다. 그런데 시는 그 전에도 민요의 구실을 약화시키지 못하고 민요와 새롭게 접합되면서 쇄신되는 과정을 되풀이해왔으며, 근대시로 전환되다가 혼미해진 상황을 타개하기 위해 민요의 도움을 더욱 절감하게 되었다. 우리말 노래의 자연스러운 모습과 활력을 지닌 민요를 소중하게 여기고 민요시를 힘써 마련해야 한다는 주장을 여러 사람이 다투어 폈다.

일제가 우리 민요를 주목하지 않은 것은 아니다. 요시찰인을 감시하듯이 뒷조사를 하면서 통제할 방법을 찾았다. 조선총독부가 나서서 1912년에서 1935년까지 몇 차례 민요 조사를 실시했다. 행정기관을 동원해 전국의 민요를 모아 민심의 동향을 파악하고, 민요의 사설을 자기네에게 유리하게 바꾸어놓고자 했다.

조사에 동원된 관리들이 둘째 의도에 미리 영합해 일제의 통치를 찬양하는 민요가 발견된다고 적어 보고했다. 새 세상을 만나 자력갱생에 힘쓰며 농촌부흥을 하자는 따위의 문구가 문서철로 남아 있는 민요 조사 자료에서 이따금 보인다. 보고 자료를 변조한다고 해서 민요가 실제로 그렇게 바뀔 수 있는 것은 아니었다. 1935년도 조사분은 일부 출판을 했으나 민요 자체에 아무런 영향을 끼치지 못했다.

조선총독부의 민요 조사에 일찍부터 관여하던 일본인 학자 고교형(高橋亨)은 경성제국대학 교수로 자리를 잡고 자료를 풀이하는 논문을 여러 편 냈다. 〈조선민요연구총설〉(朝鮮民謠研究總說)이라는 데서, 조선민요의 특색으로 애조를 띠고, 유교 윤리에 구속되고, 인생이 무상하다면서 향락주의에 빠진 것을 들었다. 민족성이 잘못된 증거를 민요에서 찾아 나무랐다. 그것은 총독부의 조사에서 나타난 바와 아주 다르지만, 사실을 왜곡한 동기는 상통한다.

우리 민요가 일제가 바라는 바와는 다르게 발랄한 창조력과 거침없는 비판정신을 갖추고 있어 고민이기에, 한편으로는 자료를 왜곡하고, 또 한편으로는 해석을 날조해 힘을 빼려고 했다. 해석 날조 또한 민요 자체에는 타격을 미치지 못하고 민요시를 이룩하고자 하는 시인들에게 끼친 영향도 크지는 않았다. 그러나 경성제국대학에서 공부하고 민요 연구에 관심을 가진 학자들에게는 넘어서기 어려운 선입관 노릇을 했다.

애조가 우리 민요의 특색이라는 것은 사실의 일면을 고의로 확대한 견해이다. 한탄스럽거나 원통한 곡절이 쌓여 슬픈 노래를 불러왔으면서도 무엇이 문제인지 되돌아볼 여유가 있어, 슬픔에 빠져들지 않도록 익살이나 해학으로 슬픔을 차단했다. 유식한 척하며 늘어놓는 문구는 유교 윤리에 구속된 것 같고, 놀면서 흥을 돋우는 노래는 향락주의로 기울어진 듯하지만, 주어진 사고 형태를 받아들이는 척하면서 뒤집어 엎는 것이 상례이다. 그 두 가지 전통이 새 시대의 고통을 이겨내고 일제에 항거하는 민요에서 줄기차게 계승되었다.

일제 총독부가 민요를 조사한 자료가 해설과 함께 임동권,《한국민요집》6(집문당, 1981)에 있다. 최철·설성경 편,《민요의 연구》(정음사, 1984)에 일본인의 연구까지 모아놓았다.

11.9.2. 새 시대 민요의 모습

조선총독부나 일본인 학자가 조사할 때는 보이지 않던 민요의 진면목이 이따금 드러났다. 민요에 애착을 가진 사람들이 깊이 숨어 있는 자료를 찾아내 책을 내기도 하고 잡지에 발표하기도 했다. 실상을 그대로 전하지 않고 조사자가 윤색하거나 개작한 듯한 것들도 있다.

1924년에 엄필진(嚴弼鎭)이 낸 〈조선동요집〉(朝鮮童謠集)은 이름과는 달리 전래민요를 적지 않게 수록해 최초의 민요집으로 평가된다. 동요집이라고 했기에 검열에 걸릴 수 있는 문제의 민요를 끼워 넣을 수 있었다고 생각된다. 전에는 없던 민요가 놀랄 만한 내용을 갖추고 새로 창작된 것들이 그 가운데 있다.

"양천촌의 전갑섬"이라는 처녀가 여기저기 나는 혼인 말을 거절한다면서, 세상이 온통 글러먹어 온당하게 살아가는 신랑감을 찾지 못하겠다고 한 것을 보자. 부자에게 혼인 말이 나니 "금전 자세에 나는 싫소"라고 했다. 관리는 "세력 자세에 나는 싫소"라고 했다. 농부는 무지하고, 상인은 속이는 놀음을 하고, 어부는 "어복(魚腹)에 장사(葬事)"하고 마니 싫다고 했다. 그 뒤를 이어 당대의 상황에 대해 이렇게 시비를 차렸다.

양천촌의 전갑섬아,
세민(細民)에게 말이 났소.
"나는 싫소, 나는 싫소.
모진 학대 나는 싫소."

양천촌의 전갑섬아,
애국자에게 말이 났소.
"나는 싫소, 나는 싫소.
형사 조사 나는 싫소."

양천촌의 전갑섬아,
유학생에게 말이 났소.
"나는 싫소, 나는 싫소.
맘 태우기 나는 싫소."

세민은 모진 학대를 당하고, 애국자는 형사 조사를 받고, 유학생은 맘 태우게 하는 세태를 수많은 소설에서 그리고자 했으나 이처럼 선명한 결과를 얻지 못했다. 어느 부분을 필요 이상 확대해 보이다가 전체의 맥락을 잃고 무엇이 문제인지 모호하게 만드는 잘못을 민요의 장기를 발휘해 일거에 시정했다. 새 시대의 말을 맡아서 한다고 자부하던 근대시는 가까이 가지 못할 경지이다.

그 무렵에 잡지나 신문이 민요를 이따금씩 싣고 민요에 대한 새로운 인식을 촉구했다. 〈개벽〉 1923년 12월호에서는 〈조선문화 기본조사 강원도편〉을 특집으로 꾸미고, 강원도 민요 일곱 편, 동요 세 편을 소개했다. 1923년 11월에 나온 〈금성〉 창간호에서 동요와 민요도 투고 작품으로 받아들인다고 광고하고서, 1924년 1월의 제2호와 5월의 제3호에 동래 민요 열두 편, 의성 민요 두 편을 실어 민요와 시를 근접시키려고 했다. 민요를 논하고 민요시를 주장하는 논설에서 예증으로 삼은 자료도 상당히 많다.

김소운(金素雲)이 1933년에 낸 〈조선구전민요집〉(朝鮮口傳民謠集)에는 천 여 편의 민요가 수록되었다. 대부분 〈매일신보〉의 독자 투고로 수집된 것들이고 현지 조사는 아니어서 어느 정도 믿을 만한지 의심스럽다. 그 신문이 총독부의 기관지이기에 항일민요 투고는 기대할 수 없었다. 그러나 시대 변화를 나타내는 것들이 더러 있다.

> 우리 아들 면서기라, 월급 받아 일백 쉰 냥,
> 쉰 냥을랑 쌀값 주고, 스물 댓 냥 면장 주고,
> 주재소의 순사부장 술 먹자고 찾아오고,
> 군청에서 군주사가 양복 입고 출장 오면
> 앞집 술집과 갈보집에 돈 쓰라고 끌고 가네.
> 면서기질 삼년 만에 칠백 쉰 냥 빚을 졌네.
> 논밭 사긴 고사하고 관리대접에 집 팔았네.

충남 천안군 성환에서 부르는 〈면서기편〉(面書記篇)이라고 했다. 전래된 사설은 아닐 듯하고, 제목을 채록자가 붙였을 것으로 보인다. 아들이 면서기가 되어 기대를 걸었다가 실망한 아버지가 하는 말로, 말단 관리마저 뜯기기만 하는 신세라고 한탄했다. 일제 통치 아래에서 변변찮은 출세라도 해보려는 것이 허망하니 기대를 걸지 말라는 말이다.

세태 풍자를 적극적으로 한 민요는 〈아리랑〉이었다. 이미 앞 시대에 여러 고장의 〈아리랑〉이 서로 교류되고 〈서울아리랑〉이 널리 퍼지면서 〈아리랑〉은 전국에서 불렸다. 세상이 달라지는 데 가장 민감한 반응을 보이고 민족의 시련을 집약하는 구실을 했다. 〈조선구전민요집〉에 실려 있는 〈아리랑〉은 어느 것이든지 그런 성향을 지닌다 하겠으나, 〈함흥아리랑〉 9편과 〈창원아리랑〉 53편을 특히 주목할 만하다.

문전의 옥답을 다 팔아먹고
거러지 생활이, 웬일이야.

원수로다, 원수로다.
총 가진 포수가 원수로다.

먼동이 트네, 먼동이 트네.
미친 놈 꿈에서 깨어났네.

〈함흥아리랑〉을 몇 대목 들어보면 이와 같다. 대수롭지 않은 말로 자기 신세타령이나 하는 듯이 꾸미고서 일제가 강요한 시련을 고발했다. "총 가진 포수"는 일본 군대이다. 〈창원아리랑〉에는 다음과 같은 사설이 있다. 신작로를 만들고 콘크리트 다리를 놓아 도시와 가까워진 탓에 농촌에까지 밀어닥친 개화 바람을 풍자했다.

낙동강 칠백 리 공굴 놓고,
하이카라 잡놈이 손짓한다.

양복 복장 외국 모자 개화장 짚고,
촌 갈보 호리기 망맞았네.

〈서울아리랑〉은 전국의 〈아리랑〉을 대표할 수 있는 위치에 올라서서, 민족의 수난을 처참하게 나타내면서 항변하는 말을 갖추었다. 〈조선구전민요집〉에 있는 사설이 조금씩 다르게 변형된 것들을 여러 작가가 다양한 작품에서 인용했다. 둘째 것은 1926년 현진건의 소설 〈고향〉

에서, 셋째 것은 1931년 유진오(兪鎭午)의 희곡 〈박첨지〉에서, 넷째 것은 1936년 이광래(李光來)의 희곡 〈촌선생〉(村先生)에서 사서왔나. 당시에 널리 불려진 사설이라 거듭 이용되었다. 앞뒤가 바뀌거나 말이 달라지는 것은 자연스러운 변이이다.

> 말깨나 하는 놈 재판소에 가고,
> 일깨나 하는 놈 공동산(共同山) 가고,
> 아이깨나 낳을 년은 갈보질 가고,
> 목도깨나 맬 놈은 일본 가고.
>
> 볏섬이나 나는 전토는 신작로가 되고요,
> 말마디나 하는 친구는 감옥소로 가고요,
> 담뱃대나 떠는 노인은 공동묘지 가고요,
> 인물이나 좋은 계집은 유곽으로 가고요.
>
> 쓸 만한 전답은 신작로 되고,
> 얼굴 고운 딸년은 신마찌 가고,
> 살림깨나 살 년은 공장에 간다.
>
> 말깨나 하는 눔은 감옥으로 가고,
> 기운꼴이나 쓰는 눔은 대판(大阪)으로 가고,
> 늙고 병든 무지랭이는 북간도(北間島)로 가버리니.

"갈보질 가고", "유곽으로 가고", "신마찌 가고"는 말은 달라도 뜻은 같다. 일본인이 들어와 새로 만든 거리에 유곽이 자리 잡았다. 일제의 식민지 통치 때문에 사람다운 삶이 온통 유린당하고, 가야 하는 곳이 재판소・감옥・공동묘지・공장이라고 했다. 일본 어느 곳이나 북간도로 떠나가야 하는 수난도 함께 말했다.

그 정도까지의 항일민요는 반어와 풍자의 수법을 썼으므로 당대에 글로 적어 발표할 수 있었고, 그 이상의 내용이면 은밀하게 부르기만 해야 했다. 광복 후 민요집을 엮어낼 때 일제 강점기 동안에는 공개될 수 없었던 민요를 찾아 수록하고자 했으나 조사가 철저하게 이루어지지 못했다. 그런 가운데도 다행히 수집되어 남은 〈신아리랑〉의 다음 대목은 국내에서의 수난 때문에 탄식하는 데 그치지 않고 백두산 고개를 넘어 북간도로 가서 항일투쟁을 다짐하는 의지를 나타냈다.

   무산자 누구냐 탄식마라.
   부귀와 빈천은 돌고 돈다.

   감발을 하고서 주먹을 쥐고,
   용감하게도 넘어 간다.

   밭 잃고 집 잃은 동무들아.
   어디로 가야만 좋을까보냐.

   괴나리봇짐을 짊어지고,
   아리랑 고개로 넘어 간다.

   아버지 어머니 어서 오소.
   북간도 벌판이 좋다더라.

   쓰라린 가슴을 움켜쥐고,
   백두산 고개로 넘어 간다.

   감발을 하고서 백두산 넘어,
   북간도 벌판을 헤매인다.

이 노래는 북간도에서도 많이 불렀다고 한다. 거기까지 간 경과를 간추려 나타낸 사설을 일제의 직접적인 통제에서 벗어난 곳에서 마음껏 노래할 수 있었다. 빼앗긴 조국에서는 살 수 없어 비장한 각오를 하고 험난한 길을 재촉해 간 의지를 말하고, 광막한 벌판에서 헤매는 시련을 전하는 데까지 이르러 민족서사시의 축약판을 만들었다. 항일문학의 여러 작품 가운데 우뚝한 위치를 차지할 만한 것을, 무명작가들이 정성을 모은 민요에서 만들어냈다.

광복군이 무장투쟁을 하면서 부른 노래에 민요를 이용한 것들이 적지 않게 포함되어 있었다. 〈광복군석탄가〉에서는 "석탄 백탄 타는데 연기도 김도 안 나고/ 삼천만 가슴 타는데 혁명의 불길이 오른다"고 하고, 〈광복군 널리리야〉에서는 "청사초롱 불 밝혀라/ 잃었던 조국에 내가 돌아간다"고 했다. 〈화물차 가는 소리〉는 〈신고산타령〉을 개작해, 앞대목과 여음은 그대로 두고 중간에 들어가는 말은 이렇게 바꾸었다.

　　　신고산이 우루루 화물차 가는 소리에,
　　　지원병 보낸 어머니 가슴만 쥐어뜯고요.
　　　　　어랑어랑 어허야.
　　　양곡배급 적어서 콩깨묵만 먹고 사누나.

　　　신고산이 우루루 화물차 가는 소리에,
　　　정신대 보낸 어머니 딸이 가엾어 울고요.
　　　　　어랑어랑 어허야.
　　　풀만 씹는 어미 소 배가 고파서 우누나.

　　　신고산이 우루루 화물차 가는 소리에,
　　　금붙이 쇠붙이 밥그릇마저 모조리 긁어갔고요.
　　　　　어랑어랑 어허야.
　　　이름 석자 잃고서 족보만 들고 우누나.

전에도 〈신고산타령〉은 화물차가 달리면서 생긴 세태 변화를 시비했다. 그런 내용을 더욱 분명하게 해서 일제가 힘겨운 침략전쟁을 수행하느라고 수단을 가리지 않던 시기의 수난을 낱낱이 지적했다. 일제에 대한 적개심과 동포에 대한 사랑을 함께 나타냈다.

모든 노래가 절망을 나타낸 것은 아니다. 김학규가 작사했다고 하는 〈광복군아리랑〉은 절망을 희망으로 바꾸어 광복군이 본토로 진격하기를 염원하는 말을 〈아리랑〉 가락에다 얹어 노래했다. "아리아리랑 스리스리랑 아라리요/ 광복군아리랑 불러나 보세" 하는 말을 되풀이하면서 다음과 같은 사설을 엮었다.

우리네 부모가 날 찾으시거든,
광복군 갔다고 말 전해 주소.

광풍이 불어요, 광풍이 불어요.
삼천만 가슴에 광풍이 불어요.

바다에 두둥실 떠오는 배는
광복군 싣고서 오시는 배요.

아리랑 고개서 북소리 둥둥 나더니,
한양성 복판에 태극기 펄펄 날리네.

독립전쟁이 일어나고 광복군이 승리를 거두는 날이 오기를 바라는 간절한 염원을 나타냈다. 부모가 찾거든 말해달라는 서두에서는 자기가 행방을 감춘 이유를 말하더니, 한양성 복판에 태극기가 날린다고 하는 데서는 온 민족이 기쁨을 함께 누린다고 했다. "두둥실 떠오는", "북소리 둥둥" 같은 말을 중간에 넣어서 신명을 돋우었다.

장사훈·성경린,《조선의 민요》(국제음악문화사, 1949) ; 독립군가
보존회,《독립군가곡집 광복의 메아리》(독립군가보존회, 1982)에서
자료를 얻을 수 있다. 고정옥,《조선민요연구》(수선사, 1949) ; 김시
업,〈근대민요 아리랑의 성격〉,《전환기의 동아시아문학》(창작과비평
사, 1985) ; 김연갑 편저,《아리랑》(현대문예사, 1986) ; 김열규,《아
리랑 : 역사여 겨레여 노래여》(조선일보사, 1987) ; 박민일,《한국아
리랑문학연구》(강원대학교출판부, 1992) 등의 연구가 있다.

11.9.3. 민요시를 위한 논란

민요를 받아들여 민요시를 이룩하는 운동은 전에도 몇 번 있었다. 조
선후기 한시가 민요를 받아들이고자 한 것이 의도적으로 추진한 첫 번
째 민요시 운동이었다. 그때는 농민의 소리를 받아들여 사회를 비판하
면서 한시를 쇄신한 성과를 민요의 주인에게 되돌려줄 수는 없었다.
1900년대 민요를 개작해 애국계몽의 주장을 나타낸 것이 두 번째 민요
시 운동이었다. 이번에는 민요의 인기를 이용해 교술시를 만들고자 한
탓에 민요에서 멀어졌다.

1920년대부터 1930년대까지 다시 일어난 민요시 운동은 세 번째 것이
었다. 그런 줄 모르고 전에는 없던 일이라고 여기고 시작했지만, 두 가
지 점에서 실패를 바로잡았다. 민요를 받아들여 한시가 아닌 우리 말
시를, 교술시가 아닌 서정시로 지어 민요의 가치가 제대로 발현될 수
있게 했다. 그렇다고 해서 앞에서 일어난 두 차례 운동은 되돌아볼 만
한 성과를 이룩하지 못한 것은 아니었다.

민요 체험과 이론적인 논의 사이에 괴리가 있었다. 민요를 부르면서
자라거나 민요를 대중가요로 만든 잡가를 애창한 경험이, 민요시를 지
을 때는 살아날 수 있어도 민요를 논할 때에는 제대로 활용되지 못하는
것이 예사였다. 일본 학자들이 앞서서 내놓은 기존의 논의에서 벗어나

지 못해 민요의 실상을 왜곡해 이해하는 일이 흔했다.

첫 번째 민요시 운동에서와 같은 혁신을 바라지 않고, 근대시에서 이미 하고 있는 작업을 다지려고 민요의 도움을 받고자 했다. 두 번째 민요시 운동을 일으킨 사람들처럼 민요의 형식과 표현을 분명하게 파악하려고 하지 않고, 근대시 율격론의 범위 안에서 민요를 이해했다. 민요가 지닌 항거의 의지나 다양한 표현은 버려두고 단순한 형식을 지니고 애조를 띤 노래를 만드는 데 민요를 이용하려는 시도가 흔히 있었다.

이광수는 〈조선문단〉 1924년 12월호에 발표한 〈민요소고〉에서 민요의 가치를 입증하기 위해 다른 시가를 차례로 폄하했다. 한시는 백성 전체의 시가 되지 못하고, 가사와 시조는 한문 투여서 널리 공감을 얻지 못했다고 했다. 신시는 일본시 모방에서 시작되어 시형이 확립되지 않았고 일반 민중의 시가 되었다고 할 수 없다고 비판했다. 그런 폐단에서 벗어나기 위해서 민요에 깊은 관심을 가지고 민요를 이어야 한다고 했다. 주요한 또한 같은 잡지에 함께 실린 〈노래를 지으시려는 이에게〉에서 신시 운동이 성공하려면 반드시 민요를 기초로 삼아야 한다고 했다.

그런 논의에서 말한 민요는 당위일 따름이고 실체는 없다. 민요의 실상이 어떤지 지적해서 말하지 못하고, 민요에서 무엇을 찾아내서 신시가 그릇되고 있는 양상을 어떻게 바로잡아야 하는지 드러내 논하지 않았다. 그러면서 문학의 진화를 살피면 우리 문학은 '민요시대'를 벗어나지 못한 낮은 단계에 머무르고 있으므로 민요에 의거해야 한다는 주장도 함께 폈다. 신시가 앞으로 너무 나아가는 데 불안을 느끼고 민요로 후퇴하라고 요구했다. 스스로 시도한 민요시를 보면 단순하고 소박한 노래이기만 하다.

민요 자료가 여기저기 소개되면서 민요론도 나타났다. 이은상(李殷相)은 〈동광〉 1926년 11월호에 발표한 〈청상민요소고〉(靑孀民謠小考)에서 청상민요라고 이름 지은 부녀자들의 민요 두 편을 들어 고찰했다. 애조를 띠고 한탄을 하는 것이 특징이라고 했다. 1927년에 일본에서

〈조선민요의 연구〉(朝鮮民謠の研究)라는 책을 내서 일본인들이 우리 민요를 다룬 논설을 집성했는데, 거기 이은상의 이 글 외에 최남선과 이광수의 민요론도 일본어로 수록했다. 여러 사람이 조선 민요는 소극적이고 퇴영적인 정서를 나타낸다고 했다.

그런 논조가 유행하고 있을 때 홍사용(洪思容)이 〈조선은 메나리의 나라〉를 〈별건곤〉 1928년 5월호에 내서 민요 이해의 방향을 바로잡고자 했다. 민요의 특질을 다시 규정하려고 하지는 않고 민요에서 얻은 감격을 자유롭고 발랄하게 나타냈다. 이론가인 척하는 자세를 버리고 자기의 민요 체험을 고백했다. 마음속에 살아 있는 민요에 대한 깊은 신뢰를 확인하고 민요가 바로 시가 되어야 할 이유를 깨달은 감격을 전했다.

전국 여러 고장의 민요를 광범위하게 거론하면서 '메나리'라고 통칭하고, '민요'라는 용어마저 쓰지 않았다. "이 백성이 생기고, 이 나라가 이룩될 때"부터, "낯익고 속 깊은 수작을 주고받고 하자니, 그 수작이 저절로 메나리라는 가락"이 되었다고 했다. 한학이나 섬기는 시대에 "우리의 메나리는 그동안 얼마나 혼자 외딴 길 어두운 거리를 헤매며, 속 깊은 울음을 울었겠느냐"고 하는 말로 지난 시기의 수난을 짚었다.

이제 민요를 활기 있게 하는 시가 이루어져야 하는데 외국 것을 본뜨는 풍조 때문에 혼란이 생겼다고 했다. 민요에서 멀어진 탓에 시를 망쳤다면서, "요사이 흔한 양시조, 서투른 언문풍월, 토막토막 잘라놓은 신시타령, 그것이 다 무엇이냐" 하고 빈정댔다. 양풍의 착상으로 시조의 글자 수나 맞춘 것을 '양시조'라고 했다. 한시에 미련을 가져 서투른 언문풍월이나 짓고 있으니 가관이라고 했다. 신시는 가락이 죽고 토막난 타령이라고 했다. 그렇게 해서 찌든 시를 버리고 민요를 되살려야 하는 까닭을 이렇게 일렀다.

메나리가 우리와 함께 났을 바에 우리가 살 동안까지는 늘 우리와 같이 있으리니, 이 나라가 뒤죽박죽이 되며, 짚신을 머리에 이고, 갓을 꽁무니에 차고 다니는 세상이 온다 할지라도 메나리만은 그 세상 그대로 없어지지 않고 있을 것이다. 아무리 무디고 어지러워진 신경이라도 우리는 우리의 메나리를 들을 때에 저절로 느끼는 것이 있다. 아무나 마음이 통하고 느낌이 같다. "좋다" 소리가 저절로 난다.

김동환(金東煥)은 〈조선지광〉 1929년 1월호에 〈조선민요의 특질과 기장래(其將來)〉를 발표하고, 민요가 지닌 특질을 민요 계승의 과제와 연결시켜 논했다. 민요와 다른 시가 갈래의 차이점을 살펴, 시조는 고아화(高雅化)하고 신시는 기교화(技巧化)한 폐단이 있으므로 믿음직한 것은 오직 야생적(野生的) 그대로의 표현과 내용을 가진 민요뿐이라고 했다. 민요는 피압박군(被壓迫群)이라고 일컫은 민중이 스스로 지어 불렀으므로, 문학 운동의 방향을 바꾸기 위해 소중하게 여겨야 한다 하고, 목가적인 민요가 아닌 생활고를 노래한 민요라야 계승할 가치가 있다고 했다. 민요시 운동을 수상쩍게 보는 좌파의 선입견을 바로잡으려고 한 발언이다.

신시는 기교화한 폐단이 있어서 야생적인 민요를 찾아야 한다는 말에서는 민요의 형식이나 표현에 대한 고려가 나타나 있지 않았다. 그런데 자기 자신이 민요시를 창작할 때에는 민요의 정형을 엄격하게 따르려 해서 자유로움을 희생시켰다. 다른 시인들이 민요를 중요시한 일반적인 이유도 서양시 번역체가 새롭다고 여기다가 형식이 산만해진 신시를 정리하는 모형을 민요에서 얻자는 것이었다.

김억(金億)이 그 점을 역설하면서 민요의 정형을 찾아내려고 애썼다. 여러 차례 탐색한 결과를 정리한 〈격조시론소고〉(格調詩論小考)를 〈동아일보〉 1930년 1월 16일자부터 30일까지 연재해 거듭된 논란을 매듭지으려고 했다. 그동안 써온 자유시는 어느 정도까지 진정한 의미의 내재율을 가지는지 의심스럽다 하고, 너무 산만해 시답지 않게 된 폐단에서 벗어나 민요에서 '격조시'를 찾아야 한다고 했다.

격조시는 정형시를 다르게 일컫은 말이다. 격조시라는 말을 사용해 정형시를 낮추어보는 선입관을 고치고, 민요의 음절 수 배열에서 정형

의 규칙을 찾아내 창작의 모형으로 삼으려고 했다. 그래서 얻은 결론이
4・4조와 4・5조는 경쾌하면서 가련하고, 5・7조는 힘 있고 무기우며,
6・5조는 부드러운 정서를 노래한다는 것으로 요약되는데, 민요의 실
상과 부합되지 않는다.

일본 시가 율격론에서 가져온 음수율이 선입견으로 작용해 우리 민
요의 실상을 바로 이해하지 못하게 했다. 그 때문에 우리 민요는 음절
의 덩어리가 율격의 토막을 이루고 토막 구성이 가변적이라는 원리를
발견할 수 없었다. 민요의 율격을 정리해 논하겠다고 한 작업이 규격화
된 형식을 자기 생각대로 정립하는 데 그치고 말았다.

민요의 실상을 제대로 밝히려면 연구가 필요했다. 국문학연구를 개
척하는 세대가 그 과업을 담당하고자 했으나 이룬 성과는 그리 크지 않
았다. 이재욱(李在郁)이 〈소위 산유화가(山有花歌)와 산유해・미나리
의 교섭〉을 〈신흥〉 1931년 12월호에 발표하고, 민요의 전승과 변이에
대한 역사적인 고찰을 시도했으나 충실한 내용을 갖추지 못했다. 최영
한(崔榮翰)의 〈조선민요론〉이 〈동광〉 1932년 5월호에 실렸는데, 민요
연구의 필요성을 막연하게 역설하는 데 그쳤다.

민요의 현지 조사는 송석하(宋錫夏)가 시작했다. 〈신조선〉(新朝鮮)
1932년 9월호에 발표한 〈남방이앙가〉(南方移秧歌)에서 모내기노래를
실제로 어떻게 부르는지 정확하게 보고하고, 예증으로 든 사설의 묘미
를 자세하게 풀이했다. 그러나 민요 일반론을 축적하지는 못하고 민요
시 창조의 지침이 될 만한 이론 정립은 과제로 삼지 않았다.

김사엽(金思燁)의 〈농민과 민요〉가 〈조광〉 1941년 4월호에 발표되었
다. 같은 달의 〈춘추〉(春秋)에는 고위민(高渭民)이라는 필명을 사용한
고정옥(高晶玉)의 〈조선민요의 분류〉가 실렸다. 그래서 민요 연구가 뒤
늦게 활기를 띤 것 같지만, 두 사람 다 정도의 차이는 있어도 대학에서
공부하면서 받은 고교형의 영향에서 벗어나지 못했다.

김사엽은 물려받은 주장을 거의 그대로 되풀이했다. 고정옥은 민요
의 양상을 두루 살피려고 애쓰면서도, 유교 윤리에서 벗어난 사랑의 노

래는 기이하다고 하고, 당대의 세태를 다루는 아리랑은 순수한 민요에
서 이탈해서 파산을 나타낸다고 했다. 일제의 교육을 통해 학문하는 훈
련을 받은 지식인들은 민족문화에 애착을 가지고 힘써 연구하면서도
스스로 인식하지 못하는 과오를 저질렀다.

고정옥, 《조선민요연구》; 인권환, 《한국민속학사》(열화당, 1978)
에서 민요 연구사를 고찰했다.

11.9.4. 민요시의 작품

민요시의 범위를 정하는 것은 쉬운 일이 아니다. 작자가 스스로 민요
시라고 일컬은 것만 해도 적지 않으나 모두 다 민요시다운 특징을 갖추
었다고 할 수는 없다. 민요시라는 평을 얻은 작품이라 해서 바로 민요
시라고 보는 것도 적합하지 않다.

주요한도 민요시를 쓴다 하고, 김억은 민요시를 다듬느라고 애썼으
며, 김소월은 민요시인이라고 일컬어졌다. 그런 시인들은 민요의 형식
이나 표현을 자기 나름대로 이용했으므로 별도로 고찰하는 것이 마땅
하다. 좁은 의미의 민요시는 민요시를 쓴다고 표방하거나 민요를 직접
받아들여 개작한 것으로 한정된다.

김동환(1901~?)의 경우를 먼저 고찰할 만하다. 민요시에 관한 주장
을 펴기만 하지 않고 실제 창작을 한 결과가 있기 때문이다. 1929년에
이광수·주요한과 함께 낸 〈삼인시가집〉에 소곡(小曲)·민요(民謠)·
속요(俗謠)라고 한 것들을 여러 편 실어 다양한 형태의 민요시를 시험
했다.

〈아리랑고개〉는 〈아리랑〉을 본떠 지으면서 말을 조금 바꾸었다. "아리
랑 아리랑 아라리요/ 아리랑 고개를 어서 넘자"라는 여음에다 신구의 사
설을 곁들여놓았다. "삼각산 넘나드는 청제비 봐라/ 정성만 있으면 어딜
못넘어"는 구조이고, "서울 장안엔 술집도 많다/ 불평 품은 이 느는 게

지"는 자기가 지은 신조이다. 구조는 자연스럽지만 신조는 어색하다.

〈경복궁타령〉은 얼핏 보면 전래된 사설을 따른 것 같다. 그러나 타령이 생길 때 다시 지은 경복궁이 얼마 가지 않아 헐리게 되었다고 빈정댄 내용이어서 원래의 것과 많이 다르다. 모두 여섯 대목 가운데 마지막 두 대목을 들어본다.

> 헐린다, 헐린다. 경복궁 헐린다. 짓밟히던 자취가 헐려를 간다. 지은 지 몇 해에 이 터가 헐리나? 한 오백 년 간 것도 기적이랄까? 랄랄라, 랄랄라. 이 궁궐 헐리네.

> 갈 것이 가는데 누구가 울랴? 이 집 지은 이는 떡 한 개 못 먹었네. 마른 쑥 마당에 차고, 까치가 울더니, 이 집이 가네. 랄랄라, 랄랄라. 헐리어가네.

일제가 경복궁을 일부 철거하고 총독부를 짓고, 광화문을 헐어 총독부 문을 낸 것을 두고 이렇게 노래했다. 경복궁을 민족의 표상이라고 생각하지는 않고 조선왕조의 유물로만 여겨, 조선왕조가 5백 년 지속된 것이 기적이며 갈 것이 가니 당연하다고 했다. 일하는 백성에게 떡 한 개 주지 않은 왕조라 미련이 없다고 했다. 헐릴 것이 헐려 흥겹다고 하느라고 여음을 경쾌하게 했다.

그런 발상은 조선왕조를 무너뜨리고 일제의 통치가 시작된 것을 정당화했다. 일제의 선전에 현혹되고, 다른 한편으로는 피압박계급을 위하자는 구호를 분별없이 받아들여 민족사를 부정하는 데 민요를 이용했다. 그렇게 하는 것이 민요에 대한 배신이라고 생각하지 않고 민요를 되살리는 민요시를 짓는다고 자부했다.

민요는 괴롭게 일하는 민중의 노래임을 인식하고 그런 작품을 다시 마련하려고 한 것들도 있다. 〈밤낮 땅 파네〉에서는 부지런히 일해도 살 수 없다고 원망하는 말을 여음으로 삼아 되풀이하면서, "십리 긴 밭을 누가 갈았나?/ 갈아준 이만 배고파 우네"라고 했다. 외부의 서술자가 농민을 대신해 설명하는 임무를 맡아 민요답지 않게 되었다. "오늘도 섬색시가 서울로 가네/ 청루에 몸을 팔러 서울로 가네"라는 사정을 노래한 〈팔려가는 섬색시〉는 새삼스러울 것이 없는 내용에 어울리지 않는 수식을 보태 긴장을 잃었다.

김동환이 민요시라고 지은 것들은 민요와 흡사하게 만드느라고 애썼지만 민요와 거리가 멀다. 얄팍한 애조로 거의 일관되어 있으며, 약간 빈정거리는 투가 있어도 풍자는 아니고, 원망하는 말에 체념이 깃들어 있다. 그렇게 하면서 생동하는 힘을 없애고 원래는 없던 껍질만 남겨 민요에 대한 불신을 덧보태기 알맞았다.

홍사용(1900~1947)은 기존의 민요를 쉽게 본뜨려고 하지 않고, 힘들여 창작한 작품에서 드러나지 않는 가운데 민요의 특징이 생동하게 했다. 〈삼천리문학〉 1938년 1월호에다 〈민요 한 묶음〉이라 하고서 제시한 〈각시풀〉·〈시악시 마음이란〉·〈붉은 시름〉을 보자. 네 토막을 기저율격으로 삼고, 토막 수가 변할 수 있게 하고, 민요다운 어투가 미묘하게 얽히게 했다. 단조로운 반복이 민요의 특징이라는 그릇된 선입견을 배격하고, 자유로운 표현과 발상을 갖추어 예사롭지 않은 체험을 함께 나누고자 했다.

> 먼 산 보고 눈물짓는 실없는 마음,
> 만날 사람 하나 없이 기다리는 시름,
> 긴 메나리, 호들기 불기도 싫어서,
> 바구니 속 서리서리 되는 대로 담았소.
> "봄 꿈꾸다 맞은 삼살(三殺) 무슨 법으로 풀리까?"
> 넌짓 웃는 금부처님 감중련(坎中連)만 하시네.

〈각시풀〉의 한 대목이다. 가슴속의 비밀을 부끄럽게 고백하듯 말을 이으면서, 봄꿈을 함부로 꾸다가 부정이 타서 생긴 재앙을 어떻게 하면

풀 수 있을까 하고 부처님께 하소연했다. 발상의 뿌리가 깊어 시름을
바구니에 서리서리 담았다든가, 삼살을 맞았다든가 하는 말을 썼다. 부
처님이 "감중련"만 하고 있다는 구절은 안타까운 심정을 알아주지 않는
무심한 거동을 〈주역〉의 괘 이름을 들어 그린 말이다. 신시를 한다면서
밖으로 나다니다가 잊었던 고향을 되돌아보듯이 민요를 찾는 시인은
이를 수 없는, 전통문화 체험의 깊숙한 층위를 보여주었다.

〈삼천리〉 1939년 4월호에 민요시를 다시 발표할 때에는 민요에 더 가
까이 다가갔다. 시집살이노래 〈고초당초 맵다 한들〉을 보자. 청승맞은
푸념에 빠져들지 않고 딱한 신세를 익살맞게 나타내는 슬기를 제대로
이었다. 몇 대목을 들어보자.

> 속 모르는 시어머니 꾸리만 졌수?
> 오백 꾸리 풀어 짠들 이 설움 풀까.
>
> 이 세목(細木)을 다 나으면 누구를 입혀?
> 앞 댁 아기 기저귓감 어이도 없네.
>
> 강피 훑다 누명 쓰긴 시누이 암상,
> 눈결마다 헛주먹질 철없는 낭군.

시어머니가 몰라주는 서러움이 끝이 없다. 힘들어 짠 무명이 별 상관
도 없는 앞집 아기의 기저귓감으로 쓰인다니 어이가 없다고 했다. 시누
이는 자기가 잘못하고서 암상만 부리고, 낭군은 철없게 논다. 이렇게
말할 수 있는 사연을 민요 본래의 어법을 한층 미묘하게 갖추어 나타내
면서 슬픔과 기쁨, 수난과 항변, 진지함과 장난스러움을 다채롭게 얽어
냈다.

〈호젓한 걸음〉은 그런 경지에서 한 걸음 더 나아갔다. 민요를 깊이
체득해서 얻는 표현의 비결을 활용해 당대의 세태를 풍자했다. 민요시

가 어디까지 나아갈 수 있는지 보여준 작품이다. 전문을 든다.

> 호젓한 걸음 포청(捕廳) 다리 무섭지 않소?
> 요릿집 살풀이장단 복청교(福淸橋)라오.
> 일부러 맞는 함박눈 옷 젖은들 대수요.
> 반 천년 묵은 쇠북 말없이 에밀렐레.
>
> 호젓한 걸음 도깨비 팔 무섭지 않소?
> 진딴다 거리의 재즈 귀가 저리네.
> 일부러 맞는 함박눈 옷 젖은들 대수요.
> 길 넘은 수표다리 구정물 몇 자 몇 치.
>
> 호젓한 걸음 훈련원 터 무섭지 않소?
> 늦은 일 공장 사이렌 몸도 고달파.
> 일부러 맞는 함박눈 옷 젖은들 대수요.
> 오간수(五間水) 목이 메니 왕십리(往十里) 어이 가리.

사람 잡는 관청이 있는 "포청(捕廳) 다리", 군대가 자리 잡은 "훈련원(訓練院) 터" 등의 지명을 들먹이며 "무섭지 않소?" 하고 물어 과거를 회고한 것은 아니다. 일제의 억압을 그런 말로 나타내는 우회전술을 썼다. 일부러 함박눈을 맞으면서 흥겹게 읊조리고자 하니 민요의 가락을 망치는 요릿집의 살풀이장단, 거리의 재즈, 공장 사이렌이 들려온다고 했다.

반 천년 된 쇠북은 말없이 울린다고 해서 역사의 시련을 다시 암시하고, 구역질나고 목 메이는 길을 어이 갈까 탄식하면서 앞날이 험하다고 했다. 민요다운 표현을 갖가지로 응축해 허술하게 넘어가는 대목이라고는 없는 긴박한 작품을 만들었다. 한 시대 전체의 축도를 만드는 작업을 민요시에서 맡아 했다.

민요시를 쓰기 위해서 노력한 사람에 양우정(梁雨庭)도 있다. 잡지 〈음악과 시〉 1930년 8월의 제1호에 〈민요소고〉를 발표하고, 현대의 민요는 민중이 지위와 역량을 자각해서 부르는 노래라고 보았다. 현실의 비참한 생활에서 인간다운 삶을 성취하려는 것을 소중하다고 여기고, 그런 것을 민요시에서 구현하려고 했다. 앞에서 든 〈면서기편〉을 자기 작품이라고 하면서 내놓기도 하고, 나무꾼의 신세타령을 재현하는가 하면, 다음과 같은 사설을 마련하기도 했다.

> 동네사람 묻거들랑
> 북간도로 갔다 하고,
> 아들딸이 울거들랑
> 돈 벌어서 온다 하소.
> 소와 개가 묻거들랑
> 못 살아서 갔다 하고,
> 빚쟁이가 오거들랑
> 벌이 하러 갔다 하소.

〈중외일보〉 1928년 7월 5일자에 발표한 〈떠나면서〉의 한 대목이다. 두 토막씩 이어지는 몇 마디 말로 떠나지 않을 수 없게 된 사연을 갖가지로 나타냈다. "소와 개가 묻거들랑/ 못 살아서 갔다 하고"라는 대목에서는 소와 개만큼도 살 수 없는 형편임을 말했다.

민요시 창작은 농민운동과 연결되었다. 〈조선농민〉, 〈농민〉 등의 농민잡지에서 민요에 대해서 큰 관심을 보이고, 민요시를 계속 실었다. 허삼봉(許三峯)·임현극(林玄極)·허문일(許文日)·허수만(許水萬) 등이 그 일을 맡아, 민요를 채록해 보여주기도 하고 신작을 마련하기도 했다.

허삼봉이 〈조선농민〉 1929년 8월호에 낸 〈신아리랑〉은 민요 채록에 가깝다. 〈농민〉 1930년 5월호의 〈흥타령〉에서는 "억만년 살자고 맞붙었

던 논밭이/ 신작로 바람에 생이별하더니/ 자동차 바람에 눈물 풍년이
지노라"와 같은 새로운 사설을 만들어 보냈다. 임현극은 적극적인 창작
을 시도했다. 〈농민〉 1930년 9월호의 〈신타령〉의 전문을 들어보자.

　고무신 난리 통에 쫓기어난 짚신짝이
　외양간에 매달려서 구슬프게 울어대네.

　고무신 생겼다고 짚새기 천대 말게.
　할아버지 할머니가 신으시던 유물일세.

　떨어진 짚신짝이라고 함부로야 내버릴까.
　밥쌀 떡쌀 길러낸 볏짚으로 삼았다네.

　짚새기 벗어놓고 경제화 사 신던 놈
　논 팔고 밭 파니 경제화가 걱정활세.

　짚새기 구박하고 깃도구두 사 신던 놈
　구두쇠가 물렁쇠되니, 물렁쇠는 녹을쇨세.

　신지 않아 버림받게 된 짚신의 처지를 노래하면서, 신발의 변천을 들
어 세상이 어떻게 돌아가는지 넓게 살폈다. 경제화라고 선전하는 것을
사서 신다가 논밭을 팔게 된 하층 농민의 처지가 딱하다고 했다. 재산
을 지키고 늘리기만 하던 구두쇠가 구두를 탐내 지갑을 열었다가 "물렁
쇠"가 되고 다시 "녹을쇠"가 되니 더욱 가관이라고 했다.
　민요시를 쓰는 것이 유행이 되어 많은 사람이 나섰으나, 평가할 만한
결과를 보여주지 못했다. 민요의 형식을 잘못 파악해 고식적인 정형시를
만든 것을 흔히 볼 수 있었다. 민요에 나타난 현실 인식과 비판에는 관심
을 가지지 않고 가벼운 비애를 나타내기만 하는 경향도 두드러졌다.

정노풍(鄭蘆風)은 좌우파의 극단론을 배격하고 '계급적 민족의식'의 문학을 일으켜야 한다는 주장을 민요시를 써서 구체화하려고 했다. 〈조선일보〉 1929년 10월 15일자에 발표한 〈압록강 가에 서서〉를 보면 유랑의 길을 떠난 처지를 잘 나타낸 것 같다. 그러나 "일본이라 만주라 돌아다닌들/ 부를 곳 잃은 살림 뒤쫓긴 인생"이라고 했듯이, 지식인의 비애라고 할 것을 7·5조에다 담아놓았다.

해외문학파로 활동하던 이하윤(異河潤, 1906~1974)이 1939년에 낸 〈물레방아〉에는 민요시인으로 변신한 자취가 나타나 있다. 발문에서 마음의 고향인 민요로 돌아가 사라진 꿈을 되찾겠다고 했다. 〈이야기 시절〉에서 할아버지·할머니가 들려주던 "그 곡조 잊지 말고 익혀야 하리"라고 했으나, 스스로 체득하지 못한 가락을 시로 나타내려고 하니 생기를 잃고 말았다.

박혜숙, 〈한국현대민요시의 전개양상 연구〉(건국대학교 박사논문, 1987) ; 고현철, 《현대시의 패러디와 장르이론》(태학사, 1997) ; 박경수, 《한국근대민요시연구》(한국문학사, 1998) 등에서 민요시 운동을 살폈다.

11.10. 시조부흥운동의 전개 양상

11.10.1. 시조가 이어지는 모습

시조는 구태여 부흥하지 않아도 자연스럽게 이어지고 있었다. 가곡 창(歌曲唱) 또는 시조창(時調唱)이 계속 전수되고, 가객의 공연이 중단되지 않았다. 귀천을 가리지 않는 세상이어서, 시조를 취미 삼아 불러도 신분 격하를 염려할 필요는 없게 되었다.

노래하는 시조에는 새로운 작품이 추가되지 않았으나, 읽는 시조가 1900년대부터 신문이나 잡지에 자주 실렸다. 시조를 짓는 능력이 애써 가르치지 않아도 널리 보급되어 있어 여러 종교의 교단 잡지나 학생들이 내는 교우지 같은 데도 으레 시조가 실렸다. 새삼스럽게 시조부흥운동을 일으키지 않아도 시조의 쇠퇴를 걱정할 필요가 없었다.

가사·국문풍월·시조 가운데에서 어느 것이 근대문학으로 이어지는가 하는 경쟁에서 시조가 단연 유리했다. 가사는 교술시이기에 밀려나야 했고, 언문풍월은 한시를 흉내 내는 탓에 한시와 함께 불신되어야 했다. 그러나 시조는 서정시이며 묘미 있는 형식을 갖추어 청산의 대상이 되어야 할 이유가 없었다.

한시는 문학작품이어서 '시'라고 하고, 시조는 노래여서 '가'라고 하던 차등의 관행을 역전시켰다. 이제 한시는 "한－"이라는 말을 붙여 '한시'라고 일컫는 말을 일반화시키고, 시조는 '국시'라고 여겼다. '한시'에서는 "한－"을 뺄 수 없지만, '국시'는 '시'라고만 일컬어도 되었다. 시조를 '시'의 갈래로 여겼다.

그런 변화가 최남선(崔南善)이 1913년에 낸 〈가곡선〉(歌曲選)에서 처음 나타났다. 전에 흔히 있던 방식에 따라 가곡으로 부르는 사설을 모아 곡조에 따라 설명하고 배열하면서, 범례에서 고금의 '시조' 가운데 빼어난 것들을 골랐다고 했다. '시조'라는 말을 곡조가 아닌 작품을 지칭하는 용어로 사용했다. 그 책 증보판을 1928년에 낼 때는 표제를 〈시조유취〉(時調類聚)라고 해서 '시조'를 문학 용어로 확정지었다. 서문 첫 대목에서 "시조는 조선문학의 정화이며 조선시가의 본류'라고 한 섯은 그 무렵 흔히 하던 말이다.

그러자 시조의 음악과 문학을 구별해 지칭할 필요가 있었다. 안확(安廓)은 1940년에 낸 〈시조시학〉(時調詩學)에서, 음악은 '시조창', 문학은 '시조시'로 명명하자고 제안했다. 그 용어는 널리 받아들여지지 않았다. 문학 쪽에서는 음악은 '시조창'이라고 하고, 문학은 '시조'라고 하는 것이 관례이다. '시조'라는 말을 '시조시'의 약칭으로 삼고 있다.

시조가 중단 없이 창작되면서 새로운 모습을 갖추게 된 구체적인 증거를 홍사용(洪思容, 1900~1947)이 남겼다. 1916년 6월부터 1920년 사이에 필사한 〈청구가곡〉(靑丘歌曲)이라는 시조집에 106수를 실었다. 고시조로 확인되는 것 40수는 지금까지 알려진 어느 자료집과도 표기가 달라 기억하고 있던 것을 적었으리라고 추정되고, 간단한 논평을 한문으로 단 점이 흥미롭다. 나머지 66수는 고시조가 아니다. 홍사용의 창작이라고 생각되는 것이 52수이고, 다른 사람의 작품이 14수이다.

홍사용은 고시조에 대해서 자기 나름대로 연구를 하다가 새로운 작품을 시험 삼아 창작해본 것 같다. 마음에 지닌 바를 술회하려고 시조를 짓는 관습을 이으면서, 이따금 새로운 시도를 했다 하겠으며, 발표해 평가를 얻으려 한 것 같지는 않다. 검열 때문에 발표할 수 없었을 만한 작품도 있다.

형식은 평시조만이 아니고 엇시조나 사설시조도 적지 않다. 작품마다 제목이 있다. 시대 변화를 나타내고 사회비판을 한 내용이 이따금 보인다.

시월 동풍 장마 비는 한이 없이 흐르도다.
아래 윗 강 사공들아 빨리 저어 배 대어라.
아마도 우리 동포들이 표류될가.

〈고림가〉(苦霖歌)라고 한 것을 들어보면 이와 같다. 동쪽 바람이 몰고 온 때 아닌 장맛비로 그 시대의 수난을 나타내고, 지도자가 알아차리고 배를 빨리 젓지 않으면 동포들이 표류하고 만다고 염려했다. 평시조와 사설시조에 각기 한 편씩 〈수전노〉(守錢虜)라는 것이 있어, 돈을 모으기만 하고 유익하게 쓸 줄은 모르는 무리를 나무랐다.

그 책에 수록되어 있는 〈조선농구〉(朝鮮農謳) 14수는 강운송(姜雲松)이 지었다고 했다. 농사일이 자랑스럽고 보람되다고 거듭 주장한 내용이다. 강운송은 누군지 확인되지 않는다. 고시조의 작자들처럼 시조시인으로 나서지 않았으니, 다른 활동 덕분에 알려지지 않으면 무명씨가 되고 마는 것이 당연하다. 과거의 관습을 이으면서 시조를 새로 짓는 사람들이 그 밖에도 여럿 있었을 것인데, 문집을 내지 않고 가집도 엮지 않는 시대가 되어 자료가 온전하게 남을 수 없었다.

'시조'라는 명칭이 채택된 경위를 박규홍, 〈시조란 명칭에 대한 재고찰〉, 《울산어문논집》 4(울산대학교 국어국문학과, 1988)에서 살폈다. 임기중, 〈홍사용과 '청구가곡'〉, 《국어국문학》 102(국어국문학회, 1989)에서 잊혀져 있던 자료를 발굴했다.

11.10.2. 시조부흥운동의 배경

1920년대 중반에 시조부흥운동이 일어난 것은 시조 계승을 염려해야 할 사태가 생겼기 때문이 아니다. 문학의 노선을 둘러싼 논쟁을 유리하게 이끌기 위해 시조가 필요했던 것이 더 중요한 이유이다. 좌파에서 계급문학을 주장하는 데 맞서서 우파가 반론을 펴면서 계급을 초월한 민족문학의 정수인 시조에 커다란 의의를 부여하고 시조 부흥을 주장했다.

좌파에서는 시조가 지난 시기 양반 문학이며 소극적이고 퇴영적인 사고방식이나 나타내므로 되돌아볼 가치가 없다고 했다. 계급을 초월한 민족문학은 있을 수 없다고 하고, 더 나아가서 민족문학 자체를 배격해야 한다고 했다. 그런 반론에 대해서 사실에 근거를 둔 반론을 펴려고 하지 않고, 시조는 신성불가침의 절대적 가치를 가져 시비의 대상이 되지 않는다고 하는 것이 시조부흥론자들의 주장이었다.

시조부흥론 덕분에 시조가 제대로 알려지는 좋은 계기가 마련된 것은 아니다. 오히려 시조 인식이 부당하게 극단화되는 폐해가 빚어졌다. 시조가 민족문학인가 하는 논란은 양단논법으로 판가름할 것이 아니고 문학사의 전개를 고찰해 판가름해야 하는데, 그럴 생각이 없었으며 능력도 모자랐다. 내력을 제대로 알려고 하지 않고 시조를 절대시해서 신앙고백 같은 것을 요구했다.

시조는 처음에 사대부문학이었다가 조선후기에 이르러서 작자층이 확대되고 사설시조로 바뀌기도 하는 변화를 겪었다. 애국계몽기에는 민요와 다시 접합되어 현실 인식을 새롭게 하면서 민족문학으로서 소중한 구실을 하게 되었다. 시조는 사대부문학으로 고착되어 있다는 주장과 계급을 초월한 민족문학이라는 주장은 둘 다 그런 사실을 무시했으며, 시조가 근대민족문학으로 발전할 수 있는 가능성을 서로 다른 쪽에서 침해했다.

근대시가 자유시만일 수 없고 민족 고유의 정형시도 있어야 한다는 것을 시조 긍정론의 논거로 삼는 것은 타당하다. 민요시로 정형시를 마련하려고 해도 성과가 바로 나타나지 않고, 그렇다고 해서 7·5조에 기대기만 할 수 없어 시조를 재인식할 필요가 있었다. 시조를 특수한 전문가의 소관으로 맡겨두지 않고 누구나 즐기면서 교양으로 삼는 것이 바람직했다.

그런 주장을 내세워 전개된 시조부흥론은 일본에서 화가(和歌)를 자랑하고 대중화하는 데 자극을 받아 대응책을 마련한 의의가 있으면서, 그쪽에서 하는 말과 사용하는 방법을 직수입한 결함이 있었다. 일본 정신을 단순화하고 신비화하는 사고방식을 받아들여 시조 예찬의 논리로 삼아 시조의 실상을 왜곡했다. 화가와 시조가 같지 않은 점은 시조의 결함이므로 시정해야 한다고 여겼다.

일본에서 화가를 가지고 '카루다'라는 놀이를 하는 것을 본떠서 시조놀이를 만든 것이 그런 동향과 직접 관련된다. '카루다'라는 말은 '카드'를 뜻하는 네덜란드어 '카르다'를 일본어로 일컬은 것이다. 음을 따서 '加留多'라고, 뜻까지 넣어 '歌留多'라고도 표기했다. 그것을 받아들여 시조놀이를 만들어 '가투'(歌鬪) 또는 '화가투'(花歌鬪)라고 했다. 1925년에 한성도서(漢城圖書)에서 내놓을 때는 앞의 말을, 1927년 신민사(新民社)의 출판물에서는 뒤의 말을 사용했다. 1935년에 한성도서에서 다시 만들어낸 것은 '시조놀이'라고 하고, 시조 100수를 고르는 작업을 이은상(李殷相)이 맡았다.

초장과 중장을 읽으면 거기 연속된 종장 카드를 빨리 찾아내기를 겨루는 것이 일본에서 받아들인 놀이 방식이다. 1926년에 조선일보사에서 시작한 이래로 대규모의 공개적인 경기가 거듭 열렸다. '시조놀이'가 대단한 민족문화운동인 듯이 여기고 지속되지 않은 것을 아쉬워하는 말을 오늘날까지 들을 수 있다. 그러나 고시조 이해를 확장한 공적보다 시조의 특징을 왜곡한 폐해가 더 크다.

시조를 적은 카드에 그림을 넣은 것도 일본풍이며, 우리 관습과 맞지 않았다. 그림을 곁들여 적어 놓고 완상하는 일본의 화가는 시각적인 표현을 존중하는 특징이 있었고, 창을 하면서 즐기는 우리 시조는 작품 자체가 시간적인 전개를 갖추었다. '시조놀이'를 하면서 시조를 재인식한 사람들은 모르는 사이에 일본풍에 감염되어 작품을 창작할 때 시간적 전개는 돌보지 않고 시각적 표현을 중요시해서 묘사를 일삼았다.

시조를 화가와 유사하게 만들려는 노력은 율격에서 한층 분명하게 나타났다. 화가는 글자 수가 엄격하게 제한되어 있고 일절 예외를 허용하지 않지만 시조는 그렇지 않아 작품마다 글자 수 배열이 달라질 수 있는 것은 두 나라 시가의 율격 형성 원리에 근본적인 차이점이 있기 때문이다. 그런 사실을 무시하고 시조의 글자 수를 되도록 고정시키려고 했다.

시초부터 다시 살피면 한시의 자극을 받고 민족어시를 정비할 때, 일본은 한시 한 줄과 민족어시 한 줄이 음절 수에서 대등한 쪽을 택해 민요의 율격을 무시하고, 우리는 그 둘이 정보량에서 대등한 쪽을 택하면서 민요의 율격을 받아들였다. 화가는 시각적 표현을, 시조는 시간적 전개를 더욱 중요시하는 것도 그런 차이점에서 유래했다.

시조의 율격은 자연발생적으로 형성되어 분석에 필요한 용어가 없고 규칙이 표면화되지 않았다. 오늘날 연구한 결과를 가지고 규정하는 것이 최상의 방안이다. 네 토막씩 세 줄이며, 한 토막을 이루는 음절 수는 4음절을 기준으로 하고, 셋째 줄 첫 토막의 글자 수는 기준 미만이고, 둘째 토막의 글자 수는 기준을 초과해야 한다는 규칙이 추가된다.

글자 수가 고정되어야 한다는 일본 시가 율격론에 입각해 시조를 이해한 결과 그런 사실이 무시되었다. 초장・중장・종장이라고 일컫은 세 줄을 이루는 글자 수가 3・4・4・4/ 3・4・4・4/ 3・5・4・3인 것이 흔히 보인다는 이유에서 그것을 규칙이라고 하고, 규칙에서 벗어나지 못하게 했다. 고시조에서 보이는 융통성을 무시한 유사품을 만들어 생명을 손상시키면서 시조를 부흥한다고 했다.

최남선이 1926년에 〈백팔번뇌〉(百八煩惱)에 실은 시조는 거의 다 그런 글자 수를 갖추고 있다. 이광수는 〈동아일보〉 1928년 11월 1일자에서 9일자까지에 낸 〈시조〉에서 그런 것이라야 기준 형식이고 나머지는 모두 변체라고 했다. 조윤제가 치밀한 검토를 한 결과를 정리한 논문 〈시조자수고〉를 〈신흥〉 1930년 4월호에 발표하고 그런 견해를 확정했다.

시조의 글자 수를 고정시키려고 하는 데 그치지 않고, '양장시조'(兩章時調)라는 것을 시험하기도 했다. 양장시조란 중장은 없고, 초장에 바로 종장이 이어지는 것이다. 주요한이 〈동아일보〉 1931년 5월 15일자에서 그런 것을 처음 선보였고, 이은상은 1933년에 낸 〈노산시조집〉(鷺山時調集)에서 더 많은 본보기를 제시했다. 이은상은 〈동아일보〉 1932년 4월 7일자의 〈시조 창작 문제〉에서 초장이나 중장 같은 것이 하나 더 있는 '사장시조'(四章時調)도 만들자 하고, 그 유래를 한시 칠언율시를 시조화한 데서 찾았다.

두 줄 또는 넉 줄로 된 시는 원래 우리 문학에서 흔히 있던 형식이어서 양장시조니 사장시조니 하고 이름 지어야 할 이유가 없었다. 그런 불필요한 시도를 한 이유는 시조가 석 줄로 끝나는 것이 비정상이라고 여겼기 때문이다. 시조가 시조다운 점을 이해하지 못하고 두 줄로 줄여 일본 화가에 한층 가까워지게 하거나, 네 줄로 늘여 한시 비슷하게 만드는 것을 시조 부흥의 과제에 포함시켰다.

그러면서 시조가 엇시조나 사설시조로 늘어나기도 했던 전례에 대해서는 관심을 가지지 않았다. 시조는 짧은 정형시여서 소중하다는 주장을 고수하기 위해, 늘어나는 형태는 버렸다. 사설시조의 현실 인식과 세태 풍자가 하층 민중의 의식과 연결된다는 사실이 시조가 민족문학이라고 하는 데 도움이 되지 않고 도리어 방해가 된다고 생각했다.

민요시 운동도 민요의 실상을 왜곡하는 일제의 책동 때문에 침해를 받기는 했지만, 일본에는 민요시라는 것이 없어 지표 설정을 스스로 해야 했다. 그러나 시조부흥운동은 일본에서 화가를 숭상하는 데 자극을 받고 일어나 시조의 가치를 훼손하는 방향으로 나아갔다. 민족문학은 순수하고 고결한 민족정신의 구현이므로 단순해야 한다고 믿고, 다시 짓는 시조가 외형의 규칙 때문에 생명을 잃게 했다.

박을수, 《한국시조문학전사》(성문각, 1978) ; 임선묵, 《증보개정 시조시학서설》(단국대출판부, 1981) ; 임종찬, 《현대시조론》(국학자료원, 1992) ; 홍홍구, 〈1920년대 시조부흥론 재검토〉, 《국어국문학》 112(국어국문학회, 1994) 등에서 도움이 되는 연구를 했다.

11.10.3. 시조 부흥 찬반론

최남선은 〈조선문단〉 1926년 5월호에 발표한 〈조선 국민문학으로서의 시조〉에서 시조부흥운동을 열렬하게 주장했다. 시조가 소중하다는 논거를 짜임새 있는 정형시라는 데서 찾는 범속한 수준에 머무르지 않고, 조선문학에서 "문학적 성인의 경지에 이른 것은 시조뿐"이라고 했다. 시조야말로 '조선심'(朝鮮心), '조선아'(朝鮮我) 등으로 일컬은 민족정신의 독점적 구현물이라고 했다. 그러므로 민족정신의 쇠퇴를 방관하지 않고 세계문학에서 한몫을 하는 문학을 이룩하려면 시조를 부흥해야 한다고 했다.

'민족' 대신에 '국민'이라는 말을 쓰면서, 대강 이런 내용의 신앙고백 같은 것을 장엄하고 현란하게 펼쳐 불경스러운 반문을 막았지만, 발언한 내용을 되짚어보면 허망하다고 하지 않을 수 없다. '조선심'이라고 일컬은 민족정신이 누구나 느끼고 생각할 수 있는 영역을 넘어선 신비스러운 무엇이라고 했다. 문학의 여러 갈래 가운데 오직 시조만 미숙한 단계를 넘어서서 완성된 문학이어서 절대적인 의의를 가진다는 것은 동의할 수 없는 주장이다.

〈시조 태반(胎盤)으로서의 조선민성(朝鮮民性)과 민속〉을 같은 잡지 그 다음 호에다 내고 논의를 발전시키고자 했는데, 납득할 수 있는 결과가 없기는 마찬가지이다. 상고시대 이래로 확인되는 민족문화의 소중한 전통이 응축되어 시조를 이루었다고 주장하려다가 막연한 서론만 길게 늘어놓고 말았다. 사실에 근거를 두고 논리를 갖추어 문제를 검토할 능력이 없다는 것을 다시 알리는 결과에 이르렀다.

그런 방식으로 시조를 옹호한 것은 시조의 실상에는 관심을 가지지 않고 시조 예찬을 이념화했기 때문이다. 시조에 대한 문학사적 연구를 배제하고, 당대의 문학에서 시조가 어떤 구실을 할 수 있는가를 살피지 않으면서 시조 신앙을 조작하기나 하는 왜소하고 경직된 사고방식을 노출했다. 좌파의 공격을 막고 문단의 주도권을 확보하는 강력한 방책을 강구하려고 시조 신앙을 일으켰는데, 뜻한 바와는 달리 시조가 자연스럽게 이어지고 쇄신되는 추세에 피해를 끼치고, 시조 반대론이 타당하게 보이도록 만들었다.

〈신민〉이라는 잡지 1927년 3월호에서 〈시조는 부흥할 것이냐?〉는 설문을 내걸고 열두 사람의 응답을 받아 실었다. 응답 내용을 비교해보면 찬성론이 우세했다. 설문을 내건 의도가 시조부흥운동을 지원하자는 데 있었으므로, 최남선, 이은상, 이병기(李秉岐) 등의 시조작가는 물론이고 염상섭(廉想涉), 주요한(朱燿翰), 양주동(梁柱東), 손진태(孫晋泰) 등의 국외자로부터도 긍정적인 응답을 얻었다.

그런데 양주동은 민요의 운율을 살려야 하므로 시조의 부활을 환영한다 하고, 내용은 근본적으로 개조해 한문 투를 없애야 한다고 했다. 손진태는 고형을 고집하면 퇴보가 있을 뿐이니 장형도 살려야 한다고 했다. 최남선처럼 폐쇄적인 사고방식의 예찬론을 펴지 않고 다양한 가능성을 열어놓고 시조를 혁신하면서 계승해야 한다고 했다.

반대론자 가운데 민태원(閔泰瑗, 1894~1935)의 견해를 들 만하다. "시조의 부흥이 침체의 운명을 가진 부흥이 아닐까?" 하고, 시조는 "형식이 악착하고, 작법이 난삽하며, 창의 느림새에는 하품이 날 정도"라는 이유를 들어 반대론을 폈다. 그런 주장을 김동환(金東煥)이 〈조선지광〉 1927년 6월호에 낸 〈시조배격소의〉(時調排擊小議)에서 더욱 구체화해서 시조는 시대와 함께 자라기를 거부하는 "문예상의 일대 감옥"이므로 혁신해 계승할 여지도 없다고 했다.

〈동아일보〉 1932년 2월 6일자 〈문단전망〉에서 시조부흥의 찬반론을 다시 실을 때는 찬성론이 열세에 몰렸다. 김억(金億), 심훈(沈薰), 정인섭(鄭寅燮) 등은 시조를 부흥하려면 내용이나 표현을 새롭게 해야 한다고 했다. 함일돈(咸逸敦)은 시조부흥은 "파쇼화한 사회"에서 인심을 구시대로 퇴각시키자는 짓이지만 "의식적 내용"으로 신생명을 전개한다면 반대하지 않겠다고 했다. 이태준(李泰俊)은 시조 때문에 젊은 시인들이 옹졸해진다고 했다. 송영(宋影)은 시조 자체가 봉건적인 탓에 가장 퇴폐적이고 보수적이고 국수적인 내용밖에는 담을 것이 없다 하고, 낡은 형식을 새롭게 이용할 가능성조차 없다고 했다.

찬반으로 갈라진 주장이 근접될 수 없는 것은 아니었다. 시조를 혁신해서 이어나가자는 것이 많은 사람의 동의를 얻는 해결책일 수 있었다.

막연한 요구를 하는 데 그치지 않고, 그 길을 구체적으로 제시하는 과업을 이병기가 맡아 최남선과 아주 다른 시조론을 전개했다.

이병기는 1926년부터 시조 이해를 촉구하는 글을 자주 쓰다가, 〈시조를 혁신하자〉를 〈동아일보〉 1932년 1월 23일자부터 2월 3일자까지 연재해 당면 문제를 본격적으로 논의했다. 그릇된 시조부흥론 탓에 시조를 망칠 수 있다고 경고하고 온당한 방향을 제시하려고 했다. 거창한 용어를 써서 야단스러운 논설을 펴려고 하지 않고, 고시조에 대한 깊은 이해를 바탕으로 창작을 새롭게 하려고 애쓴 성과를 정리해 평가했다. 시조 신앙화의 잘못을 시정하고, 시조는 부정해야 한다는 주장에 대해 납득할 만한 응답을 제공했다.

시조 형식부터 검토해 표준 형식을 고정시키는 것이 잘못이라고 했다. 표준 형식이라는 것은 소수에 지나지 않는다고 하고, 시조에는 실제로 3백여 형식이 있는데 어느 한 가지만 내세우는 것이 부당하다고 지적했다. 시조는 한시나 일본 시가와는 다르게 자유스러운 시형이어서, 동요와 민요와는 형이나 아우 사이며 신시와도 그다지 멀지 않다고 했다. 시조는 정형시이면서 자유시이므로 그 가운데 어느 면모가 손상되어도 가치를 잃는다고 보았다.

시조가 되었는지 되지 않았는지는 글자 수의 규칙 준수 여부에 달려 있지 않다고 하면서 외형을 존중하는 풍조를 비판했다. 숫자로는 헤아릴 수 없는 묘미의 구현 여부에 따라 성패가 결정된다는 주장을 폈다. 시조를 참되고 새롭게 지으려면 고시조에서 유래한 내밀한 원리를 깊이 체득한 기반 위에서 작풍의 혁신을 꾀해야 한다면서 그 방안을 구체적으로 제시하려고 했다.

관념에 머무르지 말고 실감실정(實感實情)을 나타내야 하며, 고정된 내용에서 벗어나 취재의 범위를 넓혀야 한다고 말했다. 인습을 되풀이하지 말고 각자 자기의 감정에서 우러나는 격조를 개척하면서, 한 수씩 짓는 데 만족하지 말고 연작을 쓰자고 제안했다. 그런 지론이 대부분 창작 경험에 근거를 두어, 타당성을 작품에서 검증하도록 했다.

이병기와 함께 시조 연구를 개척한 조윤제(趙潤濟)는 창작은 하지 않으면서 연구를 본분으로 삼았다. 기본 음수율을 지켜야 한다고 한 견해는 수긍할 수 없지만, 시조 계승 문제에 대해 이병기와 다른 견해를 편 것은 경청할 만하다. 시조를 혁신한다고 기본 특질을 버리는 것은 잘못이라는 주장을 납득할 만한 근거를 갖추어 전개했다.

〈시조의 본령〉을 〈인문평론〉 1940년 2월호에 내고, 고시조가 이룩한 모범에서 벗어나면 시조가 시조답지 않게 된다고 경고했다. 무리한 혁신을 해 표현을 산만하게 하고, 한 수씩 완결되지 않는 연작을 쓴다든가 해서 시조가 자유시 비슷하게 보이도록 하는 것은 용납할 수 없다고 했다. 시조를 널리 애호하는 것은 바람직한 일이지만, 현대인의 복잡한 생각을 나타내는 데 시조가 자유시를 따를 수 없다는 점을 시인해야 한다고 했다.

최남선의 시조론은 《육당최남선전집》 10(현암사, 1974) ; 이병기의 시조론은 《가람문선》(신구문화사, 1966) ; 조윤제의 시조론은 《한국 시가의 연구》(을유문화사, 1948)에 집성되어 있다. 최미정, 〈가람의 창작시조 이론의 고찰〉, 《한국학논집》 10(계명대학교 한국학연구소, 1983) ; 박미영, 〈본문분석에 의한 역대시가론의 시조관 연구〉(한국정 신문화연구원 박사논문, 1994)에서 논의를 구체화했다.

11.10.4. 최남선 · 이은상 · 이병기

최남선(1890~1957)은 시조 창작에서도 큰일을 하겠다고 나섰다. 1926년에 내놓은 〈백팔번뇌〉는 저자 서문에서 "시조를 한 문자유희의 구렁에서 건져내서 엄숙한 사상의 일용기(一容器)를 만들"겠다는 의도를 밝힌 대단한 시조집이다. 같은 해에 발표한 논설에서 편 주장을 작품 창작을 통해서 확고하게 하려 했다. 시조를 융성하게 하겠다는 데 그치지 않고, 시조의 사상성을 높이는 새로운 경지를 개척하겠다고 자부했다. 그렇게 하면 시조에 대한 불신이 해소되고 시조가 민족정신을 집약한 민족문학으로서 누구도 부인할 수 없는 위치를 차지하게 된다고 믿었다.

〈백팔번뇌〉라는 표제는 내용을 총괄하는 의미를 가진다. 자기의 번뇌를 나타낸 것은 아니고, 번뇌에 사로잡힌 독자를 깨우치는 사상의 빛을 주려고 했다. 수록한 작품이 모두 108수이고, 36수씩 3부로 나누어져 있다. 제1부는 〈동청나무 그늘〉이라 하고 "님 때문에 끊긴 애를" 읊은 것들이라 했다. 조국에 대한 사랑을 노래했다는 말이다. 제2부는 〈구름 지난 자리〉라 하고 국토 예찬을 노래했다. 제3부는 〈날아드는 잘 새〉라 하고 다양한 소재의 작품을 수록했다. 그처럼 치밀한 계획을 세워 작품집 전편이 일관된 주제를 지니게 한 것은 전례가 없고, 다른 사람은 시도할 수 없는 일이다.

그런데 의도가 앞서고 성과는 따르지 못했다. 창작 태도가 자연스럽지 않아 표현이 경색되게 했다. 형식은 거의 다 글자 수를 고정시키고 변형은 되도록 허용하지 않으려 했다. 엄격한 정형시를 만들어야 시조의 가치를 드높인다고 여겼다. 신체시를 개척한다면서 7・5조를 가져오고 그 비슷한 정형시를 여럿 마련할 때 저질렀던 잘못을 시조에까지 끌어들였다. 규칙에 사상이 깃든다고 믿고 말을 글자 수에 맞추어 어법이나 표현이 어색해지는 것은 염려하지 않았다.

아득한 어느 제에
님이 여기 나립신고?

뻗어난 한 가지에
나도 열림 생각하면,

이 자리 안 찾으리까?
멀다 높다 하리까?

제2부 서두에 실린 〈단군굴(檀君窟)에서〉이다. 단군굴이 묘향산(妙香山)에 있다고 제목에다 괄호를 치고 밝혔다. 예전에 단군이 내린 곳이니 후손의 하나인 자기가 멀다 높다 하지 않고 찾는 것이 당연하다고 한 단순한 내용인데, "아득"·"나리"·"뻗어나"·"열림"에다 한자어로 주를 달아 배후에 있는 뜻을 놓치지 않도록 유도했다. 정감을 나타낸 서정시로 알지 말고 사상을 전하는 교술시로 이해하도록 했다.

말하고자 한 사상은 단군을 숭앙하는 종교의 교리임을 짐작할 수 있는데, 표면에 나타난 말과 연결되지 않아 정체를 알기 어렵다. 다른 작품도 그 자체로 읽지 말고 숨어 있는 관념을 찾아 이해하도록 한 것들이다. 창작 의도를 미리 밝히거나 역사의 사실을 인용해 이해를 도운 대목도 이따금 보인다. 시조를 논설의 불충분한 대용물에 지나지 않게 해놓고서 사상시를 만들었다고 자부했다.

책 뒤에 네 사람의 발문이 수록되어 있다. 작품만으로는 사상성 높은 시조집을 낸 의의가 제대로 인식되지 않을까 염려해 당대 명사들을 보증인으로 세웠다고 할 수 있는데, 좋게 말하려고 하면서도 불만을 곁들인 대목을 주목할 만하다. 홍명희(洪命熹)는 누구나 알 만하고 새삼스러울 것 없는 주장을 악착스러운 형식에다 가두려 한 것을 찬성하기 어렵다고 했다. 이광수(李光洙)는 작품에서 감동을 받지 못하겠다 하고, 설명하려고 한 뜻이 복잡하기가 〈주역〉 같다고 했다.

이은상(1903～1982)이 1933년에 낸 〈노산시조집〉(露山時調集)은 거창한 설명을 앞세우지 않고 생동하는 맛이 있는 작품을 보여주었다. 서문에서 이르기를, 아버지가 읊던 시조를 이어받아 아버지를 여읜 지 10년 동안 시조 창작의 길에 들어서서 이룬 작품 가운데 "여러 색취(色趣)인 것" 3백 수를 골랐다고 했다. 그런 말로 전통 계승의 근거를 대고, 새삼스럽지 않은 작업을 힘써 하면서 표현의 기교를 연마하는 데 특히 힘썼다. 시조를 부흥하자는 주장으로 목청을 높이기보다 뛰어난 작품을 마련해 창작의 보람을 찾아야 한다고 생각했다.

그런데 솜씨를 정교하게 다듬는 데 치우쳐 시조의 속마음은 잇지 못했다. 역사의 자취가 남았거나 경치가 빼어난 곳을 찾아 풍경을 그린 작품이 대부분인데, 말을 가다듬은 솜씨가 번득이거나 하고 진지하게 생각한 자취는 찾기 어렵다. 고시조의 뛰어난 작품이 오래 두고 생각한 절실한 사연을 전하면서 말은 오히려 어둔한 것과 많이 다르다.

송도를 찾고 금강산에 오를 때는 고풍을 되살리는 것 같았으나 실상은 그렇지 않았다. 〈자하동〉(紫霞洞)에서 "선인교(仙人橋) 나린 물은 예같이 흐르는데"라고 서두를 꺼내고서 "자하곡(紫霞曲) 남은 장단만 추풍 속에 들었더라"라는 말로 마무리를 삼아, 역사는 의미가 약화되고 감각적인 소재를 제공했다. 금강산에 올라 빼어난 산수를 보며 격양된 느낌을 나타낼 때도 고시가 어느 작품에 견주어도 솜씨는 손색이 없으나 전달하는 사연이 허전하다. 기행시조에서 내용의 무게는 버리고 감각을 돋운 표현이나 찾다가 다음과 같은 작품에 이르렀다.

> 성불사(成佛寺) 깊은 밤에 그윽한 풍경소리
> 주승(主僧)은 잠이 들고 객이 홀로 듣는구나.
> 저 손아, 마저 잠들어 혼자 울게 하여라.
>
> 뎅그렁 울릴 제면 더 울릴까 맘 졸이고,
> 끊일 젠 또 들리라 소리 나기 기다려져,
> 새도록 풍경소리 데리고 잠 못 이뤄 하노라.

널리 알려져 있는 〈성불사(成佛寺)의 밤〉이다. 첫 수만이면 시조답다고 할 수 있겠는데, 한 수를 보태 아주 달라지게 했다. 한 수씩 완결되지 않고 전후가 이어지는, 전에 볼 수 없던 연시조를 만들었다. 대수롭지 않은 대상을 면밀하게 살피는 근대인 특유의 감수성을 보여주었다. 오래 두고 응축한 구절을 새롭게 만든 표현과 함께 써서 충격을 준 고시조의 전통에서 벗어나, 작품 전편에서 새로운 말을 쓰면서 세부 묘사 능력을 자랑했다. 신시가 아닌 시조를 지은 이유를 찾으면 외형 계승

외에 무엇이 더 있는지 의문이 아닐 수 없다.

　이병기의 〈가람시조집〉(嘉藍時調集)은 1939년에야 나왔지만, 수록한 작품은 그 전에 이룩한 것들이다. 최남선이나 이은상보다 뒤지지 않게 시조를 가꾸려고 애쓰고, 시조 혁신을 독자적으로 이룩한 성과를 보여 주었다. 최남선은 무리하게 쓴 작품을 야단스럽게 선전하고, 이은상은 재주를 자랑하느라고 내실을 저버렸다면, 이병기는 어둔한 듯한 말로 절실한 사연을 갖추어 시조를 되살렸다고 할 수 있다.

　정지용(鄭芝溶)이 발문에서 이병기에 이르러서 시조가 시인을 만났다고 한 말이 지나치지 않다. 어느 한 가지 길로 나아가지는 않았다. 자연에서 받은 감흥을 읊고, 정다운 사람의 죽음을 애통하게 여기고, 자기 삶을 되돌아보기도 했다. 못난 작품도 있고 뛰어나게 맺힌 명편도 보인다.

　　이제 산에 드니 산에 정이 드는구나.
　　오르고 나리는 길 괴로움을 다 모르고
　　저절로 산인(山人)이 되어 비도 맞아 가노라.

〈박연폭포〉(朴淵瀑布) 세 수 가운데 첫 수이다. 미리 생각해둔 주제를 처리하지 못해 당황하지 않고, 산수의 모습과 부질없는 기교 다툼을 하지도 않았다. 무슨 관념을 숨겨두지 않고 기교를 부리겠다는 생각도 없이 산에 오르면서 저절로 달라지는 느낌을 말하는 듯이 나타냈다. 아무 것도 노리지 않고 천연스럽게 하는 말을 듣고서 각자 자기 소견에 따라 서로 다르게 새길 수 있을 따름인 점이 산수 자체가 주는 느낌과 다르지 않다.

　독자는 이 작품을 읽고 자기 나름대로 생각을 가질 수 있다. 오르고 내리는 괴로움을 잊는 경지에 이르자 물아일체(物我一體)가 이루어졌으며, 신선을 뜻하기도 하는 산인이 되어 무엇이든지 받아들일 수 있다고 해도 좋다. 인생살이 또한 산을 오르는 과정과 같아, 고난을 겪을 대로 겪어야 구김살 없이 살아가는 슬기를 얻는다고 할 수도 있다. 최남선의 관념은 이르지 못하고, 이은상의 기교로는 흉내도 내지 못할 경지이다.

난초나 매화를 사랑하며 선비의 취향을 잇다가 나팔꽃·맨드라미에까지 눈을 돌려 고답적인 자세를 벗어났다. 추구해야 할 목표가 따로 있다고 하지 않고 나날이 살아가면서 마음에 와서 닿는 것들을 꾸밈없이 나타냈다. 옛 사람이 쓰던 표제를 그대로 가져와 〈시마〉(詩魔)라고 한 작품에서는, 모습을 찾기 어려운 시마가 잠을 못 이루게 하지만 기쁘거나 슬프거나 자기를 따르니 버릴 수 없다고 했다. 기쁨이나 슬픔이나 진술하게 나타내면 시가 된다는 말인데, 기쁨은 자연에서나 얻고 인생살이에는 슬픔이 많았다.

별과 바람 끝에 검을 대로 검은 그 손,
잡은 괭이 두고 붓을 다시 드시리까?
상머리 혈흔(血痕)과 홍염(紅焰) 맘이 되우 태우이다.

가까이 지내던 사람이 죽은 슬픔을 나타낸 작품의 본보기이다. 최서해의 죽음을 애도한 〈서해(曙海)를 묻고〉 두 수 가운데 나중 것이다. 고인의 모습과 작품 세계를 적절하게 잡아, 밑바닥 인생을 살다 간 작가에 대한 깊은 이해를 나타냈다. 자기 자신은 검은 손으로 괭이를 잡지 않았고, "혈흔과 홍염"을 작품에다 쏟아놓을 만한 절박한 체험이 없다. 앞 시대 선비가 남긴 시조를 짓고 있으니 어려운 세상에서 한 걸음 비켜섰다고 할 수 있다. 그러나 미화된 전통과 조작된 정신을 내세운 데 반대하고, 삶의 진실을 찾으려 했다.

나의 무릎을 베고 마지막 누우시던 날,
쓰린 괴로움을 말도 차마 못하시고
매었던 옷고름 풀고 가슴 내어 뵈더이다.

〈젖〉이라고 한 것 두 수 가운데 첫 수이다. 어머니의 죽음을 다루면서 모자 관계의 도리에 관한 통념을 보여주지 않는 대신 어머니의 젖에다 관심을 모았다. 둘째 수에서 자기 동기 팔구 남매가 그 젖을 먹고 자랐다고 했다. 어머니와의 관계를 그렇게 되돌아본 작품은 신시가 아니고 시조라야 삶의 뿌리에 대한 깊은 인식을 환기시킬 수 있었다. 구식이든 신식이든 행세차로 내세우는 개념화된 사고를 멀리하고, 온몸으로 느끼는 절박한 생각을 작품에다 가져다놓으려고 했다.

남들은 버려둔 사설시조를 이은 것도 주목해야 한다. 사설시조의 의의에 관한 이해가 앞섰기에 그랬던 것은 아니다. 직접 겪은 바를 넘어서서 문제가 되는 상황을 다루기 위해서는 사설시조가 필요했다고 생각된다. 그전에 발표했다가 아마도 검열을 의식해 시조집에 넣지 않았을 듯한 사설시조에 시대의 고민을 밀도 짙게 받아들인 것이 있다. 〈야시〉(夜市)라고 하고 〈신민〉 1927년 9월호에 발표했던 것이다. 세 장은 세 연으로 표기하면서 줄 바꾸기를 한다.

날마다, 날마다, 해만 어슬어슬 지면,
종로판에서 "싸구려, 싸구려" 소리 나누나.

사람들이 쏟아져 나온다. 이 골목, 저 골목으로.
갓 쓴 이, 벙거지 쓴 이, 쪽진 이, 깎은 이, 어중이 떠중이,
앞서거니 뒤서거니 엉기정기 흥성스럽게 오락가락 한다.
높다란 간판 단 납작한 기와집, 켜켜이 쌓인 먼지 속에 묵은
갓망건, 족도리, 청홍실부채, 어리가게, 여중가리, 양화, 왜화붙이,
썩은 비웃, 절은 굴비, 무른 과일, 푸른 푸성귀부터 시든 푸성귀까지.
"십 전, 이십 전, 싸구려, 싸구려" 부르나니, 밤이 깊도록, 목이 메도록.

저 남산 골목에 우뚝우뚝 솟은 새 집들을 보라.

몇 해 전 조그마한 가게들 아니더냐?

어찌하여 밤마다 싸구려 소리만 외치느냐? 그나마 찬바람만 나면 군밤장사로 옮기려 하느냐?

서울의 야시 광경을 이 말 저 말 비슷하게 둘러대는 엮음의 수법으로 익살스럽게 그려 한창 시절의 사설시조인 듯이 보이게 하더니 종장에서 숙연한 느낌이 들게 했다. "남산 골목에 우뚝우뚝 솟은 새 집"은 일본인의 상점이다. 싸구려 소리만 하다가 경쟁에 밀려나 초라하게 되는 민족경제를 깊이 근심해서 지었으면서 내색하지 않았다.

사설시조가 이것만은 아니다. 함께 발표한 〈두엄 뒤지기〉에서는 "군대 군함 윤선 기차 전차 공장 회사" 어느 것 하나 가지지 못한 알몸으로 떠다니는 동포가 어디로 가야할까 하고 탄식했다. 딴 수작을 하는 듯이 시치미를 떼고 있을 수만 없어 주제를 겉으로 드러냈다.

임종찬, 《육당시조의 성격》(부산대학교출판부, 1977) ; 임선묵, 《근대시조집의 양상》(단국대출판부, 1983) 등의 연구서가 있다. 조규설·박철희 편, 《시조론》(일조각, 1987)에 김상선, 〈육당(六堂) 최남선론 : 특히 그의 시조를 중심으로〉 ; 임선묵, 〈백팔번뇌의 형태구조 연구〉 ; 이우종, 〈가람의 시조형식론〉 ; 박철희, 〈육당과 가람의 거리〉 등의 소중한 논문이 실려 있다.

11.10.5. 시조 창작의 다양한 모습

위에서 든 세 사람이 개인 시조집을 내고 적극적인 활동을 해서 시조 창작을 온통 이끌었던 것은 아니다. 1930년대에 이르면 잡지나 신문에 발표되고 시조집이나 시집에 실린 시조 작품이 대폭 늘어나 고시조보다 더 많았으며 경향이 다양했다. 시조가 신시에 견주어 결코 열세가 아니었다.

시조에 대한 부적절한 선입견에 매여 경색된 것도 있고, 겉보기로만 시조인 것도 있어, 시조가 과연 살았는지 의심이 나게 하기도 했다. 제대로 된 수법을 갖춘 것도 없지 않고, 평가할 만한 변형이 보여, 시조가 근대시로서 한몫 단단히 할 수 있게 된 것을 입증했다. 그 모든 시조가 공동 운명을 지니지는 않았으며, 누가 어떻게 짓느냐에 따라서 죽기도 하고 살기도 했다.

안확(1886~1946)은 고시가를 깊이 연구해 그 형식과 수법을 손상시키지 않고 이으려 했다. 〈신생〉 1931년 1월호의 〈종명곡〉(鐘鳴曲) 끝 수, 3월호의 〈감춘사〉(感春詞)와 〈소년행〉(少年行)으로 경기체가를 재현할 만큼 의고의 취향을 지녔다. 〈소년행〉에서 "대신라(大新羅)의 화랑도를 이제 본 듯, 위 포부경(抱負景) 기(幾) 어떠하니잇고"라고 했듯이, 민족사의 진취적 기상을 나타내는 데 고유의 시가가 필요하다고 생각했다.

경기체가는 더 짓지 않고, 시조는 줄곧 소중하게 여겼다. 〈시조시학〉에서 창작의 지침이 될 수 있는 제반 사항을 자세하게 정리하고, 자작 시조 160수를 본보기로 내놓았다. 서두에 수록한 〈주(駐)시단가〉를 보자.

첩첩한 뭉게구름 호장(虎帳) 늘여 놓은 듯해라.
임풍(林風)이 뒤집히니 햇덩어리 움직인다.
대조영(大祚榮) 있던 거기야 예와 어떠하더냐?

러시아 땅이 된 발해의 옛 터전을 찾은 감회를 읊었다. 안확의 시조는 이처럼 형식이 고정되어 있지 않은 점이 고시조와 같다. 말을 고풍스럽게 쓰면서 역사의 유적을 찾은 감회를 읊은 것이 많다. 역사에 있었던 일을 상기시키면서 선인들의 기백을 되살리려고 했다.

정인보(鄭寅普, 1892~?)는 양명학(陽明學)을 표방한 한학자이다. 한문으로 저술을 하고 신문학에는 관여하지 않았으면서 시조는 즐겨 짓는 선비의 기풍을 이었다. 시조를 어떻게 지어야 하는지 심각하게 생각하지 않고 자기 가족에 대한 추억과 칭송을 즐겨 노래했다.

어느 작품이든 전통적 사고방식을 나타냈다고 하겠지만, 한 수로 압축하지 않고 연시조로 늘이기만 한 것은 근대인답게 말이 많아진 탓이다. 1921년 5월 〈계명〉(啓明) 창간호에 낸 〈가신 어머니〉가 16수이고, 1931년 〈동광〉 2월호의 〈박연행〉(朴淵行)은 10수이다. 전하고자 하는 사연을 일정한 형식에 맞추어 나타내기나 하고 흥취를 찾으려고 하지는 않았다.

학자의 시조라고 할 것이 적지 않았다. 고전을 연구하면서 시조를 창작한 이희승(李熙昇)은 소재를 넓히고 수법을 다듬으려고 했다. 1931년 7월 〈신흥〉 제5호에 〈인생〉·〈춘원곡〉(春怨曲)·〈초하삼제〉(初夏三題) 몇 수씩을 〈영일만음〉(永日漫吟)이라는 제목으로 묶어 발표한 것을 보면, 색조가 달라지면서 어법도 바꾸었다. 최현배(崔鉉培), 신영철(申瑛澈) 등의 국어학자도 시조에 관심을 가지고 이따금 작품을 발표했다.

불교계의 시조는 1912년에 〈조선불교월보〉(朝鮮佛敎月報)가 창간되면서 보이기 시작하더니, 1924년 이후의 〈불교〉지에 이르면 작품이 많아졌다. 원래 유학자의 풍류를 위해 마련되었던 시조에 승려도 작자로 참여해 시조가 특정 집단의 전유물이 아님을 입증하는 데 뒤늦게 기여했다. 한용운(韓龍雲)·권상로(權相老)·김대은(金大隱)·조종현(趙宗玄) 등의 승려가 시조를 발표했으며, 불교와 관련된 내용을 시조로 다룬 신도는 더 많았다. 그러나 불교시조가 시조 쇄신에 한몫을 한 것은 아니다. 대부분은 포교를 위해 교리를 풀이하는 수준에 머무르고, 볼 만한 작품은 얼마 되지 않았다.

> 따순 볕 등에 지고
> 유마경(維摩經) 읽노라니,
> 어지럽게 나는 꽃이
> 글자를 가리운다.
> 구태여 꽃 밑 글자를
> 읽어 무삼 하리오.

한용운은 이따금 〈불교〉 권두언을 시조로 썼다. 1932년 6월호에 보이는 것을 들면 이와 같다. 〈님의 침묵〉에서와는 달리 불교 용어를 직접 등장시켜 선시와 비슷한 시조를 지었다. 어지럽게 날리는 꽃이 바로 찾고자 하는 진실이니 그 밑에 가려진 글자는 소용이 없다고 했다.

〈불교〉 발행인이었던 권상로는 1932년 10월 제10호 기념호에 〈십년일득〉(十年一得)이라는 이름으로 묶은 시조 24수를 한꺼번에 발표했다. 고정된 격식을 갖추고 교리를 풀이한 내용이다. 석왕사(釋王寺)의 경치를 한시로 읊고 시조로도 나타낸 것을 보아도 새로운 맛은 찾기 어렵다.

김대은은 기행시조를 몇 차례 실었다. 〈불교〉 1931년 11·12월호의 〈백두산등척기〉(白頭山登陟記) 10수에서는 단군을 숭앙하는 뜻을 나타냈다. 같은 잡지 1932년 6월호의 〈태고사행〉(太古寺行) 11수에서는 세속을 벗어나 마음의 고향으로 돌아가고 싶다고 했다. 시조를 열심히 지었다고 할 수 있으나 독자적인 작품 세계를 이룩하지는 못했다.

조종현(1906~1989)은 시인으로 평가할 만한 작품을 남겼다. 〈불교〉 1931년 1월호의 〈염화미소〉(拈花微笑) 같은 것은 불교 교리를 풀이하는 데 머물렀으나, 다른 작품은 대부분 인정을 그리워하고 세태를 개탄한 것들이다. 고풍스러운 말을 찾고 글자나 맞추는 수준을 크게 넘어서서 오래 다진 생각을 산뜻하게 다듬어 나타냈다.

〈불교〉 1930년 5월호에 발표한 〈성북춘회〉(城北春懷)를 보면, 많은 사연을 압축하는 수법을 일찍부터 깊이 터득했음을 알 수 있다. 관용어를 피하고 사실에 관한 지식을 배제하고서, 역사를 되돌아보는 감회를 절실하게 그려냈다. 세 수 가운데 첫 수를 들어본다.

> 한 때의 웃음꽃이 또 한 때의 눈물일 줄
> 어느 뉘 알았으리, 가신님도 모르실 걸.
> 이즈음 내 홀로 가며 옛 성터에 웁니다.

나라가 망한 자취인 옛 성터에서 울고 있다고 하면서 지난날을 회고

했다. 둘째 수에서는 성을 쌓을 때 푸른 풀잎이 다시 푸르렀다 해서 소생의 가능성을 말했다. 끝으로 "헐어진 성 지위에 감자 심는 저 할머니"더러 "감자는 심더라도 내 흥을랑 보지맙소"라 하고, "피 끓는 내 가슴이니 한숨 아니 지리까"라고 해서 망각하고 말 수 없는 울분을 나타냈다.

암시하는 수법을 쓰지 않고 말하듯이 읊은 노래도 있었다. 〈불교〉1931년 8월호의 〈차마 그 길 가 질까〉가 그런 것이다. 자기 길을 찾아 떠나겠다는 벗에게 "내야 모르겠다, 그 길이 정말 너 갈 길인가"라고 한 것이 첫 수의 중장이다. "신의를 저버리고 가는 동무야, 너 그럴 줄 몰랐다"는 것이 셋째 수의 종장이다. 말을 무리하게 줄이지 않으려고 자수의 변이를 대폭 허용했다.

자유시를 본령으로 삼은 시인들 가운데 시조에도 관심을 가졌던 사람이 적지 않다. 이광수는 1922년 5월 〈백조〉 제2호에 〈악부〉(樂府)라는 이름으로, 고구려 건국의 내력을 다룬 연시조 21수를 발표했다. 〈신생활〉 1922년 3월호에서 6월호까지 실은 금강산 기행시조는 52수나 된다. 1929년에 낸 〈삼인시가집〉에 이광수와 주요한은 자유시와 함께 시조를 실었다. 주요한이 1930년에 낸 시집 〈봉사꽃〉에도 시조가 적지 않다. 1940년에 이광수가 〈춘원시가집〉(春園詩歌集)을 엮을 때도 시조가 한몫을 했다. 역사를 회고하고 국토를 기리는 데는 시조가 적합하다고 생각했던 것 같다.

이광수의 시조는 더 생각할 여지가 없이 단순하다. 연시조로 늘여 내용을 보충하려 한 탓에 긴장이 더욱 이완되었다. 말을 낭비해 시조가 시조다운 특징을 훼손했다. 주요한은 세심한 기교를 부리려고 하면서도 시상의 응축을 이룩하지 못했다. 두 사람 다 줄 바꾸어 적는 방식을 새롭게 해서 시조의 인상을 바꾸려 했으나 내용이 외형과 따로 놀았다.

김억도 시조를 몇 편 발표해 시조부흥론에 찬성하는 주장을 뒷받침했다. 단조로운 애조를 울리는 시의 수법을 그대로 쓰고 자수나 약간 조절해 시조가 되게 했다. 박종화(朴鍾和)·노자영(盧子泳)·변영로(卞榮魯) 등의 시인 또한 시조를 이따금 발표하면서 다소 고풍스러운 소재를 가볍게 다루는 데 그쳤다.

그 다음 세대의 박용철(朴龍喆)·김상용(金尙鎔)·노천명(盧天命) 등은 시조에 더 많은 관심을 가졌다. 박용철의 시조는 60수나 되는데, 자기와 가까운 이의 죽음을 서러워하고 연인에 대한 사랑을 노래하는 개인적인 사연을 길게 늘어놓았으며, 작품을 다듬으려는 노력은 보이지 않는다. 김상용은 기행시조를 쓰는 관습을 따르고 개인적 번민을 시조에다 쏟아, 시조의 두 가지 기능을 확인할 수 있게 한다. 노천명의 시조도 진지하게 생각하고 쓴 작품은 아니다.

자유시로 자기 작품 세계를 이룩해 이름을 얻은 시인들은 시조를 힘들이지 않고 이용하는 부차적인 창작의 영역으로 삼거나 해서 시조가 산만해지고 가벼워졌다. 자수의 규칙을 지킨다고 해서 그런 폐단에서 벗어날 수는 없었다. 부적절한 작품으로 시조를 격하하면서 시조를 섬긴다는 이유에서 평가를 얻고자 하는 사람들이 적지 않아, 시조부흥론의 부작용이 오래 지속되었다.

장정심(張貞心)은 1933년에 낸 〈주(主)의 승리〉, 1939년에 낸 〈금선〉(琴線)에 기독교시조까지 등장시켜 시조의 영역을 넓혔으나, 평가할 만한 작품을 찾기 어렵다. 1935년에 나온 김희규(金禧圭)의 시조집 〈님의 심금(心琴)〉은 낡은 유행을 따르는 습작 정도의 수준에 머물렀다. 오신혜(吳信惠)는 이병기의 추천을 받고 시조시인으로 등장해 시조집 〈망양정〉(望洋亭)을 1940년에 냈는데, 보드랍고 아리따운 느낌을 찾거나 했다.

그런데 시조라고 하지 않고 시라고 해서 소중하게 여긴 작품 가운데 사실은 시조인 것도 있다. 시조를 쓴다는 의식이 없어 자세가 안이해지지 않았다. 그런 예로 1936년 11월 〈시인부락〉(詩人部落) 창간호에 발표한 서정주(徐廷柱)의 〈문둥이〉, 1939년의 〈청마시초〉(靑馬詩鈔)에 보이는 유치환(柳致環)의 〈의주(義州) 길〉을 들 수 있다. 앞의 것은 종장까지 잘 갖춘 시조이고, 뒤의 것은 종장의 특이한 규칙이 없는 '광의의 시조'이다.

홍언(洪焉, 1880~1951)은 미국에서 활동한 작가이다. 교포 신문 〈신한민보〉에 동해수부 등의 필명으로 시·소설·희곡을 발표했다. 시를 보면, 한시, 창가라 할 수 있는 것, 다양한 율격을 시험한 신시 등을 짓다가 1935년 이후에는 시조에 특별한 관심을 가지고 3백여 편을 헤아리는 작품을 남겼다. 고국에서 일어나는 시조부흥운동에 호응한 결과라고 생각된다. 그러면서 항일투쟁의 의지를 나타내는 작품을 보여주었다.

> 한국 독립 광복군이/ 정식 성립 되고서야
> 칼 빼어라 칼 빼어라.
> 벌어진 대륙풍선/ 신기운 돌아왔다/ 광복군 어사와.
> 전선으로 가자세라/ 태극기 펼치오니.
>
> 초목이 흔들리고/ 벼락이 떨어진다.
> 총 들어라 총 들어라.
> 살쾡이 이리 승냥이/ 네 어디로 가려느냐/ 광복군 어사와.
> 와지끈 탕탕 모조리 잡자/ 두리쳐 메고 돌아오리.
>
> 청천백일 만지홍은/ 우군의 기치로다.
> 북 울려라 북 울려라.
> 끝까지 싸우면서/ 추류를 소탕하여/ 광복군 어사와.
> 개선가 노래 속에/ 한양성 다다랐다.

〈신한민보〉 1940년 10월 10·17·24일자에 실은 〈한국 광복군 성립을 듣고〉 세 수를 들어보면 이와 같다. 줄 바꾸기와 / 표시를 원문대로 옮겼다. "곡조 어부사"라 하고, 윤선도의 〈어부사시사〉를 본떠서 지었다. '광의의 시조' 형식을 잇고, 반복구에서 하는 말을 바꾸었다.

원용문, 〈정인보 시조에 대하여〉, 《배달말》 8(배달말학회, 1983) ;

김종균, 〈만해 한용운의 시조〉, 《국어국문학》 83(국어국문학회,
1980) ; 박미영, 〈재미작가 홍언의 시조 형식 모색과정과 선택〉, 《시조
학논총》 18(한국시조학회, 2002) 등의 연구가 있다.

11.10.6. 조운·권구현·신불출

지금까지 살핀 바를 종합하면 시조부흥운동은 소문만 요란하고 이룬
것이 별반 없었던 것 같다. 공연한 논쟁이나 하다가 작품 창작은 제대
로 못한 잘못을 지적하지 않을 수 없다. 그러나 가장 소중한 성과는 아
직 들지 않았다. 시조부흥운동에 가담하지 않고 논쟁에 말려들지 않은
시인들이 작품다운 작품을 내놓아 시조를 다시 빛냈다.

시조시인이라고 자처하면서 시조 창작에 전념한 조운(曹雲, 1898~?)
은 이은상이나 이병기보다도 더욱 시조를 알뜰하게 가꾸려고 했다. 이
은상처럼 감각이 예민해 말을 잘 다듬는 것을 장기로 삼은 듯하지만 기
교에 빠지지 않았다. 애틋한 인정을 감명 깊게 드러내려고 한 점에서는
이병기와 비슷하면서, 미묘한 느낌을 또렷하게 하는 데 남다른 장기가
있었다.

〈동광〉 1932년 8월호의 〈비 맞고 찾아온 벗에게〉에서 "어젯밤 비만
해도 보리에는 무던하다"라고 서두를 내놓고, 두 수를 마무리하면서
"자네도 비를 맞아서 정(情)이 치(寸)나 자랐네"라고 한 것이 그 좋은
본보기이다. 다음에 드는 〈어느 밤〉은 〈신가정〉 1934년 3월호에 낸 작
품인데, 더욱 절묘하다.

눈 위에 달이 밝다.
가는 대로 가고 싶다.
이 길로 가고 가면,
어데까지 가지는고?
먼 말에

개 컹컹 짖고,
밤은 도로 깊어져.

눈앞에 펼쳐져 있는 정경을 산뜻하게 그리면서 먼 곳을 향한 막연한 동경을 나타냈다. 쉽게 이해되는 말을 조금만 하고서, 마음속 깊이 간직되어 있는 추억이나 상념을 폭넓게 불러온다. 그런데 관습의 틀을 다 버려 시조처럼 보이지 않는 것이 문제이다. 시조를 지을 필요가 있는가 하는 의문을 가지게 한다.

시조를 혁신해 격에 맞으면서도 참신한 작품을 이룩한 성과를 보여준 사람은 권구현(權九玄, 1902~1937)이다. 1927년에 낸 〈흑방(黑房)의 선물〉은 거의 잊혀지고 제목만 보면 진부한 느낌을 주지만, 시조 혁신의 방향을 가늠하는 데 소중한 의의가 있다. 무정부주의자로 자처하면서 계급문학의 공식 강령에 반기를 들고, 시조부흥론의 헛된 복고주의에도 반대한 노선이 어떤 의의를 가지는지 명백하게 보여주었다.

〈단곡오십편〉(短曲五十篇)이라 하고서 개별적인 제목은 없이 번호만 붙여 수록한 일련의 작품을 보자. 당대의 현실을 비판하고 일제의 억압에서 해방되고자 하는 의지를 뜨겁게 나타내면서 응축된 표현의 묘미를 긴장되게 갖추었다. 2·5·10번을 원래의 방식대로 줄바꾸기를 해서 들어본다.

님 없는 게 섧다 마오.
밥 없는 게 더 섧데다.

한 백년 모실 님이야,
잠시 그려 어떠리만,

죽지 못해 하는 종질
압박만이 보수라오.

　노예에서 기계로
　　이 몸을 다 팔아도,

　　　한 끼가 극난하니,
　　　　생래(生來)의 무삼 죈가

　　　　　천지야 넓다 하되,
　　　　　　발붙일 곳 바이 없어.

　노예에서 기계로

　피투성이 이 몸을
　　잔인타만 말을 마소.

　　　생각을 끊으니
　　　　나도 곧 생불이언만,

　　　　　발붙인 이 땅이야
　　　　　　도피(逃避)할 줄이 있으랴.

　　현실에서 초탈하는 것을 능사로 삼은 시인들을 은근히 풍자하면서,
분노하며 싸우지 않을 수 없는 절박한 형편에서의 뜨거운 외침을 일단
진정시켜 넌지시 나타냈다. 바로 그 점에서 시조가 시조다운 맛을 정확
하게 잇고, 어색한 구호나 열거하는 설익은 신시를 무색하게 했다. "노
예에서 기계로"는 시조에 쓸 말이 아닌 것 같지만 "생래(生來)의 무삼
죈가"라는 낯익은 문구와 함께 나타나 관습과 혁신이 공존하는 시조 특
유의 긴장을 새로운 시대의 상황에 맞게 재현했다.
　　형식을 보면, 이것 또한 '광의의 시조'이다. 극복하기 어려운 시대에
투쟁의 노래를 부르면서 유장하게 마무리하는 방식을 받아들이지 않았
다. 사대부가 '협의의 시조'를 만들어내기 전부터 있던 민족 공유의 원
형을 찾았다고 할 수 있다. 위에서 이미 몇 가지 예를 들었듯이, '광의
의 시조'가 거듭 나타난 것은 특기할 만한 사실이다.

신불출(申不出)은 만담가로 이름이 난 사람이다. "남의 시조 많이 보고 내 시조 쓸 양이면 나도 모르는 새 남의 투가 절반이라"고 하면서 시조를 시조답지 않게 말장난 비슷하게 썼다. 〈개수작〉이라고 한 연시조 서두에서 한 말이다. 〈삼천리〉 1933년 4월호의 그 연시조 다른 작품에서는 "없고도 있는 체와 모르고도 아는 체는 체에도 못 받칠 체니 사람 죽일 체라네"라고 했다. 도무지 허튼소리 같지만 비꼬는 수작이 제격이다.

1933년 3월호에서는 같은 제목을 걸고, 세상 사람들이 "할 일엔 손도 안대고 개수작만 하느니"라고 나무랐다. 공연히 진지한 체하는 거동이 마땅하지 않아, 이 말 저 말 입심 걸게 갖다 붙여 만담조의 시조를 지었다. 같은 잡지 1938년 5월호의 〈금강〉(金剛)에서는 금강산 기암괴석을 두고, "자빠진 놈 엎어진 놈, 누웠는 놈 쓰러진 놈, 선 놈 앉은 놈과, 기는 놈 뛰는 놈"이 죽었다 살았다 한다고 했다.

곽동훈, 〈조운 시조연구〉, 《배달말》 16(배달말학회, 1991) ; 고현철, 〈권구현 시조연구〉, 《국어국문학》 27(부산대학교 국어국문학과, 1990) ; 박병용, 〈민족적 저항 아나키스트 시인의 고뇌 : 권구현론〉, 《홍익어문》 10·11(홍익대학교 홍익어문연구회, 1992) 등의 연구가 있다. 임선묵, 《근대시조대전》(홍성사, 1981) ; 《근대시조집의 양상》(단국대출판부, 1983) ; 《근대시조집총람》(단국대출판부, 1988) ; 《근대시조집람》(경인문화사, 1995)에서 자료를 정리했다.

11.11. 역사소설·농촌소설·통속소설

11.11.1. 영웅소설에서 역사소설로

역사소설은 영웅소설에서 유래했다. 〈임진록〉, 〈임경업전〉, 〈박씨전〉 등에서 영웅이 전쟁에서 크게 활약한다 하고서 역사가 어떻게 전개되는지 보여주었다. 전쟁이 아니고서는 역사를 문제로 삼을 방도가 없었다. 무명의 일상인은 전쟁의 승패와 무관하니 무시해도 그만이라고 여겼다. 그런 사고방식을 나타낸 영웅소설이 오랫동안 역사소설 구실을 했다.

범속한 사람들이 살아가는 모습을 그리는 사실적인 소설이 영웅소설을 대신해 큰 구실을 하게 되었을 때도, 그런 역사관은 바뀌지 않고 지속되었다. 일제의 침략이 닥쳐오자 국난 극복을 위해 분투한 영웅의 일대기를 써서 당대인의 분발을 촉구하고자 했다. 그 두 가지 유산을 청산해, 영웅의 역사만 이야기하는 관습에서 벗어나 범인의 역사까지 함께 다루면서, 교술문학인 전기를 서사문학인 소설로 바꾸어놓는 역사소설을 만들어내는 것이 1920년대 이후의 문학에 부과된 과제였다.

쉽게 알아보기 어려운 양상을 띠고 변화가 서서히 진행되었다. 영웅소설과 역사소설의 중간물이라고 할 수 있는 일련의 작품에서 역사소설로의 전환이 탐색되어, 중세에서 근대로의 이행기문학이 근대문학으로 바뀌게 했다. 역사소설이라고 표방한 작품도 영웅을 주인공으로 삼으면서, 영웅의 능력은 의심스럽고, 영웅의 노력이 헛되고, 영웅 숭앙이 불만스럽다고 하는 등의 내부 반란을 보여주었다.

영웅의 행적을 비약적인 상상력으로 경이롭게 처리하지 않고 일상생활의 구체성이 보장되게 그려 영웅과 범인의 간격을 더욱 좁혔다. 영웅이 역사를 움직인다는 전제가 의심스럽게 되고, 역사는 어떻게 움직여지는가 하는 의문이 다시 제기되었다. 그러나 해답을 찾지 못해 새로운 역사관을 제시하지는 못했다. 영웅이든 범인이든 함께 따라야 할 도덕적 당위 같은 것이 유린되면 역사의 위기가 닥친다고 하는 논법으로 정신주의의 역사관이나 제시하는 작품이 적지 않았다.

〈별건곤〉 1928년 8월호부터 1931년 12월호까지 연재된 〈아침〉이라는 것에서 전환기의 양상을 확인할 수 있다. 역사의 숨은 내막을 캐서 민족의 웅지를 나타내려 한 작품을 거대한 규모를 갖추어 구상했다. 가공인물 김가지(金可之)를 주인공으로 삼아 상상을 펼친 것은 소설다운 설정이라고 할 수 있으면서, 역사가 실제로는 다르게 전개되었다고 가정해 사건을 이어 나갔다. 몽유록 비슷한 구상을 펼쳐 보인 서사적 교술이라고 할 수 있는데, 논설문 같은 설명이 너무 많이 들어가 있다.

김가지가 영웅의 기상을 품고 사방을 유랑하다가 이순신 후손한테서 비밀지도를 얻어, 광해군 때의 평안감사 박엽(朴曄)과 함께 중국을 공략할 뜻을 품고 현지답사를 했다. 광해군이 폐위되자 뜻을 이루지 못하고, 여진의 장수가 되어 명나라 정벌에 나섰으며, 청태종과 맞서다가 탈출했다. 꿈에 이징옥(李澄玉)을 만나 대병을 이끌고 조선의 서울로 진격해서 당쟁을 일삼는 양반을 일소하고, 조선과 만주를 합친 옛적 고구려 같은 대국을 세우려고 했다는 데서 미완으로 끝났다.

매회 집필자를 바꾸어 구체화하도록 하는 별난 방법을 썼다. 최남선(崔南善) · 송진우(宋鎭禹) · 이돈화(李敦化) · 박희도(朴熙道) · 김기전(金起田) · 안재홍(安在鴻) · 정대현(鄭大鉉)이 집필에 참여해, 당대 명사를 널리 초빙함으로써 민족의 이상을 펼쳐 보이는 데 한몫을 하도록 했다. 그러나 민족의 처지를 논하는 식견을 갖추고 역사에 대해 할 말이 있다고 역사소설을 잘 쓸 수 있는 것은 아니었다. 작품답지 않은 작품으로 지면을 메우는 것을 두고 보지 못해 결국 중단하고 말았다.

더욱 문제가 되는 것은 이 작품을 '연작강담'(連作講談)이라고 한 명칭이다. 역사소설이라고 하지 않을 바에는 '야사'라고 하는 것이 마땅한데, 흥미로운 무용담을 뜻하는 일본말을 가져다 붙여 혼란을 일으켰다. 그 당시 일본에서 소설이라고 하기에는 미흡한 읽을거리인 '강담'이 유행하는 데 자극을 받아, 그런 것을 만든다면서 관심을 끌고는 거창한 주장을 전달하려 했다.

흥미를 주제와 분리시켜 주제 전달을 위한 수단이라고 생각하는 태도는 작품을 이중으로 망치게 마련이었다. 주제와 분리된 흥미는 수단 노릇을 제대로 할 만한 유인력을 지니지 않고, 흥미와 따로 노는 주제는 기대했던 설득력을 가질 수 없었다. 그런데 역사상의 주요 인물의 행적에 대해 지나친 의미를 부여하면서 일본에서 볼 수 있는 것과 같은 통속적인 읽을거리를 만들어 명분과 수익을 아울러 노리는 설익은 역사소설이 적지 않았다.

이광수(李光洙, 1892~1951)가 계속 내놓은 역사소설은 대체로 그런 범주에 든다고 할 수 있다. 〈동아일보〉의 연재소설을 맡은 이광수는 비난과 시비를 피하고 소재를 쉽게 마련해 작품을 양산하는 데 유리한 쪽을 택해, 당대를 다루는 소설은 피하고 역사소설을 주종목으로 삼았다. 민족의 과거를 되돌아보면서 현재를 위한 교훈을 찾는다면서, 독자의 흥미를 끌어 전속작가의 지위를 유지하고자 했다.

처음에는 고전 작품을 개작했다. 1923년 12월 1일자에서 1924년 3월 21일자까지는 〈허생전〉(許生傳)을, 1925년 9월 30일자에서 1926년 1월 3일자까지는 〈일설춘향전〉(一說春香傳)을 연재했다. 소중한 가치를 지닌 고전을 다시 읽을 수 있게 해서 민족문화 전승에 기여하는 것 같은 거동을 보이면서, 소설에서 흥미를 찾는 독자를 끌어들이기에 알맞도록 개작했다. 주인공의 성격을 원래의 사회적 상황에서 분리시켜 차질을 빚어냈다. 허생은 정체불명의 건달로, 이몽룡은 사랑 때문에 번민하는 낭만적인 주인공으로 만들었다.

그 정도의 연습을 거쳐 본격적인 장편 역사소설의 첫 작품 〈마의태자〉(麻衣太子)를 써서 1926년 5월 10일자부터 1927년 1월 9일자까지 연재했다. 마의태자를 내세워 신라가 망한 울분을 되씹는 것은 당대에 겪은 망국과 호응되기에 공감을 자아낼 수 있었다. "민족정신 밀수입의 포장"이 작품 창작의 의도라고 스스로 술회한 말이 어느 정도 타당하다. 그러나 마의태자는 신라를 지키기 위해 아무런 적극적인 구실을 하지 못하고 패배자가 되어 도피했을 따름이다. 궁예를 영웅으로 부각시키는 데 힘써 마의태자의 무력함이 더욱 두드러지게 했다.

그것만으로는 흥미가 부족하다고 판단해, 갖가지 치정 관계를 난만하게 설정하고 과장되게 서술하는 통속소설을 길게 펼쳐 보였다. 궁예는 장생불사의 비방을 실행한다면서 궁녀 천 명을 갈아들이고, 궁예의 아내는 왕건과 정을 통했다고 했다. 신라 왕궁에서는 위홍이 여자의 혼을 빼는 능력이 있어 어머니와 진성여왕 양대를 농락했다고 했다. 역사의 주역들을 영웅의 자리에서 끌어내려 엽기적인 호색한으로 만들어, 이면에서 벌어진 애욕 다툼이 우리 역사를 움직였다고 하는 민족허무주의를 퍼뜨리는 유행을 선도했다.

1928년 11월 30일자에서 1929년 12월 11일자까지 연재한 〈단종애사〉(端宗哀史)는 솜씨가 늘어 앞뒤를 잘 계산하고 썼다고 할 수 있다. 단종이 왕위를 잃은 것도 나라를 잃은 데 대응시켜 읽도록 해서 관심을 모으고자 한 것은 전작과 상통했다. 궁중의 음모와 갈등을 과장되게 그려 흥미를 끄는 대목은 많이 줄여 통속소설을 쓴다는 비난을 면하고, 엄숙한 자세로 인륜도덕을 역설해 민족의 지도자로 자처하는 데 도움이 되도록 했다.

단종 복위를 위해 신명을 바친 사육신이 충성스럽기만 하고, 왕위 찬탈을 한 수양대군 및 그 일파는 사악한 음모꾼이라고 규정했다. 모든 불행과 참사가 수양대군이 양심을 버리고 야심을 따른 탓이라고 하면서 역사의 변화를 도덕의 원리로 설명했다. 사육신의 거사가 실행되지 않은 것은 주위에 배신자가 있었기 때문이고, 더 따지고 보면 민족성이 나쁜 탓이라 했다. 그것은 민족개조론이 정당하다는 논거가 된다.

동아일보사가 이순신 추념운동을 벌이는 데 호응해, 1931년 6월 26일자부터 1932년 4월 3일자까지 연재한 〈이순신〉(李舜臣)은 대단한 작품처럼 보인다. 일제의 억압을 무릅쓰고 항일전의 명장을 주인공으로 내세워 길이 본받아야 할 숭고한 정신, 슬기로운 전술을 알려주었으니 높이 평가해야 할 것 같다. 그러나 자세히 살피면 많은 문제점이 있다.

이순신 한 사람을 도덕적으로 완벽한 영웅으로 받들면서, 다른 관원들은 모두 패전을 자초하고 이순신을 모함하며 명나라에 저자세를 보이기거나 한 구제불능의 저열한 무리라고 매도했다. 우매한 백성은 그릇된 통치 때문에 희생되기만 하고, 아무런 적극적인 구실을 할 수 없다고 낮추어 보았다. 일본군은 용맹스럽고 의연하게 싸워 이순신의 감탄을 자아내게 하는 점이 조선군과 아주 다르다고 했다. 명나라 원병이 무력하면서 횡포를 자행하는 것을 보고 더 큰 적개심이 일어나도록 해서, 이른바 사대주의를 혐오하고 자책해야 할 증거로 삼았다. 우리 민족은 정신적으로 개조되지 않으면 희망이 없다는 민족개조론의 확실한 증거를 보여주고자 했다.

동아일보사에서 민족의 표상으로 내세우고자 한 이순신을 이광수가 민족을 폄하하는 데 쓴 것은 동상이몽이어서 오랜 동거생활이 끝나지 않을 수 없었다. 이광수는 그 뒤에도 어디서든지 지면을 얻을 수 있으면 소설을 연재하고, 역사소설을 즐겨 택했다. 그러면서 겉으로 내세우는 숭고한 정신을 불교에서 찾아 방향을 돌렸다. 아득한 옛적의 불교는 당대의 문제와 관련된 시비를 피하고, 초탈을 표방하는 정신주의를 내보이는 데 더욱 유리했다.

〈조선일보〉로 자리를 옮겨 1935년 9월 28일자에서 1936년 4월 12일자까지 연재한 〈이차돈(異次頓)의 사(死)〉에서 전환을 구체화하려고 했는데, 역사의 변화를 불교의 관점에서 설명하는 것은 어려운 일이었다. 불교가 공인된 사건의 이면에 음모와 치정이 있었다고 하면서 흥미를 끌었다. 찬양해 마지않는 숭고한 정신을, 통속소설이 도덕적인 이유에서 배격되지 않게 하는 안전장치로 이용한 것이 전과 다름없었다.

〈동아일보〉와 〈조선일보〉가 폐간된 뒤에, 〈매일신보〉 1942년 3월 1일자부터 10월 31일자까지 〈원효대사〉(元曉大師)를 연재한 것은 주목할 만한 일이다. 민족정신이 말살될 때 식민지 통치를 위한 신문에다 민족의 정신적 영웅으로서 누구보다 우뚝하다 할 수 있는 원효를 주인공으로 삼은 장편을 실어 역습을 꾀한 것 같다. "모든 욕심과 남을 해치려는 마음을 떠"나, "속이 하늘과 같"다고 한 원효를 민족의 표상으로 삼으려 했다고 스스로 술회한 말이 타당할 수 있다.

그러나 작품에 등장하는 원효는 말이야 그럴듯하게 하지만 세상일의 커다란 이치를 깨닫고 실천하기는커녕 자신의 처세 때문에 번민이 많고 변명이나 일삼았다. 자비냐 음욕이냐 하면서 여인들 틈에서 방황하면서, 이광수 소설의 주인공이면 으레 겪는 방황을 재현했다. 걸인이나 도둑들을 흉측스럽게 그려놓고, 그런 무리에 휩쓸려 원효가 파계의 회한을 달랜다 했다. 그 대목에서 이광수 자신의 친일 변절을 합리화했을 수 있다. 기괴하게 묘사한 신라 고신도(古神道)를 불교와 결합시키려고 원효가 애썼다고 하면서, 일제의 신도를 긍정하자는 사고방식을 나타냈다.

이광수가 역사소설에서 내세운 주인공은 영웅이라기보다 위인이다. 이순신조차도 탁월한 능력과 투지를 발휘해 적을 물리쳤다고 하기보다 마음가짐이 훌륭해 숭상의 대상이 된다고 했다. 영웅을 위인으로 바꾸면서 범인에 근접시킨 것은 바람직한 변화라 할 수 있으나, 세계의 도전에 맞서는 투지를 감퇴시키고, 자아의 내면적 신념이 세계까지 좌우해야 하는데 그렇지 못하다는 좌절감으로 그 자리를 메운 다른 일면에서 소설의 기본 요건을 혼란시켰다.

사육신 · 이순신 · 이차돈 · 원효 등이 위인인 이유는 도덕적 당위성을 내면의 신념으로 지니고 있기 때문이다. 그 신념이 역사에서 어떤 의의를 가지는지 문제 삼으려고 하지 않고 시공을 초월한 가치를 가졌다고 미화했다. 역사의 바람직한 전환은 현실에서 벌어지는 대결과는 무관하게 위인의 신념인 도덕적 당위성을 실현함으로써 가능하다고 보고, 그렇게 될 수 없게 하는 불리한 여건을 열거해 자학적인 좌절에 사로잡혔다.

역사에 대한 진지한 탐구를 하지 않고 시대를 초월한 교훈을 작품의 주제로 삼는다면서, 소설의 주인공을 자기와 동일시해 정신적 곤경에서 벗어나는 구실을 찾으려 했다. 위인의 고결한 신념을 받들며 따르지 않는 것을 민족성이 저열한 증거라 해서 민족개조의 기만적인 논법을 합리화하려고 했다. 그러면서 다른 한편으로는 작품 속의 위인들도 치정과 애욕에 휩쓸리는 것을 보여주어, 자기의 은밀한 관심사가 비난받아야 할 이유가 없음을 드러나지 않게 주장했다. 대단한 역사 공부라도 하는 듯한 구실 아래 통속적이고 엽기적인 흥미에 탐닉할 수 있는 뒷문을 열어두고 독자를 유인했다.

초창기의 역사소설은 이광수의 독점물이 아니었으며, 윤백남(尹白南, 1888~1954)이 유력한 경쟁자로 등장했다. 1930년 1월 16일자부터 1931년 7월 13일자까지 〈대도전〉(大盜傳)을 연재한 뒤로 〈동아일보〉에 윤백남의 역사소설이 이광수의 것보다 더 많이 실렸다. 더욱 흥미로운 소설을 쓴 것이 그 이유였을 것이다.

김동인(金東仁)은 후일 〈백민〉(白民) 1948년 10월호에 낸 〈여(余)의 문학도삼십년(文學道三十年)〉에서, 〈동아일보〉가 윤백남의 소설을 계속 연재한 것은 사장 송진우의 기생첩이 애독자인 덕분이었다고 했다. 그런 말은 공연한 비방이 아니고 사실에 관한 증언이다. 애독자가 많은 작가의 작품을 신문사에서 원하는 것이 당연한 일이었다.

이광수만 대단하다고 여기고 윤백남은 통속소설만 썼다는 이유에서 무시하는 것은 형평에 어긋난 처사이다. 이광수가 겉으로 내세운 도덕적 당위성에 현혹되지 않고, 자아와 세계의 대결 양상을 비교해보아야 한다. 윤백남은 이광수와 달리 영웅을 위인으로 바꾸어놓으려고 하지 않고, 내면의 신념이 아닌 투쟁의 능력을 찬탄의 대상으로 삼았다. 영웅을 도적이나 반역자로 설정하는 데 아무 거리낌도 없어 세상이 달라진 것을 보여주었다.

고전소설과 깊이 연결되어 있는 것은 윤백남의 장점일 수 있었다. 〈소학사전〉(蘇學士傳) 계통의 지난 시기 소설에서 흔히 보이던 형태를 이어, 〈대도전〉의 주인공 또한 부모가 비명에 죽고 도적의 산채에서 자라나 원수를 갚았다. 도적 두목을 죽게 하고 그 딸과 부부가 되어 도망치다가 헤어지고 위기를 맞이했으나, 도승을 만나 비법을 전수받은 덕분에 모든 고난을 해결했다는 것도 새삼스럽지 않다.

그러면서 부모의 원수는 도적 두목만이 아니라 고려 공민왕이기도 하다면서, 주인공이 고려의 서울에 들어가 정체를 숨기고 의적 노릇을 하다가 마침내 공민왕을 죽여 원수를 다 갚는다는 새로운 설정을 했다. 국왕에 대한 반역이 허용될 수 있게 된 시대 변화를 받아들이고, 부당한 통치 질서를 흔들어놓고 빈천한 백성을 위해주는 의적이 영웅이라는 생각을 표면화했다.

그러나 공민왕이 주인공의 원수가 된 내력은 범연하게 볼 것이 아니다. 공민왕이 원나라에 부역한 기(奇)씨 일족을 벌주려 하자 원나라로 도망치다가 도적에게 피살된 인물이 주인공의 아버지라고 했다. 통치권을 정당하게 행사해 고려의 자주성을 드높인 공민왕을 주인공의 원수라는 이유에서 용서할 수 없는 악인으로 만들고, 주인공이 아버지 원수를 갚는 처사는 의롭다고 했다. 아내 · 의형제 · 동지 · 부하 등 주위 사람들이 주인공을 숭앙하고 따르면서 일말의 회의도 없었다. 의적 노릇을 마음껏 하며 국가권력을 우롱하다가 어렵지 않게 복수한 것을 당연한 결말로 제시했다.

그래서 가치관의 위기가 심각한 지경에 이른 것을 보여주었다. 유교의 충성관이 무너진 것을 기화로 일체의 대의명분을 부인하고, 물불 가리지 않고 복수를 하겠다고 하는 원색적이며 이기적인 충동을 긍정하고 평가했다. 그렇게 한 데는 일본에서 온 사고방식이 끼어들었음을 부인하기 어렵다. 주인공과 따르는 무리 사이의 밀착된 상하 관계 또한 일본에서 숭앙하는 형태라 할 수 있다.

다른 작품을 몇 편 더 보자. 1931년 11월 18일자에서 1932년 6월 7일자까지 연재한 〈해조곡〉(海鳥曲)은 서학을 믿는 해적 집단을 등장시켰으며, 주인공 이름이나 사건 전개가 〈대도전〉에서와 흡사하다. 1934년 6월 10일자에서 1935년 2월 16일자까지 실린 〈흑두건〉(黑頭巾)은 조선 중기에 서자들이 반란을 꾀한 사건을 다루었다.

이렇게 이어지는 비슷한 작품에서 반역이 저질러지지 않을 수 없는

사회상에 대한 해명은 언제나 관심 밖에 두었고, 세상이 달라져야 한다
는 주장을 펴지도 않고, 예상을 넘어서는 활극을 펼쳐 보이면서 독자를
사로잡으려고 했다. 어느 모로 보거나 위인은 아닌 칼잡이들의 활약상
으로 인기 상품을 만들려고 했다. 영웅을 훼손하는 이광수의 방식과 윤
백남의 방식이 좋은 대조를 이루었다.

백낙청, 〈역사소설과 역사의식〉, 임형택·최원식 편, 《한국근대문
학사론》(한길사, 1982) ; 송백헌, 《한국근대역사소설연구》(삼지원,
1985) ; 김윤식, 〈역사소설의 네 가지 형식〉, 《한국근대소설사연구》
(을유문화사, 1986) ; 강영주, 《한국역사소설의 재인식》(창작과비평
사, 1991) ; 홍정운, 〈한국근대역사소설연구〉(동국대학교 박사논문,
1987) ; 박종홍, 〈일제강점기 한국역사소설 연구〉(경북대학교 박사논
문, 1990) ; 유재열, 《한국근현대 역사소설 연구》(국학자료원, 2002)
등의 연구가 있다.

11.11.2. 역사 형상화 방법 재정립

김동인(1900~1951)은 단편소설을 쓰는 것을 자랑으로 삼는 시기에,
역사소설을 위시한 일체의 신문 연재소설은 가치 없는 통속소설이라고
매도했었다. 그러다가 문학을 하느라고 가산을 탕진하고 생계를 위해
역사소설을 맡지 않을 수 없게 되자, 착잡한 심정을 수습하고 흥미롭게
쓰는 데 앞장서겠다고 다짐했다. 첫 작품 〈젊은 그들〉을 1930년 9월 2
일자부터 1931년 11월 10일까지 〈동아일보〉에 연재할 기회를 얻어 이광
수나 윤백남과 경쟁했다.

시대는 멀리 잡지 않고 대원군이 몰락하고 임오군란이 일어날 때까
지의 격변기를 택해 관심을 돋우고, 주인공과 조연들을 가공적인 인물
로 설정해 창작의 폭을 넓혔다. 대원군을 지지한 무명의 인재들이 드러
나지 않게 활약했다고 해서 역사를 흥미롭게 재해석할 수 있는 길을 활

짝 열었다. 그런 구상을 작품화하면서 영웅소설을 역사소설로 바꾸는 자기 나름대로의 방식을 제시했다.

간신에게 부모를 잃은 아이가 스승을 만나 무술을 익히고 어려서 정혼한 처녀와 함께 싸움에 나가서 위기에 부딪힌 군주의 복위를 위해 애쓴다고 한 것은 지난 시기 영웅소설의 직접적 계승이다. 정혼한 배우자가 함께 나서서 싸우면서 한쪽만 상대방이 누군지 알고 다른 쪽은 그런 줄 몰라 애태우는 것까지 충실하게 되풀이하면서, 여장군전류의 선행 작품에서와는 달리 남자를 높이고 여자를 낮추었다.

그렇게 해서 소설의 오랜 독자층을 끌어들이면서, 대원군이 마땅히 권력을 되찾아야 했다면서 역사의 논란에 개입했다. 대원군은 결코 완고한 사고방식에 사로잡히지 않았으며, 우선 외침을 막고 신문명을 무리 없이 받아들여 대응력을 기르려 했다고 주장했다. 그러나 실제 상황에서는 대원군이 패배해 물러났다. '영웅의 일생'을 이은 두 주인공이, 과거 영웅소설에서 도승 구실을 하던 스승을 매개로 영웅소설의 못난 국왕보다 월등하게 영걸스러운 지도자인 대원군과 긴밀하게 연결되어 활약했어도, 역사의 방향을 돌려놓을 수 없었다.

역사와 허구가 섞이지 않고 따로 노는 것이 작품의 기본 구조이다. 주인공 쪽의 활약은 당대에 실제로 있었던 현실의 움직임과 유리되어 정체를 숨긴 채 이루어지기만 했다. 싸움의 승패를 결정하는 과정이 주인공 쪽과 적대 세력 사이의 대결로 구체화되어 있지 않았다. 주인공 쪽의 활약은 현실에 근거를 두지 않고 허공에서 벌이는 칼부림이어서 패배하게 되어 있다.

그런 설정은 세계의 도전이 워낙 완강해서 자아로서는 어쩔 수 없다고 하는 김동인 단편소설의 구조와 합치된다. 단편소설에서 그랬듯이, 결말이 불행하기는 하지만 비극은 아니다. 남녀 주인공이 스승·동지들과 함께 일제히 자살했다고 해서 비극의 분위기를 돋우려고 했으나 공허한 영웅주의의 한계를 더욱 뚜렷하게 드러냈을 따름이다. 일본 투의 자살 예찬을 직수입한 혐의를 벗기 어렵다.

대원군 이야기를 거기서 끝내지 않았다. 대원군이 정권을 잡기까지의 일을 다룬 〈운현궁(雲峴宮)의 봄〉을 다시 써서 1933년 4월 26일자에서 1934년 2월 2일자까지 〈조선일보〉에 연재했다. 안동김씨네의 박해를 받고 대원군이 비루하게 굴던 시기의 추태를 자세하게 들추어내는 데 힘써, 대원군을 개성이 뚜렷한 인물로 그리는 성과를 거두었다.

그러나 그 이상 무슨 진전을 보이지는 않았다. 상상력으로 사건을 더 만들어 넣는 대신에 상식 차원의 역사 해설을 장황하게 늘어놓았다. 시정의 비렁뱅이가 어떻게 해서 한 시대를 움직이는 정치적 식견을 쌓았던가 하는 의문을 풀어주지 못했다. 깊이 소화되지 않은 소재를 열거하면서 역사소설을 야사로 후퇴시킬 조짐을 보였다.

〈조광〉 1941년 2월호에서 12월호까지 연재한 〈대수양〉(大首陽)은 대단한 야심작이다. 이광수가 〈단종애사〉에서 다룬 사건을 수양대군을 중심으로 고쳐 다루어, 이광수가 보여주는 위선에 대한 오랜 반론을 구체화하고, 자기 능력이 뛰어나다는 것을 입증하고자 했다. 동기의 선악보다 능력이나 업적을 중요시하는 사고방식을 내세워 수양대군의 왕위 찬탈을 긍정한 것은 유교적 명분론을 넘어서려고 한 데 그 의의가 있다.

그러나 수양대군의 강렬한 개성과 비범한 처세에 작자가 매료되어, 역사에 대한 탐구는 사라지고 개인 예찬론만 남았다. 왕위 찬탈이 사실은 단종을 위한 행동이었다고 해서 작품의 일관성을 해치고, 자기가 제시한 결과 위주의 윤리관에 파탄을 일으켰다. 가치관 논쟁이 더 진행되는 길을 스스로 막아 왜소한 작품이 되게 했다.

그 뒤에 김동인은 있는 소재를 적당하게 윤색해서 글을 만들었다. 역사소설까지 나아가지 못한 야사나 야담을 닥치는 대로 쓰고 윤색해 원고료 벌이나 하고, 의욕적인 창작을 다시 하지 못했다. 〈매일신보〉 1941년 7월 9일자에서 1942년 1월 31일자까지 〈백마강〉(白馬江)을 연재할 때는 역사소설로 평가되는 대작을 다시 쓰고자 했으나, 더욱 황폐해진 의식으로 친일 언설을 늘어놓는 데 그쳤다.

백제 멸망의 사적을 다루면서 의자왕의 횡포와 음욕을 터무니없이 과장했다. 어차피 망하게 되어 있었다는 생각이 들도록 해서 민족의 처지에 대한 비관에서 생긴 자기모멸을 북돋우었다. 그러면서 백제를 구원하러 온 일본인들은 청신한 희망을 찾을 수 있다는 느낌이 들게 그렸다.

박종화(朴鍾和, 1901~1981)는 처음에는 시인이었으나, 1923년 9월에 〈백조〉 제3호에서 발표한 단편 〈목 매는 여자〉에서 이미 역사소설에 대한 관심을 보였다. 〈매일신보〉 1936년 3월 20일자에서 12월 29일자까지 〈금삼(錦衫)의 피〉를 연재한 것을 계기로 해서 역사소설 작가로 나섰다. 신문에 연재되는 역사소설만 오래 두고 써서 많은 작품을 남겼다.

그 두 작품에서 여성은 독하고 야멸스럽다고 한 것이 특기할 만한 일이다. 〈목 매는 여자〉에서는 사육신이 처형되는 날 신숙주(申叔舟)만 무사히 귀가한 것을 부끄럽게 여겨 부인이 목을 맸다고 했다. 〈금삼의 피〉는 성종에게 버림받은 생모가 사약을 받고 죽을 때 흘린 피에 젖은 옷자락을 전해 받고 연산군이 포악한 복수극을 벌인 사건을 다루었다. 겉으로 드러난 사실에 대해서는 개설적인 설명이나 해두고서, 궁중 깊은 곳에서 전개된 애욕 · 질투 · 음모를 잔인하고 관능적인 솜씨로 파헤쳤다.

1937년 12월 1일자부터 1938년 12월 25일자까지 다시 〈매일신보〉에 연재한 〈대춘부〉(待春賦)는 병자호란 때 청나라가 침입한 데서 시작해서 효종이 죽어 북벌이 좌절되기까지의 내력을 다루었다. 가공의 인물을 내세워 사건을 지어내려 하지 않고, 자세하게 남아 있는 기록을 작품에 옮겼다. 남성들 사이에서 벌어진 정치적인 사건은 여성이 개입한 다툼과 달라 그렇게 하는 것이 당연하다고 여겼다.

정사라고 일컬어지는 왕조시대의 공식 기록은 지배적인 이념에 따라 사실을 정리해놓아 자유로운 재해석을 쉽사리 허용하지 않았으나, 불편하다고 여기지 않았다. 그 내용을 거의 그대로 받아들여 척화파의 강경 노선을 평가하고 효종의 북벌론을 높였다. 왕조실록이 아닌 다른 자료까지 들어 흥미를 보태려고 애쓰기는 했으나, 중세의 역사관을 지속시키고 지난 시기의 역사를 근대의 비판정신으로 재해석하는 작업을 진척시키려고 하지 않았다.

박종화의 역사소설에서 보이는 그 두 가지 특징, 여성이 개입한 다툼은 끔찍하다고 할 정도로 지어내는 것과, 남성의 영역인 정치적인 사건은 정사를 받아들여 서술하는 것은 따로 놀지 않았다. 〈매일신보〉 1940년 11월 1일자에서 1941년 7월 23일자까지 연재한 〈다정불심〉(多情佛心)에서는 대등한 비중을 가지고 함께 나타났다. 고려 공민왕이 원나라에서 원나라 공주와 혼인하고 고국에 돌아와 내정을 개혁하고 국토 수복을 위해 애쓰다가, 공주가 죽고는 의욕을 잃어 신돈(辛旽)에게 국권을 맡기고 허황한 짓을 일삼다가 피살되기에 이르렀다는 내용이어서 그렇게 하기 알맞았다.

〈고려사〉에 있는 자세한 기록을 이용하면서 여성이 개입된 그 이면의 역사는 흥미를 돋울 수 있게 지어냈다. 같은 시대를 다룬 윤백남의 〈대도전〉과는 달리, 공민왕이 기씨 일가족을 숙청한 것은 정당했다고 평가했다. 그런데 그 일을 위시해 공민왕이 이룩한 모든 공적은 스스로 꾀한 것이 아니고 원나라 공주가 뒤에서 권유하고 지혜를 제공했기에 가능했다면서, 역사의 이면에 여성이 어기차게 움직였던 내막이 있었음을 밝혀냈다.

현진건(玄鎭健, 1900~1943)은 단편소설을 쓰는 데 힘을 기울이다가, 1933년에서 1934년에 걸쳐 장편소설 〈적도〉(赤道)를 발표하고, 뒤늦게 역사소설에 손을 대 〈무영탑〉(無影塔)을 〈동아일보〉 1938년 7월 20일자에서 1939년 2월 7일자까지 연재했다. 신문소설을 쓰지 않고서는 생계를 이을 길이 없고, 당대를 무대로 한 연재소설은 제약이 심해져 더 쓸 수 없어 역사소설을 택해야 했지만, 민족의식을 찾는 과제를 잊지 않았다.

신라 시절 불국사에 세우는 무영탑 조각을 맡아 부여 출신의 석수 아사달이 온갖 정성을 다 바치는데, 귀족의 딸 주만이 믿음직한 약혼자 금경신을 버리고 아사달을 사랑하고, 고향에서 찾아온 아내는 아사달을 한 번 만나보지도 못하고 헤맸다. 주만은 그것 때문에 화형을 당하게 되었을 때 금경신에게 구출되었다. 아사녀는 주만 때문에 괴로워하고, 인신매매의 위험에서 가까스로 빠져나와, 탑의 모습이 비친다는 그 림자 못에 빠져 자살했다. 그곳으로 달려간 아사달은 아사녀와 주만의 모습이 한데 겹친 불상을 조각하고 자기도 물에 빠졌다.

그처럼 미화된 형태로 펼쳐지는 낭만적인 상상에다 걸어서 사회적인 대립과 사상의 논란을 깊숙하게 다루었다. 주만은 화랑의 전통을 이어 썩썩한 기상을 보여주면서, 당나라에 의존하려는 세력을 반대했다. 그 쪽 편에 속하는 진골 귀족의 아들이 구혼하자 비굴한 술책으로 특권의 식을 유지하려는 자세를 멸시해 응낙하지 않고, 미천한 석수장이 아사 달을 사모해 마음 졸였다. 화형당하게 된 주만을 구출한 금경신도 화랑 의 유풍을 지녀 희망을 주었다.

한편이 되어야 하는 사이면서도, 하층의 아사녀와 아사달은 비극적 인 죽음을 피하지 못하고, 주만이나 금경신은 어려움을 이겨낼 수 있어 공평하지 않은 점을 안타깝게 여겼다. 그렇지만 아사달은 자기 의지를 유감없이 보여주는 예술을 남겨 하층의 불운을 넘어섰다. 영웅도 위인 도 아닌 범속한 인물들이 당당한 자세로 주체적인 삶을 이룩하는 것을 본받고, 하층민이 온몸을 던져 고민하고 노동하고 창조하는 것을 값지 게 여기면서 양쪽의 힘을 합치자고 했다. 기록되어 있는 역사와는 거리 가 먼 사건을 그렇게 전개해서, 당대인을 깨우쳐주어 일제의 통치를 받 으면서 비굴해지고 비뚤어진 삶의 자세를 바로잡으려고 했다.

다시 〈흑치상지〉(黑齒常之)를 써서 〈동아일보〉 1939년 10월 25일부터 연재했다. 백제가 망한 뒤에 일어난 부흥운동을 다루면서, 방자하게 굴 고 횡포를 부리는 당나라 군대와 맞서 싸우는 백제 유민의 영웅적인 투 쟁을 그린 내용이다. 일제가 항일투쟁을 간접적으로 나타낸다고 판단 해 1940월 11일 6일자의 제52회로 중단시켰다.

신라의 전설에서 취재한 〈선화공주〉(善花公主)를 〈춘추〉 1941년 4월 호부터 연재하다가 9월호에 제5회까지만 실어, 이것 또한 미완으로 끝 났다. 선화공주를 사모하는 사람이 셋이라고 하는 데까지만 사건이 진 행되어 주제가 아직 드러나지 않았는데도 수난을 당했다. 현진건은 더 작품활동을 할 수 없었다.

홍명희(洪命熹, 1888~1968)는 민족지사이고 사회운동가였으며 전문적인 작가가 아니었다. 평생토록 소설을 단 한 편만 쓴 것이 당대 최대의 장편이고 거듭 논의되는 문제작이다. 〈임거정전〉(林巨正傳)을 〈조선일보〉 1928년 1월 21일자부터 1939년 3월 11일자까지 연재했으나 미완성이었다. 〈조선일보〉가 폐간되어 잡지 〈조광〉으로 자리를 옮겨 1940년 10월호에 한번 실리고는 중단되었다. 〈임거정〉이라고 한 단행본 다섯 권이 1939년에서 1940년까지 나오고, 광복 후인 1948년에 재출간되었으나, 연재한 것을 다 수록하지 않았다. 서두의 3분의 1쯤 개작해서 단행본에 넣을 작정이었던 것 같은데, 그렇게 하지 못했다.

다룬 사건은 어느 정도 사실에 근거를 두었다. 조선왕조 연산군에서 명종 때까지의 사화, 명종 때 왜구가 대거 침입한 을묘왜변을 작품 서두의 배경으로 했다. 임꺽정이 거느린 도적의 무리가 강성하여 조정에서 가까스로 토벌한 경과가 왕조실록에도 올라 있다. 그렇게 이어지는 사건은 조선왕조의 통치체제가 무력하게 된 것을 뜻하고, 이어서 임진왜란이 닥쳐오자 관군은 방어력을 잃었던 원인과 관련된다. 경색된 국운에 새로운 활기를 불어넣을 인재가 하층에는 얼마든지 있었지만 쓰이지 못했다.

그런 범위 안에 드는 소재를 많은 기록을 보고 모으고 구전도 다채롭게 활용했다. 전통사회에 대한 해박한 지식을 동원하고 풍부한 어법과 어휘를 구사해 백과사전이라고나 할 수 있는 풍부한 내용을 갖추었다. 비슷한 말을 이것저것 열거해 묘사를 다채롭고 생동하게 하고 흥미를 돋우는 엮음의 수법을 판소리나 사설시조에서 물려받아 적극 활용했다. 소리패나 이야기꾼의 능란한 솜씨를 있는 대로 다 보여주는 것 같은 도도한 흐름으로 대장편을 이루었다.

서두에서는 연산군의 박해를 피해 도망친 관원이 함경도 땅에서 백정의 딸에게 장가들었다고 한, 널리 알려진 야담을 거의 그대로 수록했다. 그 인물이 백정 사위가 되어 겪은 집 안팎의 모멸을 아주 자세하게 다루어, 하층민 생활을 이해하게 하는 출발점으로 삼았다. 그 다음 대목에 등장하는 갖바치는 놀라운 식견으로 나랏일을 장래까지 알았어도 신분이 미천해서 쓰이지 못했다면서, 이인전설의 정수를 이었다.

갖바치 이인이 제자 임꺽정을 데리고 전국 명산을 편답해 큰 인물이 될 수 있게 하면서도 학문은 전수하지 않았다. 도승의 가르침을 받은 영웅이 세상에 나가 천하를 호령하고 나라를 얻는다는 환상은 가지지 않게 해서 영웅소설과 결별했다. 을묘왜변이 일어나자 임꺽정을 비롯한 하층의 여러 영웅이 출전해 왜적을 무찔렀으나, 공을 앗기고 도리어 효수를 당할 뻔했다. 미천한 영웅은 용납되지 않아 결국 도둑이 될 수밖에 없었다.

임꺽정은 백정이다. 이봉학은 양반의 서자이다. 박유복은 무고로 죽은 상민의 유복자이다. 배돌석은 역졸 신분의 싸움패이다. 황천왕동은 백두산으로 간 도망꾼의 자식이며 사냥꾼 노릇을 하고 살았다. 곽오주는 머슴이다. 길막봉이는 소금장수이다. 의형제를 맺는 일곱 장사들의 면모가 이와 같다. 힘이 세고, 병장기를 하나씩 잘 다루는 재주가 있어 관군이 범접하지 못하는 도적이 되었다는 것은 근대소설다운 설정이 아니다. 국내의 여러 원천과 풍부하게 연결되어 흥미를 자아낼 뿐만 아니라, 〈수호전〉(水滸傳)의 영향도 쉽사리 확인된다.

그러나 용력을 자랑하는 군담의 과장된 수법을 버리고, 다양한 출신 성분의 하층민들이 각기 어떻게 살아가는지 서술하고, 어떤 곤경 때문에 도적이 되었는지 납득할 수 있게 밝히는 데 힘썼다. 배돌석이 을묘왜변에서 공을 세우고도 헛되이 고향에 돌아가 양반집 비부쟁이로 연명하고, 타향에 가서 역졸 노릇까지 한 내력에, 악착같이 살고자 해도 떠돌이가 되고 마는 밑바닥 인생의 쓰라림이 나타나 있다. 곽오주가 머슴살이를 하면서 주인을 위해 업어온 과부를 데리고 살다가, 어미 잃고 보채는 자식을 자기 손으로 죽이고는 미칠 지경에 이른 것은 더욱 처참하다. 그렇지만 그런 극단에 이르지 않고 여유 있게 펼쳐지는 세태 묘사가 아주 많아, 작품이 길어졌다.

임꺽정의 무리가 의적이라는 말을 들었다 하지만 의로운 일을 하겠다는 포부를 지니고 움직인 것은 아니다. 관군의 토벌을 몇 차례 격퇴한 다음에는 이렇다 할 일이 없이 한가하게 지내고 있을 때 문제가 생겼다. 포흠을 내고 도당에 가입한 아전 출신 모사 서림이 관가에 잡혀 전향을 하고 토벌대의 길잡이가 되었다. 평산 싸움에서 관군을 크게 물리쳤으나 불안이 씻기지 않았는데 작품이 미완으로 끝났다. 갖바치 이인이 임꺽정에게 유언으로 남긴 시가 무슨 뜻인지 밝혀지지 않아 궁금증이 생기고 임꺽정의 아들이 병사나 수사가 될 기상이라고 한 말도 기대를 가지게 하지만 결말이 없다.

이 작품은 영웅소설의 확대판이라 할 수 있다. 영웅을 위인이나 범인으로 바꾸지 않았으며, 도적을 영웅이라 한 점에서는 윤백남의 소설과 상통한다. 그러나 도적인 영웅이 큰 뜻을 품고 반역을 꾀했다고 비약하지 않고, 여러 인물이 벌이는 많은 사건에서 생활의 다양한 국면을 보여주는 데 힘쓴 점이 당시에 유행하던 세태소설과 같다. 세태의 여러 국면에 대한 부분적인 인식을 합쳐서 사회 전체, 역사의 총체를 제시하는 통찰력을 보여주지 않아 독자가 헤매도록 한다.

역사소설이 장편소설을 쓰는 기본 방식의 하나로 공인되고, 신문 연재와 단행본 출판에서 역사소설을 환영하게 되면서 시험 삼아 손을 대 작품을 한두 편 남긴 작가도 여럿 나타났다. 그래서 이루어진 작품의 하나로 김기진(金基鎭, 1903~1985)의 〈청년김옥균〉(靑年金玉均)을 주시할 만하다. 갑신정변이 일어난 지 50년이 되는 해를 기념해 1934년 5월 3일자에서 9월 19일자까지 〈동아일보〉에 〈심야의 태양〉이라는 제목으로 연재하고, 1936년에 단행본으로 낼 때 제목을 그렇게 고친 작품이다.

김옥균을 비롯한 젊은이들이 거사해 정권을 잡으려다 실패하고 일본으로 망명하게 된 경위를 소재 자체의 극적인 면모를 충분히 살려 긴박하고 흥미롭게 다룬 작품이다. 그런데 김옥균이 일본 세력에 의존하는 정도에서 그치지 않고, 일본풍의 생활방식마저 받아들인 것이 당연한 일이라고 했다. 친일의식을 많이 지닌 작품이다.

역사소설을 쓴다면서 민족의 주체성을 태연히 부정하는 것을 다른 작품에서도 볼 수 있었다. 1944년에 단행본으로 나온 이동규(李東珪)의 〈김유신〉(金庾信)에서는 민족의 위업을 그리는 듯한 거동을 보이면서 실제로는 그 반대 방향으로 나아갔다. 당나라가 고구려의 버릇을 가르치려 하고, 마음을 어질게 썼다고 했다.

윤병로, 《박종화의 삶과 문학》(성균관대학교출판부, 1998) ; 신동욱, 〈현진건의 무영탑〉, 《한국현대문학론》(박영사, 1972) ; 은종섭, 〈미완성 장편역사소설 '흑치상지'의 주제사상적 지향과 예술적 형상의 특성에 관한 고찰〉, 《조선어문》 1990년 제1호(사회과학출판사) ; 임형택·강영주 편, 《벽초(碧初) 홍명희 '임거정'의 재조명 〉(사계절, 1988) ; 임명진, 〈'임거정'의 엮음에 대하여〉, 《이규창박사정년기념 국어국문학논문집》(집문당, 1992) ; 채진홍, 《홍명희의 '임거정' 연구》(새미, 1996) ; 한창엽, 《'임꺽정'의 서사와 패로디》(국학자료원, 1997) ; 강영주, 《벽초 홍명희 연구》(창작과비평사, 1999) 등의 개별적인 연구가 있다.

11.11.3. 농촌소설에서 제기한 문제

역사소설과 함께 또 하나의 뚜렷한 흐름을 이룬 소설은 농촌소설 또는 농민소설이다. 농촌소설은 배경이 농촌이라는 뜻이고, 농민소설은 등장인물이 농민임을 말해, 두 용어는 강조점이 서로 다를 따름이다. 농촌소설은 전원 예찬에 머문 것까지 포함해, 역사소설과 나란히 일컬을 만한 포괄적인 용어로 삼을 수 있다.

고전소설에는 농촌소설이라고 할 것이 없었다. 소설은 원래 농촌이 아닌 도시, 그 가운데서도 서울을 기반으로 해서 성장하고 상품화되어 널리 퍼졌다. 시조나 가사에서는 거듭 다루는 평화스러운 농촌에는 관심을 가지지 않고, 도시에서 일어난 빈부·귀천의 변화를 문제 삼았다. 그래서 생긴 사회 모순이 농촌에까지 밀어닥친 양상을 다룬 〈흥부전〉

같은 작품이 있었어도 드문 예에 지나지 않아 농촌소설이라고 일컫지 않아도 되었다.

근대소설이 시작될 때 농촌에 관심을 가져야 한다고 생각지 않았다. 계급문학을 주장하면서 노동자의 처지를 다루어야 한다고 하고 농민은 관심 밖에 두었다. 시민과 노동자의 관계가 기본적인 관심사로 대두한다고 본 것이다. 그러나 근대소설 또는 계급문학의 방향을 그렇게 잡은 것은 서양의 전례를 그대로 가져온 잘못이 있었다. 식민지 통치가 시작되자 사회 모순의 가장 극심한 양상이 농촌에서 나타났다.

그것은 식민지가 된 거의 모든 곳이 함께 겪는 사회 변화였다. 산업화가 덜 된 탓에 식민지가 된 곳에서 수탈할 수 있는 가치가 있는 거의 유일한 자산은 토지이고 농작물이었다. 토지를 빼앗고 농작물을 차지하려고, 영국이 인도·이집트·케냐 등지에서 먼저 실시한 토지조사사업을 일본이 본받아 조선에 도입했다.

농민의 경작권은 인정하지 않고 지주의 소유권만 인정하는 법을 만들어 식민지 통치자가 토지를 직접 소유하거나 권한이 강화된 지주를 협력자로 만들어 경제적인 이득과 정치적 안정을 꾀한 것이 공통된 내용이다. 그 결과 농민은 권한을 잃고 궁핍하게 되어 인도의 경우에는 소득이 8분의 1로 줄었다는 연구 결과가 나와 있다. 다른 곳은 수치를 들어 말할 수 없지만, 기본 양상이 다르지 않았다.

수입된 이론에 의거하지 않고 자기 체험을 살려 현실을 직접 다루는 작가는, 같은 처지가 된 곳 어디서나 농촌에서 벌어지는 변화를 깊이 근심하고 농민의 처지를 심각하게 다루었다. 농민은 전통문화의 수호자라는 점과, 농촌은 도시의 혼탁을 씻어줄 순수성을 간직하고 있다는 점을 함께 말해야 했기에 다루어야 할 문제가 복잡해졌다. 그렇게 해서 제1세계를 따르겠다고 하는 근대소설론이나, 제2세계의 이념을 받아들여야 한다는 계급문학론과는 다른 제3세계문학의 독자적인 노선이 나타났다. 기존의 관념을 걷어내고 그런 사실을 인식하는 작업을 세계 전체의 범위에서 진행한 결과 우리의 경우를 제대로 알 수 있게 되었다.

농민의 빈곤을 문제 삼는 데 앞장선 작가는 최서해(崔曙海, 1901~
1932)였다. 식민지 통치가 농촌을 파멸시키고 농민을 죽인다는 것을 체
험에 근거를 두고 생생하게 증언했다. 계급문학이 노동자문학으로 나
아가야 한다는 주장을 깨고 농민 쪽으로 방향을 돌린 것도 충격이었다.
그러나 자기 고장을 떠나 유랑하는 인물의 비참한 처지를 다루기나 하
고, 어느 곳에서 지속적으로 제기되는 문제를 집중해서 다루지 않아 농
촌소설을 이룩했다고 하기는 어렵다.

이익상(李益相, 1895~1936)이 농촌에 접근하려고 시도한 것도 또 하
나의 전환기 양상이었다고 할 수 있다. 〈개벽〉 1925년 5월호에 발표한
〈흙의 세례(洗禮)〉에서, 농촌으로 이주한 도시 지식인 부부가 일꾼을
구하지 못하자 직접 농사를 지으며 평소에 동경하던 생활을 하게 되었
다고 했다. 같은 잡지 1926년 1월호의 〈쫓기어가는 이들〉에서는 그런
사치스러운 환상을 버리고, 각박한 현실을 보았다. 팔촌이 마름 노릇을
하는 타관에 토지를 얻어 농사지으러 갔던 사람이 마름이 바뀌자 늘어
나는 빚을 갚지 못하고 도망치지 않을 수 없게 된 사정을 그렸다.

조명희(趙明熙, 1895~1938)는 1928년에 낸 단편집 〈낙동강〉(洛東江)
에서 농민의 참상을 고발하는 데 그치지 않고 농민을 위해 일제와 싸우
는 투사의 활약상을 보여주려고 했다. 농촌 실정을 충실하게 그리는 작
업은 생략한 채 분노와 규탄을 표면에 드러냈다. 검열에 걸려 삭제된
대목이 치열한 전투가 일어났던 흔적처럼 널려 있다.

책 표제로 삼은 작품 〈낙동강〉에서는 농민운동을 하는 주인공이 투
옥되고 죽고 하는 사건을 설정하고, 낙동강을 두고 지은 주인공의 시를
삽입해 격앙된 분위기를 돋우었다. 〈농촌 사람들〉에서는 헌병보조원에
게 대들던 농군이 잡혀가 자결했다. 나서서 싸우는 투사가 아니라도 죽
음을 면할 수 없다고 역설했다. 작자의 격분이 앞서 소설다운 서술을
하지 못했다.

주인공은 싸우다가 죽었지만, 작가는 국내에서 더 싸울 수 없다고 판
단하고 국외로 탈출해 망명했다. 그런 생각을 내비친 작품이 몇 편 있

다. 〈조선지광〉 1927년 3월호에 발표한 〈동지〉(同志)는 서두가 삭제되어 자세하게 알 수 없으나, 경계망과 수색의 눈을 피해 국외로 탈출하는 이야기이다. 같은 잡지 1928년 9월호의 〈아들의 마음〉은 공장에서 일하다가 일본의 병원에 입원한 유학생이, 신문을 보고 고향에서 헤어진 처녀가 중국에 가서 비행사가 되어 북벌에 참가한다는 소식을 알고 감격한 내용이다. 조명희는 꿈을 이루어 소련으로 갔다가, 부당하게 처형되고 말았다.

다음 주자로 나선 이기영(李箕永, 1895~1984)도 처음에는 목소리가 거칠었으나, 다룬 내용은 단순하지 않았다. 〈개벽〉 1926년 1·2월호의 〈농부정도룡〉(農夫鄭道龍)에서, 양반집 종을 아내로 삼은 빈농이 자기 처지를 떳떳하게 여기고 굳세게 살아가다가 뜻하지 않던 사태를 만나 파국에 이르렀다고 했다. 지주에게 논을 떼여 항변하러 간 할머니가 죽어 나오자, 자기가 소작하는 땅을 넘겨주고 복수를 맡아 나섰다. 지주가 고리대금업을 함께 하는 일본인에게 소작권을 넘겨준 것이 이면에서 일어나 사건이다.

〈농민소설집〉이라는 이름으로 1933년에 나온 단편집에서 보이는 이기영의 작품 〈홍수〉(洪水)와 〈부역〉(賦役)은 소작인들이 함께 벌이는 투쟁을 다루었다. 함께 수록된 권환(權煥)의 〈목화와 콩〉, 송영(宋影)의 〈군중정류〉(群衆停留)와 〈오전구시〉(午前九時)가 농민생활을 제대로 다루지 못하고 선동하는 구호나 잔뜩 나열해 읽어내기 어렵게 삭제된 것과는 다르다. 집단의 항변이 일어나지 않을 수 없게 되는 과정을 납득할 수 있게 전개하면서 밝히려고 했다.

〈홍수〉에서는 의식화되어 귀향한 청년을 등장시켜 작자의 의도를 미리 알리고, 단결해서 홍수의 시련을 극복한 경험을 살려 소작인들이 일제히 지주에게 맞서 소작쟁의를 일으켰다고 했다. 〈부역〉은 절묘한 상황 설정으로 첨예화된 모순을 나타내는 능력을 보였다. 지주가 곡식을 저장하는 창고를 늘리려고 농사철이 닥쳐 일을 해야 하는 소작인들에게 부역을 시켰다. 굶주린 신체에 겨우 남아 있는 노동력을 엉뚱한 데 탕진하다가 분통이 터져 들고일어나지 않을 수 없었다고 했다.

1933년 5월 30일자에서 7월 1일자까지 〈조선일보〉에 연재하고, 1937년에 단행본으로 낸 〈서화〉(鼠火)는 투쟁에 이르는 결말을 갖추지 않고, 의식화의 공작을 개입시키지 않으면서, 농민생활의 모습을 다양하게 그려보였다. 돌쇠라는 위인은 응삼이가 소 판 돈을 한자리에서 딴 노름꾼이고, 응삼이 처와 몰래 정을 통하고 지냈다. 소견이 모자라는 응삼이는 민며느리로 데려온 아내의 마음을 잡지 못했다. 서기가 약점을 잡고 응삼이 처에게 접근하려다 거절당하고, 마을 유지들이 돌쇠를 꾸짖으려다가 뜻을 이루지 못했다. 하층민이 겉보기와는 다르게 건실하고 활달하게 살아나간다고 하면서 옹호하려는 의도가 있었다고 하겠는데, 세태 묘사가 산만하게 이어져 자연주의 작품과 비슷하게 되었다.

1933년 11월 15일자부터 1934년 9월 21일자까지 〈조선일보〉에 연재하고 1936년에 단행본으로 내놓은 〈고향〉(故鄕)은 당시부터 대단한 반응을 얻고 문제작으로 평가되었다. 출간을 맡은 한성도서에서 창립 이래 최대의 판매부수를 올리고, 이광수의 〈흙〉보다 갑절이나 팔았다고 했다. 통속성이 지나쳐 파탄을 일으키기도 하고, 농민운동에 관한 작자의 주장이 표면에 드러난 대목도 있어 시빗거리가 되기도 했으나, 작품의 다면적인 성향이 다양한 독자의 관심을 끌어 그런 성공을 거두었다.

원터라는 농촌 마을에 사는 사람들 가운데 안승학과 원칠을 뚜렷이 대조가 되게 부각시켰다. 마름 안승학은 재산이 넉넉하고, 마침 여름방학이어서 서울에서 온 자식들을 데리고 시원한 곳을 찾아 한여름을 보냈다. 소작인 원칠이네 가족은 더위를 무릅쓰고 땀 흘려 일해도 끼니를 잇기 어려웠다. 그러나 행복과 불행이 겉보기처럼 나누어져 있는 것은 아니었다.

안승학은 서울에 본처를 두고 첩을 여럿 갈아들여 자식 넷이 모두 어미가 달랐다. 민판서네 마름 자리를 차지할 때 공개할 수 없는 미인계를 쓰다가 약점을 잡힌 탓에 끝으로 얻은 첩에게 쥐여 지냈다. 본처 소생인 맏딸 갑숙이를 지체 높고 재산 많은 집에 시집보내려다가 큰 낭패를 보았다. 원칠이도 자식 넷을 두었는데 모두 아내가 낳았음을 물론이고, 부모의 고생을 덜어주려고 애썼다. 딸 인순이는 읍내 공장에 취직해서 집을 도왔다.

안승학은 서울 본가에 하숙하고 있는 친구의 아들 경호가 사실은 주워다가 기른 아이라는 내력을 알고 이용 가치가 있는 비밀이라고 좋아하다가, 자기 딸 갑숙이와 정분을 맺은 것이 드러나자 크게 분노해 일을 그르쳤다고 본처에게 칼부림을 했다. 갑숙이는 학교를 그만두고 집에서 뛰쳐나가, 제사공장에 위장취업하고 노동운동을 하다가 공장의 사무원이 된 경호와 다시 만났다. 두 젊은이는 출신 배경을 잊고 결합되어 동지가 되겠다고 다짐했다.

그렇게 해서 안승학이 스스로 망하도록 하는 데 그치지 않고, 소작인들이 힘을 합쳐 마름에게 대항하도록 하는 농민운동의 주역 김희준을 등장시켰다. 김희준의 집안은 원래 안승학네보다는 지체가 높았는데, 아버지가 가산을 탕진했다. 조혼한 아내를 버려두고 외처로 나가 공부를 한다더니 초라한 행색으로 귀향해서 농민운동을 시작했다.

야학을 열고 청년회를 운영하면서 농민들의 신임을 얻어 안승학과 맞설 수 있게 되었다. 흉년이 들었으니 소작료를 감하라는 요구조건을 내세워 안승학을 굴복시키려고 안승학이 가장 치욕스럽게 여기는 갑숙이와 경호의 관계를 폭로하겠다는 작전까지 썼다. 그렇게 해도 김희준은 안승학만큼 생동하게 그리지 못했다. 스스로 농사를 짓는다고 했지만 일이 손에 익지 않고, 오랫동안 자기를 기다리던 아내한테서 애정을 느끼지 못하며, 농민운동을 하겠다면서 생각이 막연했다. 그런 점을 드러내서 시비하려 하지 않고 어물쩍 넘어가면서 옹호하려고 했다

그 뒤에 이기영은 농민의 어려움을 계속 다루면서 작품 전개에서 차질을 보였다. 1933년 3월 3일자에서 17일자까지 〈동아일보〉에 실은 〈원치서〉(元致西)를 보자. 아내는 달아나고, 초가삼간을 날리고, 딸은 강간당하는 등 처참한 형편에 이른 주인공을 두고서 어떤 수단을 취하는 것이 가장 현명한지 독자에게 구태여 물었다. 하는 수 없이 도시로 벌

어먹으러 갔다고 하면서 동정하고 근심하는 따뜻한 마음씨를 보내기나 했다.

〈조광〉 1937년 1 · 2월호의 〈맥추〉(麥秋)에서는, 소작인들의 항쟁을 다시 다루면서, 하필 모내기하는 날 시회를 열어 즐기다가 봉변을 당한 지주의 거동을 우스꽝스럽게 그렸다. 같은 잡지 1940년 12월호에 발표한 〈아우〉는 일본에 가 소식이 없는 형의 식구를 먹여 살리기 위해 사랑을 잃고 모함을 당하는 총각의 수난을 보여주었다. 크게 문제되지 않을 작품을 대강 써서 원고료 벌이를 했다고 할 수 있다.

1939년 10월 12일자에서 1940년 6월 1일자까지 〈조선일보〉에 연재한 〈대지(大地)의 아들〉은 그렇지 않아, 본격적인 농촌소설을 다시 시도한 역작이라고 할 수 있다. 일제 정책에 호응할 수밖에 없는 조건을 감수하고 신문소설을 쓰면서, 농민의 건강한 삶에 대한 오랜 신뢰를 한층 원숙한 필치로 나타냈다.

만주로 간 농민들이 황무지를 일구어 새로운 삶을 개척하는 것이 보람 있다고 하면서 우리 민족을 만주로 내몰고자 하는 일제의 책동에 호응했다고 할 수 있다. 그러나 농민들이 열심히 일하는 모습을 생동하게 그리고, 단결된 힘으로 난관을 물리치는 기쁨을 누린다고 했다. 사랑하는 남녀가 그릇된 환경 때문에 좌절되지 않고 스스로 결단을 내려 사랑을 성취하는 사건을 설득력 있게 전개했다.

강경애(姜敬愛, 1907~1943)는 첫 작품 〈어머니와 딸〉을 〈혜성〉 1931년 8월호에서 시작해 〈제일선〉(第一線) 1932년 10월호까지 연재할 때부터, 대단한 의욕을 보이며 하층여성의 수난을 들추어내고 사회의 비리에 항거했다. 〈신가정〉 1934년 5월호에서 10월호까지 연재한 〈소금〉에서 가혹한 시련과 싸우는 여인의 의지를 강렬하게 나타냈다.

살기 위해 만주로 갔다가, 남편은 중국인 지주 편을 들다 피살되고, 큰아들은 그 반대편이 되어 집을 나가 의지할 데 없이 된 여인이 지주의 자식을 잉태한 채 쫓겨났다. 헛간에서 해산을 하고서 유모 노릇을 하러 다니다가 아이를 없앴다. 그래도 살아야 하므로 국경을 넘으면서 소금 밀수를 하고 돌아와 숨을 돌리다가 경찰에 잡혔다고 했다. 거듭 짓밟히면서 몸을 가누고 마음을 독하게 먹으려고 처절하게 노력했다. 그렇다고 해서 생활의 방도를 확보할 수 있는 것은 아니었지만, 헛된 환상 때문에 쉽사리 이용당하는 잘못과 어리석음을 단호하게 배격하고 세상이 어떻게 얼마나 잘못 되었는지 알게 되었다.

주인공의 의식에서 확인되는 그런 각성은 강경애가 불행하게 자라난 악조건을 무릅쓰고 작가가 되겠다고 결심하고 거듭 노력해 역작을 내놓은 과정과 직접 대응된다. 어렵게 분투하다가 감수성이 무디어진 것은 아니었다. 적대자 때문에 긴장하면서도 자기 생활 주변을 예리하게 살피고, 일해서 얻은 성과는 조그마한 것이라도 대견하게 여기고 비밀스러운 흥분을 느꼈다. 그래서 개념적인 설명은 미치지 못하는 신선하고 발랄한 느낌으로 작품의 진실성을 보장했다.

1934년 8월 1일자부터 12월 22일자까지 〈동아일보〉에 연재한 〈인간문제〉(人間問題)는 그런 특징을 충분히 살리면서 당대 사회에 대한 총체적인 비판을 하는 성과를 이룩했다. 신문소설에 요구되는 통속적인 흥미는 되도록 배제하고, 말썽을 일으키지 않으려고 세심한 주의를 기울이면서 검열에서 허용되기 어려운 주장을 구현했다. 주위에서 일어나는 일을 예리하게 살펴 내심의 결단을 다져야 주인공이 살아나갈 수 있는 것이, 주어진 상황에 슬기롭게 대처하면서 비판의식을 효과적으로 다진 작자의 창작방법과 일치했다. 그런데 주인공은 패배하지만, 작자는 다각적인 계산을 정확하게 해서 작품을 완성했다.

첫머리에 장자못 전설을 소개해서 과거와 현재를 연결시키고, 작품 전체의 상징적 의미를 나타냈다. 인색하고 심술궂은 장자(長者)가 망하고 살던 집이 못이 되었다고 했는데, 노승이 나타나 징벌이 닥쳤다고 하는 널리 알려진 형태는 아니다. 장자의 횡포로 자식을 잃은 사람들이 모여 통곡한 눈물이 모여 못이 되었다고 해서, 원한이 누적되면 이적이 일어난다고 암시했다.

전설에서 말한 장자가 정덕호라는 악덕 지주가 되어 작품에 나타났다. 정덕호는 소작료를 가혹하게 거두고 장리와 사채를 놓아, 걸려들면 누구든지 파탄으로 몰아넣었다. 처녀를 농락해 첩을 삼다가 버리는 행실도 되풀이했다. 근처의 소작인들은 정덕호와 관련을 가져야 당장 살 수 있지만, 그것은 곧 파멸의 길이었다. 피해자들은 고향을 등지고 뿔뿔이 떠나가 도시에서 새로운 삶을 찾아야 했다.

정덕호는 술책을 부려도 정체가 가리어지지 않는데, 피해자들이 마음씨가 너무 착해 헛된 기대를 걸다가 망했다. 주인공으로 등장하는 선비라는 처녀의 아버지는 정덕호의 빚을 받는 심부름을 갔다가 빚진 사람의 딱한 처지를 동정했다고 해서 정덕호에게 맞아 세상을 떠났다. 그러면서도 정덕호를 부모처럼 섬기는 마음은 변하지 않았다고 했다. 고아가 된 선비는 첫째라는 총각의 사랑을 외면하고 정덕호 집에 몸을 의탁하고 일을 해주다가, 정조가 유린되고 버림받고는 도시로 떠나가야 했다.

다른 피해자들도 시골 생활의 기반을 잃고 도시 노동자가 되었을 때 비로소 서로 깨우치고 도우며, 새로운 가해자 일본인 공장주와 맞서는 방도를 찾았다. 공장주는 정덕호처럼 자기 모습을 드러내고 있는 만만한 상대가 아니었다. 계약, 법률 등의 제도와 갖가지 위압적인 장치로 탈출이 불가능하게 하고 노동력을 착취했다. 그래서 삶이 더 괴롭고 싸움이 한층 어려워졌다. 고도의 작전을 세워 단결된 힘으로 추진해야 했다.

선비나 첫째 또는 같은 처지에 있는 사람들은 누구나 일을 하고 싶어하고 농사를 지어 생기는 소출에 대해 깊은 애착을 가졌다. 그런데도 농사일을 하지 못하게 되는 것이 커다란 불행이었다. 공장일은 그렇게 즐겁지 않았다. 유신철이라는 대학생은 평소에 노동의 의의를 역설하다가 집에서 뛰쳐나가 직접 노동을 하고 노동운동에 투신하면서, 당연히 즐거워야 할 노동과 실제로 괴로운 노동 사이의 갈등을 심각하게 경험했다. 목숨을 잇기 위해 노동력을 팔면서 목숨을 단축시키는 고통이 식민지 통치로 가중되었음을 되도록 명확하게 그렸다.

인천의 제사공장이 왜 지옥 같은 곳인지를 가혹한 작업 방식, 인간이하의 침식 조건, 강제로 저축되는 기아 임금, 외출 금지, 감독의 정조 유린 등을 들어 실감 나게 들추어냈다. 그런 곳에 들어간 선비는 자기 처지를 바로 깨닫고 어떻게 싸워야 할 것인가를 차차 알게 되었다. "덕호에게서 겨우 벗어나서 더 무서운 인간들에게 붙들려 있다는 것을 강하게 느끼며, 오늘의 선비는 옛날의 선비가 아니라"고 마음속으로 부르짖었다. 조선인 지주와 맞서는 것보다 일제 자본가와 싸우는 것이 훨씬 크고 힘들지만 보람 있는 과업임을 독자도 분명하게 깨닫게 했다. 지식인답게 이론을 앞세우던 유신철은 잡혀가서 전향하고 말았어도, 선비는 가냘픈 몸으로 투쟁을 멈추지 않다가 희생되었다.

강경애의 단편소설에도 농촌소설의 본령에 해당하는 것들이 있다. 〈신동아〉 1935년 3월호에 발표한 〈해고〉(解雇)가 그 좋은 본보기이다. 주인집 농사를 자기 일로 알고 열심히 짓던 머슴이 어느 날 뜻하지 않게 해고된 어이없는 사태를 예리한 눈으로 파헤쳤다. 늙은 주인이 세상을 떠나자 면장이 된 아들이 농사를 짓지 않고 토지를 팔기로 한 것이다. 머슴은 분노를 누르지 못해 잔치에 초대되어 놀다가 소변보러 나온 애꿎은 면서기 따귀를 때리며 "이 자식, 누가 내 밭을 팔아!" 하고 외쳤다. 소유의 관념을 떠나, 농사일 자체에 대해 절대적인 애착을 갖다가 배신당한 심정을 절실하게 다루어, 농민의식의 저층을 선명하게 드러냈다.

강경애와 비슷한 시기에 활동하던 다른 여성 작가들도 농촌소설을 썼다. 박화성(朴花城)은 〈신가정〉 1934년 9월호에 발표한 〈홍수전후〉(洪水前後)에서 농민들이 홍수를 겪고 모든 일을 팔자로 돌리던 사고방식을 고쳐 단합해 싸워야 한다는 것을 알게 되는 과정을 다루었다. 〈조광〉 1935년 11월호의 〈한귀〉(旱鬼)에서는, 가뭄의 참상을 그리면서 죄를 지어 비가 오지 않는다고 했다가 미국의 선교사가 반발을 샀다고 했다. 백신애(白信愛)는 〈개벽〉 1934년 11월호에 〈적빈〉(赤貧)을 발표하고, 두 아들의 가난한 생활을 뒷바라지하느라 부지런히 움직이는 노파의 거동을 인상 깊게 그렸다.

신경림 편, 《농민문학》(온누리, 1983) ; 오양호, 《농민문학론》(형설출판사, 1984) ; 조남철, 〈일제하 한국농민소설연구〉(연세대학교 박사논문, 1985) ; 임영환, 〈1930년대 한국농촌사회소설연구〉(서울대학교 박사논문, 1986) 등에서 전반적인 고찰을 했다. 이기영에 관한 작업은 이호윤·계북, 《'고향'과 '황혼'에 대하여》(작가동맹출판사, 1958) ; 김병광, 《'흙'과 '고향'의 대비연구》(일심사, 1990) ; 권유, 《이기영소설연구》(태학사, 1993) ; 이상경, 《이기영 : 시대와 문학》(풀빛, 1994) ; 정호웅 편, 《이기영》(새미, 1995) ; 김상선, 《민촌(民村) 이기영 문학 연구》(국학자료원, 1999) 등이 있다. 강경애에 관한 작업은 이상경, 《강경애전집》(소명출판, 1999) ; 《강경애》(건국대학교출판부, 1999) ; 김정화, 《강경애연구》(범학사, 2000) 등이 있다. 《소설의 사회사 비교론》 2(지식산업사, 2001)에서 강경애의 《인간문제》를 식민지 현실을 다룬 작품의 본보기로 들어 다른 곳의 여러 작품과 비교해 고찰했다.

11.11.4. 농촌 생활을 동경한 작품

이광수는 1932년 4월 12일자부터 1933년 7월 10일자까지 〈동아일보〉에 〈흙〉을 연재해 농촌소설 창작에도 열의를 보였다. 자기가 편집국장으로 일하는 그 신문사에서 1931년 여름부터 "민중에게로"라는 뜻의 러시아어를 사용해 '브 나로드 운동'이라 일컬은 농촌계몽운동을 일으킨 데 호응해서 그 취지를 선전하는 소설을 썼다. 그 운동은 과격한 농민운동에 반대하면서 일제가 허용하는 범위 안에서 농민의 무지를 깨우친다면서 문자 해득 교육에 힘쓰며, 소작제도 같은 것을 그대로 두고 생활 향상을 꾀한다면서 위생이나 청결을 역설했다.

〈흙〉은 농촌에서 어렵게 자란 주인공이 도시로 나가 출세를 하고서도 안일한 생활을 스스로 버리고 농촌계몽운동에 헌신하려고 귀향한 결단을 칭송한 작품이다. 반대도 있고 난관도 생기게 해서 긴장을 조성하고 결단의 정당성이 더욱 돋보이게 했다. 통속적인 흥미를 자아내는 삼각관계를 보태 신문에서 소설을 연재하는 통상적인 목적까지 달성하려고 했다.

고아로 자라난 허숭은 자기 고향을 떠나 서울로 가서 전문학교 법과를 졸업해 변호사가 되고 양반이며 부자인 윤참판의 사위가 되었다. 그러면서도 어렸을 때의 자기를 되돌아보고 한민교라는 스승의 감화를 받아 농민을 위해 봉사하는 것이 값지다고 생각해 고향으로 돌아가 야학을 열고 계몽에 힘쓰다가, 법을 어기지 않았는데도 구속되어 징역살이를 하게 되었다. 비겁한 경쟁자, 구제하기 어려운 타락자를 등장시켜 허숭과 대조가 되게 했다.

윤참판의 사위 후보로서 허숭과 경쟁한 김갑진은 제국대학 법학과를 나오고도 고등고시에서 실패하고 타락한 생활을 하다가 허숭의 아내 윤정선과 간통했다. 미국에서 박사가 되어 귀국한 이건영이 향락을 노리고 벌이는 추태는 그보다 더 심했다. 정신적 가치는 전혀 이해하지 못하는 윤정선은 간통 소동 끝에 다리 하나를 잃은 불구자가 되고 나서야 비로소 허숭을 따랐다. 허숭이 윤정선을 용서하고 농촌계몽운동을 함께 하자고 한 것은 더욱 훌륭한 일이라고 했다. 작품의 결말에서는 김갑진도 자기 잘못을 크게 뉘우치고 결국 허숭의 감화를 받아 농촌으로 갔다.

그런데 허숭은 고향에서 자라날 때 유순이라는 처녀와 사랑했다. 유순을 버리고 윤정선을 택하는 배신을 해서, 김갑진과 더 잘 어울릴 윤정선을 불만스럽게 하고, 유순에게는 자기와의 사랑을 잊지 못하는 괴로움을 안겨주었다. 그런데도 허숭을 나무라지 않았으며, 윤정선을 용서하고, 유순을 다른 사람에게 시집보냈다. 작자의 분신 노릇을 하는 허숭이 어떤 어려운 경우에도 최상의 선택을 했다고 했다.

농촌계몽운동이라는 것은 허숭과 유순의 관계와 상통한다. 유순을 가까이 두고 시중을 들게 하면서 내심의 괴로움이 삭아지게 하려 했듯이, 허숭은 농촌으로 돌아가서 농민을 위한다면서 농민생활이 비참한 것은 남의 탓이 아니니 참고 견디라고 했다. 스스로 노력하면 멸시당하지 않고 살 수 있다고 했다. 농사를 독려하러 나온 관리가 유순에게 지분거려 일어난 충돌이 확대되는 것은 피차 불행한 일이라 하고, 농촌계몽운동을 나쁘게 여기는 일제의 오해를 극력 피하려 했다.

〈동아일보〉는 〈흙〉을 연재한 것으로 만족하지 않고 1935년에 그 비슷한 작품을 현상금을 걸고 모집했다. 창간 15주년 기념사업이라고 하면서 당시로서는 거액인 5백 원을 상금으로 내걸면서 "조선의 농·어·산촌을 배경으로" 하고, "인물 중의 한 사람쯤은 조선 청년으로서의 명랑하고 진취적인 성격을 설정"하고, "신문소설이니만치 흥미 있게 전개"하는 세 가지 조건에 맞는 작품을 구한다고 했다.

50여 편이 응모해 경합을 벌인 끝에 심훈(沈熏, 1901~1936)의 〈상록수〉(常綠樹)가 당선작으로 뽑혔다고 8월 13일자에 발표하였다. 심훈은 신인이 아니고 기성 작가이며, 이미 〈조선일보〉에 1930년 〈동방의 애인〉, 1931년 〈불사조〉(不死鳥), 1933년에서 1934년까지 〈영원의 미소〉, 〈조선중앙일보〉에 1934년에서 1935년까지 〈직녀성〉(織女星)을 연재한 경력이 있었다. 〈상록수〉를 기존의 작품 경향과 다르게 쓰고, 〈동아일보〉의 요구 조건과 취향에 근접시켰기에 당선작이 될 수 있었다.

〈동방의 애인〉은 중국을 오가면서 벌이는 강경 노선의 적극적 항일투쟁을 다루다가 연재가 중단되었다. 비슷한 내용인 〈불사조〉와 〈직녀성〉은 국내에서 좌익사상이 대두하는 과정을 살폈다. 〈영원의 미소〉의 주인공은 농촌으로 돌아가 새로운 삶을 찾겠다고 한 점이 〈상록수〉와 상통한다. 그러나 3·1운동에 참가했다가 투옥되어 학업을 잃고 그 뒤에도 고초를 겪은 과정을 길게 다루고, 다른 길이 없어 농촌으로 돌아간다고 하고, 농촌계몽을 말하지 않았다.

1935년 9월 10일자부터 1936년 2월 15일자까지 〈동아일보〉에 연재된 〈상록수〉는 서두에서부터 농촌계몽운동을 정면으로 다루었다. 학생들의 하계 농촌계몽운동 보고회를 신문사에서 주최했다 하고, 대표로 나와 보고를 한 박동혁과 채영신을 남녀 주인공으로 등장시켰다. 그 뒤에 몇 번 더 만나다가 사랑하는 사이가 된 두 사람은 각기 자기가 뜻한 마을로 가 계몽운동에 전념하고 장차 혼인을 하기로 약속했다. 야학을 열어 국문을 가르치는 마을회관을 두 사람이 각기 세웠으나, 박동혁은 친일 지주의 간계로 그 건물이 일제의 농촌 장악을 위해 쓰이게 되는 패배를 맛보고, 채영신은 과로로 쓰러져 세상을 떠나고 말았다.

농촌운동에는 여러 노선이 있다고 했다. 기독교를 내세우고 서양식 생활을 하면서 농촌운동을 지도한다는 사람도 있었다. 신문사에서는 학생들이 국문 교육의 범위를 넘어서서 계몽운동을 이념화하는 것을 경계한다고 했다. 박동혁과 채영신은 신문사 측의 당부에 반발하면서 다른 길을 찾으려고 했다. 채영신이 기독교에 의지하는 데 대해 박동혁은 찬성하지 않았으나 견해차가 두드러지지는 않았다. 일제와 충돌하지 않는 계몽운동만 하려고 했는데도 두 사람 다 경찰에 잡혀가 고초를 겪어야만 했다. 박동혁은 친일 지주와 충돌하지 않을 수 없어 수난이 더 커졌다. 그런데도 경찰에 잡혀가서 겪었던 일은 기록하지 않는다고 해서 검열을 피하고 독자의 상상을 개방했다.

실제로 이루어진 계몽운동에 대해 박동혁 자신이 만족스럽게 생각지 않았다. 일제의 간섭 때문에 불만이라는 것만이 아니고, 운동의 발전을 위한 이념 정립이 뜻대로 되지 않는다고 한탄했다. 농촌계몽의 소극적인 운동에 기대를 걸지 않고 만주로 탈출한 박동혁의 아우 박동화의 행동이 정당하다고 암시하기도 했다. 그러나 채영신과 박동혁의 모습이 너무 미화되어 있어 독자가 찬탄하게 하고, 비판적인 재검토를 하기 어렵게 했다. 두 사람이 사랑하면서도 사업을 위해 헤어져 있고, 말썽이 생길 수 있는 접근을 피했다는 데 지나친 의미를 부여했다.

어떤 난관이 닥쳐오더라도 시들지 않는 희망을 가지자는 뜻에서 작품의 제목을 〈상록수〉라고 했다. 상록수처럼 싱싱한 느낌이 문장에서 잘 나타나 있다. 주인공의 거동이나 생각뿐만 아니라, 농촌 마을의 풍경, 계절의 변화, 농사일을 모두 싱그럽고 건강하게 그렸다. 그런 낭만적 성향이 현실 인식을 감퇴시켰다고 할 수 있다. 전원의 싱그러움에 대한 감격이 앞을 가리어, 농민의 생활이나 의식은 배경으로 처리되고 흐릿한 윤곽만 드러나 있다. 농민이 실제로 주고받는 말에 귀를 기울일 필요가 없다고 여기고, 아름답게 수식된 모범 문장을 써내려갔다.

이무영(李無影, 1908~1960)은 도시 생활을 청산하고 농촌으로 돌아가, 다른 소설은 그만두고 농촌소설을 쓰는 데 전념해야 한다는 생각을 신앙처럼 지녔다. 〈신동아〉 1932년 9월에 발표한 〈흙을 그리는 마음〉이 지향하는 바를 잘 나타냈다. 만주로 일본으로 떠돌아다니던 서술자가 아내를 얻고 서울에서 신접살림을 차리자, 시골에서는 봉양을 받지 못하게 된 아버지가 상경했다. 그런데 아버지는 일을 하지 못해 갑갑해 하더니, 교외에 나가 흙냄새를 맡고는 삽과 괭이를 사다가 화단의 꽃을 갈아엎고 배추를 심고, 이웃의 밭까지 가꾸었다. 흙이 있어야 산다면서 시골로 떠났다.

그런 신념을 가진 아버지를 본받아 삶의 터전인 농촌을 되찾아야 한다는 생각을 그 뒤에 여러 작품에서 거듭 나타냈다. 농촌이 이상향이라고 주장한 것은 아니다. 못난 사람들이 어리석게 살면서 허위에 물들지 않은 순박한 인심을 지키니 대견하다고 평가했다. 이해타산 때문에 타락된 가치를 되살리는 구원의 길이 거기 있다고 보았다.

농촌 사람의 모습을 충격적인 방법으로 나타낸 작품이 〈조선문학〉 1933년 10월호의 〈오도령〉(吳道令)이다. 사십 가까운 총각 머슴 오도령은 좀 모자라는 위인이었다. 주인네가 간도로 간 뒤에 떠돌이로 지내다가 색시를 얻어준다고 해서 정생원네 집으로 들어갔다. 정생원네 딸 여옥을 사모해 병이 들었다. 여옥이 시집가는 날 주위의 사람들이 바보라고 놀리자, 도끼를 들고 나섰다.

〈중앙〉(中央) 1934년 7월호에 실은 〈우심〉(牛心)은 주인공으로 등장시킨 소가 겪은 일을 술회한 작품이다. 험한 노역에 시달리다가 마침내 도살되는 소에 대해 애착을 보이면서 소 주인인 농민이 처한 곤경도 아울러 나타냈다. 주인은 소달구지를 끄는 것이 농사보다 나으리라고 생각해 땅을 팔고 빚을 얻어 샀던 소를 화물자동차가 다니고부터는 일거리가 없어 헐값에 팔아넘겨야 했다. 그래서 주인은 망하고, 소는 도살되었다.

〈신동아〉 1935년 3월호의 〈만보노인〉(萬甫老人)은 바람직하지 않은 사회 변화가 닥쳐 농민이 견딜 수 없게 된 사정을 더욱 처참하게 나타냈다. 물레방아를 돌리면서 농사도 짓는 노인이 발동기를 쓰는 기계방아가 들어오자 살길을 잃었다. 며느리가 품을 판 돈으로 고사를 지냈으나 아무 소용이 없고, 추수를 해도 빚을 갚기에 모자랐다. 물레방아에 가서 목을 매 자살하려는데 원수의 발동기 소리가 요란하게 들렸다. 그리로 달려가서 불을 질렀다.

장편 〈먼동이 틀 때〉를 1935년 8월 6일자부터 12월 30일자까지 〈동아일보〉에 연재하면서 작품 세계의 확장을 꾀했다. 고아로 자라나 학교는 다니다 말고 실직해 고생하다가 인쇄공으로 일하게 된 주인공이 착실하게 살아가는 자세를 보여주었다. 여학교를 마치고 잡지사에 나가 일하는 누이는 오빠를 존경했다. 은행 중역인 부호의 딸이며 전문학교 졸업생인 처녀가 사랑한다면서 접근하자, 거절하지는 않으면서 일정한 거리를 두었다. 좌익운동이 사건화되어 검거가 시작되자, 가까운 친구가 하던 농촌운동을 맡아 떠나갔다.

여유 있는 사람들은 오히려 삶의 지표를 잃고 방황하는데 무산층의 건실한 청년이 중심을 잡고 있다고 하면서 양쪽을 대조해 보여주었는데, 그리 큰 설득력은 없다. 그런데 인물을 늘리고 사건을 복잡하게 하면서 통속적인 흥미를 갖추려고 하고, 좌익운동과 농촌운동을 심각한 고민 없이 대강 다루어 그런 쪽에 관심을 가진 독자도 끌어들이려는 다목적의 작품을 어설프게 만들었다고 할 수 있다. 신문 연재소설를 쓰다가 농촌소설에서 보여주던 순수한 정열을 잃었다.

그러다가 〈제일과제일장〉(第一課第一章)을 〈인문평론〉 1939년 10월호에 발표하면서 도시를 떠나 농촌으로 돌아가는 것 자체에 대단한 의미를 부여했다. 주인공은 신문기자를 하면서 소설을 쓰다가 자진해 사직하고, 고향 집으로 가서 몸에 익지 않은 농사일을 하면서 평생 농사꾼으로 지낸 아버지의 순박하고 너그러운 마음씨를 배우려고 했다. 도시의 이해타산과 몰인정을 모르는 농민의 생활태도를 찬양하는 전원취향을 나타내고, 빈곤한 형편을 참고 견디는 덕성을 발휘하게 하는 것을 숙명인 듯이 다루었다.

그 작품이 장편의 서곡이라고 하고, 속편이라고 하는 〈흙의 노예〉를 같은 잡지 1940년 4월호에 내놓았다. 거기서는 아버지가 평생 수난을 겪으면서 지낸 것이 어쩔 수 없는 일이라고 했다. 농사를 지으면서 소설을 쓰겠다는 아들은 흙의 노예처럼 살아온 아버지에 대해 불만보다 친근감을 더 가졌다.

고향을 아름답게 생각하고 흙냄새에 감격하는 것은 결코 잘못이라고 할 수 없다. 그러나 고향에 돌아가면 모든 괴로움에서 벗어날 수 있다고 하는 주장으로 현실 인식을 흐리게 하면 평가가 달라지지 않을 수 없다. 〈매일신보〉 1943년 3월 5일자에서 9월 6일자까지에 연재한 〈향가〉(鄕歌)는 그런 논란을 불러일으키는 작품이다.

만주를 방황하던 주인공이 꿈에서 고향의 흙과 초췌하게 된 아버지의 모습을 보고 귀향을 결심하고 돌아와, 흙을 만지고 물을 마시면서 누르기 어려운 감격을 느꼈다. 그렇지만 아름답게만 그려져 있는 귀향이 일제 지배체제로의 복귀를 의미할 수 있었다. 고향 마을에 심각한 문제라고는 없고, 주인 딸을 자기 신부라고 점찍어둔 어리석은 머슴이 주인 딸의 신랑을 물에 처넣었다가 살인미수로 유죄판결을 받았다는 것이 떠들썩한 사건이어서, 일제 말기의 암담한 현실이 은폐되었다.

박영준(朴榮濬, 1911~1976)도 농촌소설을 쓰는 데 전념한다고 하면서, 고민하는 자세를 보여주고 풍자도 했다. 〈조선일보〉 1934년 1월 10일자에서 23일자까지에 실린 〈모범경작생〉(模範耕作生)은 반어를 갖춘 작품이다. 농사를 부지런히 지어 저축도 하고 마을의 진흥회나 조기회의 회장을 하고, 서울로 일본으로 뽑혀 다니는 모범경작생이 일제가 인정하는 지위를 유지하기 위해 다른 농민들을 배신해야 하는 고충을 드러냈다.

〈사해공론〉 1936년 8월호의 〈목화씨 뿌릴 때〉는 전혀 모범일 수 없는 게으르고 무능한 인물이 저지르는 파격적인 행동에 관심을 가지게 했다. 위세 있는 이웃 사람이 자기 집을 사서 밭을 늘리려고 술책을 부리자 두들겨주고 자취를 감추었다. 마을 사람들이 통쾌하게 생각하고, 평소에는 대수롭지 않다고 여기던 그 인물이 영웅이라고 했다.

〈신동아〉 1934년 3월호에서 12월호까지 연재한 장편 〈일년〉(一年)에서는, 농촌에 머물러야 하는가 아니면 농촌을 떠나가야 하는가 하는 문제를 다른 길을 가는 형제를 등장시켜 다루었다. 형은 처지가 어려우면서도 농사를 짓기로 하고, 아우는 도시로 나가 점원이 되었다. 아버지가 위독해 귀향한 동생이 장례를 치르고 약혼자를 찾아가니, 지주 아들의 농간으로 파혼해야 할 처지였다. 형이 도시의 속임수나 비인간적인 계산이 못마땅하다면서 함께 농사를 짓자고 했으나, 동의하지 않고 떠나갔다. 찾아온 약혼자를 만나 새로운 생활을 시작했다. 다른 작가들이 거듭 강조해온 귀농의 의의를 부정하는 결말에 이르렀다.

이석훈(李石薰, 1907~?)이 〈신동아〉 1933년 6월호부터 12월호까지에 발표한 〈황혼의 노래〉는 어촌을 무대로 했다. 동경 유학을 하고 러시아문학을 전공해 소설가가 되겠다는 청년이 신경쇠약인 상태에서 고향인 섬으로 돌아갔다. 면장을 지낸 아버지가 어업을 벌이느라고 동양척식회사 빚을 얻었다가 파산하고, 삼촌네는 북만주로 떠나갔다. 그 때문에 번민하다가 계몽운동에서 사는 보람을 찾고, 어촌 처녀와 결혼하게 되어 애정 갈등도 해결했다. 그래서 개인 구제는 가능했지만, 어촌의 어려움이 해결될 수 있었던 것은 아니다.

신경림 편, 《심훈 문학과 생애》(지문사, 1982)가 있다. 오양호, 《농민문학론》에서 여러 작품을 논했다. 유양선, 《한국농민문학연구》(서광학술자료사, 1994) ; 조정래, 《한국근대사와 농민소설》(국학자료원, 1998) ; 최갑진, 《일제 강점기의 농민소설과 노동소설 연구》(세종출판사, 2001) ; 권유, 《민촌 이기영의 작가세계》(국학자료원, 2002)

에서 긴요한 연구를 했다. 《한국현대소설연구》(민음사, 1987)에 조남
현, 〈한국근대소설에 나타난 지식인 귀농모티프〉; 유병석, 〈심훈의
작품세계〉; 임영환, 〈이무영과 농민소설〉 등의 논문이 있다.

11.11.5. 통속 연애소설의 기본형

소설은 처음부터 통속성을 지녔다. 남녀의 애정 성취에 따르는 시련
을 흥미로운 사건으로 꾸민 오랜 내력이 있다. 소설이 상품으로 팔리면
서 그런 성향은 더욱 두드러지게 나타났다. 방각본에서 구활자본으로,
구활자본에서 신활자본으로 출판 형태가 바뀌고, 신문에 연재될 기회
가 많아지면서, 소설의 상품화 · 통속화가 더욱 촉진되었으며, 연애소
설이 통속소설의 주류로서 확고한 기반을 다졌다.

남녀 관계를 다루는 방식에서 소설은 몇 단계의 변천을 겪었다. 처음
에는 각기 하나씩인 남녀가 사랑의 시련을 겪는 것이 소설의 기본형이
다. 그래서는 사건이 단조롭고 다각적인 인간관계를 보여줄 수 없으므
로, 남녀 양쪽 가운데 한 쪽을 복수로 하는 변이형이 나타났다. 동아시
아에서는 남자 하나와 여자 여럿의 관계를 다루는 일부다처소설이, 유
럽에서는 남자 여럿과 여자 하나 사이에서 사건이 벌어진다고 하는 다
부일처소설 또는 간통소설이 유행해 중세에서 근대로의 이행기소설의
주류를 이루었다. 그러다가 근대에 이르면 양쪽 모두 남자 여럿과 여자
여럿이 복잡한 관계를 가지면서 서로 얽혀, 삼각관계가 중첩되는 다부
다처소설을 만들어냈다.

다부다처의 상호 관계는 복잡하다. 일부다처소설 또는 다부일처소설
은 성관계를 만남의 필수적인 요건으로 하지만, 근대소설에 함께 등장
하는 여러 남녀는 정신적인 이끌림이냐 성적인 결합이냐 하는 것을 시
빗거리로 삼으면서 서로 얽혔다. 두 가지 관계는 택일, 합치, 상충을 빚
어내 사건을 만들어냈다. 통속소설이라고 따로 일컬을 만한 작품은 남
녀 관계 자체에 관심을 모으고 흥분을 자아내는 방법을 써서 독자를 끌

어들이려고 했다. 그런 의미의 통속소설은 전에 없던 것이며, 소설 상품화가 크게 진전된 근대의 산물이다.

단행본으로 출판되거나 신문에 연재된 장편소설은 어느 것이든지 통속소설이고 연애소설이었다. 통속소설이 아니고서는 판매업자는 밑천을, 작가는 쏟은 노력을 보상받을 수 없었다. 연애소설이 아니고서는 통속소설에 필요한 흥미를 갖출 수 없었다. 역사소설이든 사회소설이든 장편이라면 그런 성향을 얼마쯤 지녀 본의가 아니더라도 타협을 해야 했다.

그 이하의 층위를 보면 신문에는 연재되지 않고 단행본으로 출판되기만 한 통속소설이 많이 있었다. 작가가 밝혀져 있는 1924년의 〈망월루〉(望月樓), 1926년의 〈경포대〉(鏡浦臺), 1926년의 〈열정〉(熱情), 1928년의 〈월미도〉(月尾島), 1930년 〈애루몽〉(哀淚夢) 등은 어느 정도 납득할 수 있는 사건을 전개한다고 하면서 애정의 눈물로 독자를 사로잡으려고 했다. 작자가 밝혀져 있지 않거나 누군지 모를 필명을 사용한 1928년의 〈짝사랑〉, 1934년의 〈청춘(靑春)의 화몽(花夢)〉, 1937년의 〈그 여자의 눈물〉 등은 통속성이 더욱 두드러졌다.

문단에 나와 활동해 상당한 평가를 얻었으면서도 다른 부수적인 요건은 제외하고 오로지 통속 연애소설이기만 한 작품을 써서 수익과 인기를 얻으려는 작가도 있었다. 최독견(崔獨鵑, 1901~1970)이 그 선두에 나섰다. 1929년 5월 10일자에서 9월 11일자까지 〈조선일보〉에 연재하고, 바로 그 해에 단행본으로 낸 〈승방비곡〉(僧房悲曲)이 대표작인데, 어쭙잖은 평론에서 평가해줄 것을 기대하지 않고 독자의 인기로 승패를 결정하려 한 작품이다. 그렇다고 해서 아무렇게나 쓰지 않았으며, 기발한 착상과 참신한 감각을 갖추었다. 전혀 다른 작품을 쓰면서 가까이 지내던 최서해가 단행본 서두에서 "참말 기상천외라 할 만치 복잡하고도 통일이 있으며 청신하고도 묘미가 있다"고 한 말이 적절하다.

불교대학을 마친 젊은 승려와 이화학당에서 음악을 가르치는 처녀 교사를 남녀 주인공으로 설정했다. 그 둘이 일본에서 돌아오는 기차에서 만나고, 금강산에서 재회해 뜨겁게 사랑하는 사이가 되었다. 승려는 계율을 지켜야 하겠기에 남매로 지내자고 했으나, 그렇게 해서는 사랑의 욕구가 진정되지 않아 환속을 결심하고 혼례를 올리는데, 신부의 어머니가 자결했다는 기별과 함께 유서가 들이닥쳐 두 사람이 남매임이 밝혀졌다. 첫 남편을 잃고 절의 주지와 관계해 낳은 자식을 주지가 길렀던 것이다.

사건이 그런 파국에 이르기에 앞서, 여주인공을 노리는 돈 많은 치한의 음모가 얽히고 아버지가 저지른 범죄까지 밝혀져 활극이 벌어졌다. 장면을 영화에서처럼 급격하게 전환하고, 신파조의 영탄으로 독자를 흥분시키는가 하면, 사랑의 번민을 불교의 관점에서 깊고도 절실하게 풀이하고, 일제의 속박 때문에 신음하는 말도 이따금씩 삽입했다. 대단한 인기를 얻은 것은 그 뒤의 다른 통속소설이 쉽사리 흉내 낼 수 없는 장점이 있기 때문이었다.

방인근(方仁根, 1898~1975)은 사재를 털어 〈조선문단〉을 내면서 고급의 문학을 육성하려다가 지탱하지 못하고 통속소설 작가로 나섰다. 1932년 11월 5일자부터 1933년 6월 12일자까지 〈마도(魔都)의 향불〉을 〈동아일보〉에, 바로 이어서 1933년 6월 20일자에서 11월 17일자까지 〈방랑(放浪)의 가인(歌人)〉을 〈매일신보〉에 연재한 것을 출발점으로 삼아 평생 동안 수십 편의 통속소설을 썼다. 1935년에 〈청운백운〉(靑雲白雲)을 〈매일신보〉에, 1936년에서 1937년까지는 〈쌍홍무〉(雙虹舞)를 〈조선일보〉에, 1938년에 〈새벽길〉을 〈매일신보〉에 연재하고는, 그 뒤로 신문의 지면을 얻지 못해 저질의 표본으로 취급되는 단행본을 계속 내고, 탐정소설도 써서 수입을 올리려 했으나 뜻대로 되지 않았다. 통속의 밑바닥을 헤매면서 단행본 장편소설을 수십 편 써도 생계를 잇기 어려웠다.

그 가운데서 〈방랑의 가인〉을 살펴보면, 이화여전 성악 교수가 처자를 버리고 자기 제자와 애정도피를 해 물의가 일어났던 실화에 흥미를 가중시켜 작품화했다. 미국 유학을 하고 온 교수 윤광우는 뭇 여성이 연인으로 삼으려 하자 중심을 잡지 못한 채 흔들리고, 고생하면서 뒷바라지한 아내가 병이 들었는데도 냉담했다. 누가 공략할 것인가 하는 경쟁이 벌어지더니, 요부의 성격이 있다고 미리 전제한 제자 강화숙이 전문학교 학생인 애인, 구혼하는 변호사를 다 버리고, 동급생인 신옥희를 따돌리는 실력을 발휘해, 윤광우와 정을 통하고 함께 해외로 도피했다.

실화에서는 그 둘이 중국과 일본에 머물다가 돌아왔는데, 소설에서는 멀리 이탈리아까지 갔다고 했다. 거기서 잘 살았다는 것도 아니다. 강화숙은 윤광우를 버리고 이탈리아 청년에게 매혹되고 중국인과 난륜의 장면을 벌이다가 피살되었다. 윤광우는 거기까지 찾아간 딸을 세계적인 피아니스트로 만들어 함께 귀국했다고 했다. 강화숙이 무절제한 애욕으로 파멸을 자초했다고 나무라고, 윤광우의 멍청한 짓은 용서했다.

그 시기 연애소설에서는 사랑을 순정과 애욕으로 나누는 것이 공식이었다. 〈승방비곡〉에서는 순정이 애욕이 되어 생긴 파멸을 다루면서 그 둘이 별개의 것일 수 없다고 해, 순정을 동경하는 독자든 애욕을 탐내는 독자든 다 끌어들이고자 했다. 〈방랑의 가인〉은 순정은 배척당하고 애욕이 지배하는 연애소설의 본보기를 보여주어 저질이라는 지탄을 받았다.

연애소설을 쓰는 또 한 가지 방식은 애욕을 부정하고 순정만 소중하게 여기는 것이다. 애욕을 느끼더라도 애써 부정하고 순정만으로 일관하는 사랑을 그리면 통속 연애소설을 썼다는 비난에서 벗어날 듯했다. 그렇지만 순정만이라고 강변하는 사랑도 독자의 환심을 사기 위한 상품으로 제작되었으며, 비정상적인 정신주의를 퍼뜨려 해독이 더 클 수 있었다. 이광수가 한동안 힘들여 쓴 〈유정〉(有情)과 〈애욕(愛慾)의 피안(彼岸)〉, 그리고 〈사랑〉이 그런 작품의 좋은 예이다.

1933년 9월 27일자부터 12월 30일자까지 〈조선일보〉에 연재한 〈유정〉에서는 존경받는 교육자 최석이 어려서부터 키운 친구의 딸 정임을 사랑했다고 했다. 병석에 누운 아내의 질투와 사회에서 일어나는 거센 물의로 모든 의욕을 잃은 최석은 정임을 최후로 만나고 시베리아를 유랑하다 죽었다. 정임과 애욕의 관계를 맺지 않고 고결한 순정만 지키다가 죽었으니 훌륭하다고 이광수 특유의 설교를 길게 폈으나, 위선과 자학이 정상에서 크게 벗어났다.

1936년 7월 1일자부터 12월 12일자까지 〈조선일보〉에 다시 연재한 〈애욕의 피안〉에서는 혜련이라는 주인공이 이성과 성적 접촉을 가지지 않고 순결을 지켰다고 찬양하면서, 애욕과 순정은 서로 결코 양립할 수 없다는 극단론을 거듭 폈다. 학교 스승이 혜련을 짝사랑하다가 부당한 줄 알고, 숨을 쉬지 않는 방법으로 자살했다. 집안 고용인도, 대학 의학부 학생도 혜련을 사랑하다가 불행하게 되었다. 그렇게 얽힌 관계에서 벗어나 혜련은 순결을 지킨 채 자살하면서, 아버지와 오빠더러 방탕한 마음을 고치라고 했다.

전작으로 써서 상권은 1938년에, 하권은 1939년에 낸 〈사랑〉은 이광수가 자랑스럽게 여긴 작품이다. 독자는 그렇게 여기지 않을까 염려해 많은 해설을 첨부했다. 신문 연재 때문에 감수한 구속과 제약에서 벗어나 "내 인생관을 솔직히 고백"할 수 있어 다행이라고 말했다. 다룬 주제는 한마디로 간추리면 "끝없이 높은 사랑"이라고 스스로 규정했다. 작가이며 의사인 안빈에 대한 간호사 석순옥의 사랑이 순결하고 거룩해 종교적인 경지의 영원한 가치가 있다고 평가했다.

그런 사랑이 애욕과는 전혀 다르다는 증거가 석순옥의 혈액 속에 새로운 물질이 형성된 것으로 확인되었다고 했다. 석순옥은 안빈의 아내를 독살했다는 의심을 받았으며, 혼인을 했다가 남편을 다른 여자에게 넘겨주었다. 그런 시련이 안빈에 대한 사랑의 순수함을 더욱 고양시킨다고 했다. 늙고 쇠약하게 된 안빈이 자기도 석순옥을 사랑한다 하자, 종교적인 사랑이 완성되었다고 했다.

이광수는 윤리적인 주제를 지닌 작품은 통속소설일 수 없다고 했다. 그런데 윤리적 주제라는 것이 정상적인 남녀 관계를 죄악시하는 이상심리를 종교까지 들먹이면서 합리화한 궤변이다. 엽기적이라고 할 정도로 뒤틀린 삶을 구경거리로 제공해 독자를 모으고자 하면서 성현의 가르침 같은 것을 편다고 했다. 통속소설을 비난하지 말고 건전하게 발전시키는 것이 마땅하고, 그렇게 하기 위해서는 애정에 대한 견해를 정상화하는 것이 급선무였다.

함대훈(咸大勳, 1907~1949)이 그 일을 맡았다. 일본에서 러시아문학을 공부하면서 해외문학파의 일원으로 활약하고 극예술연구회에도 참여해, 서양문학의 정수를 소개하고 이식한다고 자부하던 사람이, 자기 작품을 창작할 때는 이광수류의 뒤틀림이 없는 건전한 기풍의 통속소설을 마련했다. 농도 짙은 애욕, 가련한 운명에 대한 동정의 눈물, 그리고 자기희생의 순정이 자아내는 감격을 적절하게 배합하고, 사람은 누구나 선량하다는 것을 보여주어 편안한 마음으로 즐기면서 읽을 수 있게 했다.

〈조광〉 1936년 1월호에서 8월호까지에 연재한 〈순정해협〉(純情海峽)을 보자. 소희는 고아로 자라 소학교 여교원이 되었으며 미모가 빼어났다. 법학을 전공하는 동경 유학생 김영철, 특별히 내세울 것이 없는 동료 교사 고준걸, 두 사람이 소희의 사랑을 차지하려고 하는 경쟁자로 나섰다. 통속소설의 기본 요건인 삼각관계를 정석대로 제시하고, 예상 가능한 사건을 전개했다.

김영철과 소희가 금강산으로 여행을 떠나 동침하는 데까지 이르렀다고 해서 독자의 호기심을 자극하더니, 소희가 임신을 한 채 버림받아 처참한 고난을 겪는 것을 보여주어 동정의 눈물을 자아냈다. 교직에서 물러나 백화점 점원이 되었다가 사장에게 희롱당하고, 사장 살해의 혐의를 쓰고 법정에 섰다. 변호사가 되어 나타난 김영철이 잘못을 뉘우쳤으나 소용없었다. 순정의 화신 고준걸이 소희를 석방시켜 아내로 맞이해 행복하게 했다는 결말에 이르러, 독자를 감격하도록 했다.

〈여성〉 1936년 4월호에서 9월호까지 연재한 〈빈사(瀕死)의 백조(白鳥)〉에서는 색조를 조금 바꾸었다. 애욕이나 탐내는 대학생에게 순정까지 바치면서 학비를 댄 기생이 배신당하고 빈사의 백조가 되어 가련하게 죽어갔다는 내용이다. 신파극에서 유행한 것과 상통하는 기생소설을 정성들여 써서 비탄까지도 아름답게 그렸다.

일본어 단편으로 작품활동을 시작한 장혁주(張赫宙, 1905～?)가 국내 신문에 연재한 장편도 통속소설의 전형적인 모습을 보여주었다. 〈동아일보〉 1934년 9월 26일자에서 1935년 3월 2일자까지 연재하고 1937년에 단행본으로 낸 〈삼곡선〉(三曲線)을 보자. 서문에서 민족성을 "과학적으로 해부"하고 단점은 고치려한다고 한 것은 공연한 변명이다. "삼곡선"이란 세 남성과 세 여성 사이에 벌어지는 여러 겹의 삼각관계를 뜻하는 말이다. 근대소설에서 남녀 관계를 다루는 방식을 최대한 복합시켜 흥미를 한껏 늘리려고 했다.

처녀인 여교사가 방학 때 피서지에 가서 고급 호텔에 투숙하고는 육체의 고독을 이기지 못해 연하의 남성인 순진한 시인을 불러가는 것 같은 장면이 적절하게 배치되어 있다. 그런 관계가 지속될 수 없음은 물론이다. 여교사는 유부남과 몇 달 동거하다 헤어졌다. 시인은 가련한 연인을 버리고 부자 악인의 누이와 혼인했다. 끊임없이 전변하는 사건을 지문은 적고 대화가 많은 문장으로 다루어 생각할 여유가 없이 읽게 했다.

여성 작가 김말봉(金末峰, 1901～1961)은 일본에 가서 영문학을 전공해 대학을 졸업하고 귀국해 기자 생활을 하다가 혼인하고 들어앉아, 소설을 부지런히 쓰면서 통속소설을 본령으로 삼았다. 〈동아일보〉 현상모집에 당선되어 1935년 9월 26일자부터 연재된 〈밀림〉(密林)으로 최초의 대중소설 작가라는 평가를 얻었다. '대중소설'이라는 말을 즐겨 사용하면서, 대중소설이 비난받아야 할 이유가 없다는 것을 강조하고 또한 입증하려 했다.

1937년 3월 31일자에서 10월 3일자까지 〈조선일보〉에 연재한 〈찔레꽃〉은 더 큰 성공을 거두었다. 은행 두취 조만호 집에 가정교사로 들어간 가련하고 아름다운 처녀가 그 집 아들과 혼인하는 행운을 차지하기에 이르는 과정을 보여준 내용이다. 애욕과 금전에 얽힌 음모의 구렁텅이에 빠졌으면서 아름다움과 순결을 잃지 않은 여주인공은 칭송과 보상을 받아야 마땅하다고 한 데 인기를 얻을 수 있는 요인이 다각도로 마련되었다.

박계주(朴啓周, 1913~1966)의 〈순애보〉(殉愛譜)는 〈매일신보〉에서 천 원을 내건 현상모집에 당선되어, 1939년 1월 1일자에서 6월 17일자까지 연재되었다. 상금이 많기 때문에 화제에 오르고, 내용이 흥미로워 많은 독자를 모았다. 신파극을 일으켜 일본풍의 구경거리를 정착시키고, 수많은 통속소설을 육성해온 조선총독부 기관지 〈매일신보〉가 독자 확보를 위해 결정적으로 유리한 작품을 얻었다.

애욕에 대한 순정의 승리를 다룬 점에서 흔한 형태를 택했으면서, 강간, 살인, 불구자가 되게 한 상해, 억울한 범죄 혐의 등으로 이어지는 사건들로 자극제를 삼고, 원수를 사랑한다는 기독교적인 사랑을 이광수 소설에서보다 더욱 강하게 역설했다. 주인공을 따르는 처녀를 겁탈하려다가 살해하고, 우연히 그 자리에 나타난 주인공을 습격해 장님이 되게 하고, 주인공에게 강간과 살인의 누명을 뒤집어씌운 원수를 너그럽게 용서하고, 주인공이 사형 언도를 받는다고 했다. 통속소설은 부도덕하다고 비난하지 못하도록 하는 방어책을 지나치게 써서 가치관의 혼란을 일으켰다.

연애소설과 대등한 위치를 차지할 수 있는 통속소설의 다른 한 영역은 탐정소설이었다. 탐정소설은 자생의 뿌리가 거의 없고, 범죄 수사를 냉혹하게 지켜보는 관습이 형성되지 않은 탓에 연애소설보다 늦게 생겨났고 발전이 미미했다. 〈신민〉 1931년 1·3·6월호에 실린 최독견의 〈사형수〉(死刑囚)가 일찍 나타난 예이다. '사실탐정소설'이라는 표제를 걸고 살인범 수색을 벌였는데 미완이다.

그 뒤에 김내성(金來成, 1909~1957)이 나서서 몇 가지 시험작을 낸 다음, 1939년 2월 14일자에서 10월 11일자까지 〈조선일보〉에 〈마인〉(魔人)을 연재해 탐정소설의 본보기를 보여주었다. 공포 분위기에서 계속 끔찍한 일이 일어나게 하고서, 최초의 피해자인 가련한 여인이 범인이라는 내막이 드러나기 어렵게 한 수법이 뛰어나 인기를 끌었다.

남녀 관계의 변천으로 소설사의 전개를 고찰하는 작업을 《소설의 사회사 비교론》 3에서 했다. 정한숙, 《현대한국소설론》(고려대학교출판부, 1977) ; 안창수, 〈'찔레꽃'에 나타난 삶의 양상과 그 한계〉, 《영남어문학》 12(영남어문학회, 1985) ; 白川豊, 〈장혁주연구〉(동국대학교 박사논문, 1989) ; 윤홍로, 〈'사랑'의 해석〉, 《동양학》 21(단국대학교 동양학연구소, 1991) 등에서 여러 작품을 논했다. 정하은 편저, 《김말봉의 문학과 사회》(종로서적, 1986) ; 박종홍, 〈김말봉 '밀림'의 통속성 고찰〉, 《어문학》 79(한국어문학회, 2002)에서 김말봉을 논했다. 한명환, 《한국현대소설의 대중미학 연구》(국학자료원, 1997) ; 강옥희, 《한국 근대 대중소설 연구》(깊은샘, 2000) ; 이정옥, 《1930년대 한국 대중소설의 이해》(국학자료원, 2000) ; 이미향, 《근대 애정소설 연구》(푸른사상, 2001) ; 권보드래, 《연애의 시대》(현실문화연구, 2003)에서 연구를 확장하고 정리했다.

11.11.6. 통속소설과 타협하는 방안

통속소설에는 그 자체에 충실한 순통속이 있는가 하면, 다른 목표를 지닌 소설이 통속소설의 성향을 필요에 따라 지닌 잡통속도 있다. 앞에서는 순통속을 다루었으니, 여기서는 잡통속의 작품들을 고찰하기로 하자. 통속소설의 요소를 거의 모든 소설이 어느 정도 지니고 있어 고찰의 범위를 정하는 데 어려움이 따르므로, 통속소설과 타협하는 방안을 의식하면서 사용한 경우를 우선적으로 다루고자 한다.

그렇게 하기 위해서 먼저 주목해야 할 논설이 있다. 김기진은 〈조선일보〉 1928년 11월 9일자에서 20일자까지에 발표한 〈통속소설고〉에서 이광수 · 염상섭 · 최독견의 작품을 들어 통속소설의 특징을 살피고, 계급문학의 소설이 널리 읽히지 않는 폐단을 시정하기 위해서 그 특징을 받아들일 필요가 있다고 했다. 세 작가의 작품 세계를 요약해 말하면서 통속소설의 특성을 지적한 데 경청할 만한 견해가 있다.

이광수는 "사랑하고 탄식하고, 감사하고 슬퍼하고, 기도하고 원망하는 것의 연쇄"인 감상주의를 사용하고, 염상섭은 "복작복작하는 사회, 아르랑아르랑하는 인생, 상호의 반목·위선·가장"을 발견하고 값싼 향락을 주지는 않으며, 최독견은 "탐정소설적 요소를 작품 중에 집어넣어 가지고, 자기 독특한 문장으로써 일반 독자를 붙잡는다"고 했다. 그 세 작가가 정착시킨 통속소설은 "보통인"의 취향을 보여, 부귀공명이나 연애에 대한 감상적이고 퇴폐적인 감정을 배금주의·영웅주의·인도주의 등으로 규정되는 사상과 함께, 쉽고 간결하고 화려한 문장으로 나타냈다고 했다. 그런 성향을 비판하고 배격하기보다는 작품 창작에 이용해 독자를 확보하는 것이 마땅하다고 했다.

자기 스스로 본보기를 보인 작품이 1930년 1월 25일자에서 7월 25일자까지 〈조선일보〉에 연재한 〈해조음〉(海潮音)이다. 함경도의 어촌을 배경으로 해서 정어리 잡이를 하는 어민의 처지를 거기서 술장사를 하는 여인의 운명과 함께 다루었다. 최만돌이라는 선주가 멀리까지 가서 술타령하다가 알게 된 그 여인과 동거하는 관계를 맺었다고 해서 두 측면이 연결되게 했다. 그 여인은 운명이 기구해, 어려서 부모를 잃고 팔려 다니며 술집을 전전하다가 끝으로 만나 정을 준 최만돌이 사실은 자기 사촌이라는 놀라운 내막을 알고는 자결하고 말았다. 어민이 당하는 수탈과 그 여인에게 닥친 운명은 비참하다는 공통점이 있어도 성격이 아주 달랐다. 수탈은 전후의 과정을 명확하게 알 수 있고 대처할 방도가 있지만, 운명의 횡포는 예견할 수도 없고 막을 수도 없었다.

두 가지 소설을 합쳐놓은 성과는 의심스럽다. 일제의 자본주가 정어리공장 공장주에게, 공장주가 정어리 잡는 배의 선주에게, 선주가 어부로 나선 선원들에게 돈을 미리 대주고는 생산의 대가를 헐값에 계산해 착취를 하고, 도리어 빚을 지워 파멸하게 하는 수법을 실감 나게 그린 것이 최대의 성과이다. 그런데 통속소설을 집어넣어 이용해보려 한 탓에 그 중심축이 작품 전체를 움직이게 하지 못했다. 통속소설은 많은

독자가 환영하는 무색의 읽을거리가 아니고, 그 나름대로의 이념이 있는 것을 무시해 실패를 자초했다

〈조선일보〉 현상모집에 당선되어 1931년 11월 7일자에서 1932년 4월 23일자까지 연재된 한인택(韓仁澤, 1903～1937)의 〈선풍시대〉(旋風時代) 또한 계급문학 성향의 사회소설을 통속소설과 합치려 했다고 할 수 있다. 사회주의자로 설정된 주인공 박철하는 김명순이라는 여주인공을 사랑하면서, 삼각관계의 다른 축인 변원식이라는 행실 나쁜 부자와 맞섰다. 사회적인 투쟁의 조건을 갖춘 것 같은데, 사건 전개가 통속소설 방식으로 치달았다. 삼각관계를 몇 개 더 만들어, 앞뒤 사건을 바로 이으면서 생각할 여유를 주지 않고 긴박하게 몰아가, 주인공의 사상이 실제 행동과는 관계없는 관념이고 없어도 좋을 장식이게 했다.

〈신동아〉 1935년 2월호에서 8월호까지에 〈고민〉(苦憫)이라는 제목으로 연재하고, 1939년에 단행본으로 낼 때에는 〈세기의 애인〉이라고 한 엄흥섭(嚴興燮, 1906～?)의 장편도 그 비슷한 성향을 지녔다. 단행본 서문에서 "처음으로 많은 독자 대중을 상대하고 쓴 작품"이라고 하고, 통속소설의 수법을 이용해 사회 비판을 하려 했는데, 의도한 대로 되었다고 하기 어렵다. 여자를 농락하기 위해 수단을 가리지 않는 색마가 자선사업을 한다면서 고결한 여성을 희생자로 만드는, 통속소설에서 상투적으로 볼 수 있는 사건을 설정해 사회 비판을 하는 듯한 인상을 주려고 했다.

염상섭(廉想涉, 1987～1963)은 생활수단으로 삼은 신문 연재소설을 흥미롭게 쓰면서 자기가 원하는 작품이 되게 하겠다는 작전을 세웠다. 그러나 양쪽을 다 잘하는 것은 어려운 일이었다. 사회문제를 심도 있게 다루기는 했어도, 통속적인 흥미를 갖추는 재주가 모자랐다. 애욕과 순정의 관계를 잘 다루지 못하고 여주인공을 미화하는 장기가 없어 인기를 끌지 못했다. 상황을 복잡하게 하고 사건 진행을 느리게 하면서 인생이 만만치 않다는 것을 보여주는 수법은 자기가 바라는 소설을 쓰는 데 필요한 것이고, 독자를 끌어들이는 데는 적합하지 않았다. 위에서

든 김기진의 글에서 그런 특징을 지적했다.

그러다가 검열의 제약이 강화되고, 자기의식이 둔화되는 것을 깨닫고 흥미 본위의 가벼운 작품을 쓰기로 작정했다. 1934년 2월 1일자에서 7월 8일자까지 〈매일신보〉에 〈모란꽃 필 때〉를 연재할 때는 사회의식이 제거된 연애소설을 쓰고자 했다. 여학교를 함께 졸업하는 두 여자가 경합을 벌이는 것이 무슨 숙명인 듯하다면서, 사건을 기묘하게 꾸며 처음의 승패가 뒤집어지는 것을 보여주었다. 그러나 사랑을 미화하는 심리 묘사가 체질화되어 있지 않아 뜻을 이루지 못했다. 신문 연재 통속소설의 인기 경쟁에서 능력을 발휘하지 못하고, 자기 작품 세계의 고유한 특성을 훼손시키기나 했다.

〈중앙〉 1935년 2호에 "전편 게재 특별 장편소설"이라고 내놓은 〈그 여자의 운명〉은 분량은 장편이라고 할 수 없으며, 사건 전개가 야단스럽다. 명례라는 여인은 첫 남편이 금 밀수로 감옥에 들어가고, 은행원인 둘째 남편은 공금횡령죄에 걸렸다. 카페의 여급이 되어 부잣집 아들과 함께 만주로 도피했다가, 애인을 빼앗긴 여자의 칼에 찔렸는데, 사실은 자살하려 했다고 했다. 그런 활극을 염상섭답지 않게 지어내 독자의 환심을 사려고 했다.

〈불연속선〉(不連續線)을 〈매일신보〉에 1935년 5월 18일자에서 12월 30일자까지 연재할 때는 더 타락하고서도 얻은 것이 없었다. 김진수라는 운전수가 친구인 대학생과 다방 마담을 차에 태우고 가다가 교통사고를 내 입원을 한 데서 시작해서, 복잡하게 얽힌 관계를 설정하고 예기치 않던 전환이 거듭되게 했으나 신문소설 독자의 관심을 모을 만한 흥미를 갖추지 못했다. 염상섭 소설의 최대 약점은 여성의 내면심리를 잘 파악하지 못하고, 섬세하게 그려내는 재주가 없다는 것이다. 사회를 그리고 사상을 문제 삼는 무거운 작품을 쓸 때는 가려 있던 그런 약점이 통속소설을 쓰고자 할 때는 전면에 나타나 여성 독자의 근접을 막았다. 여성 독자의 환심을 사지 않고 인기 작가가 된 사람은 없다.

신문의 독자가 원하는 연재소설을 쓰면서 자기가 바라는 작품을 이록하고자 한 염상섭의 작전은 끝내 실패로 돌아갔다. 문제작은 설 자리가 없고 가벼운 소설만 요구하는 상황이 조성되자 실패가 더욱 참담해졌다. 그 점을 절실하게 깨닫고 마침내 결단을 내렸다. 인기 없는 작품을 더 쓰지 않고 절필하고 물러나, 원고료 벌이를 그만두어도 되는 직장을 구해 만주로 갔다.

이태준(李泰俊, 1904~?)의 성공은 염상섭의 실패와 좋은 대조를 이루었다. 단편 작가로 높은 평가를 얻던 이태준은 잡지나 신문에 연재되는 소설도 잘 써서 큰 인기를 얻었다. 그 이유가 무엇인지 밝히려면 몇 가지 각도에서 고찰할 필요가 있다.

복잡한 생각을 하지 않고 소설은 기교라고 여긴 것이 양쪽에서 다 성공을 한 비결이라 할 수 있다. 일제가 사회운동 탄압과 언론 검열을 더욱 다그치던 시기에 일상생활에 매몰되어 심각한 문제를 잊고자 하는 중산층이 감각의 만족을 찾는 데 호응하는 소설을 이태준이 적절하게 마련했다. 3·1운동 세대의 유풍이라고 할 수 있는 염상섭 투의 심각한 어조를 멀리하고, 가볍고 섬세하며 인상을 중요시하는 문체를 창안했다.

〈조선중앙일보〉 1935년 12월 9일자의 방문기에서, 이태준은 기자의 질문에 답하면서 신문 연재소설은 작품이라기보다는 상품이라고 했다. 작품을 쓰는 비결과 상품 제조법을 구분해 따로 익힌 것이 성공의 비결이라고 할 수 있다. 섬세한 감수성을 갖추어 여성의 심리를 잘 파악하고 미문을 구사하면서 나타내는 능력이 뛰어나 여성 독자가 바라는 장편을 잘 쓸 수 있었다. 단편에서는 서정적 환상을, 장편에서는 순정과 애욕 사이의 방황을 다루는 작업을 구분해 둘 다 잘 해냈다.

1930년대 후반의 여성잡지는 아름답고 가련한 여성이 겪는 사랑의 시련을 살가운 필치로 펼쳐 보여 독자의 관심을 사로잡는 장편소설을 연재하는 것을 유행으로 삼았는데, 그런 작품의 모형을 이태준이 마련했다. 〈신여성〉 1931년 2월호에서 1932년 8월호까지에 연재한 〈구원(久遠)의 여상(女像)〉이 그 좋은 본보기이다. 가을꽃과 같이 맑게, 그러면서도 눈물겹게 살고 갔다는 여인의 짧은 생애를 다룬 내용이다. 연인을 오빠라고 하면서 정신적인 사랑만 하다가 자기 동무와 육체관계를 맺게 하고, 병이 들었으면서도 자기 몸을 돌보지 않다가 세상을 떠났다고 했다.

신문 연재소설에서는 애정을 다루는 이태준 특유의 감각과 문체를 더 잘 보여주었다. 1933년 8월 25일자에서 1934년 3월 23일자까지 〈조선중앙일보〉에 연재한 〈제2의 운명〉을 보자. 친남매처럼 자란 필수와 천숙이 남이 되기 어려운 정을 연애로 발전시키자 문제가 생겼다고 하고, 복잡하게 얽히는 삼각관계를 보태 우정과 사랑, 순정과 애욕의 갈등을 다각도로 그렸다. 순정이든 애욕이든 멀리서 바라보지 않고 안에 감추어져 있는 미묘한 심리를 드러내 절묘하게 묘사했다. 고민스러운 일이라도 감미롭게 받아들이도록 하면서, 향락을 세련되게 해서 뛰어난 솜씨를 자랑했다.

1937년 7월 29일자에서 12월 22일자까지 〈조선일보〉에 연재한 〈화관〉(花冠)은 소재를 바꾸어 전개한 또 하나의 연애론이다. 황금이 악마 같은 구실을 하고 연애가 유희로 떨어졌다고 나무란 타락된 세상에서, 남녀 주인공 박인철과 김동옥이 고결하게 살고 순정으로 결합되는 것을 보여주는 기법이 섬세하고 다감하다. 소설의 여주인공을 막연히 신여성이라 하고 중등학교 여학생으로 설정하던 단계를 청산하고, 여자전문학교 학생들을 등장시켜, 여유 있는 환경에서 자라난 세련된 감각을 보여주는 작품을 남들보다 앞질러 마련했다. 이화여자전문학교에서 이태준을 작문 선생으로 초빙해 그런 인기를 공인했다.

1940년 3월 12일자에서 8월 10일자까지 〈조선일보〉에 연재한 〈청춘무성〉(青春茂盛)은 이화여자전문학교라고 학교 이름을 명시하고, 그 학교 학생들이 성경 강사 원치원을 두고 사랑의 경쟁을 벌인 내용이다. 원치원은 독신이고, 익히지 않은 음식을 먹는 생식주의자이며, 비폭력을 숭앙하는 이상주의자여서 학생들의 호기심을 한 몸에 모았다. 영문학을 공부하는 고은심과 최득주가 사랑을 성취하기 위한 경쟁의 선두에 나서서 원치원을 당황하게 했다.

집안이 부유한 고은심은 원치원을 최득주에게 빼앗길 것 같아, "서양이, 문명이 그리워진다"면서 재미교포에게 시집가려고 하다가, 스스로 유학의 길을 떠났다. 최득주는 언니가 기생 노릇을 해 생계를 꾸려가는 형편이며, 자기도 타락해 여급 노릇을 하고 징역살이를 하게 되었다가, 광산을 해서 돈을 많이 벌고 윤락녀와 고아들을 위한 자선사업을 했다. 그러는 동안에도 사랑의 경쟁은 계속되어, 사회학 교수가 된 고은심이 원치원과 결혼하는 것으로 결말을 맺었으나, 최득주가 패배자는 아니라고 했다.

그렇게 해서 서양식 교육을 받는 전문학교 여학생들의 갖가지 꿈과 욕망을 찬란하게 늘어놓았다. 총각 선생과의 사랑과 결혼, 유학 갔다가 교수가 되는 출세의 길, 부자가 되어 하는 자선사업, 선망의 대상이 될 수 있는 것들을 고루 늘어놓았다. 독자가 무엇을 바라는지 알고, 면밀하게 계산한 작품을 써서 인기를 얻었다.

박화성(1904~1988)은 문제의식을 뚜렷하게 지니고 현실을 심도 있게 비판한 작품을 발표하면서, 다른 한편으로는 통속소설의 취향을 따르는 소설도 썼다. 전업작가가 되고자 하면 피할 수 없는 길이었다. 1932년 6월 7일에서 11월 22일자까지 〈동아일보〉에 연재한 〈백화〉(白花)는 고려말에 관원의 딸이 박해를 받고 몰락해 기생이 된 내력을 다루어, 대중의 환영을 받는 소설을 쓸 수 있을까 시험한 작품이다.

〈신가정〉 1933년 8월호에서 12월호까지 연재한 〈비탈〉은 중편 분량이지만 "장편소설"이라고 밝혀 통속 취향을 나타내는 표시로 삼았다. 집은 파산을 하고, 남동생은 중학을 중퇴하고 역부가 된 상황에서, 서울서 전문학교에 다니던 여주인공이 신경쇠약이라면서 요양을 하러 귀향했다. 연인이 사업을 위해 다른 여자를 만나는 것을 오해하고, 유부남을 사랑하고, 그러고도 질투 때문에 바위에서 떨어져 죽을 만큼 무분별한 짓을 하는 것을 동정하고 옹호했다.

김남천(金南天, 1911~1953)은 본격적인 장편소설에 대해 장황한 이론을 펴고 문제작으로 평가되는 작품을 내놓다가 통속소설을 쓰는 쪽으로 기울어졌으나 인기를 얻지는 못했다. 〈인문평론〉 1940년 2월호에서 1941년 2월호까지에 연재한 〈낭비〉(浪費)는 허황하다고 하지 않을 수 없다. 해변가 별장에서 여름을 보내는 무역상·은행가 등 부호의 가족들이 돈을 낭비한다고 한 데 그치지 않고, 작가 자신은 소설을 낭비했다. 경제적 여유가 있고 서양식 지식과 취미를 구비한 남녀를 등장시킨 소설은 서양소설의 전례를 따를 수 있어 재래의 윤리관에 구구하게 얽매이지 않는다고 하면서 긴장을 풀기나 했다.

이효석(李孝石, 1907~1942)은 〈화분〉(花粉)을 어디 연재하지 않고 1939년에 단행본으로 냈다. 이것 또한 상류사회의 서양 취향을 그려 독자의 관심을 끌면서, 애욕으로 얽힌 남녀 관계를 펼쳐 보인 작품이다. 푸른 집이라고 하는 고급 양옥에 남녀 네 사람이 예사롭지 않은 관계를 맺으면서 산다고 사건을 꾸몄다.

영화사를 운영하는 현마와 첩 미란, 현마의 비서 단주와 미란의 동생 세란이 이리저리 얽혀 성행위를 난만하게 하는 광경을 생생하게 그렸다. 그것이 서양풍이라고 해설해 시비가 생기지 않게 했다. 미란은 영훈이라는 음악인과 맺어져 서양으로 떠났다. 서양인의 모습을 멀리서라도 바라보면 온몸을 뒤흔드는 감격을 느낀다고 하는 작가의 분신이 종교에서 말하는 구원에 해당하는 것을 얻었다.

그 당시에 서양에 가는 것을 양행(洋行)이라고 했다. 예사 사람들은 상상도 하기 어려운 양행을 해서 고결하기 이를 데 없는 음악을 공부하고, 본고장에서 인정을 받고 귀국한다면 최상의 성공을 했다고 할 수 있다. 1939년 12월 8일자에서 1940년 5월 3일자까지 〈동아일보〉에 연재한 유진오(俞鎭午, 1906~1987)의 〈화상보〉(華想譜)에 등장하는 김경아는 바로 그런 인물이었다.

귀국해서 보니 김경아가 전에 사랑하던 장시영은 전문학교를 중퇴하고 사립학교 교원이 되었다가 실직을 하고 곤경을 겪고 있었다. 장시영과 멀어지고 안상권이라는 실업가의 후원을 받아 독창회를 열고, 피아노가 있는 양옥에서 화려하게 살았다. 그렇지만 예술 활동을 할 수 있

는 기반이 마련된 것은 아니다. 후원의 대가로 안상권에게 농락당하다
가 탈출해 일본에 가서 노래와 춤을 파는 밤거리의 여자가 되었다. 장
시영은 오랫동안 힘쓴 식물학 연구의 업적이 일본 학계에서 크게 평가
되어 전문학교 강사가 되어, 성공과 실패가 뒤바뀌었다. 김경아는 장시
영을 잠시 만나고 서양으로 다시 떠나갔다는 것이 결말이다.

이 작품은 삼각관계를 설정하고 애욕이 순정을 이기다가 결국 역전
되는 상투적인 구성을 갖추었다. 서양에서 직수입한 예술이 현실에 뿌
리를 내리지 못하는 사치임을 알리고, 서양예술 동경의 풍조를 비판하
면서도, 문제를 심각하게 다루지 않고 안이한 결말에 이르렀다. 김경아
처럼 허영에 들뜨지 말고 장시영처럼 착실하게 노력하라는 교훈이나
남기고 말았다.

이주형, 《한국근대소설연구》(창작과비평사, 1995)에서 전반적인
상황을 논의했다. 김종균, 《염상섭연구》(고려대학교출판부, 1974) ;
김윤식, 《염상섭연구》(서울대학교출판부, 1987)에서 위에서 거론한
작품도 고찰했다. 안남연, 《이태준 장편소설 연구》(대영현대문화사,
1993) ; 상허문학회, 《이태준문학 연구》(깊은샘, 1993) ; 장영우, 《이
태준소설연구》(태학사, 1996) ; 박헌호, 《이태준과 한국 근대소설의
성격》(소명출판, 1999) ; 이병렬, 《이태준소설 연구》(평민사, 1998)에
서 이태준의 장편을 논했다. 신동욱, 〈김남천의 소설에 나타난 지식인
의 자아확립과 전향자의 적응 문제〉, 《동양학》 21(단국대학교 동양학
연구소, 1991)에서 〈낭비〉에 관해 고찰했다.

11.12. 희곡 창작의 다양한 노선

11.12.1. 극예술연구회와 관련된 작가들

1931년 7월에 결성한 극예술연구회(劇藝術研究會)가 연극에 대한 강좌를 열고 실험무대라는 이름의 공연을 해서 근대극의 정착과 발전을 위해 획기적인 기여를 했다. 서양연극을 번역해 공연하는 것이 연극 발전의 길이라고 하면서, 그 연장선상에서 새로운 기풍의 창작극을 만들었다. 처음에는 홍해성(洪海星)이 연출을 담당하다가 물러나고, 유치진(柳致眞)이 연출까지 맡아 극단을 주도하면서 자기 작품을 공연했다.

유치진(1905~1974)은 극예술연구회를 이끌면서, 박승희가 토월회(土月會)에서 한 구실을 수준을 높여 이으면서 극작가로서의 사명을 더욱 깊이 자각했다. 김정진의 경우보다 한층 성숙된 작품을 풍부하게 이룩했다. 1938년 3월에 일제가 극예술연구회를 해산하자, 4월에 극연좌(劇研座)를 만들고, 1941년 3월에는 다시 현대극장(現代劇場)이라는 극단을 조직해, 연극을 하고 작품을 발표하는 열의를 누그러뜨리지 않았다.

1935년 1월 〈조광〉에 발표한 〈조선 연극의 앞길, 그 방침과 타개책에 대하여〉에서, "우리 연극유산을 발굴하자"고 하면서 민속극 계승의 필요성을 말했으나 자기 스스로 그렇게 하지는 못했다. 대학 시절에 공부한 아일랜드 문예부흥의 연극을 본받으려고 노력했다. 처음에는 현실을 깊이 인식한 항일극을 보여주다가, 일제의 간섭을 받고 좌절했으며, 나중에는 일제를 칭송하는 작품을 내놓아 물의를 일으켜, 평가가 엇갈린다.

극예술연구회의 처음 두 차례 공연에서는 번역극만 공연했다. 대단한 작품을 보여준다고 자부했지만 기대한 반응을 얻지 못하고, 번역이 어색하다는 평을 들었다. 서양극을 일본에서와 같은 수준으로 공연하는 것을 보고 감명을 받을 사람이 많지 않았다. 그런 형편을 유치진이 창작극을 마련해 타개했다. 〈토막〉(土幕)을 창작해 〈문예월간〉 1931년 12월호와 1932년 1월호 싣고, 1933년 2월의 극예술연구회 제3회 공연의 대본으로 삼았다. 그 작품으로 극예술연구회가 토월회보다 한 걸음 더 나아갔음을 입증하고, 극작가 유치진이 높은 평가를 얻었다.

〈토막〉은 일제의 수탈로 피폐해진 농촌의 비참한 실정을 실감 나게 다룬 데 의의가 있을 뿐만 아니라, 사실적이면서 상징적인 극작의 방식을 세심하게 다듬어 그동안 성행하던 소재주의를 넘어섰다. 토막에서 연명하는 아버지·어머니·누이를 버리고 일본에 간 청년 명수가 "해방운동"을 하다가 사형당하고, 백골이 돌아왔다는 것으로 줄거리가 요약된다. 명수는 애타게 기다리는 가족들의 대화를 통해 소개될 따름이고 등장시키지 않아, 검열의 제약 때문에 구체화하지 못할 행위를 공백으로 남겨 기대가 크게 하고 상상이 자유롭게 했다.

토막에 사는 가족뿐만 아니라 그 주위의 사람들도 등지고 있는 진실을 독자가 찾도록 했다. 마을의 구장은 신문에 난 기사를 풀이하면서 "해방"이 보천교 같은 사교(邪敎)가 하는 짓이라고 얼버무렸다. 세상이 어떻게 돌아가는지 잊고 지내는 형편이었다. 명수의 백골이 소포로 배달되어오자, 비로소 체념을 거부하고 몽매한 상태에서 벗어나는 계기가 마련되었다. 앓고 있던 아버지는 울분을 터뜨리고, 불안한 예감에 애태우던 어머니는 아들의 백골을 감싸고, 위대한 죽음이 자랑스럽다는 것을 아는 누이는 좌절하지 말자고 했다.

그 다음 작품 〈버드나무 선 동리의 풍경〉은 1933년 11월 극예술연구회 무대에 올리고, 그 해 11월 1일자부터 15일자까지 〈조선중앙일보〉에 실었다. 농민의 비참한 형편을 다시 다루면서, 가볍고 흥겨운 듯한 필치를 사용했다. 사랑을 장난으로나 나타내던 총각과 처녀가 속마음은 털어 놓지도 못한 채 헤어지게 된 형편이 안타깝다고 드러내 말하지 않았다. 총각이 약초를 캐러 갔다가 벼랑에 떨어져 죽은 날, 처녀는 빚 때문에 서울로 팔려가면서 옷차림에 신경을 쓰고 신나는 나들이라도 하는 듯이 들떴다. 환상에서 깨어나지 않아, 비극이 아닌 듯이 끝났다.

〈소〉는 1935년 11월에 극예술연구회가 공연하기로 했다가 검열에 통과되지 않고, 작가가 구속된 작품이다. 아버지가 소중하게 여기는 소를 두 아들이 각기 다른 생각을 가지고 팔려고 하다가 마름에게 빼앗긴 사건을 설정해 농민이 당하는 수탈과 좌절을 문제 삼았다. 비극을 희극 뒤에다 감추려는 수법을 다시 썼으나 일제의 눈을 속이지 못했다.

1934년 5월에 일본에서 공연한 〈빈민가〉(貧民街)는 노동쟁의를 다룬 작품이다. 국내의 일이라고 해서는 노동자의 처지를 적극적으로 문제 삼기 어렵다고 여겨, 중국을 무대로 했다. 주인공이 노동쟁의의 주동자로 나서서 투쟁하다가 경찰에 잡혀가고, 공장에서 폐병을 얻은 동생은 죽고, 어머니와 할머니는 생계를 꾸릴 방도를 잃고, 살길을 찾아 도시로 왔던 외숙은 떠나가야만 했다는 내용이다. 계급문학의 노선을 좇아 쓴 작품 같지만, 패배의식에 사로잡힌 비관주의가 깔려 있다 할 수 있다. 〈수〉(獸)라고 이름을 고쳐 〈삼천리〉 1936년 2월호에 발표할 때도 그 점이 달라지지 않았다.

〈소〉가 문제가 되어 구속된 뒤에는 "압박받은 현실 속에서 울부짖는 우리의 생활상"을 그리려던 의욕을 관철시키지 못하고, 가벼운 구경거리를 만들기 시작했다고 나중에 술회했다. 그렇게 하는 것이 현실 "도피"여서 작품의 "탄력이 거세"되는 것을 면할 수 없었다고 인정했다. 그런데 전환의 이유는 일제의 억압만이 아니었다고 생각된다. 초기 작품에 투지와 함께 비관주의가, 문제의식과 함께 망각의 유혹이 나타나 있었음을 주목한다면, 일제의 억압을 저항 없이 받아들일 만한 내면의 준비가 어느 정도 이루어져 있었다고 할 수 있다.

전환 뒤에 발표한 작품 〈당나귀〉·〈제사〉·〈자매〉·〈부부〉 등은 남녀의 애정에서 생기는 부조화나 파탄에서 흥미를 찾으면서, 사는 것이 허망하다는 생각을 곁들여서 나타냈다. 〈당나귀〉는 1935년 1월에 〈조선일보〉에 발표한 작품인데, 애첩이 머슴과 함께 달아나는 것을 보고 노인이 자살한 사건을 다루었다. 〈조광〉 1936년 7월호의 〈자매〉는 언니와 아우가 둘 다 불행해졌는데, 언니는 구여성이라 무식하다고 소박당하고, 아우는 고등교육을 받은 신여성이라서 혼처가 나서지 않는다는 것이다.

그런 작품이나 내놓다가 〈춘향전〉을 각색하고, 〈마의태자(麻衣太子)와 낙랑공주(樂浪公主)〉를 가지고 인기 회복을 노렸다. 극단 고협(高協)에서 1941년 1월에 공연한 〈마의태자와 낙랑공주〉에서 신라 망국의 전설을 다루면서, 마의태자를 우유부단하고 패배의식에 사로잡힌 인물로 설정해 진취적인 창의력이 고갈된 것을 보여주었다. 그 다음에는 〈흑룡강〉(黑龍江), 〈북진대〉(北進隊) 등의 작품에서 일제에 아부해 침략을 찬양했다.

이광래(李光來, 1908~1968)는 작품 창작을 착실하게 시작한 극작가이다. 일제의 책동 때문에 농촌이 입고 있는 타격을 실상대로 다루려고 애썼다. 어울리지 않게 유행하는 사조를 따르는 허세를 부리지 않으면서, 소박하지만 진지한 관점으로 어려운 상황에 대처하는 정신 자세를 찾고 파멸에 이르도록 하는 병폐가 무엇인가 밝히려고 했다.

1936년도 〈동아일보〉 신춘문예 당선작이며, 그 해 4월에 극예술연구회에서 공연한 〈촌선생〉(村先生)을 보자. 도포를 입고 관을 쓴 선비이면서 신식 야학을 열어 마을의 젊은이들을 가르치는 송선생이라는 이가 농촌을 지키는 정신적 지주 노릇을 했다. 그런데 맏아들이 외처에 나가 공부를 하고 장가드는 뒷바라지를 하느라고 빚을 졌다. 맏아들 내외가 고향에서 살겠다고 돌아오자 기뻐했는데, 며느리는 이상형으로 미화했던 농촌이 싸움투성이이고, 야만 식인종이 사는 곳과 다름없다고 하면서 실망을 나타내고 분란을 일으켰다.

빚을 갚지 못해 야학이 차압당하고, 소를 빼앗기게 되었다. 맏아들 퇴직금이 나오면 곤경을 해결하리라고 기대했는데, 며느리가 낭비해버렸다. 아무런 해결책이 없게 되자 작은아들은 소를 몰래 팔아 이역만리로 떠나려고 했다. 송선생은 소 판 돈을 주어 작은아들 대신에 큰아들 내외를 떠나보냈다. 악착같은 빚을 어떻게 헤쳐 나가겠느냐고 물으니, 다음과 같이 대답했다. 농촌을 지키는 것이 얼마나 어렵게 되었는지 분명하게 보여주면서도 굳건한 정신에 기대를 걸어, 결말이 비극이지 않게 했다.

> 나는 이 땅을 안고 발버둥질 치다가 이 흙 속에 파묻힐 사람이야.
> 낙동강 칠백 리 푸른 물같이, 내 마음은 한결같을 뿐이야. 너는 뜬구
> 름을 잡고, 바닷가에 나는 갈매기같이 건공에 떴을망정, 나는 이 땅
> 에 뿌리박고, 이 흙에 때 묻은 농사꾼이다.

〈조광〉 1937년 4월호에서 6월호까지에 게재한 〈석류나무집〉에서는
구시대의 파멸을 다루었다. 마을에 일제의 앞잡이들이 와서 공장을 세
우고 땅이며 집이며 사들이자, 유서 깊은 고가인 석류나무집이 견딜 수
없게 되었다. 더부살이 출신인 신흥 부자가 그 집 외손녀에게 청혼을
하는 판국이었다. 몰락의 원인이 외부에만 있지는 않았다. 석류나무집
노인은 사위의 성병 때문에 눈먼 외손자가 태어나고, 사위가 죽자 딸이
머슴과 도망을 친 수난을 겪으며 연명하다가, 오랫동안 소식이 없던 딸
이 돌아오는 날 세상을 떠났다.

딸이 자식들을 데리러 왔는데, 눈먼 외손자는 반기지만, 외손녀는 어
머니를 어머니로 인정하지도 않고 돌아섰다. 외손녀는 굴욕적인 청혼
을 받아들여 집안을 살리려고 연인을 멀리하기까지 하다가, 가족이 다
없어지자 허탈에 빠졌다. 역사의 한 단면을 냉혹하게 살피고, 아무런
희망도 발견하지 못했다. 〈촌선생〉에서 보여준 이상주의가 통하지 않
는다는 것을 알고서 작자 자신이 허탈에 빠졌다고 할 수 있다.

이광래는 그런 문제작을 다시 내놓지 못했다. 직업적인 극작가가 되
어, 상업극단 황금좌(黃金座)에 극본을 대면서 생계의 방도를 차리기
나 했다. 수준 높은 희곡은 생계를 해결해주지 못하고, 극작으로 살아
가려면 상업극단에 들어가야 했다. 그 두 길을 놓고 고민하다가, 동시
대의 여러 극작가와 함께 뒤의 길을 택했다.

1945년까지 극작을 했지만, 잡지에 발표된 것은 없고, 모두 공연하는
데 그친 통속물이다. 일제의 요구에 호응한 작품도 있었음은 물론이다.

〈애정보〉(愛情譜)니 〈충의도〉(忠義刀)니 하는 것들은 내용이 어느 정도 짐작된다. 〈도(島)의 낭달(娘達)〉은 제목부터 한자와 한글로 표기한 일본어이다. 그런 작품을 쓰면서도 인기를 얻지는 못했다.

김진수(金鎭壽, 1909~1966)도 극예술연구회에 참여해 활동한 극작가이다. 〈조광〉 1937년 4월호에서 7월호까지에 발표했던 〈길〉을, 극예술연구회가 극연좌로 개편되고 처음 가진 1938년 5월의 공연 때 무대에 올렸다. 고리대금업자가 허욕 때문에 사기당해 첩을 잃고 재산을 버리고, 딸을 망치기까지 했다고 하고, 또 한편으로는 금전에 얽매이지 않는 진실한 인간관계가 있다고 한 것이다. 그런데 인물의 성격이 상식수준에 머물렀으며, 사건을 격정극 방식으로 전개하면서 설득력이 부족한 인생론을 곁들여놓았다. 〈조광〉 1938년 11월호에 낸 〈향연〉(饗宴)이라는 단막극을 보면, 여자들뿐인 등장인물 사이의 갈등을 다루어 이채로운데, 주제가 모호하다.

김영수(金永壽, 1911~1977)는 왕성한 의욕을 보인 극작가이다. 1934년도 〈조선일보〉 신춘문예 당선작 〈광풍〉(狂風)에서 도시 변두리 토굴에서 살아가는 가족의 참상을 다루었다. 〈인문평론〉 1939년 12월호에서 1940년 1월호까지에 발표한 〈단층〉(斷層)에서는 낡은 건물에 세 들어 사는 네 가족이 그 건물을 헐겠다는 주인의 통보를 받고, 곤경을 해결해보려고 각기 자기 나름대로 성과 없는 노력을 하는 모습을 그려, 당대 현실의 여러 측면을 집약해 나타냈다. 〈총〉(銃)은 〈문장〉 1940년 11월호에 발표했는데, 가보로 내려오는 사냥총을 매개로 해서 몰락한 가문의 내부적인 갈등을 다룬 내용이어서 처음의 경향과 달라졌다. 그 뒤에는 상업극단에 관여하면서 통속극을 썼다.

함세덕(咸世德, 1915~1950)은 여러 경향의 많은 작품을 써서 뛰어난 기교를 자랑했다. 〈조선문학〉 1936년 9월호에 발표한 〈산허구리〉에 이어서, 〈인문평론〉 1941년 4월호의 〈무의도기행〉(舞衣島紀行)을 써서, 늙은 어부의 하나 남은 아들마저 고기 잡으러 나갔다가 죽는 어촌의 참상을 그려 절망과 체념이 엇갈리게 했다. 1939년 3월에 극연좌에서 공

연한 〈도념〉(道念) 또는 〈동승〉(童僧)이나, 1940년도 〈조선일보〉 신춘
문에 당선작인 〈해연〉(海燕)은 미성년인 주인공이 출생의 비밀을 알게
되는 과정을 다루면서 비애를 띤 서정적 분위기를 만들었다.

〈추석〉은 현대극장 부설 국민연극연구소 제1기 졸업생이 1941년 8월
에 공연한 작품이며, 아들을 둘 둔 농민의 고민을 다루었다. 큰아들은
어렵게 전문학교 공부를 시켜놓았더니, 아내를 버리고 신여성에게 다
시 장가들고서 소설이나 쓴다면서 소일했다. 작은아들이 돈 벌러 가야
겠다면서 예정된 혼사를 늦추어, 신부 쪽에서는 야단이 났다. 마침 추
석날이라 씨름을 하는데 큰아들이 나서서 송아지를 탔다. 그 송아지를
팔아 아우의 혼사에 쓰라고 하고 떠나갔다. 씨름꾼이 되어야 할 사람이
어울리지 않게 전문학교를 마치고 작가가 되겠다고 해서 실패한 인생
을 조소했다.

잡지 〈춘추〉에 냈다가 전문 삭제되었다 하고, 1947년에 희곡집 〈동
승〉을 낼 때 수록한 〈감자와 쪽제비와 여교원〉은 제목부터 특이하다.
농촌에서 감자 농사를 지은 것을 모두 공출하라며 군서기가 마을을 뒤
지고 다닌 내용이어서 검열에 걸릴 만했다. 그러나 일제의 횡포를 비난
한 데 주안점을 두지는 않았으며, 못 될 만한 일이 어쩌다 보니 잘되었
다고 한 가벼운 희극이다.

그 뒤에는 친일극의 작가가 되었다. 〈국민문학〉(國民文學) 1942년 3
월호의 〈추장(酋長) 이사베라〉는 먼 남쪽 발리 섬을 무대로 해서 일본
군을 해방자라고 했다. 그 잡지 1943년 2월호의 〈에밀레종〉은 신라의
전설을 친일적인 내용으로 고쳐 일본어로 썼다. 희곡으로는 발표하지
않고 현대극장의 무대에 올리기만 한 희곡은 내용을 확인하기 어려우
나, 모두 친일극이면서 통속극이었다. 〈동승〉의 발문에서 향수와 회고
적인 민족감정에 호소해 일제에 소극적으로나마 반항했다고 한 것은
사실이 아니다.

유민영, 《한국현대희곡사》(홍성사, 1982) ; 서연호, 《한국근대희곡

사연구》(고려대학교 민족문화연구소, 1982) ; 〈한국근대희곡사》(고려
대학교출판부, 1994) ; 김상선, 《한국현대희곡론》(집문당, 1985) ; 김
원중, 《한국근대희곡문학연구》(정음사, 1986) ; 김방옥, 《한국사실주
의희곡연구》(가나, 1988) ; 권순종, 《한국희곡의 지속과 변화》(중문,
1991) ; 송재일, 《한국현대희곡의 구조》(우리문학사, 1991) ; 이미원,
《한국근대극연구》(현대미학사, 1994) ; 민병욱, 《한국근대희곡연구》
(민지사, 1995) ; 민영, 《한국근대연극사》(단국대학교출판부, 1996) ;
민병욱·최정일 편, 《한국 극작가·극작품론》(삼지원, 1996) ; 양승
국, 《한국근대연극비평사연구》(태학사, 1996) ; 《한국신연극연구》(연
극과인간, 2001) ; 김용관, 《한국근대희곡의 새 지평》(푸른사상, 2002) ;
이상우, 《유치진연구》(태학사, 1997) ; 박영정, 《유치진 연극론의 사적
전개》(태학사, 1997) ; 김만수, 《함세덕》(건국대학교출판부, 2003) 등
의 연구가 이루어졌다.

11.12.2. 소설가의 극작 참여

소설가이면서 희곡도 창작한 사람이 여럿 있었다. 공연되는 것을 상
상하면 희곡은 소설보다 매력이 더 있고, 희곡 창작에 따르는 형식상의
제약이 함부로 드러낼 수 없는 주제 암시에 유리하다고 생각했다. 그런
데 소설가의 희곡은 공연될 기회를 얻은 것이 거의 없고, 문학작품으로
서 소설만한 평가를 받지 못했다. 연극계와 문단 양쪽에서 마땅한 대접
을 하지 않아서, 극작에 정열을 쏟고자 하는 모처럼의 시도가 보람 있
게 지속될 수 없었다. 그래서 연극계에서는 작품의 빈곤을 적극 타개하
지 못했으며, 문단에서는 시와 소설만 소중하게 여기고 희곡은 홀대하
는 관습을 시정하지 않았다.

희곡을 가장 많이 쓴 소설가는 채만식(蔡萬植, 1902~1950)이다. 소
설에서 대단한 것을 이룩한 데 만족하지 않고, 희곡에도 줄곧 관심을
가져 남긴 작품이 28편이나 된다. 작품 수에서는 대단한 위치를 차지하

는데, 단 한편도 공연되지 않았다. 연극계의 폐쇄성만 그 이유가 아니다. 작품 자체의 특징이 더 문제이다.

채만식은 희곡을 무대공연을 위한 대본으로 규정하지 않고, 소설의 연장이되 형식이 별난 것 정도로 생각했다. 소설을 쓰면서 새로운 시험을 거듭해도 처리하기 어려운 착상은 희곡으로 나타내면서 희곡의 통상적인 요건을 무시했다. 〈인문평론〉 1939년 11월호에 발표한 〈당랑(螳螂)의 전설(傳說)〉 말미에서 "반드시 희곡을 쓰고 싶었다느니보다는, 제재가 마침 소설로는 불편한 점이 있기로" 새로운 시험을 한다고 했다.

〈신동아〉 1932년 7월호에 발표한 〈부촌〉(富村) 같은 것은 아주 특이한 작품이다. 짧은 장면 11개가 교체되면서 마을 농민들이 낼 돈을 내지 않는다고 불려 다니느라고 타작을 못한 사정을 보여주는데, 면장이 안내하는 도에서 나온 관리는 물색 모르고 부촌이라고 감탄했다. 소설도 아니요 희곡도 아닌 작품이어서, 무어라 이름 지을지 몰라 '대화소설'이라 하겠다고 했다.

희곡이라 명시한 작품에도 단순한 것이 흔하다. 〈별건곤〉 1931년 1월호의 〈그의 가정풍경〉에서는 집안의 곤경을 무시한 채, 아내더러 차라리 갈라서자고 하면서 이념서적만 보고 있던 인물이 서적을 팔아 쌀과 장작을 마련하겠다고 나섰다고 했다. 〈동광〉 1932년 3월호의 〈감독의 아내〉를 보면, 노동자들의 파업이 일어났는데 남편은 회사 편을 들어 반대하고 아내는 지지해 서로 다투다가, 아내가 형사에게 잡혀갔다. 현실의 한 단면을 인상 깊게 그렸다.

〈혜성〉 1931년 3월호의 〈스님과 새장수〉에서는 스님이 새를 사서 놓아주고, 새장수는 그 새를 잡아서 팔기를 거듭했다. 스님의 자비가 현실 문제 해결에 무슨 도움이 되는가 하는 의문을 가지게 했다. 〈신동아〉 1931년 11월호에 발표한 〈간도행〉(間島行)은 "남의 돈 잘라먹고 달아나는 놈"이라는 부제를 붙이고, 간도로 간다고 채무자와 채권자가 다투는데 구세군·일본인·조선인·순사가 한마디씩 참견하면서 각기 자기대로 사태의 진상을 왜곡하는 것을 보여주었다.

〈낙일〉(落日)은 〈별건곤〉 1930년 6월호에 발표한 희곡 소품인데, 완고하고 인색한 지주가 자식들 때문에 낭패당한 것을 풍자한 깃이 1930년의 장편소설 〈천하태평춘〉(天下太平春)과 연결된다. 〈신동아〉 1934년 4월호의 〈인테리와 빈대떡〉을 소설로 개작해 같은 잡지 그 다음 호에 다시 발표한 작품이 〈레디메이드 인생〉이다. 생계대책도 없으면서 허세를 떨던 지식인이 자기 자식은 일찌감치 노동을 하게 했다는 공통점이 있으면서, 희곡에서는 단일한 사건을 설정하고, 소설에서는 장황한 설명을 개입시켰다.

〈제향(祭饗) 날〉은 전경(前景)에 이어 3막이 전개되는 분량이어서 위에서 든 촌극과는 다르다. 그런데 〈조광〉 1937년 11월호에 발표되었을 따름이고, 공연되지는 않았다. 외할아버지 제사를 차리는 외할머니한테서 어린 외손자가 몇 대에 걸친 수난과 항거의 역사를 듣는다고 했다. 외할머니가 들려주는 이야기가 각기 독립된 연극으로 펼쳐진다. 제1막은 "갑오년 난리", 제2막은 "기미년 만세" 때의 일이고, 당대의 투쟁을 다루는 제3막은 그리스신화에서 프로메테우스가 불을 훔쳤다는 사건을 들어 암시되기만 했다. 설명을 갖춘 소설로 다루기는 어려운 내용이어서 희곡을 택했다고 할 수 있다.

위에서 이미 든 〈당랑의 전설〉은 희곡의 요건을 잘 갖춘 편이다. 모두 3막이 일관된 갈등을 긴장되게 갖추었다. 1920년대의 일이라 하고서, 소지주이면서 자작도 하는 박진사는 빚을 져 논밭은 물론 가재도구까지 집달리에게 넘기지 않을 수 없게 되었다. 박진사 내외가 세 아들과 며느리, 여러 손자와 함께 살면서, 소득은 적은데 헤프게 쓰다보니 그런 처지에 이르렀다.

소비를 자극하고, 빚을 주고, 투기를 유도하는 데 말려들어 망했다. 인천에 가서 미두(米豆)를 하는 장남이 돈을 가지고 오리라는 최후의 기대마저 무너졌다. 투기가 실패해 장남도 비참하게 되었다. 작품 제목에 내세운 "당랑"은 버마재비다. 매미를 노리는 버마재비를 새가 잡아먹는다는 고사에다 빗대어 붙인 제목이다. 박진사 일가는 버마재비 급이겠고, 드러나지 않은 새가 일제이다.

이무영(李無影, 1908~1960) 또한 소설가이면서 극작에도 열의를 가졌다. 〈펼쳐진 날개〉를 〈신가정〉 1933년 1월호에 발표하고, 서양식 교육을 주장하는 아버지가 세 딸의 공격을 받는 사건을 다루었다. 〈신동아〉 1933년 6월호에서 11월호까지에 낸 〈어머니와 아들〉·〈아버지와 아들〉·〈탈출〉 삼부작에서는, 일제의 수탈로 파산에 이른 집안의 젊은이들이 방황하고 절망하는 모습을 보여주었다. 그런 작품은 소설이어야 어울리는 내용을 희곡에다 옮겼다 할 수 있으며, 공연을 하기에 적합한 짜임새를 갖추지 않았다.

소설가의 극작은 대개 그런 정도에 머무르고 마는데, 이무영은 그렇지 않았다. 연극에 대해 끈덕진 애착을 가지고 본격적인 활동을 했다. 극예술연구회에 가입하고, 그 다음의 몇 작품을 무대에 올려 상당한 평가를 받았다. 공연하기에 적합한 희곡을 창작하는 능력을 갖추고, 독특한 기풍을 갖춘 풍자극을 이룩했다.

〈신동아〉 1934년 11월호에서 1935년 1월까지 연재된 〈톨스토이〉부터 변화가 나타났다. 자책에 사로잡힌 만년의 톨스토이를 농촌 청년이 빈정대고 나무란 내용이다. 톨스토이의 허세를 지적하려 한 사고방식이 〈한낮에 꿈꾸는 사람들〉에서는 몽상에 사로잡힌 예술가들을 비판하는 것으로 전환되었다. 〈예술광사사원(藝術狂社社員)과 오월(五月)〉이라는 제목으로 〈신동아〉 1935년 10월호에 발표하고, 극예술연구회에서 1935년 11월에 공연한 작품의 제목을 그렇게 고쳤다.

"예술광사"라는 집에 모여 사는 소설광·시광·영화광·미술광·음악광 등의 기괴한 언동을 보여주면서 현실과 유리된 예술이 허망하다고 했다. 예술광들은 하나같이 자기의 위대한 예술을 세상에서 알아주지 못한다고 분개했다. 시광은 "조선이란 곳처럼 예술에 대한 이해가 없는 사회는 없을 것이다"고 했다. 소설광은 "창자 속에 똥만 가득 찬 것들과 문학이니 예술이니 떠들던 것이 잘못이었다"며 차라리 자살하겠다고 했다.

음악광의 아버지가 시골에서 찾아와, "그놈의 깡깽인지 뭔지 한다고 땅마지기나 있던 것을 다 팔아먹고 이제는 남의 땅을 부치게 되었디"고 했다. 예술광이 아닌 대학생이 등장해 "너희들에게는 생활이 없다!"고 하고, "거리로 나서서 이 세상을 봐라" 하면서 나무랄 때, 밖에서는 호외가 돌고 군중의 고함소리가 났다. 풍자로 일관하지 않고 직접적인 발언을 하기까지 하면서 현실과 유리된 예술을 비판했다.

극예술연구회에서 1936년 2월에 공연한 〈무료치병술〉(無料治病術)에서는 연설 취향이 없어지고 희극다운 긴장을 잘 갖추었다. 지주이며 고리대금업자인 구두쇠가 돈을 목숨보다도 중하게 여겨 급성맹장염에 걸렸어도 양의를 부르지 못하게 했다. 양의를 한의로 꾸몄더니 알고서 물리쳤다. 가여운 사람을 위해 적선하는 양의가 있다고 하자 치료를 받겠다고 하고서, 행랑아범의 더러운 옷을 입고 동정을 청했다. 자기 돈을 내고 무료 치료를 받는 어리석음을 풍자했다.

김송(金松, 1909~1988)은 극작가이기를 열망했으나 소설가가 되어 물러서지 않을 수 없었다. 1930년에 신흥극장(新興劇場)이란 극단을 만들어 자기 작품 〈지옥〉(地獄)과 유진오(兪鎭午)의 〈박첨지〉 외 한 편으로 창립공연을 가졌다가, 일제가 〈지옥〉을 공연하지 못하게 해서 그만두어야 했다. 그 뒤에도 희곡 창작에 힘써 신작을 몇몇 잡지에 발표하고 희곡집을 두 권이나 냈다.

1939년의 〈호반(湖畔)의 비가(悲歌)〉에 9편, 1940년의 〈산(山)의 승패(勝敗)〉에 희곡 8편을 수록했다. 그 다음해까지 모두 24편에 이르는 작품을 창작했다. 그런데 그 가운데 연극으로 공연된 것은 없다. 공연을 하기에는 부적절한 탓도 있지만, 상업극 위주로 공연을 하는 기존 극단에서 길들여지지 않은 작가의 생소한 대본을 받아들이지 않으려고 했던 것이 결정적인 이유였다.

첫 작품 〈지옥〉은 일본 유학 시절의 체험을 바탕으로 일제의 유치장과 형무소에 대한 반감을 나타낸 것이다. 〈신인문학〉 1935년 8월호의 〈국경의 주막〉에서는 돈벌이를 위해 만주로 떠나가는 밑바닥 인생의 여러 모습을 그려 어두운 시대를 고발했다. 〈야담〉(野談) 1940년 6월호에 발표한 〈가돈상경〉(家豚上京)은 시골 청년이 서울에서는 갑갑해 견디지 못한다고 한 내용이며 희극에 가깝다.

〈야담〉 1941년 1월호의 〈추계〉(雛鷄)는 가여운 병아리가 사나운 개에게 물려 죽었다는 사건에 빗대 일제의 농촌 침투를 비판한 작품이다. 무대 한 번 바꾸지 않는 단막극이고, 등장인물이 몇 되지 않으면서, 동시대의 다른 어떤 작품보다 풍부한 내용을 집약했다. 한교장이라는 교육자가 "농촌진흥"을 역설하고, "문명한 시대"가 되었으니 남녀를 막론하고 밖으로 나가 유학을 하라고 했다.

한교장의 권유를 따랐다가 빚 때문에 전답이 넘어가게 된 집의 아들은 전문학교까지 나왔으나 할 일이 없었다. 딸은 고학을 하다가 정조를 잃고 성병을 얻어 카페 여급을 하면서 마약 중독자가 되어 죽을 곳을 찾아왔다. 그런데도 한교장은 평소의 지론을 펴며 그 이웃집 아이에게 소학교를 마치거든 소년비행학교에 들어가라고 했다. 바로 그 아이의 병아리가 죽어 헛된 희생을 예고했다. 1940년대에 이런 작품이 이루어진 것은 놀라운 일이다. 희곡으로는 발표되었어도 연극으로 공연하는 것은 불가능했다.

유진오(兪鎭午, 1906~1987)는 소설을 쓰는 틈틈이 희곡 창작을 위해서도 진지한 노력을 했다. 희곡을 모두 5편 내놓은 가운데 〈피로연〉(披露宴)과 〈박첨지〉가 문제작이다. 〈조선지광〉 1927년 11월호에 발표한 〈피로연〉은 혼례가 엉망이 되는 광경을 그리면서 시대상의 심층을 드러내보인 작품이다. 신부의 연인이 나타나고, 신랑 아버지가 처자식 굶기고 있는 놈이 장가를 다시 든다고 호통을 쳤다. 그래도 신부는 신랑을 신뢰하고자 하는데, 연인이 신부를 끌어가고, 신랑을 잡으러 형사가 나타났다. 표면의 윤리와 이면의 진실이 다르다는 것을 나타낸 셈이다.

〈시대공론〉(時代公論) 1932년 1월호의 〈박첨지〉는 이미 말했듯이 김송이 신흥극장에서 공연하기로 했던 작품인데, 박첨지라는 농사꾼에게 닥친 끔찍한 시련을 그렸다. 경찰에 잡혀간 아들이 맞아서 정신을 잃었다는 소식이 전해진 날, 빚에 몸이 팔려 고리대금업자를 따라나선 딸은 자살했다. 그러자 농민조합이 모임을 가지고 항쟁의 함성을 올리기 시작했다. 형상력이 부족한 결함이 있지만, 당시의 현실에 대해 과감한 발언을 한 문제작이다.

조용만(趙容萬, 1909~)은 〈동광〉 1931년 10월호에 〈가보세〉〔甲午歲〕를 발표하고 희곡에 관심을 보이기 시작했으며, 1932년 12월에는 극예술연구회의 회원이 되었다. 그런데 이 작품은 학생극의 무대에 올랐다. 동학혁명 때의 일을 희곡다운 짜임새는 갖지 않고 격렬하게 나타낸다.

그 뒤에 발표한 희곡 가운데 〈문장〉 1940년 5월호의 〈별장〉(別莊)이 볼 만하다. 교수 부부가 바닷가 별장에 머무르고 있는데 대학생이라면서 어떤 청년이 숨겨달라고 했다. 독립운동을 하다가 죽은 자기네 외아들 생각이 나서 호의를 베풀었는데, 사실은 파렴치한 사기꾼이어서 경찰에 쫓기는 것이 차차 드러났다. 우스꽝스러운 사건을 통해서 항일투쟁을 간접적으로나마 그려보려 했다고 할 수 있다.

이미 든 논저 외에 최시한, 〈채만식 희곡의 가족〉, 《배달말》 15(배달말학회, 1990) ; 김재식, 〈일제강점기 촌극의 한 양상〉, 《국어국문학》 102(국어국문학회, 1990) ; 배봉기, 《김우진과 채만식의 희곡 연구》(태학사, 1997) ; 김동권, 《근대희곡 창작과정 연구》(태학사, 1999) 등이 더 있다.

11.12.3. 무산계급 연극

1925년 8월에 조직된 조선프롤레타리아예술가동맹, 일명 카프는 1930년 4월에 다섯 부를 두었는데, 그 가운데 연극부도 있었으며 책임자는 김기진(金基鎭)이었다. 김기진은 토월회 회원으로 가담하고 연기도 해본 경력이 있었으나, 연극인도 극작가도 아니어서 비평만 했다. 비평으로 이른바 이론적 지도를 한다고 했다.

무산계급 연극을 일으키는 데 앞장 선 것은 지방 극단이었다. 1930년 11월에 대구에서 가두극장(街頭劇場)을, 1931년 3월에는 개성에서 대중극장(大衆劇場)을 만든 것을 비롯해 여러 극단에서 무산계급 연극을 한다고 했다. 카프 연극부 직속의 이동식소극장(移動式小劇場)을 1931년 11월에 서울에서 만들어 연극 운동을 본격적으로 발전시키겠다고 했다. 그러나 처음부터 난관에 봉착했으며, 두드러진 활동을 하지 못했다.

공연은 제대로 하지 못하는 상황에서 이론가들이 크게 활동했다. 신고송(申鼓頌, 1907~?)은 〈조선일보〉 1931년 3월 7일자부터 8월 14일자까지에 발표한 〈연극운동의 출발〉에서 목적의식이 불분명한 탓에 노동자와 농민을 조직화해 동원하지 못한 것이 실패의 원인이라고 했는데, 현실을 무시한 탁상공론이었다. 글은 목적의식을 분명하게 해서 써도 단어나 몇 개 지우고 발표할 수 있게 한 일제의 검열 방침이, 연극에서는 관대하지도 않고 어리석지도 않았다. 노동자와 농민을 조직화하겠다고 표방하는 연극은 아예 할 수 없게 했는데, 그렇게 하는 데 적극성이 모자란다고 나무랐다. 그래서야 일제의 검열관과의 싸움에서 질 수밖에 없었다.

박영호(朴英鎬)는 〈프로 연극의 대중화〉를 〈비판〉 1932년 3월호에 내고, 계급의식을 확립할 지도자가 대중화를 목표로 조직을 해야 하며, 기성 극단의 "반동적 행위를 구명·폭로·타도"해야 한다고 했다. 이것 또한 모두 우리 실정에 맞지 않는 외국 이론의 번안에 지나지 않았다. 연극을 제대로 할 지도자는 존재하지 않았다. 토월회는 해체되고 극예술연구회가 결성되었으나 아직 공연은 하지 못한 그 당시에 타도해야 할 기성 극단이 없었다. 일제의 억압을 견디며 연극다운 연극을 하는 것이 공동의 과제인 판국에, 연극의 노선에 커다란 분열과 대립이 생긴 것처럼 과장해서 말하면서 내부 투쟁을 일으켰다.

비평보다는 작품이, 지도보다는 공연이 더욱 소중하다고 인정해 카프 연극부 산하에 이동식소극장에 이어서 1932년 4월에는 신건설(新建設), 6월에는 메가폰 등의 극단을 조직했다. 메가폰은 송영(宋影)의

〈호신술〉(護身術), 유진오의 〈박첨지〉 등을 가지고 서울에서 제1회 공연을 했다. 신건설은 1932년 연말쯤에 번역극으로 창립공연을 하고, 송영의 〈신임이사장〉 등을 대본으로 다시 공연을 하려다가 뜻을 이루지 못했다.

준비만 하고 있을 때 파국이 닥쳐왔다. 1933년 3월에 연극인으로는 알려지지 않은 이상춘(李相春) 외 2인이 "신건설이라는 좌익연극단을 조직하여 적화를 기도"했다는 죄목으로 체포되고 기소되었다. 그렇게 해서 시작된 이른바 신건설 사건이 확대되어, 1934년 8월부터 카프 조직원인 문인 및 연극인 80여 명이 검거되고 22인이 기소되기에 이르렀다. 프롤레타리아예술 운동 가운데 연극 운동은 시나 소설의 창작에 비해 현저하게 부진했는데, 그 전체를 탄압하는 빌미로 삼았다.

총독부 기관지 〈매일신보〉 1935년 10월 28일자의 카프 사건 보도를 보면, "연극으로 주의 선전"한 것이 죄목이라 하고, 이동식소극장과 메가폰을 조직한 경위부터 캐서 유죄의 증거로 삼았다. 기소된 사람들은 연극과 직접 관련이 없는 카프의 중심인물이 망라되어 있다. 상당한 규모로 전개된 문학활동이 아닌, 거의 미수에 그친 연극 활동이 문제가 되어 검거 선풍을 만나 카프가 해체되기에 이르렀다.

무산계급 연극에 대해서는 작품 검열을 가혹하게 해서 탄압하는 데 그치지 않고 참가자들을 검거해 기소하는 관례가 지속되었다. 1934년 6월에 일본에서 동경학생예술좌(東京學生藝術座)를 조직한 유학생들이 귀국해서 기존의 극단에 들어가 활동했다. 1939년 8월에 일제 경찰은 그 조직 출신의 박동근(朴洞根)·이서향(李曙鄕)·주영섭이 극연좌에 들어가 세력을 잡고 "희곡을 통하여 좌익운동"을 일으키려 한 것이 기존 회원의 제보로 적발되었다면서 검거해 기소했다.

그런 어려운 조건을 무릅쓰고 무산계급 연극을 위한 희곡을 쓰는 데 꾸준히 노력한 사람이 있었으니 바로 송영(1903~1979)이었다. 일본 유학생은 아니었고, 국내에서 중등교육을 마치지 못하고 노동을 한 사람이며, 소학교 교원을 거쳐 잡지 편집을 하면서 작품을 써서 처음에는 소설가로 등장했다. 카프의 주동자 가운데 한 사람으로 지목되어 기소되었으나, 공식 노선에 충실한 작품을 쓴 것은 아니다. 융통성과 다양성을 장기로 삼아 탄압을 견디면서 오래 활동하고 많은 것을 이룰 수 있었다.

〈모기가 없어지는 까닭〉이 이른 시기의 작품이며, 〈예술운동〉 1927년 11월호에 실려 있다. 모기 대왕과 모기 대신이 자기네 백성과 군사들을 괴롭히면서 인간에게서 빨아온 피를 수탈하다가 망한다는 내용이다. 〈대조〉 1930년 3월호에 발표한 〈아편쟁이〉는 일본에 가서 고생하면서 돈을 뜯기고 마약 중독자가 되기까지 한 노동자가 정신을 차리고 항거하려고 일어서는 결단을 다루었다.

그처럼 사회 모순을 우화극을 써서 풍자하기도 하고, 노동자의 비참한 처지를 강조해 나타내기도 하다가, 두 가지 경향을 하나로 합치는 방법을 찾아냈다. 〈호신술〉은 〈시대공론〉 1931년 9월호와 1932년 1월호에 싣고 극단 메가폰에서 공연한 작품이다. 노동자들의 파업이 크게 일어났는데 사장이 호신술로 유도를 배우다가 다치고 하는 소동을 벌여 웃음을 자아냈다. 심각한 주제를 희극으로 다루어 전달 효과를 더 높였다.

〈신건설〉 1934년 4월호의 〈신임이사장〉에서는 그런 풍자적인 수법을 더 잘 살리면서, 상식화되어 있는 상황에서 벗어나 기발한 사건을 설정했다. 산림조합의 신임 이사장이 선출되어 면장, 군청 주임, 도청 산림과장을 초청해놓고 연설을 하다가 봉변을 당한 내용이다. 산림조합이 주민들을 못살게 군다는 사실이 폭로되고, 산림감시원에게 폭행당해 아내를 잃은 사람이 들이닥쳐 역전이 일어났다. 신임 이사장이 실수를 거듭하고, 문학청년을 자처하면서 서기 일을 보는 인물이 위선적인 행동을 하도록 해서 희극적인 표현 효과를 더 높였다.

연극에 대한 검열과 탄압이 가중되는 상황에서도 사회 비판을 하는 작품을 계속 쓰는 좋은 방법을 갖추어, 세태 풍자 솜씨가 뛰어난 단막극을 계속 내놓았다. 〈조선문학〉 1939년 11월호에 발표한 〈황금산〉(黃金山)을 보자. 딸 셋 둔 사람이 맏딸은 사위가 외국으로 망명을 해, 둘째 딸은 사위가 사기범으로 옥살이를 해 생과부가 된 것을 보고, 여학교를 갓 나온 셋째 딸은 대부호의 아들 황금산이라는 바보에게 시집보내려고 하다가 벌어진 소동을 다루면서 배금주의를 야유했다.

〈삼천리〉 1937년 1월호에 발표한 〈가사장〉(假社長)은 사장은 아직 자고 있는데 사장의 동창생 둘이서 응접실을 차지하고서 가짜 사장 노릇을 하면서 진행되는 희극이다. 곧 탄로날 위험이 있는 가짜 행세로 긴장과 폭소를 자아내며 세상사의 이면을 드러냈다. 사장의 동창생 하나는 실직자이고, 또 하나는 가난한 문사였다. 실직자가 문사를 위해 가짜 사장 노릇을 하면서, 쌀집 주인에게 곧 월급을 주어 외상을 갚게 할 것이라고 했다. 문사가 실직자의 연인을 안심시키는 연극을 꾸몄다. 사장이 잠을 깨 응접실로 나오자 거짓말이 탄로났다. 문사는 쌀집 주인에게 끌려 나갔으며, 실직자의 연인은 실상을 알고도 실망하지 않는다고 해서 결말이 둘로 나뉘었다.

〈문장〉 1939년 8월호의 〈윤씨일가〉(尹氏一家)는 빈민가에서 사는 노동자 일가족을 등장시킨 점에서 초기 작품과 상통한다. 그런데 공장에 다니는 딸을 사장이 첩으로 삼겠다고 해서 문제가 생겼다. 아버지는 찬성하고 본인과 함께 아들은 반대해 갈등이 생겼다가, 아버지가 생각을 바꾸었다. 그 때문에 세 식구가 모두 직장을 잃어도 돈 때문에 젊은이의 장래를 희생시킬 수는 없다고 다짐하는 결말에 이르렀다.

〈삼천리〉 1941년 7월호에 발표한 〈방랑시인김립〉(放浪詩人金笠)은 탐관오리를 매도하려는 의도가 엿보이기는 하지만, 현실 문제에서 이미 벗어났다. 희곡으로 발표된 작품은 이것이 마지막이다. 그 뒤에는 상업극단에서 공연하는 각본만 쓰고, 친일극에도 가담했다.

박영호는 무산계급 연극 운동의 주역 노릇을 했다. 1931년 4월에 생긴 극단 연극공장(演劇工場)에서 〈팔백호갑판상〉(八百號甲板上), 〈출옥(出獄)하던 날 밤〉, 〈흘러가는 무리들〉 등을 공연했다고 하는데 작품이 전하지 않는다. 잡지에 발표된 작품은 모두 어느 정도 노선을 바꾸고 투쟁을 완화한 것들이다.

〈조광〉 1939년 6월호의 〈아들〉에서는 돈 모으기에 혈안이 된 한의사를 다루었다. 양의에 대한 비난을 일삼으면서도 자기 아들을 의과대학에 넣어 대를 물려 치부할 것을 꾀하고, 아들은 아버지에게 항거했다. 아버지 몰래 의학을 버리고 문과로 전과하고 연애 문제에 열을 올리는 소설을 썼다. 돈 벌기를 원하는 아버지, 지체 높은 혼처를 택하라는 어머니의 소망을 무시하고 집을 나갔다. 아무런 심리적 갈등 없이 가족과 절연했다.

그 비슷한 예술가 취향이 〈인문평론〉 1941년 4월호의 〈만뢰〉(晩雷)에서는 퇴영적인 분위기를 갖추고 나타났다. 극단에서 나팔을 불며 살아온 늙은 악사가 기생 출신 아내의 구박을 받으면서, 아내가 데려온 딸이 카페 여급으로 나가 버는 돈으로 연명하는 곤경을 설정했다. 아버지를 예술가라고 존경하는 아들도 극단에서 일하다가 그만두고 무턱대고 멀리 떠나겠다고 했다.

노악사는 번민 끝에 다시 극단에 가서 나팔을 불기로 했다는 것이 결말이다. 그 노악사와 비슷한 처지가 된 작가는 자기 예술을 키우지 못하면서 극작을 계속해야 한다는 심정으로 여러 작품을 써서 발표하고 공연했는데 대부분 친일 작품이었다. 친일 작품이라도 써서 위안을 삼아야 하는 처지를 변호한 작품이라고 할 수 있다.

이서향은 1938년 8월에 극연좌의 연극으로 좌익운동을 하려 했다는 죄목으로 구속 기소되었으나, 남긴 작품은 그런 경향이 아니다. 〈조광〉 1936년 1월에 발표한 〈어머니〉가 출세작인데, 남편을 기생에게 빼앗기고 보험회사 사원으로 일하는 여인이 아들을 생각해 개가하지 않기로 했다는 내용이다. 무산계급 연극을 하는 작품을 실제로 썼는지 의문이다.

그 뒤의 몇 작품은 가벼운 희극이다. 〈조광〉 1938년 9월호의 〈다리목〉에서는 마주보고 있는 두 집 사람들이 걸핏하면 싸우고 화해하고 하는 모습을 웃음이 나게 그렸다. 〈인문평론〉 1941년 4월호의 〈봄밤에 온 사나이〉는 농촌의 딱한 사정을 희극적인 수법으로 다루고, 머슴살이나 하겠다며 떠돌이로 들어와 데릴사위가 되는 총각의 익살맞은 거동을 인상 깊게 부각시켰다.

이서향과 함께 기소되었던 주영섭은 원래 동경학생예술좌의 연출 책임자였으며, 영화에 관심을 보여 시나리오도 썼다. 희곡 첫 작품은 동경학생예술좌에서 공연하고 〈신동아〉 1935년 7월호에 발표한 〈나루〉였다. 자기와 약혼했던 처녀가 돈에 팔려 서울로 가려고 나루를 건너는데 배를 저어야 하는 길룡이란 청년의 비통한 사정을 다루었다.

길룡이의 아버지는 서울 민주사의 토지를 부치다가 빼앗기고 자살을 했으며, 약혼자도 민주사에게 팔려가는 신세가 되었다. 그런데 길룡이는 아무런 적극적인 행동을 하지 않았다. 작가가 보여주려고 하는 것은 항거와는 거리가 먼 세태 묘사였다. 그 뒤에 발표한 작품에서는 사회상에 대한 관심도 나타나 있지 않았다.

배우·극작가·만담가를 겸했던 신불출(申不出)이 남긴 희곡에 〈양산도〉(梁山刀)와 〈사생결단〉이 있다. 둘 다 1932년 12월에 내외극장(內外劇場)에서 공연했으며, 〈삼천리〉 1933년 2월호에 〈양산도〉가, 1935년 2월호에 〈사생결단〉이 실려 있다. 〈양산도〉에서는 양산이라는 노동자가 파업을 주도하다가 실패하고 칼을 들고 뛰쳐나간다는 사건을 다루고, 제목을 그렇게 붙였다. 〈사생결단〉은 중국 명나라를 무대로 한 사극이다.

이미 든 논저 외에 《한국극예술연구》 1(한국극예술연구회, 1991)에 실린 이석만, 〈1930년대 프로극단의 공연작품 분석〉 및 손화숙, 〈식민지시대 프로희곡의 전개양상에 관한 고찰〉 ; 박대호, 〈송영 문학의 구조적 특성〉, 김윤식·정호웅 편, 《한국근대리얼리즘작가연구》(문학과지성사, 1988) ; 김재식, 〈송영의 희곡세계와 그 변모과정〉, 《울산어문학》 6(울산대학교 국어국문학과, 1990) ; 구명옥, 〈송영 '황금산' 연구〉, 민병욱·최정일 편, 《한국 극작가·극작품론》 ; 홍재범, 《박영호의 '아들' 연구〉, 《국어국문학》 133(국어국문학회, 2003) 등이 있다.

11.12.4. 고등신파를 표방한 통속극

1930년대에는 통속소설과 함께 통속극이 일어나 자리를 잡았다. 소설을 쓰고 연극을 하는 사람들이 전문인으로 활동하면서 생계를 해결하기 위해서는 대중의 호응을 얻어야 했으므로 작품을 바꾸었다. 어느 정도의 구매력을 가진 시민층을 고객으로 해서 출판이나 연극 공연을 영리적으로 하는 업체가 활동하는 시대가 되었다. 일제의 검열과 탄압을 정면에서 받지 않고 피해나가기 위해서도 문제의식은 약화시키고 흥미를 끄는 데 더욱 힘쓸 필요가 있었다.

통속소설은 신소설의 유산을 버리지 않고 이으면서 새로운 내용을 갖추고 한층 세련된 수법을 구사해야 했지만, 연극에서는 신파극의 기득권이 더 컸다. 신파극을 보기 위해서 모여드는 관중을 만족시키면서 어려운 여건을 무릅쓰고 고급 연극을 하는 동안에 도달한 수준을 낮추지 않으려고 했다. 일본풍을 우리 것으로 정착시켜 민족의 애환을 나타내는 작업을 유행가라고 일컬어진 대중가요에서처럼 해야 했다.

감정을 과장하고 갈등의 설정과 해결을 무리하게 하는 격정극의 특징을 유지했으며 사회악에 대해 순응하는 자세를 유도하는 점도 전과 다름없었다. 그러나 대사를 즉석에서 꾸려대는 방식을 버리고 극작가가 창작한 희곡을 상당한 기간 동안 연습해 무대에 올렸으며, 연출이나 무대 장치를 수준 높게 했다. 새로 시도하는 통속극을 개량신파(改良新派) 또는 고등신파(高等新派)라고 불러 그 두 가지 측면을 한꺼번에 지칭했다.

그런 움직임이 있을 무렵에 조선연극사(朝鮮硏劇舍), 연극시장(演劇市場), 신무대(新舞臺), 황금좌(黃金座) 등의 극단이 있었다. 그 가운데 신무대만 단성사(團成社) 직속이고, 나머지 모두 공연할 때마다 장소를 물색해야만 했다. 단성사는 극장과 영화관을 겸하고, 연극과 영화를 섞은 연쇄극을 만드는 데 돈을 댔다. 순수하게 연극만 하는 극장을 가지고 안정된 공연을 하는 것이 연극인들의 꿈이었는데, 1935년 11월에 마침내 동양극장(東洋劇場)이 생겨났다.

동양극장에 전속극단 청춘좌(靑春座)와 호화선(豪華船)을 두고 번갈아 공연하게 했다. 전속 극작가·연출가·배우에게 고정된 보수를 지급했다. 공연이 수지가 맞아 연극의 전성시대가 이루어졌다. 동양극장 전속극단에서 분파되거나 자극을 받아 계속 생겨난 상업극단이 적지 않았다. 아랑(阿娘), 고협(高協), 중앙무대(中央舞臺) 등이 그런 것들이었다.

동양극장의 전속작가 면모를 살펴보면, 필요한 인재를 망라했다고 할 수 있다. 통속소설의 작가로 이름을 떨친 최독견(崔獨鵑)이 동양극장의 지배인으로 들어가 전속작가를 겸했다. 송영과 김영수는 이미 상당한 활동을 하고 희곡을 여러 편 발표한 기성 작가였다. 박진(朴珍)은 토월회, 산유화회 등에서 연극을 한 경력이 있고 희곡을 발표하기도 했으며, 방송극 연출을 맡은 사람이다. 동양극장에서 연출도 하고 극작도 했다. 이서구(李瑞求)와 이운방(李雲芳)도 토월회 이래로 연극을 한 경력이 있었다. 임선규(林仙圭)와 김건(金健)은 새롭게 등장한 작가였다.

이들 전속작가는 동양극장의 두 극단을 위해 각기 수십 편씩의 극본을 쓰면서 생계를 해결하고 평가를 얻기도 했다. 작품은 거의 다 공연하는 데만 사용했을 따름이고, 지면에 발표된 것은 아주 드물었다. 사라진 작품은 알 수 없고, 잡지에 실리거나 공연용 대본이 남아 있는 것들만 고찰의 대상으로 삼을 수 있다.

박진(1905~1974)의 희곡은 동양극장에 들어가기 전에 쓴 〈절도병환자〉(竊盜病患者)라는 것 한 편만 〈별건곤〉 1930년 3월호에 발표되어 있다. 절도병 환자들이 의사의 치료를 받으면서 벌어지는 소동을 우스꽝스럽게 그린 소극이며, 당시에 '넌센스 드라마'라고 부르던 것이다. 동양극장에서 눈물을 자아내는 장막극을 공연하면서 그런 것을 막간극으로 삼았는데, 박진은 막간극의 명수로 알려졌다. 박진의 다른 작품에 〈울며 겨자 먹기〉, 〈나는 귀머거리〉, 〈제 버릇 개 주나〉 등의 익살스러운 제목이 붙은 것들이 있어 소극 취향을 잘 나타낸다. 그런 작품은 공연을 한 뒤에 보존하지 않았다.

이서구(1899~1982)의 작품은 잡지에 발표된 것이 몇 편 남아 있다. 〈신민〉 1931년 6월호의 〈동백꽃〉은 '향토극'이라는 부제를 달고, 동백꽃 피는 섬의 처녀가 돈에 팔려 서울로 가는 사연을 다루었다. 〈삼천리〉 1935년 2월호에 실려 있는 〈파계〉(破戒)는 '가무극'(歌舞劇)이라 했으며, 1929년에 배구자가극단(裵龜子歌劇團)의 요청을 받고 쓴 처녀작이라고 밝혔다. 꽃잎이 떨어지는 계절에 절의 동승들이 물 길으러 가며 노래 부르고 춤추고 젊은 승려가 거기 화답하는데, 요녀(妖女)가 나타나 승려를 파계시킨다는 것이다. 〈야담〉 1938년 11월호의 〈청빈〉(淸貧)은 서로 모르던 남녀가 공원에서 돈지갑을 동시에 주워, 주식회사 사장인 주인에게 돌려주어 신임을 얻고, 그래서 부부가 되었다는 것이다.

대표작으로 알려진 〈어머니의 힘〉은 동양극장의 전속극단 호화선이 1937년 12월에 공연해 대단한 인기를 끌었다. 동양극장 관객 가운데 큰 비중을 차지하는 기생들의 적극적인 호응을 노리고 마련한 작품이 예상에 적중했다. 공연용 대본이 남아 있어 흥행에 성공한 통속극의 성향을 구체적으로 확인할 수 있다.

백만장자 은행가 아들이 기생을 아내로 맞이해 부자간의 의가 끊어졌다. 기생은 돈을 후려내지 못한다고 기생어미에게서 핍박받았다. 백만장자 아들은 폐병 걸린 화가였는데 아내와 자식을 남겨두고 일찍 세상을 떠났다. 백만장자 노인은 재산을 탐내는 주위 사람들의 술책에 말려들 뻔하다가, 아이를 데려가 손자로 인정하고 며느리마저 받아들였다. 기생 관객의 간절한 소망을 그렇게 나타내면서, 신파극의 요건을 충실하게 갖추었다. 폐병 걸린 화가와의 낭만적 사랑, 남편을 잃고 다시 자식과 헤어질 때 흥건하게 흘린 눈물, 착한 마음씨 덕분에 고난의 보상을 크게 받은 결말이 모두 흥미를 자아내기에 충분했다.

임선규(1910?~1970?)는 상업극단에서 공연하는 극본만 쓰고, 작품을 지면에 발표하지는 않았다. 그러나 동양극장 청춘좌에서 1936년 7월

에 처음 공연한 〈사랑에 속고 돈에 울고〉가 대단한 성공을 거두어 이름
이 크게 났다. 대본이 남아 있어 구체적인 논의가 가능하나.

홍도라는 이름의 기생이 미술에 뜻을 둔 부잣집 아들과 사랑해 부부
가 되었는데, 시부모가 인정하지 않을 뿐만 아니라, 남편에게 약혼녀가
있어 시련에 빠졌다. 음모에 희생되고 오해를 받은 결과 남편의 약혼녀
를 칼로 찔러 죽이는 데까지 이르고, 홍도는 순사에게 잡혀갔다. 그런
데 그 순사가 다른 사람이 아니고 바로 자기 오빠였다. 현실의 제약이
아닌 기구한 운명의 장난으로 파탄에 이르렀다 하며 눈물을 흠뻑 흘리
게 했다. 〈홍도야 울지 마라〉는 이름의 소설로도 널리 읽혀 통속소설의
질을 낮추는 구실을 했다.

동양극장 전속이 아니었던 통속극 작가로서는 김춘광(金春光, 1900~
1949)이 가장 두드러진 활동을 했다. 무성영화의 변사를 하면서 대단한
인기를 얻고 영화배우 노릇을 하기도 했던 사람인데, 1935년 2월에 예
원좌(藝苑座)라는 극단을 만들어 연극을 시작했다. 서울에 자리를 잡지
못하고 지방으로 떠돌아다니는 유랑극단 예원좌가 김춘광 덕분에 흥행
을 잘했다.

1939년 11월 예원좌에서 초연한 이래 거듭 공연된 〈검사와 여선생〉이
김춘광의 대표작이다. 인기의 정도가 〈어머니의 힘〉이나 〈사랑에 속고
돈에 울고〉와 비슷하다 하겠는데, 여주인공이 기생이 아니고 학교를 그
만두고 가정에 들어간 여선생인 점이 다르다. 그 때문에 관객의 범위가
더 넓을 수 있었다. 영화화되어서도 인기를 끌었다.

여선생은 우연히 자기 집에 숨었다가 체포된 탈옥수를 동정하다가
남편의 오해를 받게 되고, 흥분한 남편이 권총 오발로 죽자 살인 누명
을 썼다. 그런데 사건을 맡은 검사가 옛날 제자였다. 할머니를 모시고
어렵게 지내던 그 제자를 여선생이 각별하게 돌보아주었다. 그런 인연
이 있어 검사가 여선생이 무죄임을 밝혔다. 선량한 사람이 기구한 운명
의 시련을 받고 오해 때문에 파국에 이르다가 전에 베풀었던 은혜 덕분
에 복된 결말에 이르렀다고 해서 신파극다운 특징을 갖추고 있다.

유민영, 〈유랑극단의 애환〉, 《한국연극의 미학》(단국대출판부, 1982) ; 이경희, 〈김춘광희곡연구〉(서울여자대학 석사논문, 1983) ; 〈신파 연극인 김춘광에 대하여〉, 《태릉어문》 2(서울여자대학 국어국문학회, 1983) 등의 연구가 있다.

11.12.5. 친일연극의 양상

일제는 군국주의 노선으로 나아가고 대외적인 침략전쟁을 일으키면서 예술 활동을 한층 가혹하게 탄압하며 협력을 요구했다. 그러면서 협력을 요구하는 방법이 분야에 따라서 달랐다. 문학 창작은 일본어를 사용하라고 하고, 연극에서는 우리말을 계속 사용하면서 일본을 찬양하는 내용을 다루라고 했다. 문학작품은 우리말로 쓴 것 자체가 저항이라고 할 수 있지만 연극은 그렇지 않았다. 연극을 하면서 우리말을 지켰다는 것은 타당성이 없는 변명이다.

문학작품은 일본어 교육을 받은 지식층을 독자로 하니 일본어로 쓰게 하고, 연극은 일본어를 해득하지 못하는 사람들까지 즐기게 하기 위해 우리말을 사용하게 했다. 일본어 해득자는 초등교육을 받을 수 있는 기회마저 극도로 제한하는 식민지 통치의 모순 때문에 뜻대로 늘어나지 않았다. 1941년에야 일본어 해득자가 조선인 전체의 16.61퍼센트에 이르렀을 뿐이었다. 조선어를 버리고 일본어를 쓰라고 조선인에게 요구하면서, 조선총독부에서는 일본어를 모르는 조선인을 다스리기 위해 조선어를 사용했다.

조선총독부의 두 기관지인 신문 〈매일신보〉(每日申報)와 잡지 〈조선〉(朝鮮)의 조선어판을 내고, 조선어로 쓴 작품을 실어야 했다. 경성방송에서 일본어와 조선어를 같은 비중으로 사용해야 했다. 연극에서도 두 가지 언어를 사용하게 했다. 일본어 연극은 일본인이 하는 것을 보도록 하면 되었으므로 조선인을 시켜서 할 필요가 없었다. 조선인이 조선어로 연극을 하면서 식민지 통치를 찬양하도록 했다.

일제는 연극을 문학이나 문화의 다른 어느 분야보다 중요시해 실서하게 장악했다. 1940년 12월에 조선연극협회를 만들어 친일연극을 하도록 하는 중심 기관이 되게 했다. 회장 이서구, 상무이사 김관수(金寬洙), 이사 박진·유치진·최독견이 총독부 당국의 인선에 따라 선임되고, 이사회의 결의는 모두 승인을 받아야 한다고 했다. 상무이사 김관수는 연극인으로 활동하던 사람이 아닌데 가장 큰 권한을 행사했다. 당국이 지정한 아랑, 청춘좌, 호화선, 황금좌, 연극호(演劇號), 노동좌(老童座), 조선성악연구회(朝鮮聲樂硏究會), 고협 등이 협회에 가입했다.

1941년 3월까지 당국의 승인을 받아 협회에 가입하지 않은 극단은 전국 어디서나 공연을 할 수 없게 했다. 협회의 산하 단체로 극작가동호회(劇作家同好會)가 조직되어, 유치진이 회장을, 임선규가 간사를 맡았고, 김영수·박영호·이서향·함세덕·이운방·이서구·최독견·박진·김건 등이 회원이 되었다. 1942년 7월에는 조선연극협회가 조선연극문화협회로 확대 개편되어, 산하에 이동극단 둘, 극단 열셋, 악극단 여덟, 창극단 셋, 곡마단 아홉, 만담반 하나를 두었다.

1941년 1월에서 5월에 이르기까지 여러 잡지에서 '국민연극'이니 '신체제연극'이니 하는 말로 지칭하는 친일연극이 필연적으로 요구되고 중차대한 의의가 있다는 논설을 일제히 싣도록 했다. 필진은 김건·김영수·유치진·함대훈(咸大勳) 등이었다. 〈조광〉 1941년 1월호에 실은 김건의 〈신체제하의 연극〉은 친일극이 일본어를 택할 수 없는 이유를 드러내놓고 설명했다. 누구나 일본어를 자유롭게 구사할 때까지는 "언문"으로 희곡을 쓰는 것이 불가피하고, "일본내의 일지방의 연극"에 만족해야 한다고 했다. "신문 한 장 소설 한 권을 제대로 읽지 못하는 문맹계급"도 보고 감동을 받을 연극을 만들어야 한다고 했다. 함대훈은 〈조광〉 1941년 4월호의 〈국민연극의 현단계〉에서, 여러 사람이 어수선하게 펴온 주장을 정리해, '국민연극'이란 근대극보다 한 걸음 더 나아가 "국가정신을 참으로 이해하는 민중"의 연극이라 했다.

그러나 무슨 말로 꾸며대든 보편적인 의의를 가진 이념이나 정신을 내세울 수는 없었다. 제국주의 일본을 찬양하고, 침략·수탈·전쟁을 어떻게든 미화하는 내용이면 훌륭하다고 하고, 그렇지 않은 것은 무엇이든 배격했다. 조작된 신앙을 맹신하고, 국책이라는 것에 어떻게든 복종하고 무엇이든지 지시받으면 성스럽게 받드는 태도를 작품으로 나타내야 했다.

그런 작품으로 연극을 하면서도 희곡을 쓰고 공연을 꾸리는 기량을 닦을 수 있었던 것은 다행이라고 변명하는 말이 있으나 그렇지 않다. 친일극을 거치면서 통속극의 관습이 고착된 탓에 광복 후의 연극이 예술 활동의 다른 영역에 비해 현저하게 수준이 낮았다. 친일의 죄과를 연극이 아닌 정치를 통해 씻으려는 초조한 마음에서 좌우익의 이념 다툼을 극단화해서 추종하려는 연극인이 적지 않았던 것도 커다란 불행이었다. 그 두 가지 요인이 겹쳐 연극에 대한 불신을 자아냈다.

조선총독부는 조선연극문화협회가 표면상의 주최자가 되어 연극경연대회를 열도록 했다. 제1회는 1942년 9월에서 11월까지, 제2회는 1943년 9월에서 12월까지, 제3회는 1945년 2월에서 3월까지 거행되었다. 시상은 단체상·작품상·연출상·장치상·연기상 등에 걸쳐서 했다. 어느 단체든지 공연에 참가하고, 어느 작가라도 작품을 내서 평가를 받도록 했다.

유치진의 〈대추나무〉는 〈신시대〉(新時代) 1941년 3월호에 발표된 작품인데, 제1회 연극경연대회에서 "정보과장상"인 작품상을 받아, 공인된 절차를 거쳐 친일연극의 대표작의 위치에 올라갔다. 처음에는 의도한 바를 드러내지 않고 대추나무 한 그루를 중간에 두고 사는 두 집이 다투게 하고, 한 집 아들과 다른 집 딸이 서로 사랑하는 상황을 설정했다. 유치진이 지닌 역량을 충분히 발휘해 관객의 흥미를 끌고서 말하고자 하는 바를 서서히 드러냈다.

대추나무를 빼앗긴 쪽이 만주로 가려고 했다. 이웃집 아들도 연인을 좋아 동행하려 해서 소동이 벌어졌다. 그러다가 만주에서 다니러온 사람의 말을 듣고 면서기의 설득을 받아들여, 마침내 두 가족이 화해하고 함께 떠나기로 했다. 만주로 이민가라고 일제가 강요하는 시책을 교묘한 방식으로 선전하는 결말에 이르렀다.

임화(林和)는 〈신시대〉 1942년 12월호에 〈연극경연대회의 인상〉을 싣고, 이 작품은 그 전의 〈흑룡강〉이나 〈북진대〉보다 주제가 분명하고, 농촌의 현실과 만주 이민을 잘 연결시켰다고 평가했다. 그런데 김건은 〈조광〉 1942년 12월호의 〈제1회 연극경연대회인상기〉에서 그 점에 대해 동의하지 않았다. 만주 이민이라는 중대 과업을 대추나무 시비와 같은 사소한 사건과 연결시킨 것이 잘못이라고 나무랐다.

박영호는 친일의 주장을 정면에 내세우는 희곡을 썼다. 〈조광〉 1943년 12월호에 발표한 〈좁은 문〉을 보자. 기독교를 "십자가 뒤에 스파이를 숨겨 동양을 좀먹던 미영식(米英式)의 무장종교"라고 비판하더니, 미국 사람이 미국을 경멸해 스스로 죽음을 택한다는 결말에 이르렀다. 같은 잡지 1944년 3월호에서 5월호까지 연재한 〈김옥균(金玉均)의 사(死)〉에서는 김옥균이 남긴 뜻을 받들어 훌륭한 일본인이 되자고 하면서, 3분의 1쯤은 일본어로 썼다.

기성 연극인은 일제의 강압을 이기지 못해서 친일을 할 수밖에 없었다고 변명할 수 있는데, 신인은 스스로 선택해서 친일극의 작가가 되었다. 성명을 일본 투로 고친 청엽훈(靑葉薰)이라는 자가 〈조광〉 1943년 5월호에 낸 〈세월〉은 일본에서 하숙을 함께 하던 한·중·일 청년이 일분군 군속, 일본군 장교, 중국군 포로가 되어 중국에서 다시 만나 "대동아 건설"의 초석이 되자고 다짐했다는 내용이다. 같은 잡지 1943년 9월호에 보이는 민소천(閔素泉)의 〈촛불〉은 여러 등장인물이 일본군에 나가기로 결심한 사건을 흥분하면서 다루었다. 그런 판국이었기에 창작이 계속될수록 희곡이 죽었다.

이복규, 〈조선총독부 기관지 국문판 '조선'지(1924.1.~1934.3.) 수

록 문학작품 및 민속·국문학 관련 논문에 대하여〉,《국제어문》29(국
제어문학회, 2003)에서 자료 일부를 조사를 했다. 친일극을 위에서 든
서연호와 김상선의 책에서 독립된 장을 설정해 다루었다. 임종국,《친
일문학론》(평화출판사, 1963)에서 친일문학 전반에 대한 자세한 고찰
을 했으나, 연극이나 희곡은 소홀하게 취급했다.

11.12.6. 망명지의 항일연극

국내의 연극은 일제의 탄압을 받아 제대로 하지 못하고 친일연극으
로 기울어질 때에도, 일제의 식민지 통치를 벗어나 있는 망명지, 특히
만주에서는 항일연극을 했다. 출판이 원활하지 못해 소설은 발달하지
못하고 시가를 지어 발표할 만한 지면도 마땅하지 않았으나, 희곡을 써
서 연극을 공연하는 것은 쉽사리 할 수 있고 어디서나 시도할 만했다.
희곡의 수법이나 연극 공연의 방식이 제대로 갖추어지지 않아도 민족
항쟁의 의지를 나타내는 데는 지장이 없다고 여겼다. 그래서 망명지 예
술 가운데 연극이 가장 큰 비중을 가졌다.

연극을 하는 데 필요한 특별한 수련을 거치지 않은 소인(素人) 극단
이 예술운동이 아닌 항일운동을 위해서 주제 선행의 연극을 공연했다.
작품을 쓴 사람이 극작가로 자처하지 않아 이름을 모른다. 작품을 출판
하려 하지 않았을 뿐만 아니라 적어서 보관한 자료도 거의 없어, 관련
자들의 회고를 근거로 내용을 더듬어볼 수밖에 없다. 1920년대에는 학
교 강당 같은 공개된 장소에서 연극을 할 수 있었다. 일제가 침공해 이
른바 만주국을 세운 1930년대에는 항일연극을 무장투쟁의 근거지에서
나 은밀하게 해야 했으므로 확실한 자료를 얻기가 더욱 어렵다.

안중근(安重根) 의사가 하얼빈 역두에서 이등박문(伊藤博文)을 저격
한 거사를 연극으로 꾸며 1920년대에 공연한 것이 이른 시기 활동이다.
1925년 후반에는 극단이 여럿 생겨나고, 작품활동이 활기를 띠었다. 그
무렵에 훈춘 일대에서 공연한 〈경숙의 마지막〉은 지주의 탐욕 때문에

희생된 가련한 처녀의 죽음을 다룬 내용이다. 용정에서 활동하던 극단
연극호의 1928년도 작품 〈수상한 청년〉은 서울을 무대로 하고 항일의
주제를 전면에 내세웠다. 밤거리에서 삐라를 붙이고 있는 수상한 청년
이 일제 경찰에게 체포되었으나, 투쟁과정에서 사귀게 된 연인의 도움
으로 위기를 극적으로 벗어나 둘이 함께 더욱 크게 투쟁하기 위해 망명
의 길을 택한다고 했다

　무장투쟁의 근거지에서 공연된 항일연극의 대표작은 1937년에 이루
어진 〈혈해지창〉(血海之唱)이다. 작자는 누군지 모를 까마귀라고 했는
데, 집단창작이라고 생각된다. 내용이 서로 다른 몇 가지 대본이 남아
있어 여러 차례 개작했음을 알 수 있다.

　　피바다 북간도야,
　　우리네 상처받은 가슴속에
　　어둠을 뚫고 들려오는
　　노래를 듣노니.
　　백성들이여, 이것이 혈해지창의
　　연극이노라.

　이런 서시를 앞세우고 작품이 시작된다. 뻐꾹새라는 별명을 가진 항
일유격대의 정찰원이 마을로 나와 농민들이 하는 말을 듣다가, 지주의
아들에게 납치될 위험에 처한 소작인의 딸을 구했다. 그 때문에 일본군
에게 쫓기다가 총탄을 맞아 부상당한 뻐꾹새는 중국인 노파와 그 아들
의 도움으로 살아났다. 아들은 뻐꾹새의 부탁을 받고 유격대와 연락하
는 임무를 맡았다. 유격대와 협력한 사실이 발각되어, 중국인 모자가
일본군에게 무참하게 피살되었다. 뻐꾹새와 함께 여러 유격대원이 그
자리에 나타나 통분해 하면서 끝까지 싸울 결의를 다진다고 했다.

　극적 갈등을 아주 긴장되게 설정해 온통 피바다가 되었다고 할 극도로
처참한 사건을 다루어 일제와의 투쟁을 한껏 고조시켰다. 그러면서 주인

공 뻐꾹새를 모든 조건을 다 잘 갖춘 영웅적 투사의 훌륭한 본보기로 창조했다. 현재의 상황을 충실하게 그리는 것보다 바람직한 미래를 앞당기려고 힘쓰는 것이 더욱 소중하다는 믿음이 지나치지 않았나 싶다.

〈싸우는 밀림〉 또한 까마귀의 작품이라 하며, 1938년에 있었던 일을 다룬 것으로 알려져 있다. 부상당한 다리가 썩어들어가 잘라내지 않을 수 없게 된 전사의 아내가 만삭의 몸으로 혁명 근거지 밖에서 지하 활동을 하다가 일제에 잡혀 모진 고문을 견디는 극도로 어려운 상황을 다룬 내용이다. 〈혈해지창〉에서보다도 더욱 처참한 희생을 보여주면서 투쟁의 강도를 높여, 흔히 생각할 수 있는 범위를 많이 넘어섰다.

간도와 중국 안쪽은 사정이 달랐다. 중국의 항일군에 조선의용군이나 광복군이 참가해 싸우는 곳의 후방은 중국 정부가 통치하고 있어, 항일 예술 활동을 자유롭게 할 수 있었다. 전사들을 교양하는 데 연극이 특히 긴요해 힘써 창작하고 공연했다. 부대 안에 극단이 조직되어 있어 지속적인 활동을 했으며, 작가가 알려져 있는 경우도 있다. 그러나 작품이 제대로 남아 있지 않은 점은 간도의 항일연극과 사정이 그리 다르지 않다.

박동운과 한유한이 1940년에 지은 〈조선의 한 용사〉에서는 항일투쟁에 비밀리에 가담하고 있던 일본 헌병대 조선인 통역관이, 체포되어 사형당하게 된 유격대장을 구출하고 일본 헌병대장을 처단한 것을 계기로 적극적인 투쟁을 벌인다고 했다. 1942년에 공연된 진동명의 작품 〈태항산에서〉는 몰래 침투한 배신자 때문에 많은 희생자를 낸 전투에서 살아남은 전사들이 동지들을 추모하면서 남긴 뜻을 이어 끝까지 싸울 것을 다짐하는 내용이다. 극적 갈등을 창조하는 데 힘쓰지 않고 주장하고자 하는 바를 직접 전달했다.

이 대목은 조성일 외, 《중국조선족문학사》(연길 : 연변인민출판사, 1990) ; 소재영·권철·김동훈·조규익, 《연변지역 조선족문화 연구》(숭실대학교출판부, 1992)에 의거해 서술했다. 〈혈해지창〉은 연변

대학에서 1995년에 찾은 자료를 이용해서 다루었다. 〈꽃 파는 처녀〉, 〈한 자위단원의 죽음〉 등의 작품도 창작 당시의 원본이 출현하기를 기다린다.

11.13. 내면의식을 추구한 시

11.13.1. 시문학파가 개척한 길

1930년 3월에 창간된 〈시문학〉(詩文學)은 그 해 5월에 제2호, 12월에 제3호가 나오고 말았지만 대단한 기여를 했다고 평가된다. 그때까지의 시가 산문 같은 수작에다 낭만적 영탄이나 곁들이는 폐단을 시정하고 차분하게 가라앉은 목소리로 서정시의 순수한 영역을 확보한 공적이 있다고 한다. 그 잡지를 활동 무대로 삼은 김영랑(金永郎)·정지용(鄭芝溶)·박용철(朴龍喆) 등의 시문학파는 당대 최고 시인의 위치에 올라, 지속적인 영향을 광범위하게 끼쳤다.

그러나 시문학파에서 주장한 바를 아무런 유보조항 없이 그대로 인정할 수는 없다. 앞 시대의 시에 미숙한 점이 있었다고 해서 최고의 성과를 함께 폄하하는 것은 부당한 논법이다. 김소월·한용운·이상화 등의 뛰어난 시인이 민족의 처지에 근거를 둔 고민을 절실하게 노래한 데 동조하지 않고, 순수한 아름다움을 추구하는 시를 쓰겠다는 시문학파는 문학과 현실이 택일 관계에 있다고 여겼다. 현실을 버리고 문학을 살려야 한다고 했다.

문학과 현실은 어떤 관계인가? 이에 대해서 세 가지 대답이 있다. 현실이 문학을 생동하게 한다. 문학은 현실을 위해 봉사해야 한다. 문학은 현실에 대한 관심을 버려야 순수하게 된다. 위에서 든 세 시인이 첫째 대답을 제시하는 문학을 하는 것을 마땅하게 여기지 않고 계급투쟁의 문학을 해야 한다는 쪽에서는 둘째 해답이 정답이라고 했다. 그러자 시문학파가 나서서 둘째 해답은 잘못되었다고 하고 셋째 해답이 옳다고 했다.

둘째 해답과 셋째 해답의 차이점을 명백하게 이해하기 위해 계급문학 운동의 진영에서 1931년에 낸 〈카프시인집〉을 〈시문학〉과 견주어보자. 〈카프시인집〉에 실려 있는 다섯 시인의 시는 현실 개조를 위한 혁명적 투쟁을 선동한 문구가 검열에서 삭제되어 구멍투성이다. 일제의 검열 방식 또한 슬기롭지 못해 삭제된 말을 어느 정도 복원하면서 읽을 수 있다. 주장하는 바가 타당하다고 받아들이더라도, 시를 읽고 새삼스럽게 깨달은 것은 아니다. 공감을 확인하려고 하는 독자마저 거친 언사, 생경한 문구 때문에 당황하게 한다.

〈시문학〉 또는 시문학파 시인들이 각기 낸 시집은 이와는 반대가 되어 어떤 문제에 대한 논란도 벌이지 않고, 아무 주장도 펴지 않아 독자의 긴장을 풀어주었다. 편안한 자세로 포근한 느낌에 젖어들면서 시를 즐기게 했다. 그렇게 하는 것은 조금도 위험하지 않으니 일제의 검열관이 한 자도 다치지 않고 모두 원고대로 출판하게 했다. 그래서 다행이라 하겠으나, 일제와의 대결을 벗어나 도피에서 위안을 찾는다는 비난을 막을 수 없었다.

문학과 현실의 관계에 대한 첫째 해답, 현실이 문학을 생동하게 한다는 것을 작품 창작에서 보여주는 작업을 힘들게 하는 사람들이 위에서 든 세 시인 이후에도 계속 있었으나 소수이고 어떤 유파를 형성하지 않았다. 둘째 해답을 제시한 카프 시인들은 고도로 조직화된 힘을 가지고 크게 행세했으나 일제가 억압해 자취를 감추지 않을 수 없게 했다. 시문학파가 나서서 셋째 해답을 대안으로 내놓는 작업은 유리한 환경에서 순조롭게 진행되었다. 이론이 미비한 결함을 작품으로 보충해 지지를 넓혀나갔다.

시문학파 주동자 세 사람이 보여주는 자세는 서로 달랐다. 김영랑은 침묵의 가치를 높이 평가했다. 시론을 전개하지 않고 산문을 쓰는 데 관심이 없고, 작품에 제목을 붙이는 것마저 되도록 피했다. 서투른 말로 기존의 주장을 능가할 수 없다는 것을 내심으로 헤아려 오직 시 창작에만 힘을 썼다. 전달하는 내용을 시에서 되도록 배제하고자 했으므로, 드러내 설명할 것도 없었다.

정지용은 시작에 힘써 자기 세계를 보여주는 한편, 산문도 즐겨 썼다. 산문이라도 설명이나 주장은 없고 고풍스럽고 우아한 분위기를 풍기는 기교가 돋보이게 해서, 같은 성향의 시를 측면에서 빛내주는 방도로 삼았다. 〈시문학〉이 나오지 않게 된 시기에는 〈문장〉의 편집에 관여하면서, 그런 기풍이 잡지 전체에서 돌게 하고, 시 추천 작품의 심사를 맡아 영향력을 확대했다.

박용철은 시문학파의 대변자를 자임해, 시 창작보다 시론을 전개하는 데 더욱 열의를 보였다. 시는 범속한 편이지만, 시론을 전개하는 데 필요한 지식은 넉넉한 장기를 살렸다. 내면의식의 순수성이 소중하다고 주장하면서 서양시에서 얻은 견문을 유력한 논거로 삼았다. 그런 작업이 원론 수준에 머무르고, 김영랑이나 정지용의 작품을 예리하게 분석하지 못해 가장 중요한 성과는 놓치고 말았다고 하지 않을 수 없다.

김영랑(1903~1950)이 1935년에 낸 〈영랑시집〉(永郞詩集)에 수록한 작품은 1번에서 53번까지 번호가 붙어 있을 따름이고, 무엇을 어떻게 다루었는지 말하는 표제가 없어 드러내서 거론할 대상을 찾기 어렵다. 산문으로 옮기면 흔적 없이 사라질, 모호하면서도 오묘한 느낌을 곱게 다듬고, 어감 변화를 섬세하게 갖추어 울리는 내면의 음악을 빚어냈다.

"아슬하야", "애끈한", "조매로운", "하잔한" 등 마음이 무디어진 탓에 버렸던 말을 알뜰하게 다시 찾아 썼다. 표준어로 옮겨 적을 수 없는 것들이 적지 않다. "마음이란 말 속에 하잔한 뉘우침"(27번), "먼 산 허리에 슬리는 보랏빛"(42번), "향 맑은 옥돌에 불이 달어"(43번)와 같은 절묘한 표현을 얻었다.

> 무너진 성터에 바람이 세나니.
> 가을은 쓸쓸한 맛뿐이구려.
> 희끗희끗 산국화 나부끼면서,
> 가을은 애닯다 소색이느뇨.
>
> 떠 날려가는 마음의 포렴한 길을
> 꿈이런가 눈 감고 헤아리려니,

가슴에 선뜻 빛깔이 돌아,
생각을 끊으며 눈물 고이네.

　17번과 23번이다. 이 두 편에서 보듯이 네 토막 네 줄의 고정된 율격을 사용하면서 토막을 구성하는 음절 수의 변화 가능성을 충분히 활용한 것이 많다. "네 마음 어딘듯……"으로 시작되는 1번에서는 세 토막을 택하고, 토막을 나누고 보태고 하는 변형을 이룩했다. 길게 이어져 자유시처럼 보이는 것들도 전통적 율격과 관련이 있다.

　시의 외형은 비슷하고 내면은 많이 다르다. 17번에서는 바깥으로 돌려 쓸쓸하게 펼쳐져 있는 가을의 모습을 그렸다. "소색이느뇨"는 "속삭이느뇨"의 시적 표현이다. 가을이 속삭인다고 하면서 자기 마음을 나타냈다. 23번에서는 자기 내면의 움직임을 말했다. "포렴한"은 "잔잔한"을 뜻하는 방언으로 생각된다. 마음이 떠서 날려가는 잔잔한 길을 본다고 해서 깊이 간직한 느낌을 드러내서 시각화했다. 돌고 끊는 상념의 자락을 보태 한층 미묘한 경지에 이르렀다.

　그래서 모든 것을 안으로 간직하고 마침내 말이 없는 경지에까지 간 것 같지만 그렇지는 않다. 잔잔한 매듭을 거부한 작품도 있다. 세상의 움직임을 멀리하고, 시 자체의 아름다움을 추구하는 데 몰두하면서 삶을 마칠 수는 없었다. 나서서 외치고 싶은 심정이 감추어도 억눌러도 가라앉지 않아, 붉은 핏줄을 날랜 칼로 끊어버리겠다고 했다. 37번 작품의 전문이다.

윈 몸을 감도는 붉은 핏줄이
꼭 감긴 눈 속에 뭉치여 있네.
날랜 소리 한 마디, 날랜 칼 하나.
그 핏줄 딱 끊어버릴 수 없나.

　정지용(1903～1950) 또한 시가 긴장된 아름다움을 갖추게 하는 수법을 세련된 감각으로 개척하면서 음악이 아닌 회화에 근접한 점이 김영랑과 달랐다. 관심이 다양하고 외향적인 성미여서 외래어 취향을 나타내고 서양시 번역 같은 것도 쓰다가, 창·바다·고향 같은 대상에 관심을 집중시켜 시상을 응결시켰다. 셋 다 형체가 모호해서 다루기 어려울 듯하지만, 색채 감각을 뚜렷하게 나타내는 심상을 만들어 보이는 데 적합했다.

1935년에 나온 〈정지용시집〉(鄭芝溶詩集)을 보면 시험이 정착되어 있다. 〈유리창 1〉에서 밤에 보는 유리창을 "차고 슬픈 것이 어른거린다"는 말로 나타내기 시작해, "고운 폐혈관(肺血管)이 찢어진 채로" 산새처럼 날아간 사람의 부재를 확인하는 데까지 이르는 전개가 면밀하게 계산된 감각의 소산이다. 이와는 다르게 툭 터진 공간인 바다에서 물결이 자유롭게 뛰노는 모습을 그릴 때는 비유와 묘사를 간결하게 하고 말을 아껴 인상이 선명하게 했다. 다음과 같이 펼쳐지는 〈바다 2〉는 그래서 얻은 표현 효과가 어디까지 나아갔는지 확인할 수 있게 한다.

바다는 뿔뿔이
달아나려고 했다.

푸른 도마뱀떼같이
재재발렸다.

꼬리가 이루
잡히지 않았다.

흰 발톱에 찢긴
산호(珊瑚)보다 붉고 슬픈 생채기!

그러다가 고향을 노래할 때는 어조가 무거워졌다. 고향을 그리워하고 찬양하는 시를 짓는 것을 의무로 여겼음인지 〈향수〉라는 상투적인 제목을 붙인 작품을 길게 펼치면서, "그곳이 참하 꿈엔들 잊힐리야"라는 말을 다섯 번이나 되풀이했다. 마을, 집, 어린 시절, 누이와 아내, 하늘로 시선을 옮기면서 고향의 그림을 완성하면서 "옛이야기 지줄대는 실개천이 회돌아 나가고", "빈 밭에 밤바람 소리 말을 달리고", "전설 바다에 춤추는 밤물결 같은 귀밑머리 날리는 어린 누의와" 같은 대목이 마음을 깊이 흔들게 하는데, 다시 살피면 그 비결이 과장된 비유를 쓴 데 있다.

1941년에 다시 낸 시집 〈백록담〉(白鹿潭)은 서두에 자리 잡고 있는 〈장수산〉(長壽山)과 〈백록담〉 두 편의 우람한 자태가 깊은 인상을 준다. 얄팍한 향수를 품고 안달하는 소시민의 습성에서 벗어나 깊은 산 후미진 곳을 찾아 싱그러운 냄새를 맡으며 마음을 크게 여는 옛적 선비의 자세를 되찾으려 했다고 할 수 있다. 시형을 다듬으려고 애쓰지 않아 여유가 있다.

그러나 시집 뒤쪽의 시편은 그렇지 않다. 누구나 익숙하게 알고 있는 서양말에 이상스러운 매력을 느끼는 설익은 태도를 분별없이 내보였다. 산뜻한 시를 쓰려고 줄 바꾸기를 무리하게 한 것들도 있다. 뒤와 앞을 비교해보면, 어설픈 양풍에서 우러러 보아야 할 거드름으로 극에서 극으로 전환했다고 할 수 있다. 변신이 정지용의 장기이다.

〈장수산〉은 형식적인 구속에서 벗어난 산문시형을 사용하면서 그윽하고, 여유 있는 느낌을 나타냈다. "벌목정정(伐木丁丁) 이랬거니 아름드리 큰 솔이 베어짐즉도 하이"라는 말로 전하는 깊은 골의 커다란 울림이 깊은 인상을 남기게 했다. 그것이 무슨 일에든지 태연할 수 있는 대인의 금도와 서로 호응되게 하는 숨은 의미를 간직했다.

한라산을 오른 기행시 〈백록담〉에서는 "바람이 차기가 함경도 끝과 맞서는 곳"이라는 말로 국토 전체의 크기와 높이를 생각하게 하고서, 거기다 붙여 민족의 처지를 노래하려고 하지는 않고 감각적 표현의 기교를 현란하게 전시했다. 그래서 아무 발언도 하지 않은 것은 아니다.

자연의 모습으로 전이되어 있는 무력감을 발견할 수 있다.

> 절정(絶頂)에 가까울수록 뻑국채 꽃 키가 점점 소모(消耗)된다.
> 귀신도 쓸쓸하여 살지 않는 한 모롱이, 도체비꽃이 낮에도 혼자
> 무서워 파랗게 질린다.

김영랑이 들려준 음악과 정지용이 그린 회화는 시어를 선택하고 연마하는 능력이 뛰어나 이룩한 놀라운 경지이면서 지나친 것이 문제이다. 감탄하고 칭송하면서 불만을 말하지 않을 수 없다. 각기 한 방향으로 나아가고 양쪽을 아우르려고 하지 않아 시가 단조로워졌다. 하나로 모아지는 감각을 숭상하고 다른 것들은 배제하는 순수주의 시학을 시인이 해야 할 크고 중대한 과업에서 벗어나야 하는 이유로 삼은 것이 더 큰 잘못이다.

박용철(1904~1938)은 〈시문학〉 편집을 하고 시론을 전개해 시문학파를 이끌고 옹호하는 임무를 맡았다. 창간호 후기에서 "한 민족의 언어가 발달의 어느 정도에 이르면 국어로서의 존재에 만족하지 아니하고 문학의 형태를 요구한다"고 했다. 시문학파의 시가 당연히 요구되는 문학의 형태를 제시한다고 한 말이다. 그런데 찾아낸 시 형태가 무엇이며 전통과 어떤 관계가 있는지 지적하지는 못하고 말을 대강 얼버무리고 말았다.

〈시적 변용에 대하여〉에서 본격적인 시론을 마련한다고 하면서, 마음에 간직한 사연을 오래 두고 다듬어 체험의 변용을 겪어야 참된 시가 이루어진다고 한 것은 창작의 당면한 문제와 밀착되지 않은 남의 소리에 지나지 않았다. 창작의 방법을 그처럼 엉성하게 거론해서는 시문학파의 기여를 입증할 수 없었다. 수입해서 가공하는 이론이 스스로 익힌 창작 능력보다 많이 모자란다는 것을 확인할 수 있게 했다.

자기 작품은 시적 변용을 얼마나 겪었는지 의심스럽다. 1939년에 나온 〈박용철전집〉을 보면, 거듭 생각해서 다듬지 않아 말을 헤프게 쓰면

서 쓸쓸한 분위기나 풍기고 마는 시가 흔하다. 창작 시편 서두에 널리 알려져 있는 〈떠나가는 배〉가 실려 있다. "나 두 야 간다/ 나의 젊은 나이를/ 눈물로야 보낼거냐/ 나 두 야 간다"고 하면서 떠나간다는 사연이다. 상식 수준의 언사를 별나게 띄어쓰기해서 적었다. 〈밤기차에 그대를 보내고〉에서는, 어울리지 않는 말을 길게 되풀이해 지루한 느낌이 들게 한다. 〈어디로〉에서 슬픔을 안고 방황하는 심정도 시적 응축을 얻지 못했다.

박용철의 시는 김영랑이나 정지용과는 달리 불행한 시대에 대해서 말하려고 한 것이 커다란 장점이다. 그러나 심각하게 고민하지 않고 안이하게 서성거리다 말아 모처럼 작심한 보람이 적었다. 서양풍의 교양과 취미에 들떠 대단한 문학을 한다고 자부하면서, 줄기차게 파고들어 절실하게 부딪혀보려고는 하지 않는 사람의 모습을 보여주었다. 그렇기 때문에 많이 건드리고 거둔 것은 빈약했다.

〈시문학〉의 동인은 위에서 든 세 사람만이 아니었다. 정인보(鄭寅普)와 이하윤(異河潤)도 있었는데, 기존의 명성을 가지고 지원하는 정도였고 시문학파의 진로 모색에 적극적인 기여를 하지는 않았다. 제2호에서는 김현구(金炫耈)를, 제3호에서는 허보(許保)와 신석정(辛夕汀)을 가담시켰다.

김현구와 허보의 작품은 대단할 것이 없었다. 제2호에 발표한 〈님이여 강물이 몹시도 퍼렇습니다〉에서 보듯이, 김현구는 슬프고 몽롱한 느낌을 지루하게 늘어놓았다. 허보는 제3호에서 〈검은 밤〉과 〈잎 떨어진 나무〉를 선보였는데, 관념적인 한자어를 들어 설명하는 작풍에서 벗어나지 못했다.

신석정(1907~1974)은 내면의식을 모호하게 처리하지 않고 명확하게 드러내는 자기 나름대로의 작풍을 마련했다. 한가롭고 깨끗한 전원 풍경을 배경으로 삼고, "어머니", "하늘", "먼 나라" 등 몇 가지 기본적인 상징어를 자주 사용하면서 마음에서 동경하는 바를 구체화했다. 말을 조금 바꾸고 색조를 고치면 현실에 대한 간접적인 발언의 의미가 암시되게 했다.

1939년에 낸 시집 〈촛불〉에서는 〈그 먼 나라를 아십니까〉와 같은 작품으로 단색조의 아름다움을 지닌 동경의 나라를 어린이같이 천진스러운 마음으로 찾았다. 그런데 그 해 10월에 〈조광〉에 발표하고, 1947년에 낸 다음 시집 〈슬픈 목가(牧歌)〉에 수록한 〈슬픈 구도(構圖)〉는 일제의 억압이 가중되는 시기의 절망을 이미 사용한 상징어들을 동원해 나타냈다.

나와
하늘과
하늘 아래 푸른 산뿐이로다.

꽃 한 송이 피어낼 지구도 없고,
새 한 마리 울어줄
지구도 없고
노루새끼 한 마리 뛰어다닐 지구도 없다.

나와
밤과
무수한 별뿐이로다.

밀리고 흐르는 게 밤뿐이요,
흘러도, 흘러도 검은 밤뿐이로다.
내 마음 둘 곳은 어느 밤하늘 별이더뇨?

이것이 시 전문이다. 몇 마디 되지 않는 말을 되풀이해서 쓴 것 같이 하고서 많은 것을 함축했다. 시문학파의 다른 시인들이 미세한 감각을 자랑한 것과 다른 방향으로 나아가 하늘과 땅을 다 살피는 거대한 시야를 확보하고 시대의 어둠을 말하면서 절망하지 않는 자세를 보여주었다.

김용직, 《한국현대시연구》(일지사, 1974) ; 《한국현대시사》 1·2(한국문연, 1996) ; 김학동, 《한국현대시인연구》(민음사, 1974) ; 양왕용, 《한국근대시연구》(삼영사, 1982) ; 최동호, 《현대시의 정신사》(열음사, 1985) ; 《한국현대시의 의식현상학적 연구》(고려대학교 민족문화연구소, 1989) ; 김명인, 《한국근대시의 구조 연구》(한샘출판, 1988) ; 최승호, 《한국현대시와 동양적 생명사상》(다운샘, 1995) ; 채만묵, 《1930년대 한국시문학 연구》(한국문화사, 2000) ; 이명찬, 《1930년대 한국시의 근대성》(소명출판, 2000) ; 조영식, 《해외문학파와 시문학파의 비교 연구》(경희대학교 박사논문, 2002) 등에서 전반적인 고찰을 했다. 허형만, 《영랑김윤식연구》(국학자료원, 1996) ; 김학동, 《정지용연구》(민음사, 1985) ; 양왕용, 《정지용시연구》(삼지원, 1988) ; 김명인, 《정지용연구》(새문사, 1988) ; 장도준, 《정지용시연구》(태학사, 1994) ; 민병기, 《정지용연구》(건국대학교출판부, 1996) ; 이숭원, 《정지용시의 심층적 탐구》(태학사, 1999) ; 김신정, 《정지용시의 현대성》(소명출판, 2000) ; 김종태, 《정지용시의 공간과 죽음》(월인, 2002) ; 김윤식, 《박용철·이헌구 연구》(법문사, 1973) 등에서 개별 시인을 집중해서 고찰했다.

11.13.2. 모더니즘 운동의 허실

김기림(金起林, 1908~?)은 시문학파의 박용철보다 서양시에 대해 더욱 해박한 지식을 가지고 최근의 동향에 대해 잘 안다고 자부했다. 서양에서 모더니즘이 시의 새로운 경향으로 나타나 주류의 위치를 차지했으니 우리도 따르고 배워야 한다고 했다. 1933년경부터 모더니즘 시를 옹호하는 주장을 거듭 펴다가 1939년 10월 〈인문평론〉 창간호에 낸 〈모더니즘의 역사적 위치〉에서 총괄론을 전개했다.

모더니즘의 시는 1920년대 전반기 낭만주의와 상징주의의 감정 과잉, 1920년대 후반기 신경향파의 내용 편중을 배격하면서 나타나, 1930년대 시의 주류를 이루게 되었다고 하고, "신선한 감각으로써 문명이 던지는 인상을 붙잡"아 시를 쇄신한 공적이 있다고 했다. 그런데 1930년대 중반에 이르러 "언어가 말초화"하고 문명이 어두워져서 지난날의 경향을 그대로 지속시킬 수 없는 위기에 이르렀다고 했다. 위기를 타개하려면 모더니즘과 사회시를 합쳐야 한다는 것을 결론으로 삼았다.

그런데 서양에는 모더니즘이라는 특정의 시 유파가 없었다. 감각적인 심상을 중요시하는 이미지즘을 위시해 그 비슷한 경향을 한꺼번에 지칭하는 모더니즘이라는 용어는 일본에서 정착시켰다. 모더니즘 시를 일으킨다는 구호를 내걸고 서양화된 감각으로 기교를 찾는 풍조가 일본에서 건너왔다. 일본에서 유행하니 받아들여야 한다고 말하지 않고, 모더니즘 출현의 필연성을 말하고 의의를 역설하는 김기림의 주장은 설득력을 갖추지 못했다.

1920년대의 시가 감정 과잉 또는 내용 편중의 결함이 있어 시정해야 한다고 한 것은 시문학파가 내세운 것과 같은 주장이다. 시어를 존중하고 표현을 가다듬는 데 모더니즘이 시문학파를 따르지 못했다. 현실 인식의 정당성은 문제 삼지 않으면서 감각을 키우려고 하니 언어가 말초화되었다. 모더니즘과 사회시를 결합시켜야 한다고 한 것은 적절한 지적이지만 실천이 따르지 않는 구호에 그쳤다.

그보다 앞서 1936년에 단행본으로 낸 장시 〈기상도〉(氣象圖)를 보면, 김기림이 주장한 모더니즘의 실상을 알 수 있다. 비행기를 탄 것보다도 더 높은 자리에서 여러 대륙을 한꺼번에 내려다보며 신기하게 펼쳐지는 광경을 묘사한다고, 신조어, 외래어, 시사용어, 고유명사 따위를 어지럽게 늘어놓았다. 교통과 통신의 발달로 지구가 좁아지고, 여러 곳의 정보가 한꺼번에 들어오는 것을 시각적인 심상으로 나타낸다면서, 앞뒤 연결을 어색하게 하고, 연과 행의 구분을 엉뚱하게 했다. 무엇을 말하는지 갈피를 잡기 어렵게 했다. 감각을 신선하게 한다는 시도가 지나쳐 무감각을 초래했다.

> 비늘
> 돋친
> 해협(海峽)은
> 뱀의 잔등
> 처럼 살아났고,
> 아롱진 아라비아의 의상을 두른 젊은 산맥들.

서두에 실린 〈세계의 아침〉 첫머리에서 해협과 산맥의 모습을 이렇게 묘사한 것은 그럴싸하게 보인다. 그러나 자세하게 살피면 "뱀의 잔등처럼 살아났고"라는 구절이 어색하고, "……처럼"에서 새 줄이 시작하는 것을 납득할 수 없다. "아롱진 아라비아의 의상"은 존재하지 않는 것이다. 말을 가려 쓰고 가다듬고 하는 데 관심을 가지지 않고 생각나는 대로 둘러댄 탓에 이 정도의 짜임새를 갖춘 대목도 흔하지 않다.

세계의 아침을 요란하면서 실속 없이 들먹이다가 그 다음 대목으로 넘어갔다. 〈시민행렬〉(市民行列)이라고 한 데서는 "넥타이를 한 흰 식인종은 니그로의 요리가 철면조보다도 좋답니다"라는 말로 백인의 아프리카 침략을 지적하는 서두를 꺼내놓고서, 세계정세를 산만하게 돌아보는 행진을 했다. 그 다음에는 태풍이 온다는 일기예보 형식으로 위기를 예고했는데, 어떤 위기인지 불분명하다. 대단한 길이와 내용을 갖춘 장시를 쓰려고 하다가 허점을 필요 이상 노출해 모더니즘을 이국 취향으로 이해한 것이 아닌가 하는 의문을 자아냈다.

김광균(金光均, 1914~1993)은 김기림처럼 나서지 않고 내실을 거두는 데 힘썼다. 모더니즘이 무엇인가 논하는 데는 관심을 가지지 않고 작품 창작을 앞세워 김기림에게서는 볼 수 없는 착실한 성과를 보여주었다. 어떤 사물이라도 배후에 관념을 두지 않고 가치중립의 관점에서 받아들여 감각적 표현을 위한 소재로 사용한 것이 김광균 시의 기본 특징이다. 낭만적인 영탄을 청산하고 도시와 문명의 감각으로 시를 만들어야 한다는 주장을 그런 방식으로 구현해 모더니즘이 이국 취향 이상의 것임을 알려주었다.

> 기차는 당나귀같이 슬픈 고동을 울리고,
> 낙엽에 덮인 정거장 지붕 위엔
> 까마귀 한 마리가 서글픈 얼굴을 하고
> 코발트 빛 하늘을 쪼고 있었다.

〈북청(北靑) 가까운 풍경〉 서두의 한 연을 들면 이렇다. 1939년에 낸 〈와사등〉(瓦斯燈)이라는 시집에 실려 있는 작품이다. 이 대목에서 시 전체, 시집 전체의 특징을 쉽사리 확인할 수 있다. 기차, 정거장, 그리고 하늘이 "코발트 빛"이라고 한 말은 서양에서 들어온 현대문명에 속한 것들이어서 모더니즘 시에 즐겨 등장시킬 만했다. 그런데 당나귀, 낙엽, 까마귀 따위를 거기다 가져다 붙여, 신구를 복합시켜 긴장과 묘미를 갖춘 그림을 그렸다.

기차와 당나귀는 슬피 운다는 공통점이 있어 둘 다 길 떠나는 사람의 마음을 서글프게 한다는 서두의 착상이, 정거장과 낙엽, 코발트 빛 하늘과 까마귀가 쉽사리 연결될 수 있게 했다. 이질적인 것들의 갑작스러운 연결로 충격을 주면서 신구의 감각이 다르지 않다는 너무나도 당연한 사실을 확인했다. 모더니즘과 재래의 서정시를 결합시켜, 모더니즘이라는 이유에서 평가를 얻고, 재래의 서정시를 계속 즐기는 독자들의 환심을 샀다.

〈산상정〉(山上町)에서 "노대(露臺)가 바라보이는 양관(洋館)의 지붕엔 가벼운 바람이 깃폭처럼 나부낀다"고 하고, 〈외인촌〉(外人村)에서 "퇴색한 성교당(聖敎堂)의 지붕 위에선 분수처럼 흩어지는 푸른 종소리"라고 한 대목을 보자. 기발한 비유를 사용해 현대회화의 한 장면처럼 묘사한 솜씨가 뛰어나다. 선택해 다룬 서양 전래의 풍물이 색채와 움직임을 제공해 감각을 즐겁게 하면서 친근감을 가지도록 배치되어 있다.

신구 감각이 복합된 균형을 깨고 작품 한 편이 거의 과거로 치우친 예도 있다. 잊혀져 있던 향수를 되살린다는 말이 분명하지 않은 채 시 공에서 헤매기만 했다. 〈해바라기의 감상〉 전문을 들어본다.

해바라기의 하얀 꽃잎 속엔
퇴색한 작은 마을이 있고,
마을 길가의 낡은 집에선 늙은 어머니는 물레를 돌리고.

보랏빛 들길 위에 황혼이 굴러 내리면
시냇가에 늘어선 갈대밭은
머리를 흩뜨리고 느껴 울었다.

아버지의 무덤 위에 등불을 켜려
나는
밤마다 눈 먼 누나의 손목을 이끌고
달빛이 파란 산길을 넘고.

해바라기는 서양에서 온 꽃이니 모더니즘 시에 즐겨 등장시킬 만했 다. 작품 전편에서 색채 감각을 살려 장면 묘사를 하려고 애쓴 것도 다 른 작품과 다름이 없다. 그런데 여기서는 해바라기를 보면서 작은 마을 을 연상하고 잊혀진 고향을 생각해냈다. 마을·집·산천의 모습을 서 술하면서 향수 타령을 하는 안이한 태도를 버리고, 마음의 방황을 예사 롭지 않은 방법으로 나타냈다. 밝은 빛깔을 존중하는 시인은 아버지 무 덤에 등불을 켜야 절망에서 헤어날 수 있는데, 밤마다 눈먼 누나의 손 목을 이끌고 가야 하는 갑갑한 형편이었다.

그리고 보면, 고향을 생각해서는 절망뿐이라는 패배의식에 사로잡혀

서양 전래의 풍물로 관심을 돌리고, 감추어진 고뇌를 망각하기 위해 색채 감각 배합을 기발하게 하는 장난에 몰두했다고 할 수 있다. 모더니즘의 시를 쓴다는 것은 표면적인 구실에 지나지 않았다. 나약하고 서글픈 목소리에서 그런 상처를 감지할 수 있게 하기에, 김광균의 시는 불만스러우면서도 애착을 느끼게 한다.

김기림의 허세와 김광균의 나약함은 독자와의 관계를 적절하게 가지려고 선택한 태도라고 할 수 있다. 그런데 이상(李箱, 1910~1937)은 그렇게 하지 않고, 독자와의 대화 단절을 선언하는 시를 썼다. 새롭고 기발한 표현을 개척하는 데 그치지 않고, 무엇인지 알 수 없는 시를 보고 독자가 당황하도록 하는 더 큰 충격을 만들어냈다. 자기 시를 모더니즘이니 무엇이니 하고 해설하지 않았다. 시론을 전혀 쓰지 않아 이해의 통로를 차단했다.

〈오감도〉(烏瞰圖) 연작을 1934년 7월 24일자에서 8월 8일자까지 〈조선중앙일보〉에 연재하자 예상한 대로 이해할 수 없다는 반응과 함께 갖가지 추측이 생겨났다. 오늘날 그 작품을 연구한다는 사람들까지 그때의 분위기를 지속시키고 있어 당초의 계산이 적중했다고 할 수 있다. 독자를 당황하게 하는 작전을 짜서 작품을 만들어, 무엇을 말하는지 알려고 하면 함정에 빠지도록 했다. 지금 여기서 논의할 때 띄어쓰기를 하고 현대역을 하는 것은 적합하지 않다. 원문 그대로 인용해야 작전의 내막을 엿볼 수 있다.

"十三人의兒孩가道路로疾走하오.길은막다른골목이適當하오."〈오감도〉의 첫 작품 〈시 제1호〉는 이렇게 시작된다. "여남은"이 아니고 13인으로 숫자가 확정되어 있는 아이들이, 예사 길이 아닌 도로를, 그냥 걷지 않고 질주한다고 하고, 도로를 막다른 골목이라고 고쳐 이른 말이 모두 시적 표현에 대한 기대를 뒤집어엎는다. 예사 시처럼 이해하려고 하다가 섬뜩한 충격을 받아 두려움이 생기고, 무언지 몰라 불안해하도록 한다. 이렇게 말할 수 있는 것이 나타낸 의미이다.

〈시 제15호〉까지 이어지는 〈오감도〉의 다른 작품에도 띄어쓰기가 없는 산문, 동어 반복, 자연과학 논문에서와 같은 숫자와 도형 등 시어의 관습에서 벗어난 것들을 다양하게 등장시켰다. 그래서 심각하게 보이는 장난인지, 장난인 듯한 어투로 깊은 고뇌를 토로하는지 분별할 수 없게 했다. 자기 내면의식의 파탄을 오만한 자세로 내보이며 이해나 동정을 거부하는 장벽을 쳤다고 하는 것이 실상에 가장 가까운 해석이다.

　　나는거울없는室內에있다.거울속의나는역시外出中이다.나는至今
　　거울속의나를무서워하며떨고있다.거울속의나는어디가서나를어떻
　　게하려는陰謀를하는中일까.

　　거울속의나는참나와는反對요만은,
　　또꽤닮았소.
　　나는거울속의나를근심하고診察할수없으니퍽섭섭하오.

　앞의 것은 〈오감도〉 마지막의 〈시 제15호〉의 첫대목이다. 뒤의 것은 〈거울〉이라고 한 다른 시의 끝 연이다. 〈가톨릭청년〉 1933년 10월호에 발표했던 것이다. 두 작품에서 모두 거울은 자의식의 분열을 나타낸다. 거울 밖의 자기가 거울 속의 자기를 확인하면서 염려한다고 하면서 자의식을 진단했다. 기본 구상이 같고 말하고자 하는 것은 달랐다.

　〈시 제15호〉는 인용 대목에서 거울 속의 자기를 찾지 못해 무서워한다고 하고, "나는드디어거울속의나에게自殺을勸誘하기로決心하였다"는 데까지 이른 그 뒷부분에서는 사태가 더욱 악화되었다. 〈거울〉에서는 거울에 비친 자기의 모습을 보고 느낀 대로 그려 이해하기 쉬운 시를 쓰는 것처럼 보이게 하고서 "握手를모르는왼손잡이"이며 닮았지만 반대인 상대방을 근심하고 진찰할 수 없는 분열상을 심각하게 제시했다. 그런 고민에 사로잡혀 있으면서 다른 작품에서는 독자의 접근을 차단하는 위장술을 써서 그 내막을 엿볼 수 없게 했다.

　김기림은 〈모더니즘의 역사적 위치〉에서 정지용 · 신석정 · 김광균 ·

장만영(張萬榮)·박재륜(朴載崙)·조영출(趙靈出)이 모두 모더니즘의
시인이라고 했다. 이상은 최후의 모더니스트라고 했다. 모더니즘의 세
력이 크다는 것을 말하려고 많은 사람을 들었다. 그런데 정지용은 도시
문명의 감각에 이끌린 일면이 있지만, 전원 취향으로 일관한 신석정은
거기 해당되지 않는다. 박재륜과 조영출은 작품활동이 활발하지 않아
평가하기 어렵다.

장만영(1914~1976)은 작품활동을 많이 하고 1937년에는 〈양〉(洋),
1939년에 〈축제〉(祝祭)라는 시집을 냈다. 대표작으로 알려진 〈달·포
도·잎사귀〉에서 "東海 바다 물처럼 푸른 가을밤"이라고 한 것과 같은
구절이 색채 감각을 선명하게 했다고 평가되었다. 넓은 의미의 모더니
즘에 속한다고 할 수 있지만, 장만영까지 포함시키면 모더니즘의 특징
이 더욱 모호해진다.

문덕수, 《한국모더니즘시연구》(시문학사, 1981) ; 원명수, 《모더니
즘시 연구》(계명대학교출판부, 1987) ; 서준섭, 《한국모더니즘문학연
구》(일지사, 1988) ; 김유중, 《한국 모더니즘문학의 세계관과 역사의
식》(태학사, 1996) ; 이승훈, 《한국모더니즘시사》(문예출판사, 2000)
등의 총론 ; 김학동, 《김기림연구》(새문사, 1988) ; 정순진, 《김기림
문학연구》(국학자료원, 1991) ; 조달곤, 《위장된 예술주의 : 김기림문
학연구》(경성대학교출판부, 1998) ; 윤여탁, 《김기림의 문학비평》(푸
른사상, 2002) ; 김태진, 《김광균시연구》(보고사, 1996) ; 김학동 외,
《김광균연구》(국학자료원, 2002) ; 김윤식, 《이상연구》(문학사상사,
1987) ; 《이상문학 텍스트 연구》(서울대학교출판부, 1998) ; 이영지,
《이상시연구》(양문각, 1989) ; 유광우, 《이상문학연구》(충남대학교출
판부, 1993) ; 이보영, 《이상의 세계》(금문서적, 1998) ; 김승희, 《이
상 시 연구》(보고사, 1998) ; 三枝壽勝, 〈이상의 모더니즘〉, 《사에구사
교수의 한국문학 연구》(베틀북, 2000) ; 이화경, 〈이상문학에 나타난
주체와 욕망 연구〉(전북대학교 박사논문, 2000) ; 조해옥, 《이상 시의

근대성》(소명출판, 2001) ; 안미영, 《이상과 그의 시대》(소명출판, 2003) 등의 각론이 있다.

11.13.3. 생명파의 등장

현실 문제에서 벗어나 내면의식을 지향하는 1930년대 시의 또 하나의 노선은 생명파라고 일컬어진다. 1936년 11월에 〈시인부락〉(詩人部落)이라는 동인지가 창간되어 다음달의 제2호까지 나온 것을 계기로해서, 그 잡지의 동인들 가운데 함형수(咸亨洙), 오장환(吳章煥), 서정주(徐廷柱) 등이 유치환(柳致環)과 함께 한 유파를 형성하는 방향으로나아갔다. 비슷한 경향을 보인 시인들은 더 많아 생명파의 범위를 넓게잡을 수도 있다.

시인의 수에서나 활동 양상에서나 생명파는 시문학파나 모더니즘보다 두드러진 위치를 차지했다. 그 이유는 다른 두 유파에 비해서 실행하기 쉬운 주장을 갖추어 시를 썼기 때문이라고 할 수 있다. 기교 위주의 순수시에 집착한 시문학파에 반대하고 시에서 내용이 소중하다는것을 재확인했다. 모더니즘의 서양적 취향과 작위적인 기교도 아울러배격하고, 현대문명에 훼손당하지 않은 내면의식의 자연스러운 표출을꾀했다.

민족의 수난에 대한 역사적인 통찰력으로 일제에 맞서려던 것은 아니지만, 벅찬 감격을 느끼게 한 것이 좌절을 거부하는 자세일 수 있었다. 그렇게 하는 데 인간 존재의 탐구, 생명의 원시적 충동 확인, 강인하고 줄기찬 자세 단련 등의 의미를 덧보탰다. 그 어느 쪽이든 격앙된절규로 시를 고조시키는 직감을 존중하고 표현을 다듬지 않는 폐단이있는 것은 사실이다. 말하고자 하는 바가 사상적 가치를 지니지 않으면자기 발산을 서투르게 해서 공연한 혼란을 일으켰다고 할 수 있다.

〈시인부락〉 창간호의 서두에 함형수(1916~1945)의 〈해바라기의 비명(碑銘)〉이 있어 권두언과 같은 구실을 했다. 무덤에다 비석을 세우는 대신 "노오란 해바라기"를 심어달라고 하고, 죽어서도 사랑과 꿈을 버릴 수 없다고 했다. "푸른 보리밭 사이로 하늘을 쏘는 노고지리가 있거든 아직도 날아오르는 나의 꿈이라고 생각하라"는 마지막 줄에 이르러서 죽음을 부정하는 의지가 강하게 나타나 있다.

억압에 허덕이는 어두운 시대에 그렇게까지 희망을 가지는 것은 값진 일이라고 할 수 있다. 그러나 희망을 실현하는 방법이 문제이다. 현실과 밀착되지 않은 들뜬 희망은 그 반대인 무조건의 절망으로 쉽사리 바뀔 수 있었다. 희망과 절망이 교체되는 것을 다른 여러 시인의 시에서 볼 수 있었다.

창간호에 함께 실려 있는 오장환(1916~?)의 〈성벽〉(城壁)은 오래되고 퇴락한 그 모습이 지저분하다면서 지난 역사에 대한 혐오를 나타냈다. 제2호의 〈해항도〉(海港圖) 이하 네 편에서는 우중충한 거리의 음산한 풍경을 절망 어린 눈으로 그렸다. 1937년에 낸 〈성벽〉이라는 시집에 고독과 슬픔을 길고 음산하게 노래한 작품이 여러 편이다.

여수(旅愁)에 잠겼을 때 나에게는 조그만 희망도 숨어버린다.
요령처럼 흔들리는 슬픈 마음이여!

〈여수〉 서두에서 이렇게 말할 때에는 절망이 아직 가벼운데, 권말의 장시 〈해수〉(海獸)에서 "사람은 저 빼놓고 모조리 짐승이었다"는 부제를 붙여놓고 펼쳐 보인 사연은 삶의 의지를 무색하게 하는 허무주의에 쩌들어 있다. 1939년에 〈헌사〉(獻詞)라는 시집을 다시 내서 작품의 폭을 넓혀보려고 했지만, 자학하는 말이 헤프고 현실에 대한 진단이 조잡했다. 〈황무지〉(荒蕪地)를 희망의 노래로 삼아, 폐광에서 풀이 돋는다고 한 말이 설득력을 가지지 못했다.

서정주(1915~2000)는 〈시인부락〉 편집을 담당하고, 창간호에 〈문둥이〉 외 두 편, 제2호에 〈화사〉(花蛇) 외 두 편을 거푸 발표해 충격적인 작품 세계를 보여주었다. 문둥이가 되고 옥에 갇히고 하는 등으로 표현된 운명적인 절망을 딛고서, 강렬한 육욕의 향기에 취하기를 희구하고 징그러운 느낌에 몸이 들떠 환상의 언어를 뱉어냈다.

1941년에 낸 시집 〈화사집〉(花蛇集) 서두의 〈자화상〉에서 대뜸 "애비는 종이었다"고 하고, "스물 세 해 동안 나를 키운 건 팔할(八割)이 바람이다"라고 했다. 아무 혜택도 받지 못한 비참한 처지를 타고나 안주할 곳이 없이 방황하면서 마음속으로 끓어오르는 충동이 있어 시를 짓는다고 한 것이다. 어느 말이든지 사실을 그대로 전한 것은 아니다. 정신이 나갔다고 할까, 신이 들렸다고 할까, 상식과 논리를 벗어난 말을 무당이 공수를 주듯이 늘어놓았다. 앞뒤 연결이 불분명하고, 무엇이 빠져 있는지 찾아내기도 어렵다. 독자도 시인과 같은 충동에 사로잡혀 별난 감각, 기발한 상상으로 비약을 해야 던져주는 작품을 따라가면서 읽을 수 있다.

시집의 표제로 삼은 〈화사〉에서 뱀을 보고, "얼마나 커다란 슬픔으로 태어났기에, 저리도 징그러운 몸뚱아리냐"고 한 데서는 저주받는 뱀과 자기를 동일시했다. 〈부엉이〉에서는 "핏빛 저승의 무거운 물결"에 죽지를 적시고 우는 부엉이가 또한 시인의 모습이다. 무겁고 칙칙하고 을씨년스러운 기억을 되살려서 아름다운 환상으로 바꾸어놓으려는 것이 시인이 구제받을 수 있는 길이고 시를 쓰는 이유였다. 그 좋은 본보기를 마련한 권말의 산문시 〈부활〉의 한 대목을 든다.

그날 꽃상여 산 넘어서 간 다음 내 눈동자 속에는 빈 하늘만 남더니, 매만져볼 머리카락 하나, 머리카락 하나 없더니, 비만 자꾸 오고 촛불 밖에 부엉이 우는 돌문을 열고 가면 강물은 또 몇 천린지. 한 번 가선 소식 없던 그 어려운 주소에서 너 무슨 무지개로 내려왔느냐? 종로 네거리에 뿌우여니 흩어져서 뭐라고 조잘대며 햇볕에 오는 애들, 그 중에도 열아홉살쯤, 스무살쯤 되는 애들. 그들의 눈망울 속에, 핏대에, 가슴 속에 들어 앉아 유나(臾娜)! 유나! 유나! 너 인제 모두 다 내 앞에 오는구나.

서정주의 시는 이처럼 신들린 상상력으로 저승과 이승, 죽음과 삶을 넘나드는 경지에까지 이르렀다. 일상생활에 묻혀 무감각해진 말에 생기를 불어넣는 사명을 앞뒤 시기의 다른 어떤 시인보다 훌륭하게 수행했다. 그러나 현실 인식의 결여가 무가에서 치명적인 결함이었듯이, 서정주가 보여준 환상과 비약 또한 모멸을 견디어내고 죽음을 이기며 살아가는 진지한 자세를 묻는 데 적극적 의미를 가지지 못했다.

유치환(1908～1967)이 허무를 초극하려고 분투한 자취는 서정주의 경우와 좋은 대조를 이루었다. 1939년의 〈청마시초〉(青馬詩鈔)에서 한 차례 정리해 보여준 바와 같이, 유치환의 시는 다른 누구와 타협할 수 없는 고집으로 가득 차 있다. 말을 다듬지 않고 오히려 둔탁하게 써서 시인의 재질이 있는지 의심나게 한 것은 잔재주를 자랑하는 태도에 대한 경멸의 표시라고 할 수 있다. 욕된 삶을 단호하게 거부하는 발언을 거칠게 했다.

> 내 오늘 병든 짐승처럼
> 추운 십이월 벌판으로 홀로 나온 뜻은
> 스스로 비노(悲怒)하여 갈 곳 없고,
> 나의 심사를 뉘게도 말하지 않으려 함이로다. ……
>
> 증오하여 해도 나오지 않고,
> 날씨마저 질타(叱咤)하듯 춥고 흐리건만,
> 그 거리에는 다시 돌아가지 않으려노니
> 나는 모자를 눌러 쓰고 까마귀 모양
> 이대로 황막한 벌 끝에 남루히 얼어붙으려 하노라.

시집 맨 뒤에 실은 〈까마귀의 노래〉 제1연과 마지막의 제4연이다. 차갑고 황량한 광야를 찾아 어떤 시련이라도 견디겠다고 한 비장한 각오가 어떤 의의를 가졌는지 밝혀 말하지는 않았다. 그러나 어떤 어려움이

있어도 허위에 굴복하지 않고 진실을 찾겠다고 하는 굳은 의지를 나타
낸다는 것을 느낌으로 알 수 있다. 일제에 대한 항거를 따로 말하지 않
았으나 그렇게 하는 데 당연히 포함된다.

〈고양이〉에서 "아첨하는 목소리"로 "민첩한 작은 동작"을 하면서 "산
맥의 냄새"를 잊은 것을 증오한다고 한 데도 같은 뜻이 있다. 왜소하게
국척하고 있으면서 잔재주로 살아가는 순응된 자세를 거부하고 잊혀진
투지를 되찾자는 것이 생명을 추구하는 일관된 의도이고 주제이다. 구
체적인 투쟁 방향을 제시하지는 않았으며, 그럴 수 있을 만큼 모색을
한 것은 아니다. 혼자서 고독하게 번민하고 허무주의에서 헤어나지 못
했기에 진실 회복을 열망하는 목소리가 더욱 강렬하고 처참했다.

"이것은 소리 없는 아우성/ 저 푸른 해원(海原)을 향하여 흔드는 영
원한 노스탈쟈의 손수건"이라는 말로 시작되는 〈깃발〉은 이상 실현의
열망을 절실한 비유로 나타내면서, 이상과 현실 사이에는 영원히 메우
지 못할 거리가 있다고 했다. 자기 심정이 "공중의 깃발처럼 울고만 있
나니"라고 표백한 〈그리움〉에서도 같은 말을 했다.

매달려 나부끼기만 하는 깃발의 심상을 버리고, 멀리 떠나가서 광막
한 자연과 맞서 원초적인 생명을 찾는다고 한 일련의 작품에서는 더욱
적극적인 자세가 보이지만, 그렇게 해서도 해결책이 생기지는 않았다.
까마귀 날아다니는 광야에서 더 나아가 북만주를 찾고, 아프리카나 아
라비아로 가상의 여행을 하면서 옛 시인 임제(林悌)가 좋은 선례를 남
긴 변새시(邊塞詩)를 더욱 확대해서 잇고, 자랑스러운 기개를 헤어나
기 어려운 절망으로 바꾸어놓았다. 절망에서 벗어나려면 살던 곳에서
떠나지 않을 수 없게 한 이유를 직시하고, 숨겨져 있는 원수를 찾아 증
오로 맞서는 결단을 내려야만 했다.

　　나의 원수와
　　원수에게 아첨하는 자에겐,
　　가장 옳은 증오를 예비하였나니.

〈일월〉(日月)의 한 대목에서 이렇게 다짐했다. "먼 미개 적 유풍을 그
대로/ 성신(星辰)과 더불어 잠자고", "거룩한 일월"을 우러르는 곳으로
가서 원수에 대한 증오를 터뜨리겠다고 했다. 원수가 누구인지 구체적
으로 지적하지는 않았다. 일제가 원수라고 명시할 수는 없는 상황이고,
그렇게 말하면 원수와의 긴장된 관계가 흐려지고 만다. 원수는 삶을 욕
되게 하고, 비루하게 하고, 진실을 외면하게 하는 데 그치지 않고 비수
를 바로 겨누면서 정체를 드러내, 적당하게 타협하려는 헛된 희망을 버
리도록 하기에 오히려 고맙다고 했다. 그런 생각을 섬뜩하게 나타낸
〈원수〉(怨讐)의 전문을 든다.

> 내 애련(愛憐)에 피(疲)로운 날
> 차라리 원수를 생각노라.
> 어디메 나의 원수여 있느뇨?
> 내 오늘 그를 맞나 입 맞추려 하노니.
> 오직 그의 비수(匕首)를 품은 악의(惡意) 앞에서만
> 나는 항상 옳고 강하였거늘.

생명파가 시를 쇄신한 데 어느 정도 기여했는가 한꺼번에 말할 수는
없다. 생명의 충동을 나타낸다는 것 자체는 내용 없는 시의 결함을 메
워주는 데 소극적으로 기여했을 따름이다. 생명파가 시문학파나 모더
니즘의 잘못을 정당하게 극복하려면, 허황된 수작을 하면서 들뜨지 말
고 수난의 시대가 요구하는 깊은 고민을 받아들여, 오욕에서 희망을 찾
는 노력이 진실한 공감을 얻도록 해야 했다. 그렇지만 공감이 사색의
깊이와 선언의 강도로 보장된다고 할 수 없고 시를 즐겨 외게 하는 형
식의 친화력이 또한 긴요한데, 그 점에서는 유치환조차도 적절한 해결
책을 마련하지 못했다.

김윤식, 《한국현대시론비판》(일지사, 1975) ; 오세영, 《20세기한국

시연구》(새문사, 1989) ; 김선학, 《비평정신과 삶의 인식》(문학세계사, 1989) ; 방인태, 《우리시문학연구》(집문당, 1991) ; 장영수, 〈오장환과 이용악의 비교연구〉(고려대학교 박사논문, 1987) ; 김학동, 《오장환연구》(시문학사, 1990) ; 동국문학인회 편, 《서정주연구》(동화출판공사, 1975) ; 김화영, 《미당 서정주의 시에 대하여》(민음사, 1984) ; 오세영, 《유치환》(건국대학교출판부, 2000) 등의 연구가 있다.

11.13.4. 유파 밖의 여러 시인

시문학파 · 모더니즘 · 생명파 가운데 그 어느 쪽에도 속하지 않으면서 두드러진 활동을 한 시인들도 있었다. 내면의식을 함께 소중하게 여기면서 표현 방법을 각기 연마한 성과를 보여주어 서정시의 영역을 넓히고 심화했다. 분류해서 다루기는 어려우므로 출생 연대순으로 고찰하기로 하자.

김동명(金東鳴, 1900~1968)은 1920년대부터 시인으로 활동했다. 처음에는 암울하고 허무한 느낌을 나타내는 데 치중하면서 직설법을 피하고 형상화를 하느라고 애썼다. 〈신여성〉 1926년 1월호에 발표한 〈소곡칠편〉(小曲七篇)의 하나인 〈탁목조〉(啄木鳥)에서는, 나무를 쪼던 탁목조는 날아갔는데 "내 가슴을 탁목조는 언제나 가려나, 날아가려나"라고 해서 상징적 표현의 길을 열었다.

1938년의 첫 시집 〈나의 거문고〉, 1938년의 둘째 시집 〈파초〉(芭蕉)에서 작품 세계가 밝아지고 표현이 가벼워졌다. 자기 마음이 호수요, 촛불이요, 나그네요, 낙엽이라고 한 〈내 마음은〉에는 고독과 그리움이 아름답고 맑게 나타나 있다. 정다운 이를 만나 노래로 밤을 새자는 〈손님〉은 전원생활의 흥취를 푸근하게 전한다. 〈파초〉 또한 널리 알려진 작품이다. 파초의 모습을 인상 깊게 묘사하고, "남국을 향한 불타는 향수"를 말해 잃어버린 조국에 대한 그리움으로 이해할 수 있게 했다.

그 뒤에 〈하늘〉이라는 연작시를 〈문장〉 1939년 6월호에서 8월호까지 세 차례 발표할 때는 더 많은 것을 생각했다. 하늘을 쳐다보면 못 가에 서고 바다를 향한 것 같다고 하면서 무한하고 영원한 것과 가까운 관계를 확인하고, 그 속에 들어가 천진하게 놀겠다고 했다. 〈하늘 3〉에서는 이렇게 노래했다.

이제 무엇이 내 마음을 움직이게 할 자(者)더냐?
오뇌냐 분노냐 비통이냐 곤액(困厄)이냐 명예냐 또한 가난이냐?

내 마음은 이미 작은 새가 되어 저 푸른 하늘에 놀거니,
사랑도 행복도 민족도 또한 죽음도 내게는 이제 한낱 이국(異國) 방언(方言).

하늘은 모든 번민에서 벗어나게 한다고 했다. 책임의식을 버리기를 염원한 것은 아니다. 이해관계가 얽혀 빚어내는 갖가지 다툼을 넘어서는 가치관을 말했다는 해석도 적합하지 않다. 저 높은 곳을 우러르며 무어라고 규정되지 않은 최고의 것을 갈구하는 삶의 자세를 보여주었다.

오일도(吳一島, 1901~1946)는 시대를 근심하고 민족의 수난을 말하는 한시를 이룩한 다음 신시에 들어섰다. 1935년 2월에 사재로 낸 시 잡지 〈시원〉(詩苑) 창간호에 〈노변(爐邊)의 애가(哀歌)〉를 발표해 작품활동을 시작했다. "밤새껏 저 바람 하늘에 높으니/ 뒷산에 우수수 감나무잎 하나도 안 남았겠다"라는 탄식을 앞세우고, 낙엽 지는 계절의 상념을 길게 펼쳐 보이면서, 흰눈이 날리고 한 해가 저물 것까지 생각하자고 했다.

계절 감각이 잘 나타나는 풍경을 그리는 작업을 다음 작품에서도 했다. 그 해 4월 〈시원〉 제3호에 실은 작품이 〈눈이여! 어서 나려다오〉이다. 제목으로 쓴 말을 되풀이하면서 감격 어린 기억을 되살리다가 다음 장면에 이르러 섬뜩한 느낌이 들게 했다.

사해(死骸)의 한지(寒枝) 위에
까마귀 운다.
금수(錦繡)의 옷과 청춘의 육체를 다 빼앗기고,
한위(寒威)에 쭈그리는 검은 얼굴들.

무성하던 잎을 다 잃은 나뭇가지가 앙상한 모습으로 겨울의 추위를 견디는 모습을 을씨년스럽게 그린 그림이다. 한시를 쓸 때 익힌 고풍의 언사를 검은 색을 강하게 칠하는 데 썼다. 시각으로 파악한 느낌이 다른 상념과 연결되어 청춘의 생기를 잃은 노년의 시련을 절감하게 했다. 나라를 잃은 민족의 처지도 다르지 않다는 것을, "금수"라는 말로 "금수강산"을 나타내 깨닫게 했다.

김상용(金尙鎔, 1902~1951)은 이화여자전문학교 영문학 교수가 되어 여유 있는 삶을 누리면서 시를 썼다. 1939년에 낸 시집 〈망향〉(望鄕) 서두의 〈남으로 창을 내겠소〉에서는 전원에서 사는 것을 자랑으로 삼고, "왜 사냐건/ 웃지요"라는 말로 마무리를 삼았다. 〈마음의 조각〉이라고 한 연작 여덟 수에서는 자기 주위를 자세히 살피면서 얻은 미세한 느낌을 나타냈다. "고독을 밤새도록 잔질하고 난 밤/ 새 아침이 눈물 속에 밝았다"는 것이 시 한 편의 전문이다. 〈향수〉에서는 인적 끊긴 산속에서 돌을 베고 하늘을 보며 있지도 않은 고향을 그리워한다고 했다.

조벽암(趙碧巖, 1908~1985)은 대학에서 법학을 전공하고, 시와 함께 소설도 썼다. 1938년에 낸 시집 〈향수〉도 흔한 말로 제목을 삼고, 허허롭고 서글픈 느낌을 되씹으며 위안을 얻으면서 절망을 해도 깊이 빠지지는 않는 자세를 나타냈다. 그러면서 예상하지 않은 방식으로 말을 가다듬어 감각이 신선한 표현을 하려고 했다.

"이끼 앉은 성(城) 돌엔 역사의 꿈 깊고"라는 말로 시작된 〈황성(荒城)의 가을〉은 비슷한 제목의 유행가와 그리 다르지 않은 뜻을 나타내다가, "허수아비 홀로 옛 위풍(威風)을 흉내 내누나"에 이르러 통념을 깼다. 〈청춘〉에서는 "포도청 뒷문처럼 적료(寂廖)한/ 마음 한 송이",

〈절망의 노래〉에서는 "우거진 여뀌풀 같은 번민"이라 해서 신구의 문구를 연결시켰다. 시상을 이끌어나가는 방식에서도 아주 친근한 대목에 이어 뜻하지 않게 비약하는 것을 즐겼으며, 여러 형식을 시험했다.

김광섭(金珖燮, 1906~1977)은 영문학을 공부하고 해외문학파로 활동한 사람이다. 다른 시인들처럼 고독·우수·비애·울분을 노래하면서 감정 과잉의 영탄에 휩쓸리지 않고 말을 아끼며 형식을 다듬으려고 했다. 1938년에 낸 시집 〈동경〉(憧憬)의 발문에서, 추상화된 세계를 가지지 못한 시인의 생명은 의심스럽다고 하고, 추상화된 세계는 현실에 대한 반역이라고 했다. 그런 시론을 구체적으로 형상화한 작품이 시집의 표제로 삼은 〈동경〉이다.

> 온갖 사화(詞華)들이
> 무언(無言)한 고아가 되어,
> 꿈이 되고, 슬픔이 되다.
>
> 무엇이 나를 불러서
> 바람에 따라 가는 길,
> 별조차 떨어진 밤.
>
> 무거운 꿈같은 어둠 속에
> 하나의 뚜렷한 형상(形象)이
> 나의 만상(萬象)에 깃들이다.

온갖 화려한 문구가 시를 짓는 데서는 무력하다고 하고, 직감을 밀어내고 깊이 있는 무엇을 추구하는 추상화의 작업이 소중하다고 했다. 그런데 이런 방법을 자각하고 만들어낸 형상이 그리 뚜렷하지 않고, 만상에 깃든 의미가 무엇인지 알기 어렵다. 추상화한 세계가 현실에 대한 반역이라는 지론을 납득할 수 있게 전개할 만한 철학을 마련하지 못했다.

이론에서 갖추지 못한 해답은 작품에서 갖추어야 하는데, 그렇지 못했다. 〈송별〉(送別) 등의 짧은 시는 단조로운 정서에 머무르고, 〈황혼〉 같은 것은 길게 늘어지면서 초점이 흐려졌다. 권말에 실은 〈우수〉(憂愁) 이하 몇 편 연작 장시는 사변적인 내용을 담으려다가 말이 경색되었다. 새로 수입된 한자어를 믿고 시를 추상화할 때 생기는 폐해를 여러모로 보여주었다.

임학수(林學洙, 1911~1966)는 왕성한 의욕으로 많은 시집을 내면서, 한 곳에 머무르지 않고 이것저것 시험한 자취를 보여주었다. 1937년의 〈석류〉(石榴)에는 향토의 정서를 소박하게 나타내는 작품을 여럿 실었는데, 상식적인 설명을 배제하지 못했다. 〈견우〉(牽牛)라는 서사시를 보면, 적실하지 못한 구상을 장황하게 펼치기나 했다.

1938년에는 〈팔도풍물시집〉(八道風物詩集)을 내고 풍물을 가볍게 묘사한 작품으로 방향을 돌렸다. 1939년에 다시 낸 시집 〈후조〉(候鳥)에다 경향이 잡다한 작품을 수록한 데서도 풍물 묘사의 장기를 보였다. 자동차가 겨우 통하는 산촌에 눈이 쌓인 광경을 인상 깊게 그린 〈재〉가 있다. 그런데 그 해 〈전선시집〉(戰線詩集)이라는 것도 함께 내고 일제의 침략전쟁을 찬양했다.

1939년 2월에 창간되어 1941년 4월까지 발간된 〈문장〉 잡지는 두 가지 점에서 특별한 기여를 했다. 문학 창작에서 문장을 다듬어 쓰는 것이 중요하다고 여러 가지 방식으로 강조했다. 추천 작품을 모집해 신인을 다수 배출한 가운데 김종한(金鍾漢)·이한직(李漢稷)·박남수(朴南秀)·조지훈(趙芝薰)·박목월(朴木月)·박두진(朴斗鎭) 등이 지속적인 활동을 했다.

이들 시인은 언어 구사가 정확한 표현으로 자연 친근의 작품 세계를 이룩한 대체적인 공통점이 있었다. 심사를 맡은 정지용의 영향을 두루 받고 각자 자기대로의 방향을 택했다. 위기를 맞이한 민족의 처지에 대한 관심은 나타내지 못하는 대신 말살의 위협을 받고 있는 모국어를 깊은 애착을 가지고 가다듬는 것을 위안으로 삼았다

김종한(1916~1945)은 민요풍의 언사를 반복해 향토의 정서를 나타내고, 눈에 보이는 광경을 간결하고 선명하게 묘사했다. 추천을 받기 전에 이미 〈조광〉 1938년 9월호에 발표한 〈낡은 우물이 있는 풍경〉에서 물 긷는 아주머니더러 "두레박을 넘쳐흐르는 푸른 전설만 길어 올리시네"라고 한 구절에 김종한 시의 특징이 잘 나타나 있다. 그런데 몇 년 뒤에 일제를 찬양하는 시를 짓는 데 앞장섰다.

이한직(1921~1976)은 외래어를 즐겨 쓰는 모더니즘의 취향을 버리지 않은 채 〈문장〉지 시인의 대열에 끼여 자기 장기를 찾지 못했다고 할 수 있다. 〈문장〉 1939년 4월호에 실린 추천시 〈풍장〉(風葬)은 어딘지 모를 공간에서 정체불명의 심상을 펼쳐 보이면서 감정을 억제하고 말을 다듬었다. 작품을 쓰는 데 어려움을 느껴 두드러진 활동을 하지 못했다.

박남수(1918~1994)는 〈초롱불〉이라는 시집을 1940년에 펴내서 차분한 필치로 조심스럽게 쓴 시를 보여주었다. 제1부에 수록한 일곱 편은 제목과 소재가 각기 다르지만, 어둠 속에서 벌어지는 사건을 영화의 한 장면처럼 그리면서 말을 아껴 긴박한 느낌을 조성한 공통점이 있다. 불빛이 비치고 사람의 움직임이 나타나 무슨 일인가 하는 의문을 자아낸다. 시집의 표제로 삼은 〈초롱불〉에서 "흔들리는 초롱불은 꺼진 듯 보이지 않는다"고 한 것은 안타까운 느낌을 주기만 하지만, 다음 작품에서는 불안이 고조된다.

개구리 울음만 들리던 마을에
굵은 빗방울 성큼성큼 내리는 밤…….

머얼리 산턱에 등불 두셋 외롭구나.

이윽고 홀딱 지나간 번갯불에
능수버들이 선 개천가를

달리는 사나이가 어리었다.

논둑이라도 끊어서 달려가는 길이나 아닐까?

번갯불이 스러지자,
마을은 비 내리는 속에 개구리 울음만 들었다.

〈문장〉 1940년 1월호에 발표되고, 그 시집에 실린 〈밤길〉의 전문이다. 무어라고 설명하지 않아 더욱 긴박한 상황이 그 시기의 억압으로 이해될 수 있다. 논둑만이 아닌 나라의 운세가 끊어져 달려가는 비장한 걸음이 가슴 두근거리게 한다. 〈문장〉에서 배출한 시인 가운데 오직 박남수만 일제와 맞서는 방법을 찾으려고 했다.

〈거리〉(距離)는 "남폿불에 부우염한 대합실에는 젊은 여인과 늙은이의 그림자가 커다랗게 흔들렸다"라는 말로 시작했다. 이별하지 않을 수 없는 침통한 사정임을 장면 묘사의 수법으로 암시하다가, 끝으로 노인이 "저 놈의 기차가 내 며느리를 끌구 갔쉬다가레"라고 토로하게 했다. 소설 한 편을 시로 압축해 상상해서 메워야 할 여백을 많이 남겼다.

조지훈(1920~1968)은 처음에 난삽한 관념어로 허무한 느낌을 나타내는 작품을 시험하다가 〈문장〉지의 추천을 받는 시기에 고풍스러운 소재와 상념을 찾는 쪽으로 방향을 돌렸다. 1939년 4월호의 〈고풍의상〉(古風衣裳), 1939년 12월호의 〈승무〉(僧舞)에서 긴 옷자락을 날리며 춤을 추는 모습을 그렸다. 소재가 주는 매력과 말 다루는 솜씨가 잘 어우러져 깊은 인상을 남겼다.

1940년 2월호의 〈봉황수〉(鳳凰愁)에서 고풍 취향을 다시 보여주면서 묘사에다 한탄을 보탰다. "벌레 먹은 두리기둥, 빛 낡은 단청, 풍경소리 날아간 추녀 끝에는 산새도 비둘기도 둥우리를 마구 쳤다"는 말로 시작해 조선왕조의 옥좌가 놓인 궁궐을 거닐며 역사를 회고하고 슬픔에 잠기는 심정을 나타냈다. 망국의 이유를 "큰 나라 섬기다 거미줄 친 옥좌

(玉座)"로 돌리고, 숙명을 슬퍼하는 눈물을 흘렸다.

박목월(1917~1978)은 처음에 동시를 짓다가 〈문장〉 1939년 9월호에 첫 추천작 〈길처럼〉을 발표하고서, 생략이 많은 간결한 표현에다 가냘 프고 서글픈 심정을 나타내는 시풍을 개척했다. 말을 되도록 줄이면서 향토에 대한 애착을 선명하게 나타내는 것을 장기로 삼았다. "길은 외 줄기 남도 삼백리"를 "구름에 달 가듯이" 간다는 〈나그네〉에서 자기 세 계를 더욱 뚜렷하게 했는데, 그 작품은 광복 후에 발표되었다.

박두진(1916~1998)은 자연 친근의 공통점이 있기는 하지만, 조지훈 이나 박목월과 체질이 달라 생명의 의지를 뜨겁게 노래한 시인이다. 〈문장〉 1939년 6월호의 〈묘지송〉(墓地頌)에서는 죽음을 다정하고 아름 답게 노래하면서 생명의 약동을 느끼게 했다. 그런데 광복 후인 1946년 에 〈청록집〉(靑鹿集)을 함께 낸 그 두 사람과 함께 청록파라고 일컬어 졌다.

시집을 내서 자기 세계를 낸 시인은 그 밖에도 여럿 있었다. 박노춘 (朴魯春)이 1940년에 낸 〈여정〉(旅程)을 보면, 절망의 심정을 절제된 언어로 나타냈다. 시집 표제로 삼은 작품 서두에서 "이윽고 차가 남쪽 항구에 닿으면/ 가득히 안고 온 희망의 꽃다발은 바다 위에 흩어버리 자"면서 헛된 희망을 품지 말아야 한다고 했다. 일본을 오갈 때 그 시기 젊은이들을 괴롭히던 고뇌를 다른 어느 시인보다 더 잘 나타냈다.

평가받기를 원하지 않으면 자유로울 수 있었다. 1933년에 나온 박귀 송(朴貴松)의 〈애통시집〉(哀痛詩集)은 젊은 시절의 번민을 거침없이 토 로했다. 박일권(朴一權)은 1935년에 〈나그네〉를 내고, 천진한 장난을 하면서 자기도취에 빠졌다. 이해문(李海文)이 〈바다의 묘망(渺茫)〉을 1938년에 낼 때도 맺히지 않은 생각으로 말을 낭비했다. 〈국제연맹〉, 〈장개석〉(蔣介石) 등 정치 문제를 다룬 시가 몇 편 있어 이채로우나, 별 다른 식견이 없다.

1939년에 출간된 〈메밀꽃〉은 정호승(鄭昊昇)의 시집이다. 서사에서 자기는 "들 가운데 외로이 선 허수아비"라고 자처하고, 마을을 떠나야 하는 벗, 굶주리며 김매는 이웃에게 말을 걸었다. 김남인(金嵐人)과 김해강(金海剛)이 공저한 시집 〈청색마〉(靑色馬)는 1940년에 나왔다. 김남인의 작품은 말이 어색하고 생각이 단순하고, 김해강도 그 비슷한 결함이 없는 것은 아니지만 압록강을 넘나들면서 느낀 바를 감격스럽게 나타냈다.

김용직 외,《한국현대시사연구》(일지사, 1983) ; 김재홍,《한국현대시인연구》(일지사, 1986)에서 여러 시인을 고찰했다. 엄창섭,《김동명연구》(학문사, 1987) ; 서익환,《조지훈시와 자아·자연의 심연》(국학자료원, 1998)도 있다.

11.13.5. 여성 시인의 작품 세계

소설가에는 여류 작가라는 말을 더러 쓰지만 여성 소설가라는 말은 없다. 시인은 여류 시인이라는 말을 여성 시인으로 고쳐야 한다고 한다. 소설과 시에 차이가 있는 것은 무슨 까닭인가? 소설가는 작품을 내놓기 때문에 남녀의 구별을 원하지 않고, 시인은 자기 자신을 내놓고자 해서 여성임을 알린다고 할 수 있다. 조선시대에 소설을 쓴 여성은 자기를 철저하게 숨길 수 있었고, 시를 쓰는 여성은 다른 사람들이 특별히 관심을 가지는 것을 막지 못했다.

그렇더라도 여성 시인을 별도로 거론하는 것은 성 차별이라는 비판을 받을 수 있지만, 개의하지 않기로 한다. 여성이기 때문에 관심을 특별히 끌고 실상 이상으로 평가된 사실을 지적하는 것은 잘못이 아니고, 문학사가의 당연한 임무이다. "여류"라는 이유에서 여성 시인을 인기인으로 삼으면서 작품은 그리 중요시하지 않는 풍조가 있었던 것은 자료가 증명하는 바이다.

창문사(彰文社)라는 출판사에서 편집해 1925년에 낸 〈금공작(金孔雀)의 애상(哀想)〉이라는 작품집이 있다. "각 방면으로 여러 숨은 여류

문사의 글을 수집"해서 낸다고 했는데, 거의 다 무명인사이다. 시·수
필·일기·소설을 수록했다고 하지만, 작품이라고 하기는 어렵다. 몇
몇 사람의 원고 외에는 다소 수정을 했다고 밝혔다. 문장을 다듬어 출
판하고 "여류"에 대한 관심에 편승해 책을 팔려고 했다. 이것이 여성문
학에 대한 일반의 인식을 잘 나타내주는 자료이다.

김명순(金明淳), 나혜석(羅蕙錫), 김일엽(金一葉) 같은 여성 작가들
이 신문학이 시작되던 시기부터 활동했으나, 불우한 생애 때문에 화제
에 오르기만 하고 정당한 평가를 받지 못했다. 문학사에 제대로 자리
잡지 못하고, 이면사를 뒤져내 만들어내는 통속적 읽을거리의 단골 소
재가 되기나 했다. 자료를 모으고 연구를 하게 된 것이 최근의 일이다.

김명순(1900~?)은 거듭 배신당하면서 남성 편력을 계속하다가 타락
한 여성의 표본인 듯이 지목되어 화제에 오르고 자취를 감추었다. 그
과정을 다룬 소설이 김동인의 〈김연실전〉이라고 알려져 있다. 신문학
의 선구자로 활동해 소설에서도 문제작을 남기고, 1926년에 낸 〈생명의
과실〉에 수록한 시 24편에서 신여성의 좌절과 비애를, 사회 모순을 질
타하고 일제에 항거하는 말과 함께 나타냈다.

조선아, 내가 너를 영결할 때
개천가에 꺼꾸러졌지, 들에 피를 뽑았는지,
죽은 시체에게라도 더 학대해다고.
그래도 부족하거든
이 다음에 나 같은 사람이 나더라도,
할 수만 있는 대로 또 학대해보아라.
그러면서 서로 미워하고, 우리는 영영 작별된다.
이 사나운 곳아, 사나운 곳아.

〈유언〉의 전문이다. 천대받고 살던 사람이 자학을 하면서 항거의 말
을 남긴 것은 전에도 있었다. 그 주역은 천인이었고, 여성의 소리는 그

리 크지 않았다. 그런데 여기서는 여성·가정이라는 테두리에서 벗어
나 사회 전체를 상대로 하고, "조선아" 하고 외쳤다.

나혜석(1896~1948)은 서양화를 처음 시작한 공적이 있는 화가이고
소설을 쓰는 데 정열을 쏟았으며, 〈폐허〉의 동인으로 참여해 1921년 1월
의 제2호에 시 두 편을 발표했다. 〈냇물〉에서는 사랑하는 사람을 잃은
슬픔을 민족의 비애와 함께 나타냈다. 〈사〉(砂)에서는 자기의 처지가
아무렇게나 버려진 모래의 신세와 같다고 했다.

불만스러운 결혼 생활을 견디다 못해 〈이혼고백서〉를 〈삼천리〉 1934
년 8·9월호에 낸 것이 사회에 물의를 일으켰다. 그 글 마지막 대목에
"구고(舊稿)에서"라 하고 실은 시에서 자기 삶을 다음과 같은 말로 되돌
아보았다. 전반부를 들어본다.

> 펄펄 날리는 저 제비,
> 참혹한 사람의 손에
> 두 죽지, 두 다리
> 모두 상하였네.
> 다시 살아나려고
> 발버둥치고 허덕이다
> 끝끝내 못 이기고
> 그만 척 늘어졌네.

상한 제비가 자기의 처지이다. 제비를 잡아 상하게 한 사람은 남성이
고, 자기 남편이다. 제비의 죽음으로 모든 것이 끝난다고 하지는 않았
다. 활력·용기·인내·노력이 다시 있어야 한다고 했다. 이혼을 하고
새 출발을 다짐했지만 잃어버린 예술을 다시 이룬 것은 아니다. 안주할
곳을 찾지 못하고 방황하다가 일찍 세상을 떠났다.

김일엽(1896~1971)은 1920년 3월에 최초의 여성지 〈신여성〉(新女
性)을 발행하면서 주간으로 활동했다. 수많은 산문을 써서 여성의 권리

를 주장하고 자기 삶을 되돌아보는 데 힘쓰는 한편, 소설·시조·시도 남겼다. 결혼에 실패하고 불행하게 지내다가 1928년 이후에는 승려가 되었다.

〈조선일보〉 1926년 8월 26일자에 발표한 시조 〈애원〉을 보면, 사랑의 고통을 하소연한 말이 처절하다. "님 그려 타고 뛰는 성가신 이 심장은/ 제발 덕분 꿰어 가소"라고 했다. 그런데 1933년에 지은 것으로 확인되는 〈나의 노래〉에서는 모든 고통을 이겨내고 마음이 편안하게 되었다고 하고, 아직도 헤매고 있는 중생에게 도움이 되는 노래를 부른다고 했다. 길게 이어지는 세 연에서 각기 처음 몇 줄씩 들어본다.

> 나는 천애(天涯)에 떠도는 외로운 한 잎새였습니다.
> 비바람 부대끼고 발길에 밟혔습니다.
> 그러나 구렁에 빠지지 않고, 진흙 속에 묻히기 전에
> 어떻게 이렇게 아늑한 님의 앞에 이르렀을까요? ……
>
> 그렇지만 밖에는 가을의 잎새 같은 중생들이
> 여전히 비바람에 부대껴 울부짖는 소리가 들립니다.
> 부칠 곳을 찾는 그들은 이 말에 이리 쏠리고,
> 저 말에 저리 밀려 다함이 없는 고민에 헤매입니다. ……
>
> 나는 노래를 부릅니다.
> 듣는 이만 행복될 님이 가르치신 그 노래를 부릅니다.
> 뭇 사람이 욕심 때문에 울부짖는 거리에서 나 홀로 목청껏 부릅니다. ……

불교의 깨달음을 나타내고 고통 받는 사람들을 교화하겠다는 노래는 옛날부터 무수히 많았다. 그러나 이런 것은 처음이다. 자기 자신의 절실한 체험을 교리보다 앞세우고, 남들은 알아주지 않고 빈정대기만 하던 문학을 하겠다고 하면서 거듭한 언어 수련의 성과로 오랜 수사법을

압도해 불교문학을 크게 혁신했다.

1938년에 나온 〈현대조선문학전집 시가집〉에 작품이 뽑힌 시인이 모두 33인인데, 그 가운데 여성시인은 김오남(金午男)·주도윤(朱燾允)·모윤숙(毛允淑)·노천명(盧天命), 이 네 사람이다. 위에서 든 세 사람은 잊혀졌다. 당시에 문단 활동을 하지 않아 없는 것으로 쳤다. 그 대신에 신진의 등장이 확인된다.

신진은 선구자들만큼 험하게 살지 않고, 어느 정도 타협하면서 비애를 달랬다. 남성 주도의 문단에서 일각을 차지하고, 시인으로 활동하면서 작품을 순조롭게 발표했다. 극단적인 상황에 몰리지 않고 안정을 얻은 것은 다행이지만, 잃은 것도 있었다. 두고두고 문제될 만한 절실한 사연은 없어졌다.

앞 세대 여성 문인들은 일본 유학을 하다가 말았는데, 주도윤·모윤숙·노천명은 국내의 여성 전문교육기관인 이화여자전문학교 문과에 진학했다. 안정된 분위기에서 학업을 마치고, 학교에서 얻은 지식을 근거로 작품을 창작했다. 김오남과 주도윤은 적극성을 띠지 않아 물러나고, 모윤숙과 노천명은 일찍 시집을 내서 시인으로 평가받았다.

모윤숙(1910~1990)의 시집 〈빛나는 지역〉은 1933년에 나왔다. 이광수의 서문에서 "여류시인"의 시집임을 강조해서 말했는데, 상당한 가산점을 주어 마땅하다는 말로 이해된다. "조선말을 가지고 조선민족의 마음을 읊은 여류시인이 허난설헌 이후에 처음 나타났다"고 했다. 그것은 사실과 부합되지 않으며, 실상 이상의 평가라고 하지 않을 수 없다.

문학을 하고 시를 쓰는 수련을 했다고 인정되며, 말을 다듬으려고 고심한 자취도 엿보인다. 그러나 "일만 화살이 공중에 뛰놀듯이", "우리의 심장엔 먼 앞날이 춤추고 있다", "은풍(銀風)의 감겨진 아름다운 복지(福地)" 같은 구절이 흔하게 보여, 말을 다듬다가 손상시켰다고 하지 않을 수 없다. 수사가 현란하면 의미가 모호해진다는 것을 절감하게 한다.

절실한 체험을 말하지 않고, 시를 쓰는 원리를 자기 나름대로 모색하는 과정을 거치지 않은 채, 막연한 아름다움을 현란한 언사를 써서 나타내려고 한 것이 문제이다. 막연한 분위기에 들떠 공감하면 그만이겠으나, 자세히 살피면 이치에 닿지 않고 표현 효과가 의심스럽다. 〈렌의 애가(哀歌)〉라고 한 수상집 또한 작품 이전의 작문에 문제점이 많다.

노천명(1912~1957)은 허세를 멀리하고 차분하고 성실한 자세로 시를 쓰는 데 몰두했다. 강경애, 박화성, 최정희 등의 소설가에 비한다면 미약하다 하겠지만, 여성의 한계를 거부하는 시인일 가능성을 보여주었다. 1933년에 낸 시집 〈산호림〉(珊瑚林)에 〈자화상〉이 있어 조그만 거리낌에도 잠을 이루지 못하고 괴로움을 삼키는 자기 모습을 예리한 필치로 그렸다. 그런 과정을 거쳐 축적한 깐깐한 사연으로 범상하지 않은 시를 썼다.

해 저무는 광경을 담은 〈단상〉(斷想)에서, 공장의 사이렌과 절간의 종소리를 함께 들으며, "헛되이 간 하루의 영결을 고하는 울음인가/ 눈물 마른 빈 가슴 안고 죽어가는 이 날을 조상(弔喪)할꺼나"라고 한 데 사치스럽다 할 수 없는 슬픔의 절규가 서려 있다. 〈사슴〉에서 "슬픈 모가지를 하고 먼 데 산을 바라본다"고 읊은 모습으로 지난 시절의 장날, 연자간 등의 풍물을 그리워하는 시를 남겼다.

〈창변〉(窓邊)은 1945년 2월에 매일신문사 출판국에서 나온 최후의 우리말 시집이다. 당시에 노천명은 그 신문사 기자였다. 기자로서 친일을 한 대가로 친일시를 한 수도 넣지 않은 시집을 일제 패망 몇 달 전에 낼 수 있었다. 거기 실려 있는 〈남사당〉에 다음 대목이 보인다.

초립에 쾌자를 걸친 조라치들이
날나리를 부는 저녁이면
다홍치마를 두르고 나는 향단(香丹)이가 된다.
이리하여 장터 어느 넓은 마당을 빌어
램프불 돋운 포장 속에서
내 남성(男聲)이 십분(十分) 굴욕(屈辱)되다.

438 11.13. 내면의식을 추구한 시

여섯 연 가운데 둘째 연이다. 남사당이 놀이하는 광경을 그려 오랜 내력을 가진 관극시(觀劇詩)를 재연하면서, 사기 심정을 여러 겹으로 나타냈다. 사라져가는 풍속에 대한 애착을 가지며 작품 전편에 슬픔이 감돌게 하는 데 그치지 않고, 위장해서 살아가야 하는 처지에 대한 자책을 내보였다고 할 수 있다.

정영자, 《한국여성시인연구》(평민사, 1996) ; 《한국현대여성문학론》(지평, 1988) ; 김해성, 《한국현대여류시사》(대광문화사, 1996) ; 이상경, 《한국근대여성문학사론》(소명출판, 2002) ; 이숭원, 《노천명》(건국대학교출판부, 2000) 등의 연구가 있다.

11.14. 어두운 시대의 상황과 소설

11.14.1. 민족해방 투쟁의 소식

일제는 식민지 통치를 비판하는 문학을 하지 못하게 금하고, 민족해방 투쟁을 다루는 작품은 쓰는 것이 불가능하게 했다. 암시와 상징을 사용하는 시라면 그런 조건을 무릅쓰고 할말을 할 수 있었으나, 구체적인 내용을 갖추어야 하는 소설은 적절한 대책을 찾기 어려웠다. 우리 사회 내부의 계급모순을 다루면서 그 배후에 일제가 있는 줄 알아차리게 하거나, 민족해방 투쟁의 경과를 배경으로 까는 정도가 가능한 대책인 것 같았다.

그러나 소설 작법을 근본적으로 바꾸면 막혀 있던 길이 열렸다. 대립과 투쟁을 사실적으로 다루어야 한다는 이론에 지배된 계급문학이 검열을 피하지 못하고 억압에 굴복해 전향하지 않을 수 없을 때, 민족해방 투쟁이 더 크고 중요한 과제임을 일깨우려는 작가들은 생각을 바꾸었다. 소설 창작의 교과서라고 할 것이 없어 필요에 따라 수법을 창안하는 재량권을 누리면서, 정공을 피하고 측공이나 역공을 하는 오랜 지혜를 이었다. 많은 것을 생략해 검열에 걸릴 말을 하지 않으면서 깨어 있는 독자와 은밀한 공감을 나누는 작전을 썼다.

박승극(朴勝極, 1909~?)의 〈풍진〉(風塵)을 보자. 〈신인문학〉 1935년 4월호에서 6월호까지에 발표되었다는 사실이 믿어지지 않을 정도로 민족해방 투쟁을 과감하게 다룬 놀라운 작품이다. 만주에서 김좌진과 함께 싸우고, 농촌에서 학교를 하던 강철식이라는 노인이 아내와 함께 고국에 들어왔다 검거되어 감옥에 갇혔다. 먼 북쪽에 팔십 당년의 노모와 어린 자식들을 남겨두고, 같은 감옥 안 지척이 천리인 곳에 있는 아내의 소식을 몰라도, 꿋꿋한 자세로 시련을 견뎠다.

서로 다르지 않은 죄목으로 한 방에 들어온 사람들, 러시아인이 되다만 "얼 마우즈", 동경에서 대학 나온 인텔리, 노동자, 농민 등이 있어 서로 반목하는 데 개의하지 않고, 그 노인은 묵묵히 책을 보았다. 사식 한 끼 먹지 못하고, 감옥에서 준 옷만 입고 겨울을 나면서, "여태까지 걸어온 풍진 속의 이 길이 과연 옳으며, 또 장차 어떻게 나아가야 될 것인가"라고 탄식하는데, 아내가 미쳐서 죽었다는 소식이 들려왔다.

검열에 걸릴 만한 말은 쓰지 않고 투쟁의 구체적인 양상은 언급하지 않으면서, 항일투사의 시련과 투지를 이렇게까지 나타낸 것은 놀랄 일이다. 일제 강점기 동안 끊임없이 계속된 적극적인 항일투쟁은 다루지 못하고 일제가 허용하는 대수롭지 않은 수작이나 늘어놓은 문학이 정당하지 못하다는 것을 이런 작품이 있어 새삼스럽게 절감하게 했다. 꼭 해야 할 말을 하지 못한다고 해서 침묵을 지키는 것이 능사가 아니었다. 강도 일본의 지배 아래서는 문학이 있을 수 없다는 극단론을 펴는 것은 더욱 바람직하지 않았다.

강경애(姜敬愛, 1907~1943)가 본격적인 활동을 하기 전에, 〈신가정〉 1933년 1월호에서 5월호까지 〈젊은 어머니〉라는 표제를 내걸고, 다섯명의 여성 작가 박화성 · 송계월(宋桂月) · 최정희(崔貞熙) · 강경애 · 김자혜(金慈惠)가 연작으로 〈작품〉이라는 소설을 집필한 적이 있다. 필치가 고르지 않고 더러는 무리한 전개가 보여 연작 특유의 결함을 지녔지만, 항일투쟁의 양상을 자못 생동하게 그렸다. 갖가지 시련을 견디는 주인공의 자세가 굳건했다.

동지들은 잡혀서 중형을 받고, 주인공의 남편은 북행차를 타고 탈출했다. 유복자가 태어나 세 살 되었을 때 어떤 사람이 와서 남편이 죽었다는 소식을 전했다. 음식점을 차려 생활을 개척하는데, 함께 기거하며 일하는 사람들이 모두 비밀 사명을 띤 투사였다. 나가서 폭탄을 투척하고 깊이 숨겨둔 서류가 발각되어 한 사람씩 잡혀갔다. 남편과 연락이 있어 자기를 찾아왔던 동지들인 줄 뒤늦게 알았다. 음식점이 폐쇄되고 주인공은 셋집에 들어가 재봉틀 일을 하며 야학을 시작했다.

그런 소설을 왜 여성 잡지에서 신고, 여성 작가들이 쓰도록 했는가? 작품의 주인공이 여성이므로 음식점을 차려 생활을 꾸려나가는 거동이 수상하게 보이지 않을 수 있었던 것이 의문에 대한 해답일 수 있다. 그런 이유가 있어 특별히 맡긴 사명을 다른 여성 작가들은 대강 돌보다가 물러났으나 강경애는 온몸을 바쳐 철저하게 수행했다. 나가서 싸운 것은 아니다. 피해자의 고통을 가장 처참하게 겪는 여성의 처지를 그리면서 못다 이룬 투쟁을 침묵에 가까운 말로 알려주었다. 여성은 약하기 때문에 더 강하다는 것을 보여주었다.

〈개벽〉 1935년 1월호의 〈모자〉(母子)를 보자. 백일기침을 하는 아들을 업은 어머니가 눈 속을 헤맨다고 했다. 갈 곳이 없고, 성하게 남은 집도 없었다. 그것은 개인적인 차원의 수난이 아니었다. "토벌단에 농촌의 집이란 대개가 탔다던 말을 얼른 생각하며 전신에 맥이 탁 풀렸다"고 했다. 남편이 산으로 가서 죽었다는 데 충격을 받아 눈 속에 쓰러지려다가, "아버지가 못다 한 사업을 이 아들로 완성하게 하리라"는 생각이 들어 아들의 이름을 부르며 생기를 되찾는다고 했다. 생략할 수 있는 것은 다 생략하고서도, 일본군의 만행을 그대로 둘 수 없어 싸워서 이겨야 한다는 신념을 확고하게 나타났다.

〈신가정〉 1935년 2월호의 〈원고료이백원〉(原稿料二百圓)은 "토벌단"이 총칼을 휘두르는 시기에 무엇을 해야 하는가 하는 문제를 진지하게 제기했다. 서술자인 주인공은 소설을 써서 받은 원고료로 외투, 구두, 시계 등을 사려다가 남편과 충돌하고, 감옥에 갇힌 동지 가족의 생활비, 감옥에서 병을 얻어가지고 나온 동지의 치료비에 그 돈을 쓰기로 했다. 같은 잡지 1935년 6·7월호의 〈번뇌〉(煩惱)에서는 출옥한 투사가 밤새 하는 이야기를 듣는다고 했다. 옛 동지의 어머니가 울며 붙들어 그 집에서 기식하며 아들 노릇을 하다가 동지의 아내와 사랑하는 사이가 된 고뇌를 토로했다.

〈어둠〉을 〈여성〉 1937년 1·2월호에 발표할 수 있었던 것은 기적 같은 일이다. 놀라운 내용을 지녔으면서 숨길 것을 숨기는 수법이 놀라워 그럴 수 있었다. 어느 간호사가 개인으로서 겪는 시련을 다루는 것같이 하고서, 민족 항쟁의 크나큰 과제를 숨겨 나타냈다.

함께 근무하는 병원의 의사가 주인공의 정조를 유린하고 다른 여자와 약혼해도 항변을 하지 못했다. 어머니를 만나러 잠시 병원에서 빠져나가면서 들키지 않을까 마음 졸였다. 어머니에게 전하려는 소식은 차마 말하지 못하고 급히 돌아가 수술을 거들다가 미치고 말았다. 그것이 표면에 나타난 사건이다.

이면의 사태는 숨겨둔 기억 속에 간직되어 있고, 내적 독백의 형태로 전개되었다. 기미년 "토벌란"에 아버지를 잃고, 다시 오빠가 잡혀 들어가더니 사형 선고를 받았다. 자기가 당한 정조 유린과 오빠에게 내린 사형 선고는 누구에게 털어놓고 말할 수도 없는 너무나 원통한 일인 점에서 서로 호응되고, 개인의 시련이 민족의 수난과 깊이 연결되었다.

우리가 사형언도를 받은 것은 신문지상으로 벌써 알았겠구나. 하지만 봐라. 우리는 죽지 않는다. 언제든지 나가서 어머니와 너를 만날 날이 있을 터이니, 그때를 기다려라. 어머니께는 당분간 숨겨다오.

오빠는 편지에서 이렇게 말했다. "우리"라고 했으니 사형 언도를 받은 사람이 혼자만은 아니다. 오빠가 무슨 일을 하다가 사형 선고를 받았는지 한마디도 해명하지 않았으나, 주의해서 읽는 독자라면 생략된 부분을 알아낼 수 있다. 사형수가 감옥 밖 혈육의 용기를 북돋워주면서 희망을 가지라고 한 것은 그 자체로는 납득할 수 없어, 개인의 생사를 떠나서 민족해방 투쟁 승리의 당위성을 말한 것으로 이해하도록 한다.

작품 자체에는 그런 의미가 나타나 있지 않아 검열관을 상대로 한 작은 싸움에서 이길 수 있었다. 작품에서 쓰인 말을 분석해 주제를 찾는 오늘날의 연구자도 "아득하다", "어둡다"고 하는 데서 절망을 확인할 따름이고 저항은 감지하지 못한다. 그 정도로 넘어가는 표층 아래쪽 깊은 곳에서 깨어 있는 독자와 은밀한 공감을 나누는 창작방법을 일제와 맞서는 전술로 삼은 놀라운 작품이다.

〈여성〉 1938년 1·2월호에 실린 엄흥섭의 〈아버지 소식〉은 그 비슷한 사정을 학교에 다니는 딸아이의 관점에서 다루었다. 선생님이 가정방문을 하는 날 "네 아버지는 때갔다"는 아이들과 싸웠다. 침모를 하다가 그만두고 제약회사에 나가 봉투에 주소를 쓰는 일을 하는 어머니에게 "아버지는 언제나 오우?" 하면, 대답 없이 울었다. 세 살인가 네 살 때 아버지가 떠나가고 편지도 오지 않았다. 그런데도 집뒤짐을 당하고 어머니가 잡혀서 아버지 행방을 추궁당하고 했다. 조사하러 온 자가 소식을 전하고, 신문 호외에 아버지 사진이 나와 더 기다릴 필요가 없게 되었다고 했다. 이 작품에서는 아버지가 무엇을 했는지 언급조차 하지 않았지만 독자는 항일투쟁임을 알아차릴 수 있게 암시했다.

민현기, 《한국근대소설과 민족현실》(문학과지성사, 1989) ; 조남현, 〈박승극의 실천·비평·소설〉, 《한국문학》25(서울대학교 한국문화연구소, 2000) ; 이상경, 《강경애》(건국대학교출판부, 1999) ; 김정화, 《강경애연구》(범학사, 2000) 등의 연구가 있다. 김윤식, 《한국현대 현실주의소설 연구》(문학과지성사, 1990) ; 신동욱, 《1930년대 한국소설 연구》(한샘, 1994) ; 정현기, 《한국근대소설의 인물유형》(인문당, 1983) ; 이주형, 《한국근대소설연구》(창작과비평사, 1995) ; 김외곤, 《한국근대리얼리즘문학 비판》(태학사, 1995) ; 이익성, 《한국현대서정소설론》(태학사, 1995) ; 김창식, 《한국현대소설의 재인식》(삼지원, 1995) ; 김용구, 《한국소설의 유형학적 연구》(국학자료원, 1995) ; 채호석, 《한국 근대문학과 계몽의 서사》(소명출판, 1999) ; 조구호, 《한국근대소설연구》(국학자료원, 2000) ; 최갑진, 《일제 강점기의 농민소설과 노동소설 연구》(세종출판사, 2001) ; 이화진, 《1930년대 후반기 소설 연구》(박이정, 2001) ; 이강언, 《1930년대 한국소설의 방향》(홍익출판사, 2003) 등에서 1930년대 소설 총괄론을 폈다.

11.14.2. 하층민의 고난을 다루는 방법

조선프롤레타리아예술가동맹, 일명 카프가 결성된 이래로 계급투쟁을 다루는 문학을 하는 것이 가장 값지다고 여러 작가들이 믿고 계속 노력했다. 그러나 수입해온 원론은 명백하지만, 스스로 마련해야 하는 각론은 막연했다. 계급투쟁을 어떻게 다루어야 하며, 검열에 걸리지 않을 방도는 무엇인가 계속 문제가 되었다. 일제가 계급문학을 금지하는 데서 한 걸음 더 나아가 군국주의의 길에 들어서서 억압을 가중하자 두 가지 어려움이 더 커졌다.

먼저 계급문학을 하겠다고 한 초기 소설을 보자. 〈개벽〉 1924년 4월호에 낸 박영희(朴英熙)의 〈사냥개〉는 수전노가 돈을 지키라고 거액을 주고 산 사냥개에게 물려죽었다는 내용인데, 음산한 분위기로 관심을 끌었다. 같은 잡지 그 해 11월호의 〈붉은 쥐〉에서 김기진(金基鎭)은 셋방살이를 하는 여러 가구의 딱한 형편을 두고 말이 잘 이어지지 않는 논설을 늘어놓고는, 상점에 들어가 물건을 훔치고 따르는 사람들에게 권총을 쏘다가 소방차에 치여 죽은 인물의 발작을 보여주었다.

그러다가 김영팔(金永八, 1902~1950)은 〈어떤 광경〉을 〈조선지광〉 1927년 3월호에 발표하고, 어느 정도 납득할 수 있는 방법으로 노동쟁의를 그렸으나 검열이 문제였다. 파업을 하면서 항변하고 선동하는 말은 거의 다 삭제되고, 중역이 나서서 만류하느라고 설득하는 말은 그대로 나와 있다. 군중의 움직임이 대강 나타나고, 무엇이 어떻게 되는지 분명하게 알기 어렵다.

〈조선지광〉 1928년 5월호에 발표한 이기영의 〈원보〉(元甫)에서는 아직 농민의 의식을 지닌 노동자의 우스꽝스러운 모습을 그려 검열을 피하고, 읽은 만한 작품을 마련하는 두 가지 성과를 거두었다. 철로공사에 동원되고서도 기차 한번 타보지 못한 인물이 일하다가 다리가 부러져 서울 구경을 하게 되었다. "다리가 부러졌어도 내사 차 타보고 서울 구경하니까 좋다" 하고 여관방에 들어앉았다가 밥값을 내지 못하고 쫓겨나, 치료 받는 것은 고사하고 목숨조차 부지하지 못했다. 그런 위인은 조상 전래의 너그러움을 버리지 않고, 세상이 어떻게 달라졌는지 바로 이해하지 못하고, 노동자다운 투지가 없으니 패배하게 마련이었다.

김남천(金南天, 1911~1953)은 프롤레타리아문학의 볼셰비키화를 주장하면서 소설을 써서 본보기를 보이려고 했다. 그런 작품을 신문에서 받아주어 당시의 분위기를 알 수 있다. 〈조선일보〉1931년 7월 5일자부터 15일자까지 실은 〈공장신문〉(工場新聞), 〈조선지광〉1932년 2월호에 발표한 또 한 편의 소설 〈공우회〉(工友會)에서 노동자들이 노동조합을 조직해 공장주와 맞서는 투쟁을 다루었다. 선두에 선 주인공은 완벽한 인품과 투철한 목적의식을 지니고 실패나 좌절을 인정하지 않는 낙관적인 견해를 표명한다고 했다.

그러다가 카프 맹원이 검거되는 시련을 겪고 계급문학이 금지된 다음에는 생각이 달라졌다. 〈신여성〉1933년 7월호의 〈남편, 그의 동지〉에서는 아내를 서술자로 해서 투옥된 남편에 대한 불만을 나타냈다. 영웅적인 투쟁을 한다는 이유로 주위 사람들의 희생을 강요할 수 있는가 하고 빈정댔다. 전향을 받아들인 퇴조기의 비애를 그런 방식으로 나타냈다.

박화성(朴花城, 1904~1988)도 〈하수도공사〉(下水道工事)를 〈동광〉 1932년 5월호에 발표하고, 집단의 투쟁을 다루었다. 빈민 구제를 한다고 하수도공사를 벌이고서 일본인 청부업자가 경찰과 결탁해 노임을 가로챘다. 분개한 일꾼들이 집단으로 항거하고, 동권이란 인물이 지도자로 나섰다. 그런데 희망을 버리지 않고 싸워도 뜻을 이루지 못하고 애인과의 사랑도 성취할 수 없어, 동권은 마침내 고향을 등지고 떠나갔다. 재래의 부역과 노임을 받는 토목노동을 구별할 수 있는 수준에는 이르렀다 해도, 하수도공사를 하는 빈민들의 항변이 본격적인 노동운동은 아니었다. 주인공으로 등장시킨 동권의 신변 문제로 관심을 돌려 노동자문학으로서의 의의를 더욱 약화시켰다.

이동규(李東珪, 1911~1952)의 〈자유노동자〉(自由勞動者) 또한 노동

자의 모습을 서투르게 다루었다. 〈제일선〉1932년 12월호에 낸 그 작품
에서 지게를 지고 품팔이하는 인물을 붕상시키고 사유노동자라고 했
다. 빈민과 노동자를 뚜렷이 구별하지 않은 채 노동운동의 문학을 하는
데 앞장선다고 했다. 다른 작가들의 작품에도 그런 폐단을 보이는 것이
적지 않았다.

과도기의 혼란을 청산하고 노동자의 투쟁을 제대로 다루는 작품을
소신껏 쓴 작가가 이북명(李北鳴, 1908~1963)이었다. 〈질소비료공장〉
을 〈조선일보〉1932년 5월 29일자부터 31일자까지 연재하다가 검열에
걸려 중단되고, 작가가 체포되었다. 그 작품에서 함흥 질소비료공장의
노동현장을 실감나게 보여주고, 강도 높은 일을 해내면서 투지를 누그
러뜨리지 않는 노동자들의 굳건한 자세를 그린 것이 문제가 되었다.

〈조선문단〉1935년 6월호에 발표한 〈오전 세 시〉에서 야근에 지쳐 잠
이 들었다가 구타당하고 해고의 위험에 처한 노동자를 옹호하는 집단
항의를 다룬 것도 실제로 있을 수 있는 상황에 충실했다. 〈신조선〉
1936년 1월호의 〈현대의 서곡〉에서는 노동자가 아닌 인물이 의도적으
로 계획한 노동운동의 한 단면을 보여주었다. 은행 지배인의 아들이고
전문학교 졸업생인 주인공이 사상의 전환을 겪고, 조직의 지령과 주선
에 따라 자기 신분을 속이고 공장노동자로 들어갔다. 가명으로 된 증명
을 내고, 까다로운 구두시험을 무사히 통과했다.

그렇게 하는 것이 현대의 서곡이자 삼부작으로 구상하는 장편의 실마
리라고 했는데, 속편은 이루어지지 않았다. 작품 창작을 중단하고 있는
동안에 상황이 달라지면서 생각이 바뀌었다. 〈춘추〉1942년 7월호에 발
표한 〈빙원〉(氷原)은 고공 기계과 졸업생이 수력발전소에 취직해 사상
이 온건하고 일을 충실하게 한다고 칭찬을 듣는다고 한 친일 작품이다.

〈조선지광〉1935년 5월호에 발표한 송영(宋影, 1903~1979)의 〈석탄
속의 부부들〉은 일본 동경에서 제일 큰 가스공장 노동자들이 점심시간
에 신변잡담을 하는 장면을 그리고, 그 사람들이 검속되자 아내와 애인
이 건강한 모습으로 나오기를 고대한다는 것이다. 노동운동을 고무하

는 소설을 늦게까지 쓰려고 했으나 서투르고 어색해서 읽을 맛이 없다. 풍자극을 잘 쓴 솜씨를 무색하게 했다.

일본에 가서 일어로 작품을 쓰면 억압을 덜 받고 자기 작품 세계를 알뜰하게 가꿀 수 있을까 기대했던 작가 김사량(金史良, 1914~1950)은 〈삼천리〉 1941년 1월호에 발표한 〈지기미〉에서, 일본에 가서 가혹한 막노동으로 연명하는 동포들의 참상을 취급했다. 폐인이 된 노인을 주인공으로 하고, 노동자들의 모습을 그림으로 그리려 하는 화가를 서술자로 해서 비통한 느낌을 자아내는 섬세한 필치로 다루었다. 거기서 노동운동을 생각한다든가 무슨 대책을 구상한다든가 할 수는 없었다. 노동의 현장을 멀리서 바라보기만 했다.

노동자들의 생활과 투쟁을 장편으로 다루는 벅찬 과업을 수행한 작품으로는 한설야(韓雪野, 1900~1976)의 〈황혼〉(黃昏)이 있다. 1936년 2월 5일자에서 10월 18일자까지 〈조선일보〉에 연재된 그 작품은 계급문학 운동 퇴조기의 어려운 조건을 무릅쓰고, 자본가에 대한 노동자의 투쟁을 큰 규모로 다룬 역작이다. 일제와 결탁한 예속 자본가가 산업합리화를 한다는 명분으로 노동자들을 대거 해고하려는 책동에 맞선 한준식을 위시한 노동자 쪽 인물들의 꿋꿋한 자세와 강인한 투지를 그리려 한 의도가 설득력 있게 구현되었다. 몰락하는 자본가 김재당과 승세를 굳히는 신흥 세력가 안중서 사이의 대조, 소시민 지식인 김경재의 방황 같은 것들을 적절하게 배치했다고 평가된다.

그러나 김경재와 안중서의 딸 현옥의 관계에 지나친 비중을 두어 차질이 생겼다. 김경재를 가운데 두고 현옥과 경쟁하는 여주인공 여순이 노동자들의 투쟁에 동참하는 변화가 납득하기 어렵다. 자본가와 노동자 사이의 투쟁을 민족해방 운동과 연결시키려 하지 않은 것이 더 큰 문제이다.

이기영(李箕永, 1895~1984)도 노동자들의 삶을 취급한 장편소설을 썼다. 〈춘추〉 1941년 12월호부터 1942년 8월호까지 연재하다가 끝내지 못한 〈동천홍〉(東天紅)은 광산노동의 삶을 그렸다. 일본에서 대학 예과를 마치고 돌아온 주인공이 옛날 동창생이 관리인 노릇을 하는 금광의 광부가 되었다. 가는 길에 돈에 팔린 처녀를 구출해 집으로 보낸 것을 보면 이상주의자라 할 수 있다. 이어서 광맥을 발견한 금점꾼이 동업자 전주를 구하다가 사기당해 자기 권리를 잃고 만 사건을 길게 다루어 광산이 이해관계가 첨예한 비정의 세계임을 알렸다.

그런 광산을 찾아가 주인공은 사무원이 아닌 광부가 되겠다고 해서 주위에서 모두 의혹에 찬 눈으로 바라보게 했다. 노동운동을 위해 그 길을 택했다고 할 수 있으나, 연재가 중단되어 판가름할 길이 없다. 그렇더라도 거창한 표제에 걸맞은 내용을 어떻게 꾸리려고 했는지 의심스럽다. 농민의 문제를 다룬 〈고향〉에는 많이 미치지 못하는 범속한 작품이다.

독립운동, 노동운동, 사회운동 등의 운동을 하다가 투옥되고 탄압을 받아 방황하고 번민하는 인물의 모습을 그린 작품이 적지 않아 또한 관심을 가질 만하다. 이기영이 일찍이 〈조선지광〉 1927년 1월호에 발표한 〈해후〉(邂逅)가 우선 그런 작품이다. 출옥한 인물이 사랑을 하소연하는 편지를 받고, 사랑이나 하고 있을 때가 아니라고 답장했다는 것이다.

〈동아일보〉 1928년 1월 15일자에서 2월 24일자까지의 〈고난을 뚫고〉는 한 걸음 더 나아갔다. 출옥한 뒤 혈육을 찾으려고 돌아다니다가 낭패를 당하고 절망한 주인공은 인정의 얽힘에서 벗어나 새로운 결단을 내렸다. 외국에서 특수한 사명을 띠고 잠입한 동지와 함께 북행열차를 타고 가면서 모든 고난을 뚫고 최후의 목표를 이루겠다고 다짐했다.

그러나 그 뒤에는 그런 작품은 쓰지 못하고 쓸 수도 없었다. 출옥한 주인공이 보람 없는 나날을 어렵게 보낸다는 것을 보여주기나 했다. 〈조선문학〉 1937년 1월호에 발표한 이기영의 다른 작품 〈추도회〉(追悼會)가 바로 그런 작품의 좋은 본보기이다.

사회운동을 하다가 감옥에 드나들고 자기 몫의 토지를 다 팔아 쓰고서 하숙집의 외상밥을 먹는 주인공이 고향의 노모·아내·아이들은 전혀 돌보지 않으면서, 친구 부인이 훌륭하다면서 입원을 하자 날마다 문병을 가고, 추도회에서 추도사를 하면서 애통해 했다. 그런 비정상을 당연한 듯이 서술했다. 주인공이 "아, 그럭저럭 오늘 하루도 무사히 넘겼구나!"라고 했듯이, 작자는 단편소설 한 편을 무사히 써 내는 것을 다행으로 여겨 심각한 문제를 대강 건드리고 말았다.

한설야가 〈신동아〉 1936년 3월호에 발표한 〈임금〉(林檎)에서 그린 가족을 돌보지 못하고 술에 취해 돌아오는 인물이 좌절된 좌익운동가의 모습이다. 〈조광〉 1936년 4월호의 〈딸〉이나 〈문장〉 1939년 5월호의 〈니녕〉(泥濘)은 감옥에서 나온 인물이 당면한 좌절을 다루었는데, 내용이 모호하고 산만하다. 비극을 그릴 의도는 없이 적당히 안주할 곳을 찾자는 의식을 그렇게 나타냈다.

계급문학의 공식 이론에서는 노동자의 투쟁을 다루는 것을 기본 과제로 삼고, 농민을 주역으로 하는 문학은 부차적인 것으로 돌렸다. 그러나 식민지 통치의 최종 피해자이고 전 인구의 대다수를 차지하는 농민의 처지에 더 많고 생생한 이야깃거리가 있었다. 여러 성향의 농민소설 또는 농촌소설이 장편으로 나왔을 뿐만 아니라, 단편에도 문제작이 많다.

노동자소설은 좌우가 나누어지게 했다. 좌파에서는 투쟁의 공식에 따라 쓰고자 하고, 우파에서는 관심을 가지지 않았다. 그러나 농민의 처지를 문제 삼을 때에는 좌우가 접근해서 한 길을 갔다. 노동자는 노동자 아닌 사람과 분명하게 구별되지만, 농민은 다른 하층민과 넘나드는 관계를 가졌다. 농민이나 다른 하층민의 처지를 다루는 소설에는 일정한 공식이 없었다. 외래의 준거가 없고, 보고 겪은 대로 쓰려고 노력해야 했다.

강경애는 살 길을 잃은 하층민이 얼마나 끔찍한 지경에 이르렀는지 핍진하게 묘사하는 방법으로 알려주려고 했다. 1936년 3월 12일자부터 4월 3일까지 〈조선일보〉에 연재한 〈지하촌〉(地下村)은 구걸로 연명하는 한 가족의 참담한 생활을 그린 작품이다. 빈곤과 질병을 막을 수 없어 생존 자체가 위협받는 지경에 이르렀는데도 아무 대책이 없다고 했다. 병신 거지 칠성이가 "묵묵히 저 하늘을 노려보고 있었다"는 말로 끝을 맺었다.

〈여성〉 1937년 11월호의 〈마약〉(痲藥)에서는, 실직하고 자살하려다 마약 중독자가 된 남편이 어린 자식 딸린 아내를 팔고 아내는 탈출하나가 죽었다. 그 지경에 이른 아내를 의식의 중심으로 해서, 절박한 사정을 서술해 직접 일을 당한 것 같은 느낌을 주었다. 이런 작품에서 특수한 사람들이 겪는 예외적인 고난을 나타냈다고 할 것은 아니다. 일제 강점으로 가중된 빈곤과 실의가 가장 심각한 문제임을 알려주었다.

채만식은 농민의 비참한 처지를 어느 정도 여유를 가지고 바라보려고 했다. 〈동방평론〉(東方評論) 1932년 7월호에 발표한 〈농민의 회계보고〉를 보자. 시골에서 넉넉하게 지낸다는 소리를 듣던 자작농이 빚에 몰려 소작인으로 전락하고, 소작하는 땅을 떼여 서울에 가서 벌이를 찾지 않을 수 없는 사정을 소상하게 그렸는데, 상당 부분이 검열에서 삭제되었다. 서울에서 지게를 지는 벌이를 겨우 얻고, 시골에 있는 아내와 세 자식에게 여비를 보내지 못하니 걸식하면서 오라고 한 것이 결말이다.

〈여성〉 1938년 3월호의 〈동화〉(童話)와, 그 속편이라고 한 〈조광〉 1941년 7월호의 〈병이 낫거든〉은 심청이처럼 효성이 지극한 시골 처녀가 공장에 가서 돈벌어 부모를 도우려다가 병이 들어 되돌아온 이야기이다. 몸을 돌보지 않으면서 돈을 집에 보내고 저축을 하느라고 무리를 해서 "미련과 낙망으로 통곡이라도 하고 싶게 안타까운 어두운 맘을 안고서" 돌아오면서, 남은 돈을 헐어 아버지·어머니 선물을 사는 장면이 눈물겹다. 돈을 아무리 들여도 치료 불가능한 병인 줄 모르고, 한약 몇 첩 먹고 나으면 시집이나 가라는 아버지의 말을 따르기로 했다.

김유정(金裕貞, 1908~1937)은 멀리서 바라보는 시각을 버리고 농민의 마음속에서 들어갔다. 농민을 계몽하거나 계급투쟁을 선동하려고 한 소설에서는 찾아볼 수 없는 농민 자신의 말을 했다. 관념이 제거된 실제 상황이어서 모든 것이 살아 있다. 그러나 있는 그대로 보여주는 데 그친 것은 아니다. 풍자와 해학을 의식 각성의 방법으로 삼아, 무엇이 문제인가 알아차리고 해결책을 찾았다.

〈조선일보〉 1935년 7월 17일자에서 31일자까지의 〈만무방〉에서, 밖에서 보는 것과 실제 사정이 어떻게 다른지 명확하게 밝혔다. "만무방"은 염치없고 막돼먹은 사람을 지칭하는 말이다. 그런 인물을 등장시켜, 착실하게 일하면 잘살 수 있을 터인데 구제불능의 망나니가 된 것이 무슨 까닭인가 하는 의문을 몇 단계의 반전을 거치면서 풀어나갔다.

응칠은 농사일을 해도 남는 것은 빚뿐이어서, 가족을 버리고 떠돌다가 전과자가 되어 만무방 노릇을 하며, 아우 응오에게 얹혀 지내게 되었다. 아우는 지주와 장리 놓은 사람이 재촉해도 추수를 미루었는데, 누가 벼를 훔쳐갔다. 응칠은 전과자인 자기에게 혐의를 둘까 염려해 도둑을 잡으려고 결심하고 논 가까이 있는 산에서 밤을 샜다.

그런데 도둑은 응오였다. 추수를 해도 자기에게 남는 것이 없으니 벼를 훔쳐 먹다가 들켰다. 그렇게 된 바에야 아예 도둑질을 하러 가자고 형이 제안하니 거절했다. 아우를 넘어뜨려 패주고는, 언제 철이 날지 딱하다고 쓰러진 아우를 업고 왔다. 그렇게 되기까지 이른 사건을 제삼자의 관찰과 설명이 아닌 등장인물 자체의 의식에 밀착시켜 전개해 독자도 자기 일인 것처럼 느끼게 했다.

〈조광〉 1935년 12월호에 발표한 〈봄·봄〉 또한 긴박한 상황과 생동하는 문체를 특징으로 삼아 겉으로 보아서는 대수롭지 않은 소재를 다루었다. 데릴사위가 성례를 자꾸 미루고 딸을 내주지 않는 장인에게 조르다 못해 대들기에 이른 소동을 데릴사위를 일인칭 서술자로 해서 흥미롭게 작품화했다. 배참봉댁 마름 노릇을 하는 장인은 머슴을 두면 새경을 주어야 하니까 데릴사위를 여럿 갈아들이는 술책을 썼다.

쌍방에 각기 협력자가 있어 사태가 심각해졌다. 뭉태라는 친구는 장인의 속셈을 일러주며 싸움을 부추겼다. 동네 구장은 농사일을 하다가 트집 잡고 손놓으면 징역 간다고 위협했다. 아내가 될 점순이가 자기편이라고 믿고 장인에게 대들어 "할아버지" 소리를 하며 빌게 하다가, 점순이 태도가 달라지자 사태가 역전되었다. 얼빠진 등신이 되어 장인에게 두들겨 맞기만 했다.

시혜를 표방하고 가족윤리를 내세워 항거를 어렵게 하는 수탈의 전형적인 양상을 그런 우스꽝스러운 사선을 설성해 그리고, 밎시는 빙도를 찾으려고 했다. 이런 경우에는 풍자와 해학의 용도가 구분되었다. 흉측한 의도를 숨기고 있는 가해자를 풍자하고, 소견이 모자라는 피해자가 지닌 약점을 해학으로 나타내, 모호하던 사태를 분명하게 하고 행동의 방향을 암시했다.

〈개벽〉 1935년 3월호의 〈금 따는 콩밭〉에서는 금전판으로 돌아다니는 친구의 꾐에 빠져 빚에 시달리는 농사꾼이 소작하고 있는 콩밭을 온통 파헤치며 금을 찾는 소동을 벌였다. 〈조광〉 1936년 5월호에 발표한 〈동백꽃〉은 사춘기에 갓 들어선 소년·소녀의 감정 갈등을 다루면서, 마름의 딸인 소녀가 짓궂게 굴고 소작인의 아들인 소년은 주눅이 들어 있는 양상을 보여주었다.

농민의 처지를 문제 삼은 작가에 김정한(金廷漢, 1908~1996)도 있었다. 첫 작품 〈사하촌〉(寺下村)을 〈조선일보〉 1936년 1월 9일자부터 23일자까지 발표할 때부터 농민이 겪고 있는 수탈과 기만에 맞서는 완강한 자세를 보였다. 그 작품에서는 절의 토지를 소작하는 마을 농민들이 과도한 소작료, 가뭄, 관청 등의 부당한 간섭 때문에 견디다 못해 일제히 들고일어나는 과정을 그렸다.

투쟁의 대상을 사찰의 승려로 한 점이 특이하다 하겠으나, 자기 논을 시주로 절에 바치고 소작인이 되어 귀찮으면 붙이지 않는 것이 어떠냐 하는 말로 우롱당하기까지 했다는 데 파멸을 자초하는 바보짓의 특징이 극명하게 나타나 있다. 수탈이 가중되어 생존 자체가 위협받을 지경에 이르러서야 무엇이 잘못되었는지 깨닫고 농민들끼리의 싸움을 중단하고 집단항거를 하게 된다고 하는 것을 설득력 있게 나타냈다.

고국에서 살지 못하고 만주로 가야 했던 농민들이 그곳에서 겪은 고난은 최서해가 이미 다룬 바 있고, 항일투쟁을 그린 강경애의 작품도 그런 사정과 관련이 있다. 그 뒤를 이은 작가가 안수길(安壽吉, 1911~1977)이다. 첫 작품 〈적십자병원장〉(赤十字病院長)이 〈조선문단〉 작품

모집에 당선되어 1935년 8월호에 실리기로 되어 있었는데, 독립군의 활약을 다룬 내용이어서 전문 삭제되었다.

만주 거주 작가들이 1941년에 단편소설집 〈싹 트는 대지〉를 낼 때 〈새벽〉을 수록했다. 만주로 이주한 농민 일가족이 비참하게 되는 형편을 그 집 아들인 어린 소년을 서술자로 해서 이야기했다. 중국인의 마름 노릇을 하는 동족이 소금 밀수를 밀고하고, 소년의 누나를 빚값에 빼앗았다. 이웃집 총각과 정분이 나 있었던 누나는 마름에 끌려가자 자살했다고 했다.

일제가 만주를 침공해 이른바 만주국을 세워 조종하고 통제하는 상황에 적응하면서 작품을 쓰기 위해 고심해야 했다. 만주국을 이루는 오족(五族)의 하나가 조선인이라고 일제가 규정해 우리말로 글을 쓰는 것은 계속 허용되었으나, 나타내는 내용이 문제였다.

〈원각촌〉(圓覺村)은 국내로 보내 〈국민문학〉 1942년 2월호에 발표된 작품인데, 원각교라는 종교에서 세운 이상촌이 마적에 시달리는 형편을 그리고, 주인공이 아내와 함께 거기 가서 정착하려고 애쓰는 사정을 전했다. 1944년의 단편집 〈북원〉(北原)에 수록한 작품, 1944년 12월 1일자부터 1945년 7월 4일까지 그곳 신문 〈만선일보〉(滿鮮日報)에 연재한 장편 〈북향보〉(北鄉譜)에서 이민한 동족들이 만주를 새로운 고향으로 삼아 정착하는 과정을 그렸는데, 일제의 시책에 따른 구상을 피할 수 없었다.

만주에서 활동하고 있던 작가 가운데 김창걸(金昌傑, 1911~1991)은 다른 방향을 보여주었다. 〈싹 트는 대지〉에 실은 〈암야〉(暗夜)에서는 지주의 첩으로 팔려가게 된 연인을 구하기 위해 애쓰다가 마침내 함께 탈출을 하는 결단을 내리는 소작인 청년의 투지를 일인칭 서술을 통해 설득력 있게 나타냈다. 자기 체험을 근거로 삼은 내용이라 생동하는 표현을 얻었으며, 사회적 모순을 고발하고자 하는 의지가 강하게 나타나 있다.

1945년 이전에 쓴 다른 작품은 원본이 남아 있지 않아 기억을 더듬어

복원한 것이 대부분이어서 자료에 문제가 있으나, 역경에 굴복하지 않고 민족 해방을 지향하는 의지가 뚜렷한 인간상을 그린 특징이 있었음을 인정할 수 있다. 〈만선일보〉 1940년 2월 1일자에서 28일자까지 연재한 〈청공〉(靑空)은 아편중독자가 된 지식인이 참회하고 타락에서 벗어나는 인간 승리의 과정을 그렸다. 〈만선일보〉 1940년 5월 6일자에서 7일자까지 실린 〈낙제〉(落第)에서는 중학교를 졸업하고 실업자 노릇을 하다가 공장 노동자가 된 주인공이 일본인 조장 때문에 겪는 민족적 수모를 다루었다.

김동환, 〈1930년대 한국전향소설연구〉(서울대학교 석사논문, 1987) ; 조현일, 〈1920~30년대 노동소설연구〉(서울대학교 석사논문, 1991) ; 신상성, 《김남천연구》(경운출판사, 1991) ; 이덕화, 《김남천연구》(청하, 1991) ; 김재남, 《김남천문학론》(태학사, 1991) ; 하웅백, 《김남천문학연구》(시와시학사, 1996) ; 이재인, 《김남천문학》(문학아카데미, 1996) ; 신인수, 〈송영문학연구〉(서울대학교 석사논문, 1991) ; 정백수, 《한국 근대 식민지 체험과 이중언어문학》(아세아문화사, 2000) ; 노상태, 〈김사량 소설 연구〉, 《어문학》 73(한국어문학회, 2001) ; 조성면, 〈이북명소설연구〉(한국정신문화연구원 석사논문, 1991) ; 채호석, 〈'황혼'론〉, 《민족문학사연구》 1(민족문학사연구소, 1991) ; 조구호, 〈한설야의 '황혼' 연구〉, 《배달말》 17(배달말학회, 1992) ; 서경석, 〈한설야문학연구〉(서울대학교 박사논문, 1992) ; 문영희, 《한설야문학연구》(시와시학사, 1996) ; 조수웅, 《한설야 소설의 변모양상》(국학자료원, 1999) ; 권유, 《이기영소설연구》(태학사, 1993) ; 유인순, 《김유정문학연구》(강원대학교출판부, 1988) ; 박정규, 《김유정소설과 시간》(깊은샘, 1992) ; 전상국, 《김유정》(건국대학교출판부, 1995) ; 전진재, 《김유정문학의 전통성과 근대성》(한림대학교출판부, 1997) ; 박세현, 《김유정소설의 세계》(국학자료원, 1998) ; 김윤식, 《안수길연구》(정음사, 1986) ; 오양호, 《한국문학과 간도》(문예출판사, 1988) ;《만

주조선인문학연구》(문예출판사, 1996) ; 임범송 외, 《조선족문학연
구》(목단강 : 흑룡강조선민족출판사, 1989) ; 채훈, 《재만한국문학연
구》(깊은샘, 1990) ; 조성일 외, 《중국조선족문학》(연길 : 연변인민출
판사, 1990) ; 장백일, 〈김창걸소설연구〉, 《어문학논총》11(국민대학
교출판부, 1992) ; 김호웅, 《재만조선인문학연구》(국학자료원, 1998)
등의 연구가 있다.

11.14.3. 염상섭 · 현진건 · 채만식의 사회사소설

일제와의 관계에서 빚어지는 민족모순, 우리 사회내의 계급모순을 각
기 어느 측면에서 다루는 데 그치지 않고 한데 합쳐 거대한 그림을 그리
는 것이 소설가의 소원일 수 있었다. 사회사의 전개를 관통해서 이해하
는 관점을 마련하고 복잡한 인간관계를 잘 정리해서 다루는 시각을 갖
추어야 그럴 수 있었다. 그 결과 산출된 몇몇 장편은 근대소설이 이룩한
최고의 성과로 평가되면서 각기 그 나름대로의 문제점도 있다.

염상섭(廉想涉, 1897~1963)이 1931년 1월 1일자에서 9월 17일자까지
〈조선일보〉에 연재한 〈삼대〉(三代)는 당시까지의 사회사를 한 가문의
내력을 들어 보여주었다. 할아버지 · 아들 · 손자로 이어지는 삼대기는
고전소설에서 물려받아 새삼스럽지 않다. 그러나 삼대의 사고방식 차
이를 통해 시대 변화를 뚜렷하게 나타낸 것은 이 작품에서 처음으로 확
보한 성과이다.

몇 십 년 동안에 극단에서 극단으로 넘어가는 커다란 변화가 있었던
데 주목해 그 경과를 따지고 앞으로의 방향을 짚는 작업을 감당하고 나
서서, 가문소설을 현대화하고 당대의 역사소설을 썼다. 한 대의 이야기
가 끝나고 다음 대가 등장하는 가문소설의 통상적인 방식을 버리고, 세
세대가 공존하면서 서로 대립되는 관계를 다루어 역사를 사회에서, 시
간을 공간으로 나타냈다. 그렇게 해서 사회소설의 좋은 본보기를 마련
했다.

할아버지 조의관은 서울의 중인으로 축재를 해서 벼슬과 족보를 사서 양반 행세를 하며 시대 변화를 거부하는 보수적인 사고방식을 견지했다. 낡은 시대의 지배자인 가부장에 대해 비판하는 주제를 다른 나라의 여러 작품과 함께 다루면서, 사회적 위치를 그렇게 설정한 것은 우리 사회의 특수성에 근거를 두었다. 양반의 지위를 사서 상승한 부류가 새 시대로 나아가는 데 가장 큰 장애가 된다고 보았다.

조의관은 돈이 있지만 아끼고, 첩을 두고서도 혹하지 않는 모범을 보이면서, 그런 건실한 가풍이 자자손손 이어지기를 바랐다. 그런데 아들인 조상훈은 기독교를 믿고 미국 유학을 하더니, 사회사업을 한다면서 딸처럼 돌보아준다던 처녀를 유린하고 인격 파탄자가 되었다. 조의관은 아들과 대면조차 하지 않고, 손자 조덕기를 신임해 재산을 직접 넘기고 세상을 떠났다.

셋째 세대를 대표할 수 있는 인물은 사회주의자가 되어 가출하고, 비밀 행동이 적발되어 고초를 겪는 김병화일 수 있는데, 김병화를 그 집 손자라 하지 않고 조덕기의 친구로 설정했다. 조덕기는 일본 유학을 하고 있는 새 시대의 지식인이면서 할아버지의 사고방식을 이해하고 자기가 도와주는 처녀에게 아버지처럼 횡포를 부릴까 경계하고, 김병화의 활동을 어느 정도 이해하면서 동조하는 자세를 지녔다.

이 작품에 등장하는 그 밖의 많은 인물은 각기 자기 나름대로의 고집이 있어 서로 대립되었다. 금전과 애욕이 그 근거일 뿐만 아니라, 가치관의 차이가 심각한 문제를 일으켰다. 두 인물 사이에서 인정되는 동질성은 제삼자와의 대결을 크게 버르집는 연합전술이어서 항구적인 의의가 없다. 그런 관계에서 크고 작은 충돌이 계속 일어나는 과정의 연속으로 작품이 짜여 있다.

서두의 〈두 친구〉라는 대목에서 할아버지·덕기·김병화가 등장하는 방식을 보자. 할아버지는 덕기와 가족의 동질성을 확인하면서 불량해 보이는 침입자 김병화를 경계했다. 김병화는 덕기와 친구의 공감을 다지고 할아버지에 대해 반감을 가졌다. 그처럼 양극의 두 인물이 중간의 인물을 자기편으로 끌어들이면서 싸움을 유리하게 전개하고자 하는 작전이 작품 전편에서 계속되었다. 덕기는 계속 중간인물 노릇을 하고, 다른 모든 주요 인물은 대척적인 관계를 가지고 이질적인 사고방식을 명확하게 나타냈다. 할아버지의 죽음을 중심에다 두고 모든 사항이 얽혀 떨어질 수 없게 했다. 비슷한 양상의 다툼이 계속되는 공간소설이어서 분명한 결말이 있을 수 없었다.

조의관이 모은 거금을 어디다 쓸 것인가 하는 것이 거듭 다루어진 가장 중요한 문제이다. 조의관은 조상 산소를 꾸미고 족보를 내는 데 쓰는 것이 가장 보람 있다고 하는데, 아들 상훈은 꾸어온 조상을 위하니 가소롭다 하고 새 시대를 이끄는 교회·학교·자선단체 등에 기부해야 한다 해서, 부자 관계가 결렬되었다. 아들은 옳은 말을 하는 것 같지만, 재산을 늘리고 관리할 능력이라고는 없어 내세우는 명분과는 다르게 낭비하고 탕진할 따름이었다.

할아버지한테서 직접 상속을 받은 덕기는 재산을 지킬 줄은 알아도 쓸 줄은 몰랐다. 김병화 쪽 활동을 멀리서 후원하기나 하고 자기가 하고자 하는 일이 없었다. 낭비마저 할 줄 모른다는 점에서는 아버지보다 더 무능하다고 말할 수 있다. 자산가 가문의 몰락이 그렇게 닥쳐왔다. 생산 활동으로 재산 증식을 하지 못할 뿐만 아니라 소비를 하는 것도 궤도를 잃다가 막혀버렸다.

거기까지 이른 파탄을 잘 보여주면서도 철저하게 비판하지 않고 수습 가능성이 있는 듯이 말했다. 무책임하고 불철저한 태도를 비난해 마땅하다고 할 수 있고, 대립을 조화시킬 수 있는 가능성을 모색한 것을 평가해야 한다고 할 수도 있다. 좌우의 노선 대립에서 중간파이기를 바란 작가의 견해가 그 나름대로의 장단점을 가졌다.

〈삼대〉의 속편이라 할 수 있는 〈무화과〉(無花果)를 1931년 11월 13일자에서 1932년 11월 12일자까지 〈매일신보〉에 연재했다. 주요 인물을 이름을 바꾸어 다시 등장시켜, 몰락을 역전시켜보려고 했다. 조덕기와 같은 조건을 가진 주인공 이원영은 돈을 더 벌고 유익하게 쓰는 적극적

인 활동을 시작했다. 할아버지한테서 물려받은 무역회사와 그 회사가
인수한 신문사를 맡아 운영했다. 그런데 경영난에 부닛히고 보낙과 중
상을 당했으며, 아버지와 재산 상속 문제로 충돌해 법정 시비까지 벌어
져, 무엇 하나 제대로 되는 일이 없었다. 사회주의운동에 돈을 댄 것이
발각되어 감옥에 가게 되자, 아버지가 설쳐서 집안을 망쳤으며, 어머니
는 화병으로 죽었다.

이원영은 채련이라는 기생의 사랑에서나 위안을 얻으려고 했다. 채
련의 조카 정애를 사랑하는 완식이라는 청년은 이원영과 좋은 대조를
이루었다. 보통학교를 겨우 졸업했으나 자기 힘으로 집안 살림을 꾸려
나가고, 좌우 양쪽의 기존 사회운동을 다 불신하고 다른 길을 새롭게
개척하려 했다. 다음 시대의 주인공인 완식은 이원영이 하는 일이 의의
있다고 인정하지 않았다.

이원영의 노력은 어느 모로 보든 드러난 성과가 없었다는 것을 암시
해 작품 표제를 〈무화과〉라고 했다. 기업을 하면 이윤을 추구하는 데
힘쓰고, 사회운동을 하려면 벗어부치고 나서야 할 것인데, 이것도 저것
도 아닌 중도파 노릇을 하려 하니 성실하게 노력해도 허탈에 빠지는 결
과에 이를 따름이었다. 중도파가 마땅한 자리를 찾아 설득력 있는 주장
을 펴기 어려운 사정임을 절감했다.

돈의 힘이 아닌 자기 힘을 믿고 나서는 인물이라야 신뢰할 수 있다고
생각해 다음 작품은 다르게 썼다. 1932년 11월 7일자에서 1933년 6월 13
일자까지 〈조선중앙일보〉에 연재한 〈백구〉(白鳩)에서는 〈무화과〉의 완
식과 같은 인물인 박영식을 주인공으로 삼았다. 박영식은 홀어미 밑에
서 자라나 자수성가해 보통학교 교원이 되었으며, 사회주의자 유경호
를 알면서 새로운 인생을 발견했다.

그런데 거기까지 가는 과정에서 방탕한 모리배 이형식과 사랑 싸움
을 벌이는 것이 절실한 의미 없이 길게 이어졌다. 백화점 여점원 원랑
을 사랑했으나, 자기 잘못으로 원랑이 이형식의 후처가 되어 불행을 겪
게 했다. 그 대신에 이형식의 첩 노릇을 하다 물러선 기생 춘홍과 결합

했다. 주인공의 위치를 낮추었다고 해서 활력이 생기지는 않았다. 염상섭은 희망에 찬 미래상을 지니지 않아, 크게 절망하지는 않으면서 세태를 그 정도로 살피는 데 머물렀다.

현진건이 1933년 12월 2일자부터 1934년 6월 16일까지 〈동아일보〉에 연재한 〈적도〉(赤道)는 염상섭의 장편과 좋은 대조를 이루었다. 염상섭이 다작을 한 것과 달리, 현진건은 몇 차례 예비 작업을 하다가 당대 사회를 다룬 장편은 그것 한 편만 썼다. 〈개벽〉 1925년 11월호의 〈새빨간 웃음〉, 〈조선문단〉 1927년 1월호에서 3월호까지의 〈해 뜨는 지평선〉에서 한 작업을 확장시켜 작품 한 편이 여러 면모를 지니게 했다.

완성된 형태를 보일 때에는 신문소설의 요건을 갖추었다. 추리소설처럼 긴박한 사건을 전개해 납득할 수 없는 결과의 숨은 원인을 추적하고, 삼각관계를 여럿 겹쳐놓고, 돈이냐 사랑이냐, 애욕이냐 순정이냐 하는 문제를 제기한 점에서는 통속소설의 특징을 갖추었다. 염상섭이 남성의 관심사를 다루는 데 그친 것과 달리, 여성의 내면까지 들어가 여성소설과 남성소설과 합친 것도 특기할 만한 차이점이다.

그렇다고 해서 빠지면서 읽으면 그만인 작품은 아니다. 흥미는 외형이고 유인책이다. 몇 단계에 걸쳐 상식을 깨는 충격을 주면서 독자가 작품의 심층까지 내려가도록 하고, 현실의 어려움을 타개하는 방향을 뚜렷하게 제시했다. 항일 무장투쟁의 필연성을 암시하는 데까지 나아갔다. 무서운 적과 싸우는 데 반드시 필요한 표리부동의 유격전 전술을 구사했다.

박병일이라는 자산가가 김여해라는 빈한한 청년의 연인이었던 홍영애와 혼인한 날 밤 김여해가 칼부림을 하다가 감옥살이를 하게 되었다. 출옥하는 김여해를 홍영애가 박병일과 함께 사는 집에 데려가 돌보아 주겠다고 했는데, 김여해는 박병일의 누이 은주를 겁탈한다. 거기까지 이르는 과정을 보면 박병일은 당당하고 너그러우며 김여해는 비열하고 파렴치한 것 같으나, 김여해가 감옥살이를 한 이면에는 독립운동 군자금을 빼앗으려고 자기를 협박했다는 박병일의 모함이 있었다.

은주는 오빠가 김여해를 징벌할 것으로 믿었는데, 버린 여자이니 아랫사람에게 후처로 주어 문제를 수습하겠다고 하자 분노해 산상에 투신했다가 김여해에게 구출되었다. 박병일과 애욕의 관계를 가지고 돈을 뜯어내는 기생 명화는 김여해에게 호감을 가지고 자기의 과거를 이야기했다. 명화가 백년낭군이라면서 잊지 못하는 김상열이 독립운동의 중대 임무를 띠고 국내에 잠입했다. 김여해가 그 임무를 맡아 폭탄을 던진 뒤 자결하고, 김상열과 명화는 은주와 함께 국외로 탈출했다는 것이 결말이다.

> 취조중 조선인 청년 폭탄 깨물고 즉사……
>
> 그 청년은 상해 방면에서 잠입한 모라고 하나, 취조가 진행되기 전에 죽어버렸으므로 공범 관계라든가, 계통 기타는 전연 알 수 없다고…….
>
> 먼지가 자욱이 앉은 차창엔, 지평선 속에서 뭉실뭉실 떠오르는 대륙의 새빨간 태양이 숭엄한 얼굴을 비치었다.

결말 대목을 일부 인용하면 이와 같다. 윗부분의 두 문장은 탈출하는 사람들이 우연히 보게 된 신문 기사이다. 마지막 한 줄은 중국 대륙을 달리는 차창 밖의 광경이다. 직설은 피하고 암시를 하는 방법으로, 목숨을 건 투쟁이 크나큰 희망임을 최대한 강력하게 나타냈다.

주요 인물의 대립 관계는 작품의 전개와 더불어 명확한 의미를 가지는 것으로 드러났다. 박병일은 친일 자본가이고 탐욕과 타락의 주역이다. 김상열은 갖은 고초를 겪으면서 독립운동을 하는 민족의 영웅이다. 그 둘 사이에 든 김여해는 맹목적인 정열을 가지고 박병일과 부딪치다가 독립운동을 했다는 근거 없는 죄로 감옥살이를 하고서, 김상열을 만나자 정열과 투지가 목적을 가지게 되었고 독립운동에 목숨을 바쳤다.

홍영애는 박병일과 안락한 가정을 이루어 행복을 누리는 것처럼 보였으나, 사실은 기생 명화보다도 애욕을 더 잘 매매했다. 남의 가정 평화를 파괴하고 돈을 옭아내는 데 수단을 가리지 않아 비난받아 마땅한 것으로 보이던 명화야말로 김상열에 대한 숭고한 사랑을 간직하고 투쟁을 도왔다. 순진하고 가련한 은주는 무고하게 희생되어 짓밟히자 비로소 박병일의 허위를 알고 세상을 바로 보아 인생을 다시 출발할 수 있었다. 금전과 애욕으로 빚어지는 추악한 세태를 그 자체로서 그리는 데는 염상섭에 미치지 못했지만, 독립투쟁이 문제 해결의 최종 방법임을 명확하게 한 지혜와 용단은 현진건이라야 갖출 수 있는 것이었다.

그것은 위험한 작전이었다. 통속적인 흥미를 자아내는 사건으로 겉을 싸고, 개념화한 설명은 하지 않은 채 장면과 심리 묘사로 작품을 이끌어 나가는 위장술을 잘 이용해, 일제는 속이면서 독자에게는 내심을 드러내는 것이 계속 가능할 수 없었다. 현진건은 역사소설을 택해서 간접적인 대결을 시도하고, 다른 작가가 나서서 당대의 현실을 장편소설로 다루면서 측공이나 역공을 하는 유격전의 방법을 새롭게 강구했다.

그 일을 맡아 나선 사람이 바로 채만식(蔡萬植, 1902~1950)이었다. 단편에서 반어와 풍자의 수법을 개척해 공식화된 소설 작법의 한계를 넘어서다가, 〈탁류〉(濁流)와 〈천하태평춘〉(天下太平春)이라는 장편 두 편에서, 직설은 피하고 암시를 하는 방법으로 일제 지배하의 사회를 통렬히 비판하는 방법을 강구했다. 표리부동이 유격전 전술임은 현진건의 경우와 같지만, 표면을 이면과 다르게 만드는 방법은 정반대였다. 현진건이 최대한 배제한 설명을 납득할 수 없는 헛소리로 필요 이상 늘어놓아 독자가 반어의 표면임을 알아차리고 이면의 진실을 찾도록 유도했다.

1937년 10월 13일자부터 1938년 5월 17일자까지 〈조선일보〉에 연재한 〈탁류〉는 신문소설의 관습에 따라 격정극의 흥미를 찾는 독자를 끌어들였다. 착하고 아름다운 여주인공 초봉이가 부모의 뜻을 받들어 시집갔다가 잘못 걸려들어 팔자를 망치고 계속 악당에게 유린되는 기구한 운명에 값싼 동정의 눈물을 흘리게 했다. 그 점에서는 신소설의 후신인 누자(淚字)소설 같다.

인간관계가 복잡하다는 것을 보여주어 공식에서 벗어나기 시작했다. 초봉이를 심청이처럼 희생시키고 아무 덕도 보지 못한 아버지 정주사는 워낙 무능해 책임을 물을 수 없었다. 초봉이에게 마음을 두던 착실하고 얌전한 청년 남승재는 초봉이를 잃고 아우 계봉이와 가까워졌다. 초봉이는 자기를 망친 여러 악당 가운데 가장 흉물스러운 장형보를 죽여야 했다.

그러면서 사건소설의 흥미를 스스로 파괴하는 별난 짓을 했다. 서두에 공중에서 내려다본 듯이 금강의 흐름을 크게 그려, 개인의 수난을 민족의 수난과 연결시키는 거시적인 안목을 가지라고 했다. 거기다 바짝 붙여, 금강 어구 군산의 미두장 투기꾼들 사이에서 욕먹을 짓을 해 멱살 잡혀 있는 정주사의 모습을 아주 근접해서 그렸다. 앞서 제시한 거시적인 안목을 가지고 미시적인 관찰을 면밀하게 하도록 독자를 훈련시킨 수법이다. 정주사는 멱살 잡혀 숨이 넘어가려는 긴박한 상황인데, 주변 상황까지 한가롭게 들추며 잡소리를 늘어놓고 느릿느릿 말을 이어 등장인물의 운명과 서술자의 시각이 어긋난다는 것을 명확하게 보여주었다.

판소리 광대가 아니리를 엉뚱하게 하면서 익살을 떠는 수법을 써먹으면서 딴 짓을 했다. 사건 전개에 빠져드는 독자의 다리를 걸고 뒤통수도 치면서 엉뚱하게 비꼬는 해설을 줄곧 늘어놓아, 빠지지 못하고 따지면서 읽게 했다. 세상이 잘 되어간다는 말을 길게 늘어놓는 것을 듣고 독자는 오기가 돋쳐 무엇이 잘못 되었는지 심각하게 따지게 했다.

금강 하구 군산의 미두장은 호남평야에서 나는 쌀을 일본으로 가져가는 곳일 뿐 아니라, 쌀 시세 변동을 노리고 돈을 걸어 투기를 하도록 하는 주식거래소와 같은 기능까지 해서, 농민도 지주도 상인도 다 망하게 하고 일제는 막대한 이득을 거두어들였다. 정주사가 멱살 잡히고, 초봉이가 희생되고, 파렴치한 악당이 함부로 설치고 하는 것이 모두 미두장 때문에 생긴 당연한 결과이다. 일제의 식민지 통치로 말미암은 민족의 수난이 그렇게 집약되었다.

마음씨가 착하고 식견이 모자라는 사람들은 그런 줄 모르고, 마음만 잘 먹으면 복을 받고, 악인도 근본은 나쁘지 않고 어느 때에는 개심을 하리라는 믿음 속에서 살아왔다. 그런 꿈에서 깨어나 현실을 바로 보게 하는 것을 작가의 사명으로 삼았다. 남승재는 어려운 환경을 무릅쓰고 병원 조수를 하며 의사 수업을 하는 착실하고 모범적인 청년이어서 사회구조의 잘못은 전혀 인식하지 못하고 과학기술의 향상으로 빈곤을 해결하겠다는 소망을 가지다가, 뒤늦게 "독초를 키우는 육법전서"를 인식했다. 초봉이가 심청이와 같이 자기를 희생시키고도 아무 보상도 받지 못하고 거듭되는 시련에 시달리다가, 마침내 장형보를 죽이는 결단을 내린 것을 결말이 아니고 새 출발의 "서곡"이라고 했다.

그렇게 해서 이루어지는 의식의 각성은 심청이 왕후가 되고 심봉사가 눈을 뜨게 한 것 이상의 비약이다. 다음 단계의 싸움이 어떻게 전개되어야 하는가? 깨어나기 시작한 독자라면 스스로 알 수 있어, 작가가 투옥을 각오하고 구태여 말할 필요가 없었다.

〈천하태평춘〉은 〈조광〉 1938년 1월호에서 9월호까지 연재했다. 신문소설이 아니어서 통속물인 듯한 인상을 주지 않아도 되었고, 작품을 새롭게 쓰는 시험을 더욱 적극적으로 할 수 있었다. 향교의 장의(掌儀)를 했다고 크게 행세하는, 지주이고 고리대금업자인 윤장의 영감 집에서 하루 동안 일어난 일을 이것저것 다루면서, 친일 보수세력의 그릇된 의식에 대한 치열한 비판을 하는 탁월한 수법을 보여주었다.

염상섭의 〈삼대〉와 비슷한 설정을 하고서 사태의 추이를 지루하게 묘사하지 않았다. 작가가 적극적으로 나서서 등장인물을 인형 조종하듯이 움직여 명확하게 결판을 냈다. 존댓말로 해설을 하며 윤장의 영감을 추어주고 변호하고 한 것이 탈춤에서 말뚝이가 양반을 욕보인 수법과 상통한다. 검열에서 탈잡아 삭제할 말은 한마디도 하지 않으면서 일제와 함께 망해야 할 세력을 통렬하게 비판했다.

자세하게 살피면 표리부동의 구조가 절묘하다. 그 영감이 대단하다고 계속 추어주고 하는 짓이 볼 만하다고 너스레를 떨면서, 인색한 습성, 재산의 내력, 일제에 의존하고자 하는 의식, 허망한 꿈을 여지없이 야유했다. 그 영감이 판소리를 너무 좋아해 염치없는 짓을 한다고 자주 나무라기까지 하면서, 자기는 탈춤과 꼭두각시놀음뿐만 아니라 판소리 에서도 수법이나 다채롭게 활용해 풍자 효과를 높였다.

서두에서 윤장의 영감은 거구로 인력거를 타고 와서는 인력거 삯을 깎겠다고 했다. 일꾼이나 하인은 상전을 섬기기만 하고 대가는 바라지 말아야 한다고 생각하니 당연한 말을 한 것이다. 곁에 두고 부리는 아 이가 영감보다 한 수 더 떠서 절약을 신조로 삼고, 다른 놈들처럼 월급 이니 무어니 하는 아니꼬운 것을 바라지 않으니 다행이라고 했다. 어린 기생을 데리고 다니면서도 아무 것도 주지 않으려 했다. 자기가 은혜를 베푼다고 생각했다. 소작인들에게 땅을 주어 먹고살게 하는 것이 큰 자 선사업이라고 했다.

거기까지는 미련하다고나 할 정도인데, 세상 형편에 대한 생각은 그 렇게 단순하지 않다. 출처가 확실하지 않은 돈을 모았던 아버지가 "불 한당 화적"에게 죽은 기억이 생생했다. 일본 사람들이 들어와 "천하태 평"을 누리게 해준 데 대해 진심으로 감사했다. 경찰서 무도장을 짓는 데 아낌없이 기부했다. 중일전쟁이 일어난 것을 보고 행실 나쁜 청국을 혼내주니 잘하는 일이라 했다. 양반을 사고, 족보에 도금을 한 것으로 도 미흡해 손자 종수와 종학이 군수나 경찰서장을 해서 가문을 더욱 빛 낼 것을 기대하고 공부를 시켰다.

그런데 집안에서 분란이 계속 일어났다. 아들 창식은 집을 돌보지 않 고 노름으로 밤을 새며 신선놀음에 도끼자루 썩는 줄 몰랐다. 군수 감 으로 친 손자 종수도 방탕하게 놀고, 아버지의 첩 옥화와 정을 통했다. 며느리와 손자며느리는 악이 올라 발악을 하면서 영감에게도 대들었 다. 그래도 큰일이 일어나지 않도록 누르고 윽박지르고 하며 하룻밤을 넘겼는데, 이튿날 큰일이 벌어졌다.

경찰서장 감으로 지목하고 잔뜩 기대를 걸고 있는 종학이 "사상관계 로 경시청에 피검"되었다는 전보가 동경에서 날아왔다. 가장 큰 소망이 무너지고, 아버지 대부터 원수로 여긴 "불한당"이 집안에 들어오는 파멸이 닥쳤다. 그 충격을 만리장성으로도 지키지 못하고 진시황의 나라가 망한 데다 견주었다.

채만식이라고 해서 그런 작전을 계속 쓸 수 있었던 것은 아니다. 〈매일신보〉를 작품 발표의 지면으로 이용해 1939년 6월 19일자에서 11월 19일자까지 연재한 〈금(金)의 정열〉에서는 황금에 눈이 어두워 파멸을 자초하는 무리를 매도하는 단순한 주제를 직설적으로 제시했다. 주상문이라는 젊은 부호는 지방의 광산주를 야비한 계책에 빠뜨려 광산을 손아귀에 넣고, 주상문의 은사 박선생도 직장과 집을 버리고 금광을 하겠다고 나섰다고 하면서, 이익 추구 외에 다른 아무런 가치도 남아나지 못하는 세태를 보여주었다. 광산에서 노다지가 나오자 훔치러 간 자들이 깔려죽는 데서 황금의 잔혹상을 처절하게 나타났다. 그러면서 아무런 희망도 제시하지 않았다.

신상성, 《한국가족사소설연구》(경운출판사, 1992) ; 유종열, 《가족사 · 연대기소설연구》(국학자료원, 2002)에서 총괄론을 폈다. 염상섭은 김종균, 《염상섭연구》(고려대학교출판부, 1974) ; 《염상섭의 생애와 문학》(박영사, 1991) ; 신동욱 편, 《염상섭문학의 사회적 가치》(새문사, 1982) ; 유병석, 《염상섭 전반기소설 연구》(아세아문화사, 1985) ; 김윤식, 《염상섭연구》(서울대학교출판부, 1986) ; 권영민 편, 《염상섭문학연구》(민음사, 1987) ; 이보영, 《난세의 문학 : 염상섭론》(예지각, 1991) ; 김경수, 《염상섭 장편소설 연구》(일조각, 1999) ; 박상준, 《1920년대문학과 염상섭》(역락, 2000) 등에서 연구했다. 《소설의 사회사 비교론》 2(지식산업사, 2002)에서 〈삼대〉를 다른 나라의 비슷한 작품들과 비교해 고찰했다. 현진건은 신동욱 편, 《현진건의 소설과 그 시대 인식》(새문사, 1981) ; 현길언, 《현진건소설연구》(이우출판사, 1988) ; 《문학과 사랑과 이데올로기, 현진건연구》(태학사, 2000) ; 한상무, 〈현진건 소설의 이데올로기연구〉(세종대학교 박사논문, 1993) 등에서 연구했다. 채만식은 신동욱,《우리시대의 작가와 모순의 미학》(개문사, 1982) ; 이래수,《채만식소설연구》(이우출판사, 1986) ; 신상웅,〈'삼대'와 '태평천하'의 구조에 관한 대비연구〉(중앙대학교 박사논문, 1986) ; 김상선,《채만식연구》(약업신문사, 1989) ; 우한용,《채만식소설 담론의 시학》(개문사, 1992) ; 劉麗雅,〈채만식과 老舍의 비교연구〉(한국정신문화연구원 박사논문, 1992) ; 이주형,《한국근대소설연구》(창작과비평사, 1995) ; 유화수,〈채만식 소설 연구 : 서사 전통과의 연계양상을 중심으로〉(전북대학교 박사논문, 1996) ; 조창환,《해방전후 채만식 소설 연구》(태학사, 1997) ; 황국명,《채만식 소설 연구》(태학사, 1998) ; 김홍기,《채만식 연구》(국학자료원, 2001) ; 방민호,《채만식과 조선적 근대문학의 구상》(소명출판, 2001) 등에서 연구했다.

11.14.4. 세태소설

사회사를 통괄해서 다루는 소설을 쓰는 데 필요한 역사의식을 힘들게 갖추어 시비의 대상이 되는 것이 소설가에게 부과된 필수적인 과제인가 의문을 가진 사람들은 다른 길을 찾았다. 작업의 범위를 줄여 사회상을 나타나 있는 그대로 그리는 데 힘쓰면 부담을 줄이고 내실을 갖출 수 있다고 여겼다. 일제와의 투쟁이 절망적이고 계급모순의 해결 또한 난감하다는 것을 구태여 말하면서 목청을 돋우어 무얼 하는가 하고 반문하면서 발표하는 데 어려움이 없고 사회에 대한 관심이 없다고 나무라지도 못할 세태소설을 만들어냈다.

그렇게 하는 데 앞장선 사람이 박태원(朴泰遠, 1909~1986)이었다. 〈조광〉1936년 8월호부터 10월호까지에 연재하던 중편〈천변풍경〉(川邊風景)을 장편으로 늘여, 1938년에 단행본으로 낸 것이 서울 청계천 주변에 사는 사람들의 생활을 잘 묘사했다고 해서, 발표 당시부터 세태소설의 좋은 본보기로 평가되었다. 세태소설의 개념과 특징이 이 소설을 모형으로 해서 정리되었다.

청계천 일대는 서울 중인이나 상인의 생활터전이었다. 한약국·포목점·금은방 주인들이 전과 다름없이 행세하면서 안잠자기·드난살이·심부름꾼을 부리고, 시대 변화와 함께 이발소·양품점·식당·카페 같은 것들이 나타났으나 아직 크게 번창하지 않았다. 그런 상황에서 빚어지는 사소한 사건을 일정한 줄거리 없이 이것저것 들추어내서 아무런 해석을 보태지 않고 보여주었다.

대화와 지문을 등장인물의 생각에 내맡겨 실감을 돋우고, 작자는 편집 솜씨나 발휘해 대체적인 방향을 잡았다. 세태를 그 자체로 보여줄 따름이고 역사나 사회에 대해 무슨 문제를 제기한 것은 아니다. 자세히 살피면 비판적인 시각이 없는 것은 아니다. 거듭 등장하는 민주사라는 위인은 돈을 모아 부회의원 선거에 나갔다가 낙선하고, 첩에게 농락당해 고민이었다. 포목점 주인의 중산모가 바람에 날려 개천 똥물에 떨어져 구경꾼들을 웃겼다는 데서 작품이 끝났으니, 친일 부호에 대한 야유가 나타나 있는 셈이다.

민주사의 위치에까지 오르지 못한 소시민들의 거동도 가관이다. 부모는 며느리에게 가혹한 시집살이를 시키고, 자식은 술집 출입을 일삼으며 가정을 파탄시키곤 했다. 카페라는 이름의 신식 술집에서 취객을 농락하는 여급들이야말로 악의 장본인 같으나, 여급 기미꼬는 어려운 사람들을 보살폈다. 그 주위의 근로청소년들도 꿈을 버리지 않았다. 이발소에서 심부름하며 기술을 배우는 재봉이는 포목점 주인이 낭패 보는 꼴을 본 목격자이다. 그렇지만 야유하고 시비하는 소리가 약해 잘 감지되지 않는다. 일상생활의 사소한 사건에나 관심을 가지고 그 이상은 생각하지 않게 했다. 그것이 세태소설의 특징이고 한계이다.

박태원은 세태소설을 단편으로도 썼다. 〈여성〉 1937년 12월에 발표한 〈성탄제〉(聖誕祭)를 보자. 언니 영이가 카페 여급 노릇을 하는데, 학생인 아우 순이가 더럽다고 욕을 하자 영이는 누구 덕에 먹고살며 공부를 하느냐고 반문한다. 그러던 중 영이가 임신을 하게 되어 벌이를 못하게 되고, 바로 성탄절 날 순이가 언니 대신 손님을 데리고 집으로 왔다. 이 튿날 아침 사내를 졸라 식구 수대로 자장면을 시켜녁을 때 넝이의 의왼 눈에 눈물이 흘렀다. 주목할 것은 내용보다 작가의 태도이다. 상황 묘사를 줄이고 대화 위주로 간략하게 서술했다. 언니를 비난하던 아우가 같은 처지가 되고 만 결말을 전혀 흥분하지 않고 이끌어냈다.

박태원의 작품이 그런 짜임새를 갖추는 것은 흔하지 않은 일이었다. 〈문장〉 1939년 7월호의 〈골목안〉은 좁고 더러운 골목 안에 사는 여러 가족의 생활을 이것저것 산만하게 다루었다. 집주릅을 하다가 매매가 없어 견디기 어렵게 된 영감은 딸이 카페 여급이고, 큰아들은 집을 나가고 없고, 작은아들은 권투를 한다면서 사람을 치고 다닌다고 했다. 이웃의 몇 집도 그렇고 그렇게 산다고 했다. 파국에 이르는 사건은 일어나지 않고, 느슨하기가 〈천변풍경〉과 비슷하면서 그만한 재미는 없다.

김남천은 소설 이론을 거창하게 전개하다가 세태소설을 쓴 것이 바람직하다는 결론을 얻고 스스로 실천해 보였다. 〈조광〉 1937년 7월호의 〈소년행〉(少年行)이 그런 작품이다. 약방 점원을 하는 소년을 관찰자로 해서 그 주변 사람들의 생활을 살피다가, 소년의 누나가 출현하는 사건이 일어났다. 누나는 기생 노릇 하기에 지쳐 있었으며, 반갑기는 해도 거북스럽게 느껴졌다. 사회주의를 한다던 청년이 누나와 가까이 지내며 술집을 함께 하겠다는 것을 경멸했다. 소년의 정신적 성장을 보여주기까지 한 듯한데, 구성이 산만하고 문장이 순탄하지 않다.

시험 삼아 쓴 작품의 실패를 만회하고 대단한 것을 이루리라고 작심해, 〈대하〉(大河)를 써서 1939년에 전작으로 내놓았다. 역사의 커다란 흐름을 다룬 것 같은 제목을 걸고, 평양에서 원산 가는 길목의 어느 고을에서 한 집안을 중심으로 몇 달 동안에 일어난 일을 다루었다. 갑오년 난리 때 일본군을 상대해 돈을 모은 박성권이 그 고을에 와서 지주로 자리 잡고, 돈놀이도 해서 세력을 뻗치게 되었다는 내력을 간략하게 설명하고, 그 뒤 십여 년 지난 1910년대 중반의 사정을 충실하게 그렸다.

박성권은 악착같이 돈을 끌어 모으고, 빚으로 윽박질러 여자를 차지하고, 격에 맞지 않게 양반 행세를 하고, 기부금 덕분에 학교운동회를 후원하는 부회장의 직책을 맡아 우쭐댔다. 조상에 열녀가 있다 해서 양반으로 행세하던 같은 박씨의 박리균 형제는 마방을 하고 여관도 경영해도 형세가 피지 않았다. 일본인 상점에서는 신기한 물건을 잔뜩 가져다 팔았다. 신식 학생들은 삭발을 하고 운동회를 열었다. 예수 믿는 사람들이 나날이 늘어났다.

그런 변화를 충실하게 묘사하는 데 힘쓰고 해석이나 평가는 되도록 배제해 세태소설의 특징을 보여주었다. 사람은 각자 자기가 좋은 대로 살아갈 따름이라고 하고, 집단의 움직임을 들어 사회구조를 파악하려고 하지는 않고, 역사의 방향은 관심 밖에 두었다. 문제와 수법 어느 모로 보든지 소설사에 긍정적인 기여를 했다고 하기 어려운 범속한 작품인데, 작가의 선전술과 영향력 때문에 과대평가되었다.

이기영은 계급문학을 하겠다고 하고, 농촌의 사회적 갈등을 다루는 작품을 부지런히 썼다. 투쟁의 대상과 주체를 분명하게 갈라놓고, 정공법을 써서 작품을 전개했다. 그렇게 하는 것이 사실주의의 길이라고 믿고 다른 방법을 찾지 않았다. 일제의 억압이 가중되어 그렇게 하기 어렵게 되었어도 현진건이나 채만식처럼 측공이나 역공을 하는 유격전을 택하려고 하지 않아, 순응하는 자세를 보여줄 수밖에 없었다.

〈봄〉이 그런 작품이다. 1940년 6월 11일자부터 8월 10일까지 〈동아일보〉에 연재하다가 신문이 폐간당하고, 다시 1940년 10월호에서 1941년 2월호까지 연재하던 〈인문평론〉도 같은 수난을 겪었다. 1942년에 가까스로 단행본으로 엮어 전편을 내놓았다. 수난이 많아도 다룬 내용은 평범했다. 정공법을 써서 싸움을 다시 한 것은 아니다. 세상의 모습을 정면에서 다루었을 따름이다.

양반 출신의 마름 양대를 등장시켜 투쟁이나 비판의 대상으로 삼지 않고, 살아가는 모습을 긍정적인 시각에서 바라보기만 했다. 아버지 유춘화는 무관학교를 중퇴하고 귀향해 매가의 토지를 관리하면서 상민인 농민들과 어울려 계몽에 힘쓰고 학교를 설립하느라고 무리해서 파산했다. 아들 석림은 아버지의 영향을 받고 세상 경험을 쌓으면서 큰 인물이 될 배포를 키워간다고 했다. 사회적 모순에 대한 논급은 되도록 피하고, 풍속 묘사를 길게 해서 세태소설이라고 할 것을 만들어냈다.

한설야가 1940년 8월 1일자에서 1941년 2월 4일까지 〈매일신보〉에 연재한 〈탑〉(塔)도 비슷한 성격의 가족사 세태소설이다. 위의 두 작품과 상통하는 방식으로 한 시대의 변화를 다루었다. 친일 자산가가 등장하는 과정을 그리고 그 아들 대에는 변화의 조짐이 보인다고 한 것이 〈대하〉와 상통한다. 그런데 표면에 나타난 사실을 그리는 데 그치지 않고, 작가가 주인공의 생각에 동조해 친일 성향을 보여주었다. 지면을 제공한 신문이 바라는 바를 작품 속에 나타냈다고 할 수 있다.

함경도지방에서 양반이라면서 세력을 누리던 박진사는 통감부 시절에 의병 선무공작 담당자로 뽑혀 삼수군수가 되었다. 홍범도 의병 때문에 부임하지 않고 암살 위험을 피해 달아나, 돈 많은 과부를 첩으로 얻고, 광산을 경영하고 황무지를 개간해 돈을 모았다. 그러는 동안에 집안에 분란이 있어, 양자와 정을 통하던 소녀가 아이를 배고 미쳐 죽은 사건이 일어났다면서 장황한 서술을 했다. 둘째 아들 우길이 〈대하〉의 형결처럼 씩씩하게 자란다는 것을 상당한 비중을 두고 다루었으나 기질이 그렇다는 것뿐이다. 함경도의 지방색을 물씬 풍겨 흥미를 끌려고 했다.

이태준(李泰俊, 1904~?)은 단편의 형태로도 세태소설이라고 할 것들을 썼다. 〈조광〉 1937년 3월호에 발표한 〈복덕방〉을 보자. 세상이 바뀌자 양반으로서 위신을 잃은 노인들이 복덕방에 모여 소일한다 하고, 그 가운데서 한 사람인 안초시가 딱하게 세상을 떠났다고 하면서 세태 변화를 널리 살폈다.

안초시는 무용을 하는 딸이 용돈을 잘 주지 않아 불만이었고, 서해안에 새로 항구가 생기니 땅을 사두라고 딸에게 권했다가 낭패를 보게 했다. 그래서 자살을 했는데 딸은 자기 명예를 생각해 덮어두라고 했다. 노인들이 곡을 하고 조사를 읽다가 가슴이 막혔으며, 장지까지 따라갈

작정이었으나, 딸과 함께 모인 젊은이들의 꼬락서니가 보기 싫어 그만
두었다. 죽은 노인에게 동정을 보내면서 세태 변화를 거부하고, 양반의
위엄이 지속되어야 한다고 했다.

〈문장〉 1939년 2월호에서 3월호까지의 〈영월영감〉(寧越令監)에서는
영월의 고을 원을 지내고, 3·1운동 때 옥고를 치른 노인이 젊은이들에
게 패기가 없는 것이 불만이라고 했다. 그러면서 자기는 금광을 하러
나섰다가 실패하고 죽었다. 그 과정을 인상 깊게 그리는 데 이태준 특
유의 장기를 발휘했다.

장편소설은 통속물만 쓰다가, 새롭게 유행하는 가족사 세태소설에
손을 댔다. 1941년 3월 4일자에서 7월 5일자까지 〈매일신보〉에 연재한
〈사상(思想)의 월야(月夜)〉가 그런 작품이다. 매국노로 몰려 의병의 공
격을 받고 러시아로 망명했다가 죽은 아버지 이야기를 들으며 주인공
이 성장하는 과정을 그렸다. 고학을 하면서 큰 꿈을 키운다고 하고, 일
본에 유학을 하고서 학교를 세워 과학을 발전시키고 미신을 타파해 아
버지의 뜻을 잇겠다고 했다.

세태소설이라고 할 수 있는 작품이 모두 같은 방향으로 나아간 것은
아니다. 장편이 현실 추수의 경향을 나타내기나 할 때 단편에는 비판의
식을 버리지 않으려는 작품이 있었다. 〈여성〉 1938년 1월호에 발표된
이선희(李善熙, 1911~?)의 〈매소부〉(賣笑婦)를 보자. 세태의 한 단면
을 아무 군소리 없이 냉혹하게 그렸다.

주인공 채금이는 집에서 손님을 받는 매소부 노릇을 해서 어머니, 남
동생 내외, 어린 조카로 이루어진 한 가족을 먹여 살렸다. 그 짓을 십
년 넘게 해서 지칠 대로 지쳤는데, 집안 분란이 끊어지지 않고, 남동생
댁은 별짓을 다했어도 서방질만은 안했다고 하면서 악을 썼다. 같이 죽
자 하던 폐병 환자를 찾아갔다가 아내의 시중을 받는 모습이 행복해 보
여 돌아서야만 했다. 그렇게 전개되어 쓰디쓴 느낌을 줄 따름이고 웃음
이 개재될 여지가 없다.

세태를 그리는 작품은 무대가 서울 같은 대도시만일 수 없고, 지방에

서 일어난 일을 취급한 작품 또한 적지 않았다. 김소엽(金沼葉, 1912~?)이 〈조선문단〉 1935년 2월호에 발표한 〈폐촌〉(廢村)에서는 어촌이 피폐한 모습을, 살기 위해 고생하는 모녀의 딱한 사정을 중심으로 그렸다. 돼지를 키우느라고 먹이를 사러 다니다가, 정미소에 쌀 고르는 일을 하러 가느라고 배 삯이 필요해 돼지를 팔았다.

단편에서도 세태의 어느 면을 자세하게 보여주는 것을 능사로 삼은 작품이 있다. 〈여성〉 1939년 4월호에 발표된 현덕(玄德, 1912~?)의 〈잣을 까는 집〉도 그런 작품이다. 석수인 남편은 일거리가 없어 놀고 아내가 잣을 까는 일을 해서 연명하는데, 아들이 잣을 훔쳐 먹어 벌어지는 소동을 세밀하게 그렸다.

세태소설처럼 보이게 하면서 주장하는 바를 갖추려고 한 작품도 있다. 〈인문평론〉 1940년 6월호의 〈최(崔)고집선생〉에서 이근영(李根榮, 1910~?)은 세태가 각박해져도 흔들리지 않는 굳건한 자세를 아쉬워했다. 서당 접장 최선생은 권력 앞에서 굽히지 않고 시비를 바르게 가리겠다는 고집을 버리지 않았다. 살기 어려워 만주까지 갔는데, 큰아들이 남의 기생첩과 사통하다가 맞아죽는 변을 보고, 자기 자식이 잘못해서 그렇게 되었다면서 고소하지 말라고 했다.

김정한은 〈문장〉 1940년 10월호의 〈추산당(秋山堂)과 곁 사람들〉에서 축재를 한 승려가 애첩의 집을 떠나 절에 올라가 운명을 하는데, 유산을 노리고 그 주변을 도는 사람들의 추태를 그렸다. 어떤 비리라도 용납하지 않는 준엄한 자세가 칼날 같다. 어조를 누그러뜨리지 않으려고 해서 작품활동을 중단했다.

단편소설에서 세태를 그릴 때에는 장편처럼 자세한 내용을 갖출 수 없었다. 어느 한 단면을 들어 많은 것을 말하기 위해 갖가지 방법을 쓰는 가운데 풍자가 특히 큰 구실을 했다. 검토가 필요한 문제의 인물들을 등장시켜 모습과 거동을 풍자하면 자기는 어느 편인지 밝히지 않으면서 말 참견을 많이 할 수 있었다. 친일 작품을 쓰지 않고서도 검열을 통과할 수 있는 거의 마지막 방법이 별 내용이 없는 작품을 쓰는 것이었다.

이기영은 〈여성〉 1939년 3월호의 〈묘목〉(描木)에서, 전에는 부자였는데 술로 망한 시골 유지, 금광을 한다면서 큰소리만 치고 다니는 허풍선이 같은 부류를 풍자했다. 그런 위인 둘이서 방 두 칸에 세 들어 사는 친척집에 손님으로 나타나, 한 칸을 점거하고 떠날 줄을 몰랐다. 공부할 곳을 빼앗긴 소년이 불평하는 말로 작품이 이어지면서 인정을 물리치지 못하는 사고방식까지 규탄했다. 공장에 다니는 아버지가 일러주는 말을 듣고 소년은 잡초 사이에서 자라는 묘목이라고 자부했다.

1942년 3월에 우리말로 나온 〈국민문학〉 마지막 호에 실은 이기영의 다른 작품 〈시정〉(市井)은 땅을 잡혀 돈을 꾸어주고 하면서 농간을 부리는 사기 행각을 흥미롭게 다루고자 했다. 세태 묘사에다 가벼운 풍자를 섞어 현실의 모순을 깊이 파헤치지는 못했다. 범속한 작품이라도 써서 문학이 살아 있다는 것을 알리고 원고료를 몇 푼 받는 것이 대견한 일일 수 있었다.

박승극의 〈항간사〉(巷間事)라는 것은 〈신인문학〉 1935년 12월호에 발표되었는데, 제목을 보면 세상에 흔히 있는 일을 다루었다. 사기꾼이 사회운동가로 위장해 소작쟁의를 선동하다가 잡혀가서는, 돈을 받고 첩자 노릇을 한 내막이 공판에서 밝혀졌다고 했다. 가볍게 쓴 것처럼 꾸미고서 심각한 문제를 다루었다.

박화성은 〈신가정〉 1936년 1월호의 〈불가사리〉에서 풍자 솜씨가 상당하다는 것을 입증했다. 친일 부호가 중풍으로 누운 채 회갑을 맞이하자 여러 자식이 각기 한 차례씩 놀이판을 벌이는 꼴이 가관이었다. 맏아들은 도평의원이라 유지들을 불러 고풍스럽게 기생을 데리고 놀다가, 난장판이 되자 카페의 여급들을 불러들였다. 아비의 엄명을 따르지 않고 감옥에 드나드는 흉악한 역적 막내아들이 놀 때에는 여자는 부르지 않고, 불청객 고등계 형사가 엿듣다가 도적놈 취급을 받았다.

풍자와 해학은 한 작품에 공존할 수도 있고 따로 놀 수도 있다. 풍자는 적대자를 공격하는 사나운 웃음이고, 해학은 동류를 감싸는 따뜻한 웃음이다. 그런 기준에서 작품을 구분하면, 풍자해학소설 · 풍자소설 ·

해학소설이 있다. 이기영과 박승극의 작품이 풍자해학소설이라면, 박화성은 풍자소설을 보여주었다.

이선희의 〈도장〉(圖章)에서 해학소설의 좋은 본보기라고 할 수 있는 것을 보여주었다. 〈여성〉 1937년 1월호에 발표된 그 작품은 소견이 모자라는 소박데기의 우스꽝스러운 거동을 그렸다. "변덕이 왜죽 끓듯하고, 준치 가시같이 깔그러운" 작은 동서에게 얹혀 부엌데기 천덕꾸러기 노릇을 하면서도 무엇이 좋은지 늘 얼굴이 활짝 피어 있다는 거동이 가관이다.

남편이 찾아와 작정한 혼인을 하지 못하면 징역살이를 해야 하니 이 혼장에 도장을 찍어달라고 하자 시키는 대로 했다. 자기 권리는 다 잃고 얄팍한 수작에 넘어가는 멍청한 짓을 보고 기가 막혀 웃으면서 분노를 터뜨리도록 했다. 가엾은 인물이니 풍자가 아닌 해학의 대상으로 삼았지만, 그냥 웃어넘기는 해학과는 달리 무지를 깨우치려는 강한 의지가 담겨 있다.

정현숙, 《박태원문학연구》(국학자료원, 1993) ; 김홍식, 《박태원연구》(국학자료원, 2000) ; 김봉진, 《박태원 소설세계》(국학자료원, 2001) ; 정영자, 《한국현대여성문학론》(지평 ; 1988) ; 김정자, 《한국여성소설연구》(민지사, 1991)의 연구가 있다.

11.14.5. 지식인의 수난과 자학

지식인은 하층민이 아니었다. 어느 정도 경제력이 있어 교육을 받고 전문지식을 이용해 살아나갔다. 그러나 기능인으로 만족하지 않고 비판의식을 가지고 사회를 보고자 했다. 그런 한편으로 직업을 얻기 어렵고 실직의 위험도 도사리고 있어 불안했다. 모든 불행이 식민지 통치 때문에 오고 또한 가중되는 것을 알고, 하층민과 함께 투쟁하는 길을 찾고자 하기도 했다. 자학을 하면서 고민을 망각하고자 했다.

지식인의 처지를 그린 소설은 이광수(李光洙)의 〈무정〉에서 시작되었다고 할 수 있다. 현진건의 〈술 권하는 사회〉나 〈빈처〉, 염상섭의 〈만세전〉 이후의 수많은 근대소설의 작품에서 지식인이 가진 고민과 방황을 다루었다. 그런데 1930년대에 이르면 문제가 더욱 심각해졌다. 지식인이 무력하다는 생각을 더욱 절실하게 하지 않을 수 없는 사태가 벌어졌다.

이광수(1892~1951)가 〈문장〉 1939년 2월호에 발표한 〈무명〉(無明)이 그런 변화를 잘 나타냈다. 지식인은 민중을 교화하는 지도자라는 오랜 지론이 관철될 수 없다는 것을 깊이 깨닫고 깊은 좌절감에 사로잡힌 심정을, 일인칭 서술자인 주인공이 경찰서를 거쳐 감옥에 들어가 병감에서 고생하다가 풀려나온 과정을 서술하면서 심각하게 토로했다. 감옥에 들어간 이유는 전혀 언급하지 않아 박해를 문제 삼을 의도가 없음을 밝히고 일제를 안심시켰다. 서술자는 감옥에 들어갔기 때문이 아니라 주위의 잡범들이 서로 헐뜯고 탐욕과 탐식을 제어하지 못하는 추태 때문에 괴로워했다. 자기는 무력하다고 한탄하면서 "인생은 괴로움의 바다"라고 했다.

이기영은 〈인간수업〉(人間修業)을 〈조선중앙일보〉 1936년 1월 1일자에서 7월 23일자까지 연재하면서 지식인의 자책감을 다른 방식으로 나타냈다. 대학을 졸업한 지식인이 유복한 가정을 버리고 느닷없이 가출해 인간수업을 한다면서 기이한 짓을 하는 것을 보여주었다. 철학 잡지를 낸다 하고, 사모관대 차림으로 거리를 누비고 다니면서 어울리지 않는 설교를 일삼고, 노동 체험을 한다고 짐꾼 노릇을 하며 비틀거렸다. 그렇게 해야 할 절실한 이유가 있다는 것은 아니어서, 작자도 정신이 나가지 않았는지 의심이 들게 했다.

처음에는 허황하기만 하던 사태가 차차 무엇을 뜻하는지 밝혀졌다. 노름꾼이었던 아버지가 은행가로 성공하고 어머니는 예수를 착실히 믿고 목사의 딸인 아내는 음악을 하는 신여성인, 그런 안정과 행복이 지겨워 자기 부정을 감행했다. 철학자 노릇도 그만두고 노동판으로 나서

자 비로소 둘째 단계의 인간수업을 하고 진실한 삶이 무엇인지 체득했다고 했다.

지식인은 정신적인 좌절을 겪고 자기 분열에 빠져 있는 것만이 아니었다. 직장을 얻기 어렵고, 얻고도 실직자가 되어 살아나가기 어려웠다. 이기영은 〈조광〉 1937년 10월호의 〈돈〉에서 작가를 주인공으로 등장시켜 그 문제를 심각하게 다루었다. 잡지사에 다니다 실직한 소설가가 아이가 앓다가 죽는데 돈 한 푼 없어 시체를 옆에 두고, 아내가 나무라는 궁상스러운 이야기로 소설을 써서 잡지사에 보내니 검열을 받지 않고는 원고료를 낼 수 없다고 했다. 극도에 이른 작가의 빈곤을 나타내면서 검열의 폐해를 검열에 걸리지 않을 방법으로 말했다.

같은 잡지 1938년 5월호의 〈설〉에서는 교사가 감옥에 갔다 와서 실직하고, 아내가 품팔이를 하고 딸이 공장에 다녀서 생계를 잇는다고 했다. 학교에 다니는 아들이 일본말을 더 잘하는 것을 나무랄 수 없었다. 이중과세를 하지 말라고 외치는 소리가 들리는데, 한 번의 과세도 할 수 없는 형편이었다. 집을 나가 정처 없이 걷는다고 했다.

송영이 〈조광〉 1937년 3월호에 발표한 〈음악교원〉(音樂敎員)에서도 불우하게 된 교사의 처지를 다루었다. 작곡까지 하면서 음악을 가르치던 교사가 사회단체 지원을 하고 불온한 시에 곡을 붙였다고 학교에서 쫓겨나고, 사립 강습소에서 가르치다가 거기서도 밀려나야 했다. 가난한 아이들을 무료로 가르치자고 시작한 강습소가 기반을 닦자, 운영자는 월사금 독촉을 일삼고 음악교사를 내보내라는 압력을 받아들였다.

강습소도 그만두고 집으로 돌아가는 날 자기가 작곡한 노래가 들리는 술집에 들러 동요를 함께 부르던 회원 가운데 여급이 생긴 것을 확인했다. 집에 가니 전기가 끊긴 지 석 달이고, 이튿날 집을 비워야 한다고 했다. 그래도 작곡을 하겠다고 흥얼거리고 있는데, 노랫말은 단순한 동시이고 트집잡힐 내용이 없었다. 정치운동을 위해 나서지 않고 성실하게 살려고만 하는 지식인마저 파멸로 몰아넣는 억압을 문제 삼았다.

한인택(韓仁澤, 1903~1937)이 쓴 일련의 작품에서도 지식인은 사회의 비리와 타협할 수 없어 수난을 자초한다고 했다. 〈신동아〉 1934년 8월호의 〈구부러진 평행선〉에서는 대학을 졸업하고 교사가 된 주인공이 여교사와 사랑한다고 교장의 미움을 사서 밀려났다. 기자가 되었다가 다시 쫓겨나 결국 노동을 하다가, 이유를 알 수 없는 일로 검거되었다고 했다. 같은 잡지 1936년 2월호의 〈해직사령〉(解職辭令)에서는, 공장의 사무원으로 취직한 문필가가 노동자들의 대우 향상을 꾀하다가 불온분자로 체포되고, 해직사령이 집으로 날아왔다고 했다.

지식인의 실직은 심각한 문제여서 여러 작가가 거듭 다루었다. 박노갑(朴魯甲, 1905 ~ 1951)이 1933년 9월 30일자에서 10월 14일까지 〈조선중앙일보〉에 실은 〈아내〉가 그런 내용이다. 실직한 주인공이 아들이 죽었다는 편지를 받고 시골에 갔으나, 아내나 집안을 위해 아무 일도 할 것이 없는 무능을 한탄하고 서울로 향했다.

유진오(兪鎭午, 1906~ 1987)는 〈조선지광〉 1929년 9월호의 〈오월의 구직자(求職者)〉에서 전문학교 졸업생이 직장을 얻지 못해 헤매는 형편을 참담하게 그렸다. 학비를 대느라고 시골의 땅은 다 팔고, 아버지는 마지막으로 돈 20원을 부쳐주고서 며느리와 함께 서울 가서 살림을 차리기로 하고 집까지 팔았다고 했다. 그런데 일본인 학생주사가 사상이 좋지 못하다고 본 탓에 취직을 할 수 없어, 오월이 되도록 낡은 학생복에 중절모를 쓴 차림으로 거리를 헤매야 했다.

그런 줄 모르고 시골서 가족이 온다는 날 극도에 이른 번민을 누르고 푸른 빛 직공 옷에 몸을 싼 자기를 마음속에 그려가며 용기를 얻었다. 그것은 혼자 겪는 고통이 아니었다. 지식인을 필요로 하는 직장은 일본인이 차지하고 얼마 남지 않았는데 경제공황이 닥치자 취직난이 더욱 심해지고, 일제의 지배체제에 대해 비판적인 성향을 지닌 지식인은 철저히 배제되는 사정을 절실하게 나타냈다.

유진오는 다시 〈신동아〉 1935년 1월호의 〈김강사와 티(T)교수〉에서, 대학 강사에게 닥친 수난을 다루었다. 일본의 일류 대학을 졸업하고, 지도교수를 통해 조선총독부 관리의 추천을 얻어 전문학교 강사가 된 주인공이 일본인 교수가 겉으로 호의를 베푸는 체하면서 신원의 내막을 캐는 데 맞설 수 없는 번민이 심각했다. 문화비평회라는 단체에 가담한 과거가 드러나지 않도록 애써도 허사였다. 그래서 "지식계급이란 이 사회에서도 이중 삼중 사중 아니, 칠중 팔중 구중의 인격을 갖도록 강제된 것이다"라고 하며 마음속으로 탄식했다.

채만식이 〈신동아〉 1934년 5월호에서 7월호까지에 발표한 〈레디-메이드 인생〉은 "취직운동에 있어서는 백전백패의 노졸"이라고 소개한 주인공이 서울서 혼자 지내며 굶어죽지 않은 것이 기적이라고 할 수 있는 지경에 이르렀다고 한 작품이다. 고등교육을 받았기 때문에 고급의 취향이 고착된 기성품 인생이라 어줍잖게 자존심을 지키려 하고, 벗어부치고 노동을 할 수 없으니 무력할 수밖에 없다고 했다.

지식인을 야유하는 말을 잔뜩 넣었다. 취직에서 금기로 여기는 사상을 철저하게 지니지도 않은 "되다가 찌부러진 찌스러기"이고, 수용될 곳이 없는 잉여인간, "무력한 문화예비군"이어서 전당포에다 책을 잡히고서 술을 마시고 여자를 사는 객기를 부릴 따름이라고 했다. 그런 위인이 시골의 아내와 헤어진 후 어린 아들을 형에게 맡겨두었다가, 데려다가 인쇄소 견습공으로 넣어 아들은 자기와 전혀 다른 길을 가게 했다고 했다.

1938년 3월 7일자부터 14일자까지 〈동아일보〉에 연재한 〈치숙〉(痴叔)은 그 비슷한 작품이면서 지식인에 대한 비판이 더욱 날카롭다. 대학을 나온 지식인이 사회주의운동을 하다가 징역 살고 나와 폐인이 되다시피 하고 오래 버려두었던 아내의 품팔이로 연명하는 신세가 되었다고 친척 아이가 헐뜯는 말로 작품이 이어졌다. 일본인 상점에서 점원 노릇을 착실히 해서 주인의 신임을 얻고, 장차 일본인 아내를 얻어 일본인 사이에서 성공해보겠다는 포부를 가진 그 아이가 무능하고 무력한 아저씨를 한심하게 보아 기회 있을 때마다 타박을 주는 것이 당연하다고 하는 반어를 사용해 사태가 심각하다고 알려주었다.

최정희(1912~1990)는 지식인 여성이 지식인이면서 또한 여성이기에 겪는 이중의 소외와 모멸을 절실하게 나타냈다. 〈조광〉 1937년 4월호의 〈흉가〉(凶家)는 신문사 여기자가 남편 없이 많은 식구의 가장 노릇을 하며 살아가는 고난을 다루었다. 〈조선일보〉 1938년 7월 8일자에서 22일자까지 실린 〈곡상〉(穀象)에서는 만주에 갔다가 아편중독자가 되어 돌아온 남편이 아들을 문둥이에게 팔 정도로 타락했는데, 아내는 살기 위해 어떤 고생도 견디는 자세를 보여주었다.

〈문장〉 1939년 9월호에 발표한 〈지맥〉(地脈)에서는 지식인 여성이 겪는 처참한 시련을 그렸다. 사회운동을 하는 청년과 동거하는 동지가 되어 이상 실현을 염원했는데, 첩으로 취급될 따름이었다. 그 사람이 죽자, 본부인의 천대를 받으며 사생아를 데리고 살아야 했다. 기생의 침모, 첩 집의 가정교사, 여유 있는 학생의 보호자로 전전하면서 형편이 조금 나아졌다. 남편 친구의 청혼을 받았으나 응낙하지 않고, 아이 둘이 호적이 없어 학교에 들어가지 못하는 고민을 안고 헤맸다.

같은 잡지 1940년 4월호의 〈인맥〉(人脈)은 연작 관계에 있는 다음 작품인데, 들뜨고 변덕스러운 여성을 내세워 남녀 관계의 자유를 추구해본 내용이다. 별로 나무랄 것 없는 남편과 이혼하겠다고 하고, 친구 남편인 시인에게 사랑을 갈구하다 가정으로 돌아가라는 충고를 받았다. 성격이 거친 좌익운동가와 동거하다가, 할머니·어머니 때의 도덕을 다시 따르기로 했다. 그렇게 해도 무사하다고 무리하게 가정해본 셈이다.

〈삼천리〉 1941년 1월호에서 4월호까지의 〈천맥〉(天脈)은 세 번째 작품이다. 남편이 죽은 다음 아이의 교육 문제로 번민하다가 의사에게 개가한 여인이 불행하게 되어, 보육원으로 가서 원아들과 어울리며 고독을 달랜다고 했다. 여성의 수난을 사회와 인생에 관한 깊이 있는 성찰을 위한 문젯거리로 삼지 않고, 자기 처지를 변호하는 데 이용하려는 경향이 더 두드러지면서 앞의 두 작품에서 거둔 성과를 오히려 감퇴시켰다고 할 수 있다.

김남천의 작품에도 여성 주인공의 곤경을 다룬 것들이 있다. 〈문장〉 1940년 10월호의 〈경영〉(經營)과, 〈춘추〉 1941년 2월호의 〈맥〉(麥)에서

사상 때문에 감옥에 들어갔던 연인이 나오면서 전향하고 변신해 외톨이가 된 여인의 처지를 그렸다. 그런데 주변의 상황을 장황하게 설명하고 허전한 심정에다 의미를 부여하는 따위의 해설 때문에 충격이 감퇴되고 문제가 흐려졌다.

지식인의 처지를 다루되 수난을 문제 삼지 않고 무기력에다 중점을 두는, 지금까지 살핀 것과 다른 계열의 작품이 전부터 있었다. 박태원이 〈조선중앙일보〉 1934년 8월 1일자에서 9월 19일자까지 연재한 〈소설가구보씨(小說家仇甫氏)의 일일(一日)〉이 그 좋은 예이다. 어머니·형수와 함께 살면서 아무 벌이도 하지 못하는 소설가가 집을 나서서 하루 동안 헛되이 돌아다닌 행적을 그리면서, 이렇다 할 매듭이 없는 내면의식을 장황하게 노출시켰다.

〈문장〉 1939년 4월호에 실린 정인택(鄭人澤, 1909~?)의 작품 〈준동〉(蠢動)의 주인공도 밀린 하숙비 때문에 하루 한 끼의 눈칫밥을 먹으면서 길거리에 나오지만 일자리도 갈 곳도 없었다. 그러면서 자신의 무능·나약·권태를 합리화하기만 했다. 작가는 비판하는 관점을 확보하지 못하고, 배경과 구성이 분명하지 않은 수법으로 모호한 의식을 좇았다.

이상(李箱, 1910~1937)은 지식인의 무력감과 파멸을 가장 심각하게 그리면서 마치 아무 문제도 없는 듯이 말하는 낯선 표현 형태를 찾았다. 〈조선〉 1930년 2월호부터 12월호까지 연재한 〈십이월십이일〉에서는 가난과 질병에다 가족생활의 파탄까지 겹쳐 자살하지 않을 수 없게 된 주인공의 사정을 그렸다. 고난의 양상을 정면에서 다루는 방식에서 이탈해서 무슨 말인지 알기 어려운 낯선 작품을 보여주어 독자를 당황하게 했다.

〈날개〉는 〈조광〉 1936년 9월호에 발표할 때부터 갖가지 해석과 평가가 엇갈린 문제작이다. 서문 같은 글의 첫머리에서 "박제가 되어버린 천재"를 아느냐고 물었다. 다시 한번 더 날도록 겨드랑이에서 날개가 돋으라고 하는 절규로 작품은 끝난다. 날개를 잃은 아기장수 이야기를 형태를 바꾸어 한 것 같은데, 수난과 박해에 관한 언급은 전혀 없이 일상생활을 태연하게 서술하는 방식을 택했다.

일인칭 서술자인 주인공은 창녀와 동거하며 뒷방에 감금되어 있는 신세이다. 아무런 능력·의욕·의지도 없으면서 스스로는 그런 줄도 모르고, 닭처럼 주는 모이를 먹고 잠에 빠진다. 몇 차례 목적 없는 외출을 하면서 자기 처지를 되돌아보려고 하다가, 마침내 격렬한 충동에 사로잡혀 고층건물 옥상에 올라가 날개가 돋으라고 날아오르자고 했다. 무기력이 의식되지 않아 합리화조차 필요하지 않은 백치 상태까지 이르렀다가, 일상생활의 망각에서 벗어나 비약을 하고 싶은 충동을 그렇게 나타냈다.

최명익(崔明翊, 1908~?) 또한 전후 사건은 뚜렷하지 않은 복합적인 상황에서 정상에서 벗어난 의식이 서로 얽히는 양상을 그려, 잘 이해되지 않는 작품을 썼다. 〈여성〉 1938년 2·3월호의 〈역설〉(逆說)은 4년째 시계추처럼 흔들리고 있는 인물을 등장시켜 일상생활의 단조로움을 나타냈다. 〈문장〉 1939년 6월호의 〈심문〉(心紋)에서는 왕년의 이름난 사회주의 운동가가 아편중독자로까지 타락된 사정을 장황하게 서술했다.

신동욱, 《우리시대의 작가와 모순의 미학》(개문사, 1982) ; 조남현, 《한국지식인소설연구》(일지사, 1984) ; 전혜자, 《현대소설사연구》(새문사, 1987) ; 이강언, 《한국현대소설의 전개》(형설출판사, 1992) ; 최혜실, 《한국모더니즘소설연구》(민지사, 1992) ; 이중재, 《구인회(九人會)소설의 문학사적 연구》(국학자료원, 1998) ; 노상래, 《한국문인의 전향 연구》(영한, 2000) ; 이계열, 《한국현대소설의 자아의식 연구》(국학자료원, 2001) ; 김인옥, 《한국 현대전향소설 연구》(국학자료원, 2002) ; 최상윤, 《한국 자의식소설 연구》(세종출판사, 2002) ; 김한식, 《현대소설과 일상성》(월인, 2002) ; 문홍술, 《한국 모더니즘소설 연구》(청동거울, 2003) ; 김양선, 《1930년대소설과 근대성의 지형학》(소명출판, 2003) ; 정순진, 〈모성과 여성의 갈등 : 최정희의 '지

맥'·'인맥'·'천맥'을 중심으로),《한국언어문학》32(한국언어문학회,
1994) ; 김용직 편,《이상》(문학과지성사, 1977) ; 김윤식,《이상연
구》(문학사상사, 1989) ; 김성수,《이상소설의 해석》(태학사, 1999) ;
김주현,《이상소설연구》(소명출판, 1999) 등의 연구가 있다.

11.14.6. 작가 신변의 관심거리

무기력하게 된 지식인 작가가 자기 문제를 다루면서 당사자는 아닌
관찰자로서 생활 주변에서 일어나는 일을 한가롭게 살핀 작품이 적지
않았다. 사소설(私小說)이라는 것도 그런 부류인데 일본소설에서 상당
한 영향을 받은 것이다. 일제와의 대결이 더욱 치열해지는 시기에 도피
하고 은신할 자리를 마련하면서 문학을 옹호하고 작가에게 책임을 묻
기 어렵게 하는 방식을 그런 소설에서 찾았다고 할 수 있다.

안회남(安懷南, 1900~?)의 작품을 보면 무엇이 어떻게 변했는지 쉽
사리 확인할 수 있다. 〈조선문학〉 1936년 6월호의 〈향기〉(香氣)에서 일
요일에 화초를 밖으로 내놓는 소설가가 그 향기를 맡고 즐거워한다고
했다. 결혼한 지 일년에 아내는 임신을 했다고 하며, 화초 못지않게 청
춘의 냄새가 강하다고 했다. 회사를 그만두고 소설 창작에 전념하면서
신변소설을 사회소설로 바꾸고 싶다고 한 것이 사치스러운 상상이다.
신변소설로의 후퇴가 극도에 이른 작품이다.

〈조광〉 1937년 1월호에 발표한 〈명상〉(瞑想)은 자기 아버지 안국선
(安國善)에 대한 회고를 수필체로 적었다. 잊었던 기억이 되살아날 때
의 야릇한 분위기에 젖어 있고 회고한 내용이 정확한지 의심하지는 않
았다. 제목을 잘못 기억한 〈금수회의록〉이 많이 팔렸던 사실을 놀랍게
여길 따름이고, 그 책에서 항일의 열의를 보이던 안국선이 뒤에 어떻게
되었는가는 관심을 갖지 않았다. 지난 일을 말하는 것 같이 하고서 역
사를 망각했다. 자기 신변에만 관심을 두는 왜소한 자세의 소시민이 된
데 대해 변호도 자책도 하지 않게 되었다.

〈춘추〉 1941년 3월호의 〈벼〉는 시골로 낙향하려고 추수 때에 맞추어서 갔다가 실망해서 되돌아왔다고 하면서, 농촌에서는 살 수 없는 부재지주의 사고방식을 나타냈다. 소작인들이 굽실거려도 도배하지 않은 방은 마음에 들지 않아 가벼운 두통이 난다고 했다. 농사 형편이 좋지 못해 쓸 돈을 마련하기 어렵다고 했다. 그런 작품을 써서 작가로서 수입과 위신을 얻으려 했으니 순진하다 하지 않을 수 없다.

이효석(李孝石, 1907~1942)은 안회남처럼 단순한 작가는 아니다. 얼핏 보아서는 속셈이 드러나지 않는 세련된 수법으로 시선을 혼란시키면서 자기 합리화에 힘썼다. 문학을 하는 고급 취향에다가 좌경의 유행을 섞어 더욱 돋보이게 하는 것을 출발점으로 삼았다가 뒤에는 취향을 바꾸었다.

〈대중공론〉 1931년 6월호에서 볼 수 있는 〈노령근해〉(露嶺近海)에서는 러시아로 가는 배에 탄 사람들의 갖가지 거동을 긴장되게 묘사했다. 일제의 밀정이 감시를 하고 있는데 기관실에 누가 숨어 있어 식당 종업원이 은밀하게 음식을 날라주었다. 무산계급문학에 동조한 이른바 동반작가 작품의 좋은 예로 꼽히던 것인데, 분위기로 독자를 사로잡으려고 했을 따름이고 드러내 논할 만한 내용은 없다.

〈삼천리〉 1932년 3월호에 〈오리온과 능금〉에서는, 이름이 삭제되어 있는 책을 독일어의 번역과 대조해서 은밀하게 읽는 모임에 학생, 여공 등과 함께 자기도 나갔다. 새로 가담한 백화점 점원과 능금을 교대로 깨물며 사랑을 느끼다가 깊은 포옹을 했다. 서로 어울리든 말든 좋은 것은 한자리에 다 가져다놓았다. 좌경 언사, 여자가 방종해지도록 하는 분위기, 애욕이 그런 것들이다.

그러다가 장식 삼아 차고 다니던 동반작가라는 호칭을 버리고서는 작품의 상황 설정을 더욱 단순하게 했다. 〈조광〉 1936년 7월호에 〈인간산문〉(人間散文)을 발표하고, 대학 연구실에서 철학을 공부하던 주인공이 회사에 취직하고, 몹쓸 피부병에서 회복되어 불륜의 사랑을 성취하는 과정을 그렸다. 시련과 고민을 말한 것은 아니고, 모든 것이 행복스럽다고 했다.

그 뒤에는 이미 타락했으니 주저할 것이 없다면서 애욕을 즐기는 남녀를 단골 등장인물로 삼았다. 〈삼천리문학〉 1938년 1월호의 〈장미 병들다〉나, 1939년에 단행본으로 낸 〈화분〉(花粉)이 그 좋은 예이다. 애욕을 통속소설에서처럼 그리면서 품격 높은 작품을 쓰는 것처럼 보이게 하는 재주를 가졌다.

〈삼천리〉 1942년 1월호의 〈일요일〉 같은 작품에서는 진짜 버터를 내놓는 호텔에서 양식을 들고 음악을 듣는 자기와 같은 사람이, 인생이 허무하다느니 의미가 있다느니 하며 사치스런 생각을 하는 모습을 그렸다. 중요한 것은 분위기이고 감각이었다. 농촌에서 살아가는 사람들의 이야기를 쓴 일련의 작품에서도 감각의 만족을 추구하는 자기 자신의 모습을 투영시키기나 하고, 농민이 당면한 문제에는 관심을 보이지 않았다.

박태원은 〈소설가 구보씨의 일일〉에서 작가가 자기 생활을 기록한 것과 같은 작업을 계속해서 했다. 〈신인문학〉 1936년 1월호에 발표한 〈거리〉(距離)는 그 작품과 흡사하면서도 수난을 해소해버리는 특이한 사고방식을 시험해보인 점이 다르다. 기생이 주인인 집에 셋방을 얻어 어머니, 형수, 어린 조카와 함께 살면서 하는 일 없이 나다니는 실직자가 다른 사람들과 거리를 가지고 방관자 노릇을 하면 고민을 해소할 수 있다는 지론을 가졌다.

이태준이 작가를 주인공으로 해서 쓴 소설은 절묘한 감각을 갖추어 깊은 인상을 남기는 특징이 있다. 〈조광〉 1936년 1월호의 〈까마귀〉를 보자. 친구의 퇴락한 별장에서 방 하나를 얻어 외롭게 지내는 작가가 폐병 요양을 하러 근처 마을에 와서 머무르고 있는 처녀에게 관심을 가졌다. 연민 때문에 애인이 되어주려고 했더니 약혼자가 있다는 사실이 밝혀졌다.

까마귀 소리를 불길하게 여기는 것을 안타깝게 여겨 한 마리 잡아 예사 새와 다름이 없는 줄 알게 하려 했는데, 까마귀를 활로 쏘아 죽이

는 날 그 처녀가 운명했다. 까마귀를 핏덩이로 만들자, 그 처녀에 대한
기대도 끝나고 마는 좌절을 맛보았다. 서술자이자 주인공인 그 작가는
그 뒤에 패배의식에 사로잡힌 예외자가 되어 음산한 기분으로 살아가
면서 자기 주변의 일을 불길하게 해석하는 기이한 상상에 사로잡혔다
고 했다.

지금까지 든 여러 작가는 모두 소설이 자아와 세계의 대결임을 부담
스럽게 여겨, 자아가 대결에서 벗어나도록 하고자 했다. 실상은 돌보지
않고 세계를 일방적으로 자아화하는 상상에 사로잡히곤 했다. 그런 방
식으로 소설을 서정시에 근접시켜 서정적 소설을 만들어야 문학의 순
수성이 보장된다고 믿는 경향을 이태준이 특히 뚜렷하게 나타냈다.

〈국민문학〉 1942년 2월호에 발표한 〈석양〉은, 근심을 떨치고 고독에
잠기려는 작가가 고도 경주를 찾아 애독자인 소녀를 만나 골동품을 어
루만지는 듯한 감각으로 사랑을 했다는 사연을 전했다. 현실에서 도피
하는 자세를 찬탄하면서 바라보고, 독자도 석양의 분위기에 들떠 모호
한 감상을 느끼게 했다. 일제의 억압 때문에 시인이 앞장서서 괴로워하
고 항쟁하던 시기에 소설을 시에 근접시켜 면책특권을 가지려고 했다
고 할 수 있다.

작가를 주인공으로 하고 회고적인 감상주의를 풍기는 서정적 소설은
고민하지 않고 쓸 수 있으며 단편 역사소설로서도 환영받을 수도 있어
서 비슷한 작품이 여러 편 이루어졌다. 유진오는 1938년 4월 19일자에
서 5월 4일자까지 〈동아일보〉에 연재한 〈창랑정기〉(滄浪亭記)에서 작품
세계를 바꾸어 회고의 정서에 젖고자 했다. 어려서 한강변의 대갓집에
가서 노재상을 만나던 기억을 되살리고, 창랑정이라는 정자가 있던 곳
에 낯선 공장이 들어선 세태의 변화를 안타까워했다. 이와 화친하지 않
으려 했던 노재상이 훌륭했다고 하고, 대갓집 안팎의 가구·정원·경
치 등을 한껏 미화했다.

최인욱(崔仁旭, 1920~1972)이 〈조광〉 1939년 4월호에 발표한 〈월하
취적도〉(月下吹笛圖)는 복고풍 서정적 소설의 다른 좋은 예이다. 고풍

스러운 제목을 내걸고, 신라 고찰의 그윽한 못가에서 휴양을 하는 작가
가 폐병이 든 여류화가를 만나 사랑하고 유작으로 남긴 그림을 받아 간
직했다는 것이다. 낭만적 상상을 듬뿍 불러일으켜 관심을 끌고자 한 작
품이다.

정명환, 《한국작가와 지성》(문학과지성사, 1978) ; 이상옥, 《이효
석 문학과 생애》(민음사, 1992) ; 권정호, 《이효석문학연구》(월인,
2003) 등의 연구가 있다.

11.14.7. 서정적 소설의 확산

서정적 소설은 작가의 신변잡기에 머무르지 않고 작가와는 처지가
다른 농민, 하층 여인, 소년이나 노인 등의 다양한 인물을 주인공으로
하는 많은 작품으로 확대되면서 한 시기의 유행을 이루었다. 농촌소설,
세태소설 등이 평가받는 데 편승해 그럴듯한 소재를 택한 것같이 하고
서, 자기 나름대로의 상상에 따라 세계를 자아화하면서, 그 분위기와
감각을 미문으로 나타내 순수문학을 한다고 나서면, 검열을 염려할 필
요가 없고, 작가로서의 위신을 높이는 데 유리했다.

이태준은 하층의 인물을 그리면서 오래 기억에 남을 인상을 전하려
고 해서 서정적 소설에 근접했다. 1925년 7월 13일자 〈시대일보〉에 발
표한 첫 작품 〈오몽녀〉(五夢女)에서부터 자유롭고 발랄한 개성을 가진
여인을 그리려고 했다. 〈조광〉 1935년 11월호의 〈색시〉에서는 부엌일
하러 온 여자가 웃기 잘하고 괄괄한 성미라고 하면서 그 거동을 흥미롭
게 살폈다. 독특한 색채나 분위기를 지닌 인물의 인상기를 소설로 만들
어 소설의 개념을 단순화했다.

이태준의 작품은 하층민의 고난을 심각하게 다룬 것들도 있어 성격
이 단순하지 않다. 〈신동아〉 1933년 3월호의 〈꽃나무는 심어놓고〉는 대
대로 붙이던 땅이 일본 회사로 넘어가 살 방도를 잃은 농민 일가족이

서울에 가서 걸식하다가 부부가 헤어지고 어린 딸은 죽는다는 내용이
다. 그런데 흔히 있는 내용에다 자기 나름대로의 착상을 보태, 군청에
서 나누어준 꽃나무를 심어놓고 온 것을 잊지 못한다고 해서 동화 같은
상상을 자아냈다.

〈문장〉 1939년 7월 임시증간호에 실은 〈농군〉(農軍)에서는 만주 이민
생활을 다루면서 고생 끝에 물길을 트는 기쁨을 감각적으로 살리는 데
힘썼다. 같은 잡지 1940년 5·6월호의 〈밤길〉은 공사판에서 일하는 노동
자가 비가 쏟아지는 밤에 거의 죽게 된 아이를 안고 헤매며 쓰러지며 하
는 고난을 다룬 내용인데, 분위기 묘사가 뛰어나 깊은 인상을 준다.

이효석은 더욱 단순하고 인상 깊은 작품을 만들려고 했다. 〈조선문
학〉 1933년 10호의 〈돈〉(豚)을 보자. 식이라는 농촌 청년이 돼지 암컷을
길러 종돈과 교배시키려고 가서는, 그 고운 살을 한 번도 허락하지 않
고 자취를 감춘 분이를 생각했다. 돼지의 교배를 그리는 것을 보고, 분
이에 대한 식의 애욕을 독자가 마음껏 상상하게 했다. 그 이상 다른
의미는 없다.

〈삼천리〉 1936년 1월호의 〈산〉에서는 머슴살이에서 뛰쳐나온 주인공
이 산에 들어가 "과실같이 싱싱한 기운과 향기"에 도취되어, 사랑하는
처녀를 업어다가 산에서 살 궁리를 한다고 했다. 유람객이나 등산객의
취향을 도망친 머슴에게 전이해서 나타냈다. 산이 아름답다고 하는 문
장에 수식이 많은 것만큼 산촌 사람들의 생활과는 멀어졌다.

〈메밀꽃 필 무렵〉은 〈조광〉 1936년 10호에 발표된 후 여러 작품선이
나 교과서에 거듭 올랐는데, 허생원이라는 장돌뱅이 보부상의 거동을
시적 취향에 맞게 그려낸 수법이 뛰어나기 때문이다. 허생원이 지나는
길에 어느 처녀와 하룻밤의 관계를 맺고, 그때 생긴 아들과 함께 장돌
뱅이 노릇을 하고 있다는 기묘한 인연이 상상의 비약을 크게 자극해 그
가능성이나 타당성에 대한 고려는 하지 않게 한다. 작품 전편이 미문으
로 꾸며낸 분위기에 들떠 감동을 느끼게 하는 서정시이다.

1930년대 후반에는 서정적 소설을 쓰는 작자가 많이 늘어났다. 계용

묵(桂鎔默, 1904~1961)은 〈조선문단〉 1935년 5월호에 발표한 〈백치(白痴) 아다다〉에서 가련하게 이용당한 마음씨 순진한 벙어리를 동정하는 마음을 나타냈다. 정비석(鄭飛石, 1911~1961)은 1937년 1월 14일자부터 26일까지 〈조선일보〉에 실린 〈성황당〉에서 산골 아낙네의 발랄하고 아름다운 자태를 성적 충동을 자극하도록 그려, 특이한 인상을 뚜렷하게 남기고자 했다.

곽하신(郭夏信, 1920~)은 발랄한 느낌을 주는 서정적 소설을 뛰어난 솜씨로 쓰는 것을 장기로 삼았다. 〈문장〉 1939년 7월호의 〈마냥모〉에서 미련하고 게으른 농사꾼이 한창 바쁜 일을 버려두다가 아내에게 공박당하는 사건을 입심 좋게 이야기했다. 같은 잡지 1941년 2월호의 〈신작로〉(新作路)는 농촌 마을의 변화를 능란한 솜씨로 다루어 문장에 매혹되게 한 작품이다.

김동리(金東里, 1913~1995)는 감각적인 인상에다 어떤 정신적인 의미를 보태려고 했다. 1935년 1월 1일자에서 10일자까지 〈조선중앙일보〉에 실린 〈화랑의 후예〉는 양반이 몰락해 거처할 곳도 없이 다니며 고집이나 부리다가 사기꾼으로 몰려 구속되었다는 내용인데, 제목을 무겁게 붙여 잃어버린 과거를 아쉬워하는 느낌이 가중되게 했다. 〈중앙〉 1939년 5월호의 〈무녀도〉(巫女圖)에서는, 시대가 바뀌고 기독교가 들어오면서 무당이 불신되는 상황을 애처롭게 다루었다. 모화라는 무당은 아들이 좌절을 겪고 살인을 하기까지 해서 상심하고, 딸이 신령님의 아이를 잉태했다면서 무속 신앙을 다시 일으키려다가 실패하자 충격을 받아 굿을 하다가 물에 빠져 자결했다.

황순원(黃順元, 1915~2000)은 시인으로 활동하다가 소설을 쓰기 시작하고, 사건은 뚜렷하지 않으면서 시적인 분위기는 알뜰하게 가꾼 작품 세계를 보여주면서, 서정적인 취향을 짙게 나타냈다. 〈인문평론〉 1941년 12월호에 발표한 〈별〉을 보면, 어머니를 잃은 아홉 살 난 사내아이가 이복동생을 업고 있는 누나의 얼굴에서 어머니의 모습을 찾는다고 한 것이다. 그런데 누나도 시집가서 죽어 어머니와 누나가 다 별이라고 느꼈다고 했다. 소년이 의식 성장의 진통을 겪는 과정을 섬세하고 미묘한 느낌을 갖추어 그려냈다.

송하섭,《한국현대소설의 서정성 연구》(단국대학교출판부, 1989) ; 이동하,《한국현대소설의 정신사적 연구》(일지사, 1989) ; 이익성,《한국현대서정소설론》(태학사, 1995) ; 김해옥,《한국현대서정소설론》(새미, 1999) ; 김종균,《일제말기의 한국소설 연구》(고려대학교 민족문화연구소, 1999) ; 조회경, 《김동리소설연구》(국학자료원, 1999) ; 이진우,《김동리소설 연구》(푸른사상, 2001) ; 박혜경,《황순원문학의 설화성과 근대성》(소명출판, 2001) 등의 연구가 있다.

11.15. 역사와 만나는 시의 번민

11.15.1. 서사시를 위한 시도

17세기 초기의 장유(張維)는 〈시사서〉(詩史序)에서, 내심의 표현인 시와 외물(外物)의 기록인 역사는 각기 그것대로의 원리에 따라 이루어져야 하므로 서로 "섞을 수도 겸할 수도 없다"고 했다. 그렇지만 통상적인 한계를 넘어서서 시와 역사가 각기 이를 수 있는 높은 경지에 가면 둘이 근접된다고 했다. 위대한 역사가는 시인일 수 없지만 위대한 시인은 역사가일 수 있어 그렇다고 보았다. 시인이 자기의 체험을 확대해 중대한 의미를 가진 역사의 사실을 마음으로 받아들여 시로 나타내면 "말이 절실하고 뜻이 깊고 내용이 핵심을 갖출" 수 있다는 지론을 폈다.

시에다 역사를 아우르려는 시도는 어느 때든지 있었다. 그러나 장유가 말한 바와 같은 경지에 이르는 것은 쉬운 일이 아니며, 시와 역사의 만남을 요망하는 긴요한 사유가 갖추어져야 기대할 수 있었다. 민족사의 위기가 심각하게 조성된 일제 강점기에는 시인이 역사를 노래하며 희망을 찾아야 한다는 요망이 절실했다.

그런데 당시에 통용되는 시 창작의 일반적인 방법은 마음의 울림을 그 자체로 나타내는 것이었다. 외면의 현실에는 관심을 가지지 않고, 공감이 차단된 내면의식을 몽롱하게, 낯설게, 또는 신들린 듯이 표출하는 시풍이 유행했다. 극단화된 내면 지향의 폐단을 시정하고 시가 역사와 만나게 하기 위해서는 근본적인 전환이 필요했다.

근대문학의 갈래를 시·소설·희곡으로 한정하고 교술시를 배제하면서 서정시라야 시라고 해서 차질을 빚어냈다. 우리 문학에는 서사시의 풍부한 유산이 있다는 사실을 한시 위주로 시를 논한 탓에 인식되지 못해온 잘못을 시정하려고 하지는 않고, 서사시라고 내세울 것이 없는 일본에서 수입해 가공한 서양의 이론을 가져와서 창작의 방향을 찾는 지침으로 삼았다. 제대로 된 서사시는 고대그리스에나 있었다고 하는 견해를 아무 반성 없이 그대로 받아들이고, 고대그리스 서사시를 재현하려는 희망은 이루어질 수 없으므로 서정시 외에 다른 시가 없다고 했다.

서사시 이론이 없어도 작품은 써야 했다. 일본 근대시의 지점을 차리는 것 같이 하면서도 일본에는 두드러진 전례가 없는 서사시를 창작하려고 별나다고 할 정도로 애썼다. 그 이유를 찾자면 심도 있는 진단이 필요하다. 서정시로는 감당하기 어려운 민족 수난과 항거의 벅찬 사연을 나타내려고 하자, 시인 자신이 알아차릴 수 없는 의식의 저변에서 서사시의 오랜 전통과 만나 그렇게 되었다고 할 수 있다.

김동환(金東煥)의 〈국경의 밤〉이나 〈승천하는 청춘〉 같은 것들이 그렇게 해서 이루어진 작품인데, 근거 있는 출발과는 다른 온전하지 못한 결과를 보여주었다. 서사시 창작 능력을 물려받은 줄 알지 못하고, 일본을 거쳐 서양으로 가는 마음속의 여행을 하면서 고대그리스 영웅서사시의 전범에 한 발이라도 더 다가가려고 한 탓에 차질을 빚어냈다. 무엇이 문제인지 알지도 못하고 무식을 유식으로 삼는 비평가들이 끼어들어 혼란을 가중시켰다. 서양문학에 관한 약간의 지식을 이용해 빗나간 말을 그럴듯하게 꾸며 행세 거리로 삼는 작태를 되풀이하면서 오늘에 이르렀다.

서사시를 지으려고 한 사람은 김동환만이 아니었다. 1930년대에 들어서면 많이 늘어났다. 신시 개척의 과업이라면 무엇이든지 앞장서서 하려고 한 김억(金億, 1896~?)도 뒤늦게 그 대열에 들어섰다. 김동환보다 한 걸음 늦어 생색이 덜 나게 되었으나, 의도적인 시험을 적극적으로 했다. 가벼운 서정시를 쓰는 체질을 지닌 채 시대의 사명을 받아들이는 서사시를 이룩하려고 남다른 노력을 했다. 서사시도 형식에서는 시라는 점을 특히 중요시했다. 시를 시답게 하는 제반 요건을 구비해 창작의 모형을 마련하는 작업을 서사시로까지 확장하려고 했다.

본보기가 되는 작품 〈지새는 밤〉을 〈동아일보〉 1930년 12월 9일자에서 29일자까지 발표했다. '장편서정서사시'라고 스스로 이름 붙였는데, 하나씩 독립된 서정시일 수 있는 4행시가 연속되어 이야기를 만들어 내

게 한 것이 그 이유이다. 자유시를 쓰면 소설에 지지 않을 수 있다 하고
서 전편에서 7·5조를 일관되게 사용했나.

그래서 얻은 것보다 잃은 것이 크다 하지 않을 수 없다. 외형이 시를
시답게 하지는 않는다는 사실을 다시 확인하게 한다. 자연스럽지 않은
규칙에 집착하다가 상투적인 내용을 어색하게 나타내는 데 그쳤다. 오
랜 내력을 가진 구비서사시라도 고정된 틀을 사용하지 않고 내용에 따
라 율격을 선택하고 변형시킨 전례와 많이 어긋났다.

> 풍작이란 빛 좋은 개살구랄까.
> 지주에게 절반을 나눠준 뒤에,
> 마름에게 또 다시 떼이고 나니,
> 소작살인 고생뿐 가난만 심타.
>
> 피땀 흘려 번 쌀 한 알 못 먹고,
> 호미(胡米)와 옥수수로 모두 바꿔도,
> 한 겨울 먹어갈 길 가량이 없고,
> 농채(農債) 내니 빚만은 나날이 크네.
>
> 소작에 의지 잃은 마을 농군들
> 넓은 바다 고기에 의탁하려나?
> 그것조차 틀리고 넓은 세상은
> 갈수록 좁아지네, 살길은 어디?

수탈이 심해 농촌에서 살지 못할 사정을 이렇게 서술하다가, 명순이
라는 이름의 주인공이 사랑하는 처녀 영애를 두고 떠나가 고향을 그리
워한다고 했다. 오랜만에 가까스로 고향을 찾으니 영애네도 떠나고 없
었다. 영애는 매일 술에 취해 건들거리는 서방을 얻었다 헤어지고, 이
름을 바꾸어 광산촌에서 술장사를 하다가 명순이를 다시 만났다.

둘이 사랑하고 이별하고 방황하다가 재회한 내력을 그런 정도로 설정하고서, 거기다 곁들여 당대 사회상을 광범위하게 묘사하고 설명하려 했다. 그 때문에 시답지 않게 되는 결함을 상쇄하려고 형식의 요건을 철저하게 갖추었다. 1947년에 단행본으로 낼 때에는 남주인공 이름을 바꾸고 압운을 더 많이 하고, 〈먼동이 틀 제〉라고 제목을 고쳤다. 애써 신장개업을 했어도 큰 호응을 얻지 못했다.

영웅서사시를 따라야 한다는 헛된 지침을 벗어던지고 범인서사시를 만들어 소설과 경쟁하려고 한 것은 적절한 선택이다. 의식하지 못하는 가운데 우리 서사시의 맥락과 연결된 결과일 수 있다. 그러나 범인서사시라도 주인공의 고난이나 투쟁 자체가 시의 흐름을 이루어 도도하게 전개되면서 직접 언급하지 않는 많은 사연을 집약하고 암시해야 시를 쓴 이유가 분명해진다. 김억이 택한 7·5조의 정형시는 그렇지 못해 주인공의 시련과는 무관한 안정을 확보하고 가볍고 나른한 분위기를 풍기기나 했다.

〈아낙네 일생〉이라는 서사시를 다시 써서 〈신가정〉 1933년 9월호에 발표했다. 이번에는 시대상황에 대한 관심이 배경 설명으로도 나타나 있지 않고, 특별한 사건이 없는 여자의 일생을 곱고 여린 필치로 서술해 몽롱한 느낌에 젖어들게 했을 따름이다. 7·5조를 다시 사용하면서 다섯 연에 번호를 붙였다. 내용과 형식 양면에서 불신을 초래해 서사시의 성장을 저해하는 작업을 했다.

노자영(盧子泳, 1898~1940)도 서사시 창작에 뒤늦게 참여하면서 웅대한 사건을 자유로운 형식으로 노래하는 쪽으로 방향을 돌렸다. 〈신인문학〉 1934년 7월호에 발표한 〈은하월(銀河月)의 낙금보(落琴譜)〉가 그런 작품이다. 내용은 단군을 섬기던 13인의 궁녀가 악마들에게 유린당해 산 채로 묻혔다가 백조가 되어 날아갔다는 것이다. 일제의 민족정신 침해를 나타내려는 의도가 있었다고 하겠으나, 허황된 공상에 들떠 실감이 부족하다. 사건을 설명하는 산문을 삽입해 이해를 돕고자 했는데, 작품의 일관된 흐름을 교란하기나 했다.

임학수(林學洙, 1911~?)는 〈견우〉(牽牛)라는 서사시를 〈신가정〉 1935년 3월호에서 5월호까지 연재하고, 1937년에 낸 시집 〈석류〉(石榴) 에다 수록하고 전편만 끝냈다고 했다. 서사시는 장편이어야 한다고 생각해 단순한 소재를 길게 늘였다. 견우와 직녀가 헤어지고 만나고 하는 이야기는 고구려 고분에다 이미 벽화로 그려놓아 연원이 오랜 전승이고 누구나 잘 알고 있다. 하지만 이는 아름다운 상상일 뿐이어서 소재 자체에는 포함되어 있지 않은 현실적인 의미를 시인이 부여해야 하는 어려움이 있었다. 그러한 사명을 깊이 인식하지 않고 관념적인 사고를 마음껏 펼치는 자유를 누리면서 공감이 따르지 않는 말을 많이도 했다.

서사시라고 표방한 작품이 서사시답지 않게 되는 것은 개인적 경험의 일반화가 지극히 어려운 과제가 되어 서사시의 기능이 퇴색한 탓일수 있다. 그런데도 서사시에 미련을 가지거나 구태여 서사시를 써야 한다는 의무감을 가질 필요가 없었다. 서사시라는 이름을 벗어던지고 '수필시'를 시험한다고 한 일련의 작품은 그런 생각을 하고 썼다고 할 수 있다.

'수필시'는 〈신인문학〉이라는 잡지에서만 보인다. 작자는 시인으로 계속 활동하지 않아 신원이 확인되지 않는 사람들이다. 1935년 3월호에 한적선(韓笛仙)의 〈치인눌언록〉(痴人訥言錄)과 임린(林麟)의 〈두만강은 얼었을 걸〉이, 그 해 6월호에 김우철(金友哲)의 〈봄 물결을 타고〉가 실려 있다.

'수필시'가 어떤 시인지 설명하지 않았으며, 작품을 보아도 뚜렷한 공통점이 없다. 모호한 채로 둔 '수필'의 개념에다 내맡겨, 시상을 까다롭게 다듬지 않고 생각나는 대로 늘어놓는 시를 그렇게 일컬은 듯하다. 수필시도 수필처럼 교술문학이라고 할 것은 아니다. 전달하고 주장하려는 용건이 갖추어져 있지 않아 가사를 위시한 전대의 교술시와 다르며, 교술이나 서사에 적합한 내용마저 서정시를 쓰는 방식으로 처리했다. 그런 시도가 오래 지속될 수는 없었다.

〈치인눌언록〉은 8번에 이르기까지 번호와 제목이 따로 붙은 연작 모음이다. 두 줄만으로 끝나는 인생론의 경구도 있고 해변 경치 묘사도 있어 성격이 다양하다. 7번의 〈방랑〉은 상념이 떠오르는 대로 늘어놓으면서 너저분한 환상에 젖게 하는 객담이다. 산문으로 쓴 수필로 다루더라도 함량 미달일 만한 내용을 줄을 바꾸어 적어놓고 시라고 했다.

〈두만강은 얼었을 걸〉은 두만강을 건너 간도로 가는 사람들을 보내면서 떠오르는 상념을 처절하게 나타내는 일관성이 있다. 〈봄 물결을 타고〉는 "새로운 양식의 첫 시험"이라고 부제를 붙였지만, 봄날 압록강을 보면서 느끼는 바를 두서없이 나타내기만 했다. 표현이 절실하지 못하고 영탄어와 관념어를 어색하게 늘어놓는 것을 새로운 양식이라고 했다.

김해강(金海剛, 1903~1988)이 〈조선문학〉 1937년 3월호에 발표한 〈홍천몽〉(紅天夢)은 '장편서정시'라고 했다. '서사시'라는 용어를 사용해서 생길 수 있는 시비를 피하고, 평소에 서정시를 쓰던 수법을 그대로 활용하고자 했기 때문이라고 생각된다. 다룬 사건은 김억의 〈지새는 밤〉에서와 비슷하다. 천왕쇠라는 소년과 홍이라는 소녀가 서로 사랑하다가, 고향을 떠나 도시에서 노동자가 된 천왕쇠가 여러 해 만에 돌아가 보니 홍이가 없었다. 북쪽으로 방랑의 길을 떠나 만주를 헤매다가 술집에서 홍이를 만나 함께 탈출했다.

4행에다 다시 줄을 긋고 2행을 붙이는 형식을 되풀이해 안정을 얻고, 상황을 풀이하며 작자의 소감을 나타내는 말을 장황하게 늘어놓았다. 서정시에 걸맞는 표현을 갖추려고 힘썼는데, 사실을 알려야 하는 부담 때문에 상투적인 문구를 버리지 못했다. 천왕쇠가 홍이가 없는 고향에 돌아가는 대목을 들어본다.

> 그러나 떠난 지 십년! 요람의 옛 터는
> 다시 돌아온 젊은 아들을 반기어 맞아주지는 못하였다.
> 물에 채여, 등쌀에 밀려 흘러가버린 마을!
> 무명 밭 동산을 두 동강에 끊어내고 길게 뻗은 신작로!

— 낯익은 물레방아는 그 자취 어느 곳에 파묻혔는고!
어울리지도 않는 포플러 숲이 빡빡히 늘어서 있을 뿐.

봄을 물고 찾아와 노래하던 꾀꼬리!
떠오르는 늦 달을 주인인양 짖어주던 삽사리!
그것들은 덧없는 세월과 함께 흘러가버리고 말았다.
얼마나 된 뺨을 때리는 낯선 풍경이런가.
그보다도 오오 홍아, 너마저 어디로 떠나버렸노?
— 비인 가슴엔 끝 모를 공수(空愁)가 회오리칠 뿐이다.

흔히 보는 풍경, 고향의 정서를 불러일으키는 공식화된 표현, 약간
신파조이기조차 한 수사법을 연결시켰다. 공동의 의식을 객관적으로
나타내는 데 유의해야 작품전개가 가능하므로 내면의식에 충실한 시인
들만큼 참신하고 효과적인 표현을 마련하지 못했다. 그것은 서사시에
이끌린 탓에 불가피하게 겪는 좌절이 아니고, 기본 방향 모색을 철저하
게 하지 않은 데서 오는 자아 상실의 증후였다. 그런 문제에 대해 철저
하게 검토할 기회를 가지지 않은 채 서사시와 서정시를 어벌쩡 섞어놓
은 장시가 오늘날까지도 계속 발표되고 있다.

박아지(朴芽枝, 1905~1959)는 〈풍림〉(風林) 1937년 1월호에 서사시
극(敍事詩劇) 〈만향〉(晩香)이라는 작품을 발표했다. 서사시를 극으로
꾸몄다고 한 별난 시도인데, 납득하기 어려운 결과에 이르렀다. 만향이
라는 인물이 자기 어머니와 서사적인 내용도 없고 극일 수도 없는 대화
를 주고받기만 하며, 무엇을 말하려고 했는지 종잡을 수 없다.

〈시극 어머니와 딸〉을 다시 지어 〈조선문학〉 1937년 1월호에서 3월호
까지 연재한 것은 자못 심각하고 복잡한 사연을 갖추었다. 돈을 주고
양반을 사려는 집안으로 출가한 여인이 양반 노릇이 필요하지 않게 된
시대가 되자 버림받고, 자기가 맡아 기른 딸마저 연인과 함께 떠나갔다
고 한 것이다. 대결 양상은 희곡을 이룰 만한데, 주고받는 말이 대부분

상황을 무시한 관념적 서정시로 이루어져 있다. 서정시의 수법을 지키는 범위 안에서만 시가 시답게 이루어진다고 믿으면서 변신을 꾀하려고 해 무리가 생겼다.

서사시든 희곡시든 제대로 자리 잡으려면 판소리에서 구성과 문체의 모형을 찾는 것이 유리한 방책이었다. 판소리는 그 자체로 서사시이며 창극으로 개편되면서 시극의 본보기가 되었다. 판소리와 창극은 1930년대에 이르기까지 대단한 인기를 누리고 있어 특별한 어려움 없이 익혀서 계승할 수 있었다. 당대의 현실과 밀착된 내용으로 개작되고 발전되는 것이 요망되고, 새로운 작가의 참여가 기대되었다. 그런데 서사시를 쓰겠다면서 판소리는 서사시로 생각하지 않고, 시극이 창극과 관련된다고 상상조차 하지 않았다. 남의 장단을 따르다가 생긴 차질이 그렇게 나타났다.

염무웅, 〈서사시의 가능성과 문제점〉, 《한국문학의 현단계》(창작과비평사, 1980) ; 장윤익, 〈한국서사시연구〉(명지대학교 박사논문, 1983) ; 민병욱, 《한국서사시의 비평적 성찰》(지평, 1987) ; 《한국 서사시와 서사시인 연구》(태학사, 1998) 등의 연구가 있다. 《동아시아 구비서사시의 양상과 변천》(문학과지성사, 1997)에서 서사시 일반론을 다시 정립했다.

11.15.2. 계급문학 시인의 행방

무산계급문학을 주장하는 조선프롤레타리아예술가동맹, 일명 카프가 1925년 8월에 결성되면서 시도 무산계급의 문학이어야 한다는 주장이 대두했다. 계급문학 운동의 시는 무산계급의 해방 투쟁을 선동해 역사를 근본적으로 바꾸어놓는 혁명적 과업을 성취한다고 했다. 그런데 무산계급의 문학을 이룩하는 것이 시에서는 소설의 경우보다 더 어려웠다.

무산계급의 시는 어떻게 지어야 하는가 하는 것이 문제였다. 구호를 시라고 할 수는 없었다. 논설을 써서 수장하고 소설에서 나눈 내용을 간추리면 시가 되는 것은 아니었다. 민요에 근거를 둔 창작을 할 의도는 애초에 없었고, 민요시는 복고와 반동의 산물이라고 매도했으므로 적절한 형태를 찾지 못해 고민이었다.

김기진(金基鎭)이 〈문예공론〉 1926년 6월호에 발표한 〈프로시가의 대중화〉에서는, 현실의 고뇌를 망각하게 한다는 이유를 들어 민요를 거부하고, 무산계급의 시가 일부 지식청년과 접촉을 가지기만 하는 폐단을 시정하기 위해 알기 쉽고 외기 좋은 대중가요를 따라야 한다고 했다. 그 제안도 받아들이지 않아 무산계급이 아닌 무산계급 운동가나 관심을 가질 난삽하고 어색한 구호시에서 벗어나지 못하는 폐단이 심각했다.

1931년에 〈카프시인집〉을 내놓았다. 김창술(金昌述)·권환(權煥)·임화(林和)·박세영(朴世永)·안막(安漠)이 참여한 시 선집이다. 일본에 머물다가 귀국해서 기존의 운동이 타협적인 자세를 가진 것을 비판하고 무산계급문학의 배타적인 노선을 확립해야 한다는 시인들이 일본의 전례에 밀착된 작품 세계를 보였다. 책이 출판되기는 했으나, 좌익 용어나 선동 구호는 모두 삭제되었다. 삭제될 말을 기어이 넣고, 있는 대로 찾아서 삭제하고 하면서, 작가와 검열관은 양쪽 다 스스로 인식하지 못하는 가운데 유학의 정명(正名) 사상을 충실하게 이었다.

삭제될 말을 쓰지 않으면 조직 내부에서 지탄을 받을까 염려하기나 하고, 노동자와 농민으로 설정한 독자에게 전달되는 표현 효과는 중요시하지 않았다. 노동자가 괴롭고 힘든 일을 하면서 착취당하고, 노동쟁의를 하다가 잡혀가고, 감옥에서 새로운 각오를 한다고 거듭 말했다. 수난과 투쟁이 온 세계에서 일제히 이루어진다고 했다. 그런 내용임을 정면에다 내놓고 장황하게 설명하기나 했다.

불같이 뜨거운 햇빛 밑에서 살을 태우고 피를 말리며
모든 힘을 다하고 오장을 다 태우면서

알뜰히 지어놓은 쌀은 누구에게 빼앗겼는가? ……

벗아!
똑같은 깃발 아래에서 움직이는
세계의 벗들아, 그렇지 아니 하냐?
우리의 희망은, 분노는, 기쁨은, 부르짖음은 모두 우리들 것이 아니다.

김창술(1903~1950)의 〈앗을 대로 앗으라〉 제1연과 마지막의 제7연이다. 비슷한 내용의 다른 시보다 말을 자연스럽게 하고 공식 용어는 쓰지 않으려고 한 특징이 있다. 이 두 연이라도 검열에 걸려 삭제된 대목 없이 온전한 모습을 유지하고 있어 다행이다. 제6연까지는 국내에서 벌어지는 착취와 억압에 대해서 말하다가, 마지막의 제7연에서는 전세계 무산계급이 함께 싸운다는 프롤레타리아 국제주의 노선을 천명했다.

안막(1910~?)의 〈백만중(百萬中)의 동지(同志)〉를 하나 더 들어보자. 전세계적인 범위에서 투쟁을 함께 하자고 더욱 적극적으로 외쳤다. 김창술이 "똑같은 깃발 아래에서 움직이는" 벗들에게 한다고 한 말을 다시 하면서 지명을 열거해 더욱 구체화했다.

동지야, 너는 있다.
백림, 파리, 빈, 모스크바, 시카고, 봄베이, 상해,
똑같은 목적을 가진 똑같은 미래를 가진 전 세계 프롤레타리아 속에.

서양이 먼저이고 아시아는 나중이다. 서양에서 계속 혁명을 지도한다고 믿는 고전적인 견해를 견지하고 있다. 제국주의 시대의 세계 혁명은 아시아에서 시작되어 서양으로 파급된다는 새로운 노선을 받아들이지 않았다. 조선은 혁명의 변방이라고 여기고, 중심일 수 있다고 생각하지는 않았다.

1934년에 회원이 일제히 검거되고, 1935년에는 조선프롤레타리아예

술가동맹이 해산되었다. 일제는 계급문학 운동을 용납하지 않고 검열을 강화했다. 해산된 단체가 지하 활동을 하지 않았고, 개인적으로 움직이다 투옥된 사람이 있었던 것도 아니다. 전향을 했다는 사람들이 붓을 꺾지는 않아 작품활동을 계속했다. 비탄의 소리를 늘어놓기도 하고, 암시하고 환기하는 방법을 찾기도 하고, 무기력하고 타락한 모습을 보여주기도 했다.

권환(1903~1954)은 〈조선지광〉 1930년 3월호에 발표한 〈가려거든 가거라〉에서 "못나고 비겁한 소부르주아들"은 "몰락의 나라로" 가라고 하고, 무산계급문학의 독자 노선을 견지하자고 했다. 1935년의 검거에서 유죄판결을 받고 나와 어렵게 살면서도 문학을 포기하지 않았다. 1943년에 〈자화상〉(自畵像), 1944년에는 〈윤리〉(倫理)라는 시집 두 권을 뒤늦게 냈다. 국어마저 말살되는 시기에 자화상을 그리고, 윤리를 찾으려면 피하지 못할 비장한 결단을 안에 감추어두려고 했다.

〈자화상〉이라는 시는 두 편이 있다. 한 편에서는 거울이 두려워 하얀 벽에다 얼굴을 대니 얼굴은 보이지 않고 벽뿐이라고 했다. 다른 한 편에서는 자기가 한둘이 아니고 여럿이어서 "언제나 깊은 밤이면/ 둘러싸고 들볶는다"고 했다. 자기 모습을 형용하느라고 둘러댄 말에 가냘픈 서정, 객쩍은 푸념, 절망 어린 탄식이 섞여 있다. 〈윤리〉라는 작품에서는 "살련다, 박꽃 같이, 호수 같이"라고 했으나, 그것은 시대상황을 무시한 일방적인 희망이었다.

박세영(1902~1898)은 〈카프시인집〉에 수록된 〈누나〉에서 "돌려가며 밥 달라는 굶은 어린 것들을 데리고" 어렵게 살면서 공장에 나가 고된 노동을 하는 여인더러 선두에 나서는 투사가 되라고 했다. 상황이 달라져서 물러나지 않을 수 없게 되었을 때, 고민이나 하고 있지 않고 하고 싶은 말을 할 수 있는 방법을 적극적으로 찾았다.

1938년에 낸 〈산제비〉라는 시집을 보자. 시집 표제로 내세운 작품 〈산제비〉에서 산 위로 날아다니는 제비의 경쾌한 동작을 그렸다. 그러면서 자기는 이루지 못하는 소망을 이루어달라고 했다. 전문 9연 가운데 제2·6·8연을 든다.

> 너희야말로 자유의 화신 같구나.
> 너희 몸을 붙들 자 누구냐?
> 너희 몸에 아는 체할 자 누구냐?
> 너희야말로 하늘이 네 것이요, 대지가 네 것 같구나. ……
>
> 멧돼지가 붉은 흙을 파헤칠 때,
> 너희는 별에 날아볼 생각을 할 것이요.
> 갈범이 배를 채우려 약한 짐승을 노리며 어슬렁거릴 때,
> 너희는 인간의 서글픈 소식을 전하는,
> 이 나라에서 저 나라로 알려주는,
> 천리조(千里鳥)일 것이다. ……
>
> 땅이 거북등같이 갈라졌다.
> 날아라, 너희들은 날아라.
> 그리하여 가난한 농민을 위하여
> 구름을 모아는 못 올까?
> 날아라 빙빙 가로 세로 솟치고 내닫고,
> 구름을 꼬리에 달고 오라. ……

산제비의 동작을 직설법을 써서 그리고 비유를 쓰지도 않았다. 산제비에게 부탁하는 말도 멀리 돌리지 않고 바로 했다. 그러나 그 모든 것이 상징이다. 구속과 억압을 넘어서서 어디든지 달려가면서 절망을 희망으로 바꾸어놓는 위대한 정신이 아직도 죽지 않았다고 선언하는 방법을 상징에서 찾았다. 현실 인식이 모호하고, 말이 너무 가벼워 불만이라고 할 수 있지만, 적절한 표현을 얻은 시이다.

임화(1908~1953)는 계급문학 시 운동의 중심에 서서 전체 대열을 지

도한다고 자부했다. 상투적인 설명으로 일관하는 시를 쓰지 않고 특별한 것을 지어내려고 안 짐이 남달랐는데, 이룬 성과를 평가하기는 어렵다. 그래도 대단한 일을 했다고 행세한 것은 조직을 장악하고 이론을 갖추었기 때문이다.

〈조선지광〉 1929년 1월호의 〈네거리의 순이〉는 오빠를 감옥에 보낸 가련한 소녀 순이가 종로 네거리를 방황한다는 사연을 이야기하듯이 전한 내용이다. 같은 잡지 다음 호의 〈우리 오빠와 화로〉에서는 오빠가 사랑하던 거북 무늬의 화로가 깨어졌다는 사연을 전한 것이다. 둘 다 계급문학의 새로운 전형을 창조한 '단편서사시'라고 인정받아 높이 평가되었다.

'단편서사시'라는 것이 어디서 왔는지 말하지 않았으나 계급문학 선진국에서 온 것으로 알도록 해서 위상을 높였다. 우리 서사민요가 바로 단형서사시라는 사실에 대해서는 전혀 관심을 가지지 않고 알지도 못해 연관을 지을 수 없었다. 사실은 정체불명이고 서사의 방법을 깊이 생각하지 않아 말은 많고 실속은 적은 것이 문제가 되지 않았다. 말이 헤프고 현실 인식이 모호한 결함을 혁명적 낭만주의의 특징이라고 합리화했다.

〈조선지광〉 1929년 9월호에 발표한 〈우산 받은 요꼬하마의 부두〉도 별난 작품이다. 일본의 소녀를 동지로 사랑한다면서 감상적인 문구를 길게 늘어놓았다. "네 사랑하는 나는 이 땅으로 쫓겨나지를 않았는가"라고 한 것을 보면 서술자는 일본에서 쫓겨났다. 서양에서 시작된 운동을 일본에서 배워서 한 것처럼, 계급문학 운동의 시를 이국취향을 갖추어 번역처럼 보이게 지었다.

1938년에는 두툼한 시집을 만들고 〈현해탄〉(玄海灘)이라고 이름 지었다. 그 전의 작품도 실었지만, 계급문학을 할 수 없게 된 시기에 부지런히 시를 지으며 생각하고 모색해본 바가 더 많다. 시집의 표제로 내세운 바다 이름 현해탄은 민족수난의 상징이 아니고 자기가 겪는 정신적 방황을 노출하는 구실을 했다. 〈현해탄〉이라고 한 시의 서두를 보자.

이 바다 물결은
예부터 높다.

그렇지만 우리 청년들은
두려움보다 용기가 앞섰다.
산불이
어린 사슴들을
거친 들로 내몬 게다.

대마도(對馬島)를 지내면
한 가닥 수평선 밖엔 티끌 한점 안 보인다.
이곳에 태평양 바다 거센 물결과
남진해온 대륙의 북풍이 마주친다.

산불을 피해 거친 들로 나선 어린 사슴처럼 바다를 건넌다고 했다. 호기심을 충족시키는 모험에 들떠 계급의 고통도 민족의 수난도 잊었다. 〈해협의 로맨티시즘〉에서는 들떠서 흥겨워했다. 〈상륙〉에서는 일본에 가서 "신세기의 화려한 축제"를 보고 감탄했다. 〈다시 이젠 천공(天空)에 성좌(星座)가 있을 필요가 없다〉고 한 이름조차 장황한 시에서는 바다를 건너는 배가 어디로 가는지 모르겠다고 했다. 방향 감각을 잃은 다변의 취미를 키우다가 일제 군국주의의 찬양자가 되었다.

박팔양(朴八陽, 1905~1988)도 카프 회원이었다가 1940년의 〈여수시초〉(麗水詩抄)에 이르는 동안에 가볍고 부드러운 말로 사랑을 노래하고 자연을 찾는 시인으로 바뀌었다. 〈여름 밤 하늘 위에〉에서는 과학이 아무리 발달해도 자연의 신비는 이해하지 못한다면서 신비를 찾는 예술을 옹호하는 말을 상식 수준에서 했다. 〈길손〉에서는 "대공(大空)을 나는 새의 자유로운 마음"을 노래하면서 어디든지 떠다니고 싶은 충동을 나타냈다.

이찬(李燦, 1910~?)은 일본에서 러시아문학을 공부하는 동안에 카프 동경지부에 들어가고, 귀국 후에 크게 활약하다가 검거되어 몇 해 동안 감옥살이를 했다. 〈학지광〉 1930년 4월호에 실은 〈일꾼의 노래〉에서 압제를 박차고 뛰쳐나오는 노동자가 새 시대의 주인이 되어야 한다고 소리 높이 외쳤다. 서두를 들어본다.

일꾼이여! 나아오라!
공장에서, 학교에서, 저자에서, 포구(浦口)에서—
그대들이 작일(昨日)의 야전(野戰)에 패한 피투성이의 기록과
쌀쌀한 계집애에게 채임 받은 연(戀)의 쓰라림이
오늘엔 동전 한 푼의 값이 없나니, 쓰임이 없나니.
햇빛 못 보는 음울한 토굴 속에서
광명의 새 세기를 찾으려거든. ……

그러나 직설적이고 산문적인 서술에 머무르고 시다운 맛이 부족했다. 그 뒤에도 왕성한 작품활동을 해서 1937년에는 〈대망〉(待望), 1938년에는 〈분향〉(焚香), 1940년에는 〈망향〉(望鄕)이라는 시집을 거푸 냈다. 처음의 노선을 계속 밀고나가지 못하고 다시 평가할 만한 새로운 작품 세계를 이룩한 것도 아니어서, 노력이 보람되다고 할 만한 성과를 찾기 어렵다. 〈분향〉이라는 시는 "고뇌의 제단에 올리는 분향"이라는 부제를 달았는데, 어두운 시대와 대결하는 의지를 보이는 것 같았으나 절실한 느낌을 주지 못했다.

유완희(柳完熙, 1903~?)는 카프의 회원은 아니었지만 계급문학 노선의 시를 쓰다가 변모를 보인 점이 위에서 든 여러 사람과 같다. 1927년 1월 5일자 〈조선일보〉에 발표한 〈나의 행진곡〉에서 "민중의 마음을 이끌고 간다"고 했다. 1937년에 썼다는 〈냇가에 앉아〉에서는 자기는 움직이지 못하는데 냇물은 흐른다고 했다. "깨끗이 실어가라 이 쓰라린 기억을"이라 하면서 고뇌에서 벗어나려고 했다.

김윤식, 《임화연구》(문학사상사, 1989) ; 김재홍, 《카프시인비평》(서울대학교출판부, 1990) ; 윤여탁·오성환 편, 《한국현대리얼리즘시인론》(태학사, 1990) ; 김용직, 《임화문학연구》(세계사, 1991) ; 《현대경향시 해석/비판》(느티나무, 1991) ; 《한국현대시사》 1(한국문연, 1996) ; 《한국현대경향시의 형성/전개》(국학자료원, 2002) ; 신범순, 《한국현대시의 매듭과 혼》(민지사, 1992) ; 권영민, 《한국계급문학운동사》(문예출판사, 1998) ; 김정훈, 《임화시 연구》(국학자료원, 2001) ; 한성우, 《박세영연구》(대광문화사, 2000) ; 성기각, 《한국 농민시의 현실인식》(국학자료원, 2002) 등의 연구가 있다.

11.15.3. 역사 앞의 절규

시인이 직접 부딪히고 있는 현실이 역사의 현장임을 절감해, 구태여 서사시를 구상하는 거추장스러운 방법을 쓰지 않고 고난과 항거를 직접 노래하려고 한 작품이 더 많았다. 그런데 체험에서 우러난 절규가 가슴 가득하다고 해도 말을 고르고 가락을 엮어 시가 되게 하는 것은 쉬운 일이 아니었다. 긴장되고 절실한 절규를 서정의 본질인 세계의 자아화로 가다듬어야 할 터인데 자칫하면 자아화되지 않은 세계의 모습을 잡다하게 열거하거나 아니면 세계에서 격리되어 움츠러든 자아의 소리나 들려주었다.

김화산(金華山, 1905~?)은 기존의 사상과 예술을 모두 매도하고 카프에서 하겠다는 무산계급문학에도 반대한 무정부주의자이다. 〈별건곤〉 1930년 1월호의 〈복순이〉를 보면 서정시 혁신이 얼마나 어려운가 알 수 있다. 흙냄새 맡으며 일하던 고향을 떠나 서울서 노동에 시달려 창백하게 된 소녀더러 희망찬 내일을 향해 맹렬한 기세로 돌진하라고 했다. 어떻게 하면 그럴 수 있는지 이해되지 않는다.

같은 잡지 그 해 12월호의 〈우리들의 노래〉에서는 "호미와 삽과 망치

로 일생을 마치는 우리들의 형제"가 아무도 읽지 않은 시는 빛도 힘도
뜻도 없어, 활자로 그린 환상의 세계이고 무의미한 문사의 나열이니 깃
밟고 불살라야 한다고 했다. 그렇게 매도하는 데 자기 시는 포함되지
않도록 하려면 언성을 높이고 말을 과격하게 하면 되는 것은 아니었다.
시련을 견디고 투지를 가다듬어야 한다는 절규가 쉽고도 절실한 표현
을 얻어야 했다.

　같은 잡지 1931년 2월호에 낸 〈출발〉을 보자. 매운바람과 맞서는 기
백을 가진 동지를 다음과 같이 부른 외침은 요구 조건에 어느 정도 부
합된다고 할 수 있다. 그러나 누구를 상대로 해서 어떤 투쟁을 한다고
암시하는 말조차 없어 설득력이 부족하다.

　　오오, 너는 눈과 같이 희다.
　　너는 바람과 같이 맵다.

　　너의 머리터럭은 흩어진 실마리와 같이 나부낀다.
　　너의 뺨 위로, 어깨 위로 하이얀 눈이 내린다.

　　너는 우리들의 동지를 생각하고 우는구나.
　　얇은 이불과 맨발로, 뼛속까지 숨어드는 추위에 잠을 이루지 못하
　　고 떠는 동지들을!

　김대봉(金大鳳, 1908~1943) 또한 기존의 시는 모두 불살라야 한다고
했다. 1938년에 낸 시집 〈무심〉(無心)에서, 시가 시인의 자기만족을 제
공하는 데 그치고 잘못된 역사 앞에서 무력한 것에 깊은 가책을 느껴
새로운 출발을 다짐하자고 했다. 시인이 예술을 한다면서 헛된 격식에
매여 웃음을 팔고 곡예를 하지 말고, 거리로 뛰쳐나와 역사와 바로 대
면하고 군중의 대변자가 되어야 한다고 〈가두의 선언〉이라는 시에서
부르짖었다.

"너희들의 머리, 너희들의 목, 너희들의 손을/ 완전히 군중의 것으로 만들라"고 했다. "너희들 시인은 거리거리로 헤매 다니며/ 오고 가는 사람들 앞에서/ 너희들이 가장 신념 있는 시를 읊으라"고 했다. 그런데 남들에게 그렇게 요구하기만 하지 않고 자기가 모범을 보이려면 구호를 외치는 것 이상의 진지한 자세가 필요했다. 발성 연습부터 다시 해야 했다. 김화산과 김대봉의 차이는 바로 그 점을 깨닫지 못하고 깨달은 데 있다.

> 사륵 사륵 싸락눈처럼
> 들리는 소리.
> 귀밑에 낙수져
> 열릴 듯 닫힌 고막을
> 기척 없이 울려. ……
>
> 쫓거니 닫거니
> 앞서거니 비키거니
> 천만 고비를 돌고 돌아,
> 미치리만큼 되어도,
> 그 소리가 내 것 아닌 내 것. ……
>
> 날더러 무슨 춤이란
> 칠대로 치라, 장단을.

〈소리〉라고 한 작품 전문 6연 가운데 제1·3·5연이다. 들릴 듯 말 듯 하는 여린 소리에 의식이 깨어나서 피리 불고 노래 부르며 함께 일어나 마침내 장단에 맞추어 춤을 춘다고 한 것은 놀라운 수준의 자기 발견이다. 고개 숙이고 내면에 침잠해 있기를 거부하고 시인의 사명을 깨달아 일어서는 결단이 익숙한 장단과 오랜 가락을 되살려야 가능하다고 알려주었다.

황순원(黃順元, 1915~2000)은 1934년에 낸 시집 〈방가〉(放歌) 서두의 〈나의 꿈〉에서 "세계를 짓밟아 문지른 후 생명의 꽃을 가득히 심고/ 그 속에서 마음껏 노래를 불러보았다"고 했다. 관습의 구속을 깨고 희망을 찾는 작업을 과감하게 시도했다는 말로 이해된다. 그 뒤를 잇는 시편에서 멀리까지 뻗어나고 싶은 의지로 시대상황과 대결하고 역사의 맥락을 돌아보면서, 작은 기교에 구애되지 않고 말을 길게 늘였다.

〈가두(街頭)로 울며 헤매는 자여〉, 〈황해(荒海)를 건너는 사공아〉 같은 작품에서는 방황하고 있는 사람들을 불러 수난을 이겨내자고 했다. 자기 고장의 강에다 부친 〈압록강의 밤이여〉, 〈패강(浿江)의 우수(憂愁)에 눈물짓지 마라〉에서는 민족사를 되새기며 당대의 난관을 타개하는 투지를 얻고자 했다. 압록강에다 쏟아놓은 사연을 한 대목 들어 본다.

> 이곳은, 바로 탁류가 밤공기를 짜개는 이 곳은
> 소란한 말굽 소리가 대지를 흔들어놓을 때마다,
> 이적(夷狄)의 창과 화살을 막아 물리치던 자연의 대참호(大塹濠)
> 였고,
> 아침 햇빛 맞은 지붕에 입맞추고 있는 한 쌍의 비둘기에게 눈을
> 줄 만한 평화한 때면,
> 가을 달 내린 물 위에 천만 사랑의 노래를 불러 띄워 보내던 곳이다.
> 한데, 아 마땅히 숭엄함에 머리 숙일 만한데, 이것이 웬일일까?
> 한번 싸움에 진 수탉이 항상 쫓기듯이,
> 오늘에는 다만 서러운 눈물의 수탄장(愁嘆場)이 되고 말았단 말이.

임제(林悌) 같은 옛 시인의 변새시(邊塞詩)에서 보여주던 기개를 어느 정도는 되살렸다. 과거의 위대한 승리를 자랑하지 못하고, 평화를 구가하는 사랑의 노래를 부르는 것은 더욱 불가능해 근심과 탄식에 사

로잡혀 지내야 하는 당대의 상황을 말한 사연이 절실하다. 그러나 그 속에 매몰되어 자폐 증세나 보이는 서정시를 쓰려고 하지 않았다. 긴 안목으로 역사를 되돌아보고 국토 끝까지 달려가는 웅대한 규모의 서사시를 이룩하려고 하는 기개가 장래를 낙관하게 했다.

"인생의 싸움터에서 제명당한 아버지를 보내야 한다"고 〈늙은 아버지를 보내며〉에서 말했다. 과거와 결별해야 미래가 열린다고 했다. 〈동무여 더 한층 의지가 굳세라〉에서는 "빈주먹을 들어 큰 뜻과 싸우겠다고" 떠나는 각오를 격려했다. 〈석별〉(惜別)에서는 여러 번 자살을 하려다가 새로운 포부를 지니고 나서는 벗에게 세상의 물결을 거슬러가더라도 변치 말라고 당부했다.

그러다가 1936년에 다음 시집 〈골동품〉(骨董品)을 낼 때에는 말을 줄이고 생각을 감추었다. 동물·식물·정물 등의 단순한 대상을 몇 자 되지 않는 말로 인상 깊게 묘사하고 묘한 형식시험을 해 완상거리로 삼으려고 했다. 〈해바라기〉는 "땅의/ 해에는/ 흑점이/ 더 많다"고 한 것이 전문이다. 메마르게 시를 쓰다가 소설가로 나섰다. 서정시를 서사시로 만들어 역사와 대면하려던 시도를 반대로 돌려 서정적인 소설을 쓰면서 마음속으로 들어갔다.

김용호(金容浩, 1912~1973)는 남쪽으로 흐르는 강을 노래한 〈낙동강〉(洛東江)을 〈사해공론〉 1939년 9월호에 발표했다. 강가에 사는 사람들의 생활을 때로는 장엄하게, 때로는 다정하게 그리면서 일제의 침략에 대한 분노를 암시한 사연이 10번까지 이어져 장시를 이루었다. 주인공을 내세우지 않고 일정한 줄거리가 없어서 서사시는 아니지만, 풍부한 이야깃거리를 여기저기 삽입해 개인적 체험의 표백이 아님을 말해주었다.

"칠백 리 굽이굽이 흐르는 네 품속에서/ 우리들의 살림살이는 시작되었다"고 했다. "인제 우리들은 나무를 등에 업고/ 읍내를 찾아 가는 씩씩한 일꾼이 되었다"고 하고, "돌아오는 논 둔덕 위엔/ 피로와 배고픔이 가시밭처럼 얽혀졌"다고 했다. 그런 사연을 늘어놓다가, 다음과 같은 말을 되풀이했다.

> 내 사랑의 강!
> 낙동의 강아!

> 이때부터 너는 하나의 슬픔을 안고 흘러갔다.

자기와 강이 단독으로 대면한다고 여기고 한 말이다. 낙동강이 슬픔을 안고 흐른 것은 자기 어린 시절인 "이 때부터"라고 생각하고, 먼 옛날부터 낙동강과 함께 낙동강 노래도 줄곧 이어지면서 슬픔을 하소연해온 줄 몰랐다. 낙동강을 노래하면서 강가의 백성이 수탈당하는 내력을 말한 김종직(金宗直)의 〈낙동요〉(洛東謠) 같은 전례를 따르려고 하지 않았다. 소재를 적절하게 택하고 분위기 조성을 잘했으나, 절실하게 맺힌 사연을 찾기 어렵게 된 이유가 역사의식의 결여라고 할 수 있다.

윤곤강(尹崑崗, 1911~1950)은 1937년에 낸 시집 〈대지〉(大地)를 생명의 봄이 올 것을 간절하게 바라는 노래로 엮어 시련을 견디는 자세를 다지려고 했다. 서두의 〈갈망〉(渴望)에서 "뼈저린 눈보라의 공세"에 말라붙고, 냉혹한 채찍을 맞아 신음하는 대지를 안고 흐느껴 울다가 쇠진했다고 했다. 민족의 수난을 상징하는 표현을 비장하게 갖추고서 절망에서 희망을 찾고자 하다가 긴장이 지속되지 않아 파탄을 보이곤 했다.

1938년의 〈만가〉(輓歌)에 실은 같은 제목의 시 세 편에서는 괴로워 신음하다가 죽을 수밖에 없어 자기 스스로 만가를 부른다고 했다. 어두운 시대의 시련을 처절하게 나타내서 숙연해지게 하지만, 말이 헤프고 표현이 적실하지 않다. 설익은 낭만을 청산하지 않은 채 역사와 대면하려 하니 차질이 생겼다. 1939년에 낸 시집 〈동물시집〉(動物詩集)에서 관심을 사소한 것들로 돌렸으나, 해결책을 얻은 것은 아니다.

1940년의 시집 〈빙화〉(氷華)에 이르러서는, 피폐하고 무기력한 심정을 토로하는 방식이 다소 다듬어졌다. 시집 제목으로 잡은 작품 〈성애의 꽃〉에서 "으슥한 마음의 숲 그늘에/ 주린 승냥이 기척 없이 서성거리고", 고향의 꿈을 지닌 가슴에 성애의 꽃이 핀다고 했다. 그렇게 얼어붙다가 마침내 희망을 잃었다. 자기 내심의 절망에 너무 집착한 탓에 역사의식이 퇴색되었다.

양운한(楊雲閒, 1909~?)이 〈낭만〉 1936년 8월 창간호에 발표한 〈동리의 개들이 짖었다〉를 보자. 동리의 뭇 개가 짖는 날 불행한 일이 있어, 농촌의 처녀가 돈에 팔려 마을을 떠났다고 했다. 그런 일은 실제로 흔하고 소설이나 희곡에서 거듭 취급했는데, 말을 절제하고 압축하는 표현을 적절하게 갖추어 시가 더욱 생동하는 발언을 할 수 있다는 것을 입증했다.

조세림(趙世林, 1917~1937) 또한 시인이 자기 문제에 사로잡혀 무엇을 말하는지 알기 어려운 시를 쓰는 폐단을 시정하고, 현실 인식을 구체화하고 느낌이 뚜렷한 표현을 마련하는 데 기여했다. 〈조선문학〉 1937년 5월호에 발표한 〈고향〉을 보면, 고향이 마음에 두고 그리워하는 먼 이상형이 아니고, 끔찍한 고난을 겪는 삶의 현장이다. 전문을 들어보자.

불미골 골 안에 뻐꾸기 애끓게 울어,
앞개울 버들가지 무료한 하루 해도 깊었다.

허기진 어린애를 양지쪽에 뉘여 하늘만 보거니,
휘늘어진 버들가지 물오름도 부질없어라.

땅에 붙은 보리 싹 자라기도 전 단지만 긁는 살림살이
풀뿌리 나무껍질을 젖줄 삼아 부황난 얼굴들이여.

옆집 복순이는 칠백 냥에 몸을 팔아 분 넘친 자동차를 타더니,
아랫마을 장손네는 머나먼 북쪽 길 서글픈 쪽박을 차고,

어제는 개똥할머니 굶어죽은 송장이 사람을 울리더니,
오늘은 마름 집 곳간에 노석이 늘었다는 소문이 본다.

향수를 들먹이며 고향을 기리는 전원시를 지어 갈등과 방황을 잠재우고 정신적 위안으로 삼고자 하는 경향을 거부했다. 대신 고향에서 자기와 가까운 사람들이 굶고, 떠나가고, 죽고 하는 참상을 바로 이해하려고 했다. 추상화된 현실 진단이 아닌 삶의 실상 체험을 바로 나타내, 냉담하게 바라볼 수 없고 남의 일로 미룰 수도 없게 했다. 조세림은 그런 작업을 더 하지 못하고 일찍 세상을 떠났다. 1938년에 나온 〈세림시집〉(世林詩集)이 유고집이다. 유고집을 엮은 아우 조지훈(趙芝薰)이 시인으로 성장해 오래 활동하면서 형과는 다른 길을 찾았다.

백석(白石, 1912~?)이 1936년에 낸 시집 〈사슴〉에서도 고향을 노래하는 시가 마을의 풍경이나 아름답게 묘사하는 풍조에서 벗어났다. 풍경이 아닌 생활을 그리느라고 여러 사람을 등장시켰다. 시 특유의 인공 수사법을 버리고, 시골 투로 이야기하는 솜씨를 천연스럽게 살렸다. 그 두 가지 특징이 어우러진 시를 마음먹고 쓰면서, 이식된 작시법의 폐단은 물론 전통 계승의 그릇된 방법도 시정하려고 했다.

어린 시절을 회고한 〈여우 난 골 족(族)〉에서 명절날 친척들이 모여 음식을 장만해 먹고 놀고 하던 모습을 그린 솜씨가 뛰어나다. 그 비결은 비슷한 말을 이것저것 둘러대는 엮음의 수법을 쓴 것이다. 민요에 이따금 보이며 사설시조나 판소리에서 특히 두드러진 구실을 하던 수법을 정통으로 물려받아 적절하게 활용했다.

〈모닥불〉이라고 한 것에서도 그런 수법을 잘 갖추었다. 그러면서 사설시조를 제대로 잇고 있어 더욱 주목된다. 원래의 줄바꾸기를 그대로 두고 인용한다.

새끼 오리도, 헌 신짝도, 소똥도, 갓 신창도, 개 이빨도, 너울 쪽도, 짚 검불도, 가랑잎도, 머리카락도, 헝겊 조각도, 막대 꼬챙이도,

기왓장도, 닭의 깃도, 개 터럭도 타는 모닥불.

재당(齋堂)도, 초시(初試)도, 문장(門長) 늙은이도, 더부살이 아이도, 새 사위도, 갓 사돈도, 나그네도, 주인도, 할아버지도, 손자도, 붓 장수도, 땜장이도, 큰 개도, 강아지도 모두 모닥불을 쪼인다.

모닥불은 어려서 우리 할아버지가 어미 아비 없는 서러운 아이로 불쌍하게도 몽둥발이가 된 슬픈 역사가 있다.

잊고 있던 말을 살려 써서 주석이 필요한 것들이 있다. "갓 신창"은 부서진 갓에서 나온 말총 끈이다. "재당"은 서당의 주인이다. "문장"은 한 가문의 어른이다. "갓 사돈"은 새 사돈이다. "몽둥발이"는 손발이 다 타고 몸뚱이만 남은 것이다.

세 장에서 한 가지 사실씩 단계를 밟아 말했다. 초장에서는 모닥불에서 무엇이든지 함께 타고 있다고 했다. 중장에서는 어떤 사람인지 가리지 않고 누구나, 사람뿐만 아니라 개까지도 같이 모닥불을 쬐고 있다고 했다. 종장에서는 조상이 외롭고 불쌍하게 마치 불구자처럼 살아온 역사가 모닥불에 있다고 했다.

초장에서는 출처나 용도를 가리지 않고 모든 사물은 평등하다고 했다. 중장에서는 상하의 지체나 내외의 출신을 가리지 않고 사람은 누구나 평등하다고 했다. 종장에서 한 말은 차등을 뼈저리게 겪어 와서 평등을 간절하게 바라는 마음으로 모닥불을 피우고 쬔다고 이해하면 앞의 것들과 연결된다. 그것은 차등에서 평등이 소중하다고 깨달은 역사의 경험이다.

이용악(李庸岳, 1914~1971)은 다정한 느낌을 주는 시인이면서 날카로운 언어 감각을 갖추었다. 자기 자신을 준엄한 자세로 되돌아보며 역사 앞에서 처절하게 절규하는 데까지 나아갔다. 1937년의 〈분수령〉(分水嶺), 1938년의 〈낡은 집〉, 이 두 시집에 수록한 시를 보면, 여린 마음

씨를 미묘하게 드러내는 취향을 버리지 못하면서 번민이 깊고 결단이
엄숙하다.

첫 시집의 〈나를 만나거든〉에서는 자기가 자살하지 않은 이유를 묻
지 말라 하고, 폐인이 되도록 고민하며 굶주린 자취를 나타냈다. 자기
가 자란 고장을 흐르는 두만강을 노래하면서 민족의 수난을 되새긴 시
편은 더욱 소중하다. 첫 시집의 〈천치(天痴)의 강아〉에서는 "강안(江
岸)에 무수한 해골이 뒹굴어도/ 해마다 계절마다 더해도/ 오직 너의 꿈
만 아름다운 듯 고집하는" 두만강을 원망했다. 둘째 시집의 〈두만강 너
우리의 강아〉에서는 다시 다음과 같이 노래했다.

아무 것도 바라볼 수 없다만,
너의 가슴은 얼었으리라.
그러나
나는 안다.
다른 한 줄 너의 흐름이 쉬지 않고
바다로 가야할 곳으로 흘러내리고 있음을.

지금
차는 차대로 달리고.
바람이 이리처럼 날뛰는 강 건너 벌판엔
나의 젊은 넋이
무엇인가 기다리는 듯 얼어붙은 듯 섰으니
욕된 운명은 밤 위에 밤을 마련할 뿐.

잠들지 마라, 우리의 강아.
오늘 밤도
너의 가슴을 밟는 뭇 슬픔이 목마르고,
얼음길은 거칠다, 길은 멀다.

얼어붙어 있으면서도 흐름을 멈추지 않은 강에서 민족의 시련을 극복할 희망을 찾았다. 비탄으로 울부짖으면서도 자학에 빠지지 않고 미래에 대한 기대를 정확하게 구현하는 예지를 보였다. 투철한 역사의식과 예민한 감수성이 둘일 수 없다는 것을, 대단한 암시력을 지녀 긴장되어 있으면서 다정스럽게 다가오는 언어 표현으로 입증했다.

서범석, 《한국농민시연구》(고려원, 1991) ; 박양호, 〈황순원시연구〉, 《어문논총》 10 · 11(전남대학교 국어국문학회, 1989) ; 고현철, 〈황순원시연구〉, 《한국문학논총》 11(한국문학회, 1990) ; 문덕수, 〈김용호시연구〉, 《수우재최정석박사화갑기념논총》(효성여자대학교출판부, 1984) ; 윤정룡, 〈윤곤강 시론에 대한 검토〉, 《관악어문논집》 10(서울대학교 국어국문학과, 1985) ; 이숭원, 〈30년대 후반기 시의 한 고찰 : 백석의 경우〉, 《국어국문학》 90(국어국문학회, 1983) ; 최두석, 〈백석의 시세계와 창작방법〉, 김윤식 · 정호웅 편, 《한국근대리얼리즘작가연구》(문학과지성사, 1988) ; 김헌선, 〈한국시의 엮음과 백석시의 변용〉, 제3세대문학비평회, 《한국현대시인연구》(신아출판사, 1988) ; 감태준, 《이용악 시 연구》(문학세계사, 1991) ; 허형만, 〈이용악 시에 나타난 역사의식 연구〉, 《한국언어문학》 35(한국언어문학회, 1995) ; 정효구, 《백석》(문학세계사, 1996) ; 신은경, 〈사설시조의 전통과 그 지속〉, 《고전시 다시 읽기》(보고사, 1997) ; 김영익, 《백석 시문학 연구》(충남대학교출판부, 2000) ; 맹문재, 《한국 민중시의 문학사》(박이정, 2001) 등의 연구가 있다.

11.15.4. 심훈 · 이육사 · 윤동주

심훈(沈薰, 1901~1936)은 소설가로서 두드러진 활동을 했으며 시인으로 알려지지는 않았으나, 시 창작을 계속해 1933년에 〈그날이 오면〉이라는 시집을 내려고 검열을 신청했다가 반 이상 삭제되어 뜻을 이루

지 못했다. 원고가 광복 후까지 보관되어 1949년에 출간되었다. 창작
연월, 때로는 날짜까지 명시해놓아 순서를 좇아 다룰 수 있다.

시집 서문으로 썼던 글에서, 자기는 시인이 되려고 생각하지 않고 "다
만 닫다가 미칠 듯이 파도치는 정열에 마음이 부대끼면 죄수가 손톱 끝
으로 감방의 벽을 긁어 낙서하듯" 했다고 했다. 창작하는 방법보다 고민
하고 절규하는 심정을 더 중요시한 그런 태도 때문에 심훈의 시는 자기
개인의 관심사에 머무르지 않고 민족의 항쟁을 집약하는 의미를 지닌
걸출한 작품이 되었다. 그 자취를 몇 단계에 걸쳐 살필 수 있다.

〈거국편〉(去國篇)이라고 한 곳에는 외국에 나가서 지은 시가 실려 있
다. 1919년 12월 중국에서 지은 〈북경(北京)의 걸인(乞人)〉에서 "숨도
크게 못 쉬고 쫓겨 오는 내 행색을 보라/ 선불 맞은 어린 짐승이 광야를
헤매는 꼴 같지 않으냐"라고 하고, 자기에게 구걸하는 걸인은 조국이 있
어 부럽다고 했다. 1926년 2월 일본으로 가는 심정을 나타낸 〈현해탄〉
(玄海灘)에도 자책의 슬픔이 짙게 나타나 있다. 일본인 흉내를 내느라
고 "발가락을 억지로 째어 다비를 꿰고/ 상투 자른 자리에 벙거지를 뒤
집어 쓴 꼴"을 한 동포들이 우글거리는 선실에서 벗어나 갑판에 오르니
"달빛에 명경 같은 현해탄 위에 조선의 얼굴이 떠오른다"고 했다.

1927년 2월 작품인 〈잘 있거라, 나의 서울이여〉에서 말한 사연도 심
각하다. "성벽은 토막이 나고 문루(門樓)는 헐려" 역사가 훼손되고, 백
성들은 "산으로 기어오르고, 두더지처럼 토막 속을 파고드는" 고국을
참담한 심정으로 떠나간다고 했다. 자기의 행적에다 나라를 근심하는
마음을 실어 기행시를 짓는 옛적 문인들의 전례를 이으면서 국권 상실
의 고통을 절감했다.

가까이 지내는 이가 참사를 당하면 시를 짓는 것도 한시에서 물려받
아, 옥사한 동지를 위해 1927년 9월에 〈만가〉(輓歌)를 지었다. 고인의
행적을 더듬으면서 구구한 말로 슬픔을 뇌는 순서를 따르지 않고, 수의
조차 입히지 못한 시체를 멘 동지들이 옥문(獄門)을 지나 장지로 가는
거동을 굵고 무표정한 필치로 그리기만 했다. 여섯 줄 한 연이 삭제되

어 있고, 마지막 연 끝머리에서 "저승길까지 지긋지긋 미행이 붙어서/ 조가(弔歌)도 부르지 못하는 산송장들은/ 관을 메고 철벅철벅 무학재를 넘는다"고 하기만 했다.

그 비슷한 작품을 하나 더 들어보자. 같은 해 12월에는 출옥한 동지를 맞이해 〈박군의 얼굴〉을 지었다. 다행히 살아나오기는 했으나 "눈을 뜬 채 등골을 뽑히고 나서/ 산송장이 되어 옥문을 나섰구나" 하며 탄식하게 하는 얼굴이었다고 했다. 심장의 고동이 끊어질 때까지 원수 갚는 싸움을 하자고 다짐했다.

어떤 탄압이 닥치더라도 오직 진실만 말하려고 한 것이 일관된 자세이다. 1930년 3월 1일에 쓴 〈그날이 오면〉에서 항일시의 절정을 보여주었다. 검열에 통과를 기대할 수 없더라도 할 말은 다 해서, 전문이 다음과 같다.

  그날이 오면, 그날이 오면은
  삼각산이 일어나 더덩실 춤이라도 추고
  한강물이 뒤집혀 용솟음칠 그날이,
  이 목숨이 끊어지기 전에 와주기만 할 양이면,
  나는 밤하늘에 날으는 까마귀와 같이
  종로의 인경(人磬)을 머리로 들이받아 울리오리다.
  두개골은 깨어져 산산 조각이 나도,
  기뻐서 죽사오매 오히려 무슨 한이 남으오리까.

  그날이 와서, 오오 그날이 와서
  육조(六曹) 앞 넓은 길을 울며 뛰며 뒹굴어도,
  그래도 넘치는 기쁨에 가슴이 미어질 듯하거든,
  드는 칼로 이 몸의 가죽이라도 벗겨서
  커다란 북을 만들어 들쳐메고는
  여러분의 행렬에 앞장을 서오리다.

우렁찬 그 소리를 한번이라도 듣기만 하면
그 자리에 거꾸러져노 눈을 삼셌소이나.

다른 시인들은 조심스럽게 암시하기나 하던 조국 해방의 소망을 정면에서 나타내서 소리 높이 노래했다. 삼각산과 한강수를 다시 노래하면서, 침략자가 훼손하기 전의 지명을 되찾은 서울 거리를 수많은 사람과 함께 춤추며 내닫는 기쁨을 당장 누리는 것처럼 나타냈다. 극단에 이르는 불가능한 상상을 하고서도 힘찬 거동으로 앞으로 나아갔다.

이육사(李陸史, 1904~1944)는 항일투쟁을 맡아 나섰다가 광복 전 해에 중국 북경의 감옥에서 옥사했다. 시인이고자 한 것은 아니지만, 한동안은 유행하는 기풍을 따라 시를 쓰다가 자기 세계를 확립하고 민족해방을 위한 투쟁과 직결되는 작품을 이룩하려고 했다. 지면에 발표할 때에는 검열의 제약을 감수하지 않을 수 없어 우회적이고 상징적인 표현을 써야 했다.

광복 후 1946년에 나온 〈육사시집〉(陸史詩集)에 수록된 작품 20편 가운데 유고는 〈광야〉(曠野)와 〈꽃〉 두 편이다. 그 두 편도 발표를 하려 했으나 기회를 얻지 못했던 것 같다. 1930년대 후반에서 1940년대가 시작될 때까지 일제의 검열을 받아야 하는 조건에서 항일시가 이를 수 있는 극한을 보여주었다.

〈신조선〉1933년 12월호에 발표한 〈황혼〉(黃昏)은 모색기의 작품이라고 할 수 있다. "인간은 얼마나 외로운 것이냐"고 하면서, 멀리 있는 의지할 데 없고 고달픈 사람들에게 뜨겁게 입 맞추고 싶은 사랑을 전한다고 한 말이 막연하다. 〈풍림〉 1936년 12월호의 〈한 개의 별을 노래하자〉에서는 "아름다운 미래를 꾸며볼 동방의 큰 별"로 조국을 상징하고, 당면한 고난을 극복하는 희망을 가지자고 "오는 날의 기쁜 노래를/ 목안에 핏대를 올려가며 마음껏 불러보자"고 했으나, 상상의 규모가 좁고 현실에 밀착된 발언을 하지 못했다.

〈문장〉 1939년 8월호에 발표한 〈청포도〉(青葡萄)에서는 청신한 감각을 갖춘 품격 높은 표현을 이루었다. 청포도가 익는 계절의 고향 마을을 노래한다 하고서, 흰색에다 푸른색을 보태 청신한 분위기가 돌게 하고, "청포(靑袍)를 입고 찾아온다"고 한 손님으로 미래의 희망을 상징했다. "이 마을 전설이 주저리주저리 열리고/ 먼데 하늘이 꿈꾸며 알알이 들어와 박혀"라고 한 말로 청포도의 생김새를 뛰어나게 묘사하면서 과거의 전설과 미래의 희망이 바로 이어진다는 것을 깨닫게 했다.

기다리는 손님을 맞이해 청포도를 따먹겠다는 기대를 가지고 "은쟁반"과 "모시 수건"을 마련해두는 숭고한 마음가짐에서 역사를 꿰뚫는 예지 같은 것을 느끼게 했다. 그러나 고난의 노래이기에는 너무 사치스럽고, 투쟁 없는 기다림으로 미래의 희망을 달성할 수 있을까 의문이다. 그래서 생기는 불만을 씻고 투지를 가다듬어 희망을 쟁취하려면 다음과 같이 절규해야만 했다. 〈문장〉 1940년 1월호에 발표한 〈절정〉(絶頂)을 들어보자. 고달픈 몸으로 찾아온다고 한 손님을 기다리기만 한 것과 아주 다른 적극적인 자세를 작품 전편에다 표명했다.

매운 계절의 채찍에 갈겨,
마침내 북방으로 휩쓸려오다.

하늘도 그만 지쳐 끝난 고원(高原),
서릿발 칼날 진 그 위에 서다.

어디 가 무릎을 꿇어야하나?
한 발 재겨 디딜 곳조차 없다.

이럼에 눈 감아 생각해 볼밖에,
겨울은 강철로 된 무지갠가 보다.

민족의 수난과 항쟁을 치열하게 노래하여 항일시의 절정을 이룬 시

가 고도의 상징적인 수법을 쓴 덕분에 삭제되지 않고 검열을 통과했
다. "매운 계절의 채찍에 살겨"라고 한 첫 줄도 일제의 억압을 나타냈
다. 시련이 극도에 이른 "서릿발 칼날 진" 곳에 이르러 굴종을 받아들일
여유조차 없다 했다. "강철로 된 무지개"는 무지개 같은 희망이 시련을
이기는 강인한 투쟁으로 성취된다는 것을 암시한 말이다. 극도에 이른
절망은 열렬한 희망이라는 역설로 겨울과 봄, 현재와 미래의 구분을
없앴다.

유고로 남긴 〈광야〉에서는 민족사의 과거・현재・미래를 서사시적
인 안목으로 꿰뚫어보면서 고난 극복을 위해 시인이 할 일을 다짐했다.
"까마득한 날에/ 하늘이 처음 열리"던 과거가 "천고의 뒤"까지 이어지리
라고 확신하는 말을 앞뒤에 두고, 그 중간에서 당면한 시련을 극복하자
는 의지를 나타냈다. "지금 눈 내리고/ 매화 향기 홀로 아득하니/ 내 여
기 가난한 노래의 씨를 뿌려라"에서 차갑게 움츠러든 민족정신을 시인
이 일깨우겠다고 했다. "백마 타고 오는 초인(超人)"이 그 노래를 목 놓
아 부르게 하겠다고 하면서, 오랜 투쟁의 결과로 희망찬 미래가 도래한
다고 했다. 율격의 변화를 적절하게 마련해 시행이 차차 길어지도록 하
는 수법을 되풀이하면서 미래를 향한 비약의지와 서로 호응되게 한 것
이 또한 탁월한데, 앞에서 이미 분석하고 고찰한 바 있다.

윤동주(尹東柱, 1917~1945)도 옥사한 시인이다. 북간도에 머물던 시
절인 1936년부터 3년쯤 되는 동안 동시 같은 가벼운 작품을 잡지나 신
문에 더러 발표했으나, 그 뒤에 이룩한 본격적인 시작은 거의 다 원고
로 간직했다. 1941년에 〈하늘과 바람과 별과 시〉라는 시집을 간행하려
했으나 뜻을 이루지 못했다. 독립운동을 한 죄목으로 일제 경찰에 검거
되어 옥고를 겪다가 일본 땅에서 세상을 떠났다. 시집의 원고는 은밀하
게 보관되어 1948년에 출간을 보게 되었다. 수록 작품은 모두 31편인
데, 창작 연월이 밝혀져 있어 변모 과정을 살필 수 있다.

1939년에 쓴 〈소년〉에서는, 아름답고 슬픈 사랑의 자취를 가을의 강
물에서 찾았다. 〈자화상〉 또한 그 해의 작품인데, 우물에 비친 모습을

바라보면서 자기 자신에 대한 미움과 그리움을 나타냈다. 1941년 6월
의 〈돌아와 보는 밤〉에서 자기 방에서 불을 끄고 하루의 울분을 씻을
수 없어 가만히 눈을 감으면 마음속으로 사상이 익는 소리가 들린다고
한 것이 각성의 계기였다. 감미로운 서정을 찾는 소년기의 심정을 버
리고 수난을 견디며 성실하게 사는 자세가 무엇인지 진지하게 묻게 되
었다.

1941년 9월에 쓴 〈또 다른 고향〉에서 전환의 진통을 더욱 심각하게
토로했다. 고향에 돌아간다는 것은 그때까지 많은 시인이 가장 흐뭇한
위안이라고 미화했는데 자기 상실에서 벗어나자는 내심의 투쟁을 거기
다 빗대서 나타냈다. 안이하게 살아가면서 고향에 안주하고 마는 태도
는 "어둠 속에 곱게 풍화작용하는 백골"에 지나지 않는다고 했다. 넓게
열린 세계의 소리를 듣고 울분을 넘어서서 역사와 대면하는 진정한 자
아를 찾아 민족해방 투쟁에 참여하자는 결단을 "백골 몰래 아름다운/
또 다른 고향으로 가자"는 말로 나타냈다.

> 죽는 날까지 하늘을 우러러
> 한 점 부끄럼이 없기를,
> 잎새에 이는 바람에도
> 나는 괴로워했다.
> 별을 노래하는 마음으로
> 모든 죽어가는 것을 사랑해야지.
> 그리고 나한테 주어진 길을
> 걸어가야겠다.
>
> 오늘 밤에도 별이 바람에 스치운다.

1941년 11월에 마침내 시집 앞에 실을 〈서시〉를 써서 엄숙한 양심선
언으로 삼았다. "죽는 날까지 하늘을 우러러/ 한 점 부끄럼이 없기를"

바란다는 것은 엄청난 말이다. 성현들이 고래로 바란 경지에 시인이 이르겠다고 했다. 자기를 높여서 그렇게 되자는 것은 아니다. "잎새에 이는 바람에도 괴로워" 하는 여린 마음으로 "모든 죽어가는 것을 사랑"하는 시인의 사명을 성실하게 수행하겠다고 다짐했다. 항일투쟁을 다짐하는 것보다 더욱 원초적인 고백을 하고 순교의 각오를 나타냈다.

"오늘밤에도 별이 바람에 스치운다"는 말로 서시가 끝났다. 별을 최고의 이상으로 삼고, 별이 바람에 스치는 것을 안타깝게 여겼다. 별의 의미를 길게 펼쳐 보인 작품이 1941년 11월 같은 시기에 쓴 〈별 헤는 밤〉이다. "가슴 속에 하나 둘 새겨지는 별"은 희망이고 이상이고 꿈이다. 별을 헤면서 모든 소망을 헤아리고 그리운 사람을 하나씩 생각해낸다고 했다. 그러면서 가장 사랑하는 어머니는 "멀리 북간도에 계십니다"라고 했다. 이상과 현실이 어긋난 시대의 시련을 그런 말로 나타내면서 부끄러운 이름을 흙으로 덮어 묻고 "나의 별에도 봄이 오면" 자기도 소생하리라고 기대했다.

1942년 6월에 일본에서 지은 〈쉽게 씌어진 시〉에서는 "생각해 보면 어린 때 동무를/ 하나, 둘, 죄다 잃어버리고" 자기는 무기력하게 지내며 시를 쉽게 쓰는 것이 부끄럽다고 했다. "등불을 밝혀 어둠을 조금 내몰고/ 시대처럼 올 아침을 기다리는 최후의 나"를 가슴 설레게 자각했다. 일제의 통치가 끝나고 민족 해방이 이룩될 날을 그런 마음으로 기다리다가 맞이하고자 했다.

김용직 편, 《이육사》(서강대학교출판부, 1995) ; 조창환, 《이육사》(건국대학교출판부, 1998) ; 강창민, 《이육사 시의 연구》(국학자료원, 2002) ; 마광수, 《윤동주연구》(민지사, 1984) ; 이건청, 《윤동주》(건국대학교출판부, 1994) ; 권영민 편, 《윤동주연구》(문학사상사, 1995) ; 김학동 편, 《윤동주》(서강대학교출판부, 1997) ; 大村益夫, 《윤동주와 한국문학》(소명출판, 2001) 등의 연구가 있다.

11.15.5. 일제 패망 직전의 상황

일본이 1931년에 만주를 침략하고, 1937년에 중국에 대해 전면전을 도발하고, 1941년에 미국을 공격해 세계대전을 일으키는 데까지 이른 일련의 과정은 문학을 하는 데 계속 불리한 여건을 조성했다. 식민지 통치를 반대하는 간접적이고 우회적인 표현도 허용하지 않았을 뿐만 아니라, 지지하고 찬양할 것을 요구했다. 그런 상황에서도 항일을 하다가 옥사하면서 발표될 수 없는 작품을 남긴 사람도 있고, 작품활동을 그만두고 침묵하면서 견딘 사람도 있는 한편, 일본의 요구를 따르는 문인도 적지 않았다.

친일문학이 나타나는 양상을 시에서 살피면, 일제가 아직 중국 침략을 하기 전이고 노선 전환을 강요하지는 않았을 때인 1935년에 이미 이병각(李秉珏)은 9월 29일자 〈조선중앙일보〉에 발표한 〈아드와의 원수를!〉에서 파시즘을 찬양했다. 무솔리니가 다스리는 이탈리아 군대가 에티오피아를 침략하는 전쟁이 정당하다고 했다. "깜둥이의 총에 쓰러지고 포로가 되어 그들 야만인의 밥이 되었다"고 한 패배를 설욕하고 복수를 하기 위해 쳐들어간 이탈리아군이 영광스럽다고 했다. 일제가 저지른 침략과 만행도 같은 논법에서 찬양의 대상이 되었다.

무산계급문학을 한다고 하다가 그만둔 박영희(朴英熙)가 앞장서서 일제를 찬양한 문학은, 전에는 경험하지 못한 숭고한 정신의 발로라고 하는 주장을 내세웠다. 1939년 10월 〈인문평론〉 창간호의 〈전쟁과 조선문학〉에서, 일본정신은 조선 사람이 소중하게 생각하는 것을 다 갖추고 있으며 세계정신의 종국적인 목표를 구현하는 의의까지 있다고 했다. 일본정신의 구현과 확장을 위한 전쟁은 성전(聖戰)이므로 찬양해야 한다고 했다. 문학을 하는 마땅한 자세가 무엇인지 몰라 회의에 빠지고 정신적 분열을 겪으면서 공명심을 버리지 못한 무리가 경쟁을 하듯 나섰다.

친일문학은 우리말로 된 것과 일본말로 된 것 두 가지가 있었다. 일제는 작가들에게도 일본말을 쓰고 일본인이 될 것을 요구했지만, 전환

에는 시간이 걸리고 또한 일본말에 익숙지 못한 독자가 많아 우리말 창
삭을 계속해야만 했다. 그 가운데서 **일본말로 된 작품은 일본문학이니**
사실 확인을 위한 자료나 쓰면 그만이지만, 우리말을 사용한 것은 제명
처분하고 말 수 없다.

김동환(金東煥)의 시를 본보기로 들어보자. 1942년에 〈해당화〉(海棠
花)라는 시집을 내면서 서두에 실은 〈전가초〉(戰歌抄)는 일제 침략전쟁
을 찬양하는 시편이다. 책 말미에 다시 그 비슷한 시를 여러 편 싣고,
〈전요집〉(戰謠集)이라는 군가 모음을 마련했다. 〈조이인석군〉(弔李仁錫
君)이라는 것에서 지원병으로 나가 최초로 전사했다는 병사의 죽음이
영광스럽다고 찬양했다. "우리의 붉은 피 사백여주(四百餘州)에 곳곳이
흘려지는 날 제국에 영광이 돌아오리니"라는 말로, 전쟁에 나가 많이
죽어야 한다고 했다. 그런 작품을 다수 수록한 〈해당화〉마저 군데군데
삭제당하고 먹칠을 한 채 출간되었다.

이광수(李光洙)도 친일문학의 선두에 서서 활약하면서 논설과 소설
을 쓰고 시도 지었다. 〈매일신보〉 1943년 11월 4일자의 〈조선의 학도
여〉라는 시에서 일본군인이 되어 싸우러 나가라고 권유했다. 서정주
(徐廷柱)처럼 활동한 지 얼마 되지 않은 시인도 그 대열에 참가해, 〈매
일신보〉 1944년 12월 16일자에 〈송정오장송가〉(松井伍長頌歌)를 발표하
고 가미가제특공대에 참가해 미국 전함에 자폭해서 죽은 조선인 병사
를 찬양했다. 그 밖에 민요, 창가, 일본의 화가(和歌) 형식을 딴 작품도
적지 않았다.

친일시를 지으면서 신화나 전설을 들먹이며 서사시의 분위기를 풍기
고, 향토의 정서나 민속에서 느끼는 친근감을 이용해 신뢰를 얻으려는
풍조가 유행했다. 김용제(金龍濟)가 1943년에 출간한 〈서사시어동정〉
(敍事詩御東征)은 일본신화를 이용했다. 〈신시대〉 1944년 1월호에 발표
한 김종한의 〈용비어천가〉(龍飛御天歌)는 우리 고전을 일제 찬양의 노
래로 변조해 민족의 존엄성을 깊이 훼손했다.

그럴 무렵에 일제는 무력으로 점령한 만주에다 만주국을 세우고 걸

으로는 오족협화(五族協和)를 표방해 다섯 민족의 하나인 우리 민족도 만주국 국민의 하나라고 했다. 거기서는 일본말 사용을 강요하지 못하고 우리말로 조선족이 문화 활동을 하는 것을 허용하지 않을 수 없었다. 〈만선일보〉(滿鮮日報)라는 신문, 〈북향〉(北鄉)이라는 문학잡지가 그래서 나올 수 있었다. 〈싹 트는 대지〉라는 소설집이 1941년에, 〈만주시인집〉(滿洲詩人集)과 〈재만조선시인집〉(在滿朝鮮詩人集)이 1942년에 나왔다. 개인적인 문학활동도 우리말로 계속되었다.

그런 지면에 발표된 작품은 공식적인 성격이 만주국을 정착지로 삼아 안주하는 자세를 나타내야 하는 이민문학이었다. 그러나 조국이 광복될 때까지 거기 머물다가 돌아오겠다는 생각을 가지고 망명지문학의 고통을 나타내는 것이 이면의 주제였다. 그 양면이 여러 시인의 작품에서 확인된다.

〈만주시인집〉에 수록된 함형수(咸亨洙, 1914~1946)의 〈귀국〉(貴國)에서는 "거기서 새로운 언어를 배웠고/ 새로운 행동을 배웠고/ 새로운 나라와 새로운 세계와/ 새로운 육체와를 얻었나니"라고 했다. 만주국을 자기 나라로 삼아 다시 태어났다고 했다. 그런데 그 책에 함께 들어있는 다른 시 〈비애〉(悲哀)를 보면, "나는 이 괴로운 지상(地上)에서/ 살기만은 조금도 희망치는 않는다"고 했다. 그 이유가 "저 나라에서도 나는 또 여기서처럼 이렇게 고독할까봐"라고 했다.

편자 김조규(金朝奎, 1914~1990)가 쓴 〈재만조선시인집〉의 서문을 보면, 만주에서 이루어지는 "거룩한 건설"를 보고 "새로운 의욕"을 느낀다고 했다. 공식적인 발언은 그렇게 해야 했다. 그러면서 시 작품에서는 다른 생각을 하고 있다고 은밀하게 토로했다.

오라는 글발도 없고,
기다리는 사람도 없는,
밤과 밤을 거듭한
추방의 막막한 나그네 길.

1940년에 창작해 미발표 작품집에 수록한 〈북행열차〉의 한 대목이다. 추방당한 신세가 되어 북쪽으로 가는 열차를 타고 아무도 기다리는 사람이 없는 곳을 향한다고 했다. 1941년에 지은 〈새들은 날아가는데〉에서는 새들처럼 산 넘어 그리운 곳으로 가지 못하고 "추악한 거리와 숨 막히는 방을" 벗어나지 못한다고 탄식했다.

이욱(李旭, 1907~1984)은 〈재만조선인시집〉에 수록한 작품을 보면 가벼운 서정시를 쓰는 시인이었다. 〈별〉에서 "나의 가슴 속 적은 호수에도/ 푸른 향수를 묻고 내려 고이 잠든다"고 할 때 고향에 대해 심각한 생각을 한 것은 아니다. 1943년에 짓고 1947년에 출판한 시집 〈북두성〉(北斗星)에 수록한 〈모아산〉(帽兒山)을 보면, 새로운 삶의 터전이 된 곳에 있는 산 이름을 중국말로 부르면서 불굴의 자세를 찬양했다. 한 대목을 들어본다.

척촉(躑躅) 꽃이 피거나
백설이 덮이거나,
너 모얼산은 꿈만 꾸느냐?

오!
그러나 모얼산아.
너는 여태 굴한 일이 없어,
우리의 본보기가 되었다.

윤해영(尹海榮)은 널리 불려지는 항일가요 〈선구자〉를 작사했다. 그런데 〈만주시인집〉에 수록된 〈오랑캐고개〉에서는 고국을 떠나 만주로 향하면서 "희망의 기쁜 노래"를 불렀다고 했다. 1943년에 지은 〈낙토만주〉(樂土滿洲)에서는 만주국의 새 생활이 희망이 넘친다고 했다.

천청송(千靑松)은 전통적 가락으로 향수를 불러일으키면서 민족의 수난을 그린 시인이다. 〈만선일보〉 1940년 5월 15일자의 〈닭 잡아먹던 집〉에서는 한때는 단란하게 살아가던 한 가족이 망해 빈 터만 남은 내력을 서사시처럼 노래했다. 〈재만조선인시집〉에 실은 〈두메〉에서는 "내 향수도/ 차가운데/ 이런 밤엔 으레 뻐꾸기가 울었다"고 했다.

임종국, 《친일문학론》(평화출판사, 1966) ; 오양호, 《한국문학과 간도》(문예출판사, 1988) ; 〈윤해영 시의 율격과 시대의식 고찰〉, 《국어국문학》 114(국어국문학회, 1995) ; 《일제강점기 만주조선인문학 연구》(문예출판사, 1996) ; 채훈, 《재만한국문학연구》(깊은샘, 1990) ; 송민호, 《일제말 암흑기문학 연구》(새문사, 1991) ; 조규익, 《해방전 만주지역 우리 시인들과 시문학》(국학자료원, 1996) ; 김호웅, 《재만 조선인문학연구》(국학자료원, 1998) ; 조진기, 〈일제의 만주정책과 간도문학〉, 《배달말》 27(배달말학회, 2000) ; 이명재, 〈식민지시대의 망명문단 : 간도 지방을 중심으로〉, 《한국현대문학사론》(한국문화사, 2003) 등의 연구가 있다.

11.16. 주변으로 밀려난 한문학

11.16.1. 행방 추적

1919년 이후의 신문학 운동은 새삼스러운 논의도 없이 국문문학만 문학이라 하고 한문학은 관심 밖으로 밀어냈다. 한문학이 문학사에서 퇴장하면서 중세문학에서 근대문학으로의 이행기가 끝나고 근대문학의 시대가 시작되었다. 공동문어를 버리고 민족어를 공용어로 삼아 근대문학을 이룩한 세계문학사의 공통된 전환이 명백하게 실현되었다.

신문학을 하는 문학잡지가 모두 그 점에서 일치된 태도를 보였다. 1917년에 나왔던 한문학 위주의 문학잡지 〈조선문예〉(朝鮮文藝) 같은 것은 다시 나타나지 않았다. 한문학에 익숙하고 신문학은 친할 수 없는 구시대 문인이 경향 각처에 아직 많이 있었지만, 신문학의 시대가 도래한 것을 인정하고 신문학과 한문학의 관계를 역전시키려는 시도를 하지 않았다.

그러나 한문학이 없어진 것은 아니다. 문학으로 평가되지 않더라도 한시문을 지어 즐기며 위세를 높이는 습속이 이어졌으며, 선별 기준이 흔들리고 인쇄하기 쉬워지자 문집 출간이 부쩍 성행했다. 전에 없던 족보를 다투어 엮고 인쇄해 내서 누구나 양반으로 행세하려고 했다. 출판된 책을 보면 한문의 전성시대가 온 것 같았다.

그런다고 해서 한문학에 새 기운이 돌고 양반이 활기 있게 나다닐 시대가 된 것은 아니었다. 한창 시절의 한문학 작가보다 안목이나 재주가 모자라지 않은 여규형(呂圭亨), 정만조(鄭萬朝), 윤희구(尹喜求) 등이 앞 시대부터 하던 활동을 계속했어도, 시대 변화에 항거할 수도 없고 적응할 수도 없는 자세로 그리 심각하지 않은 작품이나 썼다. 항일의 의지를 한문학에다 쏟은 유인식(柳寅植)이나 김영근(金永根) 같은 시골 선비는 자취를 깊이 감추었다.

신문에서 문학작품 현상모집을 할 때 한시도 포함시킨 것이 흥미롭다. 한 예로 〈동아일보〉 1927년 12월 31일자에서 당선작을 발표한 내역을 보면, 단편소설, "용에 관한 전설", '가요'와 함께 한시도 있다. 그래서 한시가 중요시된 것은 아니다. 단편소설만 전문작가의 작품을 구하고, "용에 관한 전설" 이하는 호사가의 투고를 바랐으며, 한시는 그 말석을 차지했다. 단편소설은 2인의 작품을 골라 상금을 25원씩으로 했는데, 한시는 21인을 선발해 상금을 2원씩 주었으니 작가 대접은 아니다. 한시 애호가들을 신문의 독자로 끌어들이기 위한 회유책을 썼을 따름이다.

그 다음에는 1928년 1월 1일자에 한시를 모집한다는 광고를 내고, 제목과 운자를 정했으며, 심사는 정만조가 한다고 밝혔다. 그 해 12월 17일자에도 "신춘한시모집"이라는 광고가 있고, 1930년 12월 16일자 "신춘대현상모집"에도 한시가 포함되었다. 그렇게 해서 작품을 찾고 작가를 등장시키겠다는 것은 아니었다. 오랜 권위를 자랑하며 문학의 주인 노릇을 하던 한시가 신문 독자 확장을 위한 이용물로 전락했다.

잡지에 실리는 한시는 그보다는 나은 대접을 받았다. 〈개벽〉에는 국외 정세를 알리거나 현실의 당면 문제를 두고 고민하는 등의 내용을 갖춘 한시가 실렸다. 1920년 9월호에서는 박길서(朴吉緖)가 〈상해〉(上海) 이하 한시 여섯 수에서 혁명의 포성이 진동하는 중국의 정세를 알렸다. 1920년 11월호에 네 사람의 한시가 있는데, 중국에서 유랑하면서 고국을 그리워하는 사연을 나타낸 장소석(張素石)의 〈망향〉(望鄕)을 특히 주목할 만하다.

〈신민〉(新民)은 유학의 부흥을 꾀하는 보수적인 잡지여서 한시를 더 많이 실으면서 작풍을 바꾸려고 하지는 않았다. 1920년 9월의 창간호에 보이는 네 사람의 작품 일곱 수 가운데 백농(白農)의 〈우시〉(憂時)를 하나 들어보면, 시대를 근심하면서 싸움이 없는 평화를 바란다고 했다. 1940년대에 간행된 잡지 〈춘추〉는 복고 취향이 두드러져 한시를 싣고, 모집하고, 한시 짓는 법을 가르치는 데 열의를 보였다. 그래서 그때까지 한시 애호가들이 적지 않게 남아 있었다는 증거를 보였을 따름이고,

한시의 위치를 다시 높이는 데는 기여하지 못했다.

〈조선지광〉 1922년 11월의 창간호에 작자를 밝히지 않고 실은 〈농가 처녀〉(農家處女)는 칠언율시 세 수로 민요풍의 악부시를 이룩해 현실 인식을 깨우치려고 했다. 농가 처녀가 길쌈하고 농사지으며 고생하는 모습을 그리고, 신랑이 누군지 못생겨도 그만이니 먹고살거나 하기 바란다고 했다. 한시 쇄신의 가능성을 시험한 작품이다. 〈삼천리〉는 뒤늦게 한시를 실었다. 1935년 8월호에서 보이는 양근환(梁僅煥)의 〈주가기정〉(酒家寄情)은 거처할 곳 없이 방황하는 사나이가 술집의 작부에게 잠자리를 구하면서 신세타령을 한 사연이다.

11.16.2. 작가와 작품

신문이나 잡지에 한시를 발표한 사람들은 대부분 평가받지 못한 무명인사였다. 인쇄매체를 이용해 한시문 창작의 능력을 알릴 수 있는 것은 아니었다. 드러나지 않게 살아가면서 내실을 다지는 고인의 풍모를 잇는 대가들은 따로 있었다. 그 가운데 항일문학으로 평가할 것들도 있다.

불교 승려인 박한영(朴漢永, 1870~1948)은 석전(石顚)이라는 호로 널리 알려졌으며, 최남선(崔南善)이 국토에 대한 신앙을 고백하는 순례여행기를 쓰면서 스승으로 삼은 사람이다. 불법 수행에서 깨달은 바에 근거를 두고 독창적인 문학관을 전개하고 한시를 즐겨 지으면서 전에 볼 수 없는 작품 세계를 이룩했다. 불가의 한문학이 전과 달라진 모습을 확인하게 했다.

시는 우주의 맑고 깨끗한 기(氣)가 저절로 흘러나오는 자연스러움을 무엇보다도 소중하게 여긴다고 했다. 그 기가 가득 차고 성대해지면 알지 못하는 사이에 글로 나타난다고 했다. 유가의 문학론을 원용한 것 같은 말을 하면서, 마땅한 경지에 이른 시는 선(禪)과 다름없다고 보았다. 의거하는 사상이 서로 달라 생기는 견해차에 구애되지 않고, 모든 것이 하나로 아우러져 있는 자연스러움의 극치에 이르자고 했다. 그런 생각을 〈헐성루〉(歇惺樓)라는 시에서는 다음과 같이 나타냈다.

非仙非佛又非天　신선도 부처도 하느님도 아니며,
岛嶂嵥嵥唧紫烟　험한 바위산이 머금은 보랏빛 아지랑이.
誰道登斯閑閣筆　누가 말했나, 여기서는 붓도 멎는다고,
通身宛爾入詩禪　온몸에 환히 트이네, 시이며 선인 것이.

어법이나 표현이 선시이지만 말하고자 하는 바는 불교의 범위를 넘어섰다. 전통사상의 모든 가닥을 하나로 합쳐서 시비와 분별을 아주 해결하는 대단한 규모의 정신주의를 이룩하고자 해서, 파격적인 포괄성 때문에 찬탄을 자아낸다. 당대의 고난을 해결하는 무슨 신이로운 처방을 바라는 사람들에게 높이 평가되었다.

조긍섭(曺兢燮, 1873~1933)을 항일문학의 본보기로 들 수 있다. 영남지방 시골 선비 조긍섭은 유학과 한문학의 정통을 지키기 위해 힘쓰면서 〈곤언〉(困言)을 지어 그릇된 세태를 비판하고 서양사조에 대한 전통문화의 우월을 입증하고자 했다. 〈영사시〉(詠史詩) 35수에서, 고려 말의 충신들에서부터 자기 당대의 유학자 전우(田愚)에 이르기까지 지조 높은 선비들의 행실에다 중심을 두고 역사를 회고하면서 지난날을 아쉬워했다. 그 마지막 수에 이르러 "世道茫茫無畦津 斯文一事亦委塵"(세도가 아득하기만 하고 도리에서 벗어나 유학 또한 먼지에 내맡겨졌네)이라고 탄식했다.

변영만(卞榮晚, 1889~1954)은 시인 변영로(卞榮魯)의 형이다. 〈산강재문초〉(山康齋文鈔)라고 한 문집에 실린 시문이 격이 높고 다채로운 것으로 알려져 있다. 진지한 태도를 지니기보다 이미 소용이 없게 된 한문학의 표현을 능숙하게 하는 솜씨로 희작을 하는 재미를 누렸다. 〈동광〉 1932년 9월호에 발표하기도 한 〈시새덕〉(施賽德)은 말이 많고 떠벌리기를 잘하는 시새덕과 말이 없고 속이 좁은 새침덕이 가까이 사귀면서 둘 다 도리에 어긋난 짓을 하다가 피해를 끼치고 자멸하기까지

했다는 내용이다. 가전체 형태의 우언을 한문으로 써서 소설처럼 읽히
게 하려고 한 마지막 삭품이다.

시골에 묻혀 지내면서 한학을 하고 한시문을 짓는 사람들도 시대를
근심하고 나라를 생각하는 작품을 남겼다. 경상도 고령 선비 최곤술(崔
坤述, 1870~1963)은 존경할 만한 사람들이 세상을 떠날 때마다 시를
지어 망국의 한을 토로했다. 1926년에 스승의 묘소를 이장하면서 지은
〈제면우곽선생장〉(祭俛宇郭先生丈)의 한 대목에서 "事之所誤 仁者如愚
叩頭仰天 致身何之"(일이 그릇되자, 어진 이가 바보처럼 되고, 고개를
조아리며 하늘을 바라보니 몸 둘 곳이 어딘가)라고 탄식했다.

이광수(李光秀, 1873~1953)는 전라도 담양의 선비이며 기정진(奇正
鎭)의 문하에서 수학했다. 을사조약에 항거하다가 귀양 갔을 때 〈정미
유월십사일도진도적소〉(丁未六月十四日到珍島謫所)를 지어 처절한 심
정을 노래했다. 1933년에 금강산을 구경하고 지은 〈금강산대도회〉(金剛
山大圖繪)에 기행시 22수가 있다. "도회"란 사진첩이라는 뜻이다. 사진
에다 시를 곁들이는 전에 없던 일을 했다. 만폭동 앞에서 찍은 사진에
다 붙인 시 〈아사아진첩〉(我寫我眞帖)을 보자.

六十年光一夢成	육십 년 세월 한 가닥 꿈이 되고,
爾形相對疾無名	그대 형상 보니 병들고 이름 없도다.
江潭見逐明時累	뒤틀린 시대 밝아지기를 강담에서 기다리지만,
風樹餘悲此日情	바람 부는 나무에 남은 슬픔만 이제 느낀다.
却着鐵花吾亦老	쇠 꽃을 뒤집어써 나도 또한 늙은 꼴을 하고,
羞將對酒客同傾	부끄럽게 술을 대하면서 객과 함께 기울인다.
半生誤路無窮恨	반평생 길 잘못 든 것 끝없이 한탄스러워,
哭送金剛萬瀑聲	금강산 만폭의 소리를 통곡하면서 보낸다.

금강산 유람을 하면서 흥겨운 시간을 보낸 것이 아니다. 만폭동 폭포
소리에 통곡을 실어 보내는 참담한 심정을 노래했다. 국권을 상실한

"뒤틀린 시대"의 어둠이 밝아지기를 강과 호수가 있는 자연으로 물러나 기다렸지만, 아무 희망도 가지지 못하고 늙어가기만 한다고 했다.

경상도 상주 선비 유도승(柳道昇, 1876~1942)은 임진왜란 때의 사적지를 돌아보면서 지난날의 의기와 투지를 되새기면서 비감에 잠겼다. 진주에 들려 지은 〈차촉석루판〉(次矗石樓板)에서는 "懷吾保障何今事 舊國遺民賦遠遊"(우리가 지금 지닌 보장책은 무엇인가, 옛 나라 유민이 멀리 가서 노는 시나 짓네)라고 했다. 순천에 가서 이순신의 자취를 돌아보고 〈충민사중건운〉(忠愍祠重建韻)을 지어, "傷心門外飄零樹 亡國遺民可奈悲"(문밖의 나무도 시들어진 채 상심하고 있는데, 망국 유민이 슬픔을 어찌 하리)라고 탄식했다. 일제가 성을 바꾸라고 하자 〈창씨탄〉(創氏歎)을 지어 항변한 말을 들어본다.

氏姓喪亡萬口喧	성씨 없애 망한다고 뭇 사람 요란하고,
吾東大地盡沈淪	우리 동방 큰 땅 모두 물에 가라앉네.
違親悖子非人子	어버이 어긴 패륜아 자식이 아니고,
忘祖痴孫是孰孫	할아버지 잊은 녀석 어떤 손자인가.
樹老千年萎彼葉	천년이나 된 나무 잎이 시들어지고,
泉流百道失其源	백 가닥 흐르는 샘물 근원을 잃었다.
强將三字漫題詠	단호히 성명 삼자 걸고 자유로이 시를 지어,
誓如乾坤永久存	천지와 더불어 영구하리라고 맹세하노라.

성을 바꾸어 일본인이 되라고 강요한 만행을, 검열을 받고 시를 발표해야 하는 신시 시인들은 한마디 불만도 나타내지 못하고 따르거나 했다. 항변은 한시에서나 거듭 했다. 비탄에 잠기기만 하지 말고 희망을 가지자고 했다.

김영걸(金永杰, 1876~1947)은 경남 언양의 선비인데, 필사본 시집을 한 권 남긴 데 망국을 개탄하는 시편이 있다. 1921년에 지은 〈추야독좌〉(秋夜獨坐)에서 "艱難吾道息 人坐犯天崩"(우리 도는 숨쉬기도 어렵고, 사람이 앉은 채로 하늘을 범해 무너뜨렸다)이라고 하면서 유학이 힘을 잃자 실서가 온통 무너섰나고 했나. 1930년경의 7언율시 〈방성회고〉(望城懷古)에서는 무너진 성을 바라보면서 지난날을 되돌아보았다. "已知興廢由人事 一唱忝離憶舊遊"(흥하고 망하는 것이 사람에 달린 줄 알면서도, 욕된 이별을 노래하면서 옛적의 놀이를 잊지 못해 한다)라는 말로 결말을 맺었다.

당대에 발표하지 않고 보관해둔 작품까지 들추면 한문학에 대한 평가가 달라진다. 독립투쟁에 헌신한 유학자 김창숙(金昌淑, 1879~1962)의 시문을 모은 〈심산유고〉(心山遺稿)를 보면, 원고로 전해지기는 마찬가지인 심훈이나 윤동주의 신시보다 항일의 어조가 더욱 강렬한 한시가 훨씬 많다. 목숨을 바쳐도 의리는 굽힐 수 없는 선비정신을 온몸에 지니고, 말을 둘러서 하거나 암시하고 상징하는 수법을 쓰려 하지 않았다.

〈자조시〉(自嘲詩)에서 술회했듯이, 생강처럼 매운 성격을 타고나 악인을 원수로 보고 공명과 이익은 조금도 바라지 않고 평생토록 싸우면서 대의를 밝히고 불의를 규탄하는 시를 계속 지었다. 중국에서 활동하다가 잡혀 압송되고 고문으로 불구자가 되고서도 투쟁을 멈추지 않았다. 아무리 역경이 심해도 도피하지는 않겠다고 〈반귀거래사〉(反歸去來辭)를 써서 다짐했다.

만사(輓詞)를 시로 쓰는 오랜 격식을 이어, 신채호(申采浩), 김동삼(金東三), 안창호(安昌浩) 등의 민족지사가 광복의 뜻을 이루지 못하고 세상을 떠난 것을 애통하게 여긴 시를 계속 지었다. 신채호에게는 "君去靑丘正氣收"(그대가 가니 청구의 정기가 거두어졌다)라고 하고, 못난 이들은 부끄러움을 참지 못하겠다고 했다. 김동삼의 죽음에 부친 시는 다음과 같다.

公去知己盡　　공이 가시매 지기가 없고,
宇宙廓然空　　우주가 텅 빈 듯하니,
我生生何樂　　나는 살았지만 무슨 낙이 있는가?

| 狂號海窖中 | 미친 듯 울부짖네, 바다 굴속에서. |

자기 감회를 술회하는 데 그치지 않고 세상 형편을 길게 읊은 항일시에 〈문자당국신제조선민법〉(聞自當局新制朝鮮民法)이라는 말로 시작되는 긴 제목이 붙은 것이 있다. 우리의 고유한 성을 버리고 일본인이 되게 하려는 일제의 만행을 듣고 탄식한 장시이다. 서두에서 아름다운 국토와 자랑스러운 역사를 들고, 질서가 잡혀 백성이 화합한 것을 자랑했다. 세도 부리는 무리가 나라 일을 그르쳐 반역자와 매국노가 생겨나고 사람의 도리를 모르는 왜적이 들어왔다고 그동안의 경과를 들어 개탄했다. 왜적이 무슨 짓을 하는지 규탄한 대목을 둘 든다.

創氏爲臣妾	창씨를 해 신하나 첩을 삼고
束鈴又剝釤	자물쇠로 잠그고 낫으로 찍는다.
去姓爲牛馬	성을 없애 소나 말을 만들어,
加鉗又施銜	목 사슬 씌우며 재갈을 물린다.

惟此未死俘	이 몸은 죽지 못해 남은 포로라
惴惴喫辛醎	벌벌 떨며 쓴 것을 삼키고 있다.
有脚難爲走	다리가 있어도 달리기 어렵고,
有口盡爲緘	입이 있되 온통 봉해 버렸다.

조상 전래의 성을 없애는 것에 대해서 가장 크게 분노하고 그래서 소나 말이 되고 만다고 극언했다. 포로가 되어 입이 온통 봉해져버렸다 하고서도 이 시를 써서 은밀하게 전했다. 문인으로서 활동할 여건을 만드는 데 전혀 관심이 없어 일제의 박해와 과감하게 맞섰다. 검열을 무사히 넘겨 작품을 발표할 의사는 조금도 갖지 않고 항일의 어조를 가다듬었다. 신시가 비겁하고 왜소하게 굴었던 탓에 한시가 퇴장할 수 없었다고 할 수 있다.

덮어둘 수 없는 울분이나 감격을 느낄 때면 이미 익힌 능력을 발휘해 한시를 읊는 관습이 한참 동안 지속되었다. 신시는 아무나 지을 수 없고, 고조된 느낌을 집약하는 데는 적합하지 못해 한시가 계속 필요했다. 그래서 남은 한시 가운데서 의미 있는 작품을 더 찾는다면 중국 상해에서 나온 〈독립신문〉에 실린 것들을 주목할 만하다.

1919년 10월 2일자에 만호(晩湖)라는 이의 〈도압록강〉(渡鴨綠江)이 있는데, 나라를 빼앗은 원수에 대한 원한이 짙게 나타나 있다. 1923년 3월 1일자의 〈삼일절유감음〉(三一節有感吟)에서는 치욕을 씻는 투쟁에 나서자고 했다. "同胞莫恨臨時苦 從此自由萬億年"(동포여 임시 고통을 한탄하지 말지니, 이제부터 만 년 억 년 자유로우리)이라는 말로 끝을 맺었다.

현대시를 쓴 시인 가운데 문학을 하는 소양의 근원인 한시를 버리지 않고 계속 창작한 사람이 적지 않다. 그 대부분의 경우 한시는 습작에 그치고 특기할 만한 점이 없어, 현대시에 가려질 수밖에 없었다. 그런데 오일도(吳一島, 1901~1946)는 현대시보다 더욱 주목하고 평가할 만한 한시를 남겼다. 한시 작법을 제대로 익혔다고 알리는 정도가 아니라, 현대시에서는 미처 하지 못한 말을 한시를 통해 펴면서 일제 강점기의 수난에 깊이 동참했다.

供出高山草　　　공출은 산의 풀처럼 높고,
奪徵世傳名　　　수탈과 징용 대대로 이어지는데,
杲杲夏日曝　　　높이 솟은 여름 해 내리쬔다.
與汝奚得亡　　　어찌 하면 너와 함께 망할까.

〈노부탄〉(老父嘆)이라고 하는 것을 들어보면 이와 같다. 오랜 표현을 이용해 새 시대의 고통을 나타냈다. "與汝奚得亡"의 "너"가 누구인지 전거를 기억하는 사람만 알도록 했다. 그것은 〈맹자〉(孟子) 〈양혜왕 상〉(梁惠王 上)에서 폭군인 하(夏)나라 걸(桀)왕이 자기를 해에다 견주자

백성들이 "時日害傷 予及子 偕亡"(이 해 언제 망할까, 내 너와 함께 망하리라)이라고 한 데서 가져온 말이다. 횡포를 자행하다가 망한 하나라 걸왕의 전례를 들어 일제의 패망을 촉구했다.

이극로(李克魯, 1893~1978)가 1942년에 투옥되어 지은 〈옥중음〉(獄中吟)은 더욱 주목할 만하다. 유럽에 가서 오랫동안 공부를 하고 돌아와 우리말을 지키는 사전을 편찬하다가 수난을 당했으면서, 옥중에서는 하고 싶은 말을 한시로 나타내야 했다. 한시라야 짓기 쉽고, 글로 쓰지 않고서도 잘 기억할 수 있었다. "忍苦編辭典 士道盡義務"(고생을 참으며 사전을 편찬해 선비의 도리로 의무를 다하려 했다)라고 했다. "其人犧牲一時事 正義眞理永遠生"(사람이 희생되는 것은 한때의 일이고, 진리와 정의는 영원히 살 것이로다)이라고 했다. 신식 용어로 이루어진 말을 사용해 도리를 밝히고 심정을 술회했다. 광복 후 〈개벽〉 1946년 1월호에 발표되었다.

한문학의 마지막 모습을 보여준 작가 가운데 국문학자 이가원(李家源, 1917~2000)도 있다. 도토리를 주워 살아가는 사람들의 딱한 모습을 5언 장시로 노래한 1926년의 〈습상행〉(拾橡行)을 위시한 자작 한시 여러 편을 1997년에 지은 〈조선문학사〉에 올렸다. 자기 자신을 스스로 평가의 대상으로 삼은 것은 적절하지 못하다고 하겠으나, 잊혀져 돌보지 않게 될까 염려한 데 그 이유가 있다고 한다면 이해할 만하다.

심삼진, 〈박한영의 한시 연구〉, 《동악한문학논집》 3(동악한문학회, 1987) ; 이종찬, 〈석전(石顚)의 천뢰(天籟)적 시론과 기행시〉, 《전통적 문학사상의 근대적 전개》(동국대학교 한국문학연구소, 1988) ; 허선도, 〈조심재(曺心齋) 영사시와 김중재(金重齋) 소비(小批)〉, 《한국학연구》 13(국민대학교 한국학연구회, 1990) ; 김애이, 〈심재(深齋) 조긍섭의 문학론과 부(賦)의 성격〉(전북대학교 석사논문, 1996) ; 강동욱, 〈심재 조긍섭의 학문 성향과 문론〉(경상대학교 박사논문, 2000) ; 강구율, 〈심재 조긍섭의 시 세계의 한 국면〉, 《동방한문학》 22(동방한

문학회, 2002) ; 유성준, 〈옥산(玉山) 이광수 시의 당시 풍격〉,《한국한
시와 낭시의 비교연구》(푸른사상, 2002) ; 이넝춘, 〈일세시기 한 농촌
유학자의 심성적 추이 : 춘사(春史) 김영걸의 사례〉, 〈청계사학〉 18(청
계사학회, 2003) ; 정범진, 〈심산의 애국적 저항문학〉,《창작과비평》
54(창작과비평사, 1979) ; 강구율, 〈심산(心山) 김창숙의 생애와 시세
계〉,《동방한문학》13(동방한문학회, 1997) 등의 연구가 있다. 최제욱
역,《망국의 한》(동화출판사, 1999) ; 권태을,《상주한문학》(문창사,
2002)에 새로운 자료가 있다. 윤동재,《한국현대시와 한시의 상관관
계》(지식산업사, 2002)에서 오일도의 한시를 고찰했다.

11.16.3. 항일투쟁의 증언

나라에서 일어나는 사건은 사관이 있어 날마다 기록하고, 개인으로
겪는 일이라도 중대한 의미가 있으면 일기로 적어 남기는 것이 한문으
로 글을 쓰게 된 이후 오래 지속된 관례였다. 그런 과업을 한문에서 국
문으로 이관해 새 시대의 상황에 맞게 정비하지 못하고 있다가 국권침
탈을 당했다. 글이야 그 뒤에도 아주 많아 주체하기 어려울 정도로 많
아졌지만 일제와 싸워 민족 해방을 쟁취하는 가장 중요한 사실은 기록
하기 어렵고 널리 알릴 수 없었다. 국문은 감당하지 못하는 그 일을 한
문이 맡아, 구시대의 유물이 아니고 당대의 증언임을 입증했다.

당시에 알려지지 않았고 후대에도 모르고 지내지만, 민족 항쟁의 거
사를 전하는 소중한 글이 있다. 대한광복회를 조직해 국내외에서 무장
투쟁을 하던 박상진(朴尙鎭)이 1921년에 사형당한 후, 1923년 대상을
맞아 아버지 박시규(朴時奎)가 쓴 〈제망자상진문〉(祭亡子尙鎭文)이 은
밀히 보관되어오다 최근에 알려졌다. 통분의 울부짖음을 나타내는 데
서 더 나아가, 아들이 사형당할 때 각계에서 보인 반응을 적어 죽음의
의의를 재확인하고, 그 뒤에 집안이 몰락한 사정을 알린 말이 처절하면
서도 조리를 갖추었다.

그 비슷한 제문이 하나 더 발견되었다. 6·10만세를 주동한 권오설(權五卨)이 1930년에 서대문형무소에서 옥사하자, 아버지 권술조(權述朝)가 장문의 제문을 지었다. 자식을 잃어 애통하다고 하는 데 그치지 않고 그동안 있었던 일을 소상하게 회고했다. 상상력이 아무리 뛰어난 작가라도 지어내 말할 수는 없는 생생한 진실을 알려주었다.

흉한 소식을 듣고 서울에 가서 형무소 문에다 머리를 부딪쳐 한 번 흔쾌히 죽고 싶은 마음을 간신히 돌려 시신을 받아 안고 돌아올 때의 참담한 심정, 칠십 조모와 사랑하는 어머니가 시신을 안고 통곡하는 모습을 소상하게 적었다. 염을 하려고 관을 열고 옷을 벗기니, 시신에 고문당한 흔적이 여기저기 있어 목석이라도 견딜 수 없었다고 했다. 그렇게 한 것만으로 모자라 일제는 장례 지내는 일까지 간섭해 예를 갖추지 못하게 하니 더욱 통탄스럽다고 했다.

일제와 싸우다 순국한 민족지사들에 대해 소상하게 조사해 글에 올리는 것은 일제의 억압 때문에 참으로 어려운 일이었다. 송상도(宋相燾, 1871~1946)라는 시골 선비는 용기가 남달라 그 일을 맡아 나서, 〈기려수필〉(騎驢隨筆)이라는 이름의 항일투쟁사를 이룩했다. 저자가 친필로 정리한 다섯 책과 미정고 한 뭉치가 다행히 보존되어 1953년에 이르러서야 세상에 알려졌다.

표제를 구태여 한가롭게 붙이자는 것은 아니었다. 중국 명나라가 망하자 나귀를 타고 다니며 충신의 행적을 모은 사람이 있었다는 고사를 끌어오고, 정사가 아닌 야사라는 뜻에서 '수필'이라고 일컬었다. 고루한 사고방식을 지닌 유학자 같은 거동을 보이고서, 투쟁의 구호를 높이 외치던 당대의 진보적인 인사 누구도 생각하지 못한 일을 했다.

발문을 써서 저술의 의도를 밝혔다. 망국 이래로 충신과 의사가 분함을 이기지 못해 순절하기도 하고 의거로 나서기도 하고 해외에서 광복을 꾀하기도 하니, 그 충절이 우리에게는 일월과 더불어 빛을 다투고, 왜적은 가장 꺼리고 싫어하는 바라고 했다. 사적을 입에 올리고 글로 적으면 화가 미치기에 돌보는 이 없어 마침내 사라지고 말게 된 것이 한탄스러워 험난한 고생을 무릅쓰고 전국을 돌아다니며 자료를 모았다고 했다.

병인양요 때 강화도에서 순절한 이시원(李是遠)부터 다루기 시작해서 1930년대에 활동한 윤공흠(尹公欽)에 이르기까지, 자료를 얻을 수 있는 모든 사람을 취급해 수백 명 애국지사와 독립운동가의 전기를 수록하고 투쟁의 경과를 소개했다. 〈대한민국 임시정부〉, 〈공산당〉, 〈고려혁명당〉, 〈광주학생사건〉 등의 항목을 별도로 두었다. 주요 항목에는 사실을 수록한 다음에 "안"(按)이란 말을 앞세우고 자기 논평을 달았다.

김창숙에 관한 논평에서는, 금일에 "혁당"(革黨)이니 "공당"(共黨)이니 하는 것에 이르기까지 여러 정파가 떨쳐 일어나 한소리씩 하는데, "우리 유림에서만 전후 수십 년에 적막하기만 하고 소식 한마디 들리지 않다가, 이에 창숙이 개연히 일어나 유림을 대표했다"고 했다. 백정 해방을 꾀한 형평운동을 들고, "한 번 굽혔다가 한 번 펴는 것은 하늘의 떳떳한 이치다"라고 전제하고, 예전에 갖바치 속에 몸을 숨긴 군자가 있었다는 전설을 들어 당대의 사태를 이해하려고 했다.

중국에 망명한 박은식(朴殷植, 1859~1926)은 망국의 내력을 서술한 〈한국통사〉(韓國痛史)를 1915년에, 그 속편인 〈한국독립운동지혈사〉(韓國獨立運動之血史)를 1920년에 현지에서 출판해 일제를 규탄하고 독립운동을 고무했다. 한문을 사용해 중국 독자까지 읽을 수 있게 하고, 민족해방 운동의 세계사적 의의를 인식하는 데까지 나아갔다. 한문은 소용없게 되었다는 주장을 무색하게 했다.

〈한국독립운동지혈사〉 서두를 보면, 〈한국통사〉와 중복되는 내용을 요약하면서 동학의 거사를 낮추어보았던 견해를 수정해 "우리나라 평민의 혁명"이라 했다. 본문에서는 독립운동의 필연성·경과·진전을 밝히고 일제의 야만적인 살육행위를 자세하게 들었다. 아국신당(俄國新黨)이 일본과 싸움을 벌이거나 일본의 사회파(社會派)가 혁명의 거사를 하면 기회가 생길 수 있으나, 우리 독립은 자력으로 달성해야 하고 외세를 믿고 하는 투기사업이어서는 안 된다고 경고했다.

신규식(申圭植, 1879~1922)도 중국에 망명해 〈통언〉(痛言) 또는 〈한국혼〉(韓國魂)이라는 저술을 1920년에 내놓았다. 나라가 망한 원인과 내력을 살피고, 민영환, 안중근, 이준 등 애국지사의 활약을 소개하고 민족 고유의 사상을 되살려 국권회복을 위해 분투하자고 다짐했다. 격분한 마음을 나타내기 위해서 속담·격언·비유 등을 풍부하게 들고, 분노하고 애원하는 심정을 들어 독자를 사로잡으려고 했다.

박상진 제문은 박영석, 〈대한광복회연구 : 박상진제문을 중심으로〉, 《한국민족운동사연구》 1(지식산업사, 1986)에서 고찰하고 ; 김희곤 편, 《박상진자료집》(독립기념관 독립운동사연구소, 2000)에 자료가 있다. 권오설 제문은 권오근, 〈소암(小嚴) 권공이 망자(亡子)에게 한 제문〉, 《담수회지》 17(대구담수회, 1988)에 있다. 강영심, 《신규식의 생애와 독립운동》(독립기념관 독립운동연구소, 1992)이 있다.

11.17. 문학 안팎의 산문 갈래

11.17.1. 전기와 실기

항일투사의 전기를 국문으로 쓰는 작업도 활발하게 전개되었다. 그렇게 하는 데 상해에서 임시정부 기관지로 발행된 〈독립신문〉이 앞섰다. 1920년 4월 27일자에서 5월 27일자까지 10회에 걸쳐 '뒤바보'라는 필명을 사용해 계봉우(桂奉瑀, 1880~1959)가 쓴 〈의병전〉(義兵傳)이 연재되었다.

서두에서 "의병이라 하면 그 명사(名詞)만 하여도 훌륭한 대가치가 있다"고 했다. 그 대표자나 지휘자보다도 수많은 무명의 병사들이 더욱 소중하다고 했다. 관점 변화가 언어 선택과 관련되었다. 한문으로 글을 써야 제대로 표현되는 유학의 의리론을 벗어나, 민중의 관점에서 의병전쟁을 정리하고자 국문을 사용했다.

유인석(柳麟錫)을 위시한 여러 의병장이 나서서 거사한 사실을 적고, 완고한 사상, 구식 관념, 유교의 습성으로 충성을 하려고 한 것은 불만이지만, 왜적에게 맨 처음 선전포고를 하고 독립전쟁을 시작한 공적은 인정해야 한다고 했다. 이인영(李麟榮)이 13도 의병총대장에 추대되어 동대문 밖 30리 지점까지 진격했다가 부친상을 당해 고향으로 간 사건을 두고, "유교신자"여서 병법을 모르며 국가흥망의 일을 버려두고 "유교적 예절"에 속박된 것이 잘못이라고 했다.

그 신문 1920년 6월 10일자부터는 박은식(朴殷植)이 쓴 〈안중근전〉(安重根傳)을 국문으로 번역해 연재했다. 여러 차례 거론된 바 있는 안중근의 의거를 생애와 함께 다시 정리해 독립투쟁의 의지를 고취하려 했다. 1921년 3월 1일자와 12일자에는 〈북로아군실전기〉(北路我軍實戰記)라는 제목으로 만주에서 이룩한 승전을 보도했다.

그런 전기나 실기는 사실의 개략을 전하는 데 그치고 자세하고 흥미로운 서술을 갖추지 않았으며, 국한문의 딱딱한 문체를 벗어나지 못해 문학작품이라고 하기는 어려웠다. 그나마도 국내에 전해져 읽힐 수 없었다. 독립운동의 실기와 전기는 일제에 의한 제약이 풀린 광복 후에야 다시 마련할 수 있었으나, 자료조사가 미비하고 서술방식이 고루한 지난 시기의 결함을 벗어나지 못했다.

해외에서 독립운동을 한 체험의 기록 가운데 임시정부 주석이었던 김구(金九, 1876~1949)의 자서전 〈백범일지〉(白凡逸志)가 특기할 만하다. 한자가 많이 들어간 국한문으로 써서 상권은 1929년에, 하권은 1944년에 탈고했다. 상권 서두에서는, 본국에 있는 두 아들이 장성해서 해외로 나오면 아버지가 어떻게 살다갔는가 알 수 있게 하려 한다고 했다. 하권에서는 독립을 위해 50년 동안 투쟁한 경과를 해외 동포들에게 널리 알려 같은 잘못을 되풀이하지 않도록 하는 것이 집필 동기라고 했다. 필사본이 해외 동포들 사이에서 더러 읽히다가 저자가 귀국한 다음인 1947년에야 출판되었으며, 광복 후에 덧붙여 쓴 대목도 있다.

스스로 겪은 사실을 있는 대로 알리는 데 힘쓰고 문장 수식은 하지 않아, 문학작품과는 거리가 멀다. 그런데 저자의 정치이념을 알아보고, 독립운동의 경과를 살피기 위한 사료로서 소중하게 다루는 데 그치지 않고 거듭 출간되어 널리 읽히고 있다. 고난에 찬 생애를 술회하는 말이 절실하고 항일투쟁을 위한 각오와 투지가 대단해 깊은 공감을 자아내기 때문이다.

상놈의 신분으로 태어나 어렵게 살아가던 어린 시절의 기억, 동학에 가담해서 큰일을 할 때의 각오와 감격, 일본인 정탐꾼을 죽이고 감옥에 갇혔을 때의 시련, 이봉창과 윤봉길 두 의사의 거사를 뒷받침할 때의 활동 등이 특히 생생하게 서술되어 있다. 개인의 이력과 민족의 역사가 맞닿아 사소한 경험이 커다란 의미를 가지게 되는 과정을 선명하게 보여주어, 소설보다 더한 구체성과 역사시에서 기대하기 어려운 총체성을 갖추었다.

국내 출판물에서는 독립투사의 전기를 내놓을 수 없었다. 신간회의 지도자 이상재(李商在)를 추모하는 〈월남선생실기〉(月南先生實記)가

1927년에 나왔으나, 공개 가능한 자료를 집성한 정도에 그치고 항일투쟁을 부각시키지는 못했다. 항일투쟁의 경과를 다른 어떤 형태로든지 정리하고 서술할 수 없었다.

당대의 인물은 내세우지 못하는 대신에 민족사의 영웅을 찾아 소개하고 찬양하는 저술은 몇 가지 형태로 계속 나왔다. 저자 이름은 없고 구소설처럼 읽히는 전기가 사라지지 않아 1926년 한 해 동안에 나온 것만 들어도, 〈김유신전〉(金庾信傳), 〈남이장군실기〉(南怡將軍實記), 〈김덕령전〉(金德齡傳) 등이 있었다. 그런 책에서는 앞 시대의 유사한 저술에 비해 사실을 다소 중요시한 정도의 변화만 보였다.

윤백남, 이광수 이하 여러 작가가 쓴 역사소설이 그 뒤를 이어 사실과 허구를 적절히 배합했다. 또 한편으로는 소설이 아닌 사실 위주의 전기임을 명확하게 한 일련의 출판물이 나와 흥미보다 지식을 제공하는 데 치중했다. 역사전기류는 무엇이든지 인기가 있었다.

역사적 인물의 전기를 쓰는 일을 열심히 한 사람은 장도빈(張道斌, 1888~1963)이었다. 1917년에 〈위인원효〉(偉人元曉), 1921년에 〈동명왕실기〉(東明王實記), 1925년에 〈개소문〉(蓋蘇文), 1926년에 〈을지문덕전쟁기〉(乙支文德戰爭記)와 〈강감찬전〉(姜邯贊傳)을 냈다. 그런데 모두 자료가 많지 않은 인물이어서 지면을 메우기 어려웠고, 창의력을 발휘해 흥미로운 서술을 하려고 하지 않았다.

김기전(金起田)이 엮은 〈조선지위인〉(朝鮮之偉人)이 〈개벽〉1921년 5월호의 부록으로 나와, 새롭게 마련된 위인전 집성의 본보기가 되었다. 다룬 인물은 모두 10인인데, 근래의 최제우(崔濟愚)와 유길준(兪吉濬)이 포함되었다. 천도교의 입장에 서서 온건 개화론을 지지한다는 것을 그 두 인물을 선택해 표명한 셈이다.

장도빈은 거기 맞추어, 1925년에 〈조선명부전〉(朝鮮名婦傳)을 냈다. 여성인물 10인의 생애를 다루어 여성 존중의 뜻을 나타내고자 한 것은 특기할 만한 일이다. 그런데 내용 구성에 문제가 있었다. 행적이 뚜렷하지 않은 삼국시대 인물이 8인이나 되었다. 조선시대 인물은 둘뿐이어서 균형이 맞지 않았다.

조선일보사에서 1939년에 〈조선명인전〉(朝鮮名人傳) 전3권을 출간했다. 수록 인물은 모두 100인인데, 삼국시대의 인물이 많아 이른 시기의 역사를 자랑스럽게 여기는 사고방식을 나타냈다. 안확(安廓, 1886~1946)은 〈조선무사영웅전〉(朝鮮武士英雄傳)을 1940년에 내서, 무사도의 연원을 논하고 대표적인 인물 53인의 행적을 수록했다.

그렇게 해서 한문학의 전(傳)이 국문 전기(傳記)로 바뀌는 과정이 완료되었다. 읽기 쉽게 되고 분량이 늘어나고 내용이 자세해진 전기는 일견 발전을 한 듯하지만, 문학의 영역에서 배제되고 역사 서술의 방식으로서도 환영받지 못하는 신세가 되었다. 한문학에서 전을 표현의 묘미를 갖추어 명문으로 쓰던 전통이 전기로 이어지지 않았다. 소설이 천대받던 시절에 출생신고를 하기 위해서도 전이라고 행세했는데, 우열이 역전되어 소설이 문학의 중심을 차지하고 전의 못난 후계자인 전기는 문학의 범위 밖으로 밀려났다.

뒤바보의 〈의병전〉은 윤병석의 해제와 함께《한국학보》1(일지사, 1975)에 실렸다. 조범래, 《김구의 생애와 독립운동》(독립기념관 한국독립운동연구소, 1992)에서 《백범일지》를 다루었다. 김용덕, 《한국전기문학론》(민족문화사, 1987)에서 근대의 전기를 고찰했다.

11.17.2. 언론문학

언론문학이란 신문이나 잡지에서 마련한 새롭고 독특한 형태의 글을 일컫는 말이다. 신문·잡지가 생겨날 때부터 그런 것이 마련되어, 1900년대의 〈대한매일신보〉에서 사회풍자 가사, 시사토론문, 토론 형식의 풍자문 등으로 다채롭게 개발했다. 일제의 침략에 맞서 국권을 수호하고 매국정권을 규탄하는 데 그런 형태의 언론문학이 커다란 구실을 했다.

신문·잡지에 실리는 글은 참으로 다양하다. 기사, 논설, 그 밖의 여러 형태의 글을 사내에서 쓰기도 하고 기고자의 것을 받아 싣기도 한다. 예사 기사나 논설은 문학이라고 할 수 없다. 사내에서 마련한 글 가운데, 기사나 논설은 아니고 일반 문학작품과도 다른 특이한 수법을 사용해 사실 전달 이상의 표현 효과를 얻은 것을 언론문학이라고 규정할 수 있다. 근대의 문학관을 기준으로 삼아 판단하면 문학 밖의 글이지만, 기사나 논설에서는 허용되지 않는 주장을 간접적으로, 암시적으로 나타내는 표현을 갖추었다. 문학의 범위를 넓게 잡으면 제대로 된 문학작품이라고 하지 않을 수 없다.

일제의 식민지 통치가 시작되면서 언론자유가 극도로 제한되어 언론문학이 큰 타격을 보았으나 상황에 맞게 재창조하려는 노력이 있어 사라지지 않고 계속 중요한 구실을 했다. 그러면서 발표 무대가 신문에서 잡지로 옮겨졌다. 신문은 앞 시대의 창의력 있는 편집 방법을 잃고 의식하지 못하는 사이에 일본 신문을 닮아갔으나, 잡지는 수가 많고 성격이 다양해 독자적인 시험을 계속하는 것들이 있었다.

〈개벽〉이 내용이나 지속성에서뿐만 아니라 언론문학의 육성에서도 가장 주목할 만한 구실을 했다. 사회의 비리를 파헤치고 일제에 항거하는 풍자 방법을 다채롭게 사용해 일제의 검열에서 벗어나고, 관심 있는 독자의 흥미와 공감을 확대했다. 가사를 지어 세태 풍자를 하는 방법도 계속 사용했다. 1920년 11월호에 작자를 '한별'이라고 한 〈새 상놈, 새 양반〉이라는 가사가 있다. 한별은 누군지 확인되지 않는다. 상표로 삼는 필명이 아닌 일회용의 가명으로 그런 작품을 내놓는 것은 앞 시대에 흔히 보던 방식이다.

전형적인 가사 형식을 사용하면서, 두 토막씩 여섯 줄을 한 단위로 번호를 붙여 모두 26번까지 나아갔다. 조상의 뼈를 팔아 살아가는 양반이 더 이상 팔 것이 없자 상놈과 통혼해 새 양반이 생기면서 "밑도 없는 족보를/ 천연 꾸며놓고서/ 제 조상의 자랑은" 야단스럽게 하는 우스꽝스러운 거동이 벌어진다고 했다. 새삼스럽지 않은 세태를 전에 보던 방식으로 나무라는 데 그쳤으나, 신문학에서는 돌아보지 않는 가사를 세태의 묘사와 풍자에 활용한 것은 주목할 일이다.

산문으로 된 세태 풍자문은 전과 다르게 개발했다. 무슨 일을 터놓고 논의할 상황은 아니어서 전에 성행하던 시사토론문은 자취를 감추었고, 글 쓰는 이가 혼자서만 알고 넘어갈 수 없는 내막을 은밀하게 털어놓는 방식을 새롭게 사용했다. 〈천현지황〉(天玄地黃)이 그런 것이다. 1922년 10월호에서 12월호까지, 1923년 3월호, 1924년 6월호 등에 실려 있는 것을 보면 매번 필자의 가명이 달라지는데 '일기자'(一記者)가 썼다는 첫째의 것이 가장 걸작이다. 대수롭지 않은 사실을 소개하고서 웃음을 자아내게 하는 논평을 짤막한 글 여섯 토막에다 적어 일제의 횡포를 예리하게 비판했다.

〈불망기본〉(不忘其本)이라 한 것을 들어보자. 옛글 〈적벽부〉(赤壁賦)에서 뱃놀이를 했다고 하는 "임술지추칠월기망"(壬戌之秋七月旣望)이 돌아오자 재등(齋藤) 총독도 그 풍속을 좇아 한강에서 배타고 낚시한 것을 두고서, 말 타고 사냥하기를 즐긴 전임 총독 사내(寺內)와는 달라 재등은 문화파(文化派)의 기풍이 있다고 아부하는 소리가 있는데 그렇지 않다고 했다. 사내는 육군 출신이라 말 타고 사냥하며, 재등은 본디 해군이어서 배 타고 낚시하니 둘 다 근본을 잊지 못해 하는 짓이며, 무엇을 타고 무엇을 죽이기는 마찬가지라고 했다. 그 일로 미루어보건대 "재등씨의 표방하는 소위 문화정치도 여사(如斯)한 차이에 불과할 것이다"라고 결론지었다.

그 밖에도 여러 가지 제목의 풍자문이 있는데, 가장 빈번하게 등장하고 설정이 기발한 것이 〈은파리〉이다. 이름을 '목성'이라고만 한 이의 〈사회풍자 은파리〉가 1921년 1월호부터 12월호까지 거의 매호에 실려 있다. 필자가 은으로 된 파리 몸으로 어디든지 날아다니면서 은밀한 일을 엿보고 숨은 내막을 들추어낸다고 했다.

첫 회에서는 친일 귀족의 집안에서 정월 초하룻날 벌어진 진풍경을 다루었다. 영감이 여학생 첩의 집에서 자고 오자 마나님은 화가 나 조상 제사도 차리지 않는데, 신문에는 화목한 가정이라고 소개한 기사와 사진이 났다. 아들은 화투로 운수나 떼고 있으면서, 아비가 죽고 자기가 작위와 재산을 차지할 날이나 고대했다. 은파리가 그 여러 사람을 찾아가 말을 묻고 빈정대는 수작을 보냈다. 그 다음 회에는 해외까지 다녀온 미모의 여성이 독신으로 지낸다면서 뒤에서는 남자들을 후린다 했다. 청년 웅변가이고 종교가로 이름난 사람이 기생집에서 음란하게 놀고, 그럴듯한 단체를 만들어 여자들을 가입시킨다고 했다.

〈은파리〉는 개벽사에서 내는 다른 잡지 〈신여성〉, 〈별건곤〉 등에도 실렸다. 〈신여성〉 1924년 11월호에서는 삼형제 색마의 엽색 행각을 폭로했다. 형이라는 자가 자기 아들과 동거하는 기생을 빼앗아 아들이 죽게 하는 것부터 들추어내고, 삼형제가 서로 다투며 젊은 여자를 망친다는 사례를 들고, 글을 써서 알리는 덕분에 피해자가 줄어 "단 한 사람이라도 목숨을 구원하게 된다면 은파리는 다행으로 알겠다"고 했다. 삼형제는 당시에 널리 알려진 실제 인물인데 성만 바꾸어 적었다. 아들과 동거하는 기생을 빼앗았다는 사건은 1925년에 나온 이해조(李海朝)의 실명소설 〈강명화실기〉(康明花實記)에서도 다룬 것이다.

오랜 내력이 있는 몽유록을 다시 이용하기도 했다. 사실을 알리고 주장할 것을 주장하면서 기사나 논설에 으레 부과되는 제약을 따르지 않고 흥미를 가중시켜 표현 효과를 높이기 위해 필요했기 때문이다. 〈별건곤〉 1927년 4월호에 "상상부도(想像不倒) 기발천만(奇拔千萬)"이라는 수식어를 붙인 〈천당지옥왕래기〉(天堂地獄往來記)가 있다.

잡지사 특파원 둘이서 천당과 지옥을 각기 다녀와 글을 썼다고 하고, 맨 뒤에서는 깨고 보니 꿈이었다 해서 몽유록의 일반적인 징표를 갖추었다. 그런데 호걸·지사·논객·혁명아·사상가·신문기자 등이 지옥에서 심판을 받다가 일제히 고함치면서 하느님을 매도하더라고 했다. 천당에는 훌륭한 사람은 아무도 가지 못하고 무능하고 무력한 용사졸부(庸士拙夫)나 모여 있더라고 했다.

신문은 잡지만큼 지면을 자유롭게 활용하지 못해 기발한 글을 만들어내기 어려웠다. 그러나 일제와 맞서서 이치를 따지기 어려운 경우에는 생략과 암시의 수법을 사용하거나 분노가 치밀어 오르게 정감을 돋우는 글을 썼다. 일제가 경복궁의 정문인 광화문(光化門)을 헐어 옮겨 짓는 공사를 하자, 1926년 8월 11일자 〈동아일보〉에서 〈헐려 짓는 광화문〉을 실어 널리 감명을 주었다.

필자는 '소목오자'(小木吾子)라 했는데, 신문사 논설위원인 설의식(薛義植, 1900~1954)이 호를 풀어 적어 필명으로 사용했다. 글 내용을 보면, 민족의 기맥을 꺾어놓으려는 처사에 대해 정면으로 항거하지 못하고 서정적인 표현으로 아픔을 나타냈다. 경복궁 옛 대궐에 궂은비가 오락가락하고, 광화문 지붕 위의 망치소리는 장안을 거쳐 북악에, 남산에, 그리고 "애달파 하는 백의인의 가슴에도 부딪힌다"고 했다.

〈동아일보〉에는 〈횡설수설〉(橫說竪說)이라는 고정란을 두고 아무 일에나 빗대서 잡담을 하는 듯이 하면서 세상사를 시비하고 풍자했는데, 설의식이 자주 맡아 글 솜씨를 자랑했다. 그 비슷한 것이 다른 신문에도 생겨나 오늘에 이르렀다. 명문을 쓰는 논설위원은 자기 이름을 걸고 칼럼이라는 것을 쓰는 관습의 연원도 일찍 마련되었다.

언론문학으로서 한 가지 특기할 것이 만화이다. 만화는 그림을 기본으로 하고 말은 부차적인 요소로 이용하지만, 언론문학의 하나라고 할 수 있다. 간명하고 인상 깊은 표현으로 세태를 풍자하는 효과가 뛰어나 크게 애호되었다. 노수현(盧壽鉉)이 〈조선일보〉에 〈멍텅구리〉를 연재하면서 자리 잡기 시작한 신문만화가 김규택(金奎澤)의 활약으로 큰 발전을 보았다. 그 때문에 신문뿐만 아니라 잡지에도 여러 형태의 만화가 실리게 되었다.

만록(漫錄)·만담(漫談)·만화(漫畵)는 정색을 하지 않은 표현을 뜻하는 만(漫)자를 공유하면서 한문 기록, 구두 공연물, 그림이 있는 인쇄물인 점이 서로 달랐다. 유행하던 시기마다의 문화적 특색을 대변했다. 만록은 한문이 읽히지 않게 되자 쇠퇴했고, 만담은 극장의 흥행이 개발되자 큰 인기를 얻었다. 1930년대에 이르러 뒤늦게 출현한 만화는 인기 절정인 만담과 힘들게 경쟁하다가, 오늘날에 와서는 만(漫)자 영역을 거의 독점하는 위치에 올라섰다.

만화가 김규택(1906~1962)은 웅초(熊超)라는 호를 사용하면서 글과 그림 양쪽에서 뛰어난 솜씨를 발휘해 인기작을 내놓았다. 〈조광〉에 연재한 〈모던심청전〉과 〈억지춘향전〉이 대표작인데, 고전을 이용해 당대를 풍자했다. 그냥 웃고 말 것은 아니었다. 고전 개작의 성과를 문학의 다른 어떤 갈래에서보다 뛰어나게 이룩했다.

1936년 6월호의 〈모던심청전〉을 보자. 심봉사가 개천에 빠져 저승걸음을 할 뻔했다가 몽은사 승려에게 삼백 원을 내겠다고 예약한 사실을 "사법계 취조실에 붙들려 들어간 피고인보다 더욱 처량한 목소리로" 딸에게 말했다고 했다. 심청이가 장터의 인생 상담소장에게 가서 통사정을 하니 돈 많은 부랑자의 넷째 첩으로 가보겠느냐고 했다. 당대의 세태를 잘 나타냈다.

〈억지춘향전〉 한 회를 1941년 3월호에서 보면, 이도령이 무리하게 춘향이를 데려오라고 하자 방자가 한다는 수작이 "올가미를 해 드릴 테니 도련님이 가서 끌어 오시구려"라고 했다. "사람 백정을 하란 말이냐?" 하고 물으니, "사또영감께서는 양민을 붙들어다 천 냥에도 잡고, 만 냥에도 잡습니다" 하고 응수했다. 관원의 횡포를 뛰어난 솜씨로 고발한 개작이다.

이해창, 《한국신문사연구》(성문각, 1971) ; 정진석, 《일제하 한국 언론투쟁사》(정음사, 1975) ; 최준, 《한국신문사논고》(일조각, 1976) 등에서 언론사를 다루었으나 언론문학에는 관심을 두지 않았다. 신문만화는 이해창, 《한국풍자만화의 사상》(새길사, 1976) ; 윤영옥, 《한국신문만화사》(열화당, 1986) 등에서 고찰했다.

11.17.3. 국내외 기행문

국내의 명승지를 돌아보거나 외국 여행을 하고 기행문을 짓는 것은 오래 전부터 있던 일이고, 그래서 이루어진 명문이 헤아리기 어려울 정도로 많다. 근대문학은 범위를 좁게 잡고 시·소설·희곡만 제대로 된 문학이라 했어도, 기행문을 짓고 읽고 하는 열의가 줄어들지 않았다. 공인된 문학의 범위보다 실제로 기능을 수행하는 문학의 범위가 더 넓다는 것을 다시 확인할 수 있게 한다. 소설 따위는 아무리 많아도 문학으로 인정하지 않은 중세의 문학관이 편협했듯이, 문학의 기능을 훌륭하게 수행하고 있는 것들을 상당수 호적이 없게 한 근대문학의 체계도 결코 너그럽지 않았다.

국내 기행문이 단행본으로 출판된 것들이 있어 기행문에 대한 관심을 확인할 수 있다. 이른 시기의 본보기가 1924년에 나온 이광수(李光洙, 1892~1951)의 〈금강산유기〉(金剛山遊記)이다. 이광수는 영리한 사람이어서, 신식 소설만 쓰지 않고 구식 기행문도 내놓아야 팔 것을 더 마련하고 독자의 범위를 넓힐 수 있다는 것을 알았다. 여행할 곳을 조상대대로 예찬해온 금강산으로 정하고, 명망 있는 승려 박한영(朴漢永)이 거의 한문으로 쓴 서문을 받아 기행문의 가치를 높였다.

그런데 선인들의 금강산 유람기는 구해보지 못하고, 서양인이 쓴 글에 오히려 관심을 가지며 철도 안내서를 믿고 길을 떠났다 해서 전통과 단절된 고아의식을 노출했다. 동포가 사는 모습은 어디 가도 초라하다면서 열등의식에 사로잡혔다. 그런 수작을 곁들이면서 자연의 경치를 예찬하는 데다 보태서 여행안내서가 될 수 있는 정보를 갖춘 책을 썼다.

이광수가 앞서 한 작업을 최남선(崔南善, 1890~1957)이 줄기차게 계속해 1926년에 〈심춘순례〉(尋春巡禮), 1927년에 〈백두산근참기〉(白頭山觀參記), 1928년에 〈금강예찬〉(金剛禮讚)을 단행본으로 내놓았다. 그것들은 예사 기행문이 아니다. 공감을 확보하기 쉬운 국토예찬 기행문을 이용해 최남선 특유의 정신주의 설교를 하려고 한 특이한 저작이다.

〈심춘순례〉는 전주에서 지리산까지 돌아본 호남지방 기행문인데, 내용보다 집필 태도가 더욱 주목된다. 서두에서 "조선의 국토는 산하 그대로 조선의 역사며 철학이며 시며 정신입니다"라고 하고서, 국토의 자연을 숭상하는 신앙을 고백했다. 스스로 백운향도(白雲香徒)라고 자처해 국토 신앙의 오랜 맥락을 이은 듯이 보이게 하고, 이광수는 서문만 청했던 박한영을 아예 동행자로 내세워 보증을 세웠다. 해박한 지식을 논문 쓰듯이 늘어놓으면서 곳곳의 정신사를 엮고, 난삽하고 어색하게 지은 시조를 이용해 종교적인 분위기를 돋우었다.

〈백두산근참기〉는 표제에서부터 민족의 연원을 찾는 장엄한 순례기임을 알렸다. 〈동아일보〉에 〈단군론〉(檀君論)을 77회나 연재한 데 이어, 1926년 7월 26일자부터 실어 널리 알렸다. 서두에서 백두산은 "동방의식(東方意識)의 최고연원(最高淵源)"이라느니 하는 등의 말을 거듭 늘어놓고, 이른바 "불함문화(不咸文化)"가 거기서 시작되었다는 지론을 영탄하는 어조로 폈다.

그래서 민족에 대한 뜨거운 사랑을 나타낸 것 같으나, 지나는 곳 지명의 어원이나 풀이 하면서 역사적인 의미를 지나치게 부여했을 따름이다. 일본군의 보호를 받고 산에 오르면서 독립군이 나타날까 두려워했다. 이런 투의 서술을 계속하고 말 수는 없어서, 자연 경관에 대한 소감을 자세하게 적어 책 한 권이 되게 했다.

〈금강예찬〉에서도 금강산이 "조선정신의 표지"라고 하면서 자기 장기인 화려한 문체를 사용하는 예찬을 늘어놓았는데, 실질적인 내용은 공허하다. 대단한 설교를 하는 듯이 꾸미고서 여행 안내서를 엮었다. 금강산에 대한 고문헌을 뒤져 참고로 한 점에서는 이광수의 〈금강산유기〉보다 한 걸음 더 나아갔다.

명산 기행과 함께 유적 기행도 오랜 내력이 있어 쉽사리 이어졌다. 현진건(玄鎭健, 1900~1943)이 1932년 7월 27일자에서 11월 9일까지 〈동아일보〉에 연재한 〈단군성적순례〉(檀君聖蹟巡禮)가 좋은 본보기이다. 묘향산, 평양 근처, 그리고 강화도로 단군과 관련이 있다는 사적을 찾아가 보고 느낀 바를 적었다. 단군 정신에 대해서 특별히 말하지 않고 현장을 경험하는 것만으로도 무한한 감회를 느꼈다고 하고, 마지막 대목에서 대종교를 일으킨 나철(羅喆)의 한시를 한 수 들었다.

1938년에 조선일보사에서 내놓은 〈현대조선문학전집〉에 〈수필기행집〉이 포함되어 있다. '기행'이 '수필'과 병칭되면서 문학의 한 갈래로 인정된 것을 확인할 수 있다. 거기 수록된 기행은 자연이나 역사에 대한 거창한 주제를 다루지 않고 작자의 감상을 가볍게 나타낸 것들이다. 그런 기행문이라야 문학작품으로 받아들일 수 있다는 사고방식을 보였다.

그 책에 실려 있는 안재홍(安在鴻)의 〈춘풍천리〉(春風千里)는 전문적인 문인의 글이 아니고, 1926년 4월 15일자 〈조선일보〉에 실었던 것이다. 기차를 타고 남쪽으로 가면서 봄소식을 전했는데, 눈에 보이는 경치가 달라지는 것을 인상 깊게 그리면서 민족의 처지를 되돌아보는 말을 이따금 넣었다. 대구에 이르자 기차에서 내려 그곳에서 감옥살이할 때를 회상하기도 했다.

그런 기행문은 차차 줄어들고 글재주를 앞세우고 미문을 자랑하는 문인의 기행문이 많아졌다. 위에서 든 〈수필기행집〉에 안재홍의 것과 함께 수록되어 있는 노자영(盧子泳)의 〈반월성순례기〉(半月城巡禮記)가 좋은 본보기이다. 좋게 말하면 서정적인 기풍을 지니고, 다르게 지적하면 내용이 없는 것들이 새로운 유행을 만들었다.

여행에 대한 관심은 크게 늘어났으면서 막상 여행하기는 어려운 시대이고, 역사나 국토에 대해 알고 싶은 것이 많기 때문에도 기행문이 많이 읽혔다. 그러나 문인들이 경주, 평양, 개성 등의 고도를 찾은 감회를 나타내는 글은 기대를 충족시켜주지 못했다. 문장 수식이 관심사가 되면서 내용은 빈약해졌다. 상투적인 수법으로 원고료 벌이나 하는 것이 대부분이었다.

김동환(金東煥)이 엮어 단행본으로 내놓은 〈반도산하〉(半島山河)에 읽을 만한 기행문이 실려 있다. 김억(金億)의 〈약산동대〉(藥山東臺), 이은상(李殷相)의 〈탐라한라산〉(眈羅漢拏山), 편자 자신의 〈경주반월성〉(慶州半月城) 등이 포함되어 있다. 출간연대가 1944년이라는 사실을 주목할 필요가 있다. 일제의 검열이 가혹해지자 무난한 내용의 기행문을 도피처로 삼는 경향이 생겨난 것 같다.

기행문으로서 더욱 주목할 것은 해외기행이고, 특히 망명을 하고 독립운동을 하러 나간 사람들이 남긴 것들이다. 해외기행은 사신의 임무를 띠고 중국이나 일본에 왕래한 경과를 적은 것들이 있어 새삼스럽지 않지만, 작자가 혼자서 공개해서 말하기 어려운 뜻을 품고 험난한 고생을 하며 국경을 넘어간 기행문이 나타난 것은 새로운 세태이다. 그런 기행문은 국내의 명산이나 명승지를 다녀와 쓴 글처럼 무난하게 써서 팔 수 있는 것이 아니었다.

정원택(鄭元澤, 1890~1971)의 〈지산해외일지〉(志山海外日誌)가 그 좋은 본보기이다. 1911년에서 1920년까지 중국, 노령, 동남아 등지를 방황하면서 독립운동을 하고 생업을 개척한 경험을 적은 내용인데, 원고로 보관되었다가 최근에 간행되었다. 사실 설명에 치중하다가 감흥이 고조되면 한시를 지었다.

곽종석(郭鍾錫) 문하에서 유학을 공부하다가 당대의 문제를 다루지 않는 데 실망해, 두만강 건너 북간도로 가서 나철을 따르고, 상해로 가서는 신규식(申圭植)에게 의지했다는 사상 변모의 과정이 흥미롭다. 남양군도에 가서 독립운동자금을 마련할 길을 찾으려고, 홍명희(洪命憙)와 함께 홍콩과 말레이반도를 거쳐 싱가포르까지 갔다. 상해·일본을 거쳐 귀국했다가 옥고를 치렀다. 고향에 돌아가 후일을 기약하는 데서 기록이 끝났다

그 글처럼 깊이 간직해두지 않고 당대에 발표된 것은 나라 밖으로 나간 목적이 무엇인지 밝히지 않고, 나그네로서 외로운 심정만 나타내는 것이 예사였다. 중국에 갈 때에는 독립운동과 관련된 용무가 있었을 듯한데 밝히지 않았다. 자기가 누군지 밝히지 않으려고 글을 발표할 때 가명을 사용한 것 같다.

〈개벽〉 1920년 9월호를 보면 천우(天友)라는 가명을 사용한 이가 〈상해(上海)부터 한성(漢城)까지〉를 써서, 중국에 갔다 돌아온 경과를 대

강 이르고 한시와 신시를 삽입해서 감회를 나타냈다. 그 잡지 1920년 12월호에 강남매화랑(江南賣畵郞)이라는 가명을 사용한 사람이 쓴 〈상해부터 금릉(金陵)까지〉도 중국 기행문이다. 망명생활을 하고 있는 김택영(金澤榮)의 근황을 전한 대목이 있어 흥미롭다. 아주 늙고 목소리에 힘이 없으면서 〈조선역대소사〉(朝鮮歷代小史)라는 저술을 내보이더라고 했다.

일본 기행문은 워낙 많아 일일이 들기 힘들다. 그러면서 글의 성격이나 내용에서 변화가 일어났다. 신문명을 보고 충격을 받던 시대를 지나, 차별이나 천대를 받는 상황을 말하는 것도 힘들어져 생활 주변의 잡다한 사실을 자세하게 적어놓는 것이 많았다. 많은 사람이 다녀오자 일본은 국내와 다름없는 곳이 되어 기행문을 써야 할 이유가 줄어들었다.

그런데 성관호(成琯鎬)의 〈나의 본 일본 서울〉은 그런 경향에서 벗어나 있어 주목할 만하다. 은밀하게 간직하면서 돌려 읽던 것이 아니고 〈개벽〉 1921년 7월호에 실려 있는데, 해사록(海槎錄) 또는 해유록(海游錄)이라고 일컬어지던 조선시대 일본 기행문에서 보이던 비판적 시각을 이었다. 우리가 지향하는 가치와는 다른 일본의 특성을 주의 깊게 살피고 명확하게 지적했다.

일본이 서양문명을 받아들여 크게 발전을 했다는 이면을 살폈다. 도로는 협착하고 불결해 생활환경이 좋지 못하다 하고, "관민이 불평등이요, 남녀가 불평등이요, 빈부가 불평등이다"는 말로 사회의 특징을 지적했다. 불평등을 당연하게 여겨 관리는 인민을 함부로 천대하고 인민은 관리를 하느님같이 존경한다고 했다. 또한 황금만능의 기풍이 있어 "정파의 주의 투쟁도 결국은 금력 투쟁"이라고 했다.

만주 또는 간도는 살기 위해 찾아가는 곳이고 독립운동이 치열하게 전개되는 현장이었다. 그쪽 소식을 전하는 글은 검열 때문에 여기 저기 삭제된 곳이 흔히 있어 어렵던 사정을 말해준다. 다행히 전문이 무사하다 해도 편안한 마음으로 읽을 수 있는 것은 아니다.

〈개벽〉 1924년 7월호를 보면, 간도에서 벌어지는 무장독립운동을 언급한 글이 여러 편 있다. 김기전의 〈조선고〉(朝鮮苦)에서는 일본 총독이 국경에서 사격을 받은 후부터 독립군의 국내 진입이 더욱 잦아 전투가 그칠 날이 없다고 했다. 'ㅅㅅ생(生)'이라는 가명의 필자가 쓴 〈남만주를 다녀와서〉는 그곳에 이주한 동포들이 살기 어려워 고생을 하는 형편을 전했다. 박봄의 〈국경을 넘어서서〉는 삭제되고 남은 말을 가까스로 연결시켜보면, 국경을 넘어가 독립군에 가담했다가 쫓기고 부상당해 차라리 죽지 못한 것을 한탄하다가 고향으로 돌아온 사람의 수기이다.

박노철(朴魯哲)의 〈장백산 줄기를 밟으며〉는 길림에서 시작해 간도 8백 리를 도보로 여행한 기록이다. 동포들이 고생스럽게 사는 모습을 그리면서 원한이 하늘 끝까지 사무친다 하고서도 독립군의 투쟁과 수난을 직접 언급하지는 못했다. 그래서 〈동아일보〉 1927년 8월 2일자에서 4일자까지 실릴 수 있었다.

멀리 러시아 땅 시베리아까지 가서 방랑하는 것이 일찍부터 젊은이들에게 꿈이고 모험이었다. 설악산 백담사(白潭寺) 승려였던 한용운(韓龍雲, 1879~1944)은 원산서 배를 타고 해삼위(海蔘威)로 갔다가 육로로 돌아온 일이 있었다. 〈조선일보〉 1935년 3월 8일자에서 13일자까지의 〈북대륙(北大陸)의 하룻밤〉 외 다른 글을 몇 편 써서 그때 일을 회고했다.

러시아 땅을 더 멀리까지 간 기행문에 소설가 현경준(玄卿駿, 1910~1951)의 〈서백리아방랑기〉(西伯利亞放浪記)가 있다. 〈신인문학〉 1935년 3월호에서 6월호까지 연재한 그 글은 자기가 18세의 학생이던 때 부모에게도 알리지도 않고 웅기에서 두만강을 건너 무단 출국했던 경험을 회고했다. 국경에서는 아버지를 찾으러 간다고 속이고, 나오는 사람의 신분증을 얻어 러시아 땅으로 들어갔다. 갖은 고생 끝에 교포마을 교사가 된 데까지 다루고 그 뒤의 이야기는 다시 쓰겠다고 했다.

이극로(李克魯, 1893~1978)는 더 큰 모험을 했다. 1910년에 어린 소년이 아무런 보장도 없이 집을 나가 학교에 들어갔다가, 만주·러시아·중국을 거쳐 독일에 가서 공부를 하고 유럽 각국을 돌아본 다음

미국을 거쳐 1926년에 귀국한 대여행의 경과를 기행문으로 썼다. 〈조광〉 1936년 3월호에서 8월호까지 연재한 〈수륙만리 두루 돌아 방랑 20년간 수난 반생기〉가 바로 그 글이다. 말하기도 어려울 정도의 고생을 하고 죽을 고비를 넘기면서 뜻한 바를 반드시 이루는 용기와 지혜가 놀라워 찬탄을 자아냈다.

만주에서는 박은식과 함께 교사 노릇을 했는데, 마적을 만나 총살되려다가 풀려났다. 시베리아에 가서 머슴살이를 하면서 독일 갈 준비를 했으나 세계대전이 일어나 뜻을 이루지 못했다. 이동휘(李東輝)를 수행해 상해를 떠나 배로 유럽에 이르러 모스크바까지 갔다가, 독일서 대학을 마치고 학위를 받았다. 참으로 어려운 일을 해낸 자랑스러운 과정인데, 사실 전달 위주로 글을 쓰고 민족의식의 각성과 귀국 후의 포부 같은 것은 줄여서 말했다.

당시에 양행(洋行)이라고 일컬어지던 서양 여행은 할 수 있는 사람이 많지 않아 동경과 화제의 대상이 되었다. 세계일주를 했다면 더욱 놀라운 일이었다. 양행이나 세계일주를 한 사람이 있으면 기행문을 청해 잡지에 싣는 것이 관례였는데, 대부분 특별한 내용이 없었다. 경제적 여유를 누리는 사람이 한가로운 마음으로 보고 들은 것을 대강 적기나 하는 풍물지는 범속한 글이 되고 말았다.

〈개벽〉 1922년 1월호에서 7월호까지에 실린 노정일(盧正一)의 〈세계일주, 산 넘고 물 건너〉는 미국 유학을 한 다음 유럽을 돌아보고 온 기록이다. 계정식(桂貞植)은 〈동아일보〉 1926년 7월 17일자부터 〈인도양과 지중해, 도구수기(渡歐手記)〉를 연재하고, 인도양을 거쳐 배를 타고 유럽으로 간 내력을 이야기했다. 이순탁(李順鐸)의 〈최근세계일주기〉는 1934년에 단행본으로 출간되었다.

정인섭(鄭寅燮, 1905~1983)이 〈삼천리문학〉 1938년 1월호와 4월호에 발표한 〈애란문학방문기〉(愛蘭文學訪問記)는 지나는 길에 대강 보고 온 기행문과 달랐다. 영국의 지배에서 벗어나 민족문학을 되찾으려고 분투하는 아일랜드의 실정을 살피면서 긴요한 관심사를 다루었다. 학

교에서 아이들에게 자기네 모국어 게일어를 가르치는데, 부모는 영어
밖에 몰라 시골 농부를 가정교사로 초빙하는 경우가 흔하다고 했다. 어
렵게 교섭해 시인 예이츠를 방문해서 조선 현대시 영역집을 보이고 서
문을 받는 데 성공했다고 자랑하면서, 예이츠는 게일어로 민족문학을
해야 한다는 작가들의 공격을 받고 있었다고 했다.

정원택의 《지산해외일지》(탐구당, 1983)는 단행본으로 나왔다. 소
재영, 《간도 유랑 40년》(조선일보사, 1989)에서 자료를 집성했다.

11.17.4. 서간과 수필

만나서 이야기할 용건을 적어 보내는 글은 오랜 내력이 있고, 지칭하
는 용어가 여럿이다. 한문에서 '서'(書)라고만 한 것은 '서간'(書簡)의
준말이다. 유식하게는 '척독'(尺牘)이라고 하고, 예사 사람들이 흔히 쓰
는 말에서는 '편지'라고 일컬어왔다.

'서'는 한문학의 한 갈래로서 중요시되어 〈동문선〉(東文選) 같은 데서
큰 비중을 차지하고, 문집을 엮어낼 때에도 뺄 수 없었다. 한문편지와
구별해 국문편지는 '언간'(諺簡)이라고 했다. 언간은 여성에게 크나큰
위안이고 자랑이었다. 평생 동안 받은 편지를 무덤에 넣어달라고 한 여
인의 소망에서 편지를 얼마나 소중하게 여겼는지 잘 알 수 있다.

언간의 발달은 출판과 연결되었다. 상하를 막론하고 부녀자들은 언
간을 쓸 수 있어야 하고, 남자라도 한문을 모르면 언간을 이용해야 하
므로 언간 작법을 예문을 통해 가르치는 〈언간독〉이라는 책이 목판본
으로 거듭 출판되었다. 구활자본이 등장해서는 한문 또는 국한문 서간
을 쓰는 교본 〈척독완편〉(尺牘完編)이니 〈척독대방〉(尺牘大方) 같은 것
들이 나오고 거듭 증보·수정되었다.

그러다가 국한문 서간의 격식을 따르면서 사연을 길게 늘이고 어조
를 부드럽게 하는 신식 편지가 유행하게 되고 〈서간문범〉(書簡文範)이

라는 책이 나타났다. 편지를 문학의 한 갈래로 인정할 것인가 하는 문제는 공식적으로 논의되지 않았으나 기능과 영향력은 대단했다. 그 점을 좀 거창하게 지적해 편지시대가 시작되었다고 할 수 있다.

우편제도가 정착되고 가족과 헤어져 객지에 나가는 사람이 늘어나면서 편지 쓰는 일이 많아졌다. 모필 대신 철필을 사용하고 종이 값이 싸지자 사연이 길어진 것이 편지시대를 만든 외부적인 조건이다. 상하 관계의 격식이 흔들리는 것을 염려해 안부편지라도 길게 써야 하고, 만나서 말할 수 있는 용건이라도 편지에다 적어야 한층 정중하고 호소력이 크다고 여긴 것이 편지시대의 내부 풍속이었다. 전화와의 경쟁에서 밀려나 편지시대가 종말을 고한 요즈음의 상황과 많이 달랐다.

편지를 밤새워 쓰는 풍조가 나타나면서 많은 것이 달라졌다. 글에서 이치를 따지고 명분을 밝히는 기풍은 감퇴되고, 애처로움을 두드러진 특징으로 하는 정감을 신변의 사소한 관심거리에다 얹어 하소연하면서 동정과 공감을 구하는 나약한 자세로 편지를 썼다. 연애편지야말로 그런 요건을 가장 잘 갖추어 편지시대의 주역 노릇을 했다. 연애가 잦아 연애편지가 흔해진 것만은 아니었다. 연애편지가 아닌 편지라도 그 비슷한 투를 지녀야 성의를 다한 것처럼 되었다. 전에 없던 서간체소설이 나타나 한때 유행한 것도 편지시대다운 일이었다.

그런 편지 작법을 가르친다고 나선 서간문범류 가운데 이광수가 1939년에 낸 〈춘원서간문범〉(春園書簡文範)이 특히 영향력이 있었다. 앞에 둔 총론에서 호칭, 시후(時候), 문안, 자기의 안부 등의 격식을 차리되 무리하게 한문 투를 따르지 말고 상대방이 알기 쉽고 편지 쓰는 사람에게 어울리는 쉬운 말을 택하라고 권고했다. 예문편에서는 애정에 관한 편지를 앞세워, 여러 당사자들 사이의 애정 표현의 본보기를 보이고는 〈사랑을 청함을 거절하는 글〉, 〈마음 변한 남편에게〉, 〈남편이 사랑한다는 여자에게〉 같은 특이한 편지를 들어 소설을 읽는 듯한 호기심을 자아냈다. 책 뒤에는 자기 아내에게 보냈던 편지를 모아서 실었다. 자기 사생활을 드러내서 흥밋거리로 삼고 연애편지의 예문을 풍

부하게 보여주었다

이름이 알려진 문인이 지은 서간문범은 몇 가지 더 있었다. 노자영은 1939년에 〈나의 화환 : 문예미문서간집(文藝美文書簡集)〉이라는 것을 냈다. 수식이 많은 미문을 현란하게 구사하면서 수상집·수필집류를 여럿 내다가 그런 문체의 서간집을 따로 만들었다. 이태준(李泰俊)도 〈문장강화〉(文章講話)의 한 대목에서 서간문을 다룬 뒤에, 1943년에 〈서간문강화〉(書簡文講話)를 다시 냈다. 여성시인 모윤숙(毛允淑)이 〈여성〉 1936년 4월호부터 연재하고, 1937년에 단행본으로 낸 〈렌의 애가(哀歌)〉 또한 편지글이다. 분명하지 않은 사정 때문에 사랑을 이루지 못하는 여인의 안타까운 심정을 막연하게 나타내느라고 말을 많이도 낭비했다.

수필(隨筆)이라는 것이 등장해 한 자리를 차지하게 된 경위도 그 경우와 그리 다르지 않았다. 실제로 씌어지고 읽히는 교술산문이 아주 많고 별다른 변화가 없었는데, 그 가운데서 내용 전달의 기능이 약화되고 막연한 느낌을 나타내기나 하는 것만 따로 골라 수필이라 했다. 문학의 범위를 좁힌 탓에, 그런 제한을 두고 선정한 수필이라도 시·소설·희곡과 대등한 위치를 차지하지 못하고 문학의 부차적인 영역으로 밀려나 곁방살이를 하는 신세로 간주했다.

'수필'이라는 말은 오래 전부터 있었으며, 잡기(雜記)나 잡록(雜錄)과 그리 다르지 않은 뜻을 지녔다. 한문학의 '문'(文)에서 족보가 뚜렷하지 않은 방외의 갈래들을 그런 여러 이름으로 지칭했다. 한문학이 물러나고 문학관이 바뀌자 문을 쓰는 격식이 힘을 잃고 물러나, 말하고자 하는 바는 적고 꾸밈새는 많을수록 문학답다고 하는 수필이 나타나 크게 행세하게 되었다.

수필의 연원을 서양의 '에세이'에서 찾는 것은 타당성이 인정되지 않는 편법이다. 서양의 '에세이'는 논설을 비롯한 교술산문의 총칭이고, 수필에 해당하는 특징을 지녀야 하는 것은 아니었다. '에세이'가 전래되어 '수필'이 되었다는 주장을 일본에서 수입하면서, 신변의 잡사를 감각적인 미문으로 다루는 것을 자랑삼는 일본 특유의 취향도 함께 가져왔다. 일본의 전례에 자극받아 우리 문학사 내부의 전환을 편협하게 끌고 가면서 서양의 전례를 핑계로 삼았다.

한광세(韓光世)가 쓴 〈수필문학론〉이 〈조선중앙일보〉 1934년 7월 2일자에서 5일자까지 실렸다. 서양의 '에세이'를 동양에서는 '수필'이라 한다고 했다. 영문학에서는 16세기에 '에세이'가 출현하고, 조선의 수필은 최남선이 〈청춘〉 잡지에서 외국 작품을 번역하고 이어서 〈시문독본〉(時文讀本)을 내놓자 시작되었다 했다. 그 이전의 '문'은 모두 없었던 것으로 여기고, 수필이 적어 조선문학이 고갈되었다고 개탄했다.

수필의 특성을 규정해, "문체에 있어서는 매우 정적(情的)이며 주관적인 것이 서정시에 가깝다"고 하고, 내용은 일정하지 않고 무엇이든지 "작자의 관조한 바를 주관적 입장에서 서술"한다고 했다. 그런 것들은 서양의 '에세이'와는 무관한 일본 '수필'의 특성이다. 교술산문을 서정적인 것으로 만들어, 전하는 내용은 탈색하고 막연한 느낌을 주는 분위기에 젖어들게 하자고 했다. 그래서 당대의 심각한 문제로부터 도피해 문학을 가벼운 위안거리로 삼으려고 했다.

그런 특징을 가진 수필이 쉽사리 정착된 것은 아니다. 일본을 드나들면서도 바로 닮지는 않기 때문이었다. 일본에서 볼 수 있는 것 같은 수필을 쓰겠다고 하면서도 잡기나 잡록의 전례를 잇는 경우가 많았다. 논설을 이해하기 쉽게 풀어 적은 것들을, 수필이 아니고 문학적 가치가 모자란다는 이유에서 배격할 수는 없었다.

홍명희가 1926년에 낸 〈학창산화〉(學窓散話)는 수필 같은 표제를 갖추고 있으나, 〈과학〉 외 91편의 짧은 글을 수록해 궁금한 것을 알려주려는 것이기에 상식문답류라고 하는 편이 적합하다. 1938년에 출간된 홍난파(洪蘭坡)의 〈음악만필〉(音樂漫筆)은 부드러운 인상을 주는 책이고, 유학을 떠나 겪고 생각한 일에 대한 개인적인 술회를 전하기도 했지만, 서양음악의 일화와 관계 지식을 자기가 알고 있는 대로 적은 내용이 대부분이어서 수필이라고 하기는 어렵다. 김교신(金敎臣)이 1935

넌부터 1941년까지 〈성서조선〉(聖書朝鮮)이라는 잡지를 내면서 실은 글이나, 거기 연재한 함석헌(咸錫憲)의 〈성서적 입장에서 본 조선역사〉는 기독교 신앙을 신선한 발상과 표현을 갖추어 나타내 충격을 주었다.

수필은 누구나 쓸 수 있다는 것은 사실이 아니었다. 다른 일에는 관심을 가지지 않고 문학만 하는 전문적인 문인들이 수필에서 장기를 자랑했다. 김억이 1925년에 낸 〈사상산필〉(沙上散筆)은 홍명희의 것과 같은 제목으로 〈동아일보〉에 연재한 〈학창산화〉를 모아서 낸 책인데, 별 내용이 없는 미문이기만 해서 수필이라 할 수 있다. 같은 해에 나온 김명순(金明淳)의 〈생명의 과실〉에는 소설·시, 그리고 '감상'(感想)이라고 하는 것이 함께 실려 있다. 그 가운데 〈대중없는 이야기〉, 〈네 자신의 위에〉 등의 감상이 수필에 해당되었다.

그 무렵 여러 잡지에 '감상' 또는 '수상'(隨想)이라 하고, 더러는 '상화'(想華)라고도 한 글이 적지 않게 실렸는데, 작자의 느낌을 산만하고 모호하게 나타낸 공통점이 있다. '수필'이라는 용어는 아직 채택되지 않은 채 가벼운 수필이 이미 성행하고 있었다. '수필'이라고 명시한 첫 작품은 〈조선문단〉 1925년 10월호에 실린 김기진(金基鎭)의 〈정복자의 꿈〉이었다.

노자영은 감상적인 미문으로 일관된 작품집을 거듭 내서 인기 있는 상품으로 만들었다. 1924년에 〈청춘의 광야〉, 1927년에 〈황야에 우는 소조(小鳥)〉, 1929년는 〈영원의 무정〉과 〈표박의 비탄〉, 1938년에 〈인생안내〉를 냈다. 그런 책에서 '감상'·'수상'·'상화'·'수필'이라고 한 것들이 모두 수필이다. 용어가 다르다고 해서 글의 성격에 차이가 있는 것은 아니다. 어느 글이든지 자기 느낌을 과장되게 영탄조로 나타내면서 상당한 고민을 하는 것처럼 보이게 했다. 분위기 조성을 위해 말을 아끼지 않고 함부로 쓰는 문체를 만들어 연애편지에서 애용되고 문학작품 습작에서 널리 유행하게 했다.

이태준은 노자영 투의 값싼 낭만주의를 시정하고 수필 문장이 고전적인 품위를 지니도록 하는 사명을 맡아 나섰다. 작문법의 새로운 교과서 〈문장강화〉를 1939년 1월 〈문장〉 창간호부터 연재하고, 1940년에 단행본으로 냈다. 일기문·서간문·감상문·서정문·기사문·기행문·추도문·식사문·논설문·수필문으로 나누어 모든 글을 다 취급하면서 수필문을 특히 소중하게 여겼다.

감상문, 서정문 등은 수필문과 그리 다르지 않은데 분리시켰다. 다른 글도 수필처럼 정감이 깃들게 써야 한다고 했다. 논설문을 수필식 논설로 이해하고, 그런 예문을 여럿 들었다. 이치를 엄정하게 따지는 논리적인 글은 배제하고, 신변의 관심사를 수필식으로 다루어 문장을 즐기도록 하는 것을 작문의 본령으로 삼았다.

고상하고 우아한 품격을 지닌 것으로 행세하고 말을 절제하고 암시효과를 높여 골동품에서 풍기는 격조 비슷한 느낌을 주려고 했다. 그러나 전통과의 연결은 분위기 조성을 위한 속임수에 지나지 않는다는 것을 쉽사리 알아차릴 수 있다. 서두의 〈이미 있어 온 문장작법〉에서 동서양을 막론하고 문장작법이 원래는 '레토릭', 즉 수사학이었다고 한 말은 '문'(文)이 처음부터 말이 아니고 글이었던 동아시아에는 해당되지 않는다.

과거의 작문이 수사 관념에 매인 폐단을 지적한다면서 공허한 수식 위주의 한문편지 투를 하나 드는 데 그쳤다. 산문을 시처럼 써서 최대의 압축과 표현 효과를 얻으려고 한 고문의 전례에 대해서 전혀 관심을 보이지 않았다. 그런 전통에서 벗어나 분위기 조성에나 힘쓰는 일본풍의 미문을 섬기는 쪽으로 방향을 바꾸거나 하고서 대단한 일을 했다고 착각했다.

고문 작품에서 자기가 이상으로 내세우는 명문의 본보기를 쉽게 찾을 수 있는 것을 몰랐다. 1909년에 나온 최재학(崔在學)의 〈실지응용작문법〉(實地應用作文法) 등에서 한문 작문법을 국문에서 계승하려고 애썼던 사실도 알지 못했다. 일본 책이나 좀 읽어 서양의 수사법이나 들추고 자기 재주를 믿어 남들을 가르치겠다고 나섰다. 작문법의 원리를 정립하려는 시도는 전혀 하지 않고, 가벼운 인상을 무책임하게 늘어놓는 방식으로 논의를 계속했다. 미문을 쓰는 문인은 마치 역사의식이나 논리적 사고를 넘어서는 면책특권이라도 있는 듯이 행세했다.

〈현대조선문학전집 수필기행집〉에 이태준의 글은 〈낙서〉가 실려 있다. 〈벽〉, 〈물〉, 〈밤〉 등의 제목을 다시 붙이고 몇 자씩 적은 글이 서정시와 비슷한 느낌의 감각적인 언어로 점철되어 있다. 〈벽〉에서 아직 무엇을 걸지 않은 "좋은 벽면을 가진 방처럼 탐나는 것은 없다"고 했듯이 의미를 부여하지 않은 여백에 애착을 가졌다. 그러면서 감각에 상응하는 사상은 갖추려고 하지 않았다.

〈문장〉이라는 잡지는 표제에서부터 문장의 품격을 강조하는 분위기를 풍겨, 이태준의 취향을 잘 나타냈다. 혼자만으로는 힘겨워 정지용(鄭芝溶)과 이병기(李秉岐)의 도움을 얻었다. 정지용은 전아한 품격을 갖춘 듯이 행세했으나 얄팍하기가 이태준과 그리 다름이 없었다. 이병기는 고전에 대한 지식과 취미를 내보이면서 그 두 사람의 약점을 메우는 구실을 했다.

수필의 개념을 협소하게 잡고 틀에 가두려는 시도가 잘 먹혀들어가지 않았다. 수필이라고 하지 않고 쓴 글에서 전범을 자주 파괴했다. 이상(李箱, 1910~1937)이 그런 본보기를 잘 보여주었다. 시와 소설의 범위를 넘어서서 무어라고 명명하지 않은 글에서, 신경증적 질병을 역설과 반어가 뒤엉킨 표현으로 나타냈다. 지적 수련은 겪지 않은 채 문학에 안이하게 접근하면서 마음을 편안하게 하려고 수필을 찾는 독자를 당황하게 했다.

김진섭(金晉燮, 1908~?)은 수필가로 자처하고 나서서 수필이 결코 가볍지 않은 글임을 입증하려고 진지하게 노력했다. 일본풍을 넘어서서 수필이 서양의 '에세이'와 바로 연결되도록 하려고 했다. 생활하면서 겪는 대수롭지 않은 일을 정색을 하고 길게 논해 사상이 있고 철학이 깃들게 하려고 했다. 논설거리가 되지 못할 대상을 두고 쓴 논설이라고 할 수 있어서, 논설을 뒤집어 논설 아닌 것으로 만든 양주동의 경우와는 반대가 된다. 그 어느 쪽이든 논설과 수필의 관계를 재정립한 공적이 있다.

양주동(梁柱東, 1903～1977)은 시인과 비평가로서 크게 활약하다가, 여기 삼아 여기저기 쓴 대수롭지 않은 글에서 자기 장기를 더 잘 발휘했다. 〈현대조선문학전집 수필기행집〉에 수록된 〈노변잡기〉(爐邊雜記) 같은 데서 잘 나타나듯이, 한문 고전에 대한 해박한 지식을 자랑하면서 그 권위를 웃음거리로 들어 충격을 주는 기문(奇文)을 썼다. 거창한 문제를 웃음이 나게 다루어 논설을 희화화하는 것을 즐겼다.

그런 것은 일본 전래의 미문과는 거리가 멀고 우리 전통을 이은 글이어서, 수필에 포함하려면 그 개념을 다시 정의하게 한다. 진지하게 쓰는 논설을 내용과 표현 양면에서 뒤집어엎은 잡스러운 글이 수필이다. 수필이 잡문과 구별되지 않고, 전통적인 '문'과 바로 연결된다.

구인환 외, 《수필문학론》(개문사, 1973) ; 채훈, 〈현대수필문학사〉, 《수필문학》 1976년 10월호～1977년 12월호(수필문학사) ; 김선학, 〈김진섭수필시론〉, 《수련어문논집》 9(부산여자대학 국어교육학과, 1982) ; 정주환, 《현대수필작가론》(수필과비평사, 1996) ; 《한국근대수필문학사》(신아출판사, 1997) ; 채수명, 〈양주동의 수필세계〉, 《양주동연구》(민음사, 1991) 등의 연구가 있다.

11.18. 대중문화로 제공된 문학

11.18.1. 야사에서 만담까지

야사, 야담, 재담 등으로 일컬어지는 전래된 이야기는 계속 인기가 있어 시대 변화에 따른 개작이 이루어졌다. 강효석(姜敎錫)이 1916년에 내놓은 〈대동기문〉(大東奇聞)에서 그런 것들을 집성했다. 조선시대 인물의 기이한 행적에 관한 일화를 태조 때부터 고종 때까지 정리해 역사의 흐름을 대강 알 수 있게 하는 야사 개설서이면서, 사실의 범위를 상당히 벗어나 흥미를 자아내는 야담을 풍부하게 넣어 이중의 구실을 감당했다. 한문에다 구두점을 찍고 국문으로 토를 달아 읽기 쉽게 했다.

다른 사람이 쓴 서문에서는 편찬의 취지를 설명했다. 골계가 있어 흥미로운 읽을거리라는 말을 먼저 했다. "야인(野人)의 말이 있는 기서(奇書)"여서 이면의 역사를 알려주니 무시할 수 없다고 했다. 뛰어난 인물의 공적과 도의를 숭상하는 뜻이 있어 소중하다는 것은 전부터 하던 말이다. "대동지인(大東之人)이 대동지사(大東之事)를 알게 한다"고 해서 민족주의 의식을 나타냈다. 그런 생각은 그 뒤의 야담집에서도 이어받았다.

1922년에 출간된 〈반만년간 조선기담〉이라는 것이 있다. "저자겸발행자"가 안동수(安東洙)라고 했는데, 출판업자로 보아 마땅하다. 누군지 모를 사람이 건국신화에서 구전설화까지 광범위한 자료에서 흥미로운 이야기를 찾아 국문으로 적어놓았다. 서문은 없어 저술 의도를 직접 알지 못하겠으나, 독자가 흥미롭게 읽으면서 지식을 넓히고 교훈을 얻도록 한 것 같다. 예의범절을 모르는 얼개화군의 폐단을 말한 것은 당대의 실화라고 했다.

차상찬(車相瓚, 1887~1946)이 1934년에 낸 〈조선사천년비사〉(朝鮮四千年秘史)는 역사서라고 했다. 역사의 전 시기를 대상으로 해서 오래 기억할 만한 일화를 찾아 국문으로 소개했다. 한문에 갇혀 있던 지식을 널리 개방해 많이 팔릴 수 있는 책을 만들었다고 할 수 있다.

그 비슷한 야사·야담 총서가 여러 권으로 나온 것도 있다. 1933년의 〈조선야담대해〉(朝鮮野談大海)는 3책, 1934년의 〈조선야사전집〉(朝鮮野史全集)은 5책이다. 독자의 수요가 많아 출판이 활발해진 사정을 알려 주었다. 분량을 늘이면서 자료를 있는 대로 이용하고자 하고, 적절한 선택과 개작을 하지 않았다.

김동인(金東仁, 1900~1951)은 역사소설을 쓰면서 창작을 힘들게 하기보다 기존 야담을 개작하면서 지면을 메우는 쪽으로 선회하더니, 1935년 12월에 〈야담〉(野談)이라는 잡지를 창간했다. 첫 호부터 〈삼국유사〉를 번역해 싣고 역사의 내막을 밝힌 글도 선보여 야사를 배제하지 않았으면서, 잡지 표제는 〈야담〉이라고 했다. 그래야만 독자의 관심을 끌어 잡지를 팔 수 있다고 생각했다. 고급 문학을 하겠다는 생각은 이미 버린 김동인이 자본을 대고 편집을 하고 글을 써서 돈벌이를 하려고 했다.

자기 작품 〈광화사〉(狂畵師)는 김동인이라는 이름으로, 〈왕자의 최후〉는 금동(琴童)이라는 필명으로 첫 호에 실을 때부터 소설도 적지 않게 받아들였으나 문학적 가치는 고려하지 않았다. 소설이든 야담이든 깊이 생각하지 않고 닥치는 대로 써서 지면을 메웠다. 그런데도 수지가 맞지 않아 1937년 6월에 운영권을 다른 사람에게 넘겼다. 〈야담〉은 그 뒤 1945년 2월까지 발행되면서 판매를 위해 질을 낮출 대로 낮추고 일본의 야사·야담류를 마구 수록했다.

김동인으로부터 그 잡지를 인수한 사람은 임경일(林耕一)인데, 자기 자신이 원고를 마련하기도 했다. 자기 이름으로 1941년에 〈요절일화집〉(腰折逸話集)과 〈가인미담집〉(佳人美談集)을 냈다. 앞의 책 후기에서, 자료를 부지런히 수집해 야담집을 모두 열두 권쯤 낼 작정이라 하고 그 책이 첫 권이라 했다. 역사상 인물의 일화 가운데 웃음을 자아내는 것을 모았다고 했는데, 사실은 민담이기만 한 자료를 전설로 바꾸어 특정시대 특정인물과 결부시키고, 그렇지도 못한 이야기도 되는 대로 적었다. 그래서는 야담의 가치를 떨어뜨리기나 했다.

이야기를 가려서 소개하는 것이 현명한 일이었다. 웃음을 자아내는 일화 가운데는 서울의 정수동, 평양의 김선달, 경주의 정만서를 주인공으로 한 것들이 특히 흥미롭고 세태를 풍자하는 묘미도 아주 잘 갖추었다. 그런 이야기는 전대까지의 문헌에 오르지 않아 구전을 모아야 했다. 그 작업은 〈야담〉이 아닌 다른 잡지에서 했다.

〈계명〉 1926년 10월호에 박아지(朴我知)라는 이가 쓴 〈소화〉(笑話)가 실려 있는데, 부제가 〈봉이 김선달 이야기〉이다. 김선달 이야기는 1906년에 〈황성신문〉에 연재한 〈신단공안〉(神斷公案)의 소재가 된 적이 있으나 널리 읽혀지는 않아 새삼스럽게 소개해야 했다. 〈별건곤〉 1929년 8월호에는 학보생(鶴步生)의 〈조선근세대명인 정수동〉(朝鮮近世大名人 鄭壽銅)이 있어, 정수동이 "대풍자, 대해학가"임을 알리는 일화를 들었다. 같은 잡지 1929년 12월호에 보이는 김진구(金振九)의 〈관서명물 김봉이〉(關西名物 金鳳伊)에서는 김선달이 "기상천외 묘안가"라고 했다.

정리하는 사람에 따라 관점이 달랐다. 박아지는 김선달이 남을 꾀고 속이는 부도덕한 짓을 많이 했다고 했다. 무고한 피해자를 만들어 이익을 취한 이야기들을 들었다. 김진구는 부도덕한 짓을 한 것은 빼고, 재미있고 신기한 장난을 한 일화만 소개한다고 했다. 헛똑똑이면서 뱃속에 우월감만 가득 찬 서울 양반에게 대동강을 속여 팔아서 시원하다고 했다.

우문서관(友文書館)에서 낸 〈엉터리들〉이라는 책은 "정수동·김봉이·정만쇠"에다 "흐리멍텅 김백곡선생"의 이야기를 보탠 책이다. 김백곡은 김득신(金得臣)이다. 저자는 '해양어부'라고 자칭했다. 서두에서 한마디 하면서, 그 네 사람의 이야기는 "거짓말 같은 참 일"이라 웃어넘기고 말 것이 아니라고 했다. 공통점과 함께 차이점도 있어 흥미롭다고 하고, 네 인물을 다시 소개하는 서론을 각기 두었다. 수록한 이야기는 정수동 6편, 김봉이 6편, 정만쇠 5편, 김백곡 6편이다. 모두 걸작을 선정해, 입심 좋은 문체로 기록했다.

김선달형 인물을 주인공으로 한 이야기는 전설과 민담, 야담과 재담의 이중적인 성격을 지니며 예측할 수 없는 기발한 행동으로 사회질서의 통념을 파괴하는 충격을 주었다. 구전은 18세기 후반이나 19세기초에 형성되고, 글로 적혀서 읽히고 전국에 널리 알려진 것은 여러 형태의 재담집이 처음 나온 1910년대가 아닌가 한다.

서울·평양·경주 지방에서 서로 비슷한 인물을 내세워 공통점이 있는 이야기를 한 것을 흥미롭게 여기고, 이야기를 서로 교류하고 비교하고 글로 적어 읽게 된 것은 1920년대 이후의 일이다. 그런데 비슷한 인물인 영덕의 방학중, 남원의 태학중 등에 관한 이야기는 그렇게 하는 데 끼지 못하고 민간전승의 저류에 머물러 있다가 최근에 와서야 발견되었다.

전래된 설화에 시대 변화에 따른 요소가 첨가되고 서양에서 전래한 유형이 수용되는 것은 이미 있었던 일이다. 그런 움직임이 더욱 뚜렷하게 나타나 두 가지 종류의 새로운 설화집이 이루어졌다. 조시한(趙時漢)이라는 사람이 만들어 1919년에 평양에서 낸 〈만고기담〉(萬古奇談)이나, 안병한(安秉翰)의 이름으로 1922년에 강계에서 낸 〈강도기담〉(講道奇談)은 기독교 설화용 일화집이다. 재래의 설화도 수록해 이용하면서 기독교 관계 서양 설화를 보태 합작품이 되게 했다. 1934년판 최인화(崔仁化)의 〈세계소화집〉, 1939년에 나온 그 속편 〈걸작소화집〉 같은 것은 흥미 본위의 서양 소화를 국내의 것과 함께 수록했다.

기독교와 관련된 설화라고 해서 설교용의 교훈만 전한 것은 아니었다. 〈강도기담〉 첫머리에 실린 〈졸지 말 것〉은 예배를 보고 있는데 졸기만 하다가 벌떡 일어나서 엉뚱한 소리로 예배를 중도에 끝나게 한 교역자의 실수담이다. 제목으로 내세운 교훈보다는 소화로서의 흥미가 앞선다. 기독교 교단에서 나오지 않은 이야기는 더욱 흥미로울 수 있는데, 그런 본보기가 위에서 든 박아지의 〈소화〉에 있다. 서양인 목사가 예수를 믿으라고 하니 "예수를 절반만 믿을 수 있을까요?"라고 묻는 사람이 있었다. 왜 그러느냐고 묻자, 절반만 믿고 천당 길목에서 천당 가는 사람이 묵고 갈 여관이나 하겠다고 했다. 구전에는 훨씬 많이 남아 있는 기독교 선교사 관계 재담이, 어쩌다가 기록에 올랐다.

이야기는 글이 아니고 말이다. 말로 하는 원래의 이야기가 구비문학으로 전승되고 재창조되는 데 관심을 가지지 않으면서 글로 남은 자료나 뒤질 수는 없다. 말로 하는 이야기를 살피기는 막연한데, 〈조광〉 1941년 5월호에 〈조선의 풍자와 해학을 말하는 좌담회〉가 있어 통로를 열어준다. 당시 이야기판의 분위기가 어떻게 무슨 이야기를 했는지 짐작할 수 있게 한다.

좌담의 참석자는 당대 명사 다섯이었다. "이야기를 굉장히 많이 가진 분"이라고 소개한 김화진(金龢鎭)이 빈번하게 나서서 좌중을 웃겼다. 화젯거리가 많은 인물을 하나씩 들추면서 소견을 교환했는데, 정수동·정만서·김선달이 포함되었음은 물론이다. 평소에 사랑방에 둘러앉아 주고받던 재담을 기록에 남겼다. 이야기 솜씨는 대단해 글로 쓴 자료를 압도하지만 참석자 가운데서 아무도 전문적인 이야기꾼은 아니었다.

이야기하는 것을 생업으로 삼는 이야기꾼은 오래 전부터 있고 여러 가지 방법으로 흥행을 했다. 1920년대에는 만담가(漫談家)가 생겨나 본격적인 활동을 했다. 만담은 전래된 야담류를 유식하고 흥미롭게 풀어내기도 하고 당대의 관심사를 시비하기도 했다. 만담은 공연방식이나 내용에서 조선 전기에 국왕 앞에서 자주 공연했다고 해서 기록에 오른 소학지희(笑謔之戱)의 재현이다. 여러 형태의 공연물에 섞여들어 존재가 흐릿해진 것 같더니 새 시대의 요구가 있어 독자적인 모습을 드러냈다.

만담에는 혼자 하는 '독만담'도 있지만, 둘이서 주고받는 '대화만담'이 더 흔했다. 남녀 만담가가 무대에 올라 '대화만담'을 하면서 이야기 내용에서 남자 쪽이 망신을 당하는 경과를 들려주는 새로운 공연형태가 큰 인기를 모았다. 극장이 생기고, 순회공연을 하는 방식이 나타나 만담을 할 기회가 많아졌다. 연극·창극·서커스 등 갖가지 공연에 만담을 곁들였다.

음반 제조업이 생겨나 만담가의 활동 영역은 더 넓어졌다. 음반에 취입한 '대화만담'은 '만극'(漫劇)이라고도 하고, 여러 가지 세부적인 명칭을 사용해 구분하기도 했다. 오케 레코드 1933년 2월 2일자 광고를 보면, 레코드 19매 가운데 3매가 만담이다. '코메디 극'이라고 한 신불출과 윤백단의 〈익살맞은 대머리〉, 〈견우직녀〉, '넌센스'라고 한 신불출의 〈서울 구경〉, '스케치'라고 한 신불출과 윤백단의 〈만주의 지붕 밑〉이 수록되어 있다.

김동인이 내는 〈야담〉 잡지에 자주 기고하던 신정언(申鼎言)이 만담가로 이름이 나서 극장 같은 데서 공연을 하면서 많은 청중을 모았다. 연극도 하고 시조도 쓴 신불출(申不出) 또한 만담을 잘 했다. 그 모든 재능을 합쳐 문학 안팎의 영역을 쥐고 흔든 당대 최고의 작가이자 연예인이었다고 할 수 있다. 놀라운 활약상을 말해주는 많은 자료가 있어 소개할 만하다.

신불출(申不出, 1908~?)은 일본에 가서 대학을 다니다 돌아와 연극을 하다 만남가로 나섰다. 서울의 무대에도 서고 지방 공연도 다니고, 음반 취입도 하면서 대단한 인기를 누렸다. 잡지에 실리는 좌담도 잘하고, 글 쓰는 솜씨도 뛰어났다. 다채로운 재능을 발휘해 웃음을 뿌리고 다니면서 한 시대를 휘어잡았다. 사회비평뿐만 아니라 문학비평에서도 뛰어난 식견과 재능을 보여주었다.

대화만담 〈익살맞은 대머리〉가 특히 인기가 있어 음반이 많이 팔렸다. 대머리를 다듬이 돌로 잘못 알면 큰일 난다고 하면서 "영감님 대가리는 다듬이돌 대가리/ 방정맞은 여자 옆엔 못 잔다누나"와 같은 노래를 넣어 흥미를 돋우었다. 그 다음 가사에서는 "다듬이돌 대가리"가 "문어 대가리", "요강 대가리" 등으로 바뀌었다. 노래를 부르는 윤백단의 솜씨가 뛰어났다.

오케 레코드에서 취입한 〈소문만복래〉는 네 사람이 했다. 아버지는 신불출, 어머니는 나품심, 딸은 신일선, 사위는 성광현이다. 섣달 그믐

날 혼인하고 정월 초하룻날이 되자 이태가 되었는데 아직 아이를 가지
지 못했다고 딸을 닦달하는 사위에게 아버지가 "갑자을축"과 "춘하추동
돌아가는 것"을 배우라고 하다가 벌어진 소동을 다루었다.

고전을 개작한 만담도 했다. 오케 레코드에서 취입한 〈요절 춘향전〉
에서 신불출이 이몽룡, 성광현이 방자역을 맡아 수작을 주고받았다. 이
몽룡 : "요지선경 찾을 법하구나." 방자 : "요지 선경이 아니고 이쑤시개
선경이 아닙니까?" 이몽룡 : "술 좀 가져오너라." 방자 : "기술도 있고 요
술도 있고 마술도 있고 도술도 있고……. 무슨 술로 가져올까요?"라고
하는 수작이다.

〈조광〉 1938년 11월호에서 한 복혜숙과의 대담에서 신불출은 홍명희
가 〈임거정〉에서 작은 두령 이름을 신불출이라고 한 것을 두고 이렇게
말했다. "만일 내가 신불출이를 왜 등장시켰느냐고 따지러 가면, 그는
그 대답은 안 하고 〈대머리타령〉은 왜 했느냐고 역습할까봐 못 따져"라
고 했다. 홍명희는 대머리였다.

그 대담을 보면, 만담가의 비평 안목에 놀라지 않을 수 없다. 당대
명사와 문인들에 대한 인상을 한마디씩 나누면서 날카로운 관찰력과
기발한 입담을 자랑했다. 이기영은 "전당포 주인" 같은데, "약주 먹으면
건달풍이지, 육자배기 한마디도 할 줄 알고"라고 하고, 박종화는 "언제
봐도 내기장기를 두다가 나오는 사람 같고"라고 했다.

이처럼 사람의 외모나 인상만 말한 것은 아니다. 문학 창작에 관해서
도 뛰어난 지적을 했다. 정지용은 "사어(死語)를 생어(生語)로" 만드는
재주가 있다고 했다. 김남천을 두고서 "국가적 배경이 없는 스파이꾼이
더군"이라고 했다. 임화는 평론을 보면 "딴딴한데" 시에서는 "물렁물렁
해", "이중인격이 아니라 이중성격이거든"이라고 했다. 채만식은 "참빗
장수처럼 긁기를 잘해", "전라도사람이거든"이라고 했다.

글을 써서 발표하는 만담도 있었다. 〈조광〉 1940년 1월호의 〈공상가
ABC〉가 그 좋은 본보기이다. "히틀러를 조선에 데려온다면 생명보험
회사 외교원으로밖에 소용이 없고"라고 하면서 각국의 정치가를 비평

했다. "내가 만일 인류를 통치하는 권능자라면 황금과 무기를 모조리 없애"고, 그래도 정신을 차리지 못하면 "물욕 근성과 투쟁 근성을 통째 뽑아버리겠"다고 했다. "세월 백년마다 한번씩 거꾸로 돌려서 어린이로 부터 늙은이가 되도록 백년 동안 살게 하다가 다시 거기서 도로 늙은이 로부터 어린애가 되도록 백년을 살도록 하고" 싶다고 했다.

만담가와 활동사진 변사는 말을 해서 먹고사는 직업을 가진 점이 서로 같고, 현대 구비문학의 특수 형태를 각기 맡아 동시대에 인기를 누렸다. 변사는 무성영화와 운명을 같이했다. 〈조광〉 1938년 4월호의 〈활동사진 변사 좌담회〉에서, 발성영화의 출현과 더불어 사양길에 들어선 인기 변사 세 사람의 술회를 들려주었다.

활동사진이 등장한 초기에는 '전설'(前說)이라고 하는 줄거리를 먼저 설명했다. 장편영화가 들어온 다음에는 작품 진행을 따르면서 해설하고, 등장인물의 말을 주고받았다. 1919년 이후에는 국내에서 만든 영화도 있어 구체적인 내용과 대사를 변사가 맡아 꾸려나갔다. 초기의 변사로는 서상호(徐相昊)가 특히 인기가 있었다. 그 좌담회에 나온 변사는 서상호의 아우 서상필(徐相弼)과 다른 두 사람 성동호(成東鎬)와 박응면(朴應冕)이었다.

변사는 활동사진 내용을 보고 대본에 따라 해설을 하지만, 말솜씨와 억양, 관객의 마음을 사로잡는 기법에서는 만담가를 본뜨고 신파극의 영향을 받았다. 그 비슷하게 신식과 구식을 섞은 공연물이 여럿 더 있었다. 길거리에서 요지경을 돌리고, 약을 팔고, 뱀을 목에 두르고 뱀장수의 사설을 늘어놓고 하는 것들이 새 시대의 영업을 위해 등장해 이야기꾼의 오랜 솜씨를 이었다.

〈반만년간 조선기담〉이 최인학, 《조선조말 구전설화집》(박이정, 1999)으로 다시 출간되었다. 임형택, 〈야담의 근대적 변모〉, 《한문학 연구》 창립20주년기념호(한국한문학회, 1996) ; 최원식, 〈봉이형(鳳 伊型) 건달의 문학사적 의의〉, 《한국근대소설사론》(창작사, 1986) ;

김만수 · 최동현, 《일제강점기 유성기 음반 속의 극 · 영화》(태학사, 1998) ; 반재식, 《만담백년사 : 신불출에서 장소팔 · 고춘자까지》(백 중당, 2000) 등의 연구가 이루어졌다.

11.18.2. 영화

1903년에 서양영화가 처음 들어왔다. 1919년 10월에 김도산(金陶山) 이 〈의리적 구투〉(義理的仇鬪)라는 '연쇄극'을 만든 것을 계기로 창작되 는 단계에 들어섰다. 연쇄극은 '연쇄활동사진극'이라고도 하던 것이며, 연극과 영화를 번갈아가며 보이는 공연물이었다.

김도산은 다시 1922년 10월에 최초의 극영화 〈국경〉 제작을 시작해 마지막 촬영을 하다가 사고로 세상을 떠났다. 그 작품은 1923년 1월에 개봉되었다. 이명우(李明雨)가 각색 · 감독 · 촬영을 맡아 1935년 10월 에 내놓은 〈춘향전〉에서 무성영화가 발성영화로 바뀌었다.

연쇄극은 영화를 부분적으로 이용한 신파극에 지나지 않았으며 평가 할 만한 작품이 없었다. 무성영화는 줄거리만 대강 정해놓고 촬영해 보 여주는 화면의 움직임뿐이고, 사건을 해설하고 대화를 주고받는 것은 변사의 소관사로 했다. 변사의 해설은 자기 나름대로의 변형과 창작이 적지 않고, 음성 표현의 재능에 따라 인기가 좌우되며, 관중의 반응에 즉석에서 응답하기도 해서 새로운 형태의 구비문학이라고 할 수 있었 다. 그런데 재래의 이야기꾼이나 판소리광대의 어투를 따르지 않고 신 파극에서 쓰는 웅변 투의 대사법과 과장된 억양을 사용했다.

발성영화를 만들게 되면서 변사가 없어지고 미리 창작되어 있는 시나 리오가 영화 제작의 필수적인 요건으로 등장했다. 영화에 관여하는 문 학이 변사의 해설에서 시나리오로 옮겨지면서 구비문학에서 기록문학 으로의 이행이 뒤늦게 이루어졌다. 시나리오는 정교한 기교를 사용해 다듬어 써서 변사의 해설보다 많이 발전한 것 같지만, 작품 성공의 공적 을 감독이 차지하는 것을 막을 수 없는 가련한 존재이다. 연극사는 극작의 역사이고, 음악사는 작곡의 역사인데, 영화사의 주역은 감독이라고 하는 것을 그대로 두고 보아야 할 만큼 시나리오 작가는 무력하다.

희곡은 공연 대본으로 쓰이기도 하고 문학작품으로 발표되기도 하는 이중성격을 지녔는데, 시나리오는 그렇지 못하다. 초창기에는 희곡처럼 지면에 발표되기도 하던 관습이 없어지면서 시나리오는 독자적인 연구대상이 되지 못하는 자료상의 한계를 지녔다. 빛을 보지 못하고 원고로 남아 있거나, 감독을 잘못 만나 망신당한 시나리오가 후대에 크게 평가되는 행운을 누리는 일은 없다. 그렇다고 해서 문학에서도 시나리오를 무시하는 것은 잘못이다.

무성영화 시대의 작품을 되돌아보면, 상반되는 흐름이 있었음을 확인할 수 있다. 일본인 제작업자가 흥행 수입을 노려 조선인 배우를 등장시키고 조선인 관객을 대상으로 한 영화를 만든 것은 연극에서는 볼 수 없던 일이다. 그런 영화가 1923년의 〈춘향전〉에서 시작되었다. 일본인이 조선인으로 성명을 바꾸어 각색하고 감독한 1924년의 〈해(海)의 비곡(悲曲)〉은 제주도를 배경으로 이복남매끼리의 비련을 다루어 일본의 저속 흥행물을 이식했다.

그런 책동에 맞서서 독자적인 영화를 만들고자 하는 조선인 영화인들은 소설을 영화로 만드는 것을 일관된 대책으로 삼아 소설 애독자들을 영화관으로 끌어들이고자 했다. 1924년에는 〈장화홍련전〉, 1925에는 〈운영전〉, 신소설을 옮긴 〈쌍옥루〉(雙玉淚), 이광수 원작의 〈개척자〉를 만들었다. 그런데 〈운영전〉은 일본인 회사에서 제작하고 윤백남(尹白南)이 각색과 감독을 맡았다. 그러다가 충돌이 생겨 윤백남은 자기 영화회사를 따로 설립해 〈심청전〉을 만들었다가 흥행에 실패하고 영화에서 손을 뗐다.

나운규(羅雲奎, 1902~1937)는 〈운영전〉에 단역출연하면서 영화를 시작하고, 〈심청전〉의 주연으로 뽑혔다가, 자기 영화 〈아리랑〉을 1926년에 만들어 각본·감독·주연을 맡았다. 그 작품에서는 3·1운동에 참가했다가 일제의 고문으로 정신이상자가 된 주인공이, 농민을 괴롭히고 자기 누이에게 치근대는 일제의 앞잡이를 낫으로 찔러 죽이는 사건을 다루어 민족의 울분을 집약했다. 직설적인 설명은 피하고, 사막에서 갈증에 시달리다가 물을 주지 않는다고 낫을 휘두르는 환상 장면을 넣는 것 같은 방법을 써서 표현 효과를 높였다.

그 뒤에도 휴식이나 재충전을 거부하고 열정적으로 후속작품을 연달아 내놓았다. 1926년에 다시 만든 〈풍운아〉(風雲兒)는 러시아에서 돌아온 청년이, 그리워하던 고국의 현실에 실망하고 다시 방랑의 길을 떠나는 내용이다. 1927년의 〈들쥐〉는 악덕 부호에게 탈취당한 연인을 되찾는 젊은이의 투쟁을 다룬 내용인데, 일제가 상연을 금지했다. 1928년의 작품 〈사랑을 찾아서〉는 두만강을 건너 유랑의 길을 떠나야 하는 민족의 비극을 처절하게 그렸다.

1936년에 쓴 시나리오 〈황무지〉는 영화화되지 못했다. 배신한 여자에게 복수하려고 광산을 찾고 산삼을 캐서 돈을 벌려고 밀림에 들어갔다가 죽을 고비를 겪고 구출된 젊은이를 등장시켰다. 장백촌이라는 마을에 머무르며 새로운 삶을 시작하게 되었다고 하면서, 학교의 선생이 되고 그 마을의 처녀와 결혼하게 되는 과정을 다룬 내용이다.

나운규는 여러 영화에서 줄곧 각본·감독·주연을 맡고 제작까지 하면서 대단한 의욕을 보였다. 항일 의지를 뛰어난 기법으로 표현한 〈아리랑〉과 〈사랑을 찾아서〉는 흥행에서 크게 성공했다. 그것은 연극에서 이룩하지 못한 성과이다. 나운규 덕분에 우리 영화가 일거에 본궤도에 올라 일본영화와 맞서고, 서양영화와 경쟁할 수 있게 되었다.

카프를 결성한 좌파에서는 그 무렵에 영화도 무산계급의 예술이 되어야 한다는 논설을 펴더니, 1928년 4월에 첫 작품 〈유랑〉(流浪)을 내놓았다. 김영팔(金永八)이 대본을, 김유영(金幽影)이 감독을 맡고, 서광제(徐光霽), 임화 등이 출연해 바보 아들을 둔 악덕지주가 며느리로 삼으려는 처녀를 용감한 연인이 구출하는 사건을 다룬 작품이다. 내용이 빈약하고 경향성이 부족하다는 평을 들었으며 대중의 호응을 받지 못했다. 무산계급 영화는 1930년의 〈화륜〉(火輪)에 이르기까지 모두 다섯 편이 제작되었는데, 검열의 제약을 무릅쓰고 이념을 전달하려고 하다가 어색해지고 흥미가 모자라 흥행이 되지 않은 공통점이 있다.

적절한 표현 방법을 갖추어 민족 항쟁의 의지를 형상화해서 광범위한 호응을 얻은 나운규의 성공은 계급투쟁의 이념을 설명하는 데 급급한 카프 영화의 실패와 좋은 대조를 이루었다. 카프 영화인 서광제는 〈조광〉 1937년 10월호의 〈고 나운규씨의 생애와 예술〉에서 나운규의 작품이 연달아 나올 때 반동성을 집어내 비난을 일삼은 것은 잘못이라고 반성했다. "위대한 개척자"라고 평가한 나운규의 죽음이 영화계의 크나큰 일대 손실이라고 했다.

서광제는 〈화륜〉의 각본을 합작하는 데 참여하고, 〈대중공론〉(大衆公論) 1930년 6월호 〈버스걸〉이라는 시나리오를 발표한 바 있으며, 연기자와 감독으로 활동하기도 했다. 그 작품은 애인이 감옥에 간 충격과 과로가 겹쳐 낙태를 한 여주인공이 파업을 선동해 노동쟁의에 성공한다는 내용인데, 영화로 제작되지 못했다. 서광제는 별다른 활동을 더하지 못하고 있다가, 1940년대에는 친일영화 감독을 맡았다.

무성영화 시대에 이룩된 걸작으로 나운규의 〈아리랑〉에 버금간다고 평가된 것이 이규환(李奎煥, 1904~1982)의 〈임자 없는 나룻배〉였다. 1932년에 개봉된 그 작품에서 이규환이 각본과 감독을 맡고, 나운규는 주연 배우로 등장했다. 아내를 빼앗기고 딸과 함께 나룻배를 젓는 사공이, 철교가 생겨 생업을 잃게 되자 철교를 부수다가 기차에 치어 죽었다. 딸은 철교공사 감독의 겁탈에 항거하다가 집에 불이 나 타죽었다. 그 뒤에 임자 없는 나룻배만 강물에 떠 있는 장면을 보여주었다. 차분하게 펼쳐지는 시적인 분위기를 통해 일제에 대한 항거를 부각한 작품이다.

이규환이 각색과 감독을 맡은 1937년의 〈나그네〉는 무성영화가 아닌 발성영화였다. 아버지를 죽이고 아내를 겁탈하려 한 악한을 응징하는 사건이 밀양강을 배경으로 펼쳐지면서 짙은 향토색을 풍겼다. 이것 또한 정서와 수법이 뛰어난 작품이라고 평가되었다.

영화의 대본을 글로 적어 발표하는 것은 무성영화 시대에도 없지는 않았으며, '영화소설'이라고 일컬어졌다. '영화소설'은 시나리오가 아니고, 영화라고 상상하면서 읽도록 하는 소설에 지나지 않았다. 영화의 원작 노릇을 하는 행운을 누리는 경우가 있었어도 대부분 사건 개요를 제공하는 데 그쳤다. 영화를 상연할 때에는 변사가 화면 해석과 대화를 맡아 영화소설과는 더욱 멀어지게 했다.

심훈(沈薰)의 영화소설 〈탈춤〉이 〈동아일보〉 1926년 11월 9일자에서 12월 16일자까지 연재되었다. 대지주이기도 한 회사 중역의 비열한 술책, 아내가 길쌈해 보낸 돈으로 전문학교를 졸업하고는 다른 여자를 사랑하는 실직자의 고민, "온 조선 젊은이의 피를 끓게 한 사건" 때문에 감옥에 들어갔다가 혀를 깨물어 반벙어리가 된 청년의 의협심, 이런 것들이 서로 얽힌 사연을 선악과 미추를 극단적으로 갈라놓고 희비를 과장하는 변사 투의 문체로 서술했다.

이종명(李鐘鳴)의 영화소설 〈유랑〉은 〈중외일보〉 1928년 1월 5일자에서 25일자까지 연재되고 그 뒤에 박문서관에서 단행본으로 간행했다. 북간도로 이민 간 집안의 아들인 영진이 오랜만에 고향에 갔다가, 빚 때문에 동네 부자의 바보 아들에게 시집가야 하는 가련한 처녀를 구출해 함께 다시 유랑의 길을 떠난다는 내용이다. 김영팔이 각색하고, 김유영이 감독해 조선영화예술협회에서 영화로 제작해 1928년 4월 1일에 개봉했다.

김유영의 〈염〉(焰)은 영화소설이라 하지 않고 '시나리오'라고 하면서 〈조선지광〉 1929년 9월호에 발표되었다. 영화 제작에 바로 쓰일 수 있는 대본이라고 생각해 그렇게 일컬었으나, 기본 개요만 적은 비망록 정도에 지나지 않았다. 감옥에서 나온 주인공이 동지들의 위안을 받으면서 집으로 가니 자식은 세상을 떠나고 아내는 시아버지를 봉양하느라고 몸을 팔았다는 내용인데, 영화로 만들기에는 너무 단순하다.

안종화(安鐘和)의 시나리오 〈은하에 흐르는 정열〉은 〈조선중앙일보〉 1935년 8월 20일자에서 9월 5일자까지 연재되었다. 서두에서 독자와 아직 친숙하지 못한 시나리오는 "영화를 제작하기 위한, 과학적으로 기록된 각본"이어서 소설과는 다르다고 했다. 그런데 자기가 감독까지 맡아 제작중인 영화를 지면에다 소개했을 따름이고, 완성된 형태의 시나리오는 아니다. 부호의 딸과 교육자의 아들이 비극적인 사랑을 해서 부호가 교육을 돕게 한다는 내용이며, 금강산을 배경으로 해서 관심을 끌고자 했다.

본격적인 시나리오는 발성영화 시대에 이루어졌다. 그 좋은 본보기라고 할 수 있는 안석영(安夕影)의 〈연가〉(戀歌)가 〈조광〉 1937년 2·3월호에 발표되었다. 시골에서 시부모를 모시고 사는 젊은 미망인이 남편이 살아 있는 줄 알고 찾아왔던 남편의 친구와 사랑을 하게 되었다는 내용이다. 안석영은 그 작품은 영화화하지 못하고, 〈심청전〉, 〈장화홍련전〉 등의 고전소설을 영화로 만들 때 감독을 맡아 흥행 성적을 올렸다. 발성영화에서 필요로 하는, 대사가 완전하게 갖추어진 시나리오를 창작했는데, 흥행에 대한 고려 때문에 영화화될 수 없었다.

〈조광〉 1937년 11월호에 이운곡(李雲谷)의 〈시나리오론〉이 있어 시나리오에 대한 인식의 성장을 확인할 수 있게 한다. 시나리오에 대한 관심이 갑자기 높아져서 문화인이라면 으레 시나리오를 논의한다고 했다. 연극으로 공연되지 않은 희곡처럼, 지면에 발표되어 글로 읽히는 시나리오가 문학작품으로 인정되어 여기저기에 발표되었다.

유치진은 〈도생록〉(圖生錄)이라는 시나리오를 〈조광〉 1938년 8월호에 발표했다. 희곡처럼 표기했으나, 영화로 만들어야만 충분히 살릴 수 있는 사태의 빈번한 역전을 흥미롭게 갖추고 사회문제를 다루었다. 공장에서 함께 일하는 석주와 순이는 사랑하는 사이로 혼인을 약속했는데, 이들에게 시련이 닥쳐왔다. 순이가 아버지를 위해 희생하고 몸을 팔았으며, 아버지는 훔친 돈을 석주에게 주고 순이를 찾아오게 하는 비참한 사태를 다루면서 희극적인 설정을 곁들여 너무 처참해지지는 않도록 조절했다. 순이 아버지를 하인으로 부리는 상전이, 골동품을 속아 사는 것을 반대한다고 첩을 내보내고 순이를 새로운 첩으로 들일 궁리를 하다가 마는 우스꽝스러운 소동을 벌였다. 이 작품은 발표된 그 해에 윤봉춘(尹逢春)이 감독해 영화로 만들었다.

잡지에 발표된 시나리오는 이밖에도 몇 가지 더 들 수 있다. 〈문장〉 1939년 11월호에 실린 김유영의 〈처녀호〉(處女湖)는 청상과부가 주위의 모함 때문에 자살하게 되는 애절한 사연을 다루었다. 〈영화연극〉(映畵演劇) 1939년 11월 창간호에 발표한 진우촌(秦雨村)의 〈밀물이 들 때〉에서는 바다에서 조난당한 남편의 시체를 기다리던 부인이 미칠 듯한 심정으로 바다에 빠져죽는다. 〈춘추〉 1941년 12월호에 보이는 주영섭의 〈해풍〉(海風)도 바다와의 싸움을 비참하게 다루어, 아버지를 죽게 한 바다로 아들이 다시 나가지 않을 수 없다는 것을 보여주었다.

그런 작품들은 견디기 어려운 상황을 다루어 비극적 감동을 주려는 공통점이 있으며, 삶에 대한 낙관적인 태도는 보여주지 않았다. 그런데 주영섭의 시나리오 가운데 〈문장〉 1940년 11월호의 〈광야〉(曠野), 〈춘추〉 1941년 4월호의 〈창공〉(蒼空)은 희망찬 출발을 하는 젊은이의 모습을 그려 일제 군국주의 노선에 영합했다. 그런 성향을 더욱 짙게 나타낸 시나리오를 일본어로 지어서 발표한 것들도 있다.

영화는 제작하는 데 상당한 자본이 들어가는 기업적인 흥행물이므로 본질적으로 통속물이어야만 했다. 그런데 기생 관객을 노리고 기생을 주인공으로 등장시켜 눈물을 자아내는 영화는 연극에서와 같은 비중을 차지하지 못했다. 1939년에 임선규의 〈사랑에 속고 돈에 울고〉가 영화화되었으나 인기를 얻지 못했다. 서양영화나 일본영화와 직접 경쟁을 해야 한다는 조건이 영화를 연극보다 더욱 긴장되게 했다.

일제는 영화에 대해 가혹한 통제와 검열을 했다. 1939년 10월에 연극보다 먼저 조선영화인협회를 결성하게 하고, 거기 가입하지 않으면 영화 제작을 할 수 없게 했다. 1942년 9월에는 조선영화제작주식회사라는 단일 제작업체를 만들어 영화 제작을 일제가 직접 관장했다. 친일영화는 대부분 일본인의 각본으로 일본인 영화인들과 합작하고 일본어를 사용하는 것이 적지 않았다.

그런 상황이어서 친일영화만 있었던 것은 아니다. 1941년에 전창근 (全昌根)이 각본·감독·주연을 맡아 만든 〈복지만리〉(福地萬里)는 만 주에서 동포들이 비참한 생활을 하는 것을 그려 민족애를 자각하게 했 다. 이기영(李箕永)의 소설을 영화화한 〈신개지〉(新開地)는 1940년에 제작되었다가 1942년에 개봉되어 일제 군국주의의 노선을 따르지 않은 마지막 작품으로 기억된다.

안종화, 《한국영화측면사》(춘추각, 1963) ; 이영일, 《한국영화전 사》(한국영화인협회, 1969) ; 유현목, 《한국영화발달사》(한진출판사, 1980) ; 김수남, 《해방전 조선 사실주의 시나리오》(새미, 2001) 등의 연구가 있다. 시나리오는 위에서 든 김상선의 책에서 몇 작품을 들어 고찰했을 따름이고, 잡지에 발표되어 전하는 것마저도 본격적인 연구 를 하지 않고 있다.

11.18.3. 대중가요

글로 쓴 작품을 읽지 않고 노래로 부르는 시가도 문학의 범위에 포함 됨은 물론이다. 민요·무가·판소리 등의 구비시가가 문학이라는 관점 은 근대문학에 와서도 일관되게 적용되어야 하고 여러 형태의 노래를 다루는 데 기본 지침이 된다. 1920년대 이후에는 그런 것들을 이어받 고, 잡가의 유형이 시들지 않았으며, 순수음악의 가곡과 대중음악의 가 요가 등장해 노래의 종류가 대폭 늘어났다. 그 전 영역을 살필 수 있어 야 한다.

잡가는 민요에서 파생한 대중가요이다. 1914년부터 1918년까지 잡가 집이 12종이나 출판되어 잡가가 크게 유행한 사실을 입증했다. 그런 잡 가집이 1920년대에는 6종, 1930년대에는 1종이 출판되어, 현저하게 쇠 퇴하는 추세를 보였다.

1910년대에 나온 것들은 모두 책이름에 '잡가'란 말을 넣었는데, 1920

넌대 이후에는 그 말을 한 번만 쓰고, 나머지 '속가'·'속곡'·'유행창가'·'가곡'·'가요' 등을 표제에다 내세웠다. '잡가'라고 해서는 한물 간 느낌을 주어 책을 파는 데 지장이 있었음을 알려준다. 그런데 수록한 노래는 전과 달라지지 않았다. 몇 가지만 새로 등장해 유행하기 시작했다.

1928년에 나온 〈가곡보감〉(歌曲寶鑑)이라는 것을 보자. 발행처는 평양기성권번(平壤箕城卷番)이라고 했다. 기생조합 권번에서 기생들이 익혀서 불러야 할 노래를 모아내면서 고풍스러운 표제를 내걸었다. 기생은 갈보니 카페 여급이니 하는 부류와 달라 격조 있는 교양을 지니고 가무를 제대로 전수받아 마땅하다고 했다.

〈신민〉 1928년 1월호의 〈사회상〉 기사를 보면, 일제가 내놓은 제도에 따라 매달 세금을 5원씩 내고 영업하는 기생이 1919년보다 1927년에 2.6배 정도 늘어났다. 그러면서 세금을 내지 못해 폐업계를 내는 기생이 헤아릴 수 없이 많다고 했다. 생활고를 해결하기 위해 기생이 되었으나, 경쟁에서 이겨내지 못해 많은 수가 도태된 사정도 함께 알려주었다.

기생 지망생을 교육하기 위해서는 교재가 있어야 했다. 김봉혁(金鳳爀)이라고 이름을 밝힌 사람이 국한문을 혼용해 위엄 있게 쓴 서문에서, 가곡의 절도가 무너지는 것을 개탄하고, 신구가 교체되고 내외가 혼동된 시대에도 "일반 풍류호객"이 "정음정악(正音正樂)"을 즐길 수 있게 하는 지침을 제공한다고 했다. 모두 여섯 편으로 나누어 가곡·가사·시조·서도잡가·남도잡가·경성잡가·영산회상을 수록했다. 서도·남도·경성 것으로 나누어져 있는 잡가가 그 대종을 이루었다. 새로 수록한 〈도라지타령〉은 서도잡가에 넣고, 〈노랫가락〉은 경성잡가 서두에 얹었다.

원래 무가였던 〈노랫가락〉이 잡가가 되어 그 무렵부터 전국에 널리 유행했다. 하나 들어보면, "달도 밝소, 별도 밝소, 월명사창에 저 달이 밝아/ 값없는 명월이요, 임자 없는 몸이라/ 아마도 저 달이 밝긴 세상천하"라고 하는 것이다. 가벼운 신세타령을 들뜬 분위기에서 하는 노래를 노는 장소마다 불렀다.

기생 권번에서조차 우려한 '정음정악'의 혼란이 일본 노래가 마구 끼어들면서 가중되었다. 1916년에 나온 〈현행일선잡가〉(現行日鮮雜歌)에 이미 일본 잡가라는 것들을 원문, 한글로 적은 독음, 번역을 갖추어 수록하고, 또한 우리 잡가를 일본어로 옮겨놓기도 했다. 이상준(李尙俊)이 1921년에 낸 〈조선속가〉(朝鮮俗歌)는, 고래의 속가가 국민성에 부합하는 사설을 갖추고 있어 자연히 민요를 이룬다는 서문을 내걸고서, 〈청년경계가〉(靑年警戒歌), 〈나팔절〉(喇叭節)이라고 하는 일본 유행가 두 편을 아무런 해명도 없이 중간에다 삽입해놓았다.

1923년에 나온 〈이십세기신구유행창가〉에서는 재래의 잡가에다 〈청년가〉, 〈반도강산가〉, 〈학도가〉 등의 창가를 섞어놓았다. 권말에는 〈카추샤 이별곡〉, 〈장한몽가〉(長恨夢歌), 〈탕자자탄가〉(蕩子自嘆歌)를 악보와 함께 실었는데, 셋 다 일본에서 들어온 곡조를 사용했다. 〈조선속가〉에서 〈청년경계가〉라고 하던 것을 〈탕자자탄가〉라고 했다. "이 풍진 세상을 만났으니, 너의 희망이 무엇인가?"라는 말로 시작되는, 오늘날까지 불려지는 노래이다.

조선가요연구회라는 단체에서 엮어 1931년에 낸 〈정선조선가요집〉(精選朝鮮歌謠集)은 콜럼비아 레코드에 취입된 잡가를 수록했다. 창을 한 송만갑(宋萬甲)과 이동백(李東伯) 이하 여러 명창의 사진을 앞에다 내고, 주문하기 편리하게 한다면서 레코드 번호를 일일이 적어두었다. 일본 레코드회사가 판소리와 함께 잡가도 상품화해 널리 선전하면서 팔아 잡가가 다시 융성해졌느냐 하면 그렇지 않았다. 레코드 산업의 기본 상품인 유행가에 모든 전통음악이 일제히 밀리는 시기가 오고 있었다.

〈정선조선가요집〉에다 〈악보부유행명곡선〉(樂譜附流行名曲選)을 부록으로 실어 유행가의 위세를 보여주었다. 잡가의 경우처럼 노래를 취입한 가수의 사진을 앞에다 실었는데, 남자는 차재일(車在鎰) 등 셋이고, 여자는 서금영(徐錦榮) 등 다섯이다. 모두 30곡의 악보와 가사를 수록하고 작사자와 작곡자를 밝혔다. 일본 것이 아닌 국내 창작품이 10곡이다. 안기영(安基永) 작곡의 〈그리운 강남〉과 〈마의태자〉는 성질이 다른 작품이지만 일반의 요구가 많아 함께 수록한다고 범례에서 해명했다.

그 몇 가지 자료에서 알 수 있듯이 재래의 잡가, 새로운 대중가요인 대유행가, 순수음악으로 자처하는 가곡이 한동안 섞여 있었고 서로 구별하기 어려웠다. 유행가는 일본곡을 가져와 가사를 바꾼 것과 국내에서 만든 것이 공존했다. 그런 가운데 잡가가 밀려나면서 유행가와 가곡이 득세하고 그 둘이 뚜렷이 분화되는 것이 필연적인 추세였다. 잡가는 쇄신의 기회를 얻지 못하고 구시대의 유물이 되어 애호자들의 연령층이 높아져갔다. 다른 두 가지 노래는 젊은이들의 지지를 얻어 상승하는 과정에 들어섰다.

셋 가운데 유행가만 일본 것의 이식이어서 식민지 문화정책의 일환으로 육성할 만했다. 일본의 레코드회사들이 잡가나 가곡보다 유행가에 더 많이 투자했다. 유행가가 잡가의 자리를 차지하면서 대중문화의 일본화가 깊이 진행되었다. 유행가의 애조, 자학, 무기력 등이 얽혀서 일제와 맞서는 민족의 정신적 자세를 약화시키는 구실을 했다.

대중음악이 아닌 순수음악, 또는 예술음악의 가곡은 신교육을 받는 젊은이들에게서 지지자를 찾았다. 기악 연주는 고답적인 외래문화라고 생각되었으나, 가곡은 누구나 이해하기 쉬운 노랫말이 있어 가깝게 느껴질 수 있었다. 민족의 처지를 생각하도록 하는 것들은 널리 애창되었다.

그렇게 하는 데 홍난파(洪蘭坡)가 두드러진 활동을 했다. 1920년에 작곡한 김형준(金亨俊) 작사의 〈봉선화〉는 가냘프고 애절한 가락으로 비관과 자학의 느낌을 자아냈다. 1927년의 〈조선동요백곡집〉에 수록한 〈고향의 봄〉은 이원수(李元壽) 동요에 곡을 붙인 것이다. 고향에 들어가 안기는 것 같은 포근한 느낌을 주어 오늘날도 자주 부른다.

윤극영(尹克榮)은 자기가 작사하고 작곡한 노래로 1925년에 〈반달동요집〉을 냈다. 거기 수록된 노래에도 오래 기억되는 것들이 적지 않다.

〈반달〉은 애잔한 어조로 망국의 원통함을 환기시켜주는 것 같고, 〈설날〉은 밝고 따사로운 느낌을 준다.

유행가는 일본에서 가져왔다. 곡은 그대로 두고 가사는 번역해 부르는 것이 예사였다. 〈장한몽가〉(長恨夢歌)는 다소 가공을 거치기는 했으나 내용이 온통 일본 것이다. 〈사(死)의 찬미(讚美)〉라는 것은 서양곡을 사용하고 작사자는 알 수 없는데, 1926년에 윤심덕(尹心悳)이 부른 음반이 나오고, 그 해에 윤심덕이 극작가 김우진과 함께 현해탄에서 투신자살을 하면서 크게 유행했다.

유행가 음반 제작이 수지맞는 영업임이 그 노래에서부터 입증되어 일본의 여러 음반 회사가 국내에 지점을 두고 시장 개척에 나섰다. 1927년 2월 16일부터 경성방송국의 방송이 시작되어 유행가를 지원하고 일본 대중문화의 침투와 지배가 가속화하는 구실을 했다. 그런데 시장 장악과 정치적 목적 달성은 배치될 수 있었다. 〈무정한 달〉이니 〈애수의 황혼〉이니 하는 염세적인 일본 유행가는 저항의 의지를 누그러뜨리는 데 유리했으나 거부반응을 불러일으켜 음반 판매는 부진했다.

경성방송국 방송이 시작된 해인 1927년에 반격이 시작되었다. 작곡까지 국내에서 한 최초의 유행가가 나타났다. 왕평(王平)이 작사하고 전수린(全壽麟)이 작곡해 이애리수(李愛利秀)가 노래한 〈황성옛터〉가 나와 노래하거나 듣는 사람의 마음을 흔들어놓았다. 가사 제1절을 들어보면 다음과 같다.

황성 옛 터에 밤이 되니
월색만 고요해,
폐허의 서러운 회포를
말하여주노라.
아 가엾다, 이내 몸은
그 무엇 찾으려,
끝없는 꿈의 거리를 헤매어 있노라.

"황성"이라고 한 성을 제2절에서는 다시 일컬어 "성은 허물어져 옛 터인데"라고 했다. 그것은 망한 왕조의 유적이기만 한 것이 아니라 일제에게 유린된 조국으로도 이해되었다. 거기서 거닐며 느끼는 "서러운 회포", "세상이 허무한 것을 말하여 주노라"고 한 비탄이 망국민 모두에게서 공감을 얻을 수 있었다. 그러나 지나간 시기를 그리워하며 허무와 탄식을 늘어놓기만 하고 아무런 적극적인 의욕이 없으며, 가지런하게 다듬어진 슬픔에 사로잡혀 가벼운 자학을 음미하도록 한 것이 문제였다.

일제는 〈황성옛터〉가 반일감정을 불러일으킬 수 있다는 이유에서 금지곡 처분을 내렸다. 이면상(李冕相) 작곡, 채규엽(蔡奎燁) 노래 〈들국화〉를 비롯한 다른 여러 곡도 민족의식을 간접적으로라도 암시한다는 이유로 부르지 못하게 했다. 그렇다고 해서 일본 유행가가 득세할 수 있었던 것은 아니다. 싸움은 다시 계속되었다. 박영호(朴永鎬) 작사, 손목인(孫牧人) 작곡, 고복수(高福壽) 노래 〈짝사랑〉이 1933년경에 나와 대단한 성공을 거두었다.

아 아, 으악새 슬피 우니 가을인가요.
지나친 그 세월이 나를 울립니다.
여울에 아롱 젖은 이지러진 조각달
강물도 출렁출렁 목이 멥니다.

상투적인 문구를 버렸다. 생각을 다시 하고 말을 가다듬어 응결과 암시가 뛰어난 시를 만들었다. "으악새"는 "억새"로 이해하는 것이 예사이지만, 다음 절에서는 "뜸북새" 슬피 운다고 했으니 새라고 보아야 마땅하다. "왁새"를 그렇게 적었을 수 있다. 그 어느 쪽이든지 슬픔의 계절 가을에다 실어 이룰 수 없는 소망을 간절하게 호소했다. 누구를 짝사랑한다는 말인가? 이 물음에 대한 답이 없어, 1920년대 시인들이 남긴 님을 그리워하는 노래가 떠오르게 하고 조국을 빼앗긴 슬픔을 생각하게 한다.

유행가 창작이 계속되고 인기곡이 이어져 나왔다. 손목인 작곡의 〈타향살이〉, 〈목포의 눈물〉, 박시춘(朴是春) 작곡의 〈눈물 젖은 두만강〉, 〈홍도야 울지 마라〉 등이 또한 인기를 얻었다. 그런 노래에서 말하는 슬픔도 민족의 처지와 연결되어 한층 깊은 감동을 주었다.

그러나 곡조에는 문제가 있었다. 일본의 5음 단음계를 가져와서 변화의 여지가 없는 애조를 형성했다. 민요나 잡가가 누려온 해학으로 슬픔을 차단하는 여유를 일본에서 들어온 단조로운 애조가 무력하게 만들었다. 우리 민족의 정서가 원래부터 한(恨)이라고 하는 오해가 그 때문에 생겼다.

잃어버린 과거를 그리워하며 슬픔에 잠겨 무기력하게 되는 것과 함께, 전원생활을 아름답게 수식해 예찬하는 것이 또 한 가지의 경향이었다. 1934년에 음반으로 나온 왕평 작사, 김준영(金駿泳) 작곡, 강홍식(姜弘植) 노래의 〈처녀 총각〉이 크게 성공했다. "봄이 왔네, 봄이 와, 숫처녀의 가슴에도"라는 말을 앞세우고, 처녀와 총각의 마음속에서 아지랑이처럼 피어오른다는 사랑을 간드러지게 불러댔다.

그 무렵 일본에서는 경제공항의 여파로 심각해진 빈곤을 잊고 일반 대중이 찰나적인 향락에 들뜨도록 하는 노래를 음반업계에서 내놓았으므로 그 여파가 미쳐 애조가 줄어들었다. '만요'(漫謠)라 하고서 만담풍의 언사를 늘어놓는 〈비단이장수 왕서방〉 같은 것이 그래서 생겨났다. 그러다가 다시 일제의 침략 전쟁을 찬양하는 군가 비슷한 유행가가 나타나 다른 경향을 밀어냈다.

유행가는 일본에서 들어와서 여러모로 폐해를 끼쳤다고 비판하고 말 것은 아니다. 널리 자리를 잡고 많은 영향을 끼치면서 한 시대를 주름잡으면서 오늘에 이르렀다. 그 정체를 더 잘 파악하기 위해 역사적인 고찰이 필요하다. 문학사의 시대구분과 관련시켜 대중가요의 변천사를 살피는 작업이 요망된다.

중세까지 민요의 시대에는 따로 없던 대중가요가 중세에서 근대로의 이행기 제1기에 잡가의 형태를 띠고 나타나 제2기에 인기를 확대했다.

잡가를 발전시켜 근대 대중가요를 이룩하는 것이 필요하고 또 가능했
는데, 일제의 문화 침투와 조작으로 단조로운 정서의 유행가가 일본에
서 이식되어 차질을 빚어냈다.

유행가를 우리 것으로 만들어 민족의 애환을 나타내고자 하는 노력
이 없었던 것은 아니지만, 민요나 잡가의 장점인 다면적인 정서를 계승
하지 못한 약점을 극복하기 어려웠다. 오늘날 유행가가 다시 일본으로
진출해 인기를 얻고 아시아 다른 나라에서도 환영받는 것은 다행이라
고 하겠지만, 외래문화 가공 재수출의 성공사례일 따름이다. 민족문화
의 창조력을 널리 알리는 것은 아니다.

근래에 젊은 세대는 유행가를 구닥다리로 여기고 미국에서 팝송을
이식해 또 한번의 자아 상실을 겪고 있다. 그렇다고 해서 비관만 하고
있을 것은 아니다. 위기를 기회로 만드는 것이 이번에는 가능하다고 믿
고 노력할 일이다. 잡가를 거쳐 민요를 재발견해 세계 대중음악의 역사
를 바꾸어놓는 작업의 시발점을 찾는 것이 마땅하다.

대중가요사의 시대구분은 명확하다. 민요시대·잡가시대·유행가시
대·팝송시대가 교체된 과정이 확인된다. 그 과정에 중세에서 근대로
의 이행기까지의 성장과 근대 이후의 굴절이 다른 어느 영역에서보다
선명하게 나타나 있다. 다음 시대를 바람직하게 창조하기 위해서 역사
를 연구하면서 아직도 남은 역량을 찾아 발현해야 한다.

이노형, 《한국전통대중가요의 연구》(울산대학교출판부, 1994) ; 이영
미, 《한국대중가요사》(시공사, 1998) ; 윤여탁, 〈일제강점기 대중가요의
문학적 연구〉, 《국어국문학》 122(국어국문학회, 1998) ; 최창호, 《민족
수난기의 가요를 더듬어》(평양출판사, 1997 ; 한국문학사, 2000) ; 김광
배·윤여탁·김만수, 《일제강점기 대중가요 연구》(박이정, 1999) ; 김
지평, 《한국가요정신사》(아름출판사, 2000) 등의 연구가 있다.

11.19. 아동문학이 자라나는 모습

11.19.1. 신구 아동문학의 관계

아동문학은 아주 오래 전부터 있었다. 아이들이 스스로 지어서 부른 노래는 순수한 아동문학이다. 어른들이 이야기해주고 아이들이 듣고 좋아하는 민담은 수용자를 기준으로 해서 규정하면 아동문학이다. 그 점을 확인하기 위해서 전래동화라고 일컫는다.

그런데 1920년대에 아동문학이라는 말을 내세우고 아동문학을 일으켜야 한다는 주장이 나왔다. 아동문학의 작가가 나타나고 작품이 발표되었다. 근대문학에만 아동문학이라고 하는 것이 있어 별도로 고찰해야 할 과제가 된다. 우리뿐만 아니라 세계 다른 나라도 모두 그렇다.

그것이 바람직한 변화인지 의문이다. 근대에 이르러 비로소 아동을 사람으로 대접하게 되었다고 자랑하지만, 문학 창작의 실상은 그렇지 않을 수 있다. 아동이 성인의 간섭 없이 스스로 창조하는 순수한 아동문학은 없어지고, 지도를 받으며 하는 작문도 대수롭지 않게 취급되었으며, 성인 작가가 의도적으로 창작하고 아동을 수용자로 잡아두기나 하는 아동문학만 존중되고 있다. 그 결함을 보충해야 하는 무거운 책무가 아동문학가에게 부과되었다.

전래된 동요나 동화를 기록하고 윤색하는 것이 아동문학을 이룩하는 손쉬운 방법이었다. 그런데 그 방법을 많이 쓰지 않고 크게 평가하지 않은 것은 작가의 창의력을 발휘하기에 불편하다고 여긴 탓이 아닌가 한다. 자료를 조사해 보고하면 아동문학의 작품일 수 없다고 여기고 윤색이나 개작을 힘써 하는 것이 관례이다.

엄필진(嚴弼鎭)의 〈조선동요집〉(朝鮮童謠集)이 1924년에, 심의린(沈宜麟)의 〈조선동화대집〉(朝鮮童話大集)이 1926년에 나와 양쪽 자료를 한 차례 집성했다. 그런 책은 연구 자료이면서 읽을 거리여서 이중의 성격을 지녔다. 전영택(田榮澤)이 〈신가정〉 1934년 1월호에서 6월호까지 연재한 〈특선전래동화〉는 아이들에게 들려줄 이야기 자료를 어머니에게 제공하자는 것이었다.

여성 잡지에서는 그런 것이 필요해 일찍부터 찾았다. 〈신여성〉 1923년 11월호의 창간호에 버들쇠라는 필명을 사용한 유지영(柳志永)이 발표한 〈문각씨〉는 전래동요이다. 문각씨라고 일컬어지는 곤충의 거동을 보고 하는 말 "도드락 똑딱 문각시야/ 가마 탈 날 가까워서/ 밤을 도와 다듬이질에/ 각시님이 바쁘겠네"와 같은 것을 네 번 되풀이했다.

〈신가정〉 1934년 7월호에 동화 모집 당선작으로 발표된 정순철(丁純鐵)의 〈약물〉, 최인화(崔仁化)의 〈메추리와 여우〉는 구비전승의 개작이다. 〈약물〉에서는 어머니가 병이 들어 어린 딸이 약물을 구하러 가는데 사슴이 나타나 태워주었다고 했다. 〈메추리와 여우〉는 메추리가 여우를 골려준 민담을 재미있게 엮었다.

신고송(申孤松)이 〈동아일보〉 1926년 11월 3일자에 '동요시'라 하고 발표한 〈오빠를 찾아서〉는 계모가 전실 딸에게 겨울에 나물을 해오라하고 미행했다는 민담을 동요로 옮기면서 7·5조 형식을 사용했다. 겨울 나물을 준 정도령이 계모 때문에 멀리 떠나가 딸아이가 찾아 나섰다고 한 것도 전래된 내용인데, 정도령을 오빠라고 해서 남녀간의 애정 갈등을 배제했다. 아동문학은 아동의 순수한 마음을 해치지 말고 티 없이 가꾸어야 한다고 생각해 단조로운 형식과 단순화한 내용을 택했다.

〈동아일보〉 1927년 1월 4일자에서 15일자까지에 실은 이은상(李殷相)의 '요극'(謠劇) 〈서동〉(薯童)은 〈삼국유사〉에 전하는 〈서동요〉 유래의 전승을 작품화한 희곡인데 아이들이 부르는 노래로 진행되었다. 〈서동요〉를 원래 아이들이 불렀다는 데 근거를 두고 아이들의 노래로 사랑을 미화했다. 분열을 쉽사리 아우르는 이상적인 조화를 아이들에게 보여주어야 한다고 생각했다.

아동문학의 전반적 양상을 이상현, 《한국아동문학론》(동화출판공

사, 1976) ; 이재철, 《한국현대아동문학사》(일지사, 1978) ;《한국아
동문학작가론》(개문사, 1983) ; 이재철 편, 《한국아동문학 작가작품
론》(선문당, 1991) ; 김화선, 〈한국근대 아동문학의 형성과정 연구〉
(충남대학교 박사논문, 2002) 등에서 정리했다.

11.19.2. 창작동요의 작가와 작품

아동문학이 시작된 시기를 최남선(崔南善)이 1908년에 〈소년〉(少年)
잡지를 창간한 때로 보는 견해가 있으나, 그때의 "소년"은 젊은이라는
뜻이다. 최남선이 1913년에 창간해서 1914년까지 발행한 〈아이들 보이〉
는 독자의 연령층을 낮추어 아이들을 위한 잡지로 만들었다. 1914년 8
월의 마지막 제12호에 발표한 최남선의 〈남 잡이와 저 잡이〉는 동요로
인정되지만, 그런 작품이 더 있지 않아 아동문학의 발전에 두드러진 기
여를 하지는 못했다.

아동문학을 위해 적극적으로 나선 사람은 방정환(方定煥, 1899~
1931)이었다. "학대받고, 짓밟히고, 차고 어두운 속에서" 지내는 불쌍한
"어린 영들"에게 준다는 서양 동화 번역서 〈사랑의 선물〉을 1922년에 냈
다. 우리 실정에 맞는 동화를 창작하려고 하지는 않았으나, 아동문학을
일으키는 데 필요한 일을 선두에 나서서 했다.

아동문화 운동단체 색동회를 만들고, "아이"를 "어린이"라고 높여 부르
자고 하면서 어린이날을 제정하고, 1923년 3월에는 아동 잡지 〈어린이〉를
창간했다. 그 잡지는 천도교를 배경으로 하고, 방정환이 죽은 뒤인 1934년
까지 계속 발간되었다. 〈어린이〉에 실린 동요를 한 편 들어본다.

혼자서 놀려니 갑갑하여서,
갈잎으로 피리를 불어보았소.

보이얀 하늘에는 종달새들이

봄날이 좋아라고 노래 불러요.

내가 부른 피리는 갈잎의 피리
어디, 어디까지나 들리울까요?

어머니 가신 나라 멀고 먼 나라,
거기까지 들린다면 좋을 텐데요.

1926년 5월호에 실려 있는 한정동(韓晶東, 1894~1976)의 〈갈잎피리〉
다. 외롭고 애잔한 느낌을 자아내다가 멀고 먼 나라에 간 어머니에게까
지 갈잎피리소리가 들렸으면 하는 마지막 대목에서 슬픔을 아주 고조
시켰다. 〈따오기〉도 그 비슷하게 죽고 없는 어머니를 생각하면서 슬픔
을 되새기게 한 노래이다. 아동문학이 불우한 어린이들의 슬픔을 함께
울어주어 위로해야 한다는 방정환의 지론을 받아들여, 한정동은 어머
니 없는 고아의 의식을 환기시키고 어루만지고자 했다.

〈어린이〉에 이어서 1923년 10월에는 〈신소년〉(新少年), 1926년 3월에
는 〈아이 생활〉, 1926년 6월에는 〈별나라〉가 창간되어 잡지가 여럿으로
늘어났다. 그래서 아동문학이 활기를 띠었고 경향도 다양해졌다. 다른
것들은 단명했지만, 〈아이 생활〉은 기독교의 아동잡지여서 오래 지속
될 수 있었다. 일본어가 섞인 형태로 1944년 1월호까지 발행되었다.

〈별나라〉는 "가난한 동무를 위하여, 값싼 잡지로 나오자"고 하면서,
계급문학에 동조하는 경향을 보였다. 1931년 2월호에 실린 정청산(鄭靑
山)의 동시 〈나왔다〉를 보자. 투쟁을 고취하는 아동문학의 모습을 확인
할 수 있다.

이 공장의 꼬마가 주먹 쥐고 나왔다.
저 공장의 꼬마가 쇠매 메고 나왔다.
이 학생 꼬마 학생 광고 들고 나왔다.

참다 참다 못하여 오늘이야 나왔다.
이 집의 나무꾼 낫을 들고 나왔다.
저 집의 머슴이 작대 들고 나왔다.
우리 집 누나도 악을 쓰고 나왔다.
우리 동무 편동무 오늘이야 나왔다.

반복되는 형식과 언사를 사용해 힘찬 노래를 만들었다. "꼬마"라고
지칭한 아이들을 투사로 내세웠다. 누구를 상대로 어떤 투쟁을 하는가
는 말하지 않았고 말할 수 없었다.

아동문학의 방향이 특히 동요에서 대립되었을 때 김태오(金泰午,
1903~1976)가 비평가로 나서서 시비를 가리고자 했다. 〈아이 생활〉
1930년 4월호의 〈동요운동의 당면임무〉에서 현실이 비참하다고 해서
값싼 눈물을 흘리며 신세타령이나 하지 말아야 한다고 했다. "조선의
어린이로 하여금 썩썩하게 뻗어나는 힘을 길러"주는 노래를 지어 불러
야 한다고 했다.

1935년에 자기 작품집 〈설강동요집〉(雪崗童謠集) 권말의 〈동요작법〉
에서 이론을 정비했다. 동요에는 "곱고 애닯게" 짓는 조류와 "힘차게 억
세게" 짓는 조류가 있다 하고, 진실성을 잃지 않은 "속임 없는 노래 참
다운 글"이면 둘 다 좋다고 했다. 〈조선중앙일보〉 1934년 7월 1일자부터
5일자까지 연재한 〈동요예술의 이론과 실제〉에서는 동요를 아동의 생
각과 합치되게 짧게 쓰고 단순화해야 한다는 것을 강조해서 말했다.

자기 작품은 그 여러 가지 특성을 한꺼번에 갖추려 했다고 할 수 있
다. 〈설강동요집〉에 실려 있는 〈야학교 반장〉의 전문을 들면 다음과 같
다. 어려운 처지에서도 희망을 가지고 살아가는 모습을 인상 깊게 그
렸다.

아침 해가 불그레 솟아오를 때
지게 지고 일터로 나가노라니,

부자애들 학교 가다 놀려대는 말
"학비 못내 저 녀석 퇴학당했지."

우뚝 서서 들으니 분이 났구나.
학비 못내 동무가 퇴학한 것을
승볼 일이 뭐냐 뭐냐, 깔보지 마라
이래봬도 야학교 반장이란다.

7 · 5조인 것처럼 보이지만 그렇지 않다. 둘째 토막이 세 자이기도 하고 네 자이기도 한 변형을 갖춘 세 토막 형식이어서 전통적 율격을 그대로 이었다. 나른한 느낌을 주지 않고, 힘차게 걸어가면서 당당하게 하는 말을 나타냈다.

〈프롤레타리아 동요집 불별〉(1931)이 있어, 계급문학 노선의 동요운동이 있었음을 알려준다. 조선프롤레타리아예술가동맹 소속이라고 밝힌 권환(權煥)과 윤기정(尹基鼎)의 서문이 실려 있다. 권환은 "조선의 가난한 집 수백만 아이들이" 한 권씩 가져야 할 책이라고 하고, 부잣집 아이들이 그들의 노래를 부를 때 "우리는 우리들의 노래를 망치 소리와 괭이 소리에 맞추어 힘찬 소리로 부르자"고 했다.

여덟 사람의 작품 43편을 수록했다. 모두 경남 출신인 공통점이 있다. 이주홍(李周洪), 박세영(朴世永), 엄흥섭(嚴興燮) 이외의 다른 다섯은 거의 알려지지 않은 사람들이다. 서울에서는 활동하지 않았기 때문이다. 무명인사들의 작품이 더욱 볼 만해, 아동문학사를 보완해야 할 자료를 제공하고, 지방문학사를 재인식하게 한다.

이석봉(李錫鳳, 1904~?)은 마산에서 태어나 통영에서 살았다는 사실이 밝혀져 있을 따름이고, 다른 행적은 알 수 없다. 수록한 작품이 7편이어서 가장 많고, 자기 작품 1편과 다른 사람들의 작품 3편을 작곡해 악보를 보여주었다. 〈어디 보자〉를 보자.

울 아버지 허리 굽혀 인사를 하면,
모자도 아니 벗고 눈알만 껌벅.
나 많으신 울 아버지 꿇어앉아도
양반 다리 건방지게 말조차 놓아.

어디 보자 내가 크면 어디들 보자.

피땀 흘려 지은 곡식 다 뺏어가며,
그래도 세 작다고 논 뺏는다네.
울 아버지 성이 없나 기운이 없나.
논 떼일까 참는다네 오죽 분하리.

어디 보자 내가 크면 어디들 보자.

　　지주의 횡포에 대한 소작인의 분노는 동시대 많은 작가가 힘써 다루고자 한 주제이다. 그러나 이처럼 절실한 표현을 얻은 다른 예를 찾기 어렵다. 거동 묘사가 적절하고 언어 구사가 자연스러워 감명을 준다.
　　김병호(金炳昊, 1906~1961)는 진주 사람이고 서울 쪽에는 알려지지 않았다. 진주에서 사범학교를 졸업하고 경남 일대 초등학교 교사로 근무하면서 시를 지어 여러 잡지에 발표한 경력이 확인된다. 〈바다의 아버지〉를 보자.

해가 아직 뜨지 않은 이른 새벽에
기적 소리 들려오면 울 아버지는
조그마한 배를 타고 윤선에 가죠.
쌀가마니 실어내려 열 번 스무 번.

선창가에 쌀가마니 산과 같아도,

울 아버지 실어내린 그 쌀이라도,
오늘 아침 우리집엔 양식이 없어,
울 어머니 걱정하며 쌀 꾸러 갔죠.

갈매기 떼 울며 나는 바다 위로
저녁 노을 빛을 싣고 울 아버지는
고기 많이 잡아갖고 돌아오셔도,
오늘 저녁 우리집엔 파래 장국뿐.

위에서 든 〈어디 보자〉와 다룬 내용, 서술자의 시점, 율격이 거의 같다. 공동 작업의 산물임을 짐작할 수 있다. 가난한 어부의 삶을 충실하게 그렸다. 서술자인 어린 아이가 아버지의 고통을 이해하면서 의식 각성의 길에 들어서도록 했다.

윤석중(尹石重, 1911～2003)은 널리 알려진 아동문학가이다. 1932년에 〈윤석중동요집〉, 1933년에 〈잃어버린 댕기〉를 내서 의욕적인 활동을 하면서 독자적인 작품 세계를 이룩했다. 어려운 환경에서 자라는 어린이가 보여주는 씩씩한 자세를 기리고, 세상이 어떻게 돌아가는지 바로 알게 하려고 애썼다.

〈잃어버린 댕기〉에 실은 〈담 모퉁이〉는 두 아이가 이마를 쾅 부딪치고서 "울상이 되어서 하하하" 한다면서 성장하는 모습을 보여주었다. 〈구-구구구〉는 나무를 팔러 가는 아버지를 따라 가겠으니 아침 일찍 깨워달라고 닭에게 하는 말로 이루어졌다. 생활의 내용을 넉넉하게 나타내느라고 형식을 까다롭게 하지 않았다. 〈변덕쟁이 마나님〉에서 방물장수가 변덕쟁이라고 나무라는 대목을 보자. 중간의 두 연을 든다.

안집 애기 밥 먹는걸 보구는,
"아이구 그 애기 참 복성스럽게도 먹네……."
하면서 등을 툭툭 두드리더니,

행랑방 내 동생 먹는 걸 보구는,
"에구 걸신도 들렸다.
한 보름 굶은 놈 같구나."
아, 그러면서 눈을 흘기겠다.

그래도 난 내 동생이 이쁘더라.
조밥이라도 새우젓 해서
퐁퐁 퍼먹는 내 동생이
더 복성스럽더라.

문학은 정서가 아니고 생활이라고 했다. 몇 줄 되지 않은 율문에서
등장인물, 전개되는 상황, 하는 말이 선명하게 나타나 있어 영화의 한
장면을 보는 것 같다. 생활의 실상을 있는 그대로 보여주면서 고난을
넘어서는 희망이 어디 있는지 말했다.

이원수(李元壽, 1911~1981) 또한 정형시의 구속에서 벗어나서 생활
을 충실하게 다루는 동요를 짓고, 역경을 극복하는 어린이의 모습을 실
감나게 그렸다. 〈어린이〉 1930년 7월호의 〈잘 가거라〉는 북간도로 가는
동무에게 하는 말이다. 같은 잡지 그 다음 달치의 〈교문 밖에서〉는 돈
이 없어 학교에 다니지 못하는 아이의 처지를 다루었는데, "월사금이
없어서/ 학교문 밖에/ 나 혼자 섰노라니/ 눈물만 나네"라고 해서 애조
가 씩씩한 기상보다 확대되어 있다.

강소천(姜小泉, 1915~1963)은 1941년에 〈박꽃 초롱〉이라는 동요·
동시집을 내고, 자연의 모습을 소박하고 신선하게 관찰하는 독특한 작
품 세계를 보여주었다. 〈보슬비의 속삭임〉에서 "나는 나는 갈 테야, 연
못으로 갈 테야/ 동그라미 그리러 연못으로 갈 테야"라고 했다. 〈조그
만 하늘〉에서는 김치를 다 먹은 독에 소나기가 오더니 "동그랗고 조그
만 이 하늘에도/ 제법 고운 구름이 잘도 떠돈다우"라고 하는 광경이 벌
어졌다고 했다.

박경수, 〈계급주의 동시 이해의 밑거름 : '푸로레타리아동요집 불
별'에 대하여〉,《지역문학연구》8(경남지역문학회, 2003)에서 새로운
자료를 소개하고 고찰했다. 박경수,《잊혀진 시인, 김병호의 시와 시
세계》(새미, 2004) ; 류승렬 편저,《이주홍의 일제강점기 문학 연구》
(국학자료원, 2004)에서 구체적인 연구를 했다.

11.19.3. 동화의 영역

방정환은 동화를 마련하는 데도 힘을 기울였다. 1922년 서양동화 번
역서 〈사랑의 선물〉을 내고, "학대받고 짓밟히고, 차고 어두운 속에서"
자라는 "어린 영들"에게 준다고 했다. 그 뒤에도 서양동화를 번역하거
나 번안하는 데 힘썼다. 창작을 하는 것이 쉽지 않다고 여겨 차선책을
먼저 찾았다고 할 수 있다.

〈동화작법〉을 1925년 1월 1일자에 발표하고, 창작의 지침을 말했다.
아동들이 잘 알 수 있고, 아동들에게 기쁨을 주어야 하고, 교육적 가치
를 가져야 한다는 세 가지 요건을 들었다. 이야기의 원천이나 내용에 대
해서는 말하지 않았다. 〈어린이〉 잡지에 실은 작품은 성격이 다양하다.

'역사동화'라고 한 것을 이따금씩 실어 역사상의 위인에 관한 이야기
를 이해하기 쉽게 다듬어 내놓았다. 1923년 10월호의 〈고주몽〉, 1927년
10월호의 〈정몽주〉, 1929년 3월호의 〈을지문덕〉 같은 것들이다. 역사를
알고 민족의식을 가지도록 하는 데 필요한 인물을 선택했다.

전래동화를 개작하기도 했다. 1925년 8월호의 〈양초 귀신〉은 양초가
무엇인지 알지 못해 벌어지는 소동을 다루었다. 그릇된 개화에 대한 반
감을 나타냈다고 할 수 있다. 1926년 1월호 〈호랑이 형님〉은 호랑이를
만나도 당황하지 않고 "형님"이라고 불러 살아났다는 것이다. 어려운
일이 생겨도 당황하지 말고 적절한 지혜를 찾으라는 교훈을 담은 이야
기이다.

동화라기보다 소년소설이라고 해야 할 것들도 있다. 1927년 3월호의 〈만년 샤쓰〉에서는 가난한 소년이 체육 시간에 맨살을 드러내고는 만년 샤쓰를 입었다고 하면서 발랄하게 자라는 모습을 그렸다. 탐정소설도 여러 편 지었다. 1926년 4월호에서 12월호까지 연재한 〈칠칠단의 비밀〉을 들어보면, 반전을 거듭하는 흥미로운 사건을 전개하면서 사회비리를 고발하고 민족의식을 고취하는 내용을 지녔다.

마해송(馬海松, 1905~1966)은 동화작가로 나섰다. 1923년 〈새별〉에 발표한 〈어머님의 선물〉, 1926년에 〈어린이〉에 내놓은 〈바위나리와 아기별〉을 비롯한 여러 작품을 모아 1934년에 〈해송동화집〉(海松童話集)을 냈다. 〈어머님의 선물〉에서는 계모의 학대를 다루어 애상에 젖게 하다가, 〈바위나리와 아기별〉에서부터는 동식물이나 자연물을 의인화해서 인간생활을 간접적으로 그리는 방식을 뚜렷한 특징으로 삼았다.

1931년부터 1933년까지 〈어린이〉에 연재하다가 원고를 압수당하기까지 한 〈토끼와 원숭이〉는 일제의 침략을 비판한 내용이다. 풍랑을 만나 남의 나라에 표착한 원숭이들이 토끼를 억눌러 원숭이처럼 만드는 횡포를 그렸다. 그렇게 하다가 아동의 생활과 생각을 자연스럽게 나타내지는 못하고, 아동을 지도하려는 성인의 의도를 지나치게 보였다는 평을 들었다.

이태준(李泰俊, 1904~?)도 젊은 시절에 아동문학을 했다. 자기 자신이 고아로 자라난 가련한 삶을 투영시켜 애상을 자아내는 작품을 썼다. 〈어린이〉 1929년 1월호의 〈어린 수문장〉에서는 집을 지키는 수문장으로 삼으려고 얻어온 강아지가 어미를 찾으러 갔다가 징검다리에서 떨어져 죽은 사건을 다루었다. 1929년 11월호의 〈쓸쓸한 밤길〉에서는 어머니를 그리워하는 고아의 심정을 그렸다.

이구조(李龜祚, 1911~1942)는 1940년에 동화집 〈까치집〉을 내놓았다. 거기 나오는 주인공들인 〈과자벌레〉의 수복이, 〈조행 '갑'〉의 덕재는 보고 싶고, 먹고 싶고, 가지고 싶은 아이들의 심정을 잘 나타냈다. 〈동아일보〉 1940년 5월 30일자의 〈사실동화와 교육동화〉에서 아동이 지

닌 천사 같은 심성을 지키고 키우는 데 힘쓰는 '교육동화'가 마땅하지
않다고 하고, 삶의 실상을 그대로 보여주는 '사실동화'를 이룩해야 한다
고 했다.

박경숙, 〈한국근대 창작동화 형성과정 연구〉(인하대학교 석사논문,
1999) ; 김자연, 《한국 동화문학 연구》(서문당, 2000) ; 박상재, 《한국
동화문학의 탐색과 조명》(집문당, 2002) ; 김화선, 〈이태준 초기 아동
문학 작품 연구〉, 《한국언어문학》 50(한국언어문학회, 2003) 등의 연
구가 있다.